多

교과서
소설
다보기

6

小說

교과서 소설 다보기 6

2015
교육 과정
반영

개정판 1쇄 인쇄 　 2022년 12월 1일
개정판 1쇄 발행 　 2022년 12월 10일

엮은이 　 씨앤에이논술연구팀
펴낸이 　 이재종
펴낸곳 　 (주)C&A에듀
주소 　 서울시 강남구 도곡로 63길 23, 성진회관 302호
전화 　 02-501-1681
팩스 　 02-569-0660
홈페이지 　 https://rainbownonsul.net/
전자우편 　 rainbownonsul@kakao.com
ISBN 　 978-89-6703-227-2 44810
　　　　 978-89-6703-867-0 (세트)

多

小說

교과서
소설
다보기

6

씨앤에이논술연구팀 엮음

2015
교육 과정
반영

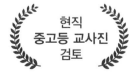

현직
중고등 교사진
검토

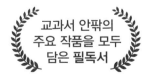

교과서 안팎의
주요 작품을 모두
담은 필독서

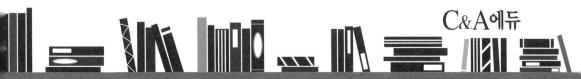

C&A에듀

개정판을 펴내며

현대 사회는 날마다 새로운 정보와 지식이 쌓이는 지식 정보화 시대입니다. 이러한 사회에서 자라나는 세대에게 필요한 능력은 지식과 정보를 제대로 판별해 내는 능력입니다. '스스로 생각하는 능력'과 '습득한 지식을 재구조화하는 능력'이 바로 그것입니다. 이 두 가지 능력은 요즘 교육의 화두인 창의력이나 문제 해결 능력을 이루는 중요한 구성 요소입니다.

또한 이전에는 객관적이고 타당한 지식과 정보를 교사가 학생들에게 가르치고 학생들은 이를 습득하는 것에 머물렀다면, 이제는 학생들이 스스로 습득한 지식을 재생산할 수 있어야 합니다. 지식이 개인에 의해 창조되고, 구성되고, 재조직될 때 비로소 지식으로서 의미가 있는 시대가 되었습니다. 이제는 학생이 지식을 구성해 나가는 과정을 존중해 주어야 하고, 그러려면 지식과 정보를 온전히 학생 자신의 것으로 표현하는 서술형·논술형 시험이 적합한 시대가 된 것입니다.

이러한 시대적 요구에 답하기 위해 씨앤에이논술연구팀이 기획한 것이 바로 《교과서 소설 다보기》입니다. '한 사람이 열 권의 책을 읽는 것보다 열 사람이 한 권의 책을 읽고 토론하는 것이 더 좋다.'라는 말이 있습니다. 이에 연구팀은 국어 교과서에 수록된 단편 소설을 엄선하여, 중고등학생들이 우리 문학을 더 깊이 있게 이해하며 감상을 함께 나눌 수 있는 책을 기획하게 되었습니다.

소설은 단순한 이야기가 아니라 주인공이 다양한 환경에서 현실을 접하는 가운데 스스로 삶의 의미를 찾아 나가는 과정을 담은 새로운 세상입니다. 그리고 이러한 소설을 읽는 일 역시 단순히 이야기를 즐기는 것이 아니라, 소설 속에서 주인공이 겪는 모험을 독자가 체험함으로써 세상살이의 숨은 의미를 깨달아 나가는 행위입니다. 더 나아가 우리 학생들에게는 세계나 사회, 타자와 자신의 관계에 대해 혹은 '이 세계 속에서 어떻게 살아야 하는지'에 대한 존재론적이거나 윤리적인 물음의 답을 조금씩 찾아 나가는 계기가 될 수 있습니다.

《교과서 소설 다보기》6권에서는 현행 중고등학교 국어·문학 교과서에 수록된 작품을 중심으로 총 열두 편을 선정하여 네 가지 주제로 분류하였습니다. 1부 '현대사의 소용돌이 속에서'에서는 격변기 현대 한국 사회의 모습을 살펴보고, 바람직한 사회의 모습과 그 속에서 살아가는 개인의 삶의 태도에 대해 고찰합니다. 2부 '타인의 슬픔'에서는 개인과 타자의 관계에서 감정과 공감이 가지는 가능성과 한계를 파악하고, 타인의 고통을 대하는 개인과 사회의 올바른 태도에 대해 성찰해 봅니다. 또 3부 '위대한 현대인 열전'에서는 소설 속 인물의 삶이 지니는 의미를 파악하고, 바람직한 삶의 태도를 성찰해 봅니다. 마지막으로 4부 '동시대 다양한 이웃 이야기'에서는 동시대를 살아가는 다양한 약자들의 모습을 살펴보고, 이들을 위한 바람직한 사회 변화에 대해 생각해 봅니다.

이 책을 통해 작가 또는 작중 인물의 입장에서 생각해 보기도 하고, 다른 친구들의 감상도 들어 보며 '생각하는 즐거움', '인식의 지평이 넓어지는 즐거움'을 만끽하는 등 살아 있는 문학 작품을 만날 수 있을 것입니다. 특히 각 주제별로 마련된 토의·토론 문제로 친구들과 함께 이야기를 나눈다면, 비판적인 사고력을 키우면서 소통의 즐거움까지 느낄 수 있는 문학 수업이 될 것입니다.

《교과서 소설 다보기》는 문학적 상상력을 길러 주어 학생들이 가슴 따뜻한 미래의 리더로 성장하는 데 도움을 줄 시리즈입니다. 오랜 기간 준비하여 펴낸《교과서 소설 다보기》가 학생들에게 좋은 선물이 되기를 바랍니다.

짜임과 활용

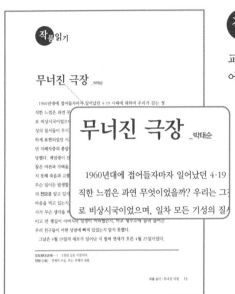

작품읽기

무너진 극장 _박태순

작품읽기

교과서에 실린 작품 전문을 수록하고,
어려운 단어를 알기 쉽게 풀이하였습니다.

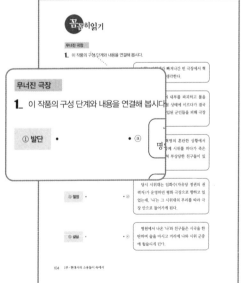

꼼꼼히읽기

작품의 맥락을 잘 짚어 냈는지
스스로 확인하는 문제를 수록하였습니다.

생각나누기

토의·토론 과정을 통해 자신의 생각을
논리적으로 표현하는 능력을 키울 수 있습니다.

생각나누기

Step_1 격변의 현대사와 민주주의를 향한 열망

다음 제시문을 읽고 물음에 답해 봅시다.

가 1952년과 1956년 선거에서 이승만이 내세운 부통령 후보가 연거푸 낙선하였다. 1956년 선거 때는 야당 후보의 유세장마다 변화를 갈망하는 목소리가 가득하였다. 제1야당 후보인 신석 노출 사망하였는데도, 이승만의 득표율은 겨우 50%를 넘기는 데 그쳤다.

이승만과 그를 후보로 내린 자유당은 긴장 속에서 1960년을 맞았다. 그해 3월 15일 대통령과 부통령 선거가 예정되어 있었기 때문이다. 야당은 정권 교체를 호소하였고, 이승만의 독주를 염려하던 국민들은 이승만 정권은 모든 수단을 동원해 유세들은 부정 질식할 위기에 빠졌다.

...들이었다. 1960년 2월 28일 대구에서 학생들이 처 ...시위를 벌였다. 선거 당일인 3월 15일에는 마산의 ...라는 구호를 외치며 대규모 시위를 벌였고, 이 ...하며 고교생들이 거리로 쏟아져 나왔다.

...하여 폭력적으로서 시위를 진압하였다. "난동자 뒤에 ...발표하며 시위대를 공산주의자, 북한의 간첩으로 ...단하며 부정을 점차 거세어졌고, 얼마 안 가 이승만의 ...

...주에서 최대의 항의 시위가 일어났다. 대학생들은 물 ...시위에서는, 경찰의 무차별 발포로 115명이 죽고 ...

...한 시위를 또다시 벌였다. 이번에는 교수들이 시위대를 ...이끌었으며, 서 일을 학생과 시민이 따랐다. '이승만 퇴진'을 요구한 시위대의 규모는 갈수록 커졌으며, 이튿날에는 10만 명이 넘는 시위 군중이 이승만 퇴진을 외치며 모여들었다.

이승만은 군대를 앞세워 유혈 진압을 시도하였으나 군대가 전압을 거부한 데다, 성난 민심을 확인한 미국이 이승만을 지지할 수 없다고 밝혔다. 4월 26일, 마침내 이승만은 대통령 직에서 물러나겠다고 발표하였다.

134 1부·현대사의 소용돌이 속에서

Step_1 격변의 현대사와

다음 제시문을 읽고 물음에 답해 봅시다.

가 1952년과 1956년 선거에서 이승

1956년 선거 때는 야당 후보의 유세장

당 후보가 선거 도중 사망하였는데도,

생각펼치기

우리 사회에는 개인과 개인, 개인과 사회 간에 다양한 관심이 발생하며, 이에 따라 여러 관계들이 형성됩니다. 관심의 유형과 표출 방식은 개인과 개인, 개인과 사회 간의 관계뿐만 아니라 개인의 삶과 사회 전반에 영향을 미칩니다. 이러한 점을 유념하여 제시문 가의 내용을 토대로 제시문 나~라에 나타난 문제점을 파악하고, 이를 해결하기 위한 방안에 대하여 논해 봅시다.

가 인간을 일러 사회적 존재라 하는데, 이는 인간이 관계적 존재라는 뜻이다. '나'라는 존재는 다른 존재와 아무 연관도 없이 단독으로 살아가는 것이 아니라, 남과 관계를 맺으면서 살아가는 과정에서 다른 차원의 존재로, 바른다. 예컨대, 나보다 우월한 사람을 만나면 나는 상... 연약함을 보호받게 된다. ...

...주어야 하는 시혜적 존재가 ... ...거나 폄하되면 일을 태도로 ... 게 된다. 공자가 '삼인행 필유 ... 관계 가운데 나의 존재가 변화 ...

나라는 주체는 대상이 되는 ... 다. 그런데 직·간접적인 관계를 ... 가지기 어려우며, 사회적 관계를 ... 간의 사물로 존재하는 '그것'으 ... 항상을 가져오지 못하는 인간관 ...

인간은, 다른 인간은 물론 사물과도 관계를 맺게 된다. 조각가는 대리석을 다루어 초상 작품을 만든다. 농부는 곡식을 심고 채소를 가꾼다. 이러한 과정에서 조각가나 농부는 대상으로부터 약간의 감흥과 즐거움을 얻을 수는 일지만, 자신의 존재가 근본적인 변화를 겪지는 않는다. 주체로서 인간이 만나는 다른 인간을, 나무, 쇳덩이 같은 것들처럼 서로 간에 아무런 영향을 주고받지 못할 때, 타인은 사물화하여 존재로서의 의미 영역에서 벗어진다. 인간이 이처럼 사물화되는 경향은 현대의 특징이기도 하지만, 이는 우리가 극복해야만 하는 과제이기도 하다.

인간과 인간의 관계에서 나타나는 사물화를 극복하기 위해서는 일차적으로 대상

148 1부·현대사의 소용돌이 속에서

을 토대로 제시문 나~라에 나타난 문

논해 봅시다.

가 인간을 일러 사회적 존재라 하

라는 존재는 다른 존재와 아무 연결

생각펼치기

다양한 주제의 글쓰기 과제를 수행하면서
기본적인 문장력, 글 구성 능력을 다집니다.

차례

01

현대사의
소용돌이 속에서

학습 목표

1. 소설 속에 드러난 격변기 현대 한국 사회의 모습을 파악할 수 있다.

2. 민주화 과정에서 드러난 대중의 양면성을 파악할 수 있다.

3. 역사적 흐름 속에서 개인의 삶을 살펴보고, 바람직한 삶의 태도에 대해 성찰할 수 있다.

4. 개인과 사회의 바람직한 관계 형성에 대해 본인의 의견을 논술할 수 있다.

해방 이후 한국 사회는 격동의 시기였습니다. 8·15 해방과 좌우 대립, 6·25의 동족상잔, 4·19 혁명과 5·16, 경제 개발과 급격한 도시화, 이후 민주화에 이르기까지 한국 사회는 급격한 변화를 겪었습니다. 이런 역사적 흐름을 직접 겪어 낸 이들은 그들이 속한 사회의 변화를 어떻게 인지했을까요?

이 작품은 이승만 정권의 붕괴 전야인 4월 25일에 일어난 사건들을 그린 단편 소설로, 4·19 혁명의 횡단면을 날카롭게 부조해 낸 기념비적 작품입니다. 작품에는 작가 자신이 대학 1학년 때 직접 체험한 4·19 혁명에 대한 생생하면서도 날카로운 기록의 시선이 담겨 있습니다. 4·19 때 경미한 부상을 입었던 '나'는 친구 광득이와 함께 외출하다 금방 마포 형무소에서 풀려 나온 용만이를 만나서는 망우리로 가서 시위를 하다 사망한 평길이의 무덤을 찾습니다. 다시 이들은 서울 의대 부속 병원으로 부상당해 입원한 친구 혼수를 문병하고 문리대 쪽으로 가다가 대학 교수단의 시위를 보고는 저녁부터 술집에 앉아서 침통하게 자유와 행복 등을 주제로 토론을 합니다. 밤중에 밖으로 나온 그들은 분노한 시위대의 물결에 합류하여 임화수의 평화 극장을 부수러 갑니다. 평화 극장은 독재 정권의 하수인인 정치 깡패 임화수의 것이기에 파괴되었지만 그것은 그 이상의 의미를 갖습니다. 위선과 기만, 억압과 폭력으로부터의 해방을 위한 이 파괴는 부당한 정권을 부수고, 자유와 쾌감을 가져왔지만 곧 시위대를 원초적 무질서에까지 끌고 가고 말았습니다. 원시적이고 본능적인 무질서에로의 해방 상태. 이 광기의 상태는 어떤 면에서는 대중의 힘의 양면성을 보여 줄 수도 있습니다.

▌박태순(朴泰洵, 1942~2019)

황해도 신천 출생. 1964년 《사상계》 신인 문학상에 단편 〈공알앙당〉이 가작 입상하면서 문단 활동을 시작하였다. 이후 〈정든 땅 언덕 위〉, 〈무너진 극장〉, 장편 《어느 사학도의 젊은 시절》, 《낯선 거리》 등을 발표하였다. 초기에는 대체로 빈민층의 삶을 묘사함으로써 소외되고 뿌리 뽑힌 사람들의 삶과 함께 민중의 건강한 생명력을 드러내는 데 치중했다. 이에 비해 후기에는 전쟁이나 민주화 운동 등 역사에 대한 깊은 통찰을 드러내는 작품을 발표하였다.

무너진 극장 _박태순

1960년대에 접어들사마자 일어났던 4·19 사태에 대하여 우리가 갖는 정직한 느낌은 과연 무엇이었을까? 우리는 그것을 알지 못했다. 때는 바야흐로 비상시국이었으며, 일차 모든 기성의 질서들이 있었으며, 일차 모든 기성의 질서들이 무시되는 혼란의 시기였다. **오도된** 질서에 대한 반발이 극심하게 표현되었던 시기였다. 기성 질서의 테두리 속에서 비겁한 안정을 꾀하던 지배자층의 총알에 맞아 많은 사람들이 죽었다. 붙잡힌 학생들은 고문을 당했다. 계엄령이 선포되었으며 통금 위반에 걸린 사람들은 얻어터졌다. 경찰은 여관과 가택을 수색했다. 병원마다 젊은이들은 빵꾸가 난 육체를 가누지 못해 죽음과 고통을 함께 느끼며 신음하였다. 때는 비상시국이었으므로, 무슨 일이든 발생할 수 있는 것이었다. 그랬으므로 그 당시 우리는 그 사태의 **전모**를 알고 있지 못했다. 완고한 노(老)대통령과 그 밑의 사람들이 무슨 마음을 먹고 있는지, 세계의 언론이 어떠한 보도를 하고 있었는지, 미국 대사가 무슨 생각을 하고 있었는지 자세히 알지 못했다. 더욱이 외아들을 죽이고 만 펑길이 아버지의 심정이 어떠했는지, 마포 형무소에 끌려 들어간 우리 친구들이 어떤 상념에 빠져 있었는지 알지 못했다.

그날은 4월 19일의 데모가 일어난 지 벌써 엿새가 흐른 4월 25일이었다.

오도되다(誤導--) 그릇된 길로 이끌리다.
전모(全貌) 전체의 모습. 또는 전체의 내용.

경미한 부상을 당했던 나의 몸은 어느 정도 나아져서 **기동할** 만했다. 나와 광득이는 아침 열 시쯤 바깥으로 나가다가 융만이를 만났다. 융만이는 마포 형무소에서 금방 풀려나온 길이라고 했다. "다구리로 얻어 컸지." 하고 융만이는 별로 억울할 것도 없다는 어조로 말했다. 융만이는 나의 손을 그의 가슴 속으로 넣게 하여, 용감한 무인(武人)이 자부심을 가지고 새겨 넣은 문신(文身)과도 흡사한 그의 상처를 보여 주었다. "나는 이 가슴에다가 우리의 뼈저린 현실을 새겨 넣은 거야!" 하고 그는 말했다. "부정 선거를 했던 정권은 망하고야 말 것이다." 하고 광득이가 심각한 얼굴로 말을 받았다. "그럴지도 모르지. 이것은 하나의 혁명이니까." "그래, 혁명이야." 하고 광득이가 다시 동의했다. "앞으로 어떻게나 될 것인지?" 광득이는 이어서 혼잣소리로 말했으며, 거기에 답변을 하지 못한 채 우리는 걸어서 시내의 중심가로 나왔다.

맑은 날씨였으나, 시내의 풍경은, 우리가 전혀 낯선 도시에 마악 닿았을 적에 받는 서먹서먹한 인상을 우리에게 줄 만큼 바뀌어져 있었다. 군인들이 거리마다 **도열해** 서 있었으며, 곳곳에 **바리케이드**가 쳐 있었다. 불타 버린 건물들, 탄흔(彈痕)이 남아 있는 **포도**에서 우리는 마치 전쟁이 한바탕 휩쓸고 지나가기라도 한 듯한 느낌이었다. 그래서 태양은 더욱 뜨겁고 하늘은 더욱 맑고 푸르게 느껴졌다. 사람들은 무관심한 표정 속에 흥분을 감추고 있었다. 서로들 경계심을 풀지 않으면서도, 비상시의 사람들답게 날카로운 호기심과 분노에 떠는 표정을 간간이 지어 보이고 있었다. 거리에는 계엄

기동하다(起動--) 몸을 일으켜 움직이다.
도열하다(堵列--) 많은 사람이 죽 늘어서다.
바리케이드(barricade) 흙이나 통, 철망 따위로 길 위에 임시로 쌓은 방어 시설. 시가전에서 적의 침입을 막거나 반대 세력의 진입을 물리적으로 저지하기 위하여 설치한다.
포도(鋪道) 길바닥에 돌과 모래 따위를 깔고 그 위에 시멘트나 아스팔트 따위로 덮어 단단하게 다져 사람이나 자동차가 다닐 수 있도록 꾸민 비교적 넓은 길.

사의 포고문이 붙어 있었고, 노대통령의 담화문도 게시되어 있었다. **집총한** 군인들은 호각을 불며 시민들이 혹시 대열을 지어 데모라도 벌일까 봐 경계하고 있었다. 민간인들은 군인들의 시선을 피하여 우울하게 하늘을 올려다보곤 했다. 태양은 점점 도시의 상공으로 접근해 왔으며, 바람은 더운 기운을 내뿜고 있었다. 이윽고 우리는 도심 지대를 벗어났다.

　우리는 중랑교까지 시내버스를 타고 가서, 거기에서 서울을 벗어났다. 우리는 망우리 입구에서 시외버스를 내려 허덕허덕 걸어 올라가기 시작했다. 하늘은 여전히 한가로운 느낌을 주는 푸른 빛깔을 띠고 있었다. 공동묘지는 성숙한 봄의 한가운데에, 별로 무덤이라는 느낌을 주지도 않으며 그렇게 방치되어 있었다. 그럼에도 거기에는 죽은 사람들의 고단한 혼백이 닥지닥지 붙어 있었다. 죽음은 다만 광물성(鑛物性)의 의미밖에는 가지고 있지 않은 듯했다. 부정 선거와 오도된 민주주의를 규탄하다가 죽어 버린 스물한 살짜리 청년의 시체가 그 가운데에 있으리라는 증거를 발견할 수는 없었다. 우리는 평길이의 무덤을 찾아내느라고 애를 먹었다. 한 시간 이상이나 헤매서야 간신히 찾아낼 수 있었다. 하지만 평길이의 무덤은, 설사 그것이 평길이의 무덤이라는 것을 인식한다 할지라도, 평길이와는 관련이 없을 것처럼 보였다. 우리는 죽어 버린 친구가 결국은 그 시체(屍體)를 남기지 않았다는 느낌을 받았다. 우리는 종달새 소리를 들었으며 소나무 사이를 거쳐 오는 바람 소리를 들었으며, 강인한 생명력을 가지고 움이 트는 잡초를 보았으며, 뜨거운 태양의 냄새를 풍기는 소주를 핥았다. 이윽고 우리는 사자(死者)에게 허리를 굽혀 절을 한 뒤에 그곳을 떠났다. 먼 지방으로부터 서울을 향하여 다가오는 시외버스는 그런데 만원이 되어 있었다. 엄밀하게 계엄령의 울타리를 치고 있는 그 속으로 끼어들어 가려고 하는 버스의 느릿느릿한 속도

집총하다(執銃--)　총을 쥐거나 지니다.

에도 우리는 그러나 그 계엄령을 잊어 먹고 있었다. 다만 우리는 사자로부터 멀어져 가서, 그 사자를 사자가 되게끔 만든 도시의 생명 속으로 끼어들어 가고 있는 것이었다.

어느덧 오후도 저물어 가고 있었다. 우리는 전차를 타고 가다가 종로 5가에서 내렸다. 서울 의대 부속 병원에는 중상을 입은 친구들이 많이 입원해 있었는데, 우리와 함께 데모를 했던 혼수는 갈비뼈가 부러져서 신음을 하고 있었다. 우리는 혼수의 병실을 찾아갔다. 혼수는 얼굴을 찡그리며 앓는 소리를 내었으며, 사태가 어떻게 돌아가고 있는지 우리에게 물었다. 우리는 그에게 해 줄 말이 없었다. 우리는 앓고 있는 사람에게, 그가 앓게 된 원인의 하나인 부정 선거 규탄 데모를 얘기할 수는 없었다. 모든 것은 아직 엉망이었으며, 우리에게 희망과 감격을 안겨 줄 반가운 소식이란 하나도 없었다. 어쩌면 앓고 있는 혼수 이상으로 이 세상이 앓아누웠는지도 모를 일이었다. 우리는 병원으로부터 벗어났다. 정원에는 수목이 자라고 있었고, 부상자들에게 헌혈을 하려는 사람들이 웅성거리고 있었다. 우리는 서울 문리대 쪽으로 걸어가기 시작하였다. 거기에서 우리는 많은 떼거리의 사람을 볼 수 있었다. **운집한** 군중들 틈새로, 도열해 서 있는 사람들이 보였다. 그들은 플래카드를 들고 있었다. 거기에는 '대학 교수단'이라고 씌어 있었다. 교수들은 허리를 구부정하게 굽힌 채 이윽고 움직이기 시작했다. 운집했던 군중들이 박수를 쳤다. 무어라고 떠드는 흥분된 소리도 들려왔다. 교수들의 굳게 긴장된 표정에는 나이 많은 사람들만이 가진 태연한 흥분이 엿보였다. 이윽고 교수단 데모대는 군중을 거느리고 경찰들의 호위를 받으며 사라져 갔다.

우리는 문리대 앞으로 나왔다. 우리는 대학이라는 곳이 진리의 보금자리

운집하다(雲集--) 많은 사람이 모여들다. 구름처럼 모인다는 뜻에서 나온 말이다.

라는 말을 그때 실감하였다. 저녁 햇빛에 감싸인 캠퍼스는 이 근래 일어나고 있는 **제반** 사태에 대하여 엄숙한 의무감을 내보이고 있는 것 같았다. 캠퍼스 앞에는 집총한 군인들이 서 있었으며, 학생들은 그 앞에서 옹기종기 모여 잡담을 나누고 있었다. 우리는 다방으로 들어가 차를 한 잔 마셨으며, 그런 뒤에 바깥으로 나왔는데, 핏빛 놀이 진 하늘에는 6·25 전쟁 때에 내가 보았던 불그무레한 처참한 빛을 띠고 있었다.

이윽고 밤이 되었다. 우리는 더욱 심상치 않은 분위기를 느꼈다. 라디오로부터 흘러나오고 있는 뉴스에서 교수단의 데모가 국회 의사당 앞에까지 닿았음을 알았다. 라디오는 교수단이 데모를 한다는 뉴스를 보내 준 것이 아니라, 쓸데없이 거리로 뛰쳐나온 시민들은 어서 집으로 돌아가라고 호소하는 것이었다. 거리는 어느 정도 허탈하게 비어 버렸으며, 우리는 싸구려 막걸리 집에 들어가서 술을 먹기 시작했다. 그런데 우리는 술이 취하지 않았다. 그래서 더욱 열심히 속도를 빨리하여 마시기 시작했다. 우리는 술이 안 오르는 이유를 너무도 잘 알고 있었다. 우리는 늙은이와도 마찬가지의 침통한 어조로 민주주의와 자유와 행복과 후진국과 부정 선거와 부패와 타락과 슬픔과 아픔에 관해서 얘기했다. 술은 취하지 않았으나 머리는 무거웠다. 그래서 열심히 술을 마셔 주는 것만이, 지금의 순간에 있어서 우리가 할 수 있는 가장 성실한 일이라고까지 생각되었다. 이윽고 밤 여덟 시가 좀 지났다. 바깥으로 나갔던 주인아주머니가 돌아왔다. "어서들 나가세요. 문을 닫아야겠으니까요." 하고 주인아주머니는 말했다. 시계는 여덟 시 이십 분을 가리키고 있었다. "학생들, 라디오 소리가 안 들려요?" 주인아주머니는 라디오의 볼륨을 높여 놓았다. 계엄령은 다시 선포되어 있었다. 통행금지 시간도 아홉 시부터 시작된다고 했다. 아나운서는 거듭거듭

제반(諸般) 어떤 것과 관련된 모든 것.

시민의 **자숙**을 요청하고 있었다. 술집 주인의 아들인 듯한 중학생이 그때 숨을 헐레벌떡 쉬면서 들어왔다. "지금 시내에서는 데모대들과 경찰들이 마구 총질을 하고 있어." 하고 그는 말했다. 건물들이 불타고 있으며, 파출소가 다시 파괴되고 있고, 공공건물들이 가릴 것 없이 화염에 휩싸여 있다고 그는 말했다.

우리는 바깥으로 나왔다. 거리는 깊은 정적에 감싸여 있었다. 상점들은 모두 문을 닫았다. 그러자 그때 사이렌 소리가 들려왔다. 날카로운 음향이었다. 우리는 정신을 차렸다. 조금 뒤에 우리는 함성이 들려오고 있음을 **감득했다.** 그 함성은 차츰 이쪽으로 가까워 오고 있었다. 갑자기 사람들이 나타나기 시작했다. 산적처럼 사람들은 어둠 속으로부터 뛰쳐나왔다. 큰 거리는 이내 인파로 가득히 메워져 있었다. 주위가 온통 시끄러워져 있었다. 우리는 어느덧 술이 깨 버렸으나, 우리의 피부에 부딪쳐지는 거대한 힘의 무게에 압도되어 다시 몽롱해져 왔다. 수분기처럼 적셔지는 분노, 부정, 부패와 **학정**에 대한 씻을 수 없는 혐오가 한 덩어리로 뒤엉켜, 어느덧 우리는 사람들의 성난 대열에 가입돼 버리는 것을 느끼고 있었다. 3·15 선거는 불법이다, 부정이다, 하고 사람들은 외치고 있었다. 임화수의 집이 **결딴났다**, 하고 어떤 녀석이 고래고래 고함을 지르고 있었다. 사람들은 임화수의 집이 결딴났다는 것이 마치 부정 선거에 대한 규탄 구호인 것처럼 **복창하는** 것이었다. 이정재의 집도 결딴났다 하고 어떤 녀석이 고함을 질렀다. 평화 극장을 부숴라, 사람들은 절규하고 있었다. 임화수의 평화 극장을 때려 부숴라. 사람들은 평화 극장을 향하여 맹렬한 속도로 달려가고 있었다. 사람들은 뛰

자숙(自肅) 자신의 행동을 스스로 조심함.
감득하다(感得--) 느껴서 알다.
학정(虐政) 포학하고 가혹한 정치.
결딴나다 살림이 망하여 거덜 나다.
복창하다(復唱--) 남의 말을 그대로 받아서 다시 외다.

었다. 사슬에서부터 풀려나온 짐승처럼 으르렁거리며 아무런 제지도 받지 않고 달려가는 것이었다. 평화 극장이 어둠 속에 나타났다. 사람들은 주변을 감쌌다. 구호를 복창하고, 알아먹을 수 없는 비명을 지르고, 어이쌰 어이쌰 소리를 뱉어 냈다.

극장 안에는 경찰들이 **잠복해** 있는 모양이었다. 사람들은 그러나 아랑곳하지 않았다. 임화수는 나오라, 임화수는 나오라. 사람들은 울부짖고 있었다. 사람들은 상징, 일종의 **스케이프고우트**인 임화수라는 추상적인 존재에 대하여 그들의 분노를 떠맡겨 버린 것이었다. 나가자, 나가자, 사람들은 이어서 외치고 있었다. 사람들은 삼삼칠 박자의 가락으로 손뼉을 치면서 앞으로 앞으로 내달았다. 타캉 하는 소리가 그때 울려 퍼졌다. 이어서 타캉, 타캉, 타캉, 둔탁한 소리는 계속 울려 퍼졌다. 아아…… 짧은 신음 소리를 내며 **얼른거리는** 어두움 속에서 누군가가 쓰러졌다. 몇 명의 사람들이 그곳으로 다가서서 쓰러진 사람을 일으켜 세우려고 했다. 총에 맞은 사람은 아픔이 확실하게 느껴지자 비명을 지르며 울기 시작했다. 사람들은 고함을 지르고 있었다. 돌멩이들이 앞으로 뻗쳐 갔다. 쨍그랑 하는 소리가 들렸다. 총소리가 뜸해졌다. 사람들의 기세가 드높아졌다. 그러자 총소리는 다시 들리기 시작하였다. 총소리는 절대적인 정적, 그것과 마찬가지로 계속이 되어서, 그 소리가 없으면 도리어 이상해질 것 같은 모호한 상태가 되어 버렸다. 막연한 죽음의 상태와도 같이 그 총소리는 총소리라기보다도 하나의 무게로써, 엄청난 부피로써 이 세상을 변경시켜 놓고 있었다. 그 총소리는 인간의 육신이 인내할 수 있는 한계를 온통 부숴 버리는 것 같았다. 삶과 죽음은 한

잠복하다(潛伏--) 드러나지 않게 숨다.
스케이프고우트(scapegoat) 희생양. 다른 사람의 이익이나 어떤 목적을 위하여 목숨, 재산, 명예, 이익 따위를 빼앗긴 사람을 비유적으로 이르는 말.
얼른거리다 무엇이 자꾸 보이다 말다 하다.

데 엉겨 붙어, 흐느적거리는 즙액처럼 그 총소리 속에 용해되어 버린 것 같았다. 그런 상태는 몹시도 오랜 시간 동안 계속된 것 같았다. 어느새 사람들은 와르르 극장 안으로 쏟아져 들어가고 있는 판이었다. 사람들은 들고 있던 몽둥이와 쇠꼬챙이 같은 것으로 극장 입구의 유리문을 부수기 시작했다. 왱그랑 쨍그랑 소리를 내며 유리문은 산산조각이 났다. 영화 포스터가 찢어졌다. 현수막이 쓰러졌다. 사람들은 임화수를 잡아라, 소리를 지르며 내닫고 있는 것이었다.

우리는 어깨동무하여 천천히 극장 앞으로 갔다. 극장 입구는 완전히 파괴되어 있었다. 우리는 발길에 걸리는 깨어진 유리 조각을 차 던지며 안으로 들어갔다. 우리는 잠시 휴게실이라 짐작되는 곳에 서 있었다. 주변은 깜깜했다. 그러나 어둠 속으로부터 소리가, 그것도 이중 삼중으로 겹쳐 들려오는 소리가 마치 단단한 물질처럼 우리를 뺑 둘러쌌다. 사람들은 성냥을 켜고 종이를 태워 어둠을 몰아내고자 하였다. 여기저기서 마치 사악한 영혼을 가진 유령들처럼 너울거리는 불빛이 보여 왔다. 사람들은 불을 보면서 함성을 내지르고 있었고 닥치는 대로 부수고 있는 중이었다. 극장의 관람석으로 들어가는 출입구가 우선 요란한 굉음을 내면서 부서지고 있었다. 장의자가 넘어가고, 테이블이 나뒹굴고 있었다. 유리창이란 유리창은 몽땅그리 깨어지고 있는 중이었다. **출찰구** 옆의 사무실의 부서진 문 안으로 사람들이 몰려들기 시작했다. 우리는 부서진 출입구를 통해서 관람석으로 발을 들이밀었다. 마악 누군가가 쇠창살 같은 것으로 스크린을 찢고 있었다. 스크린은 마치 하얀 치마저고리를 입은 여자처럼 보였다. 하얀빛을 뿌리면서 너울대다가 그 가운데로부터 짝 갈라지기 시작했다. 그 음향은 주변의 소음에

출찰구(出札口) ① 차표나 배표 따위를 손님에게 파는 창구. ② 차나 배에서 내린 손님이 표를 내고 나가거나 나오는 곳.

함몰되지 않는 독특한 음색을 가지고 있었다. 그것은 살갗을 면도칼로 쫙 그었을 때 나리라 생각되는 그러한 음향을 가지고 있었다. 마치 신체의 일부분이 상처를 받은 것만 같았다. 그것을 듣고 있기란 정말 괴로운 일이었다. 누군가가 이 극장의 한편 구석에 숨어서, 이쪽을 향하여 총알을 겨냥하고 있을는지도 모른다는 생각과 함께, 막연하게 여러 불법적인 정치 질서가 떠오르고, 데모에 대한 것이 기억나고, 아니 그 모든 것에 앞서서 **고고한** 승리를 목전에 두고 있는 사람만이 가질 수 있는 **크낙한** 쾌감, 기막힌 흥분이 엄습해 왔다. 나는 무의식중에 앞에 보이는 물건들을 부수기 시작했다. 전신으로부터 알지 못할 힘이 솟구쳐 나와서 근육이 불뚝불뚝 일어서고 머리에 피가 몰려서 눈앞이 아뜩해 왔다.

　관람석은 갖가지 음향으로 꽉 차 있었다. 아래층 이 층이고 가릴 것 없이 기괴한, 삭막한 음향이 뒤엉겨 붙었다. 그것은 이 세상이 파괴되는 음향이었다. 음향은 일찍이 사람들이 몰려들어 구경을 하던 극장 안을 온통 삼켜 버리고 말았다. 그리하여 사람들의 집회 장소였던 이곳의 질서의 음향을 깨뜨려 버리는 것이었다. 음향은 파괴될 필요가 있었는지도 모른다. 저 위선과 기만의 음성들. 레코드판처럼 똑같이 반복되었던 찬양의 소리, 속삭임 소리, 신음 소리, 불평과 불만의 소리는 일차 깨뜨려질 까닭이 있었을 것이었다. 사람들은 동물이나 내는 기괴한 탄성을 지르고 있었다. 그들은 눈앞에 닥친 무질서에 환장해 버려서, 마치 사회와 인습과 생활 규범을 몽땅 망각한 것 같았다. 그들은 기괴한 소리를 뱉으며 물건들을 부수고 있는 것이었다. 극장 안에 이루어져 있었던 여러 형상물(形象物)들은 점점 망가져서 쓰레기 더미로 화하였다. 말하자면 추상물이 되어

함몰되다(陷沒--)　① 물속이나 땅속에 빠지게 되다. ② 결판이 나서 없어지다.
고고하다(孤高--)　세상일에 초연하여 홀로 고상하다.
크낙하다　크나크다.

가고 있었다. 열(列)을 지어 뻗어 있던 의자들은 사람들에 의하여 파괴되어 의자로서의 기능을 분해당했다. 의자는 다만 약간의 금속판과 나무의 합성 제품으로 구성된 것에 불과한 것이었다. 그것은 마치 괴팍한 화학자가 이 세상의 물질이 무엇으로 되어 있는가를 실험할 적에 내보이는 원소와 원자에의 회귀(回歸)와도 같은 것인지도 모른다. 또는 사실화만 그리던 사람들이, 그런 객관의 질서를 무너뜨려서 추상화, 초현실화를 그리지 않을 수 없었던 때의 그 와해 감정과 같은 것인지도 모른다. 사람들은 관람석을 분해시켜 그곳의 효용 가치를 파괴시키는 무질서에의 작업을 열렬한 흥분 속에서 감행하고 있었다. 사람들은 정권 유지에 급급하여 제멋대로 부정을 **자행하던** 지도자들이 만들어 놓은 그러한 질서를 인정할 수가 없었는지 모른다. 사람들은 부정부패의 한 상징인 임화수를 생각할 때 이 극장에 대한 질서를 허용하지 않는 것이었다. 그리하여 사람들은 이러한 파괴에서 묘한 쾌감조차 느끼고 있는 것이었으나, 반면에 붕괴되고 있는 저 굉음에 대하여서는 어떤 본능적인 공포를 자극받았다. 그들은 공포를 느낄수록 더욱 집착하고 있는지 모른다. 어떤 절망 같은 것, 이 세계가 이것으로 끝나 버릴지도 모른다는 아득한 허탈감 속에 너무도 깊이 빨려 들어가 있었다. 나 또한 부서진 의자에서 철근을 추출해 내어 그것으로 타일을 깐 바닥을 두들겨 대기 시작했다. 꽈당, 꽈당. 내가 내고 있는 소리가 나의 육체 속으로 달려들었다. 마치 내 몸뚱이를 꽈당 꽈당 들깨부수고 있는 것이나 아닌가 생각될 지경이었다. 그것은 너무도 힘이 들어서, 계속하여 두들겨 부수지 않는다면 도리어 내가 죽어 버리지나 않을까 생각되었다. 죽을힘을 다하여 죽음 그 자체와 싸워야 한다고 느끼기나 하는 것처럼 열렬하게 때려 부수고 있는 것이었다.

자행하다(恣行--) 제멋대로 해 나가다. 또는 삼가는 태도가 없이 건방지게 행동하다.

물건 부수어지는 소리와 고함 소리는 한데 휩싸여 **아비규환**의 절정을 이루고 있었다. 사람들은 불을 만들었다. 어둠은 무서웠던 것이었다. 성냥불이 그어지고, 커다랗게 흔들리는 그림자들이 이쪽저쪽 벽에 나타났다. 그림자들은 귀신에 혹한 것처럼 아니면 스스로 귀신이 되어 버린 것처럼 너울거리고 있었다. 누군가가 의자 더미를 모아 왔다. 불길이 솟아올랐다. 그러자 보다 무서운 광경이 **현출되었다.** 불빛에 드러나고 있는 현장의 처참은 극한 상태에서 오는 무서움이었다. 넘어져 뒹구는 의자들은 진짜로 죽어 나자빠진 사람들인 것 같았다. 거기에 겹쳐 일어나는 소음과 비명과 울부짖음은 장내의 처참한 광경을 소스라칠 정도로 돋보이게 했다.

　　"아아아……." 절망적인 목소리로 누군가가 절규하고 있었다. "이 개새끼들아." 하고 그 소리는 외쳐 대고 있었다. 불은 점점 더 커져 가기 시작하여 장내는 환해졌다. 이미 제대로 형체를 남기고 있는 비품이라고는 거의 찾아볼 수 없었다. 사람들은 타오르기 시작하는 불을 보며 흥분했고, 망가진 광경을 보며 흥분했다. 무대에는 가랑이 벌린 여자의 꼴로 찢어져 버린 스크린이 더욱 가득히 요괴스런 흰빛을 내뿜고 있었고, 그러자 사람들은 무대로 달려가고 있었다. 이 층에 가 있는 사람들은 함부로 물건들을 아래로 던지기 시작하였고, 무대에 올라간 사람들은, 흡사 살인이라도 할 듯한 열성을 가지고 스크린을 찢기 시작하였다. 그리하여 스크린은 수천 갈래로 조각이 나 버리고 말았는데, 사람들은 이에 그치지 않고 천장에 말려 올라간 **비로드** 막(幕)을 잡아 내리기 시작하였다. 사람들은 그 막을 찢었으며, 무대를 부수기 시작하였다. 무대 뒤의 벽도 허물어지기 시작했고, 거기에도 누군가가 성냥을 당겨서 불길이 붙기 시작했다.

아비규환(阿鼻叫喚)　여러 사람이 비참한 지경에 빠져 울부짖는 참상을 비유적으로 이르는 말.
현출되다(現出--)　겉으로 드러나다.
비로드(veludo)　거죽에 곱고 짧은 털이 촘촘히 돋게 짠 비단. 벨벳.

그때 나 또한 무대 있는 곳으로 올라갔다. 이미 막이며 스크린은 산산조 각으로 찢겨져 있었으며, 무대의 마룻바닥도 엉망으로 망가져 있었다. 나 는 무대에서 객석을 향하여 서 있었다. 수많은 관객을 매혹시키던 아름다 운 배우가 의기양양하게 가슴을 펴고 자신의 연기를 자랑하던 모습을 도저 히 상상할 수는 없었다. 그때 내 눈에 비쳐진 광경은 너무도 비현실적인 냄 새를 풍기고 있었다. 어둠과 밝음의 경계는 뚜렷이 이루어지고 있지 않았 다. 그러나 어둠보다는 밝은 쪽이 더욱 **광기**를 내포하고 있었다. 아래층이 고 이 층이고 할 것 없이 사람들은 아무런 의미도 없는 마치 원시인들과도 같이 깩깩 고함을 지르며 제멋대로 날뛰고 있었다. 여기저기 불길이 번지기 시작하는 곳에 마치 이 세계에 종말이 다가왔다는 것처럼 이상한 냄새를 피 우며 연기가 퍼져 가고 있었다. 우당탕우당탕 소리가 겹쳐 올라, 무자비한 전투가 벌어지고 있는 것처럼 보이는가 하면, 무조건 만세를 부르며 절규하 는 자들도 있었다. 나는 마룻바닥에 주저앉아서, 점점 매캐한 냄새를 풍기 는 연기를 맡고 있었다.

아마 이것이야말로, 사람들이 불만스러워할 때 막연히 느끼는 그러한 방 심 상태일는지도 모른다. 원시적이고 본능적인 무질서에로의 해방 상태. 이 런 본능이야말로 최루탄을 맞으면서도 애써 진행시켜 갔고 대열을 만들어 갔던 데모의 다른 한쪽 면이 아니겠는가? 그러니까 데모의 바깥쪽에는 법 률적인 것, 도덕적인 것, 종교적인 것, 심지어는 신화적인 것이 이를 지켜 주고 있을 것이나, 데모의 그 안쪽에는 이런 도취, 이런 공동 무의식이 잠재 되어 있을 것이었다. 오류에 빠진 질서를 파괴하여, 인간을 속박시키던 것 들을 풀어 버리고, 구차한 사회생활의 규범과 말 못 할 슬픔과 부정부패에 대한 울분을 훌훌 떨구어 버리고 나서, 하나의 당돌한 무질서 상태를 만드

광기(狂氣) 미친 듯한 기미.

는 것이었다. 사람들은 조만간에 극장을 몽땅 태우고 말 것이었다. 여기저기서 어느덧 불길은 심상치 않은 세력으로 번져 가기 시작했고, 사람들의 흥분은 더욱 가세되어 있었다.

그러자 출입구 쪽으로부터 한 떼의 사람들이 밀려들기 시작했다. 그들은 장내에서 무턱대고 때려 부수고 있는 사람들과는 다른 종류의 사람들이었다. 그들은 무서움과 울분과 두려움을 교묘하게 섞고 있었다. 그들이 고함을 지르기 시작했다. 데모대들이 지르던 고함과는 그 여운이 달랐다. 그들은 저 사회인이 가지는 냉정한 눈초리로 사방을 훑어보며 "아아아……." 하고 고함을 지르는 것이었다. "불을 지르지 마라. 불을 지르지 마라." 하고 그들이 일제히 소리를 질렀다.

알고 보니 그들은 이 동네에 사는 사람들이었다. 불을 지르면 삽시간에 퍼져서 이 동네는 잿더미가 되어 버릴 판이었다. 그래서 그들은 필사적인 노력으로 데모대의 흥분을 어떤 차원에서 막아 보려고 달려온 것이었다. 하지만 데모대들은 그들의 고함 소리에 귀를 기울이지 않았다. 이 개새끼들아……. 하고 그들은 일제히 외쳤다. 불을 지르지 마라. 그들 중에서 뚱뚱한 중년 부인이 미친 듯이 비명을 지르기 시작했다. 여자의 높은, 째지는 듯한 음성은 살벌하게 극장 안을 울려 놓고 있었다. 그러다 그 여자는 그만 기절해 버리고 말았다. 데모대들은 계속해서 불을 지르고 있는 중이었으며, 파괴 행동은 또한 그대로 계속되고 있었다.

주민들은 참을 수 없다는 듯이 불이 번지기 시작하는 곳으로 달려 붙었다. 성난 이리 떼처럼 달겨들어 불길을 짓밟았다. 거기에 약간의 충돌이 있었다. 데모대들은 어떤 본능적인 느낌으로 이들을 적수로 간주하여 달겨들 태세를 취했다. 주민들 또한 필사적인 노력을 기울여 그들의 재산을 보호하려 하였다. 그것은 마치 혼란의 세계를 맞이한 두 가지 계층의 사람군(群)을 나타내 주고 있는 것 같았다. 불길이 어느 정도 잦아들기 시작하자, 주민들은 일제히 합창을 하듯이 말하기 시작했다. "불을 지르지 마라. 그러면 이 동네가 타 버린다." 그러나 주민들의 말은 아직 데모대에게는 설득력을 발휘하지 않고 있었다. 마치 그들은 주민들이 떠드는 소리 또한 '부정 선거 다시 하라'는 따위의 구호처럼 듣고 있는 것 같았기 때문이었다.

갑자기 장내에는 전등불이 켜졌다. 누군가 스위치를 발견한 모양이었다. 순식간에 어둠은 물러나고, 대낮과도 같이 환해졌다. 사람들은 놀라서 천정을 쳐다보고, 주변을 둘러보았다. 사람들은 더욱 놀라 버렸다. 그들은 과연 어느 곳에 서 있는 것일까? 그들은 극장 안에 있는 것인가? 아니면 해파리와 조개껍질들이 잔뜩 깔린 바닷가에라도 와 있는 것인가? 사람들은 마치 그들의 흥분을 믿지 못해 하는 것 같았다. "여러분." 하고 파자마 바람의 장년 사내가 말했다. "여러분 불은 지르지 마시오, 그러면 이 동네가 불바다가 되어 버린단 말요." 그 사내의 말소리는 자세히 들린 것은 아니었다. 사람들은 비록 놀라서 정신을 차렸지만, 다음 순간에 무의식적으로 다시 주변의 물건들을 때려 부수기 시작했던 것이었다.

그리고 그때 나는 저 이 층, **영사실**에 그림자가 얼른거리는 것을 보았다. 어떤 녀석들은 이 극장 안에 있는 물건들을 훔치기 위하여 광분하고 있는 것이었다. 나는 자신의 육체가 깨어진, 텅 비어 버린 무대 위에 **포복하는** 자세로 엎드려 있음을 문득 깨달았다. 나는 반만큼 일어나 앉으려다 말고 다시 엎드려져 있었다. 너덜거리는 막(幕)이며, 찢어진 하얀 스크린은 주변에서 나를 감싸 주고 있었다. 그것은 마치 내가 파괴된 극장의 무대에서 단독 주연 배우로서 어처구니없는 연기(演技)라도 하고 있는 꼴이었다. 그것은 언젠가 읽은 적이 있는 이차 대전 때의 어떤 극장 광경을 상기시켜 주

영사실(映寫室) 영화나 환등 따위의 필름에 있는 상을 영사막에 비추어 나타내는 장치를 갖춘 방.
포복하다(匍匐--) 배를 땅에 대고 기다.

었다. 철저하게 파괴되어 버려서, 거의 다 피난을 가 버리고 만 텅 빈 도시에 남아 있는 약간의 사람들은 이미 **태반**이 폭격을 맞아 파괴된 극장 안에서 관중이 없는 연극 놀이를 하는 것이었다. 사람들은 그러한 연극 놀이라도 하지 않고서는, 절망 가운데에서 도저히 이겨 낼 수 없었을 것이었다. 인간의 행동이라는 것은 **왕왕** 어떤 연극의 연기자에 비유되기는 하지만, 극장 파괴라는 이 놀음에 있어서, 사람들이 가지고 있는 저 냉혹한 도취, 사회와 역사에 대해서 가지고 있는 왜곡된 광장(廣場), 또는 완성된 무질서 상태는 어떻게 제지를 받아야 할 것인가. 위정자들은, 그들의 협소한 현실 감각에 의해서, 고달픈 광범위한 현실을 이해하지 않았다. 사람들은 그들의 무의식의 영역에 위치하는 무거운 분노를 떨구어 내지 않는 한 견딜 수 없었을 것이리라. 더욱이 정치적인 현상이 모든 다른 현상을 일방적으로 지배하게 마련인 후진국 사회에서, 그 정치가 잘못되어 있다면 여타의 모든 것이 엉망이라는 사실에는 이의가 없다. 사람들은 그 정치의 개선을 요구함으로써 그들이 갖고 있는 모든 부면의 개선을 요구할 권리를 가진 것처럼 생각하여 데모를 벌인 것이나 아닌가? 그 데모는 궁극적으로 퍼져 나가 이와 같은 광란의 도취에까지 이른 것이 아니던가? 어느 결엔가 전등은 다시 나가 버리고 말았으며, 찌꺼기만 남은 불더미와, 사람들이 피우고 있는 담뱃불이 마치 밤의 대지에 얼른거리는 도깨비불 같았다. "군인들이 달려오고 있다." 하고 그때 누군가가 말했다. "계엄사의 군인들이 오고 있다." 하고 누군가가 그 말을 받았다. 그러자 데모대들은 갑자기 정신이 번쩍 난 것 같았다. "임화수는 도망가 버리고 없다."라고 그들은 말하면서 퇴각하기 시작했다. 그것은 흡사 거대한 파도가 밀어닥쳤다가 밀려 나

태반(太半) 반수 이상.
왕왕(往往) 시간의 간격을 두고 이따금.

가는 것과 흡사한 형국이었다. 사람들은 그들이 부순 의자며, 방음벽을 왕그랭 땡그랭 차면서 나가 버렸다. 파도는 거센 힘으로 밀려와 상륙하여 거치른 흔적을 남긴 뒤에는, 순식간에 깨끗이 물러가 버리고 마는 것이었다. 조금 더 시간이 지나니까 장내에는 나 혼자만이 남아 있었다. 갑자기 정적이 찾아왔다. 와자지껄하던 소리는 차츰차츰 멀어지더니 아무 소리도 들리지 않게 되었다. 공기는 여태까지의 혼란스러웠던 회전에서 마치 죽음의 세계를 맞이한 듯이 흔들리지 않고 있었다. 하도 고요했으므로, 나는 그 고요하다는 것을 믿지 못했다. 그것은 나를 무섭게 만들었으며, 고독하게 만들었다. 나는 무대의 가운데에 자빠져서 숨을 죽이고, 과연 이것이 현실에서 일어나고 있는 일인지 의심했다. 나는 전혀 꼼짝할 수가 없었고, 오늘 밤에 일어난 여러 사건들이 감감하게 몽롱해져 와서, 내가 과연 죽은 것이나 아닌가 생각하였다. 나는 비어 버린 객석의 그 무거운 집념에 도저히 혼자 견뎌 낼 자신을 잃었다. 심하게 몰아닥치던 폭풍우가 지나가 버리고 엉뚱한 기슭에 난파하여 과연 그곳이 죽음의 섬인지나 아닌지 의심이 들 때의 그 곤혹한 의문을 나는 이해할 수 있었다.

군인들이 극장 안으로 들어왔다. 나는 전혀 꼼짝하지 않았다. 방금이라도 그들에게 발각되어, 비참한 몰골로 사살되어 버리고 말 것이라고 나는 생각했다. 군인들은 플래시를 비추었다. 한 줄기의 광선은 파괴된 극장의 내부를 처참하게 드러내 보였다. 군인들은 플래시를 이리저리 흔들었다. 플래시는 바로 내 몸뚱이를 핥고 있었다. 나는 군인들이 나를 발견했으리라고 생각했다. 그러자 군인들은 플래시를 이동시켰고, 나는 간신히 어둠 속에 매장될 수가 있었다. 군인들이 말하는 목소리가 들려왔다. "개똥 같은 새끼들." 하고 군인 중의 하나가 욕을 했다. 그 목소리는 지독한 혐오감과 무질서에의 분노를 담고 있었다. "이러다 우리나라는 어찌 될 것인가? 모두들 빠방 쏴 버려야 돼." 하고 다른 군인 하나가 절망적인 어조로

개탄했다. 둔중한 구두 발자국 소리는 계속해서 울려 퍼졌고, 그들의 개탄은 계속되었다. 그러다 그들은 을씨년스러운 풍경에 더럭 염증이 나 버렸는지 바깥으로 나갔다.

이제 한밤중이 되어 있었다. 군인들은 파괴된 극장의 주변을 유령처럼 끈질기게 돌아다니고 있었다. 플래시는 **간단없이** 이쪽저쪽을 비추었으며, 그럼에도 불구하고 나는 꼼짝하지 않았다. 군인 중의 하나가 이 층으로 올라갔다. 그러자 거기에서 총소리가 한 번 났다. 시끄러운 소리가 들리는가 하더니, 아래층에서부터 대여섯 명의 사람들이 우르르 밀려 올라가고 있었다. "이 새끼 넌 무어야?" 하는 소리가 들려왔다. "아이구 살려 주십시오." 하고 비명을 지르는 소리가 들려왔다. "안으로 끌고 들어가." 다른 목소리가 이렇게 받았다. 이 층의 출입구가 열리더니 서너 명의 군인들이 민간인 청년 하나를 끌고 들어왔다. 그리고 다른 군인 하나는 커다란 포대 자루를 움켜쥐고 있었다. "그래 너는, 이런 혼란 통에서도 물건을 훔치는 거야? 개새끼." 하고 포대 자루를 든 군인이 말했다. 알고 보니 민간인 청년은 구내 매점의 물건을 쌓아 둔 곳에 들어가 물건을 훔친 모양이었다. 캐러멜 **등속**, 빵, 과자, 껌, 사이다, 주스가 쏟아져 나왔다. 포로가 된 민간인 청년은 두 손을 싹싹 부비고 있었다. 군인들은 그를 한가운데 놔두고 나서 성급하게 빵과 캐러멜 같은 것을 먹기 시작했다. "제기랄, 그럴듯하군. 여기서 파티나 열자." 하고 그들 중의 하나가 말했다. 그들은 부서진 나무판자를 바닥에 깔았으며, 적당히 주저앉아서는 한결 기분이 풀렸다는 듯이 잡담을 나누며 데모대들을 욕하고 있었다. 그러자 조금 뒤에 이 극장의 관리인인 듯싶은 사내가 한 명 들어왔다. 그 사내는 거의 사십이 가까워 보였다. 그 사내

개탄하다(慨歎 · 慨嘆––) 분하거나 못마땅하게 여겨 한탄하다.
간단없이(間斷––) 계속하거나 이어져 있던 것이 끊이지 아니하게.
등속(等屬) 나열한 사물과 같은 종류의 것들을 몰아서 이르는 말.

는 군인들에게 설설 기면서 데모대에 관해 욕설을 퍼부었다.

　이제 한밤중이 되어 있었다. 여전히 군인들은 유령처럼 돌아다니고 있었다. 하지만 무대에는 나 혼자밖에는 없었고, 주변은 삭막할 만치 **괴괴하였다.** 나는 절실히 담배가 한 대 피우고 싶어졌다. 그러나 나는 담배를 피울 수는 없었다. 배때기를 바닥에 깔고 앉아서 나는 이 무서운 밤이 빨리 지나가기를 바라고 있었다. 나는 아득하게 느껴지기 시작한 아픔과 괴로움, 그리고 철모르고 뛰어들게 된 우리의 이러한 현실 참여에서, 우리가 일종의 보상처럼 받게 되는, 이 세상의 **잔학한** 진상을 생각하고 있었다. 파괴된 공간, 정지된 시간이라고 어떤 시인은 말한 적이 있었다. 사람이 생각할 능력과 의식을 가지고 있다는 것은 크낙한 고통의 의미가 될 수 있음을 나는 깨닫고 있었다.

　과연 이 밤은 지나갈 것인가? 사람들이 아픔을 느끼며 **희구해** 마지않았던 새날은 찾아올 것인가? 능히 무질서를 수용하며 그것을 승화시킬 수 있는 새로운 질서는 찾아올 것인가? "희망을 말하는 자는 누구를 막론하고 도적놈들이다."라고 어떤 시인이 쓴 말은 과연 정확한 것인가? 1950년대에 사람들은 전쟁이라는 것을 통하여 잔학한 무질서를 익혔었다. 그리고 1960년대로 넘어가는 이 해에는 한국에 있어서 또 하나의 크낙한 변혁이 오고 있었다. 이 변혁을 정치적인 의미로만 해석해 버리기 이전에, 사람들은 그들이 어째서 질서를 파괴하고 있는가를 깨닫게 될 것인가? 화석(化石)과도 같은 질서―마치 죽어 가는 나비를 대(臺)에 고정시켜 놓은 나비 채집가의 핀과도 같은 질서를 파괴하였을 때, 사람들은 이를 능히 감당해 낼 수 있을 것인가? 나는 볼기를 맞고 있는 그러한 사람의 자세로서 객석 위의 넓은 공간

괴괴하다 쓸쓸한 느낌이 들 정도로 아주 고요하다.
잔학하다(殘虐--)　잔인하고 포학하다.
희구하다(希求--)　바라고 구하다.

을 응시하고 있었다. 기다란 어둠의 장막이 거기에 깔려 있었다. 어둠에서는 아무런 냄새도 나지 않았고, 아무 소리도 들리지 않았고, 아무 형태도 포착할 수 없었다. 어둠은 마치 안개인 양 몽롱하기만 했다. 그 몽롱한 어둠 속에 미래가 서려 있을 것만 같았다. 나는 어둠 속에서 거울을 들여다보는 사람처럼 그 희부연 속을 들여다보고 있었다.

차츰차츰 아침이 되어 가고 있었다. 추웠다. 가슴속은 텅 비었으며 목이 탔다. 그러나 나는 점점 더 심해지는 두려움에 떨고 있었다. 어둠이 물러나자 나의 육신을 숨길 수가 없게 되었다. 희미한 **박명**에 나의 몸뚱이는 드러나지고 있었다. 금방이라도 군인들은 나를 발견하리라. 나는 소리를 내지 않으며, 비어 있는 무대를 벗어나서 객석으로 내려왔다. 아침이 찾아온 극장의 내부는 더욱 처참하게 보였다. 아침은 지나간 밤의 **광포**했음을 너무도 선명하게 증언하고 있었다. 새날의 출발은 비참한 상처에서부터 비롯되고 있는 것 같았다. 과거의 번창했던 극장은 여지없이 망가져 버리고, 그 파괴된 폐허에서 새날은 우뚝 그 밝음을 드러내고 있는 것이었다. 나는 부서진 객석을 서서히 포복해 나갔다. 몸은 비록 무겁고 정신은 혼미하였으나, 절실한 아픔과 함께 어떤 밝은 빛깔이 보여 오고 있는 것 같았다. 무엇인가가 확실히 무너져 버렸다는 것을 느낄 수 있었다. 파괴된 극장과 함께 과거의 시간이 무너져 내려앉았다. 지난 십 년의 시간이 파괴당했다. 과거의 극장은 부서져 버렸으나 과연 새로운 극장, 새로운 무대는 어떻게 등장하려는 것인가?

두 명의 군인을 **빼놓고**는 그들은 모두 자고 있었다. **낭하**로 나왔을 적에 나는 두 명의 민간인을 만났다. 아마 그들도 파괴된 극장의 어느 구석엔가

박명(薄明) 해가 뜨기 전이나 해가 진 후 얼마 동안 주위가 희미하게 밝은 상태.
광포(狂暴) 미쳐 날뛰듯이 매우 거칠고 사나움.
낭하(廊下) 건물 안에 다니게 된 통로.

에 나처럼 숨어서 저 소란의 밤을 뜬눈으로 보냈으리라. 나는 나의 친구인 융만이와 광득이를 그렇게 해서 만났던 것이었다. 광득이는 팔에 심한 부상을 입고 있었다. 그의 얼굴에는 이미 피곤해져 버린 고통의 그늘이 엿보였다. 그리하여 우리는 살그머니 극장 바깥으로 기어 나와서는 냅다 뛰기 시작했다. 우리는 몸과 마음을 대가하여 그 아침을 얻은 것이었다. 바로 그날 4월 26일은 이승만 정권이 무너진 날이었으며 20세기로 들어온 이래 한국에 있어서 가장 긴 하루 중의 하나였다. 그러나 우리는 그날 너무도 피곤하여 바깥에 나가지 않고 집구석에 틀어박혀 잠만 잤다. 우리가 잠에서 깨어났을 적에는 확실히 이 세계는 뒤바뀌어 있었다. 어떤 시인의 말마따나 좁은 골목길에까지 지평선(地平線)이 나타난 것처럼 느껴졌던 것이었다. 아마 사람들은 일종의 시민 혁명이라고까지 생각되는 그들의 승리의 의미가 무엇인지를 알았다고 믿었을 것이며, 그것이 어찌하여 고귀한 것인지를 마음 터놓고 얘기하였을 것이다. 일방통행적인 질서의 함몰된 세계를, 마치 저 평화 극장을 부수듯 잔인하게 부숴 버림으로 인해서, 그들이 몰고 온 고귀한 무질서가, 미래에 있어서는 고귀한 자유, 고귀한 행복, 고귀한 가치로 축조 건설되리라고 몇 번이고 강조해서 생각했을 것이었다. 사람들이 그날의 흥분을 얼마든 과대평가해 보는 것처럼 유쾌한 일은 없을 것이다. 새로운 시대를 알리는 그 타종(打鐘)의 울림을 새로운 세대였던 우리가 거느리고 나타날 수 있었음은 그 얼마나 행복하며 영광되며 축복스러웠던 것인지? 그러나 우리는 나이를 먹어 갔으며, 어떤 철학자의 말처럼 '한순간의 흥분을 너무 과대평가하여 기억하는 것의 무의미함'을 어느덧 배우기 시작하였으며 그리하여 우리가 힘들여 끌어올렸던 그 무질서의 위대한 형식이 역사성 속의 미아처럼 다만 한순간의 고립에 불과하고 말았음을 깨달았을 때에는 어느덧 저 기성의 제복을 걸쳐 입고 있음을 보았다. 그것은 마치 그날 밤에 우리가 저질렀던 그 놀라운 긴장감의 파괴가 시시한 것이지나 않았는가

하는 부당한 생각조차 가져다 줄 때가 많은데, 물론 거기에 대해서는 나의
사적인 느낌으로 완강히 부인해 두는 수밖에 없을 것이었다. 마치 진실을
엿본 듯한 느낌으로…….

이 작품은 검열과 조사가 극에 달하고, 검거 기사와 이적 출판 행위의 처벌 기사가 신문에 매일 같이 실리던 1970년대를 배경으로 쓴 작품입니다. 가난과 외로움에 처한 '나'가 우연히 인쇄소에서 일을 하게 되며 지하 운동 조직에 가담하면서 겪은 암울했던 사회와 민주화 운동에 대한 이야기를 담았습니다. '나'는 자발적으로, 또한 그들의 의도적인 차단으로 조직의 중심에 접근하지 못하지만 희망을 가지고 참여합니다. 그러나 '나'의 이런 중간자적 태도로 인해 시대의 절망과 암울함, 사랑과 희망이 격렬하게 묘사되지는 않습니다.

이 작품은 현재의 '나'가 과거의 일을 회상하는 구성으로 이루어졌으며, 후일담 문학의 성격을 띠고 있습니다. 후일담 문학이란, 사태가 끝난 이후 그 사건의 본질이나 의미 등을 되돌아보는 문학을 말합니다. 주로 미래의 전망을 찾기 위해 과거를 돌아보는 작품들이 많습니다. 〈회색 눈사람〉은 1970년대 출판과 언론의 자유가 탄압받던 시절의 사회와 그 속에서 살아가던 개인의 삶을 후일담 형식으로 보여 주고 있는 소설입니다.

최윤은 그의 작품들을 통해 인간이 세계 또는 다른 인간과 단절되거나 분리되어 있지 않고, 공동체 속에서 살아가고 있음을 강조합니다. 소설의 감상을 통해 개인의 상처를 드러내는 데 그치지 않고 공동체의 연대자로서 온전히 존재하는 방법을 모색해 봅시다.

▍최윤(崔允, 1953~)

서울 출생. 1978년 월간 《문학사상》에 평론 〈소설의 의미 구조 분석〉을 발표하면서 문단에 데뷔하였다. 1988년 《문학과사회》에 〈저기 소리없이 한 점 꽃잎이 지고〉를 발표하여 작품 활동을 시작한 이래 아름답고 절제된 문체의 다양한 변주를 보이고 있는 작품 세계로 문단의 높은 평가와 독자들의 사랑을 동시에 받고 있다. 소설집으로 《저기 소리없이 한 점 꽃잎이 지고》, 《속삭임, 속삭임》 등과, 장편 소설로 《너는 더 이상 너가 아니다》, 《겨울, 아틀란티스》 등이 있다.

회색 눈사람 _최윤

거의 이십 년 전의 그 시기가 조병 속의 무대처럼 환하게 떠올랐다. 그 시기를 연상할 때면 내 머릿속에는 온통 청록색으로 뒤덮인 어두운 **구도**가 잡힌다. 그렇지만 어두운 구도의 한쪽에 쳐진 커튼의 저쪽에서 새어 들어오는 따뜻한 빛이 있는 것도 같다. 그것은 혼란이었다. 그리고 무엇보다도 아픔이었다. 그것이 미완성이었기 때문에? 그러나 삶의 단계에 정말 완성이라는 것은 있기라도 한 것인가. 아, 그때…… 하고 가볍게 **일축해** 버릴 수 없는 과거의 시기가 있다. 짧은 시기지만 일생을 두고 영향을 미치는 그러한 시기. 그래도 일상의 반복의 힘은 강한 것이어서, 많은 시간 그 청록색의 구도 위에 눈비가 내리고 꽃이 지고 피면서 서서히 둔감한 상처처럼 **더께**가 내려앉아 있었던 모양이다.

우리—그렇다, 지금쯤은 우리라고 불러도 좋겠다—는 매일매일 저녁을 알 수 없는 열기에 젖어 그 퇴락한 인쇄소에 갇혀서 보냈다. 서울 변두리의 허름한 상가의 한 귀퉁이에 자리 잡고 있는 평범한 인쇄소였다. 우리는 거의 석 달을 매일 저녁 만나, 서로에 대해 아는 것이 없이 일에 매달렸다. 그 평범한 인쇄소의 이름이 왜 지금에 와서 아무리 생각해도 떠오르지 않는지

구도(構圖) 그림에서 모양, 색깔, 위치 따위의 짜임새.
일축하다(一蹴——) 소문이나 의혹, 주장 따위를 단호하게 부인하거나 더 이상 거론하지 않다.
더께 겹으로 쌓이거나 붙은 것. 또는 겹이 되게 덧붙은 것.

알 수 없다. 아주 정교하게 고안된 기억의 제동 장치의 결과라고밖에는 달리 설명할 길이 없다.

그 시기가 다시 어제의 일로, 현재의 일로 다가온 것은 아주 우연히 시선을 던진 한 일간지의 서너 줄짜리 사회면 기사 때문이었다. 이미 이틀이나 지나 버린 신문의 그 기사가 눈에 들어온 것은 그러니까 하나의 자그마한, 그러나 중대한 사건이었다. 왜냐하면 국립 도서관의 자료실에 앉아 내가 뒤적여야 하는 것은 사회면이 아니라 사설란이었기 때문이었다. 나는 나를 고용한 한 전직 교수의 저술을 돕기 위한 자료를 찾고 있었다.

나는 그 짧은 기사를 읽었다고 할 수 없다. 거의 번개 같은 속도로 나의 눈이 그 위를 훑었고, 읽기도 전에 그 내용을 파악했다는 편이 옳다. 나의 이름이 커다랗게 확대되어 눈에 들어왔고 그러자마자 나의 심장이 미친 듯이 뛰었다. 그 뛰는 심장으로 한참을 망연히 앉아 있다가 나는 또 놀란 듯이 주변을 훑어보았다. 자료실 안의 이쪽 칸은 늘 그렇듯이 거의 비어 있다. 벌써 며칠 전부터 통계 자료를 앞에 펼쳐 놓고 반나절을 졸면서 보내는 안경 낀 한 남자가 있을 뿐이었다.

그제야 나는 입술을 움직거리면서 지극한 애무의 말을 연습하듯이 그 기사를 속살거리며 읽었다. 머릿속에 잘 들어오지 않는 공식을 암기하듯이 여러 번을. 그 기사는 다음과 같았다.

지난 26일 뉴욕의 센트럴 파크에서 한 한인 여인이 죽은 채로 발견되었다. 이 여인은 이미 오래전에 무효가 된 강하원(41세)이라는 이름의 여권을 지니고 있었으며 한인회는 그녀의 신분을 부인한 바 있다. 불법 체류자 명단에 올라 있던 이 여인의 사인은 쇠약에 의한 아사(餓死)로 판명되었다.

나는 날짜를 확인하고 다른 일간지의 사회면을 뒤지기 시작했다. 다른 어떤 신문에서도 그와 비슷한 기사는 찾아볼 수 없었다. 나는 다시 펼쳐진 신문의 면으로 돌아왔다. 격렬했던 심장의 고동이 잦아들고 서서히 저 깊은 곳에서부터 이상한 감각이 약한 경련을 동반하면서 밀려 올라왔다. 맨 먼저 그것은 오랫동안 그래 왔던 것처럼 도저히 수리될 수 없을 것 같은 후회의 감정이었다. 구체적인 대상이 있는 것도 아니었다. 그리고 그 후회의 자리에 서서히 들어앉은 것은 역설적이게도 안도감이었다.

그때의 우리들 중 내가 아닌 누군가가 이 기사를 보았더라면 어떤 반응을 보였을까? 이럴 때는 서로에게 한시라도 빨리 연락을 취하려고 전화기 쪽으로 달려가는 것이 옳지 않은가? 그러나 어느 누구도 이 기사를 보지 못하고 지나쳤을지도 모른다. 그보다는 내가 그들에게서 잊힌 지가 너무 오래되었다. 그들은 어쩌면 신문의 기사보다 훨씬 앞서 이런 종류의 일을 예상했을 수도 있다.

그럼에도 불구하고 나의 손은 성급하게 가방 속의 낡은 주소록을 뒤지고 있었다. 지금은 연락을 취해 봐야 쉽사리 만나 보기가 어려운 바쁜 위치에 놓인 사람들의 주소는 한 번도 사용되지 않은 채 남아 있었다.

나는 떨리는 손으로 볼펜의 날을 세워 기사 가장자리에 깊은 금을 그으면서 기사를 오려 냈다. 오려 낸 기사를 나는 수첩 안쪽으로 깊이 밀어 넣었다. 보던 자료들과 짐을 정리하고 나는 국립 도서관을 나왔다. 가을 하늘은 **무연히** 맑았다.

그 시절 우리—왜 나는 우리라는 단어 앞에서 여전히 수줍고 불편함을 겪는가—는 모두 넷이었다. 물론 우리는 처음부터 우리가 아니었다. 그들을 알았던 많은 사람들은 나의 이 우리라는 단어의 사용에 반대할 수도 있다.

무연히 아득하게 너른 상태로.

그러나 나는 감히, 그들의 견해와는 무관하게 이 단어를 쓰기로 한다.

우리를 만들어 준 것은 알렉세이 아스타체프의 《폭력적 시학 : 무명 **아나키스트**의 전기》였다. 그러나 이 무의미한 책의 제목이 중요한 것은 아니다. 그저 기억에 남는 한 책의 이름일 뿐이다.

대학에서의 첫 학기가 끝나자마자 나는 교재를 내다 팔고 다음 학기 교재를 구입해야 하는 어려운 시절을 보내고 있었다. 그 인연으로 여러 번 들락거리던 청계천의 한 헌책방에서 나는 이 무명 저자의 책을 라면값에 구입했다. 이제는 까마득하게 멀기만 한 까만 **장정**의 그 책은 "동지여, 당신에게 용기가 있거든 두 손을 속박하는 이 책을 던져 버리시오. 당신에게 의식이 있다면 이 책을 읽고 이것마저도 불에 태우시오……." 뭐 이 비슷한 어조의 선동적인 인용문으로 시작하고 있었다.

나는 그즈음, 당시에는 **금서**로 되어 있었던 이런 종류의 책을 헌책방에서 열심히 주워 모으면서 총기라도 수집하는 듯한 쾌감을 느끼고 있었다. 그렇지만 돈이 떨어지면 언젠가는 다시 내다 팔아야 하는 일종의 저금의 형식이었고 내 자취방을 떠나야 하는 운명의 책들이었기 때문에 열심히 탐독했다. 그 시절 나는 그저 생활비를 절약하기 위해 청계천의 헌책방을 들락거릴 수밖에 없는 가난한 학생일 뿐이었다. 가장 평범하고 보잘것없는. 게다가 나는 누군가가 고향에서 올라와 나를 잡아가리라는 막연한 불안에 시달리고 있었다. 그리 되면 이 작은 방 한 칸도 내주고 다시 끌려가야 할 것이기 때문에 어디에서고 나는 자유로울 수가 없었다.

강의는 듣는 둥 마는 둥하고 어떤 때는 용돈만 된다면 낮에도 코흘리개 아이들 과외 수업부터 시작해 밤늦게까지 국·영·수는 물론이요, 때로는 한

아나키스트(anarchist)　무정부주의를 믿거나 주장하는 사람.
장정(裝幀·裝訂)　책의 겉장이나 면지(面紙), 도안, 색채, 싸개 따위의 겉모양을 꾸밈. 또는 그런 꾸밈새.
금서(禁書)　출판이나 판매 또는 독서를 법적으로 금지한 책.

번도 배워 본 적이 없는 이히 빈 두 비스트, 코망 탈레부를 당일치기로 예습해서 가르치는 일도 비일비재한 때였다. 언제 들통이 날지 모르는 이런 일이 생기면 무조건 맡아 우선 돈을 축적해 두어야 했다. 한밤중에 나의 차가운 방으로 돌아와서는 갓 배우기 시작한 **끽연**이 유일한 낙이었다.

과외 수업 하나도 걸려들지 않는 운이 없는 학기가 있었다. 나는 학기가 끝나기도 전에 책을 싸 들고 자취방이 있는 Y동 꼭대기에서 청계천까지 걸어갔다. 과외 수업이 걸려들지 않는 학기는 헌책도 잘 안 팔리는 모양이었다. 내가 싸 가지고 간 교재들은 책방 구석에 무더기로 쌓여 있었다. 바로 그런 이유로 나는 안―그의 이름은 밝히지 않기로 하자―을 만났다. 내가 벌써 여러 달 전에 구입해 제목조차 가물가물한 알렉세이 아스타체프라는 사람의 책을 어떤 사람이 찾고 있다고 하면서 책방 주인은 전화번호 하나를 건네주었다. 사방이 맥주병 바닥의 두꺼운 유리처럼 어두웠던 날이었다. 나의 배고픔은 하루를 넘기지 못하고, 남아 있는 단 한 개의 동전을 전화기 속에 밀어 넣었다.

어떤 구체적인 소속을 상상할 수 없는 사람들이 있다. 어디서 왔는지, 가족이 있는지……. 마치 공중의 전선에 매달려 있다가 어느 날 앞에 나타나 아무렇지도 않은 듯 이 얘기 저 얘기 나누다가 사라져 버리는 그런 사람들 말이다. 그렇지만 그러한 겉모양과는 달리 안의 소개는 구체적이었다. 그는 명함이나 카드 등속을 만들어 내는 작은 인쇄소를 차리고 있고 음악 감상이 취미이며, 에릭 사티 같은 사람을 아버지로 두고 있다고 말했다. 나는 그러한 사실들에서 공통점을 발견할 수가 없었고, 그런 일에 능동적인 관심을 가지기에는 나의 당면한 가난에 질려 있었다. 음악이라고는 라디오 이외의 것을 접해 본 적이 없는 나는 그의 농담을 이해하는 데에, 그의 아버지라는

끽연(喫煙) 담배를 피움.

이상한 이름의 사람이 외국의 작곡가라는 사실을 아는 데 무려 이 개월이나 걸렸다. 나는 내가 가지고 간 책을 일주일 치 생활비로 넘겼다. 확인도 하지 않고 책을 가방 속에 집어넣은 그는 덤덤하게 말했다.

"보아하니 사정이 딱한 모양인데 당신이 할 수 있는 일을 찾아봅시다."

나의 어떤 모습이 그로 하여금 이런 말을 하게 했을까? 나의 누추한 복장? 태어날 때부터 우울을 짊어져 쪼그라든 마른 체구? 그것은 나의 시선 저 깊숙이 숨겨져 있는 갈구의 빛 때문이었을지도 모른다. 그것이 무엇이었든 간에 그날의 나는 미신적인 기적 외에 바랄 것이 없는 상태였다.

이틀 후에 나는 약속대로 그를 다시 만났고, 그 후부터 일주일에 세 번 오후 시간에 그의 인쇄소에서 잡일을 보기 시작했다. **교정**을 보기도 했고, 인쇄되어 나온 카드나 청첩장을 반으로 접는 잡일들이 주어졌다. 어떤 때는 배달도 맡았다. 안과의 만남은 내게 일자리와 약간의 생기를 동시에 주었다. 하지만 나는 여전히 자기의 취미를 음악 감상이라고 하는 사람을 믿을 수 없었다.

새 학기에 휴학을 할 작정으로 나는 전적으로 인쇄소 일을 보았다. 잡일에 **조판하는** 일이 덧붙었고, 배달을 하는 일이 더욱 잦아졌다. 일이 많지도 않았고 퇴근 시간은 인쇄소에서 일하는 세 사람이 어김없이 지켰기 때문에, 저녁 시간이면 나는 아직 생소한 서울 거리를 헤매다가 자취방으로 돌아가곤 했다. 연탄은 늘 꺼져 있기가 일쑤여서 밥 짓는 일이 힘에 겨웠고 어딘가에서 주운 다리미를 엎어 책으로 받쳐 놓고 그 위에다 싸구려 **빵** 조각을 데워 끼니를 때웠다.

나는 그 시절, 내가 틀림없이 곧 죽게 되리라고 생각하고 있었다. 나는 막

교정(校正) 교정쇄와 원고를 대조하여 오자, 오식, 배열, 색 따위를 바르게 고침.
조판하다(組版--) 원고에 따라서 골라 뽑은 활자를 원고의 지시대로 순서, 행수, 자간, 행간, 위치 따위를 맞추어 짜다.

연히 죽는 일자까지를 상상해 두었다. 그것이 그해가 될지 다음 해가 될지는 몰랐지만 4월일 것이 틀림없었고, 나의 죽음은 누구의 관심도 끌지 못한 채 한참이 지나서야 나의 단 하나의 혈육인 이모에게 알려질 것이었다. 어쩌면 이모는 "저것이 그렇게 도둑질까지 하고 도망을 쳐 대더니 결국 제명을 다하지도 못했구먼……." 하며 안도의 한숨을 내쉴는지도 모른다. 나의 죽음이 이렇게 구체적으로 다가올 때 나는 안절부절못하면서 좁은 방 안을 휘둘러보았다. 그렇지만 방에서 한 발짝도 나갈 수 없었다.

이런 순간 가끔 안의 얼굴이 떠올랐다. 그 사실에 나 자신이 먼저 놀랄 수밖에 없었다. 안을 알게 된 지 벌써 여러 주가 지났지만 그가 인쇄소에 나타나는 경우는 드물었고, 그와 개인적으로 말을 나눌 기회는 그 후 한 번도 주어지지 않은 상황에서, 어처구니없는 연상이었기 때문이다. 딱한 애야, 안은 서울에서 네게 친절을 베풀어 준 단 하나의 사람이기 때문이야, 나는 자신에게 중얼거리곤 했다. 이럴 때면 유독히 앉은뱅이책상 위에 놓여 있는 단 한 권의 두꺼운 외국어 책자가 눈에 들어왔다. 이탈리아 역사가의 독일어본 저서였는데, 나는 유서를 쓰듯이 그 책의 번역에 매달렸다. 이탈리아어도 독일어도 제대로 배운 적이 없는 내가 할 수 있는 구차한 도전이었다.

이렇게 마구 엉겨 붙는 세 나라 말의 문법처럼 내게 삶은 불가해하고 생소한 것이었던 반면 최소한 죽음의 느낌은 분명한 것이었고 쉽사리 친해질 수 있는 것이었다.

겨울에 들어서자 연하장과 부고문의 주문이 인쇄소에 쇄도해 늦게까지 일을 하는 날이 많아졌다. 그래도 일주일에 두 번 이상은 정상으로 근무가 끝났다. 인쇄소 일을 안 대신 도맡아 하는 장 아저씨는 대목을 놓쳐 아쉬운 것 같았지만, 안의 전화를 받으면 한 번도 거역하지 않고 정상 시간에 인쇄소를 비웠다. 그 대신 주말이라는 것이 없었다. 나는 매일 방 밖으로 나올 수 있는 기회를 가진 행운에 감사했다. 아무도 인쇄소 주인인 안에 대해 말하지 않았고, 나 또한 그에 대해 말을 꺼낼 분위기가 만들어져 있지 않았다.

연하장 주문이 끝나고 나니 이젠 정말 참기 힘든 겨울이었다. 나는 고향으로, 이모에게로 되돌아가지 않으려고 안간힘을 썼다. 한 번 가면 통곡을 하면서 사죄를 하고 그냥 주저앉을 것 같았기 때문이다. 인쇄소의 기계적인 일은 내게 너무도 큰 위안이었다. 너무 외로움이 컸을 때 나는 간호보조원이 되어 서울에 와 있는 고향 친구를 찾아갔다. 때마침 친구는 침대에 누워 있어 나의 근황이나 집 주소를 물을 정도의 **경황**이 없었다. 친구는 맹장염 수술을 받아 누워 있다고 말했는데 나는 그 애가 근무하는 병원 문을 나서면서 "저 애는 내게 거짓말을 하고 있군. 낙태 수술로 누워 있는 게 틀림없어."라고 중얼거렸다. 나는 아무도 믿지 않을 정도로 피폐해 있었던 모양이다.

사람이 하는 행동 중에 꼭 논리정연하게 설명되는 일이 얼마나 있을 것인가. 친구의 병원에서 나왔을 때 열 시가 넘었음에도 나는 집으로 가는 대신 어느새 인쇄소를 향하고 있었다. 무엇을 두고 온 것도 아니었고 꼭 끝내야 할 일이 있는 것도 아니었다. 내 가방 속에는 인쇄소의 뒷문 열쇠가 들어 있었다. 철문은 내려져 있었지만 거기서 희미한 빛이 새어 나오고 있었다. 나는 마지막으로 문을 잠그고 나오면서 전등 스위치를 내리던 나의 동작을 선명히 기억할 수 있었기 때문에 의혹에 사로잡혔다.

가까이 다가가자 기계 돌아가는 소리가 분명히 들려왔다. 쪽문을 살짝 당겨 보았지만 열리지 않았다. 나는 감히 열쇠를 넣고 돌려 볼 엄두를 내지 못하고 문 저쪽에서 나오는 소리에 귀를 기울였다. 사무실로 꾸며져 있는 안에서는 남자들의 낮은 목소리와 음악 소리가 들려왔다. 웅얼거림으로 낮아졌다가는 격해지기도 하는 삼중주는 모두 남자들의 낮은 목소리였다. 그 삼

경황(景況) 정신적·시간적인 여유나 형편.

중주의 부드러운 화합에 귀를 기울이면서 나는 안의 목소리를 구별해 내었고 그것을 좇아가고자 애썼다. 그의 목소리는 내용을 이해할 수 있을 정도로 크지 않았고 그의 음색보다는 약간 굵은 다른 음색이 곧잘 그의 음색을 덮어 버렸다.

　물론 나는 문을 두드리거나 그의 이름을 부르거나 하지 않았다. 그저 그렇게 한참을 서 있었다. 앞쪽 철문에서는 인쇄기 도는 규칙적인 소리가 먼 곳에서 다가오는 기차 소리처럼 들리기도 했다.

　인쇄소에서 일한 지 한 달 반이 넘었고 그제야 나는 처음으로 안과 마주 앉았다. 안의 호출이었다. 아니 그의 저녁 초대였다. 우리는 시내의 한 중국집에서 간단한 식사를 마쳤다. 버스 안은 만원이어서 말을 할 수가 없었고, 중국집에서는 나의 신상에 대한 가장 간단한 질문에 대답하기 위해서 목청을 높여 반복해야 할 정도로 주위가 어수선했다. 예를 들면 고향이 어디냐는 질문에 자취방 주소를 대는 식의 절름발이 대화였다. 게다가 나는 딱히 할 말이 없었다. 일자리를 주어서 고마웠다고, 그렇지 않았으면 나는 도둑년이란 표 딱지를 달고 고향의 이모에게로 내려갈 수밖에 없었을 것이고 그 일이 죽기보다 싫었으므로 무슨 일을 저질렀을지 나 자신도 알 수 없었을 것이라는 말만 멍청하게 머릿속을 휘돌고 입은 점점 더 꽉 다물어질 뿐이었다.

　우리의 겨울은 모든 병원균이 단번에 소독될 정도로 순수하게 차갑고 투명했다. 비원 쪽으로 찻집을 찾아 걸어가면서, 서울로 온 이래 처음으로 느낀 이런 종류의 말을 나는 안에게 하고 싶었다. 그러나 약간 앞서 걷는 그의 옆얼굴은 생각에 열중해 있는 것 같았다. 그는 물론 나보다 키가 크고 나보다 더 말랐고 나보다 더 나이가 많다. 그렇지만 그는 나보다 더 말이 없다. 이 두 종류의 확인 사이에는 연관도 없었다. 나는 당황하고 있었다.

안은 익숙한 동작으로 거리의 한 영업소의 문을 밀고 들어갔다. 어떤 내용인지는 알 수 없지만 저 사람은 오늘 내게 아주 충격적인 어떤 것, 어쩌면 내가 일생을 두고 기억할, 내 일생의 방향을 단번에 바꾸어 놓을 어떤 결정적인 말을 할 것이다. 안의 뒤를 따라 문을 들어서면서 내가 한 생각이었다. 나는 그대로 집으로 돌아갈 수도 있었다. 그렇지만 나의 몸은 벌써 실내의 따뜻하고 혼탁한 기운에 둘러싸여 있었다. 아, 이렇게 사람들은 운명을 만드는구나. 닥쳐올 파국을 충분히 감지하고 있으면서도 순간적인 **방임**인 양 어떤 거역할 수 없는 질서에 게으르게 몸을 맡겨 버리면서 사람들은 삶의 나침반을 바꾸어 버리는지도 모른다. 그러나 그것 역시 한 선택이다.

상황의 성격과는 아무 관계없이 오랫동안 인상에 남는 장소의 표지들이 있다. 이를테면 그날 술집에 걸린 달력 속에서 환하게 웃고 있던 여배우의 얼굴 같은 것 말이다. 맥주잔을 앞에 놓고 나는 여배우에게서 시선을 뗄 수 없었다. 그 웃음이 끝내는 과장되어 보이고 화려한 의상에서 싸구려 분위기가 풍겨 올 때까지 나는 그 무의미한 얼굴을 바라보며 다가올 어떤 시간을 연기하고자 애썼다. 다음 달이면 찢겨져 나갈 사진, 저 사진이 오려져서 어느 종업원의 머리맡에 붙기에는 너무 개성이 없다.

"그래 그사이 뭣 좀 알아냈습니까?"

나는 **거두절미한** 안의 질문에 흠칫 놀랄 수밖에 없었다. 놀랐기 때문에 침묵했다.

"내 뒷조사를 열심히 한 걸로 알고 있는데요."

그제야 나는 안이 나를 불러낸 이유를 알아차렸다. 처음으로 우연히 밤에 인쇄소에 들른 이후, 자주 그 일이 되풀이되었던 것은 사실이었지만 안의

방임(放任) 돌보거나 간섭하지 않고 제멋대로 내버려 둠.
거두절미하다(去頭截尾--) 어떤 일의 요점만 간단히 말하다.

목소리를 확인하고 돌아섰을 뿐 그는 물론 인쇄소의 다른 사람을 그 시간에 마주친 적이 없었기 때문에 놀라움은 더욱 컸다. 바로 그 당장 인쇄소 골목을 서성거리다가 어두움 속에서 안과 마주 부딪치기라도 한 것처럼, 나는 창피함으로 얼굴이 벌겋게 달아오르는 것을 느꼈다.

"미안합니다."

나는 고개를 푹 숙였다. 그때서야 내 행동의 기괴함이 또렷이 인식되었다. 나는 미안하다고 다시 한번 덧붙였다. 안은 팔짱을 끼고 엄숙한 얼굴로 나의 표정을 살피고 있었다.

"강 양은 자신의 호기심에 책임을 질 자신이 있습니까?"

내가 죽음의 유혹에 시달리고 있기 때문에 자꾸 밖으로 나오고, 갈 곳이 없기 때문에 인쇄소 근처를 서성이고, 문 뒤에서 들려오는 그의 목소리를 들으면 안심이 되었기 때문이었다고 말한다면 그는 이해할 것인가. 그건 분명 구체적이건 막연한 것이건 호기심 때문은 아니었다. 그는 이해할 수 없을 것이다.

"그건…… 호기심이 아니에요."

그렇지만 나는 말을 계속할 수가 없었다. 공연히 속이 꽉 막혀 왔기 때문이었다. 한밤중에 여행을 할 때 당신은 불빛이 있는 쪽으로 걷지 않나요. 내가 그 불빛을 당신의 인쇄소로 정했다 해서 내 여행이 죄스러울 필요는 없을 것입니다. 가끔 당신에게는 하찮은 것이 위로가 될 때는 없습니까. 예를 들면 어떤 사람의 목소리나 어떤 분위기 같은 것 말입니다. 내가 당신의 목소리와 당신들이 하고 있는 일을 선망으로 바라보면서 약간의 안도와 위로를 얻었다고 해서 당신에게 누가 된 것이 무엇입니까. 나는 침을 꿀꺽 삼키는 것으로 안에게는 이해되지 않을 이 말들을 삼켜 버렸다. 그는 여전히 나의 답변을 기다리는 기색이었다.

"원하시면 인쇄소 일을 그만두지요."

나는 처음으로 원망을 가득 담고 그의 얼굴을 똑바로 쳐다보았다. 나는 거울 속에서 자주 나의 이런 일그러진 모습과 마주치기 때문에 그것이 상대편에게 어떤 느낌을 주리라는 것을 상상하기가 어렵지 않았다.

"그러시오."

안이 순순히 말했다. 나는 더 이상 할 말이 없었기에 옆에 놓인 가방을 집어 들고 천천히 일어날 채비를 했다. 약간의 침묵 후에 안이 덧붙였다.

"대신, 저녁에 우리 일을 도와주지 않겠소?"

내게는 안의 말이 농담처럼 들렸다. 그리고 실제로 그는 눈에 크게 흰자위를 드러내 보이며 웃고 있었다. 이모는 눈에 흰자위가 많은 사람을 조심하라고 했었다. 안의 웃음은 조금은 궁지에 몰린 사람의 웃음이었다. 나는 다시 가방을 내려놓고 의자에 앉았다.

"어떤 일이냐고 묻지 않습니까?"

나는 고개를 흔들었다. 저 사람은 결코 나를 이해하지 못할 것이다. 나는 그 생각만 되뇌었다. 통행금지를 앞둔 막차에 오르기 전에 안은 내게 접힌 종이를 내밀었다.

"내게 판 책 생각나요? 이런 서류가 책갈피에 끼여 있던데 나도 잊어버리고 있었어요. 잘 간수하시죠."

나를 이모에게 맡기고 미국으로 미군 운전병을 따라가 버린 후 소식이 없었던 어머니에게서 최근에 도착한 초청장과 짤막한 편지였다. 그곳에서도 고국 소식의 끔찍한 정도가 오랫동안 무감해진 어머니의 감각을 순간적으로 자극했는지도 모르는 일이었다. 아니면 사는 정도가 조금 나아졌거나. 그것도 아니면 내가 가지 않으리라는 것을 잘 알고 부려 본 변덕이거나. 내가 고향을 떠날 때 가지고 나온 것은 이 편지와 이모 몰래 준비한 대학의 입학금을 위해 훔친 돈이었다. 이모부의 병원비를 위해 판 땅값의 전액이었다. 까맣게 잊어버리고 있던 서류였다.

학교가 내게 분에 넘치는 것이 점점 분명해졌다. 나는 학교를 아예 그만 두기로 결정했다. 그러고 나자 마음은 더욱 안정이 되었다. 이제 이 커다란 서울 구석에서 어느 누구도 나를 찾지 못할 것이다. 나는 일찌감치 휴학 원서를 집어 들고 왔다. 나에게는 물론이요 어느 누구에게도 특기할 만한 일은 아니었다. 두 번째 휴학이 될 것이었다. 게다가 일 년여 **적**을 둔 학교에서도 나를 아는 사람들은 거의 없었다. 나는 부정기적으로 일주일에 서너 번, 그러다가는 거의 매일 저녁 인쇄소에 가는 생활을 시작했다.

나는 아직까지도 정처 없이 거리를 헤매는 버릇을 버리지 못하고 있지만, 그 시절에는 그 경향이 더욱 심해서 저녁에 인쇄소에 가기 전까지 남아 있는 긴 시간을 버스를 타고 이쪽 끝에서 저쪽 끝까지 혹은 그 구간의 상당 부분을 직접 걸어 본다든지 하면서 보냈다. 그것은 심심풀이였다기보다는 어떤 성향 같은 것이었으리라. 영원히 삶에 정착할 수 없는 소수의 사람들에게 서식하는 불치의 병 같은 것 말이다. 나만큼 서울의 구석구석을 많이 걸어 본 사람이 있을 것인가. 마치 내가 한 번 지나침으로써 그곳이 조금은 나의 삶의 일부가 되기라도 하는 것처럼. 그러나 이 도시는 아무리 만지고 냄새 맡고 열망해 보아야 어느 거리, 어느 사람에게도 나는 받아들여지지 않은 채, 여전히 내가 처음에 기차에서 내렸던 바로 그 순간처럼 생소한 차가움으로 나를 거부하고, 나는 이 지상에서 여전히 유령처럼 적을 둔 곳 없이 부유할 뿐이었다. 어디서부터 잘못되었던 것일까.

오래전의 그 시기, 술병 밑바닥 유리의 어두운 두께로 다가오는 그 시기는 어쩌면 내 일생에서 가장 사건적인 시기인지도 모르겠다. 그 시기라도 없었다면 나는 나의 삶에 대해 정말 이야기할 만한 것이 없어져 버린다. 비

적(籍) 병적, 당적, 학적 따위의 문서. '적을 두다'는 '소속으로 되어 있다'는 뜻으로 쓰임.

록 그것이 많은 **곡해**와 불안과 의혹의 시기였다 할지라도 그때부터 무언가가 다시 시작되었기 때문에.

나는 아직까지도 왜 안이 그 시절의 나를 더 오래 문책하지 않고 같이 일을 해 보자고 제안했는지 이유를 알 수가 없다. 나는 그러니까 오 년 이상 지하 운동으로 결성, 활동해 온 문화 혁명회가 사라지기 삼 개월 전에 그들에 가담한 셈이 되었다. 나는 확신 있는 사회주의자도 아니었으며, 그 계통의 책은 사 모으고 있었지만 이 모든 것에 대해 이론적으로 무장해 있지도 않았다. 그러나 나는 주어진 일을 해내는 고용인의 성실성으로 이들이 만들어 내는 글을 읽고 교정했고, 위험한 경우가 아닐 때만 간헐적으로 이 인쇄물들을 배부하는 심부름을 맡았다. 모든 종류의 반정부 움직임이 발각되자마자 해체되어 버리던 마당에 어떻게 이들의 활동이 오 년여나 계속될 수 있었는지도 불가사의했다.

나는 인쇄를 담당하고 있는, 안과 김, 그리고 동회에 근무한다고 해서 모두 **주사**라고 부르는 정을 만났다. 그들의 입에 오르내리는 이름들은 무수히 많았지만 나는 그 이름이 본명이었는지, 그들이 진짜 존재하는지의 여부도 알 수 없었고 묻지도 않았다. 안과 정, 김이 존재하는 것은 확실했고 그 확실성이면 내게는 충분했다. 대부분 시위 현장이나 지방에 배포될 전단의 인쇄와 교정을 맡고 있었던 나와 그들 사이에는 늘 일정한 거리가 있었지만 그렇다고 그들이 일부러 내게 일의 전반적인 절차를 숨기거나 나를 따돌리지도 않았다. 어떤 때는 그들이 내게 취하는 거리가 마음 편하게 느껴졌는가 하면 어떤 때는 그것이 며칠간의 불면을 만들기도 했다. 내 편에서 그 거리를 없애기 위한 노력을 하지도 않았다. 모든 것이 힘에 겨웠다.

곡해(曲解) 사실을 옳지 아니하게 해석함. 또는 그런 해석.
주사(主事) 일반직 6급 공무원의 직급. 사무관의 아래, 주사보의 위이다.

어느 날 아침, 나는 발작적으로 일어나 미국의 주소로 어머니에게 편지를 보냈다. 특별히 어떤 계기가 있었던 것은 아니었다. 내가 그리워했던 것은 어머니가 아니었다. 그러나 그날로, 초청장이 있어야만 가능했던 그 당시의 어려운 여권 신청 절차를 밟았다. 어머니, 어제로 나는 스무 살이 되었습니다. 우리가 떨어져 살기 시작한 지 어언 십이 년이 되었고 어머니가 미국으로 가신 지 사 년째군요. 하신다는 봉제 공장 일은 힘들지 않은지요……. 더 쓸 말이 없었다. 나는 미국행 편지에 나의 주소를 알리지 않았고 내가 여권 발급 수속을 밟고 있다든지, 서울에서 무엇을 하고 있다든지에 대해서는 일언반구도 하지 않았다. 저녁에는 인쇄소에서 침묵한 채 일에 열중했다. 그다음 날 나는 방 밖으로 나가지 않았다. 잘 덥혀지지 않은 방에 두꺼운 옷가지를 있는 대로 걸쳐 입고 나는 오랫동안 한구석에 버려두었던 독일어로 쓰인 이탈리아 역사가의 저서를 우리말로 번역하는 데 하루 종일 매달렸다. 그날은 물론 인쇄소에도 가지 않았다. 통행금지 시간이 될 때까지 몇 번이나 일어서서 밖으로 나갈 채비를 하기도 했다. 자정 **시보**가 라디오에서 울렸을 때에야 나는 포기하는 심정이 되었다. 하루 종일 채 석 장도 못 되는 양의 번역을 했을 뿐이었다. 그날 밤에 유난히 바람이 거세었고 언덕을 올라오는 술주정꾼들의 **객설**이 밤늦도록 심심치 않게 이어졌다. 사람들은 추위가 깊을수록 더 깊이 취하는 모양이었다.

이튿날 혼자서 동료들을 기다리고 있던 안은 조금 일찍 인쇄소에 도착한 내게 다짜고짜 연락처부터 물었다. 전날 내가 나타나지 않아서 일에 차질도 있었고 나에 대해서도 걱정을 많이 했다는 것이다. 그의 어조 어딘가에는 나의 신상에 대한 걱정보다는 약간의 불신을 동반한 불안의 기색이 있었다.

시보(時報) 표준 시간을 알리는 일.
객설(客說) 객쩍게 말함. 또는 그런 말.

나는 집주인의 전화번호를 알고는 있었지만 문제를 만들기 싫어서 주소만을 가르쳐 주었고, 피신 중이니 절대 다른 사람에게 주어서는 안 된다고 말했다. 안은 믿을 수 없다는 표정으로 내 눈 속을 깊이 들여다보면서 뜻을 새기는 기색이었다. 나는 지극히 개인적인 이유라고 덧붙였다. 그가 나의 말을 믿든 믿지 않든 그것은 중요한 것이 아니었다. 나는 은연중에 그들과 나의 처지가 어떤 면으로는 같다는 것을 전달하고 싶었는지도 모른다.

그들의 토론은 점점 더 길어졌고 점점 더 격렬해졌다. 나는 한구석에서 교정지에 시선을 고정시킨 채 되도록 몸을 조그맣게 만들려고 애쓰면서 그들의 대화에 신경을 집중해 듣곤 했다. 그들이 그처럼 열변을 토할 때면 나는 자주 너무 불필요하게 무겁고 자리만 많이 차지하는 처치 곤란한 가구라도 된 느낌으로 모든 움직임을 삼갔다. 나는 그들의 말을 한마디도 빠뜨리지 않으려고 신경을 모았다. 주로 그들 모임의 취약점이나 그들이 준비하고 있는 글에 대한 일들이 대부분이었다.

나는 그들의 신상에 대해 아는 것이 거의 없었다. 그럼에도 간간이 잡담을 통해, 정이 동회에 근무하다 최근에 그만두었다든가 김이 연극 평을 하고 있다는 것, 그리고 안과 정은 동향이며 안은 음대를 다니다가 **제적**되었다는 주변적인 사실들을 알게 되었다. 그것이 다였다. 그들의 나이는 우연히 그들의 대화를 통해 알 수 있었을 뿐이었다. 안은 당시 27세였고 정은 안보다 한 살이 적었고 김은 안보다 세 살이 위였고 결혼해 아이가 둘이었다. 그들의 모임에 문제가 제기될 때 자주 언급되는 이름들이 있었다. 김희진이라는 이름이 그중 하나로 모든 계획의 상당 부분을 담당하는 듯했다. 실제로 나는 그 이름으로 서명된 글을 한두 편 교정한 일도 있었다. 언제부

제적(除籍) 학적, 당적 따위에서 이름을 지워 버림.

터인가 나는 교정을 위해 글을 읽으면서 그것을 쓴 사람의 얼굴을 상상하는 습관이 붙어 있었다. 어떤 사람에게는 턱수염을 길게 늘여 붙였으며, 또 다른 사람에게는 우울하고 가느다란 얼굴을 부여했다. 지극히 드물게 그중 한두 명이 인쇄소에 들르는 일이 있었는데 물론 나의 상상의 어느 한구석 맞아떨어지는 경우는 드물었다. 어떻든 대부분 예외 없이 인쇄소에는 우리 넷뿐이었지만, 내가 있어서였는지 각자의 사생활에 관한 한 그들의 대화는 그 이상 진전되지는 않았다.

그들의 얘기를 듣고 있으면 나는 사는 일이 그다지 지옥 같지는 않을 수도 있다는 엷은 희망이 생겨나기도 했다. 내가 원하기만 하면 좀 더 적극적인 방식으로 이들과 한식구가 되어 지금까지와는 다르게 한 걸음을 걸어도 그것이 푹푹 발이 빠지는 모래밭을 걷는 기분이 아닐 수도 있을지 모른다는 낙천적인 마음이 들기도 했다. 나는 내가 만들어 낸 인쇄물이 어떤 경로로 어떻게 쓰이고 그들이 바라는 효과가 무엇인지 조금씩 구체적으로 알게 되었다. 그러나 역시 나는 그들에게서 멀리 있었다. 그들은 내게서 멀리 있었다.

가끔 안은 귓갓길에 "강 양이 일을 그만두고 싶으면 언제든지 떠나도 좋다. 일만 많고 보수가 넉넉지 못한 것을 잘 알고 있다."라고 말했다. 나는 떠나기는커녕 누구보다도 일찍 인쇄소에 도착했고 가라는 말이 떨어지기 전에는 일어서지 않았다. 김은 그런 나를 강 진드기라고 별명을 붙여 놀리기도 했다. 그렇지만 이들 셋 중 어느 누구도 그들의 회합에 같이 가지 않겠느냐고 제안하지 않았다. 그 불균형의 균형 속에서 날들이 지나갔다.

귀가가 늦어진 어느 날, 쪽문에 머리를 채 들이밀기도 전에 주인집 아줌마가 후다닥 방에서 튀어나왔다. 경찰이 왔다 갔다는 것이다. 나는 기계적으로 부엌의 판자문에 나갈 때면 채워 두는 자물쇠로 눈이 갔다. 어두워서 보이지는 않았지만 열려 있는 것 같지는 않다. 나는 진정을 하고 사정을 물었지만 집주인은 경찰이 내일 다시 온다고 했다는 말만을 전하고는 겁먹은 표정으로 다시 방으로 들어가 문을 소리 나게 닫았다.

　나의 즉각적인 반응은 안에게 인쇄소로 전화를 걸어 볼까 하는 것이었다. 그러나 그것은 더욱 위험한 일일 수도 있었다. 나는 방 안에 인쇄소에 관한 정보를 줄 만한 무엇이 있는지를 점검했다. 벽에 나란히 놓여 있는 헌책들이 눈에 띄었다. 그중에는 경찰의 시선을 자극할 것이 여러 권 있었다. 나는 그것들을 우선 한구석에 놓인 옷 보따리 속에 숨겼다. 시계를 보았다. 자정에서 기껏해야 십 분 정도를 남겨 둔 시간이었다. 나는 안에게 전화를 거는 것을 포기하고 방바닥에 주저앉았다. 저녁 시간만 일하게 되는 고로 연탄불이 꺼지는 일이 드물었고 따스하게 덥혀진 아랫목의 이불 속에 손과 발을 넣고 앉아 있노라니 어떤 운명적인 느낌과 함께 공연히 눈물이 주르르 흘러내렸다. 밥상 겸 책상에는 영원히 끝날 것 같지 않은 번역하던 책이 열린 채로 놓여 있었고 그 위로 아주 조그만 거미가 한 마리 기어가고 있었다. 방 안을 다시 한번 둘러보고 자리에 누웠지만 잠이 오지 않았다. 어떤 경로로 인쇄소의 일이 발각될 수 있었을지 여러 가지 가능성을 생각해 보았다. 그러나 생각은 곧 멈추어질 수밖에 없었다. 생각을 멀리 해 보기에 내가 그들에 대해 아는 것이 너무 적었다. 불신과 서운함의 무게가 가슴을 누르는 것을 느끼면서 나는 밤이 여러 어둠의 결을 보여 주면서 지나가는 것을 눈을 뜨고 바라보았다. 밤은 한순간도 완전히 검지 않았다. 보라색이었다가 짙은 회색이었다가……. 경찰이 오기를 기다리는 불안한 밤의 색깔은 가히 현란했다.

　어처구니없게도 나를 찾아온 사복형사는 내가 까맣게 잊어버리고 있었던 여권 발급 절차 중의 하나로 신원 조회를 하러 온 것일 뿐이었다. 그때만 해도 직접 사람을 만나 보아야 신원이 확인된다고 믿던 순진한 실증의 시대여서 나는 형사를 데리고 언덕 중턱쯤에 있는 다방으로 가서 그의 몇 가지 질문에 덤덤하게 응했다. 그렇지만 나의 심장은 시종일관 뛰었다. 이미 자취방을 흘낏 훔쳐본 형사의 질문은 간단했다. 나는 어머니를 보러 가기 위해서 휴학을 할 예정이며 가끔 과외 수업으로 생활을 하고 여비는 조만간 미국에서 도착할 것이라고 말했다. 아마 내가 가장 믿을 수 없는 일이 있다면 그것은 바로 어머니를 찾아 미국으로 가는 일이었을 것이다. 그러나 나는 이미 이 모든 것을 확신에 차서 말했다. 죄 없이 멀쩡한 사람도 신원 조회라면 돈을 집어 주던 당시의 관행조차 무시하고 형사는 종종걸음으로 끝나지 않을 것 같은 언덕의 경사를 내려갔다.

나는 거의 한 달 후에 여권을 손에 넣었고 어머니의 초청장을 들고 삼엄하기 그지없는 미국 대사관에서 비자 발급 절차도 밟았다. 다행히 나의 본적은 이모네 집으로 되어 있었기 때문에 이민을 꺼리는 그들의 신경을 자극하지 않았다. 절차가 끝나자마자 나는, 헛된 비용과 시간을 소비한 데 대한 앙갚음이라도 하듯이 신경질적으로 여권을 잡동사니 보따리 속에 쑤셔 넣었고 헌책방의 금서들을 일렬로 벽에 세워 두었다.

어떤 날은, 그들도 물론 어두운 시기를 지나고 있음을 알아차릴 수 있었다. 평소에 농담을 잘하는 연극쟁이 김조차도 저녁 내내 한마디 말없이 우두커니 앉아 있고, 나머지 사람들 또한 난로 주위에 앉아 안주도 없는 술로 시간을 보내기도 했다. 아주 작은 일이 언쟁이 되었고 이미 인쇄된 종이들이 찢기기도 했다. 그럴 때가 내게는 제일 어려웠다. 나의 존재가 그들의 언쟁에조차 방해가 되는지 나의 눈치를 보는 게 역력했기 때문이었다. 일이 없다고 먼저 자리를 뜨기도 어색했고 무슨 일이냐고 물을 수도 없었다. 나는 인쇄소에 오기 전의 긴긴 낮 시간을 메우기 위해 읽던 책들에 건성으로 시선을 주면서 이 긴장과 불안의 시간이 지나기를 기다렸다. 단 한 번 정은 아주 간접적이기는 했지만 나를 두고 안을 공격한 적도 있었다. 나의 참여가 위험하다는 식의 발언이었고, 안은 나에 대해 드러내 놓은 정의 의심에 대해 아무런 반응도 하지 않고 정을 보고 씩 웃을 뿐이었다. 나는 나를 더 적극적으로 변호하지 않은 안에게 서운한 마음이 들었다. 그러나 안으로서는 나에 대해 달리 할 말이 없었을 것이다.

그즈음 검열과 조사가 극에 달했고 신문에서는 거의 매일 사람들의 검거 기사와 이적 출판 행위의 처단에 대한 기사가 실렸다. 그러나 신문의 기사는 빙산의 일각이었다. 벌써 얼마 전부터 우리는 300면가량의 부정기 간행물의 출판을 위해 거의 매일 저녁 인쇄소에 모였다. 그들의 말에 의하면 이미 우리가 조판하고 있는 글의 필자 중 두 명이 붙잡혔다고 했다. 기껏해야 일주일가량을 남기고 있는 중요한 회합에 절대적으로 필요하다고 하면서 안은 일을 재촉했고 자정이 넘게 일을 하는 경우도 있었기 때문에, 그리고 아침에는 인쇄소를 깔끔하게 치워 놓아야 했기 때문에 그들은 번갈아 가면서 혹은 둘이 짝이 되어 인쇄소에서 밤을 보내는 것 같았다. 대부분 김과 안이 남아 있었다. 나는 그들이 외부에 전화를 거는 것도 전화를 받는 것도 본 적이 없었다. 그렇지만 차질 없이 원고가 들어왔고 내가 **초교**를 보면서 의문 부호 표시를 해 넘긴 부분은 손이 가해져 어김없이 하루나 이틀 뒤에는 교정지용 플라스틱 바구니 안에 놓이곤 했다.

어느 날 나는 자연스럽게 자정을 넘겨 인쇄소에 남아 있었다. 정과 김은 다른 곳에서 처리할 일이 있었던 모양으로 일찌감치 일을 내게 떠맡겼다. 뒤처리를 내가 하고 갈 테니 먼저 들어가라고 해도 안은 쓸 것이 있다고 하면서 오히려 그를 돕기 위해 내가 인쇄소에 남아 있는 것을 당연하게 생각하는 것 같았다. 나는 양철통 속에 담겨 있는 **조개탄**을 듬뿍 난로 속에 집어

초교(初校) 조판한 뒤에 처음으로 보는 교정 또는 그 교정 인쇄.
조개탄(--炭) 조가비 모양으로 만든 연탄.

넣었다. 오랫동안 살아온 나의 집을 덮히기 위해서 하는 것 같은 익숙한 나의 동작에 나 자신이 놀랐다. 안은 내게서 등을 돌리고 철제 책상에 앉아 무언가를 쓰고 있었다. 나는 그가 쓰고 있는 글의 내용을 벌써 몰래 훔쳐본 바 있었고 그 진행이 궁금했다. 나는 연속극을 쫓아가는 심정으로 그의 글의 진전을 흥미롭게 지켜보았다. 나 또한 플라스틱 바구니 속에 들어 있는 교정 용지를 집어 들었다.

자정이 지나면 바람도 차지는 모양인지 허술한 창 밑으로 쌩쌩 바람이 들이쳤다. 나는 난로의 문을 조금 열어 놓은 채 그 옆에 의자를 두고 **교정쇄**를 무릎 위에 놓고 앉았다. 안이 지나가는 말투로 물었다. 내가 안을 만난 지 백십일 일이 지나려 하고 있는 저녁에 처음으로 한 반말이었다.

"강 양은 여기 일에 깊이 **연루**되지 말고 일찌감치 손을 떼는 게 어떠니."

나는 안의 말을 어떻게 해석해야 좋을지 몰라 그를 멍하니 쳐다보았다. 그는 쓰는 일을 멈추지도 않은 채였다. 나는 그의 말을 괘념치 않기로 하고 다시 교정지로 시선을 돌렸다.

"학교도 계속해야 할 것이구 그다음엔 안정된 직장도 가지구, 시집도 가야 할 테고."

평소 같으면 한 사람에 대한 결정적인 평가 절하로 연결된 이런 진부한 말이 고개를 돌린 그의 어두운 표정 때문인지 의도적인 모욕으로 들렸다.

"그러려면 일이 터진 다음에는 곤란할 거야."

그는 내 쪽으로 돌아앉았다. 난롯불이 막 활활 일기 시작했고 열기가 얼굴로 옮아 붙는 듯해서 나는 의자를 뒤로 당겼다. 그렇다고 안이 농담을 하고 있다고는 생각되지 않았다. 피로로 인해 그의 얼굴의 **요철**이 더욱 분명

교정쇄(校正刷) 인쇄물의 교정을 보기 위하여 임시로 조판된 내용을 찍는 인쇄. 또는 그렇게 찍어 낸 인쇄물.
연루(連累·緣累) 남이 저지른 범죄에 연관됨.
요철(凹凸) 오목함과 볼록함.

하게 드러날 뿐이었다. 어쩌면 한 사람의 얼굴이 저렇게 달라 보일 수 있을까. 난생처음 보는 사람과 한밤중에 마주 앉은 것처럼 나는 그를 뚫어지게 바라보았다.

"내가 하는 말을 불쾌하게 들으면 안 돼."

"그 정도로 자신이 없는 일에 왜 매달려요, 안 선생님은?"

"지금 나는 나에 대한 말을 하고 있는 게 아니라구. 언젠가 가까운 미래에 좀 더 자신 있는 사람이 많이 생기기를 바라기 때문이겠지."

우리는 잠시 침묵했다. 안과 나와의 대화의 내용과는 관계없이 나는 그와의 한밤중 이 드문 속살거림이 한편으로는 오래 계속되기를 바랐고 다른 한편으로는 그가 어서 저 피곤하고 지쳐 시든 얼굴을 다시 원고지 위로 돌려주었으면 좋겠다는 두 가지 상반된 마음이었다. 그러나 한 번 크게 기지개를 켠 안은 한순간에 평소의 생기를 회복한 듯했다. 그는 책상 쪽으로 돌아앉으면서 말했다.

"어떻든 이번 일이 끝나면 당분간 집에서 내가 연락할 때까지 기다리는 게 낫겠어."

그들은 이렇게 나에 대한 계획을 세워 두었던 것일까. 하기는 신원도 색깔도 불분명한 나 같은 애가 처치 곤란이었겠지. 지금까지 같이 일을 해 왔으면서도 어떤 더 분명한 증거를 그들은 원하는 것일까. 안은 부드러운 목소리로 덧붙였다.

"미리 등록금을 조금 도와주지."

이런 도움이 자존심을 자극하는 것을 보니 지난 몇 달간의 생활이 여유로웠던 것인지도 모른다. 그의 음성의 따뜻함까지 내게는 계산된 차가운 거리로 다가왔다.

"안 선생님, 나에 대해서 걱정하지 마세요. 조만간에 나는 이 나라를 떠날 예정이에요. 여권 발급도 벌써 마쳤구요."

조금은 희극적으로 들릴 수 있는 나의 갑작스러운 발언에 그는 뒤돌아보지 않았다. 나의 말에 반응하지 않았다.

두 시가 넘자 그는 일을 끝냈는지 불을 끄고 군용 침대를 펴고 누웠다. 나는 잠도 오지 않고 할 일도 있었지만 그의 수면을 방해하고 싶지 않아 남아 있는 조개탄을 난로에 던져 넣고 불구멍을 줄인 후, 그가 나를 위해 남겨 둔 난로 곁의, 군용 침대보다는 편안한 낡은 장의자에 누웠다. 나는 오랫동안 잠이 들지 못한 채 뒤척이면서 소음을 내지 않으려 애썼다. 숨소리를 가다듬으려 했기 때문에 오히려 큰 한숨이 솟아나기도 했다. 나는 눈을 감고 안에게 얘기하는 것을 상상했다. 선생님은 나에 대해서 아무것도 몰라요. 나는 말이죠, 충청도 시골에서 태어났어요. 어린 시절요? 가난하고 불행했어요. 좀 더 큰 다음에는 이모네 집에서 살았어요. 어머니가 일자리를 구해 도회지로 나갔기 때문인데 이모네도 시골이었어요. 엄마가 돈을 보내오긴 한 모양인데 가난하고 불행하긴 마찬가지였어요. 중학교는 중간에 그만두고 고등학교 검정고시를 쳤어요. 그때도 역시…… 모든 것이, 내가 거쳐 온 짧은 시간들이 이렇게 생소할 수가 없어요. 내가 알고 싶은 건 말이죠. 나만 이렇게 느끼는 건지, 아니면 다른 사람도 조금쯤은 그렇게 느끼는지 하는 거예요. 예를 들어 안 선생님은 전혀 그런 것 같지가 않은데 어떠세요?

안의 고른 숨소리와 뒤척임을 들으면서 나는 잠이 들었다. 한밤중, 누군가 목까지 담요를 끌어다가 가볍게 눌러 주는 것을 그리고 그 동일한 손이 나의 움푹 들어가고 까칠한 뺨을 살짝 스치는 것을 멀리, 마치 먼 과거의 꿈처럼 느끼면서 나는 깊고 짧은 잠에 빠져들었다. 잠 속에서 나는 오랫동안 흐느껴 울었던 것도 같다.

얼마 전부터 주중보다는 주말에 더 많은 일을 하는 나에게 오래간만에 주말이 있었다는 것이 벌써 이상한 징조였을 수도 있었다. 비록 두 달 남짓한 기간이었지만 밤에 그들의 일을 돕기 시작한 이래 이틀간의 연속 휴일은 가져 본 적이 없었다. 참 이상한 일이다. 아주 드물게 내가 이때를 생각할 때면 나는 기억의 왜곡을 경험한다. 저녁 일을 분명 일곱 시경에 시작했음에도 불구하고 내 머릿속에는 우리가 매일 한밤중, 도시는 물론 지구 전체가 모두 잠들어 있는 어두운 시간에 작업을 한 것 같은 착각이 든다.

나는 그들이 나를 제외하고 긴밀하게 할 일이 있어 내게 주말을 집에서 보내도 좋다는 허락을 내린 것으로 굳게 믿었다. 단지 인쇄의 잡일을 돕기 위해 고용되었다는 그들과 나 사이의 무언의 약속은 이런 경우에 효력을 발휘해 그들은 결코 나에게 속사정을 말하는 경우가 없었다. 안마저도 아무런 말을 덧붙이지 않았다. 일하지 않는 이틀을 나는 어디에고 속하지 못한 사람이 자주 가지게 되는 방어적인 의심으로 괴로워하면서 보냈다. 산동네의 자취방은 겨울 바다에 불안정하게 떠다니는 섬이 되었고 나는 아무런 이유도 없이 그 무인의 섬에 누군가가 와서 불러 주기를 간절히 기다렸다. 토요일 저녁에는 눈이 내렸고 주인아줌마가 다 탄 연탄재가 남아 있으면 으깨어 집 앞 언덕길에 뿌리라고 내 방문을 두드렸을 뿐이었다. 연탄재조차도 남아 있지 않았다.

책상 위에 영원한 장식처럼 펼쳐져 있는 번역에도 매달렸으나 반 면을 못 넘기고 지쳐 떨어졌다. 나는 방 안에서 단 한 벌의 반코트를 걸치고 시려 오는 두 손을 겨드랑이에 끼워 넣은 채 그들의 대화 속에 **회자하던** 책을 읽었다. 지금은 그 책의 제목도 저자도 생각이 나지 않지만 그 책의 독서를 끝낸 후 내가 썼던 글의 제목이 지금도 생생한 것을 보면 나 같은 사람에게조차 일말의 자기중심적인 도취가 존재하는 모양이다. '가난이라는 소외의 탈역사적 경향에 대한 반성'이라는 것이었다. 주말은 이렇게 느리게 지나가고

회자하다(膾炙--) 칭찬을 받으며 사람의 입에 자주 오르내리다. 회와 구운 고기라는 뜻에서 나온 말이다.

있었다. 다시금 밤이 내리기 시작하면서 나는 안정을 찾기 시작했다. 나는 더 이상 아무도 기다리지 않았다.

아침이 되었을 때 나는 외로움의 감옥에서 완전히 벗어나 있었다. 나는 시간을 빠르게 흘려보내기 위해서, 즐거운 마음으로 오랫동안 방치해 두었던 방 안 청소를 했고 휘파람을 불면서 눈과 연탄재가 범벅이 된 회색의 비탈길을 **하릴없이** 두어 번 오르내렸다. 미약한 햇살마저 판자벽을 슬쩍 벗어나 있었고, 그런 응달에서 볼이 튼 어린아이들이 재와 흙으로 범벅이 된 회색 눈으로 눈사람을 만들고 있었다. 나는 그 아이들이 몸통을 만들고 둥근 얼굴을 얹고 그 위에 돌조각으로 눈을 만들어 붙이고 입을 만드는 것을 오랫동안 바라보았다. 나는 거의 마지막 손질 단계에 있는 우리의 인쇄 책자를 생각했다. 주초에는 그 책에도 눈과 코가 붙여질 것이다. 이상한 흥분이 나를 사로잡았다. 나는 그리워하고 있었다. 사람을 그리워하는 것이 아니라 일을. 아무 일이나 그리운 것이 아니라, 비록 외곽에서의 잡일이기는 하지만 몇 달 전부터 내가 하기 시작한 바로 그 일을. 바로 그 인쇄소에서, 다른 사람 아닌 바로 그들과 일하는 것을. 아이들이 눈사람을 다 끝내고 쉰 목소리로 만족의 환호성을 질렀다. 나는 내 목을 두르고 있던 목도리를 벗어, 멋진 나무젓가락 콧수염을 단 회색 눈사람의 목에 감아 주었다. 조개탄을 아껴 써야 했던 어느 저녁, 안이 오버 주머니에서 꺼내 목을 둘러 주었던 목도리였다. 다시 한번 터지는 아이들의 환호성을 뒤로하고 나는 단숨에 언덕을 뛰어올랐다.

나는 결국 책이 만들어진 것을 보지 못했다. 그리고 결국 인쇄소의 낡은 문에 내가 소중하게 간직하고 있는 열쇠를 꽂을 기회를 영원히 잃고 말았다.

긴 주말 끝의 월요일. 나는 해가 기울어지기도 전에 방문을 나섰다. 그렇

하릴없이 달리 어떻게 할 도리가 없이.

다고 아무 때나 인쇄소에 얼굴을 들이밀 처지가 못 되었던 만큼 인쇄소까지의 긴 길을 걸었다. 이번에는 한 장의 버스표를 아끼기 위해서가 아니었다. 낮에 인쇄소에서 일하는 사람들과의 마주침을 피하라는 안과 정의 원칙은 철저한 것이었고, 나는 정확히 알 수는 없어도 그것이 어떤 결과를 가져올는지를 상상하는 것은 어렵지 않았다.

평소처럼 골목을 돌아 뒷문에 이르는 길을 택하지 않은 것을 행운이라 이름 붙일 수 있을까. 당연히 셔터가 내려져 있어야 할 인쇄소의 입구가 먼발치에서 눈에 띄자마자 나는 단번에 모든 일이 틀어져 버린 것을 감지할 수 있었다. 올려진 셔터, 환하게 켜진 불빛, 활짝 열려 있는 유리문. 유리의 하반부가 깨어진 것이 바로 눈앞에 있는 것처럼 확연하게 드러난 듯도 했다. 그 속에는 분명 누군가가 부산하게 움직이는 것 같았고 문밖에는 양복을 입은 두 명의 남자가 담배를 피우며 등을 돌리고 서 있는 것이 보였다. 나의 가슴은 터질 것처럼 뛰고 있었다. 절대 황망히 뒤로 돌아서지 말아라. 뛰지 말고. 절대 서두르지 말고 길을 가로질러라. 제발 인쇄소 방향으로 고개를 돌리지 말고. 나는 떨리는 손을 주머니에 집어넣고 행인들 사이에 섞여 건널목 앞에 섰다. 길의 통과를 무한히 금지하고 있는 것만 같던 건널목의 적색등. 이미 날은 어두워져 실제로 먼발치에 있는 그들이 나의 모습을 알아보거나 뒤쫓을 위험이 없었음에도 그 짧은 기다림의 순간에 세계는 위험한 밀고자들의 소굴로 변신했다. 당장이라도 옆의 행인이 나의 팔을 우악스럽게 잡고 "강하원이지. 순순히 나를 따라와." 하고 귀에다 속삭일 것 같았다. 나를 앞뒤로 둘러싸고 있는 행인의 얼굴을 쳐다보고 싶은 유혹은 견뎌 내기 힘든 것이었다.

길을 건너고 가장 가까운 골목으로 기어들어 가고, 거기서 다시 큰길로 나오고 다시 골목으로 들어가고……. 충분히 인쇄소에서 멀어졌다고 판단되었을 때부터 나는 달리기 시작했다. 얼마 동안을 어떤 길로 해서 달려왔는지 아무런 기억이 없었다. 나는 뛰면서 입으로는 내가 한 번도 해 본 적이 없는 기도 비슷한 것을 수없이 반복하고 있었다. 제발 내가 이 자리에서 잡혀서 동료들에게 누를 끼치지 않게 해 주십시오. 나는 잃을 것이 없는 사람이지만 그들은 그렇지 않습니다. 그들은 할 일이 많은 사람들입니다.

그 뒤로는 모든 일이 순식간에 진행되었다. 우리가 기획하고 있던 책은 물론이요 다른 단체들을 위한 인쇄물을 끝내지도 못한 채 일이 터지고 만 것을 나는 신문을 보고 알았다. 연행된 사람들의 이름이 서넛 실려 있었지만 교정으로 낯이 익은 한 이름만 제외하고는 생소한 이름들이었다. 그들의 활동은 이런 종류의 기사가 늘 그렇듯이 신문의 눈에 띄지 않는 한구석에 서너 줄로 요약되어 있었다. 그것은 안을 비롯한 우리 인쇄 담당이 안전하다는 것을 보장해 주기에는 불충분했다. 만약 내가 알고 있는 그들의 이름이 본명이라면, 어떻든 그들의 이름은 신문에 나지 않았다.

불안한 나날이 시작되었다. 문밖에서 조그만 소리만 들려도 나의 가슴은 두근거렸다. 정말 이상한 일이었다. 나의 가슴은 두려움 때문에 두근거리고 있는 것이 아니었다. 그것은 기다림이었고 그리움이었다. 그것은 더 구체적으로 말하면 안에 대한 기다림이었다. 안이 나의 주소를 알고 있는 단 하나의 사람이었기 때문에. 그러나 그보다는, 마치 어느 날 안이 나타나면 다시금 우리가 일을 시작할 수 있기라도 한 것처럼. 날씨가 조금씩 풀려 가고 있었다. 나는 며칠을 누워서 보냈다. 나는 병이 없는 **신열**을 앓고 있었고 단하나의 치유법은 수면이었다. 가끔 집주인이 불안한 듯 방문을 살며시 열었다 닫았다. 그녀가 죽음의 확인을 하러 오는 것 같다는 생각이 들었고 그 기대에 부응하기라도 하려는 듯이 나는 그럴 때마다 꼼짝도 하지 않았다. 기대의 두근거림이 포기의 심정으로 변했을 때 나의 아픔은 극에 달했다. 그

신열(身熱) 병으로 인하여 오르는 몸의 열.

들과 일할 수 있는 기회가 어쩌면 영원히 오지 않을 수도 있다는 확신은 참을 수 없는 것이었다. 마치 나의 잘못으로, 나의 고발로 그들의 활동이 저지되기라도 한 것처럼 환각적인 죄의식에 시달리기도 했다.

나는 거리를 헤맸다. 어디에고 그들과 연락을 취할 수 있는 방법은 없었다. 그들과 보낸 서너 달이 남긴 흔적이라고는 하나도 없었다. 단 하나, 청계천의 헌책방이 있었다. 그러나 책방의 주인은 바뀌어 있었다. 어느 저녁 나는 인쇄소 쪽으로 가 보기도 했다. 그러나 간판이 떨어진 인쇄소는 아주 오래전부터 폐쇄된 금지 구역처럼 보였다. 수소문해 볼 사람도, 전화로 문의를 해 볼 만한 대상도 없이 나는 지쳐서 방으로 돌아오곤 했다. 그러나 설령 수소문을 할 건덕지가 있었다고 해도 나의 행동이 그들에게 누를 끼칠 것이 두려워 아무것도 할 수 없었을 것이다. 이성적으로 다시는 그들을 만날 수가 없음을 알고 있음에도 나는 끈질기게 그들 중 하나를 기다렸다.

나의 초라한 육신을 관리하기에도 지쳐 있는 상태에서 한밤중 나는 깨어 일어났다. 나는 **둔화**된 기억의 촉수를 다시 갈아세우고 절망에서 벗어날 수 있는 전파를 보내기 시작했다. 수신자 없는 고독한 전파였다. 나는 책상에 공책을 펴고 앉았다. 나의 모든 기억을 동원하여, 내가 적어도 두 번 이상 교정을 본 바 있는, 준비하던 책자에 수록된 원고들의 제목을 하나하나 공책에 쓰고, 생각나는 대로 각 원고의 내용을 거칠게 요점만이라도 정리해 내려가기 시작했다. 망각의 신비만큼 가끔 기억은 놀라운 힘을 발휘할 때가 있다. 가끔 한 문단 전체가 고스란히 기억에 되살아나는 것에 나 스스로 경악하기도 했다. 하룻밤에 나는 머리말까지 합쳐 모두 세 편의 논문을 그런대로 재구성할 수 있었다. 모두 열여덟 편의 논문이 있었고 그중의 두 편은 번역이었다. 그중의 한 편은 내가 부분적으로 참여하기도 한 것이어서 나는 보따리

둔화(鈍化) 느리고 무디어짐.

속에 뭉텅이로 갇혀 있던 종이 뭉치에서 복사한 원문을 찾을 수 있었고 다음 날 하루 꼬박 걸려 그 논문의 번역도 끝을 맺었다. 되살아나는 기억이 사라질 것이 두려워 나는 감히 눈을 붙일 생각도 못하고 미친 듯이 그 일에 매달렸다. 그것은 일종의 기도라면 기도였다. 기억이 살아 있는 한 그들을 향한 나의 송신기가 작동을 하고 있다는 미신적인 자기 암시였다.

믿음 없는 기도에도 대답이 있었던 것일까. 저녁나절, 안으로 잠근 부엌의 판자문을 가볍게 흔드는 소리가 들렸다. 그리고 이어 집주인의 목소리.

"학생, 나와 봐. 사촌이 찾아왔어."

나는 숨을 죽이고 가만히 앉아 있었다. 밖에서 웅얼거리는 집주인의 목소리가 계속 들려왔다. 나는 맨 먼저 상 위에 펼쳐진 공책을 덮었고 왜 그랬는지 보따리 속에 들어 있던 여권을 꺼내 상 위에 놓고 밖에 찾아온 사람이 문을 부수고 들어오기를 기다렸다. 가슴이 두근거리지조차 않았다. 단지 사촌이라는 말에 힘이 빠질 뿐이었다. 한눈에 잡히는 좁은 공간을 꼼꼼하게 뜯어보고 있는데 이번에는 또 다른 여자의 목소리가 들려왔다.

"하원이, 안에 있니?"

친한 친구나 친동생을 부르는 듯한 부드러운 목소리였다. 그러나 난생처음 들어본 목소리였다. 여자 사촌이라고는 없었던 만큼 나는 직감적으로 그 방문이 안과 관련된 것임을 알아차렸다. 그 목소리는 무엇 때문인지는 알 수 없어도 나는 그 당장에 내 몸에 남아 있는 희미한 힘의 자취조차도 스스로 어디론가 빠져나가는 것 같은 느낌을 받았다. 내 이름을 부르는 목소리의 주인공이 좋은 소식의 전령자이건 나쁜 소식의 전령자이건, 나는 주저할 여지가 없었다. 나는 방문을 열고 방문자를 안으로 맞고 주인집에는 고맙다는 인사를 과장되게 했다.

"김희진이라고 해요. 안 선생이 주소를 주면서 도움을 청하라고 하더군요."

두 발을 옆으로 모으고 내 앞에 앉아 있는 여자는 피곤한 듯 등을 벽에 기

댔다. 창백하기는 그녀나 나나 마찬가지였을 것이다. 조금 섬뜩한 아름다움을 지닌 얼굴이었다. 아주 먼 곳에서 와서 다시 먼 곳으로 떠나가 버릴 것 같은 느낌을 자아내는 얼굴. 그렇지만 그녀의 지친 표정이나 행색은 그 모든 것을 교묘하게 가려 버리고 있었다. 그녀의 눈은 열에 들떠 번들거리고 있었다. 한눈에 보아 앓고 있는 게 틀림없었다. 나는 우선 그녀의 등 뒤에 베개를 대 벽에 편안히 기대게 했다.

그녀와 나는 서로를 바라보면서 침묵하고 앉아 있을 뿐이었다. 들고 온 큼직한 가방의 손잡이에 놓여 있는 그녀의 손은 마디가 굵었고 투박해 보였다. 자세한 설명을 듣지 않아도 그녀의 심신의 피폐 상태가 어느 지경에 이르러 있는지를 쉽게 알아차릴 수 있었다. 나는 아마도 오랜만에 이루어졌을 그녀의 휴식을 방해하지 않으려고 조심하면서 물었다.

"모두들 무사한 건가요?"

"더러는. 그렇지만 모임은 거의 해체 상태로, 준비 중인 일은 모두 압수당했고 모두들 연행되었거나 도피 중이지요."

"안 선생님은?"

김희진은 지극히 어두운 표정이 되어 눈을 감았다.

"모르겠어요. 모르겠어요."

김희진은 낮은 목소리로 그녀가 아는 여러 사람의 소식을 알려 주었다. 모두가 나는 한 번도 만난 적이 없고 대개는 이름도 모르는 사람들이었다. 안은 그녀에게 나의 주소를 주면서 나에 대해 아무런 설명도 덧붙이지 않았던 것일까? 그러나 김희진에게 나의 주소를 주었다는 것으로 그사이에 내가 안에 대해 가지고 있던 모든 오해가 단숨에 지워지는 느낌이었다. 김희진은 오래 사귄 사람의 깊은 신임을 가지고 내게 모임이 처한 위험에 대해 말했다. 왜 그랬을까, 나는 그녀에게 사실을 말하지 않고 그녀가 믿고 있는 대로 오랫동안 모임에 가담한 것처럼 그녀의 말에 반응을 보였고 모르는 이름들, 기껏해야 가끔 들어 봤을 이름들을 그녀가 언급했을 때, 오랜 **지기**나 되기라도 하는 것처럼 그들에 대한 우려를 표정에 담았다. 아니 나는 진정으로 그들을 우려했다는 것이 옳다.

약간의 여유가 생기자 나는 수줍게 말했다.

"난 김희진이라는 이름을 들을 때마다 남자라는 생각을 했어요."

그녀는 갑자기 생각난 듯 말했다. 그러나 그 어조에는 어떤 불편함이 있었다.

"아 참, 안 선생이 하원 씨에게 전하는 편지가 있어요……."

그녀는 가방 속에서 주변이 낡아진 편지 한 통을 내밀었다. 편지는 봉해져 있었고 얄팍했다. 나는 그녀 앞에서 편지를 열지 않았다. 이유도 없이 나는 그것을 바지 주머니에 황급히 집어넣고 밖으로 뛰어 나갔다. 그러나 밖에 나와서도 나는 편지를 뜯지 않았다. 어쩌면 너무 오랫동안 기다렸던 소식이기 때문에 시효가 지나가 버린 것 같은 아득한 느낌이 먼저 자리를 잡았기 때문이었다.

나는 연탄불을 활짝 열고 밥을 안치고, 주인집에서 빌려 온 **곤로** 위에는 찌개를 끓였다. 이 노천에 가까운 부엌에서 음식 냄새가 나지 않은 지가 참으로 오래되었기에 나의 가슴이 다소간 설레기도 했다. 서울 하늘 아래 방한 칸을 잡고 생활을 한 이래 누군가가 나의 거처를 방문한 것이 처음 있는 일이었다. 나는 그것이 이모나 이모가 보낸 친척이 아닌 것에 자축을 보냈다. 나는 시멘트 부뚜막에 앉아 편지를 뜯었다.

강 양!

지기(知己) 자기의 속마음을 참되게 알아주는 친구.
곤로(konro[焜爐]) 석유나 전기 따위를 이용하는 취사용 도구.

급히 몇 자 적습니다. 내 몸처럼 중요한 사람을 보내니 도움을 부탁하오. 우리 당분간은 만나기 힘들 것이오. 거두절미하고 어려운 부탁을 합니다. 강 양이 지니고 있는 여권을 빌렸으면 하오. 큰 도움이 될 것이오. 일의 성질이 그러하니만큼 거절한다고 해도 이의는 없소. 그러나 다시 한번 말하건대, 만약 강 양이 동의한다면 얼마만큼의 도움이 되는지는 아무도 알 수가 없소. 그럴 경우 나머지는 김희진과 상의하기 바라오. 안.

짧고 정확한 내용을 전달하는 사무적인 편지였다. 나는 안의 그런 편지를 오래 들여다보았다. 이것이 정말 안이 쓴 편지인가. 확실히 안의 글씨였다. 그는 내게 이런 일을 부탁할 권리가 있는가? 있었다. 왜? 그러나 왜인지에 대해서는 나도 대답을 할 수가 없었다. 안은 다른 식의 편지를 쓸 수도 있지 않았을까? 그러나 만약 다른 식의 편지를 썼더라면 나는 정말, 위로받을 수 없을 정도로 상처를 받았을는지도 모른다.

음식이 담긴 쟁반을 들고 방으로 들어갔을 때 김희진은 반쯤 누워 있다가 몸을 일으키면서 쟁반을 받아 들었다. 그녀의 팔이 경련을 하는 것이 보였다. 우리는 침묵한 채 식사를 끝냈다. 아주 오래전에, 이처럼 무겁게 내려앉은 늦은 밤, 침묵 속에서 앞에 앉아 있던 피로에 지친 얼굴을 조심스럽게 바라보면서 식사를 하던 때가 있었다. 상 반대편에는 일에서 돌아온 피로를 화장으로 숨긴 엄마가 있었고 상의 이쪽 편에는 기껏해야, 여덟, 아홉의 어린 내가 있었다. 그러나 김희진은 그때 상 저편에 앉아 있던 얼굴과는 성질이 다른 피로를 내보이고 있었고 그 얼굴에서는 발견되지 않던, 웬만한 피로로는 꺼지지 않게끔 질기게 가꾸어 온 느낌을 주는 특수한 빛이 있었다. 김희진의 나이가 그때의 엄마 나이쯤 되었을까? 아니었다. 김희진의 얼굴은 훨씬 젊어 보였다. 그녀의 얼굴에는 나이가 없었다.

그때나 그 후나 그녀의 모습을 떠올릴 때면 나는 늘 한 가지 강박 관념에 사로잡힌다. 그녀의 얼굴, 그녀의 자태가 내게 야기시키는 그 어떤 것을 꼭 말로 그려 내야만 한다는 생각이다. 그리고 그녀가 지닌 아름다움만큼 그려 내기 어려운 것도 없다. 누구를 닮았다거나 어떻게 생겼다거나 하는 비유적인 설명으로는 불충분한 어떤 것을 그녀는 지니고 있었다. 그저 아름답다는 가장 단순한 형용사밖에는 떠오르지 않는. 아니면 그것은 고독하고 어린 나이의 한 철없는 여자아이의 환상이었을까. 확실히 그것은 아니었다. 나는 생각했다. 만약 안의 부탁 편지가 없었더라도 나 자신이 그녀에게 잠시 잠적할 것을 제안했을 거야. 그것이 김희진이건 장이건 박이건…… 틀림없이. 나를 부르는 사람이 누구인지도 모르면서, 밖에서 그녀의 목소리가 들려오자마자 저렇게 그 목소리를 위해 여권을 준비해 놓고 있었잖아.

"무슨 생각을 하느라 내 얼굴을 그렇게 뚫어지듯 보지요?"

나는 상 한 귀퉁이로 물려 있던 여권을 집어 들면서 대답했다.

"앞으로 내가 할 일을 생각하고 있었어요."

김희진은 밥상 너머로 두 손을 내밀었다. 나는 말없이, 뜨겁게 열이 올라 있는 그녀의 손을 잡았다. 그녀의 손이 가볍게 힘을 주어 왔다. 나는 손을 빼 이번에는 나의 손으로 그녀의 두 손을 감쌌다. 나는 끝내 그녀와 안의 관계에 대해 묻지 않았다.

나는 가끔 희망이라는 것은 마약과 같은 것이 아닌가 하는 생각을 할 때가 있다. 그것이 무엇이건 그 가능성을 조금 맛본 사람은 무조건적으로 그것에 애착하게 된다. 그렇기 때문에 희망이 꺾일 때는 중독된 사람이 약물 기운이 떨어졌을 때 겪는 나락의 강렬한 고통을 동반하는 것이리라. 그리고 그 고통을 알고 있기 때문에 희망에의 열망은 더 강화될 뿐이다. 김희진이 도착하던 날, 그녀의 피곤에 지쳐 눈 감긴 얼굴을 쳐다보면서 나는 내가 이미 오래전부터, 나도 모르게 그 성격을 규정하기 어려운 희망이란 것에 감염되었음을 알아차렸다. 그리고 그것이 결국은 어떤 형태로든 일생 동안 나를 지배하리라는 것도. 나는 막연한 희망에 대한 막무가내의 기대로 김희진을 돌보았다.

도착하는 날부터 그녀는 앓기 시작했고 나는 저녁나절에는 그녀를 간호하고 낮에는 그녀를 대신해, 그녀가 알려 준 대로 새로운 소식이나 도움을 줄 수 있는 사람을 찾아 서울의 구석구석을 헤매 다녔다. 그러나 대부분의 경우는 잘못된 연락처였거나 상황에 대한 극대화된 불안 때문에 오히려 내게 근신을 하고 적당한 때에 다시 들러 줄 것을 부탁했다. 가끔 경제적 도움을 주는 경우도 있었다. 물론 그것도 자주 있는 일은 아니었다. 어떻든 뒤늦게 나는 많은 사람들을 만났고 그것은 내게 큰 힘이 되었다.

나는 여러 사람을 거친 후 겨우 정을 만날 수 있었다. 친구가 경영하는 다방에서 불안한 나날을 보내고 있던 정은 나를 보자 죽었던 사람의 유령이라도 만난 듯 반가움보다는 걱정 어린 놀라움을 나타냈다. 그의 표정에서 나는 이러한 상황에서 대부분의 사람들을 사로잡는 나에 대한 불신의 역력한 흔적을 보았다.

"아니 이게 누구요. 내 있는 곳은 어떻게 알았어요? 혼자 왔습니까?"

그러나 정의 태도는 더 이상 내게 상처가 되지 않았다. 그를 놀라게 한 것은 김희진이 나의 집에서 앓고 있다는 소식이었던 것 같다. 정 또한 안이 지방으로 피해 가 있다는 것 외에 다른 친구들의 소식을 전혀 모르는 채로 고립되어 전전긍긍하고 있었다. 나는 그에게 안의 편지 내용과 김희진의 뜻을 전했고 여권을 맡겼다.

여권 위조와 동회에서 근무한 적이 있는 것이 무슨 연관이 있는지 알 수는 없었지만 사흘 후에 정은 나의 사진이 들어 있는 자리에 김희진의 사진이 감쪽같이 대치된 여권을 내 앞에 내밀어 보였다. 그러나 그것을 건네주기를 꺼리면서 다시 서랍 속에 집어넣었다. 다방 뒤쪽의 한 방구석에 취할

대로 취해 있던 정은 늦은 시간인데도 나를 자꾸 붙잡아 앉혀 놓고 안에 대한 불평을 늘어놓았다. 내가 인쇄소에서 그들과 같이 일을 하기 전부터 안이 나의 여권에 관심을 가지고 있더라고 말하기도 했다. 모두가 다 계획된 일이었다는 것이다. 나도 그의 말에 동의했다. 애초부터 그것은 안과 나 사이에 비밀리에 계획되었던 일이었다고 했다. 그러나 정은 나의 말을 주의 깊게 듣기에는 너무 취해 있었다. 정은 또 안이 문제를 확대시키지 않기 위해서 김희진의 미국행을 서두르고 있다고 분개했다. 나는 그가 술에 취해 나가떨어지기를 기다렸다. 다행히 그는 통행금지가 되기 전에 코를 골았고 나는 서랍 속의 여권을 집어 가지고 나왔다. 내 등 뒤에 대고 정은 크게 소리쳤다.

"미안합니다, 하원 씨."

나는 무엇에 대한 사과인가를 묻지 않았다. 그렇다고 그 사과를 받아들이지도 않고 나는 뒤돌아서서 그 다방을 나왔다. 저 사람은 나를 영원히 모르는 채로 다시는 보지 못하겠지. 그러나 그런 독백도 내게 조금의 감흥을 주지 않았다.

김희진은 내 방에서 약 이십 일을 머물렀다. 그사이 그녀는 서서히 회복되어 어떤 때는 밤늦게까지 무엇인지 일에 열중하기도 했다. 시간 여유가 생길 때 나는 그 옆에서 논문들을 되살려 내는 일을 계속했다.

어느 날 밤, 방 밖에서 달그락거리는 소리에 나는 잠이 깼다. 책상 위는 서류와 폐지로 산란스러웠고 방 안은 비어 있었다. 방문을 열자 행주를 들고 찬장이며 부뚜막을 열심히 닦고 있는 김희진의 모습이 보였다. 정말 동생 집을 방문해 집을 치워 주면서 정을 표현하는 여느 사촌 언니처럼 팔을 걷어붙이고 김희진은 부엌을 바닥까지 말끔하게 닦아 놓은 다음이었다. 나의 기척에 그녀는 몰래 하던 일을 들킨 사람처럼 나를 보고 소리를 죽여 웃었다. 그러나 그 웃음 속에는 불안기가 서려 있었다.

"걱정하지 마세요. 모든 일이 다 잘될 테니까."

그때쯤 그녀는 웬만큼 건강해져 있었다. 나는 그녀의 여행을 준비하며 그녀가 기거하는 내 방에 안이 한 번쯤 들러 줄 것을 막연하게 기대했다. 그러나 그것은 당시 그가 처한 상황으로는 불가능한 것이었다. 김희진은 서서히 기운을 회복했고 결국 안을 보지 못한 채로, 그리고 시골에 있다는 가족에게 감히 연락을 취하지도 못한 채로 시간이 지나갔다. 내 방을, 서울을, 이 나라를 떠나는 날 그녀는 내게 예닐곱 장의 전달할 편지와 가방 가득히 무언가를 남겼다.

"하원 씨가 보관해 주세요. 보잘것없는 글들인데, 때가 되면 빛을 보게 되겠지요. 곧 다시 만나요. 곧 다시 돌아올 것을 약속해요."

그녀는 위조된 여권과 내가 구입한 비행기표를 들고 혼자 김포로 향했다. 만일을 대비해 나는 공항까지 전송을 하지도 못했다.

그녀가 떠난 직후, 이번에 나는 집안 식구 아닌 누군가가 나를 연행하러 올 것을 기다리면서 마음의 준비를 하고 집에서 보냈다. 그러나 내게는 아무 일도 일어나지 않았다. 내가 하던 논문의 재구성이 다 끝났고 김희진이 남기고 간 글들을 하나도 빠짐없이 다 읽을 때까지 내 누추한 거처의 문을 두드리는 사람은 없었다. 김희진은 무사하게 떠났음에 틀림없었다. 봄이 오는 기색이 **완연했건만** 내 마음의 계절은 여전히 끝도 없는 겨울이었다. 햇볕이 짧은 이 동네의 눈사람은 여전히 녹지 않고 비탈에 서 있는 것이 보였다. 그 일이 있은 후 딱 한 번 발신인도, 주소도 적히지 않은 엽서 한 장이 도착했을 뿐이었다.

"강 양, 고맙소."

그것이 내용의 전부였다. 그리고 얼마 지나지 않아 나는 안의 검거에 대

완연하다(宛然--) 눈에 보이는 것처럼 아주 뚜렷하다.

한 제법 큰 기사를 읽었고 뒤늦게 나의 익명의 동료들의 활동에 대한 왜곡되고 과장된 해석의 기사를 읽었다.

　나는 늘 그 시기에 대한 짧은 보고서 형식의 글을 쓰고 싶어 했다. "아, 그 길고도 긴 길의 우울한 초겨울 풍경이라니! 사방은 술병 바닥 두꺼운 유리의 짙은 색깔처럼 흐렸지만 나는 그때 처음으로 희망이라는 단어를 만났다……." 이렇게 시작되는 글을. 나는 여전히 우리의 사고가 활자화되는 것을 신성시하고 있는 모양이지만 내게는 그 시기를 분명하게 회상해 써낼 만한 글재주가 없다. 그러나 무엇보다도 나의 삶은 얘기될 만한 흔적이 없다. 안이 일할 때면 가끔 틀어 놓던 그 높낮이도 없고 비슷비슷하게 연결되어 **하오**의 잠 같기도 한 음악의 소절 같은 나의 삶에 대체 그 누구가 관심을 가질 것인가. 당치도 않은 일이다.

　김희진은 내게 연락을 취하려고 해도 취할 수가 없었을 것이다. 나 또한 아무에게도 알리지 않고 서울을 떠났기 때문이었다. 나는 대학을 아주 포기하고 이모에게로 내려가 이모의 농사를 오랫동안 도왔다. 그러면서 내가 맛본 희망의 색깔을 주변과 나누려고 여러 가지 일을 벌이기도 했다. 그 후의 나의 삶도 그다지 변하지 않았다.

　그사이 안은 유명한 민중 예술가이자 운동가가 되어 여러 지면을 통해 그의 견해를 **기탄없이** 발표하고 있었고 내가 살고 있는 시골에서 멀지 않은 도시에도 수차 강연을 온 적이 있었다. 벌써 몇 년 전, 나는 한번 강연 즈음에 맞추어 그 도시에 간 적이 있었다. 주최자 측에 가방 하나를 안에게 전달해 줄 것을 부탁하기 위해서였다. 마을의 젊은이들에게는 강연에 참석할 것

하오(下午)　낮 열두 시부터 밤 열두 시까지의 시간.
기탄없이(忌憚--)　어려움이나 거리낌이 없이.

을 극구 권했으면서도 나는 그 시간을 기다리지 않고 다시 시골로 돌아왔다. 그 가방 속에는 김희진이 남기고 간 글과 그럭저럭 재구성한 이후 한 번도 다시 읽어 보지 않은, 우리가 같이 일하던 논문들의 묶음이 들어 있었다. 후에 어떤 잡지에 그 글의 일부가 실린 것도 보았다.

이제 내 수중에는 그 시기가 실제로 존재했었다는 물증은 아무것도 없었다. 아, 한 가지가 남아 있었다. 불안과 고립의 시간과 싸우기 위해 나 혼자 하던 이탈리아 사학가의 독일어본 역사책의 미완성 한글 번역 원고. 그러나 이제는 너무 오래 버려두어서 원고지의 색깔은 노랗게 변했거니와 그 책을 말할 것 같으면, 아마 나보다 나은 전문 번역가에 의해 이미 출판되었을 터였다. 그렇지만 나는 그것을 확인해 보지는 않았다.

나는 그 이후로 딱 한 번 한 남자를 사랑했다. 그렇지만 그는 나의 친구와 결혼해 버렸고 내가 그의 입장이었다고 해도 나보다는 내 친구를 선택했을 것이다. 몇 년 전에 나는 무슨 일 때문인지 학교를 그만두고 필생의 저술을 집필하기 위해 내가 사는 시골로 낙향했다는 한 교수를 만났다. 그는 언어학자였는데 《우리 시대의 언어 사회학 강의》라는 제목의 저서를 준비하고 있다고 하면서 그를 대신해 자료도 찾고 원고도 정리해 줄 사람을 찾고 있다기에 내가 자청해서 그의 집으로 찾아갔다. 이후 나는 그의 조수로 일하고 있으며 일주일에 한 번씩 그를 대신해 서울의 도서관으로 자료를 조사하기 위해 올라간다. 그렇지만 나는 그의 저서가 언젠가 빛을 볼는지에 대해서는 확신이 없다. 노교수의 방대한 사고는 매주 계획이 확대되기만 할 뿐이기 때문이다.

나는 시골로 내려가는 기차를 타기 위해 역 쪽으로 걸었다. 어쩌면 이 계절의 하늘은 이토록 무연히 맑을까. 그리고 그 시절의 아픔은 어쩌면 이리도 생생할까. 아픔은 늙을 줄을 모른다. 아픔을 치유해 줄 무언가에 대한

기구가 그만큼 생생하고 질기기 때문일까. 이번 겨울에는 동네 아이들을 모아 비어 있는 들판에 커다란 눈사람을 만들어 볼까. 며칠 전에 지구를 뜬 그녀의 별에 전파가 닿게끔 머리에 긴 가지로 안테나도 꽂고……. 그러나 사람이 죽은 다음에 별이 되지 않는다는 것은 누구보다도 그 아이들이 더 잘 알고 있지 않은가. 아프게 사라진 모든 사람은 그를 알던 이들의 마음에 상처와도 같은 작은 빛을 남긴다.

기구(祈求) 원하는 바가 실현되도록 빌고 바람.

'2인칭 소설'은 주요 인물이 '너/당신'으로 불리면서 서사의 대상이 되는 소설로 서술자가 '너'에 대한 이야기를 직·간접적으로 '너'에게 말하는 형식을 띠고 있습니다. 독자는 드러난 수화자의 존재를 인식하고, 소설을 읽는 과정을 소통 행위에의 참여로 받아들여 수사적 읽기를 실천할 수 있습니다.

임철우의 〈동행〉은 정치적인 이유로 지명 수배자가 된 친구와 그의 고향까지 함께하는 동행기를 다룬 작품입니다. 이는 1980년 5월 광주 민주화 운동을 직접 경험한 작가의 체험이 소설로 형상화되어 있습니다. 1980년대 초에는 억압적 사회 분위기로 인해 광주 항쟁에 대한 직접적 언급이 거의 불가능한 상태였습니다. 소설에서 2인칭 '너'의 적극적인 활용은 '나'와의 관계를 역동적으로 형상화하면서 역사적 기억의 소환과 그에 따른 트라우마, 그리고 죄의식의 문제와 맞물려 주제 구현에 효과적으로 작용합니다. '너'를 초점 대상으로 삼는 2인칭 서술을 통해 '나'의 죄의식을 고백하는 형식을 취함으로써 독자로 하여금 윤리적 책임 의식을 고민하게 하고 성찰의 계기를 마련하게 합니다. 과거의 기억과 현재의 시간이 교차되고 공존하는 구조, '너'의 등장과 떠남으로 인한 만남과 헤어짐의 서사 또한 화자와 청자가 드러나는 2인칭 소설의 소통 구도와 결합하여 독자의 소설 읽기에 흥미를 더하기도 합니다.

소설의 시점과 서술자가 느끼는 감정에 집중하여 소설을 감상하면서 시대의 고통을 안고 살아가는 사람들의 삶과 역사 의식을 살펴봅시다.

▌임철우(林哲佑, 1954~)

전라남도 완도 평일도 출생. 1981년 《서울신문》 신춘문예에 〈개 도둑〉이 당선되어 등단하였다. 그는 현실의 왜곡된 삶의 실상을 통하여 인간의 절대적 존재 의식을 탐구하는 작가이다. 주요 작품으로는 《사평역》, 《아버지의 땅》, 《그리운 남쪽》, 《붉은 산 흰 새》, 《불임기》, 《봄날》 등이 있다.

동행 _임철우

　네 모습은 아직 보이지 않았다. 아파트 단지 정문을 지나 백여 미터쯤 들어가면 길은 두 갈래로 나누어지고, 바로 거기 길이 나눠지는 지점에 서 있는 전화박스 곁에서 우리는 만나게 되어 있었다.

　내가 너무 일찍 온 걸까. 손목시계를 확인했다. 세 시 오 분 전. 나는 조금 초조해하고 있었다. 집을 나와서 버스를 타고 와 그 자리에 서게 될 때까지 초조함은 줄곧 집요하게 목덜미를 잡아당기고 있었던 것이다. 아니다. 그건 훨씬 이전부터 시작되었다고 할 수 있었다. 어젯밤 전화를 받은 순간부터, 아니 그보다도 더 먼저, 그러니까 네가 일 년 반 만에 처음으로 나타났던 일주일 전의 그 충격적인 밤으로부터 나의 초조함은 이미 시작되었으리라. 너는 마치도 주술적인 힘을 지닌 북소리처럼 어둠 저편으로부터 갑자기 그리고 은밀하게 나를 덮쳐 왔다. 그 북소리 속에서 본능적으로 나는 어떤 불길한 파괴의 냄새를 감지했다. 그것은 지금까지 내가 조심스럽게 지켜 오고 있던 휴식과 평온하고 느슨한 일상의 생활 감각을 밑바닥부터 송두리째 휘저어 놓고 말리라는 걸, 그리고 어쩌면 머잖아 그것들과 가차없이 결별해야만 하는 최악의 상태까지도 감수해야 할지 모른다는 위험스러운 사실을 의미하는 것이었다. 때문에 북소리가 점점 가까워질수록 나의 불안과 초조함은 **배가해** 가기 시작했

배가하다(倍加--)　갑절 또는 몇 배로 늘어나다. 또는 그렇게 늘리다.

다. 그러므로 의식의 어느 한구석에선가 위험 신호를 알리는 **빨간** 비상등이 급박하게 작동을 시작했을 때, 적어도 나는 적절하게 방어 자세를 취하든가 아니면 다가오고 있는 그 위험으로부터 달아나거나 했어야 옳았는지도 모른다. 하지만 나는 피하지 않았다. 끊임없이 경계 신호를 울리고 있는 의식의 저편 한구석으로부터 보다 더 강력하고 거역할 수 없는 힘으로 그 북소리를 기다려 받아들이기를 명령하는 또 다른 목소리가 나를 몰아세웠기 때문이었다. 나는 결국 기다릴 도리밖에 없었다. 더욱 확실하게 가슴을 채워 오는 너에 대한 애정으로 전율하며 나는 끝내 너와 또 네가 내게 안겨 줄 불길한 것들마저도 함께 받아들여야 할 것임을 알고 있었던 것이다.

인기척이 들렸다. **짐짓** 천천히 고개를 돌려 보던 나는 이내 긴장을 풀었다. 네가 아니었다. 젊은 여자가 전화박스 안으로 들어가고 있었다. 수화기를 들고 동전을 집어넣는 동작을 나는 유리창 너머로 모두 지켜보았다. 집에서 걸레질이라도 하다가 나온 참이었는지 그녀는 허름한 차림새를 하고 있었다.

저예요. 네네. 어떻게 되었다고 하던가요……. 어머, 낳았어요? 그래, 뭣이죠. 아들……? 네엣? 아니, 낳았는데…… 에그머니나. 저를 어째…….

여자는 울상을 짓고 있었다.

또 **사산**이라니…… 세상에…… 두 번씩이나…… 세상에.

수화기를 걸고 여자가 나오기 전에 나는 급히 시선을 거둬들였다. 여자는 고개를 떨군 채 힘없는 걸음으로 왔던 길을 되돌아가고 있었다. 그녀의 발 뒤꿈치에서 슬리퍼가 혓바닥을 날름대며 끌려가고 있었다.

다시 시계를 확인했다. 세 시가 조금 넘은 시각. 그래도 너는 아직 나타나

짐짓 마음으로는 그렇지 않으나 일부러 그렇게.
사산(死産) 임신한 지 4개월 이상 지난 후 이미 죽은 태아를 분만하는 일.

지 않고 있었다. 전화박스 곁에 우체통이 서 있었다. 전신을 빨간색으로 칠한 그것의 빛깔이 까닭 모를 위기감을 조장해 주었다. **접선**. 문득 그런 불쾌한 단어가 떠올랐으므로 나는 무심결에 좌우를 휘둘러보았다. 무슨 스파이 극 혹은 범죄극에서나 쓰이는 그 고약한 어휘에 대해 왠지 강력한 적개심이 치밀어 올랐다. 대신에 '만남'이라는 지극히 정감 어린 말을 쓰고 싶었다. 그렇다. 나는 지금 친구를 기다리고 있는 것이다. 하지만 지금 이 순간 내가 이 전화박스를 표시점으로 하고 너를 기다리고 있다는 사실에 대해 누군가는 서슴없이 그런 불쾌한 어휘로 서술해 버릴지도 모른다는 사실을 나는 또한 시인해야만 했다.

자꾸만 솜털처럼 일어나는 기분 나쁜 예감을 털어 내려고 애쓰며 담배를 피워 물었다. 아파트 단지 내를 연결하는 길로 이따금 택시가 나가고 들어오고 했지만 사람들은 그렇게 많이 눈에 띄지 않았다. 출근 시간이 지났기도 했으려니와 어제부터 갑자기 기온이 떨어진 늦가을 날씨 탓도 있으리라. 사과 궤짝을 거꾸로 엎어 놓은 듯한 시멘트 건물들이 끝 간 데가 보이지 않도록 사방으로 이어져 나가 있었고, 그 너머로 잿빛 하늘이 묵직하게 걸려 있었다. 한결같이 분홍색 페인트를 덕지덕지 개어 바른 채 규칙적으로 늘어서 있는 그 균일한 구도 속에서, 그리고 건물 측면마다에 씌어 있는 숫자들과, 저마다 똑같이 유지하고 있는 건물 모서리의 칼로 자른 듯한 대담한 각도에 대해서 나는 까닭 모를 심한 혐오감과 반발을 느끼며 한동안 그 자리에 서 있었다.

바로 그 순간 너는 나타났던 것이다. 처음에 나는 너를 알아보지 못할 뻔했다. 의외에도 정문 쪽에서 나타난 너는 참으로 이상한 차림새를 하고 있었다. 꾹꾹 눌러쓰고 있는 차양이 넓은 모자는 시골 국민학교 운동회를 연

접선(接線) 어떤 목적을 위하여 비밀리에 만남. 또는 그런 관계를 맺음.

상케 했고, 두툼한 검정색의 잠바는 H 건설 회사라는 글자가 노란색으로 가슴팍에 뚜렷이 박혀 있었다. 세상의 의심스런 눈초리부터 벗어나기 위해 너는 어디선가 그 모자와 유니폼을 구해 걸치고 이렇게 나온 것이리라. 하지만 그런 차림새는 오히려 어색함을 주는 듯한 느낌이었다. 적어도 내 눈에는 그런 몇 가지의 소도구들이 너를 너답지 않게 위장시키기에는 좀 빈약한 효과를 지니고 있었다.

나와 주었구나. 많이 기다렸니.

아니.

너는 다가와 어깨를 툭 쳤다. 그건 너의 오랜 버릇이었다. 하지만 예전처럼 호들갑을 떨지도 않았고 내 어깨에 와 닿는 충격도 훨씬 미미했다. 무엇보다 너는 불안한 시선을 연신 좌우로 날려 보내고 있었다. 모든 것이 예전 그대로인 듯했지만 사실은 어느 것이나 모조리 달라져 있다는 사실을 우리는 숨길 수가 없었다. 우리 둘 사이에 존재하고 있는 그 분명한 변화가 나는 서글펐다.

대관절 어디서 오는 거냐. 이 근처 어디인가 보지, 그 집이?

나는 네 얼굴을 올려다보며 물었다. 여전히 남아 있는 불안함으로 나는 조바심을 하고 있었다.

벌써 잊었니. 그런 얘긴 묻지 않는 게 너나 나를 위해서 좋은 일이야. 모르는 게 속 편하니까…….

짜아식.

내가 어색한 웃음을 흘렸고 애매하게 네가 따라 웃었다. **웃자란** 보리밭처럼 무성한 구레나룻 사이에서 내비치는 치아가 유난히 하얗게 빛났다. 넌 거의 수염을 깎지 않는 모양이었다. 처음 네가 나타났던 날, 내가 물었을 때

웃자라다 쓸데없이 보통 이상으로 많이 자라 연약하게 되다.

너는 조금이라도 얼굴이 달라 보일지도 모르기 때문에 수염을 그냥 두기로 했노라고 대답했었다.

우리는 아파트 단지 정문을 향해 걷기 시작했다. 걸으면서 나는 우리가 이용할 열차 시간표에 대해 설명했다. M시로 가는 열차는 시내에선 매일 세 차례뿐이었지만, 가까운 S읍에서는 비교적 자주 있었다. 서울에서 M시로 다니는 열차들이 S읍을 **경유하기** 때문이었다. 물론 시내에서 M시를 왕복하는 버스는 거의 매 십 분 간격으로 운행되고 있었으나 암만해도 그보다는 안전한 열차를 택하기로 했다고 너는 어제 전화로 내게 말했었다.

좋아. S읍으로 가는 거야.

마침내 네가 결정을 했다.

거기서라면 마침 한 시간 후에 완행열차가 있어. 하지만 정작 S읍까지 가는 게 문젠데…….

붐비는 시내버스를 타야 하리라는 점이 마음에 걸렸으므로 나는 말했다.

괜찮아. 택시로 가면 돼. 돈은 내게 있으니까 염려 말고.

넌 **선선히** 대답했다. 우리는 정문에 다다랐다. 경비실 안에서 경비원인 듯한 두 사내가 잡담을 나누고 있었다. 너는 앞장서서 성큼성큼 걷고 있었다. 몇 가지 궁금한 것들이 있었으나 그냥 묻지 않기로 했다. 네 말마따나 모르는 것이 피차 좋을지도 모르니까. 어쨌든 넌 비밀투성이였다. 아직도 나는 네가 기거하고 있는 집조차도 정확히 모르고 있는 형편이었다. 전화를 걸어오는 건 언제나 네 쪽이었고, 어제도 그건 마찬가지였다. 밤 열 시가 막 지날 즈음이었다.

M시로 가는 열차 편 좀 알아봐 줘. 너랑 같이 동행하고 싶은데 그래 주겠니?

경유하다(經由--) 어떤 곳을 거쳐 지나다.
선선히 성질이나 태도가 쾌활하고 시원스럽게.

단도직입적으로 너는 그렇게 말했다. 이날은 강의가 있었다. 몇 과목은 이 날 종강할 것이라고 했다. 아마 대학에서의 마지막 강의가 될 터였다. 하지만 그까짓 강의쯤은 아무래도 좋았다. 그보다 나는 M시에로의 위험한 나들이의 이유에 대해서, 또 왜 하필 나와의 동행을 네가 요구하는 것인지에 대하여 퍽 궁금했다. 그러나 그 문제 역시 입을 다물어 두기로 하자. 어차피 동행할 거라면 차차 알게 되겠지.

정문 앞에서 택시를 탔다. 마흔 살쯤 되어 보이는 운전수는 S읍까지는 시외 요금을 내야 한다고 말했다. 결국 오백 원을 깎은 액수로 합의를 보았다. 차는 종합 운동장을 끼고 난 고가 도로의 오르막길을 기어오르기 시작했다. 잠시 우리는 침묵했다. 멀리 무등산이 보였다. 산의 거대한 몸체가 언제나처럼 도시를 품에 안은 채 묵묵히 아래를 내려다보고 있었다. 그 우직한 선머슴 같은 산의 무릎에서 이 도시 사람들은 옹기종기 모여들어 살고 있었고, 우리 둘 역시 거기서 나고 자라 온 것이었다. 하지만 산은 이젠 어느덧 짙은 남빛 슬픔의 빛깔로 음울하게 서 있을 뿐이었다.

차창 너머 멀리 산등성이를 바라보며 문득 너와 나를 떼어 놓았던 지난 일 년 반의 시간과 그 마디 끊긴 시간의 한쪽 끝을 저마다 손가락에 감아쥐고 다시 되돌아온 지금의 우리 둘을 생각했다. 그래. 우리는 어쨌든 다시 만난 것이다. 그러나 우리는 예전의 우리가 아님을 서로가 깨닫고 있었다. 전장으로부터 돌아온 귀환병들처럼 우리는 여전히 우리였으나, 또한 우리는 더 이상 우리가 아니었다. 그것은 실로 까마득하게 오랜 세월같이 여겨지는 일종의 진공 상태와도 같았다. 너와 나 사이에는 거대한 협곡이 밑도 끝도 가늠하기 어려운 깊은 아가리를 벌린 채 존재하고 있었고, 그 양쪽 벼랑 끝에 마주서서 우리는 이 순간 아찔한 절망감과 당혹감으로 서로를 응시하고 있었다.

곁에서 어깨를 바싹 붙이고 앉아 있는 네 옆모습을 바라보며 나는 좀체 지워지지 않고 있는 그 서먹한 느낌이 도대체 어디에서부터 온 것인지를 따져 보려 했다. 그러나 이내 너의 짙은 구레나룻과 부어오른 듯 생기 잃은 뺨, 그리고 무심한 척하고 있었으나 사실은 끊임없이 불안해하고 있는 너의 눈빛 속에서 나는 쉽사리 서글픔을 읽어 내고 말았다. 무엇보다 네가 깊숙이 눌러쓰고 있는 그 우스꽝스러운 모자와 검정 잠바와 잠바에 쓰인 H 건설 회사라는 생소한 글자에게서 나는 우리들의 단절된 시간을 절박하게 확인했다. 내가 고통스러워하는 것은 어쩌면 그것 때문인지도 몰랐다. 예전엔 그처럼 당당하고 활기에 넘치던 너에게서 내가 읽어야 할 것은 결코 그따위 애잔한 아픔이나 서글픔이어서는 안 되리라는 것을 잘 알고 있었으니까 말이다. 하지만 그건 분명한 사실이었고 우린 어쩔 수 없이 시인해야만 했다. 그런 모든 변화들을 배태하게 만든 것이 과연 무엇인가를 냉정하게 돌이켜 생각해 보기에는 그 여름 이후 아직 우리들의 망가져 버린 의식은 회복되어 있지 못한 상태였다.

요즘은 손님이 많은 편인가요?

문득 네가 운전수에게 묻고 있었다.

어이구, 말도 마슈, 기름값은 내릴 줄 모르고, 또 얼마 전에 택시가 이백 대나 새로 더 나왔답니다.

사람 수효에 비해 차가 많은 편이라서 신통치가 않다고 그는 대답했다. 너는 이런저런 얘기를 끄집어내어 그와 주고받았다. 그런 네 음성이 어딘가 조금은 과장되어 있는 듯했다. 아마 너는 불안함을 감추기 위해 입을 열었을 것이다. 그리고 보니, 운전수는 이따금 앞 거울을 곁눈질하며 우리들을 살펴보곤 했다. 어쩌면 그것이 운전수들의 단순한 버릇이었는지도 모르지만, 어쨌든 그 때문에 너는 퍽 조바심을 하는 눈치였다. 그러나 벌써 일 년 반이 지난 일이다. 하루하루를 입에 풀칠하기에 바쁜 사람들이 이처럼 어설픈 소도구로 변장하고 나선 네 얼굴을 쉽사리 포스터 속의 사진과 일치시키기는 어려울 것이다. 하기야 또 반드시 그렇지만도 않았다. 며칠 전에 너를 돌고개 근처에서 목격했다는 이야기를 학교에서 우연히 들은 적이 있었다. 마침 문학부 앞 벤치에 앉아 있던 나는 가슴이 철렁해서 돌아다보았는데, 그 말을 하고 있는 녀석은 전혀 처음 보는 얼굴이었다. 어쩌면 너도 그 녀석을 모를 것이다. 그렇듯 정작 자신은 모르고 있는 사람들로부터 전혀 예기치 못한 장소에서 언제든지 확인될 수 있다는 사실이 가장 두려운 일일 것이었다.

차는 광천동 공단 앞을 지나 S읍으로 가는 길을 마악 접어들고 있었다. 하늘은 무겁게 내려앉아 있었고 길게 뻗은 아스팔트 도로가 한층 칙칙한 빛깔을 하고 있었다. 이내 국군 병원이 좌측으로 스쳐 지나갔고 차는 언덕을 넘어섰다. 거기서부터는 시외였다. 길 양쪽의 집들이 차츰 뜸해져 갔고 저만치 들판이 보이기 시작했다. 차가 속력을 내고 있었다.

네가 처음으로 나타난 것은 일주일 전이었다. 그날 저녁 식구들과 함께 텔레비전 앞에 앉아 있다가 나는 그 전화를 받았었다. 뜻밖에도 K였다. 그는 나보다 먼저 졸업해서 고시 공부를 하고 있는 참이었다.

웬일이냐. 전화를 다 걸구.

그냥……. 뭐 좀 보여 줄 게 있어서 그래. 지금 우리 집으로 와.

느이 집으로?

잠시 의아해하던 나는 문득 긴장하고 말았다. 어딘가 들떠 있는 듯한 K의 음성에서 언뜻 짚이는 게 있었다. 택시를 타고 K의 자취방으로 향했다. 외등도 없는 컴컴한 골목을 걸어 들어가며 난 줄곧 흥분해 있었다. 일 년 반동안의 길지 않은 시간이 너를 만나러 가는 내 가슴을 그처럼 어지럽게 휘저어 놓을 수 있다는 사실이 믿어지지 않았다. 정말 생각해 보면 그간 우리는 너무 오래 살아 버린 모양이었다. 그 몇 번의 계절이 바뀌었던 일 년 반동안에 겨우 스물일곱 살 동갑내기인 우리는 터무니없이 늙어 버린 것이었다. 내 직감은 맞았다. K가 대문 앞에서 나를 기다리고 있었다. 한 시간 전에 네가 불쑥 나타났다는 것이었다.

반갑다.

네가 맨 처음 내뱉은 말이었다. 우리는 손을 꽈악 움켜쥐고 한순간 게걸스레 서로를 응시했었다. 너와 내가 맨 먼저 나눈 인사는 그것뿐이었다. 신파극에서처럼 와락 얼싸안고 포옹을 할 수도 있었다. 혹은 눈에 물기가 핑그르르 돌 만큼 오래 굶주려 왔던 우정의 재회를 감격적인 장면으로 그럴듯하게 그려 내는 것도 그런대로 좋았으리라. 죽은 줄만 알았던 친구와의 극적인 **해후**였으니까 말이다. 하지만 기이하리만치 우리는 말을 절약하고 있었고, 나는 자꾸만 끊어지는 호흡을 정돈하려 애를 써야 했다.

몸이 부쩍 늘었구나.

글쎄 말이다. 맨날 먹고 자고 하다 보니까 이렇게 하마같이 살만 쪄 버렸어. 허허.

정말 너는 네 말마따나 하마가 되어 있었다. 원래 몸집이 크긴 했지만 선에는 그처럼 비대하다 싶을 정도는 아니었다. 두부같이 물렁하게 느껴지는 군살과 얇은 셔츠를 들추고 나온 불룩한 배를 보고 있으려니 너무 의외라는 느낌이 들었다. 내가 상상하고 있던 네 모습은 초췌한 얼굴과 비쩍 말라 버린 몸뚱이 쪽에 보다 가까웠다. 그렇지만 사실 그건 당연한 현상인지도 모른다. 한여름에조차 창문을 마음 놓고 열기 힘든 불안 속에서 날마다 방구석에 갇혀만 지냈을 터이므로 운동 부족일 것은 뻔한 이치였다. 그리고 보니 그건 살이 아니라 부어오른 것이라고 해야 옳을, 대단히 불균형적인 건강 상태라는 사실을 나는 곧 깨달았다.

덕분에 방구석에서 책만 봤겠구나. 짜식. 무식한 티를 많이 벗었겠는데.

해후(邂逅) 오랫동안 헤어졌다가 뜻밖에 다시 만남.

응. 그럭저럭. 하지만 그까짓 책…… 봐서 뭘 하겠니.

나는 예전에 하듯, 우리들 사이의 **농지거리**를 **해묵은** 약속처럼 꺼내어 억지로 맞추어 보려 했으나, 그것마저 잘 되지 않고 말았다. 잠시 침묵이 끼어들었다. 무언가가 자꾸만 우리를 서먹하게 만들고 있었다. 죄스러움과 쑥스러움, 꺼림칙함과 불편함……. 그런 대단히 혼탁하게 엉크러진 감정들이 너와 나, 그리고 K를 에워싼 채 견디기 어려운 끈끈한 막을 형성하고 있었다. 도대체 무엇 때문이었을까. 하고픈 말은 산더미 같았는데 정작 나는 겉배운 외국어처럼 서툴게 더듬고만 있었으니……. 하기야 네가 떠난 뒤, 남은 우리가 보내야 했던 몇 개의 계절을 지금 와서 얘기한들 뭘 하랴. 강의실의 주인 잃은 빈 의자들을 자꾸만 외면하려고 애쓰며 우리가 비운 그 숱한 술잔과 천치 같은 넋두리와 악취 풍기는 갖가지 절망의 몸짓들을 어떻게 전해 줄 수 있을 것이냐.

살아 있을 거라고 믿었어. 고생이 많았겠구나.

뭐 그럭저럭…… 죽지 않으니까 살게 되더라. 허허.

우리는 동시에 웃었다. 그리고 자신의 것과 똑같은 상대방의 어설픈 웃음을 확인하는 고통스러움을 참아 내야 했다. 역시 끊어진 실마디는 이어지지 못하고 말았다. 다시 아까보다 훨씬 더 선명해져 오는 서먹함을 나누어 지니며 우리는 침묵했고 또한 소리 없이 저마다 우리는 절망하고 있었다. 그 서먹함은 마치도 내가 상상하고 있던 말라깽이인 너의 모습과 하마같이 부어오른 지금의 네 모습과의 사이에서 드러나는 차이만큼이나 나를 당혹시키고 있는 것이었다. 한순간, 나는 네 얼굴에 떠오르고 있는 짙은 피로의 흔적을 지켜보다가 불현듯 몸을 떨고 말았다. 그토록 절망적인 피곤함을 네게

농지거리(弄---) 점잖지 아니하게 함부로 하는 장난이나 농담을 낮잡아 이르는 말.
해묵다 어떤 일이나 감정이 해결되지 못한 상태에서 여러 해를 넘기거나 많은 시간이 지나다.

서 확인하게 될 줄은 미처 몰랐던 것이다. 그 어떤 유랑자의 눈빛도 그처럼 짙게 드리워진 피곤을 지니지는 못할 것 같았다. 쉬고 싶어. 이젠 물처럼 그저 편히 쉬고 싶어. 그렇게 얘기하고 있는 듯한 얼굴로 너는 내 앞에 앉아 있었다.

그래. 이렇듯 피곤에 지친 모습으로 너는 다시 고향을 찾아 돌아온 것이다. 하지만 고향은 이미 너를 따뜻하게 맞아 줄 수 없는 이방인의 동네로 변해 있었다. 이 도시의 골목길과 구멍가게 하나하나까지도 모두 훤하게 외우고 있을 만큼 너는 여전히 고향에 익숙해져 있었지만 이제 이 도시는 더 이상 예전의 너를 기억해 주지 않고 있었다. 바로 그 까닭에 너는 이렇듯 고향에 돌아와서까지도 어둠에 몸을 숨긴 채 밤에만 박쥐처럼 기어 나와야 하고, 또 다른 사람을 시켜 친구를 불러내도록 해야 하는 것이었다. 택시는 긴 콘크리트 다리 위를 통과하고 있었다. 다리 아래로 빈약한 강줄기가 저만치 늦가을의 퇴색한 들녘을 구불구불 기어 나가고 있는 모습이 보였다. 담배 연기를 내보내기 위해 유리문을 반쯤 열었다. 바람은 무서운 기세로 달려 들어왔다. 비행장을 옆에 낀 곧고 넓은 도로에서 운전수는 꽤 속력을 내고 있었다.

역전 광장은 한산한 편이었다. 여기저기 현수막과 안내판 따위가 세워져 있는 광장을 우리는 가로질러 가야 했다. 역사 왼쪽에 파출소가 보였고 여행 장병 안내소라고 쓰인 간판을 지나 대합실로 들어섰다.

나는 천장 바로 밑에 비스듬히 붙어 있는 시간표를 확인했다. 역시 삼십 분 후에 M시행 완행이 있었다. 문제는 남은 시간을 어떻게 보내느냐였다. 돌아다보니 너는 저만치 구석진 곳에서 서성거리고 있었다. 깊숙이 눌러쓴 모자 밑으로 시선을 감추며 애써 불안을 누르고 있었으나, 나는 네가 내심 안절부절못하고 있음을 알 수 있었다. 불안하기는 나도 마찬가지였다. 퀴

퀴한 냄새로 가득한 대합실 안에서 유난히 우리들만 이물질처럼 다른 사람들 속에서 두드러져 보이는 것만 같은 어리석은 조바심이 일었다. 교실 하나 크기 정도의 대합실 안에는 꽤 많은 사람들이 서성거리고 있었다. 이상하게도 거기엔 의자라고는 하나도 없었다. 알고 보니 그것들은 모두 옥외 광장에 놓여 있었다. 아마 건물이 비좁은 탓인 듯했는데, 쌀쌀한 날씨에 쫓겨 사람들은 대부분 대합실로 들어와 무료히 기차를 기다리고 있는 눈치였다.

어떻게 할까. 우리는 잠시 망설였다. 근처에 다방이 있긴 했으나 네가 반대했고, 그렇다고 무모하게시리 번잡한 대합실에 오래 머물러 있을 수도 없는 노릇이었다. 결국 우리는 밖으로 나가 광장의 벤치에 앉기로 했다. 긴 나무 의자가 열두어 개쯤 나란히 놓여 있었다. 우리는 귀퉁이를 차지했다.

한동안 우리는 담배만 피웠다. 가까운 공중변소로부터 지린내가 흐물흐물 풍겨 나왔다. 대부분이 시골 사람들인 남녀들은 **눅진한** 암모니아 내음을 옷에 묻히며 번갈아 드나들고 있었다. 맞은편 의자엔 젊은 패거리들이 모여 앉아 있었다. 계집애들이 둘 끼여 있었고 나머지 셋은 입영 영장을 기다리고 있을 또래의 사내들이었다. 하나같이 건달기가 몸에 밴 사내 녀석들의 얼굴은 불콰하니 달아올라 있었고 계집애들은 멋대로 히히덕거렸다. 어쩌면 같은 패거리 가운데 하나였을 어떤 사내의 결혼식에나 참석하고 돌아가는 길인지도 모를 일이었다. 땅콩이며 오징어 따위를 어수선하게 늘어놓고 낄낄대며 먹고 있는 그들의 주위에 대한 철저한 무관심이 나는 차라리 부러웠다.

대합실 건물의 외벽에 갖가지 벽보가 어지러이 붙어 있는 게 보였다. 불조심. 자연 보호. '속은 인생 어제까지, 밝은 인생 오늘부터'라고 적힌 **방첩** 포스터, 그리고 그 옆으로 하사관 모집 광고와 지명 수배자들의 사진도 나

눅진하다 물기가 약간 있어 눅눅하면서 끈끈하다.
방첩(防諜) 간첩 활동을 막음. 나라의 기밀이나 정보가 새어 나가지 않게 하고 적국의 간첩·파괴 행위로부터 나라를 보호한다.

란히 붙어 있었다. 이십칠 세. 신장 백칠십오 센티미터. 미남형에 호리호리한 체격. 그 아래에 고등학교 교복 차림의 네 사진도 틀림없이 끼여 있을 것임을 나는 알고 있었다. 지금 바로 내 곁에 앉아 있는 우스꽝스런 차림의, 얼핏 보면 사십대쯤으로나 뵈는 더부룩한 구레나룻의 뚱뚱한 사내를 나는 새삼스레 쳐다보았다. 그러다가 사진 속에 앳된 소년의 모습을 떠올리며 혼자 쿡쿡 웃고 말았다. 너는 무심한 표정을 내게 돌리고 있었다.

왜 그래.

아냐, 그냥. 흐흐흐. 네 사진 본 적이 있니?

어디……?

내가 턱 끝으로 벽보를 가리키며 웃었고, 잠시 그쪽으로 눈길을 주고 있던 너는 고개를 저었다.

임마, 너 그치들한테 고맙다고 해야겠더구나. 몸이 후리후리한 미남형이란다. 너더러. 으흐흐흐.

그래?

비로소 너는 조금 웃었다. 그러더니 이내 낮게 한숨을 깔아 내쉬며 허공에 시선을 던지는 것이었다. 나는 순간 다시금 속으로 후회를 씹으며 발끝에다가 시선을 박았다. 온몸이 모래 속에 묻힌 듯 꺼끌꺼끌한 느낌에 커다랗게 고함이라도 내질렀으면 하는 심정이었다.

지난 일 년 반 동안 우리는 어디에서고 네 얼굴과 마주쳐야만 했었다. 극장이나 다방, 식당, 대합실, 술집, 당구장……. 그 어디를 가나 너는 줄곧 우리를 따라다니며 끈질기게 괴롭히는 것이었다. 지난봄, 졸업 여행을 갔던 제주도 어느 여관의 방 안에까지 쫓아 들어온 교복 차림의 너 때문에 그날 밤 우리는 녹초가 되도록 술을 퍼마셨고 엉망으로 추태를 떨어야 했다. 하지만 차라리 그때가 더 우리에겐 마음 편했던 것이 아니었을까. 엄지손가락만큼 작은 현상 수배자의 사진 속에 너를 가두어 놓고 나서 이따금 낡은 앨범을 펼치듯 적당한 양의 감상과 자기 합리화를 취향껏 덧칠해 가면서 너를 들여다볼 수 있었을 동안만은 그래도 너는 우리들에겐 여전히 기억 속의 이름으로서만 존재하고 있었으니까 말이다. 네가 다만 과거의 기억 속에서 머물러 있어 주는 한, 그래도 우리는 술에 취하면 잠들 수가 있었고, 가끔은 아픈 생채기를 손톱으로 할퀴어 대며 저주 섞인 넋두리를 퍼부어 대다가도 그것이 끝나면 사실은 더 많은 일상의 **권태**와 망각 속으로 쉽사리 몸을 던져 넣을 수가 있었던 것이다. 우리들은 피곤했었다. 너무나 피곤하고 힘겨웠으므로 우리는 차라리 잠들어 버리고 싶었던 것이다. 그 때문에 우리는 우리의 마비된 의식과 **교살**당한 영혼의 희뿌연 혼돈의 나락을 향해 까마득히 침몰해 가도록 내버려 두고 싶었다. 그래. 모두들 가라앉고 있었다. 저마다 탈색된 눈빛으로 **심연**의 저편으로 어느덧 차츰차츰 가라앉아 가고 있는 참이었다. 잠들어라. 깊이깊이 잠들어라. 영영 깨어나지 않을 잠 속으로 투신하라. 깊이깊이. 오래오래……. 어디선가 감미로운 음악처럼 그렇게 끊임없이 귓전에 불어오는 소리. 소리. 소리. 그 불경한 주문을 들으며 우리는 **침하하고** 있었다. 그러면서 우리는 저마다 그 감미로운 속삭임을 이렇게 은밀히 서로서로 따라서 되뇐다. 잊어라. 잊어버려라. 옛날은 옛날일 뿐. 기억은 기억일 뿐. 보다 새롭고 싱싱한 내일을 위해 악몽은 흔적조차 남기지 말고 지워 버려라. 깨끗이. 완벽하게…….

아아. 그런데 하필 이 순간에 네가 나타난 것이다. 그 불쾌하고 섬뜩한 악몽의 흔적을 우리의 졸리운 뇌리로부터 감히 곡괭이질해 내기 위한 하나의 음모로서, 그리고 그 악몽의 명백한 증거물로서 네가 나타난 것이다. 기억

권태(倦怠) 어떤 일이나 상태에 시들해져서 생기는 게으름이나 싫증.
교살(絞殺) 목을 졸라 죽임.
심연(深淵) 좀처럼 빠져나오기 힘든 구렁을 비유적으로 이르는 말.
침하하다(沈下--) 가라앉아 내리다.

하라. 기억하라. 기억하라. 어거지를 쓰듯, 우리의 이 몽롱한 최면의 당밀 분을 함부로 휘저어 희석시키려는 당돌하고 무모한 음모와 함께, 너는 어쩌면 우리들이 저도 모르는 사이에 공모하여 억지로 너를 가두어 놓기를 원했을지도 모르는 저 네모난 사진 속으로부터 돌연히 뛰쳐나와 지금 이 순간 우리 앞에 분명한 실체로 서 있는 것이었다. 그리고 너는 이제 다시금 우리로 하여금 새로운 통증을 불러일으키게 하고 있었다.

어디선가 바람이 불어왔다. 빵 봉지며 낡은 휴지 조각들이 발밑을 굴러 지나갔다. 너는 그새 몇 개의 담배를 연거푸 피워 물었고 나는 자꾸 시계만 들여다보았다. 저쪽에서 히히덕대며 장난질을 하고 있던 술 취한 젊은 녀석 중의 하나가 토하려는 시늉으로 왝왝 소리를 내기 시작했을 때 우리는 자리에서 일어났다.

개찰이 시작되고 있었다. 내가 앞서서 개찰구를 나섰다. 우리는 각자 표를 따로 지니고 있었다. 그러기를 네가 주장했기 때문이었다. 만일의 경우에는……. 하고 넌 말했다. 그러나 아무런 일도 일어나지는 않았다. 기차는 아직 보이지 않았다. 화단 귀퉁이의 벽돌 위에 엉덩이를 걸치고 앉았다. 화단엔 말라붙은 사루비아가 드문드문 꽂혀 있었다. 반대편 플랫폼에 멈추어 있는 열차 안에서 승객들이 무심한 눈길로 이쪽을 내다보고 있었다. 그 너머로 하늘은 한층 짙은 잿빛으로 무겁게 걸려 있었다.

미안하다. 자꾸 심부름을 시켜서…….

문득 네가 말했다.

미안하긴. 짜식. 새삼스럽잖아.

나는 건성으로 웃음을 흘리다가 갑자기 내가 했던 말을 다시 입안에 집어넣고서 우둑우둑 씹어 삼키고 싶은 심정이었다. 대관절 왜 이럴까. 어째서 오늘은 너와 나누는 말들이 이렇듯 모조리 이상스런 꼴로 변해 버리기만 하는 것일까.

나 때문에 다른 사람들이 애매하게 피해를 입을지도 모른다는 걸 생각하면 잠이 오지 않아. 지금껏 거처를 옮길 때마다 늘 그랬어.

손가락으로 성냥개비를 분지르며 너는 중얼거리듯 말했다. 한 줌 바람이 불어왔다. 바람 속에는 녹슨 쇠붙이 내음과 비릿한 석탄 냄새가 스며 있었다. 커다란 등을 구부린 채 앉아 있는 네 모습은 마치도 야단을 맞고 난 어린애 같았다. 피해라고…… 대관절 누가 피해를 주는 쪽이고 누가 당하는 쪽이란 말인가. 고향에 돌아와서까지 이렇듯 숨어 다녀야 하는 너는 누구며 태연한 얼굴로 아무렇지도 않게 세상을 활보할 수 있는 나는 또 누구이냐. 결코 장난스럽지 않은 표정으로 그런 식의 말을 나누고 있다는 사실에 대해 나는 불현듯 지독한 거부감을 느꼈다. 정말이지 너와 나는 한 번도 그런 식의 거북한 대화를 나눈 적이 전에는 없었던 것이다. 그렇다면 이처럼 우리들을 예전의 우리일 수 없도록 만드는 것은 도대체 무엇일까. 결국 나는 아까와 똑같은 의문을 반복하고 있었다.

기차가 플랫폼으로 들어왔다. 우리는 맨 뒤 칸으로 올랐다. 생각보다 빈자리가 많았다. 구석진 창 쪽을 택해 우리는 마주보고 앉았다. 퍽 낡고 지저분한 인상을 주는 객차였다. 푸른색 천으로 씌워진 의자는 쿠션이 거의 없이 팍팍했고 군데군데 엉겨 붙은 껌 자국이 남아 있었다.

예정된 시각보다 오 분 늦게 완행열차는 출발했다. 시커멓게 석탄 가루를 뒤집어쓴 역 건물과 주변의 낮은 **함석지붕**들이 서서히 뒤로 밀려 나가기 시작했다. 역 근처의 모든 집들은 한결같이 지저분하고 우중충한 빛깔을 띠고 있었다. 나는 멀리 시가지 너머로 어둡게 내려앉아 가고 있는 잿빛 하늘을 바라보았다. 어쩌면 비가 올지도 모른다는 생각이 들었다. 시가지를 벗어나자 열차는 점점 빠르게 진동을 시작했고 이내 탁 트인 벌판이 차창 밖으로

함석지붕 함석(표면에 아연을 도금한 얇은 철판. 지붕을 이거나 양동이, 대야를 만드는 데 쓴다.)으로 인 지붕.

펼쳐졌다. 이따금 늦은 벼를 베고 있는 농부들의 모습이 보였다. 경운기에 가득히 볏단이 실려 논길을 지나가기도 했고, 지붕에 빨간 고추가 널린 외딴 농가의 마당에서는 갓난애를 업은 계집아이들이 고무줄을 넘고 있었다.

그제야 나는 약간 마음이 느긋해지는 느낌이었다. 너는 비스듬히 모자를 위로 올려 쓴 채 창밖으로 시선을 던지고 있었다. 그때 난 문득 네 이마를 스치고 지나가는 음울한 그늘을 보았다. 그것은 예의 그 피곤함이었다. 넌 여전히 그 짙고 어두운 피곤함을 떨쳐 내지 못하고 있었던 것이다. 금방이라도 후두둑 무너져 내릴 것만 같이 지쳐 있는 네 눈빛이 새삼스레 가슴을 후벼 냈다. 그동안 내가 서울에서 이집 저집으로 거처를 옮겨 다닌 것만도 자그마치 열네 차례였어. 때론 하룻밤 만에 쫓겨나다시피 한 적도 있었으니깐…… . 정말이지 너무 지쳤어. 더는 이렇게 살 수는 없을 것 같다는 생각이 들곤 해. 어떤 날은 에라, 될 대로 되라지 하고 벌떡 뛰쳐나가 버리고 싶은 생각까지도 들어. 그렇게 너는 며칠 전 내게 말했었다.

제복 차림의 승무원이 유리문을 밀고 나타났다. 그는 우리 쪽을 힐끔 쳐다보았을 뿐 곧 지나쳐 가 버렸다. 어깨에 두른 붉은 헝겊에는 '**공안**'이라고 쓰여 있었다. 우리는 무심코 서로의 얼굴을 쳐다보다가 **황황히** 고개를 돌려 버렸다.

네가 여기에 내려와 있다는 사실을 순임이는 알고 있니?

내 물음에 너는 한동안 입을 다문 채 창밖을 내다보고만 있었다.

아니…… .

이윽고 너는 시선을 돌리지 않고 고개만 한 번 흔들었다.

어째서…… 누구보다도 가장 걱정하고 있을 텐데.

공안(公安) 공공의 안녕과 질서가 편안히 유지되는 상태. 또는 그런 상태를 지키는 사람.
황황히(皇皇·遑遑−) 갈팡질팡 어쩔 줄 모를 정도로 급하게.

그러고 싶었는데……. 서로를 위해서 아예 참기로 했다. 역시 모르는 것이 약이니까 말이야.

너는 담배를 꺼내 물고 있었다. 아마 네 추측대로 순임이 역시 그들의 방문을 받았을 것이리라. 알고 있을 거요. 솔직하게 대답해 주시오. 그는 지금 어디에 있습니까. 순임은 그때 무어라고 대답했을까. 몰라요. 아무것도. 아마 그녀도 나처럼 그렇게 대답했으리라. 모릅니다. 내가 그를 지키는 사람입니까. 몰라요. 정말 모른다니까요. 아벨을 흙 속에 묻어 놓고 돌아와 피묻은 두 손바닥을 뒤로 감추며 부인하는 카인처럼 그녀는 고개를 흔들었을는지도 모른다. 그래. 우리는 모르고 있었다. 그리고 그것이 차라리 우리에겐 훨씬 편리한 일이었는지도 모른다. 네 말마따나 모르는 것이 약이라니까. 어쨌든 그들 앞에 섰을 때 나는 허리를 곧추세우고 다리에 힘을 주려 애쓰면서도 왠지 조금은 편안한 마음으로 대답할 수 있었다. 몰라요. 모릅니다. 너의 행방을 모른다는 사실이 마치 결단코 침해받어서는 아니 될 무슨 엄청난 진리이기라도 하다는 듯이, 그리고 그 사실이 부당하게 의심받고 있다는 것만으로도 억울해하고 **통분**해해야 마땅하다는 듯이 나는 제법 완강하게 부인했었다. 명백한 무지는 때로 인간을 용감하게 만들기도 하는 법이다. 과연 그랬다. 그때 난 나답지 않게 용감할 수 있었다. 결국 그들은 아무 소득도 없이 나를 돌려보내야 했다. 믿어 보겠소. 하지만, 다음에 또 만날 기회가 있을 테니까. 돌아서는 등 뒤에서 사내가 그렇게 말했었다.

지금도 그 학교에서 근무하고 있겠지?

누구 말야?

순임이.

아마 그럴 거야. 지난봄에 우연히 길에서 마주친 후로는 나도 아직 만나

통분(痛憤) 원통하고 분함.

지 못했다만…….

네가 다시 차창으로 눈길을 돌리고 있었다. 그날 나는 서점에서 책을 고르고 있는 그녀와 마주쳤다. 몰라보게 얼굴이 안되어 보여 안타까웠다. 바다가 보이는 시골 중학교에서 국어를 가르치고 있다는 순임은 어떻게 지내느냐는 물음에 그저 그렇죠 뭐, 라고만 대답하며 쓸쓸히 웃었다. 그래도 아이들을 가르치는 일은 재미있다고 했다. 자취방에서 혼자 무료할 때면 시집을 읽곤 해요. 그러다가 가끔은 눈물을 쏟곤 하는 부끄러운 버릇이 생겨 버렸다며 그녀는 시집 하나를 골라 들고 총총히 돌아섰다. 유난히 가냘파 뵈는 그녀의 뒷모습이 인파 속으로 묻혀 가는 것을 지켜보다가 그제야 나는 정작 너에 대한 얘기를 한마디도 주고받지 못하고 헤어져 버렸다는 사실을 깨달았던 것이다.

어머니께는 연락드렸니.

아니. 하지만 얼마 전에 이모님 댁으로 대신에 전화를 했었으니까 알고 계실 거야. 물론 고향에 와 있다는 얘긴 안 했어. 이모는 그냥 울기만 하시더구나……. 너는 담배 연기를 차창 밖으로 불어 날리며 말했다. 들판을 질러 나 있는 황톳길을 시골 아이들이 줄지어 달리고 있었다. 언젠가 내가 찾아갔을 때 네 어머니는 마침 꽃밭에 물을 뿌려 주고 계셨다. 얼마 전부터 성당에 나가기 시작했노라시며 내게도 그러는 게 어떻겠느냐고 물으셨다. 네가 지내던 방은 아직 치우지 않은 채 그대로 남겨져 있었다. 책장에 꽂힌 책들과 벽에 걸린 옷, 책상 위에 놓인 네 영어 사전까지도 예전과 똑같았다. 그 녀석은 쉽사리 죽지 않는다. 어디엔가 꼭 살아 있으리라고 난 믿구 있어. 오랜 가뭄으로 **희뜩희뜩** 말라 가는 화초에 물을 뿌려 주시며 어머니는 그렇게 말씀하시던 것이었다.

희뜩희뜩 다른 빛깔 속에 흰 빛깔이 군데군데 뒤섞이어 있는 모양.

조그만 시골 역을 지나 기차는 M시를 향해 달리고 있었다. 때로는 역사(驛舍)조차 없는 간이역에서 한참씩 정차하곤 했으므로 과연 제시간에 도착할 수 있을지 의심스러웠다. 역에 닿을 때마다 사람들이 오르고 내리느라 왁자지껄했다. 이윽고 창밖으로 뿌연 흙빛 강줄기가 나타나기 시작했다. 영산강이었다. 헐벗은 들녘을 구불구불 돌아 흐르는 강기슭엔 어디에나 반쯤 진흙을 뒤집어쓴 갈대가 껑충하니 늘어서 있었고 탁한 강물은 흐르기를 멈추어 버린 듯 맥이 빠져 있어 보였다.

우리는 꽤 오래 침묵하고 있었다. 그 침묵의 틈바구니에서 가끔씩 입을 열어 보곤 했지만 어느 것도 우리를 한데 묶어 놓지 못하고 이내 끊어져 버리곤 했다. 그때마다 나는 그렇게 토막 난 언어의 파편들을 어떻게 처치해야 할지를 몰라 쩔쩔매었다. 나는 너와 함께 마지막으로 연습했던 그 연극에 대해서 얘기했다. 석 달 동안이나 라면으로 허기를 채워 가며 빈 강당에서 추운 겨울밤을 보냈던 우리들은 끝내 막을 올릴 수 없다는 통고를 받았을 때 차라리 부둥켜안고 울고 싶었었다. 공연을 이틀 앞둔 그날, 세트 설치까지 모두 끝난 무대 위에서 우리는 막걸리를 받아다 놓고 목이 터져라 뽕짝을 불렀다. 어느 순간 벌떡 일어난 너는 무대 위로 뿌르르 쫓아 나가더니 무대 장치를 난폭하게 때려 부수기 시작했다. 벌겋게 술이 올라 우리는 말 없이 네가 하는 짓을 지켜보고 있었다. 정말이지 그것은 또 하나의 처절한 연극만 같았다. 그 외에도 나는 학교에 대해 얘기해 주었다. 우리들의 은사와 친구들에 대해서, 분필 가루와 먼지 냄새가 배어 있는 강의실과 잔디밭과 등나무 벤치에 대해서, 그리고 유난히도 비가 오지 않았던 지난해 여름 어느 날, 말라붙은 도서관 앞 연못 속에서 흙 반죽 위로 길게 자국을 남기며 뜨거운 여름 한낮을 배로 북북 기어 다니던 금붕어들과 그놈들의 지겨운 헐떡거림에 대해서 나는 이야기했다.

이제 난 고향이…… 싫어졌어.

마침내 나는 그렇게 말했다. 그건 사실이었다. 나는 두려워지고 있었다. 거리에 나서면 누구의 이마에나 음습하게 드리워져 있는 악몽 같은 기억의 그림자를 읽을 수 있었고, 그 때문에 전혀 모르는 사람들조차도 한결같이 낯익게만 느껴지는 얼굴들뿐이었다. 나는 그들의 얼굴에서 **형언하기** 어려운 짙은 피곤함을 보았다. 어쩌다 마주치면 사람들은 문둥이처럼 오그라진 가슴을 숨기고 저마다 실실 눈길을 피해 갈 뿐 어느덧 모두들 이제는 차라리 깊은 잠 속으로 **빠져들기**를 원하고 있는 것 같았다. 그것은 잠이었다. 나는 고향의 그 **혼곤한** 잠이 싫다고, 무덤처럼 무겁게 내리누르는 한낮의 수면이 두려워졌다고 네게 얘기했다.

너, 은유를 쓰는 그 버릇은 여전하구나.

내 얼굴을 찬찬히 건너다보고 있다가 네가 소리 없이 웃었다. 예전에도 너는 늘 내가 은유법을 너무 자주 쓰는 버릇이 문제라며 비꼬듯 말하곤 했었다. 현명해. 너는 분명히……. 하지만 가끔은 지나치게 현명하다는 것이 결점이 되는 경우도 있거든. 예를 들면, 눈은 크지만 입이 너무 작은 사람처럼 말이야. 인마. 입을 크게 키워라. 그러지 않을 바엔 차라리 눈을 작게 뜨든지. 그것이 아마도 앞으로 네가 세상을 무난하게 살아가는 방법일지도 모르잖아. 언젠가 그렇듯 네가 해 준 말을 나는 아직도 분명히 기억하고 있었다.

별안간 시야가 캄캄해져 버렸다. 천장의 전구가 눈을 부릅떴고 한동안 쿵쿵거리는 쇠바퀴의 진동음만 객실 안을 가득히 채우고 있었다. 터널로 들어선 것이었다. 물밑으로 까마득히 가라앉고 있는 듯한 어지러움증으로 문득 가슴이 먹먹해져 왔다. 나는 무엇엔가 쫓기는 것 같은 조급함을 느끼며 맞은편에서 흐릿하니 지워져 가고 있는 네 모습을 눈으로 더듬었다.

형언하다(形言--) 형용하여 말하다.
혼곤하다(昏困--) 정신이 흐릿하고 고달프다.

왜 돌아왔느냐. 무엇 때문에 그 잊어버리고 싶은 어둠 속으로부터 너는 이렇게 뛰쳐나온 것이냐. 제발 이대로 내버려 두어 다오. 우린 자고 싶다. 이 평온한 잠에서 더는 깨어나지 않고 오래오래 누워 있고 싶다. 물론 우리는 너를 사랑했었다. 지금도 마찬가지로 너는 우리의 사랑을 나눠 지니고 있으며, 앞으로도 역시 너에 대한 우리의 사랑은 항문 위쪽 뭉툭하게 잘린 꼬리뼈의 흔적처럼 우리들의 아이들에게까지도 오래도록 남겨지게 되리라. 하지만 제사(祭祀)는 이미 끝났다고 믿고 싶은 걸 어찌하랴. 용서해 다오. 이제 새삼스럽게 제단으로부터 치워져 버린 순결한 짐승의 가죽, 아니 그놈의 핏자국 하나 털 한 오라기조차도 감히 보여 주려 하지 말아 다오. 제식은 끝났으니까. 아브라함에게 이삭을 되돌려 주신 그 전능하고 자애롭기 그지없으신 신으로부터 이제 부끄러운 우리는 안식과 평온과 권태의 밤을 그 제사에 대한 당연한 보답으로 받아 누려야 할 차례이므로, 제발 이제는 그냥 내버려 다오. 우리는 피곤하다. 너무도 피곤하여 다만 자고 싶다. 자고 싶다.

눈앞이 다시 환해졌다. 천장의 전등이 이내 꺼졌다. 터널을 벗어나기까지의 짧은 순간에 나는 그렇듯 어둠 속에서 너에 대한 은밀한 배신을 혼자 재빨리 해치워 버리고 말았다. 한동안 나는 너를 쳐다보기가 두려웠다. 무엇 때문인지 스스로도 분간키 어려운 온갖 감정들이 엉망으로 헝클어지고 엉켜져서 마치 커다란 **갱엿** 한 덩이를 목구멍으로 삼키고 있는 듯한 기분이었다. 그것은 어쩌면 무엇인가에 대한 죄스러움과 분노, 그리고 혹시는 내 자신에게 느끼는 혐오감과 연민 혹은 서글픔 같은 것일 수도 있었다. 어둠이 터널 속으로 빨려들듯 사라져 버리고 난 후에도 한참이나 나는 그런 혼돈 속에서 벗어나지 못했다. 차창 너머로 멀리 구불구불 휘어져 흐르는 사행천의 모습이 다시 보이고 있었다. 너는 여전히 내 앞에 말없이 앉아 있을 뿐이었다.

갱엿 푹 고아 여러 번 켜지 않고 그대로 굳혀 만든, 검붉은 빛깔의 엿.

열차가 속도를 늦추기 시작했다. 오밀조밀한 기와지붕들이 나타났다. 그 위로 곤충의 더듬이 같은 무수한 TV 안테나들이 삐죽삐죽 돋아나 있었다. Y시였다. 거기서 종착역인 M시까지는 삼십여 분 남짓 걸리는 거리였다. 승객들이 선반에서 짐을 끌어내릴 차비를 하고 있었다. Y역에서는 팔 분가량 정차하겠노라는 안내 방송이 들렸다. 우리는 그동안 잠시 풀어 두었던 긴장감을 일깨우며 자세를 고쳐 앉았다.

땅거미가 서서히 내려앉기 시작했다. 우리는 차창 밖으로 사람들이 오르내리는 광경을 지켜보았다. 이윽고 기차가 플랫폼을 떠났다. 하나둘 수은등이 커지고 있는 역사를 뒤로 밀어내며 천천히 기차가 움직이기 시작했을 때 너는 모자를 깊숙이 눌러쓴 채 머리를 등받이에 기대고 눈을 감고 있었다. 어두워 가는 차창 밖을 내다보며 나는 자꾸만 가슴 한 귀퉁이가 조금씩 조금씩 허물어져 내리는 듯한 느낌에 손가락을 뚝뚝 꺾었다. 쓸쓸했다. 참으로 견딜 수 없도록 쓸쓸한 저녁이었다. 기차는 마악 시의 외곽을 벗어나고 있었다. 금방이라도 비를 뿌릴 듯 하늘은 어두웠고 차창 밖 거리마다 사람들은 집을 향해 바쁜 걸음을 옮기고 있는 참이었다. 철로 옆 작은 길로 자전거를 탄 사람이 무심히 지나갔고 조무래기 아이들이 뭐라 소리를 지르며 이쪽을 보고 손을 흔들어 주었다.

모두가 한결같이 평화로운 풍경이었다. 언덕에 굴 껍질처럼 다닥다닥 맞붙어 있는 지붕들이 어둠 속에서 차츰 제각기의 윤곽을 허물고 한 덩어리가 되어 갈 무렵이면 사람들은 저마다 집을 찾아 골목을 돌아오고, 부엌에선 식구들을 맞기 위해 밥상을 차리는 아낙네들의 손길이 분주할 것이었다. 집집의 창문마다 하나둘 나팔꽃으로 피어나기 시작하는 불빛의 송이송이를 헤아리다 말고 나는 몇 번이나 마주앉은 네 얼굴을 우울하게 훔쳐보곤 했다. 그러다가 문득 목구멍을 치밀어 오르는 까닭 모를 서글픔으로 황급히 너를 외면하며 나는 차창 밖으로 눈길을 던지고 말았다.

열네 번. 그 일 년 반 동안 끊임없이 거처를 옮겨 다녀야 했었을 너의 피곤한 여정이 가슴을 아프게 했다. 결국 넌 이렇게 돌아왔다. 스물일곱 해가 되도록 너를 키워 준 고향으로 다시 찾아온 것이다. 하지만 고향은 너를 받아 주지 않았다. 그 까닭에 지금 너는 추방당한 **이교도**처럼 고향의 변두리를 숨어 헤매고 있는 것이리라.

기어코 비가 쏟아지기 시작했다. 성긴 빗발이 유리창에 부딪치며 줄줄 흘러내리고 있었다. 여기저기서 유리창을 닫는 소리가 들려왔다. 나는 손바닥을 내밀어 떨어지는 빗방울을 받아 보았다. 빗물의 차가운 감촉이 부드럽게 손에 느껴졌다. 바로 그 순간이었다. 느닷없이 기차가 급정거를 했고 우리는 모두 의자로부터 몸이 퉁겨 나올 듯한 세찬 충격을 받았다. 기차는 얼마쯤을 더 미끄러져 나아가다가 정지했다. 사람들이 웅성거리기 시작했다.

사고다. 사람이 치였어!

어디야, 어디.

승객들은 드륵드륵 창문을 밀어 올리며 밖으로 머리통을 뽑아내고 있었다. 더러는 벌떡 일어나 출입문을 통해 밖으로 나가기도 했다.

아이구머. 웬 아주머니가 차에 치었능가 본디.

아니여. 남자 같구마이.

살아 있습니까, 아직?

보나마나 죽었겠지라우. 원 저런. 피 좀 보랑께라우, 피.

저마다 한마디씩 떠들어 대는 통에 차 안은 온통 법석이었다. 나도 고개를 내밀고 차 앞쪽을 살펴보았다. 사고가 난 지점은 건널목 부근인 듯하였다. 승무원인 듯한 제복 차림의 사내들 몇이 한데 모여 당황한 손짓을 해 가며 소리를 지르고 있었고, 그 주위엔 수많은 구경꾼들이 반원을 이루며 웅

이교도(異教徒)　이교(이단의 가르침)를 받들고 믿는 사람 또는 그런 무리.

성거리고 있었다. 차에 치였다는 사람의 형체는 이쪽에선 보이지 않았다. 그 부근은 시의 변두리쯤으로 여겨졌다. 낮고 초라한 지붕들이 다닥다닥 붙어 있는 퍽 가난한 동네 같았다. 나는 다시 의자에 앉으며 젖은 머리를 손으로 털었다. 사고가 났나 봐. 내가 뻔한 설명을 해 주었을 때 너는 말없이 고개만 끄덕였을 뿐이었다.

비는 여전히 줄기차게 쏟아져 내렸다. 그 속에서 기차는 한참을 멈추어 있었다. 이윽고 밖에 나갔던 사람들이 저마다 옷자락에 빗물을 묻힌 채 객실 안으로 들어왔다. 이내 덜컹 하고 기차가 시동을 걸었다.

자살했다는 것이 참말이랍디여?

웬걸요. 자살이 아니라 사고라던데요. 차단기조차 없는 건널목으로 여자가 빗속에서 급히 뛰어오느라고 미처 기차를 못 본 모양이에요.

집이 바로 근처래여. 돼지를 키움서 살아가는 아주 곤란한 여자라둥만.

어 참, 징한 꼴도 다 봤그마이. 그 자리서 즉사를 했드라고이. 쯧쯧.

돼지 밥을 받아서 이고 오는 참이었나 봐요. 바께쓰에서 쏟아진 밥알 같은 것들이 사방에 널려 있었어요. 안되었지 뭡니까, 참.

기차에 치여 죽으면 보상도 한 푼 못 받는다든디. 개죽음했구만, 개죽음.

기차가 쿵쾅거리며 달리고 있었다. 어느덧 시가지를 완전히 벗어나 어둠이 짙게 깔린 들녘으로 나와 있었다. 우리는 오랫동안 먹빛 차창의 어둠을 응시한 채 말없이 앉아 있었다.

두두두두두…….

더욱 굵어진 빗방울이 세차게 유리창을 두드릴 때마다 흡사 숱한 소총의 발사음 같은 요란한 소리가 났다. 나는 눈을 질끈 감아 버렸다. 조금 전 사고 지점을 기차가 느린 속도로 지나쳤을 때 우리는 우연하게도 언뜻 가마니에 덮여 있는 그 시체를 보았던 것이다. 그 식어 버린 살덩이가 시야에 들어오는 순간 우리는 하얗게 질린 서로의 얼굴을 마주 쳐다보았던 것이다. 그리고 우리는 그 짧은 순간에 상대방의 얼굴로 떠오르는 자신의 것과 똑같은 그 악몽의 흔적을 확인하자마자 약속이나 한 듯 황급히 서로 외면해 버리고 말았다.

눈을 감은 채 나는 환상처럼 얼핏 스쳐 지나가 버린 그 음울한 영상을 뇌리에서 지우려고 애를 썼다. 몸을 반쯤 가린 가마니와 그 밑으로 흘러 고인 진한 먹물과 벗겨져 나간 신발 한 짝, 그리고 건널목의 가로등 불빛에 훤히 드러나 보이던 하얀 밥찌꺼기며 이그러져 나뒹굴고 있던 바께쓰. 그리고 숱한 구경꾼들, 구경꾼들……. 그것들은 순간, 너와 내가 그토록 안간힘을 써 가며 간신히 덮어 두고 있었던 그해 봄날의 악몽의 이부자리 한 자락을 잡아채어 매몰차게 벗겨 내고 말았다. 그리고 그 이부자리 속에서 기어코 우리의 수치스런 알몸은 드러나 버린 것이었다. 그것은 섬찟한 윤간의 기억이었다. 안 돼. 안 돼. 나는 세차게 고개를 흔들어 버렸다.

두두…… 두두두두.

빗방울이 미친 듯 유리창을 두드리고 있었다.

불현듯 시야가 부옇게 흐려져 왔다. 나는 얼른 네 얼굴을 훔쳐보았다. 모자를 눌러쓴 채 너는 여전히 눈을 감고 있었다. 나는 황황히 손등으로 눈물을 지웠다. 언제부터인가 나는 그렇듯 실없이 눈물을 흘리는 부끄러운 버릇을 얻어 버린 것이었다. 술에 취해서도 찔끔대고 깊은 밤 악몽을 꾸고 나서도 찔끔거렸다. 무심히 오가는 행인들 틈에 끼여 낯익은 거리를 지날 때나 눈부신 봄날의 햇살을 밟으며 **후미진** 골목을 **허청허청** 걷다가도 핑 까닭 없는 눈물이 괴어 오곤 했다. 하지만 넌 울지 않는다. 네가 우는 모습을 한 번도 아직 본 적이 없다. 바로 그것이 너와 내가 다른 점일지도 모른다. 쉽사

후미지다 아주 구석지고 으슥하다.
허청허청 다리에 힘이 없어 잘 걷지 못하고 자꾸 비틀거리는 모양.

리 울 줄을 아는 나는 또한 등을 돌려야 할 적절한 순간을 포착하는 현명함도 쉽사리 터득하여 그것을 부적처럼 지니고 다닐 줄도 알았다. 하지만 너는 좀처럼 울지 않는 바보스런 녀석이므로 모두들 햇볕 속을 활보하고 있는 이 땅에서 아직도 네 이름을 찾지 못하고 있는 것이리라.

밖은 완전히 어두워져 있었다. 빗발은 그치지 않고 쏟아져 내렸다. 차 안의 환한 불빛이 유리창에 달라붙었다가 미끄러지곤 하는 물방울들을 샅샅이 비추어 내고 있었다. 끊임없이 덜컹거리는 바퀴 소리만 규칙적인 진동을 전해 올 뿐 객실은 마치 무덤 속처럼 조용했다.

야, 한잔하지 않을래? 청승맞게 이러구 있지 말구.

문득 너는 지나가는 판매원을 불러 소주와 오징어 한 마리를 집어 드는 것이었다. 그래도 괜찮을까 싶어 내가 쳐다보았다.

염려 마라. 이 정도로는 취하지 않을 테니까.

오랜만에 대하는 너의 밝은 웃음을 내심 놀라워하며 나는 순순히 잔을 받았다. 그러고 보니 우리는 참으로 오래간만에 술을 나누는 셈이었다. 일 년 반. 우리는 그 잃어버린 시간을 위해서, 그리고 이 기묘하고 쓸쓸하기만 한 우리들의 재회를 위하여 함께 건배했다.

너, 아까 그랬었지. 고향이 이젠 두려워졌다고…….

내 잔을 채워 주며 네가 말했다. 나는 말없이 네 두 눈을 들여다보았다.

나 역시 처음엔 그런 생각을 했어. 이 집 저 집 문둥이처럼 옮겨 다니면서 객지에서 헤매던 시절이 차라리 덜 괴로웠던 것도 같았고……. 하지만, 결코 그 때문에 떠나려는 것은 아니야. 난 다시 돌아온다. 아마 오래 걸리지는 않을 거야. 난 그걸 믿어.

떠난다고……?

응. 그러고 보니 이번이 꼭 열다섯 번째가 되는 셈이던가. 허허.

별안간 머리가 텅 비어 오는 듯한 느낌에 나는 멍청하게 네 얼굴을 바라보았다. 뜻 모를 웃음이 너의 입가에 떠오르고 있었다. 그것은 기이하게도 내게는 어떤 알 수 없는 안도감을 느끼게 하는 그런 웃음이었다.

글쎄, 이건 더럽게 감상적인 얘기 같다만 왠지 이번만은 혼자 떠나기가 싫었어. 고향에서까지 내쫓기는 것 같은 처량한 신세가 되고 싶지는 않았거든. 그래서 너더러 동행해 달라고 부탁했던 거야. 미안하다. 허허. 하지만 M시에 닿기만 하면 너의 임무는 다 마친 셈이니까 안심해라. 자, 한 잔씩만 더 하자.

네가 부어 주는 술잔을 물끄러미 내려다보며 나는 좀처럼 입을 열 수가 없었다. 두 가닥의 레일을 따라 쿵쾅거리며 기차가 흔들릴 때마다 잔 속의 술이 위태롭게 출렁거리고 있었다. 목구멍으로 무언가가 뜨겁게 치밀어 오르는 것 같아 나는 입술을 깨물어야 했다.

M시에 도착한 것은 여덟 시가 훨씬 지나서였다. 우리는 승객들이 어느 정도 내려간 다음에야 차에서 내렸다. 수문을 향해 물살이 쏠리듯 사람들이 바삐 플랫폼을 빠져나가고 있었다. 너는 또 아까처럼 내게 먼저 나가라고 말했다. 나는 순순히 응했다. 개찰구를 향해 걸으며 슬쩍 뒤돌아보니 낯선 사람들 틈에 묻힌 채 네 커다란 몸집이 천천히 뒤따라오고 있었다. 너와 나를 떼어 놓고 있는 그 멀지 않은 거리의 의미를 나는 다시 한번 고통스럽게 확인했다.

우리는 역 광장에 섰다. 빗발이 아까보다 더 굵어져 있었다. 저만치 거리를 질주해 가는 차량의 불빛이 어지러웠다. 비닐우산 한 개를 사서 함께 썼다.

이젠 여기서 그만 헤어지는 게 좋을 것 같다. 고맙다. 공연히 나 때문에 고생이 많았어. 그러나저러나 네가 다시 집으로 돌아가려면 막차 시간에 늦지 않으려나 모르겠다.

그건 염려 마라. 시간은 충분해.

네가 내민 손을 나는 잡았다. 불현듯 어쩌면 너를 앞으로 영영 다시 만나지 못하게 되는 건 아닐까 하는 불길한 예감 때문에 나도 모르게 손아귀에 안타깝게 힘을 주고 있었다.

뭔가…… 뭔가 말야. 내가 해야 할 일이 있지 않을까. 하지만…… 난 그걸 아직도 모르겠어.

그런 나를 너는 한동안 물끄러미 들여다보고 있었다.

글쎄. 그렇지만 누구도 그걸 가르쳐 줄 수는 없겠지. 자기 몫의 삶을 결정하는 건 오직 자기 스스로일 뿐일 테니까 말야. 어쨌든 모든 게 잘될 거야. 무엇보다도 넌 현명하잖니. 하지만 이것만은 잊지 말자. 아직은 아무것도 끝나지 않았어. 이제부터가 시작이니까…….

나는 말없이 네 손을 놓아주었다. 한동안 손바닥에 너의 체온이 남아 있었다. 우산을 쓰고 가라고 했지만 너는 억지로 그것을 내 손에 쥐여 주며 말하는 것이었다.

난 괜찮아. 갈 길은 나보다도 네가 더 멀잖아.

너는 등을 돌려 빗속으로 뛰어나갔다. 이내 네 뒷모습은 보이지 않았다. 조금 전까지 네가 서 있던 자리는 어느새 짙은 어둠으로 채워져 있을 뿐이었다. 어디로 갔을까. 너는 또 어디로 스며들어 가 버린 것일까. 나는 네가 억지로 떠맡겨 놓고 간 그 허약하고 초라하기 이를 데 없는 싸구려 비닐우산으로 간신히 몸을 가리운 채, 네가 비워 두고 사라져 버린 그 막막한 어둠의 공간을 지켜보며 혼자서 오랫동안 그 자리에 서 있었다. 어쩌면 이제 그 빈자리는 남아 있는 내가 채워야 할 몫일지도 모른다는 사실을 나는 그제야 조금씩 깨닫고 있었다.

이윽고 나는 돌아서서 역을 향해 휘적휘적 걸음을 옮기기 시작했다. 정말이지, 네 말대로 이제부터 내가 혼자 돌아가야 할 길은 멀었다.

무너진 극장

1_ 이 작품의 구성 단계와 내용을 연결해 봅시다.

① 발단 •

• ⓐ 　'나'는 시위대가 **빠져나간** 빈 극장에서 혁명의 의미에 대해 생각한다.

② 전개 •

• ⓑ 　시위대는 극장의 내부를 파괴하고 불을 지르면서 점점 흥분 상태에 이르다가 결국은 진압을 위해 투입된 군인들을 피해 극장을 **빠져나간다.**

③ 위기 •

• ⓒ 　1960년 4·19 혁명의 혼란한 상황에서 '나'는 친구들과 함께 시위를 하다가 죽은 평길의 무덤을 거쳐 부상당한 친구들이 있는 병원을 찾는다.

④ 절정 •

• ⓓ 　당시 시위대는 임화수(자유당 정권의 권력자)가 운영하던 평화 극장으로 향하고 있었는데, '나'는 그 시위대의 무리를 따라 극장 안으로 들어가게 된다.

⑤ 결말 •

• ⓔ 　병원에서 나온 '나'와 친구들은 시국을 한탄하며 술을 마시고 거리에 나와 시위 군중에 휩쓸리게 된다.

1960년대에 접어들자마자 일어났던 4·19 사태에 대하여 우리가 갖는 정직한 느낌은 과연 무엇이었을까? 우리는 그것을 알지 못했다. 때는 바야흐로 비상시국이었으며, 일차 모든 기성의 질서들이 있었으며, 일차 모든 기성의 질서들이 무시되는 혼란의 시기였다. 오도된 질서에 대한 반발이 극심하게 표현되었던 시기였다. 기성 질서의 테두리 속에서 비겁한 안정을 꾀하던 지배자층의 총알에 맞아 많은 사람들이 죽었다. 붙잡힌 학생들은 고문을 당했다. 계엄령이 선포되었으며 통금 위반에 걸린 사람들은 얻어터졌다. 경찰은 여관과 가택을 수색했다. 병원마다 젊은이들은 빵꾸가 난 육체를 가누지 못해 죽음과 고통을 함께 느끼며 신음하였다. 때는 비상시국이었으므로, 무슨 일이든 발생할 수 있는 것이었다. 그랬으므로 그 당시 우리는 그 사태의 전모를 알고 있지 못했다. 완고한 노(老)대통령과 그 밑의 사람들이 무슨 마음을 먹고 있는지, 세계의 언론이 어떠한 보도를 하고 있었는지, 미국 대사가 무슨 생각을 하고 있었는지 자세히 알지 못했다. 더욱이 외아들을 죽이고 만 ㉠평길이 아버지의 심정이 어떠했는지, 마포 형무소에 끌려 들어간 우리 친구들이 어떤 상념에 빠져 있었는지 알지 못했다.

그날은 4월 19일의 데모가 일어난 지 벌써 엿새가 흐른 4월 25일이었다. 경미한 부상을 당했던 나의 몸은 어느 정도 나아져서 기동할 만했다. 나와 광득이는 아침 열 시쯤 바깥으로 나가다가 융만이를 만났다. 융만이는 마포 형무소에서 금방 풀려나온 길이라고 했다. "다구리로 얻어 졌지." 하고 융만이는 별로 억울할 것도 없다는 어조로 말했다. 융만이는 나의 손을 그의 가슴 속으로 넣게 하여, 용감한 무인(武人)이 자부심을 가지고 새겨 넣은 문신과도 흡사한 그의 상처를 보여 주었다.

"나는 이 가슴에다가 우리의 뼈저린 현실을 새겨 넣은 거야!" 하고 그는 말했다.

"부정 선거를 했던 정권은 망하고야 말 것이다." 하고 광득이가 심각한 얼굴로 말을 받았다.

"그럴지도 모르지. 이것은 하나의 혁명이니까."

"그래, 혁명이야." 하고 광득이가 다시 동의했다. "앞으로 어떻게나 될 것인지?" 광득이는 이어서 혼잣소리로 말했으며, 거기에 답변을 하지 못한 채 우리는 걸어서 시내의 중심가로 나왔다.

2_ 제시문에 나온 '혁명'의 역사적 배경이 된 사건과 그 원인을 제시문에서 찾아 써 봅시다.

• 역사적 배경 : _____

• 원인 : _____

3_ 문맥상 ㉠평길이의 죽음이 의미하는 것은 무엇인지 써 봅시다.

_____

_____

_____

박태순 소설의 특징

　4·19 세대의 체내의 체험을 깅렬한 형식으로 드러낸 〈무너진 극장〉에서부터 도시적 삶의 소외 양상을 포착한 〈단씨의 형제들〉에 이르기까지 박태순의 소설에서 지속적으로 다루어지고 있는 것은 전쟁 후 한국 사회가 통과해 온 근대화 과정에 대한 줄기찬 비판과 성찰이라고 할 수 있다. 초기 작품들에서 본 것처럼 전쟁이 남긴 이산과 실향의 체험은 박태순의 소설이 도시의 주변부적 삶을 집중적으로 다루게 만든다. 그의 소설에서 도시 공간은 주변부의 소외된 빈민의 삶을 포착하는 방식으로 묘사되며, 여기서 소외 계층의 삶이 지닌 생명력과 연대성을 주목하는 과정은 1970년대 소설과 연결되는 중요한 문학사적 의미를 지닌다고 하겠다. 　　― 박태순, 《박태순 작품집》

가 "여러분." 하고 파자마 바람의 장년 사내가 말했다. ⊙"여러분 불은 지르지 마시오, 그러면 이 동네가 불바다가 되어 버린단 말요." 그 사내의 말소리는 자세히 들린 것은 아니었다. 사람들은 비록 놀라서 정신을 차렸지만, 다음 순간에 무의식적으로 다시 주변의 물건들을 때려 부수기 시작했던 것이었다.

그리고 그때 나는 저 이 층, 영사실에 그림자가 얼른거리는 것을 보았다. 어떤 녀석들은 이 극장 안에 있는 물건들을 훔치기 위하여 광분하고 있는 것이었다. 나는 자신의 육체가 깨어진, 텅 비어 버린 무대 위에 포복하는 자세로 엎드려 있음을 문득 깨달았다. 나는 반만큼 일어나 앉으려다 말고 다시 엎드려져 있었다. 너덜거리는 막(幕)이며, 찢어진 하얀 스크린은 주변에서 나를 감싸 주고 있었다. 그것은 마치 내가 파괴된 극장의 무대에서 단독 주연 배우로서 어처구니없는 연기(演技)라도 하고 있는 꼴이었다. 그것은 언젠가 읽은 적이 있는 ⓐ이차 대전 때의 어떤 극장 광경을 상기시켜 주었다. 철저하게 파괴되어 버려서, 거의 다 피난을 가 버리고 만 텅 빈 도시에 남아 있는 약간의 사람들은 이미 태반이 폭격을 맞아 파괴된 극장 안에서 관중이 없는 연극 놀이를 하는 것이었다. 사람들은 그러한 연극 놀이라도 하지 않고서는, 절망 가운데에서 도저히 이겨 낼 수 없었을 것이었다. 인간의 행동이라는 것은 왕왕 어떤 연극의 연기자에 비유되기는 하지만, 극장 파괴라는 이 놀음에 있어서, 사람들이 가지고 있는 저 냉혹한 도취, 사회와 역사에 대해서 가지고 있는 왜곡된 광장(廣場), 또는 완성된 무질서 상태는 어떻게 제지를 받아야 할 것인가. 위정자들은, 그들의 협소한 현실 감각에 의해서, 고달픈 광범위한 현실을 이해하지 않았다. 사람들은 그들의 무의식의 영역에 위치하는 무거운 분노를 떨구어 내지 않는 한 견딜 수 없었을 것이리라. 더욱이 정치적인 현상이 모든 다른 현상을 일방적으로 지배하게 마련인 후진국 사회에서, 그 정치가 잘못되어 있다면 여타의 모든 것이 엉망이라는 사실에는 이의가 없다. 사람들은 그 정치의 개선을 요구함으로써 그들이 갖고 있는 모든 부면의 개선을 요구할 권리를 가진 것처럼 생각하여 데모를 벌인 것이나 아닌가? 그 데모는 궁극적으로 퍼져 나가 이와 같은 광란의 도취에까지 이른 것이 아니던가? 어느 결엔가 전등은 다시 나가 버리고 말았으며, 찌꺼기만 남은 불더미와, 사람들이 피우고 있는 담뱃불이 마치 밤의 대지에 얼른거리는 도깨비불 같았다. "군인들이 달려오고 있다." 하고 그때 누군가가 말했다. "계엄사의 군인들이 오고 있다." 하고 누군가가 그 말을 받았다. 그러자 데모대들은 갑자기 정신이 번쩍 난 것 같았다. "임화수는 도망가 버리고 없다."라고 그들은 말하면서 퇴각하기 시작했다. 그것은 흡사 ⓑ거대한 파도가 밀어닥쳤다가 밀려 나가는 것과 흡사한 형국이었다. 사람들은 그들이 부순 의자며, 방음벽을 왕그랑 땡그랑 차면서 나가 버렸다. 파도는 거센 힘으로 밀려와 상륙하여 거치른 흔적을 남긴 뒤에는, 순식간에 깨끗이 물러가 버리고 마는 것이었다. 조금 더 시간이 지나니까 장내에는 나 혼자만이 남아 있었다. 갑자기 정적이 찾아왔다.

나 이제 한밤중이 되어 있었다. 여전히 군인들은 유령처럼 돌아다니고 있었다. 하지만 무대에는 나 혼자밖에는 없었고, 주변은 삭막할 만치 괴괴하였다. 나는 절실히 담배가 한 대 피우고 싶어졌다. 그러나 나는 담배를 피울 수는 없었다. 배때기를 바닥에 깔고 앉아서 나는 이 무서운 밤이 빨리 지나가기를 바라고 있었다. 나는 아득하게 느껴지기 시작한 아픔과 괴로움, 그리고 철모르고 뛰어들게 된 우리의 이러한 현실 참여에서, 우리가 일종의 보상처럼 받게 되는, 이 세상의 잔학한 진상을 생각하고 있었다. 파괴된 공간, 정지된 시간이라고 어떤 시인은 말한 적이 있었다. 사람이 생각할 능력과 의식을 가지고 있다는 것은 크낙한 고통의 의미가 될 수 있음을 나는 깨닫고 있었다.

ⓒ과연 이 밤은 지나갈 것인가? 사람들이 아픔을 느끼며 희구해 마지않았던 새 날은 찾아올 것인가? 능히 무질서를 수용하며 그것을 승화시킬 수 있는 새로운 질서는 찾아올 것인가? ⓓ"희망을 말하는 자는 누구를 막론하고 도적놈들이다."라고 어떤 시인이 쓴 말은 과연 정확한 것인가? 1950년대에 사람들은 전쟁이라는 것을 통하여 잔학한 무질서를 익혔었다. 그리고 1960년대로 넘어가는 이 해에는 한국에 있어서 또 하나의 크낙한 변혁이 오고 있었다. 이 변혁을 정치적인 외미로만 해석해 버리기 이전에, 사람들은 그들이 어째서 질서를 파괴하고 있는가를 깨닫게 될 것인가? ⓔ화석(化石)과도 같은 질서—마치 죽어 가는 나비를 대(臺)에 고정시켜 놓은 나비 채집가의 핀과도 같은 질서를 파괴하였을 때, 사람들은 이를 능히 감당해 낼 수 있을 것인가? 나는 볼기를 맞고 있는 그러한 사람의 자세로서 객석 위

의 넓은 공간을 응시하고 있었다. 기다란 어둠의 장막이 거기에 깔려 있었다. 어둠에서는 아무런 냄새도 나지 않았고, 아무 소리도 들리지 않았고, 아무 형태도 포착할 수 없었다. 어둠은 마치 안개인 양 몽롱하기만 했다. 그 몽롱한 어둠 속에 미래가 서려 있을 것만 같았다. 나는 어둠 속에서 거울을 들여다보는 사람처럼 그 희부연 속을 들여다보고 있었다.

4_ 제시문의 구성상 특징에 대한 설명으로 가장 적절한 것을 골라 봅시다.

① 동일한 사건이 두 사람 이상의 시각에서 이질적으로 그려지고 있다.

② 사건이 그려지는 중간중간에 서술자의 비평적 분석이 섞여들고 있다.

③ 두 곳 이상에서 같은 시간대에 벌어지는 사건이 나란히 그려지고 있다.

④ 주인공의 의식 세계 속에 펼쳐지는 초현실적인 사건을 주로 서술하고 있다.

⑤ 현재의 사건을 서술하다가 자연스럽게 과거의 사건으로 초점이 바뀌고 있다.

5_ 제시문의 '무대'가 지닌 성격을 가장 적절하게 표현한 것을 골라 봅시다.

① '나'의 시선이 한결같이 고정되어 있는 대상이다.

② 사람들에게 심리적 압박을 주는 공포스러운 대상이다.

③ 사람들이 행하는 놀음을 관람할 수 있는 객석과도 같은 공간이다.

④ 자신의 의도와는 무관하게 인물들을 사건에 휘말리게 하는 공간이다.

⑤ 찢겨진 스크린을 대신하여 '나'의 의식을 영상으로 담는 화면에 해당한다.

6_ 제시문 **가**와 **나**를 대비한 것으로 가장 적절한 것을 골라 봅시다.

	가	나
①	무서운 밤	밝은 새날
②	정지된 시간	파괴된 공간
③	냉혹한 도취	아픔과 괴로움
④	현실 참여	참여의 보상
⑤	단독 주연 배우	어둠의 장막

7_ 〈보기〉를 참고하여 ㉠에 대한 설명으로 가장 적절한 것을 골라 봅시다.

> **┃보기┃**
>
> 사람은 누구나 마음 편하고 즐겁게 살고 싶다는 생득적(生得的) 욕망을 갖고 있다. 그러나 자기 하고 싶은 것을 다 하고 살 수는 없다. 그래서 사람들이 무리를 이루어 살게 된 후에, 그 욕망을 최소한으로 규제하려는 시도가 생겨나게 된다. 정신 분석학에선, 자기가 원하는 대로 하고 싶어하는 욕망을 쾌락 원칙이라고 부르고, 그것을 규제하는 법규들은 현실 원칙이라고 부른다.   － 김현, 〈소설은 왜 읽는가〉

① 현실 원칙에 따라 사람들의 쾌락 원칙을 제어하는 기능을 하고 있어.
② 현실 원칙보다는 쾌락 원칙이 작용하는 세계에 속하는 사람의 말이야.
③ 사람들의 생득적 욕망에 담겨 있는 쾌락 원칙을 매우 중요시하고 있어.
④ 쾌락 원칙에 대한 현실 원칙의 강제력이 얼마나 강한 지 보여 주고 있어.
⑤ 사람들의 본능적인 쾌락 원칙을 더욱 강하게 충동하는 역할을 하고 있어.

8_ ⓐ~ⓔ에 대한 설명으로 적절하지 <u>않은</u> 것을 골라 봅시다.

① ⓐ : 군중들의 모습이 새로운 각도에서 조명될 수 있는 계기가 된다.

② ⓑ : 서술자가 인식한 군중들의 기세를 비유한 표현이다.

③ ⓒ : 질문이 이어짐으로써 서술자의 문제의식이 심화되고 있다.

④ ⓓ : 시구를 통하여 자신이 내릴 결론을 암시하고 있다.

⑤ ⓔ : 구체제에 대한 부정적인 인식이 드러난다.

9_ 〈보기〉를 참고하여 제시문을 이해한 것으로 적절하지 <u>않은</u> 것을 골라 봅시다.

┤보기├

　4·19 혁명을 형상화한 작품은 많지만 이 작품처럼 그 본질을 날카롭게 파악한 작품은 많지 않다. 작가는 4·19 혁명을 무질서의 틀로 파악하고 다시 그것을 독창적으로 인식했다. 잘못된 질서를 파괴하는 행위는 구속당하고 억압당한 자들의 슬픔과 분노를 해소하는 적극적 실천이다. 그러나 4·19 혁명은 무질서를 새로운 질서로 이끌어 올릴 수 있는 방향과 힘이 부재하거나 불충분하다는 한계를 갖고 있었음을 이 작품은 잘 보여 주고 있다.

① 임화수의 극장은 사람들을 구속하고 억압했던 '잘못된 질서'를 상징한다고 볼 수도 있겠군.

② 사람들이 극장을 파괴하는 행위는 사람들이 분노를 해소하는 '적극적 실천' 행위로 볼 수도 있겠군.

③ '나'가 사람들의 난동을 연극적인 놀음으로 여기는 것은 4·19 혁명을 독창적으로 인식한 것과 관련이 있겠군.

④ 극장 안에 있는 기물을 파손하고 물건을 훔치는 사람들의 모습은 4·19 혁명을 파악하는 '무질서의 틀'로 설명이 될 수 있겠군.

⑤ 불을 지르지 못하게 하는 파자마 바람의 장년 사내나 시위를 중단시킨 계엄사의 군인들은 '새로운 질서'로 전환할 수 있는 힘이 되어 줄 수 있겠군.

10_ 〈보기〉는 이 작품에 대한 평론의 일부입니다. 밑줄 친 부분과 관련된 내용으로 볼 수 <u>없는</u> 것을 골라 봅시다.

> **┃보기┃**
>
> 이 소설은 민주주의를 향한 한국 현대사의 중요한 사건인 4·19 혁명의 체험을 다루고 있는 작품으로, '하나의 돌발적 삽화를 통해 4·19의 위대성과 <u>그 진행 과정에서 보여 준 한계</u>를 날카롭게 드러냈다'는 평가를 받고 있다.
>
> – 서창현 외, 〈현실 인식의 두 가지 방법〉

① 시위대가 시위의 목적을 잊고 무질서의 상태에 이른다.

② '나'는 시위대의 행동에 동참하지 않고 냉정하게 바라보고 있다.

③ 시위대가 다른 사람들의 안전보다는 자기의 본능 위주로 행동한다.

④ 시위대 중 '어떤 녀석들'은 애초의 순수한 목적은 잊어버리고 약탈 행위에 몰두하고 있다.

⑤ 시위대가 권력의 직접적 위협에 집단적인 공포를 느끼며 물러나고 만다.

4·19를 노래한 시

'부정과 불의'를, '횡포'와 '억압'을, '사악'과, '허위'를 / 산산이 조각내는 저 우렁찬 함성을 절규를 듣는가 들었는가! (중략) / 가난과 싸우며 정성껏 바친 우리들의 세금이 / '도금한 애국자'들에게 횡령당함을 거부한다. / 그 어느 정당이라도 착복함을 완강히 거부한다. (중략) / 인민에겐 '준법'을 강요하며 '불법'을 자행하는 위정자는 없어져야 한다. / 있어서는 안 된다. 그리고 모든 '귀하신 몸'은 물러가야 한다.

위 시는 김용호 시인의 〈해마다 4월이 오면〉이란 시이다. 위 시를 읽다 보면 4·19 혁명이 왜 일어났는지를 상세하게 알게 된다.

당시에는 참으로 많은 시인이 4·19 혁명에 대한 시를 썼다. 대표적으로 김춘수 시인은 "죄없는 그대들은 가고 / 잔인한 달 4월에 / 이제야 들었다. 그대들 음성이 / 메아리 되어 / 겨레의 가슴에 징을 치는 것을,"(〈이제야 들었다 그대들 음성을〉)이라고 노래했고, 김남조 시인은 "마침내 총으로 겨냥하여 / 정의와 생명을 쏘고 / 조국의 기에, 검은 손으로 피 묻히던 / 4월 19일"(〈기적의 탑을〉)이라고 안타까워했다.

– 〈프레시안〉, 2008. 12. 12.

회색 눈사람

[1~6] 다음 제시문을 읽고 물음에 답해 봅시다.

미약한 햇살마저 판자벽을 슬쩍 벗어나 있었고, 그런 응달에서 볼이 튼 어린아이들이 재와 흙으로 범벅이 된 회색 눈으로 눈사람을 만들고 있었다. 나는 그 아이들이 몸통을 만들고 둥근 얼굴을 얹고 그 위에 돌조각으로 눈을 만들어 붙이고 입을 만드는 것을 오랫동안 바라보았다. 나는 거의 마지막 손질 단계에 있는 우리의 인쇄 책자를 생각했다. 주초에는 그 책에도 눈과 코가 붙여질 것이다. 이상한 흥분이 나를 사로잡았다. 나는 그리워하고 있었다. 사람을 그리워하는 것이 아니라 일을. 아무 일이나 그리운 것이 아니라, 비록 외곽에서의 잡일이기는 하지만 몇 달 전부터 내가 하기 시작한 바로 그 일을. 바로 그 인쇄소에서, 다른 사람 아닌 바로 그들과 일하는 것을. 아이들이 눈사람을 다 끝내고 쉰 목소리로 만족의 환호성을 질렀다. ㉠나는 내 목을 두르고 있던 목도리를 벗어, 멋진 나무젓가락 콧수염을 단 회색 눈사람의 목에 감아 주었다. 조개탄을 아껴 써야 했던 어느 저녁, 안이 오버 주머니에서 꺼내 목을 둘러 주었던 목도리였다. 다시 한번 터지는 아이들의 환호성을 뒤로하고 나는 단숨에 언덕을 뛰어올랐다.

나는 결국 책이 만들어진 것을 보지 못했다. 그리고 결국 인쇄소의 낡은 문에 내가 소중하게 간직하고 있는 열쇠를 꽂을 기회를 영원히 잃고 말았다.

긴 주말 끝의 월요일. 나는 해가 기울어지기도 전에 방문을 나섰다. 그렇다고 아무 때나 인쇄소에 얼굴을 들이밀 처지가 못 되었던 만큼 인쇄소까지의 긴 길을 걸었다. 이번에는 한 장의 버스표를 아끼기 위해서가 아니었다. 낮에 인쇄소에서 일하는 사람들과의 마주침을 피하라는 안과 정의 원칙은 철저한 것이었고, 나는 정확히 알 수는 없어도 그것이 어떤 결과를 가져오는지를 상상하는 것은 어렵지 않았다.

평소처럼 골목을 돌아 뒷문에 이르는 길을 택하지 않은 것을 행운이라 이름 붙일 수 있을까. 당연히 셔터가 내려져 있어야 할 인쇄소의 입구가 먼발치에서 눈에 띄자마자 나는 단번에 모든 일이 틀어져 버린 것을 감지할 수 있었다. 올려진 셔터, 환하게 켜진 불빛, 활짝 열려 있는 유리문. 유리의 하반부가 깨어진 것이 바로 눈앞에 있는 것처럼 확연하게 드러난 듯도 했다. 그 속에는 분명 누군가가 부산하게 움직이는 것 같았고 문밖에는 양복을 입은 두 명의 남자가 담배를 피우며 등을 돌리고 서 있는 것이 보였다. 나의 가슴은 터질 것처럼 뛰고 있었다. 절대 황망히 뒤로 돌아서지 말아라. 뛰지 말고. 절대 서두르지 말고 길을 가로질러라. 제발 인쇄소 방향으로 고개를 돌리지 말고. 나는 떨리는 손을 주머니에 집어넣고 행인들 사이에 섞여 건널목 앞에 섰다. 길의 통과를 무한히 금지하고 있는 것만 같던 건널목의 적색등. 이미 날은 어두워져 실제로 먼발치에 있는 그들이 나의 모습을 알아보거나 뒤쫓을 위험이 없었음에도 그 짧은 기다림의 순간에 세계는 위험한 밀고자들의 소굴로 변신했다. 당장이라도 옆의 행인이 나의 팔을 우악스럽게 잡고 "강하원이지. 순순히 나를 따라와." 하고 귀에다 속삭일 것 같았다. 나를 앞뒤로 둘러싸고 있는 행인의 얼굴을 쳐다보고 싶은 유혹은 견뎌 내기 힘든 것이었다.

길을 건너고 가장 가까운 골목으로 기어들어 가고, 거기서 다시 큰길로 나오고 다시 골목으로 들어가고……. 충분히 인쇄소에서 멀어졌다고 판단되었을 때부터 나는 달리기 시작했다. 얼마 동안을 어떤 길로 해서 달려왔는지 아무런 기억이 없었다. 나는 뛰면서 입으로는 내가 한 번도 해 본 적이 없는 기도 비슷한 것을 수없이 반복하고 있었다. 제발 내가 이 자리에서 잡혀서 동료들에게 누를 끼치지 않게 해 주십시오. 나는 잃을 것이 없는 사람이지만 그들은 그렇지 않습니다. 그들은 할 일이 많은 사람들입니다.

1_ 이 작품에 대한 설명으로 가장 적절한 것을 골라 봅시다.

① 공간의 이동에 따라 주요 사건이 전개되고 있다.

② 과거의 일을 회상하여 서술하고 있다.

③ 인물 간의 대화를 통해 사건이 전개되고 있다.

④ 시간적, 공간적 배경이 구체적으로 제시되어 있다.

⑤ 개인 대 개인 간의 갈등이 첨예하게 드러나고 있다.

2_ '나'에 대한 설명으로 적절하지 <u>않은</u> 것을 골라 봅시다.

① 버스표를 아낄 만큼 어려운 형편이다.

② 심정적으로 조직의 일에 동조하였다.

③ 조직과 함께 비밀리에 책을 완성하였다.

④ 조직의 일이 발각되었음을 알고 두려워한다.

⑤ 아무 때나 인쇄소를 출입할 수 없는 처지였다.

3_ 제시문에서 '인쇄소'의 사회적 의미와 '나'가 느끼는 공간적 의미를 써 봅시다.

• 사회적 의미 : _____

• '나'가 느끼는 공간적 의미 : _____

4_ 제시문에서 주변인들에 의해 만들어지는 희망을 상징적으로 나타내는 소재가 무엇인지 써 봅시다.

_____

5_ 〈보기〉는 이 작품과 관련된 시대적 맥락입니다. 〈보기〉를 참고하여, 감상 관점이 <u>다른</u> 것을 골라 봅시다.

> ┤보기├
> • 사회·문화적 맥락 : 이 작품은 1970년대 출판과 언론의 자유가 탄압받던 시절이 배경이다.
> • 문학사적 맥락 : 이 작품은 1970~1980년대 민주화 운동에 대한 회고와 성찰을 주제로 하여 1990년대에 많이 창작된 이른바 후일담 문학에 속한다.

① 1인칭 서술자가 과거를 회상하는 형식으로 이야기를 하고 있어.

② 1970년대를 배경으로 하는 다른 소설과 비교해서 감상해 봐야겠어.

③ 1970~1980년대의 운동권에서의 일들을 1990년대에 회상하여 쓴 소설이구나.

④ 소설 속 사건은 1970년대의 어두운 시대 상황을 배경으로 하고 있어.

⑤ 1970년대는 출판의 자유가 탄압받던 시대여서 비밀리에 책자를 만들었던 거야.

6_ ㉠에 대한 설명으로 적절하지 <u>않은</u> 것을 골라 봅시다.

① 희망의 전달을 통해 회색 눈사람의 완성에 기여한다.

② 눈사람을 만드는 협동적 행위에 '나'가 동참함을 의미한다.

③ 목도리는 '나'에게는 따뜻함을, 아이들에게는 기쁨을 준 물건이다.

④ '안'과 그들이 가르쳐 준 희망을 완수하겠다는 상징적 행위로 볼 수 있다.

⑤ '안'이 '나'에게 가르쳐 준 정치적 이념을 '나'가 다른 사람에게 전달하는 행위이다.

[7~9] 다음 제시문을 읽고 물음에 답해 봅시다.

[앞부분의 줄거리] '나(강하원)'는 국립 도서관을 찾았다가, 불법 체류자의 신분으로 자신과 같은 '강하원'이라는 이름을 한 채 외국에서 아사(餓死)한 여성인 김희진의 부고 기사를 보고 과거를 떠올린다. 이모의 돈을 훔치고 고향을 도망쳐 나와 대학에 등록한 '나'는 하루하루 먹고살기 위해 학기가 지난 책을 팔아서 연명하고 있었다. 청계천의 헌책방에서 자신의 책을 산다는 연락이 와서 만나게 된 '안'은 '나'의 딱한 사정을 알고 그가 경영하는 인쇄소에서 일하도록 해 준다. 인쇄소를 찾던 어느 날 밤, '나'는 '안'이 지하 조직의 멤버임을 알게 되고, '안'은 '나'에게 인쇄소 일 대신에 지하 조직의 일을 맡게 한다. '나'는 스스로 지하 조직의 일원이라고 생각하며 열심히 '안'의 일을 돕는다. 지하 조직의 활동이 발각되어 경찰에 쫓기게 된 '안'은 '나'에게 조직의 핵심 멤버인 김희진을 외국으로 도피시켜 줄 것을 요청한다.

김희진은 내 방에서 약 이십 일을 머물렀다. 그사이 그녀는 서서히 회복되어 어떤 때는 밤늦게까지 무엇인지 일에 열중하기도 했다. 시간 여유가 생길 때 나는 그 옆에서 논문들을 되살려 내는 일을 계속했다.

어느 날 밤, 방 밖에서 달그락거리는 소리에 나는 잠이 깼다. 책상 위는 서류와 폐지로 산란스러웠고 방 안은 비어 있었다. 방문을 열자 행주를 들고 찬장이며 부뚜막을 열심히 닦고 있는 김희진의 모습이 보였다. 정말 동생 집을 방문해 집을 치워 주면서 정을 표현하는 여느 사촌 언니처럼 팔을 걷어붙이고 김희진은 부엌을 바닥까지 말끔하게 닦아 놓은 다음이었다. 나의 기척에 그녀는 몰래 하던 일을 들킨 사람처럼 나를 보고 소리를 죽여 웃었다. 그러나 그 웃음 속에는 불안기가 서려 있었다.

"걱정하지 마세요. 모든 일이 다 잘될 테니까."

그때쯤 그녀는 웬만큼 건강해져 있었다. 나는 그녀의 여행을 준비하며 그녀가 기거하는 내 방에 안이 한 번쯤 들러 줄 것을 막연하게 기대했다. 그러나 그것은 당시 그가 처한 상황으로는 불가능한 것이었다. 김희진은 서서히 기운을 회복했고 결국 안을 보지 못한 채로, 그리고 시골에 있다는 가족에게 감히 연락을 취하지도 못한 채로 시간이 지나갔다. 내 방을, 서울을, 이 나라를 떠나는 날 그녀는 내게 예

닐곱 장의 전달할 편지와 가방 가득히 무언가를 남겼다.

"하원 씨가 보관해 주세요. 보잘것없는 글들인데, 때가 되면 빛을 보게 되겠지요. 곧 다시 만나요. 곧 다시 돌아올 것을 약속해요."

그녀는 위조된 여권과 내가 구입한 비행기표를 들고 혼자 김포로 향했다. 만일을 대비해 나는 공항까지 전송을 하지도 못했다.

그녀가 떠난 직후, 이번에 나는 집안 식구 아닌 누군가가 나를 연행하러 올 것을 기다리면서 마음의 준비를 하고 집에서 보냈다. 그러나 내게는 아무 일도 일어나지 않았다. 내가 하던 논문의 재구성이 다 끝났고 김희진이 남기고 간 글들을 하나도 빠짐없이 다 읽을 때까지 내 누추한 거처의 문을 두드리는 사람은 없었다. 김희진은 무사하게 떠났음에 틀림없었다.

봄이 오는 기색이 완연했건만 내 마음의 계절은 여전히 끝도 없는 겨울이었다. 햇볕이 짧은 이 동네의 눈사람은 여전히 녹지 않고 비탈에 서 있는 것이 보였다. 그 일이 있은 후 딱 한 번 발신인도, 주소도 적히지 않은 엽서 한 장이 도착했을 뿐이었다.

"강 양, 고맙소."

그것이 내용의 전부였다. 그리고 얼마 지나지 않아 나는 안의 검거에 대한 제법 큰 기사를 읽었고 뒤늦게 나의 익명의 동료들의 활동에 대한 왜곡되고 과장된 해석의 기사를 읽었다.

나는 늘 그 시기에 대한 짧은 보고서 형식의 글을 쓰고 싶어 했다. "아, 그 길고도 긴 길의 우울한 초겨울 풍경이라니! 사방은 술병 바닥 두꺼운 유리의 짙은 색깔처럼 흐렸지만 나는 그때 처음으로 희망이라는 단어를 만났다……." 이렇게 시작되는 글을. 나는 여전히 우리의 사고가 활자화되는 것을 신성시하고 있는 모양이지만 내게는 그 시기를 분명하게 회상해 써낼 만한 글재주가 없다. 그러나 무엇보다도 나의 삶은 얘기될 만한 흔적이 없다. 안이 일할 때면 가끔 틀어 놓던 그 높낮이도 없고 비슷비슷하게 연결되어 하오의 잠 같기도 한 음악의 소절 같은 나의 삶에 대체 그 누구가 관심을 가질 것인가. 당치도 않은 일이다.

김희진은 내게 연락을 취하려고 해도 취할 수가 없었을 것이다. 나 또한 아무에게도 알리지 않고 서울을 떠났기 때문이었다. 나는 대학을 아주 포기하고 이모에게로 내려가 이모의 농사를 오랫동안 도왔다. 그러면서 내가 맛본 희망의 색깔을 주변과 나누려고 여러 가지 일을 벌이기도 했다. 그 후의 나의 삶도 그다지 변하지 않았다.

그사이 안은 유명한 민중 예술가이자 운동가가 되어 여러 지면을 통해 그의 견해를 기탄없이 발표하고 있었고 내가 살고 있는 시골에서 멀지 않은 도시에도 수차 강연을 온 적이 있었다. 벌써 몇 년 전, 나는 한번 강연 즈음에 맞추어 그 도시에 간 적이 있었다. 주최자 측에 가방 하나를 안에게 전달해 줄 것을 부탁하기 위해서였다. 마을의 젊은이들에게는 강연에 참석할 것을 극구 권했으면서도 나는 그 시간을 기다리지 않고 다시 시골로 돌아왔다. 그 가방 속에는 김희진이 남기고 간 글과 그럭저럭 재구성한 이후 한 번도 다시 읽어 보지 않은, 우리가 같이 일하던 논문들의 묶음이 들어 있었다. 후에 어떤 잡지에 그 글의 일부가 실린 것도 보았다.

이제 내 수중에는 그 시기가 실제로 존재했었다는 물증은 아무것도 없었다. 아, 한 가지가 남아 있었다. 불안과 고립의 시간과 싸우기 위해 나 혼자 하던 이탈리아 사학가의 독일어본 역사책의 미완성 한글 번역 원고. 그러나 이제는 너무 오래 버려두어서 원고지의 색깔은 노랗게 변했거니와 그 책으로 말할 것 같으면, 아마 나보다 나은 전문 번역가에 의해 이미 출판되었을 터였다. 그렇지만 나는 그것을 확인해 보지는 않았다.

나는 그 이후로 딱 한 번 한 남자를 사랑했다. 그렇지만 그는 나의 친구와 결혼해 버렸고 내가 그의 입장이었다고 해도 나보다는 내 친구를 선택했을 것이다. 몇 년 전에 나는 무슨 일 때문인지 학교를 그만두고 필생의 저술을 집필하기 위해 내가 사는 시골로 낙향했다는 한 교수를 만났다. 그는 언어학자였는데 《우리 시대의 언어 사회학 강의》라는 제목의 저서를 준비하고 있다고 하면서 그를 대신해 자료도 찾고 원고도 정리해 줄 사람을 찾고 있다기에 내가 자청해서 그의 집으로 찾아갔다. 이후 나는 그의 조수로 일하고 있으며 일주일에 한 번씩 그를 대신해 서울의 도서관으로 자료를 조사하기 위해 올라간다. 그렇지만 나는 그의 저서가 언젠가 빛을 볼는지에 대해서는 확신이 없다. 노교수의 방대한 사고는 매주 계획이 확대되기만 할 뿐이기 때문이다.

나는 시골로 내려가는 기차를 타기 위해 역 쪽으로 걸었다. 어쩌면 이 계절의 하늘은 이토록 무연히 맑을까. 그리고 그 시절의 아픔은 어쩌면 이리도 생생할까. 아픔은 늙을 줄을 모른다. 아픔을 치유해 줄 무언가에 대한 기구가 그만큼 생생하고 질기기 때문일까. 이번 겨울에는 동네 아이들을 모아 비어 있는 들판에 커다란 눈사람을 만들어 볼까. 며칠 전에 지구를 뜬 그녀의 별에 전파가 닿게끔 머리에 긴 가지로 안테나도 꽂고……. 그러나 사람이 죽은 다음에 별이 되지 않는다는 것은 누구보다도 그 아이들이 더 잘 알고 있지 않은가. 아프게 사라진 모든 사람은 그를 알던 이들의 마음에 상처와도 같은 작은 빛을 남긴다.

7_ 제시문에 대한 이해로 적절하지 <u>않은</u> 것을 골라 봅시다.

① '나'는 외국으로 가 끝내 돌아오지 못한 김희진에 대해 아파하고 있다.

② '나'는 자신이 연행되지 않았기 때문에 '안'이 검거되었다고 여기고 있다.

③ '나'는 지하 조직에서 일했던 시기를 기록하고 싶었지만 그렇게 하지 못했다.

④ '나'는 서울을 떠나 시골에 내려와 이모의 농사를 도우며 살았다.

⑤ '나'는 노교수의 작업을 돕는 일이 언제 끝날 것인지에 대해 알지 못하고 있다.

8_ [A]에 대한 설명으로 적절하지 <u>않은</u> 것을 골라 봅시다.

① 김희진의 부고 기사로 환기된 '나'의 내면 심리를 드러내고 있다.

② 꼬리를 무는 물음과 추측을 통해 '나'의 과거와 현재를 연결하고 있다.

③ '눈사람'이라는 상징적 소재를 통해 '나'의 아픔을 다독이고자 하고 있다.

④ '별'을 통해 김희진과의 인연을 부정하려 했던 '나'의 반성을 드러내고 있다.

⑤ '작은 빛'을 통해 이름 없이 죽어 간 김희진에 의해 촉발된 '나'의 아픔을 나타내고 있다.

9_ 〈보기〉를 참고하여 제시문을 감상한 내용으로 적절하지 <u>않은</u> 것을 골라 봅시다.

┃보기┃

역사와 사회를 거시적 차원에서 바라보는 거시 담론과 달리 미시 담론에서는 거시적 현상에서 중요하게 여겨지지 않았던 작은 공동체나 개인에 주목한다. 미시 담론에서는 거시 담론에서 담아내지 못한 개개인의 삶을 다루면서 그 안에 담긴 역사적·사회적 의미를 찾으려 한다. 이는 역사와 사회에서 배제되어 왔던 개개인과 그들의 행위 혹은 그에 얽힌 사건에 주목하게 되었음을 의미한다. 〈회색 눈사람〉은 역사적 현실을 바탕으로 하고 있으면서도 그동안에 다루어지지 않았던 숨겨진 개인의 삶과 내밀한 정서를 섬세하게 형상화하고 있다.

① '나'가 김희진과 함께했던 시간들을 떠올리며 그녀를 추억하는 것은 역사에서 배제된 채 비극적인 최후를 맞이했던 한 개인의 삶의 의미를 찾으려는 시도로 볼 수 있겠군.

② '안'은 검거되어 신문에 기사로 실린 반면, '나'는 연행되지 않고 평범하게 살아왔다는 것을 통해 '안'과 달리 '나'의 삶은 역사나 사회의 관심 밖에 놓여 있었음을 알 수 있군.

③ 김희진이 남기고 간 글과 재구성된 논문들의 일부가 '안'에 의해 잡지에 실렸다는 것은 김희진의 존재와 그녀의 노력이 감춰져 왔음을 뜻하는군.

④ '나'가 도피 중이던 '안'과 만나지 못했던 것이나, 강연을 하러 자신이 살고 있던 곳 근처 도시를 찾은 '안'과 만나지 않았던 것은 남들로부터 자신의 삶을 숨겨야 한다고 생각했기 때문이겠군.

⑤ '나'가 '안', 김희진과 함께했던 시기가 실제로 존재했는지를 증명할 수 없게 된 것을 통해 '나'가 아무런 흔적도 없이 역사에 기록되지 않고 살아간 수많은 사람에 포함된 존재임을 알 수 있군.

톺아보기

독재 정권 아래서 민주주의를 소망하다

전두환의 신군부는 유신 헌법과 비슷한 새 헌법을 제정하고, 여러 가지 반민주적인 악법을 만들었다. 민주주의를 짓밟고 부활한 군사 독재에 맞서 가장 열심히 싸운 것은 학생이었다. 학생들은 광주, 부산, 서울에 있는 미국 문화원을 공격하여 한국군 지휘권을 쥐고 있는 미국이 5·18 민주 항쟁 당시 군대의 이동을 승인하고 전두환의 대통령 취임을 곧바로 나선 데 대해 항의하였다.

– 전국 역사 교사 모임, 《살아 있는 한국 근현대사 교과서》

1. 다음 설명에 해당하는 인물이 누구인지 써 봅시다.

(1) 민주화 운동을 했지만 현재는 대학 생활을 하면서 자신의 진로를 고민하는 인물

_____

(2) 민주화 운동으로 수배가 되어 경찰에 쫓기는 인물

_____

(3) 시골 중학교 국어 교사. '너'와 대학 시절 연인 사이인 인물

_____

[2~4] 다음 제시문을 읽고 물음에 답해 봅시다.

> **가** 네 모습은 아직 보이지 않았다. 아파트 단지 정문을 지나 백여 미터쯤 들어가면 길은 두 갈래로 나누어지고, 바로 거기 길이 나눠지는 지점에 서 있는 전화박스 곁에서 우리는 만나게 되어 있었다.
>
> 내가 너무 일찍 온 걸까. 손목시계를 확인했다. 세 시 오 분 전. 나는 조금 초조해하고 있었다. 집을 나와서 버스를 타고 와 그 자리에 서게 될 때까지 초조함은 줄곧 집요하게 목덜미를 잡아당기고 있었던 것이다. 아니다. 그건 훨씬 이전부터 시작되었다고 할 수 있었다. 어젯밤 전화를 받은 순간부터, 아니 그보다도 더 먼저, 그러니까 네가 일 년 반 만에 처음으로 나타났던 일주일 전의 그 충격적인 밤으로부터 나의 초조함은 이미 시작되었으리라. 너는 마치도 주술적인 힘을 지닌 북소리처럼 어둠 저편으로부터 갑자기 그리고 은밀하게 나를 덮쳐 왔다. 그 북소리 속에서 본능적으로 나는 어떤 불길한 파괴의 냄새를 감지했다. 그것은 지금까지 내가 조심스럽게 지켜 오고 있던 휴식과 평온하고 느슨한 일상의 생활 감각을 밑바닥부터 송두리째 휘저어 놓고 말리라는 걸, 그리고 어쩌면 머잖아 그것들과 가차없이 결별해야만 하는 최악의 상태까지도 감수해야 할지 모른다는 위험스러운 사실을 의미하는 것이었다.

나 정문 앞에서 택시를 탔다. 마흔 살쯤 되어 보이는 운전수는 S읍까지는 시외 요금을 내야 한다고 말했다. 결국 오백 원을 깎은 액수로 합의를 보았다. 차는 종합 운동장을 끼고 난 고가 도로의 오르막길을 기어오르기 시작했다. 잠시 우리는 침묵했다. 멀리 무등산이 보였다. 산의 거대한 몸체가 언제나처럼 도시를 품에 안은 채 묵묵히 아래를 내려다보고 있었다. 그 우직한 선머슴 같은 산의 무릎에서 이 도시 사람들은 옹기종기 모여들어 살고 있었고, 우리 둘 역시 거기서 나고 자라 온 것이었다. 하지만 산은 이젠 어느덧 짙은 남빛 슬픔의 빛깔로 음울하게 서 있을 뿐이었다. (중략)

아마 너는 불안함을 감추기 위해 입을 열었을 것이다. 그러고 보니, 운전수는 이따금 앞 거울을 곁눈질하며 우리들을 살펴보곤 했다. 어쩌면 그것이 운전수들의 단순한 버릇이었는지도 모르지만, 어쨌든 그 때문에 너는 퍽 조바심을 하는 눈치였다. 그러나 벌써 일 년 반이 지난 일이다. 하루하루를 입에 풀칠하기에 바쁜 사람들이 이처럼 어설픈 소도구로 변장하고 나선 네 얼굴을 쉽사리 포스터 속의 사진과 일치시키기는 어려울 것이다. 하기야 또 반드시 그렇지만도 않았다. 며칠 전에 너를 돌고개 근처에서 목격했다는 이야기를 학교에서 우연히 들은 적이 있었다. 마침 문학부 앞 벤치에 앉아 있던 나는 가슴이 철렁해서 돌아다보았는데, 그 말을 하고 있는 녀석은 전혀 처음 보는 얼굴이었다. 어쩌면 너도 그 녀석을 모를 것이다. 그렇듯 정작 자신은 모르고 있는 사람들로부터 전혀 예기치 못한 장소에서 언제든지 확인될 수 있다는 사실이 가장 두려운 일일 것이었다.

다 한동안 우리는 담배만 피웠다. 가까운 공중변소로부터 지린내가 흐물흐물 풍겨 나왔다. 대부분이 시골사람들인 남녀들은 눅진한 암모니아 내음을 옷에 묻히며 번갈아 드나들고 있었다. 맞은편 의자엔 젊은 패거리들이 모여 앉아 있었다. 계집애들이 둘 끼여 있었고 나머지 셋은 입영 영장을 기다리고 있을 또래의 사내들이었다. 하나같이 건달기가 몸에 밴 사내 녀석들의 얼굴은 불콰하니 달아올라 있었고 계집애들은 멋대로 히히덕거렸다. 어쩌면 같은 패거리 가운데 하나였을 어떤 사내의 결혼식에나 참석하고 돌아가는 길인지도 모를 일이었다. 땅콩이며 오징어 따위를 어수선하게 늘어놓고 낄낄대며 먹고 있는 그들의 주위에 대한 철저한 무관심이 나는 차라리 부러웠다.

대합실 건물의 외벽에 갖가지 벽보가 어지러이 붙어 있는 게 보였다. 불조심. 자연 보호. '속은 인생 어제까지, 밝은 인생 오늘부터'라고 적힌 방첩 포스터, 그리고 그 옆으로 하사관 모집 광고와 지명 수배자들의 사진도 나란히 붙어 있었다. 이십칠 세. 신장 백칠십오 센티미터. 미남형에 호리호리한 체격. 그 아래에 고등학교 교복 차림의 네 사진도 틀림없이 끼여 있을 것임을 나는 알고 있었다. 지금 바로 내 곁에 앉아 있는 우스꽝스런 차림의, 얼핏 보면 사십대쯤으로나 뵈는 더부룩한 구레나룻의 뚱뚱한 사내를 나는 새삼스레 쳐다보았다. 그러다가 사진 속에 앳된 소년의 모습을 떠올리며 혼자 쿡쿡 웃고 말았다. 너는 무심한 표정을 내게 돌리고 있었다.

왜 그래.

아냐, 그냥. 흐흐흐. 네 사진 본 적이 있니?

어디……?

내가 턱 끝으로 벽보를 가리키며 웃었고, 잠시 그쪽으로 눈길을 주고 있던 너는 고개를 저었다.

임마, 너 그치들한테 고맙다고 해야겠더구나. 몸이 후리후리한 미남형이란다. 너더러. 으흐흐흐.

그래?

비로소 너는 조금 웃었다. 그러더니 이내 낮게 한숨을 깔아 내쉬며 허공에 시선을 던지는 것이었다. 나는 순간 다시금 속으로 후회를 씹으며 발끝에다가 시선을 박았다. 온몸이 모래 속에 묻힌 듯 꺼끌꺼끌한 느낌에 커다랗게 고함이라도 내질렀으면 하는 심정이었다.

라 예정된 시각보다 오 분 늦게 완행열차는 출발했다. 시커멓게 석탄 가루를 뒤집어 쓴 역 건물과 주변의 낮은 함석지붕들이 서서히 뒤로 밀려 나가기 시작했다. (중략)

그제야 나는 약간 마음이 느긋해지는 느낌이었다. 너는 비스듬히 모자를 위로 올려 쓴 채 창밖으로 시선을 던지고 있었다. 그때 난 문득 네 이마를 스치고 지나가는 음울한 그늘을 보았다. 그것은 예의 그 피곤함이었다. 넌 여전히 그 짙고 어두운 피곤함을 떨쳐 내지 못하고 있었던 것이다. 금방이라도 후두둑 무너져 내릴 것만 같이 지쳐 있는 네 눈빛이 새삼스레 가슴을 후벼 냈다. 그동안 내가 서울에서 이집 저집으로 거처를 옮겨 다닌 것만도 자그마치 열네 차례였어. 때론 하룻밤 만에 쫓겨나다시피 한 적도 있었으니깐…… 정말이지 너무 지쳤어. 더는 이렇게 살 수는 없을 것 같다는 생각이 들곤 해. 어떤 날은 에라, 될 대로 되라지 하고 벌떡 뛰쳐나가 버리고 싶은 생각까지도 들어. 그렇게 너는 며칠 전 내게 말했었다.

제복 차림의 승무원이 유리문을 밀고 나타났다. 그는 우리 쪽을 힐끔 쳐다보았을 뿐 곧 지나쳐 가 버렸다. 어깨에 두른 붉은 헝겊엔 '공안'이라고 쓰여 있었다. 우리는 무심코 서로의 얼굴을 쳐다보다가 황황히 고개를 돌려 버렸다.

마 M시에 도착한 것은 여덟 시가 훨씬 지나서였다. 우리는 승객들이 어느 정도 내려간 다음에야 차에서 내렸다. 수문을 향해 물살이 쓸리듯 사람들이 바삐 플랫폼을 빠져나가고 있었다. 너는 또 아까처럼 내게 먼저 나가라고 말했다. 나는 순순히 응했다. 개찰구를 향해 걸으며 슬쩍 뒤돌아보니 낯선 사람들 틈에 묻힌 채 네 커다란 몸집이 천천히 뒤따라오고 있었다. 너와 나를 떼어 놓고 있는 그 멀지 않은 거리의 의미를 나는 다시 한번 고통스럽게 확인했다.

우리는 역 광장에 섰다. 빗발이 아까보다 더 굵어져 있었다. 저만치 거리를 질주해 가는 차량의 불빛이 어지러웠다. 비닐우산 한 개를 사서 함께 썼다.

이젠 여기서 그만 헤어지는 게 좋을 것 같다. 고맙다. 공연히 나 때문에 고생이 많았어. 그러나저러나 네가 다시 집으로 돌아가려면 막차 시간에 늦지 않으려나 모르겠다.

그건 염려 마라. 시간은 충분해.

네가 내민 손을 나는 잡았다. 불현듯 어쩌면 너를 앞으로 영영 다시 만나지 못하게 되는 건 아닐까 하는 불길한 예감 때문에 나도 모르게 손아귀에 안타깝게 힘을 주고 있었다.

뭔가…… 뭔가 말이야. 내가 해야 할 일이 있지 않을까. 하지만…… 난 그걸 아직도 모르겠어.

그런 나를 너는 한동안 물끄러미 들여다보고 있었다.

글쎄. 그렇지만 누구도 그걸 가르쳐 줄 수는 없겠지. 자기 몫의 삶을 결정하는 건 오직 자기 스스로일 뿐일 테니까 말이야. 어쨌든 모든 게 잘될 거야. 무엇보다도 넌 현명하잖니.

2_ 이 작품의 내용에 맞게 아래 표의 각 구성 단계에 적절한 기호를 넣어 보고, 이에 해당하는 '나'의 심경을 써 봅시다.

> ⓐ S읍에서 M시로 가는 열차를 탐. 할 말은 많았지만 서로 침묵의 연속임.
> ⓑ M시로 가는 차편이 마땅찮아 S읍까지 택시로 감.
> ⓒ 열차 사고가 나고, 빗속을 뚫고 무사히 M시에 도착함.
> ⓓ '너'를 기다리는 '나'.
> ⓔ 뜨거운 악수를 나누고 '너'와 '나'는 헤어짐.

	내용	'나'의 심경
발단		
전개		
위기		
절정		
결말		

3_ 이 작품에 대한 설명으로 적절하지 <u>않은</u> 것을 골라 봅시다.

① 단편 소설이며 여로형 소설이다.

② 수배 중인 '나'가 친구를 만나 동행하는 여정을 그리고 있다.

③ 1980년대 서울, M시, S읍의 공간적 이동이 드러난다.

④ 1인칭 주인공 시점에서 회고적이고 성찰적인 내용이 드러난다.

⑤ 불온한 시대의 상처를 외면하고 일상의 안락을 추구하는 삶에 대한 성찰과 다짐이 드러난다.

4_ 다음 빈칸에 들어갈 알맞은 말을 넣어 봅시다.

┤보기├

　임철우의 소설 동행은 인물, 장소를 (　　ⓐ　　)하여 사건을 진행한다. 이는 당시 정치적 이유로 수배자가 된 인물과의 동행의 긴장감을 더하는 효과가 있다. 또한 1인칭 서술자 '나'가 '너'에게 말하는 (　　ⓑ　　) 행위의 성격을 띠고 있다. 더불어 '나'가 '너'와 동행한 사건을 **반추하는** 서술 구조로 '나'의 감정을 섬세하게 드러내고 있다. 특히 실제 역사 사건인 광주 항쟁 이후 정면으로 맞서지 못하고 살아남은 자들의 (　　ⓒ　　)을/를 다루고 있다.

• **반추하다**(反芻--) 어떤 일을 되풀이하여 음미하거나 생각하다.

• ⓐ : ＿＿＿＿＿＿＿＿＿＿＿＿　　• ⓑ : ＿＿＿＿＿＿＿＿＿＿＿＿

• ⓒ : ＿＿＿＿＿＿＿＿＿＿＿＿

[5~9] 다음 제시문을 읽고 물음에 답해 봅시다.

가 인칭은 어떤 동작의 주체가 말하는 이, 듣는 이, 제삼자 중 누구인가의 구별을 이르는 말로, 그 종류에는 1인칭, 2인칭, 3인칭이 있다. 인칭은 일상 언어에서뿐만 아니라 문학 언어에서도 사용된다. 문학에서 인칭은 주로 작품 속 말하는 이인 소설의 서술자와 시의 화자가 작중 인물들을 **지칭하는** 용어이다. 문학 작품에서 주인공을 '나'라는 1인칭으로 지칭하거나 '그'라는 3인칭으로 지칭하는 것이 대표적이다. 반면 주인공이 2인칭인 '너'로 지칭되는 작품, 다시 말해 '너'에 대한 이야기를 '너'에게 말하는 작품은 상대적으로 적은 편이다. 하지만 2인칭의 사용은 작품에 독특한 효과를 부여한다.

2인칭 대명사의 사용은 **호명**의 주체인 '나'가 전제되어 있다. 모든 '너'는 '나'에 의해 불리는 것이다. 이런 점에서 2인칭을 사용하는 말하기는 소통 행위의 성격을 띤다. 말하는 이인 '나'가 듣는 이인 '너'를 호명하면서 '너'에 대해 말하는 것이다. 이러한 소통의 양상은 다양하다. '너'를 호명하는 '나'가 작품 속 세계에 등장하는 인물인 경우에는 '너'를 관찰하면서 '너'의 심리를 추측하고 '나'의 내면을 고백하는 경우가 많다. '나'가 작품 속 세계에 그 모습을 구체적으로 드러내지 않는 경우에는 대체로 '너'의 내면을 보다 직접적으로 드러내거나 '너'의 행동을 설득하는 데 집중한다. '나'가 실제로 의미하려는 것과 상반되게 '너'에 대해 말하는 것, 즉, '나'가 아이러니의 방식으로 말하는 경우도 있는데, 이때는 '나'의 실제 의도를 헤아리는 것이 중요하다.

2인칭의 사용은 독자가 자신을 수화자처럼 느끼게 하는 효과도 있다. 특히 현재 시제로 쓰인 작품에서 '너'의 사용은 독자가 자신을 부르는 호칭으로 느끼게 할 수 있다. 이 경우 독자는 '너'의 위치에 자신을 놓으면서 '너'에 대한 설명을 자신의 삶에 적용한다. 한편 2인칭을 사용하는 과정에서 '너'의 상대방으로서 '우리'라는 대명사를 사용할 수가 있다. 이러한 '우리'의 사용은 '너'에 대한 '나'의 생각과 감정을 독자와 공유하려는 의도가 반영된 것이기도 하다.

나 넌 선선히 대답했다. 우리는 정문에 다다랐다. 경비실 안에서 경비원인 듯한 두 사내가 잡담을 나누고 있었다. 너는 앞장서서 성큼성큼 걷고 있었다. 몇 가지 궁금한 것들이 있었으나 그냥 묻지 않기로 했다. 네 말마따나 모르는 것이 피차 좋을지도 모르니까. ㉠어쨌든 넌 비밀투성이였다. 아직도 나는 네가 기거하고 있는 집조차도 정확히 모르고 있는 형편이었다. 전화를 걸어오는 건 언제나 네 쪽이었고, ⓐ어제도 그건 마찬가지였다. 밤 열 시가 막 지날 즈음이었다.

M시로 가는 열차편 좀 알아봐 줘. 너랑 같이 동행하고 싶은데 그래 주겠니? 단도직입적으로 너는 그렇게 말했다. 이날은 ⓑ강의가 있었다. 몇 과목은 이날 종강할 것이라고 했다. 아마 대학에서의 마지막 강의가 될 터였다. 하지만 그까짓 강의쯤은 아무래도 좋았다. 그보다 나는 M시에로의 ⓒ위험한 나들이의 이유에 대해서, 또 왜 하필 나와의 동행을 네가 요구하는 것인지에 대하여 퍽 궁금했다. 그러나 그 문제 역시 입을 다물어 두기로 하자. 어차피 동행할 거라면 차차 알게 되겠지.

정문 앞에서 택시를 탔다. 마흔 살쯤 되어 보이는 운전수는 S읍까지는 시외 요금을 내야 한다고 말했다. 결국 오백 원을 깎은 액수로 합의를 보았다. 차는 종합 운동장을 끼고 난 고가 도로의 오르막길을 기어오르기 시작했다. 잠시 우리는 침묵했다. 멀리 무등산이 보였다. ⓓ산의 거대한 몸체가 언제나처럼 도시를 품에 안은 채 묵묵히 아래를 내려다보고 있었다. 그 우직한 선머슴 같은 산의 무릎에서 이 도시 사람들은 옹기종기 모여들어 살고 있었고, 우리 둘 역시 거기서 나고 자라 온 것이었다. 하지만 산은 이젠 어느덧 짙은 남빛 슬픔의 빛깔로 음울하게 서 있을 뿐이었다.

차창 너머 멀리 산등성이를 바라보며 문득 너와 나를 떼어 놓았던 지난 일 년 반의 시간과 그 마디 끊긴 시간의 한쪽 끝을 저마다 손가락에 감아쥐고 다시 되돌아온 지금의 우리 둘을 생각했다. 그래. 우리는 어쨌든 다시 만난 것이다. 그러나 우리는 예전의 우리가 아님을 서로가 깨닫고 있었다. 전장으로부터 돌아온 귀환병들처럼 우리는 여전히 우리였으나, 또한 우리는 더 이상 우리가 아니었다. 그것은 실로 까마득하게 오랜 세월같이 여겨지는 일종의 진공 상태와도 같았다. ㉡너와 나 사이에는 거대한 협곡이 밑도 끝도 가늠하기 어려운 깊은 아가리를 벌린 채 존재하고 있었고, 그 양쪽 벼랑 끝에 마주서서 우리는 이 순간 아찔한 절망감과 당혹감으로 서로를 응시하고 있었다.

곁에서 어깨를 바싹 붙이고 앉아 있는 네 옆모습을 바라보며 나는 좀체 지워지지 않고 있는 그 서먹한 느낌이 도대체 어디에서부터 온 것인지를 따져 보려 했다.

(중략)

　대합실 건물의 외벽에 갖가지 벽보가 어지러이 붙어 있는 게 보였다. 불조심. 자연 보호. '속은 인생 어제까지, 밝은 인생 오늘부터'라고 적힌 방첩 포스터, 그리고 그 옆으로 하사관 모집 광고와 지명 수배자들의 사진도 나란히 붙어 있었다. 이십칠 세. 신장 백칠십오 센티미터. 미남형에 호리호리한 체격. 그 아래에 고등학교 교복 차림의 네 사진도 틀림없이 끼여 있을 것임을 나는 알고 있었다. 지금 바로 내 곁에 앉아 있는 우스꽝스러운 차림의, 얼핏 보면 사십대쯤으로나 뵈는 더부룩한 구레나룻의 뚱뚱한 사내를 나는 새삼스레 쳐다보았다. ⓒ그러다가 사진 속에 앳된 소년의 모습을 떠올리며 혼자 쿡쿡 웃고 말았다. 너는 무심한 표정을 내게 돌리고 있었다.

　왜 그래.

　아냐, 그냥. 흐흐흐. 네 사진 본 적이 있니?

　어디……?

　내가 턱 끝으로 벽보를 가리키며 웃었고, 잠시 그쪽으로 눈길을 주고 있던 너는 고개를 저었다.

　임마, 너 그치들한테 고맙다고 해야겠더구나. 몸이 후리후리한 미남형이란다. 너더러. 으흐흐흐.

　그래?

　비로소 너는 조금 웃었다. ⓔ그러더니 이내 낮게 한숨을 깔아 내쉬며 허공에 시선을 던지는 것이었다. 나는 순간 다시금 속으로 후회를 씹으며 발끝에다가 시선을 박았다. 온몸이 모래 속에 묻힌 듯 꺼끌꺼끌한 느낌에 커다랗게 고함이라도 내질렀으면 하는 심정이었다.

　지난 일 년 반 동안 우리는 어디에서고 네 얼굴과 마주쳐야만 했었다. 극장이나 다방, 식당, 대합실, 술집, 당구장……. 그 어디를 가나 너는 줄곧 우리를 따라다니며 끈질기게 괴롭히는 것이었다. 지난봄, 졸업 여행을 갔던 제주도 어느 여관의 방 안에까지 쫓아 들어온 교복 차림의 너 때문에 그날 밤 우리는 녹초가 되도록 술을 퍼마셨고 엉망으로 추태를 떨어야 했다. 하지만 차라리 그때가 더 우리에겐 마음 편했던 것이 아니었을까. 엄지손가락만큼 작은 현상 수배자의 사진 속에 너를 가두어 놓고 나서 이따금 낡은 앨범을 펼치듯 적당한 양의 감상과 자기 합리화를 취향껏 덧칠해 가면서 너를 들여다볼 수 있었을 동안만은 그래도 너는 우리들에겐 여전히 기억 속의 이름으로서만 존재하고 있었으니까 말이다. 네가 다만 과거의 기억 속에서 머물러 있어 주는 한, 그래도 우리는 술에 취하면 잠들 수가 있었고, 가끔은 아픈 생채기를 손톱으로 할퀴어 대며 저주 섞인 넋두리를 퍼부어 대다가도 그것이 끝나면 사실은 더 많은 일상의 권태와 망각 속으로 쉽사리 몸을 던져 넣을 수가 있었던 것이다. 우리들은 피곤했었다. 너무나 피곤하고 힘겨웠으므로 우리는 차라리 잠들어 버리고 싶었던 것이다. 그 때문에 우리는 우리의 마비된 의식과 교살당한 영혼의 희뿌연 혼돈의 나락을 향해 까마득히 침몰해 가도록 내버려 두고 싶었다. 그래. 모두들 가라앉고 있었다. 저마다 탈색된 눈빛으로 심연의 저편으로 어느덧 차츰차츰 가라앉아 가고 있는 참이었다. 잠들어라. 깊이깊이 잠들어라. 영영 깨어나지 않을 잠 속으로 투신하라. 깊이깊이. 오래오래……. 어디선가 감미로운 음악처럼 그렇게 끊임없이 귓전에 불어오는 소리. 소리. 소리. 그 불경한 주문을 들으며 우리는 침하하고 있었다. 그러면서 우리는 저마다 그 감미로운 속삭임을 이렇게 은밀히 서로서로 따라서 되뇐다. 잊어라. 잊어버려라. 옛날은 옛날일 뿐. 기억은 기억일 뿐. 보다 새롭고 싱싱한 ⓔ내일을 위해 악몽은 흔적조차 남기지 말고 지워 버려라. 깨끗이. 완벽하게…….

ⓜ아아. 그런데 하필 이 순간에 네가 나타난 것이다. 그 불쾌하고 섬뜩한 악몽의 흔적을 우리의 졸리운 뇌리로부터 감히 곡괭이질해 내기 위한 하나의 음모로서, 그리고 그 악몽의 명백한 증거물로서 네가 나타난 것이다. 기억하라. 기억하라. 기억하라. 어거지를 쓰듯, 우리의 이 몽롱한 최면의 당밀분을 함부로 휘저어 희석시키려는 당돌하고 무모한 음모와 함께, 너는 어쩌면 우리들이 저도 모르는 사이에 공모하여 억지로 너를 가두어 놓기를 원했을지도 모르는 저 네모난 사진 속으로부터 돌연히 뛰쳐나와 지금 이 순간 우리 앞에 분명한 실체로 서 있는 것이었다. 그리고 너는 이제 다시금 우리로 하여금 새로운 통증을 불러일으키게 하고 있었다.

- **지칭하다**(指稱--) 어떤 대상을 가리켜 이르다.
- **호명**(呼名) 이름을 부름.

5_ 제시문 **가**를 참고하여 제시문 **나**를 이해한 내용으로 적절하지 않은 것을 모두 골라 봅시다.

① **나**는 '너'를 호명하는 '나'가 '너'의 여행에 동행하며 '너와 나의 삶'에 대해 말한다는 점에서 소통 행위의 성격을 띤다.

② **나**는 명령형 종결 어미를 반복적으로 사용하여 '너'에게 특정한 인식과 행동을 권하고 있다.

③ **나**는 작품 속 세계의 인물인 '나'가 또 다른 인물인 '너'를 관찰하며 '나'의 내면을 고백하고 있다.

④ **나**는 서술자가 주로 현재 시제를 사용하면서 '너'의 위치에 독자를 참여시킨다.

⑤ **나**는 '너'의 상대방인 '우리'를 사용하면서 '나'의 심리를 독자가 함께 느끼게 한다.

6_ 제시문 **나**의 ㉠~㉤에 대한 설명으로 적절하지 않은 것을 골라 봅시다.

① ㉠ : '너'의 구체적인 생활을 '나'가 잘 알지 못한다는 인식이 표현된 것이다.

② ㉡ : 다시 만난 '너'에 대해 '나'가 느끼는 거리감이 드러난 것이다.

③ ㉢ : 사진 속 '너'의 외모와 현재의 '너'의 외모 사이에서 느끼는 감정이 표출된 것이다.

④ ㉣ : '너'의 처지에 대해 한숨을 쉬는 '나'의 연민이 드러난 것이다.

⑤ ㉤ : '너'의 갑작스러운 등장을 내심으로 반기지 못한 '나'의 내면이 표출된 것이다.

7_ 제시문 **나**의 ⓐ~ⓔ에 대한 설명으로 적절하지 않은 것을 골라 봅시다.

① ⓐ : '너'가 도움을 요청하고자 '나'에게 연락한 날이다.

② ⓑ : '너'를 만나고자 하는 '나'의 마음을 부각하는 소재이다.

③ ⓒ : '너'와의 동행이 지닌 성격을 드러내는 표현이다.

④ ⓓ : '나'의 회상에서 '너'와 '나'가 동향임이 드러나는 자연물이다.

⑤ ⓔ : 삶을 새롭게 인식하면서 '일상의 권태와 망각'을 극복할 날이다.

8_ 제시문 **나**의 밑줄 친 '**네모난 사진**'에 대한 설명으로 적절하지 <u>않은</u> 것을 골라 봅시다.

① '너'가 수배자 신분임을 암시하는 소재이다.

② '너'의 얼굴을 수시로 보게 되는 매개체이다.

③ '너'를 세상 밖으로 나오도록 돕는 매개체이다.

④ 일상의 삶에서 '너'의 존재를 환기하는 계기이다.

⑤ '너'를 실체가 아닌 이름으로만 기억하고자 하는 마음의 상징이다.

9_ 〈보기〉를 참고하여 이 작품의 제목 '동행'의 의미를 써 봅시다.

┃보기┃

　이 작품은 광주 민주화 운동으로 수배자가 된 친구와 동행한 사건을 다룬 소설이다. 이 소설은 '나'라는 서술자가 친구인 '너'를 호명하면서 그와 동행한 사건을 반추한 서술 구조를 취한다. 이러한 구조는 둘 사이의 거리감과 '너'에 대한 '나'의 죄책감과 불안감이라는 복합적인 감정을 섬세하게 드러내는 데 이바지한다.

Step_1 격변의 현대사와 민주주의를 향한 열망

다음 제시문을 읽고 물음에 답해 봅시다.

> **가** 1952년과 1956년 선거에서 이승만이 내세운 부통령 후보가 연거푸 낙선하였다. 1956년 선거 때는 야당 후보의 유세장마다 변화를 갈망하는 목소리가 가득하였다. 제1야당 후보가 선거 도중 사망하였는데도, 이승만의 득표율은 겨우 50%를 넘기는 데 그쳤다.
>
> 이승만과 그를 후보로 내건 자유당은 긴장 속에서 1960년을 맞았다. 그해 3월 15일 대통령과 부통령 선거가 예정되어 있었기 때문이다. 야당은 정권 교체를 호소하였고, 국민들의 호응은 높았다. 불안해진 이승만 정권은 모든 수단을 동원해 유례없는 부정 선거를 준비하였다. 민주 공화국은 **질식할** 위기에 **빠졌다.**
>
> 민주 공화국을 살려 낸 것은 학생들이었다. 1960년 2월 28일 대구에서 학생들이 처음으로 '부정 선거 중단'을 요구하며 시위를 벌였다. 선거 당일인 3월 15일에는 마산의 학생과 시민들이 "부정 선거 다시 하라."라는 구호를 외치며 대규모 시위를 벌였고, 이튿날에는 부산과 서울로 시위가 확산되어 고교생들이 거리로 쏟아져 나왔다.
>
> 이승만 정권은 최루탄과 총을 발사하며 폭력적으로 시위를 진압하였다. "난동자 뒤에 공산당이 있다."라는 내용의 담화를 발표하며 시위대를 공산주의자, 북한의 간첩으로 몰기도 하였다. 그러나 부정 선거 규탄 투쟁은 점차 거세어졌고, 얼마 안 가 이승만의 퇴진을 요구하는 투쟁으로 발전하였다.
>
> 1960년 4월 19일, 서울과 부산, 광주에서 최대의 항의 시위가 일어났다. 대학생은 물론 중·고생들까지 두루 참가한 이날 시위에서는, 경찰의 무차별 발포로 115명이 죽고 727명이 부상당하는 비극이 빚어졌다.
>
> 4월 25일, 시민과 학생들이 대규모 시위를 또다시 벌였다. 이번에는 교수들이 시위대를 이끌었고, 그 뒤를 학생과 시민이 따랐다. '이승만 퇴진'을 요구한 시위대의 규모는 갈수록 커졌으며, 이튿날에는 10만 명이 넘는 시위 군중이 이승만 퇴진을 외치며 모여들었다.
>
> 이승만은 군대를 앞세워 유혈 진압을 시도하였으나 군대가 진압을 거부한 데다, 성난 민심을 확인한 미국이 이승만을 지지할 수 없다고 밝혔다. 4월 26일, 마침내 이승만은 대통령 직에서 물러나겠다고 발표하였다.

나 1971년, 대통령에 취임한 박정희는 '북괴의 남침이 걱정되는 상황'이라며 국가를 전시 체제로 운영하겠다고 나섰다. 그러고는 비밀리에 북한과 평화 협상을 추진하여 다음해인 1972년 7월에 남북의 평화 통일을 약속한 7·4 공동 성명을 발표하였다.

공동 성명 발표 석 달 뒤, 박정희는 국회를 해산하고 모든 정치 활동을 금지하였다. 이어 통일을 실현하기 위해서는 새로운 헌법, 강력해진 대통령이 필요하다며 대통령 1인에게 권력을 집중시킨 새 헌법을 제정하였다. 1972년 12월 박정희가 네 번째로 대통령에 당선되면서 **유신** 체제가 시작되었다.

유신 체제가 성립되면서 남북 대화도 사실상 끝났다. 화해와 통일을 말하던 시간이 지나고, 북의 위협과 **반공**만을 외치는 시간이 왔다. 민주주의가 짓밟혔고, 통일을 바라던 국민의 열망도 짓밟혔다.

유신 헌법에 따라 대통령은 법관을 임명하고, 국회 의원 후보 1/3을 추천하였으며, 법의 효력을 정지시킬 수 있는 긴급 조치권을 가지게 되었다. 대통령 임기는 6년으로 늘어났고, 출마 횟수 제한은 없어졌다. 영구 집권을 꿈꾼 박정희는 국민의 강력한 저항을 받았다. 그러나 군대를 동원하여 시위를 진압하고, 헌법 개정을 주장하거나 토론하는 일조차 처벌하였다. 중등 학교 이상 모든 학교에서 학생회를 폐지하고, **학도** 호국단이란 군대식 조직을 만들었다. 언론의 자유를 주장한 동아일보와 조선일보 기자들이 해직되고, 야당 대표를 선출하는 행사장이 정치 깡패들에 의해 난장판이 된 것도 이때였다.

유신 정권은 경제 성장을 최고의 가치로 내세웠다. 기업의 경제 활동, 특히 수출 산업을 육성하는 데 지원을 아끼지 않았다. 반면 노동자들이 노동 조합을 만들어 자신의 권리를 주장하는 행위는 불온하게 여겼으며, 투쟁하는 노동자와 이를 돕는 지식인을 경제 건설을 가로막는 적, 북한 사상에 물든 빨갱이로 몰아세웠다.

유신 체제 7년은 대다수 국민에겐 꽁꽁 얼어붙은 겨울 공화국이었다.

유신 체제 아래에서 민주주의를 말하기 위해서는 큰 고통을 감수해야만 했다. 그러나 철저한 감시와 폭력에도 저항은 이어졌고, 민주화 운동도 그만큼 발전하였다.

겨울 공화국을 앞장서서 돌파한 것도, 가장 가혹한 탄압을 받은 것도 학생들이었다. 10월 유신 1주년을 맞은 1973년, 대학생들은 '자유 민주주의 체제 확립' 등을 주장하며 시위에 나섰다. 이후 유신이 끝날 때까지, 학생들은 가장 헌신적으로 유신 반대 운동을 벌였다.

폭력적인 유신 체제는 양심적인 종교인과 언론인, 문인, 정당인 등으로 이루어진 이른 바 '재야'라는 투쟁적인 시민 사회를 만들어 냈다. 이들 재야 인사들은 '민주 회복 국민 회의'와 같은 연합 단체를 조직하여 유신 체제에 반대하는 국민 운동을 벌였다.

동일 방직이나 YH 무역처럼, 많은 노동자들이 민주적인 노동 조합을 건설하여 노동자의 권리를 지키기 위해 싸웠다. 함평 고구마 사건 등 경제 성장 과정에서 농민을 희생시킨 정부의 정책에 맞선 농민들의 투쟁도 이어졌다.

유신 정권은 노동자나 농민의 주장에 귀 기울이기보다 그들의 입을 틀어막는 데만 급급하였다. 그러나 학생과 재야 인사들은 노동자와 농민을 지지하였으며, 아예 이들과 생활하면서 함께 싸우는 이들도 생겼다.

민주화 운동이 차별받는 민중의 권리 찾기 운동과 결합되면서, 민주주의는 사회·경제적 평등을 포함하는 말로 새롭게 인식되었다.

민주화를 이루기 위해서는 소수의 학생이나 지식인만이 아니라 많은 계층이 협력해야 한다는 생각도 자라났다. 차별받는 이들, 그래서 민주화의 주체가 될 계층이라는 뜻의 민중이란 말은 이 시기에 만들어졌다.

다 1928년 영국의 모든 성인 남녀에게 선거권이 부여되었다. 19세기부터 오랫동안 격렬하게 전개되어 온 참정권 운동이 드디어 결실을 맺게 된 것이다. 이에 앞서 1919년에는 미국이 여성의 선거권을 헌법에 명시하였다. 미국과 유럽뿐만 아니라 일본에서도 여성 참정권을 요구하는 움직임이 일어나는 등 세계 곳곳에서 여성 참정권 요구가 폭발적으로 일어난다.

여성들의 참정권 요구는 제1차 세계 대전 기간 동안 활발해진 여성의 경제·사회 활동과 깊은 관련이 있었다. 총력전으로 진행된 전쟁에 여성들도 참여하였는데, 이 여성들을 향해 시민권을 행사할 수 없다고 주장하는 것은 설득력이 없었다.

제1차 세계 대전 후 공화정이 뿌리내리고 민주주의 제도가 확대되면서 여성 참정권 운동은 더욱 힘을 얻었고, 유럽의 대부분의 나라들은 여성의 참정권을 인정하였다. 아시아나 아프리카의 여성들은 제2차 세계 대전 후에 독립과 민주주의를 도입하는 과정에서 참정권을 얻을 수 있었다. 이는 식민지 민족 해방 운동에 남성들과 동등하게 적극적으로 참여하였던 아시아와 아프리카 여성의 노력에 힘입은 결과였다.

라 물방울 하나는 강물을 만들지 못하지만, 그 많은 물방울이 모여 강물을 만든다. 마찬가지로 한 사람의 노력은 사회 발전에 큰 힘이 되지 못하겠지만, 그러한 노력이 모여 결국 사회 발전에 기여한다는 것을 안다면 나 개인의 노력이 결코 헛되지 않을 것이다. 어떤 문제를 해결하는 데 장기적이며 조직적인 운동이 필요하다고 생각할 때는 개인적으로 활동하는 것보다는 시민 단체나 비정부 기구(NGO)에 참여하여 활동하는 것이 효과적이다. 시민운동을 추진하는 단체는 많다. (중략)

개인적으로 활동을 하거나 시민 단체에 가입하여 의미 있는 사회 참여 활동을 하는 것은 자아실현뿐만 아니라 타인에 대한 배려심과 리더십을 기르는 데에도 도움이 될 것이다. 요즈음에는 인터넷이 발달해 있기 때문에 나쁜 법률이나 정책의 폐지를 주장하는 의견을 올리거나 어떤 정책을 제안하는 건설적인 의견을 올릴 수도 있을 것이다. 또한 카페나 블로그를 만들어 뜻을 같이하는 사람들끼리 모임을 만들어 활동을 하면 도움이 될 것이다.

마 자연 상태는 살기에 불편하므로 사람들은 공동 관심사인 사회와 정부를 세우기 위해서 계약을 맺게 된다. 그런데 인간은 자연적인 생명, 자유, 재산의 권리를 가지고 있다. 인간은 이러한 모든 권리가 잘 보장되도록 정부를 세우는 데 합의(계약)하는 것이다. (중략) 만일 정부가 기본권인 생명, 자유, 재산의 권리를 보장하지 않고 방자해진다면 물러나야 하며, 극단의 경우 혁명에 의해 타도할 수 있다.

바 정치 권력이 존재하지 않는 자연 상태에서 인간은 외롭고, 가난하며 동물적이다. 또한, 단명한 존재에 불과하며, 서로 싸우는 전쟁 상태에 있다. 이러한 무정부와 공포, 죽음의 상태에서 벗어나기 위해 강력한 정부가 요구되므로, 인간은 개인 행동의 자유를 지배자의 손에 맡기기 위한 일종의 합의나 계약을 하게 된다. 그러나 이 경우 지배자에게 무제한의 절대적 권한이 주어져야 한다. 그렇지 않으면 질서를 유지할 수 없으며, 사회는 또다시 '만인의 만인에 의한 투쟁'인 상태로 돌아가기 때문이다.

- **질식하다**(窒息--) 숨통이 막히거나 산소가 부족하여 숨이 쉬어지지 아니하다.
- **유신**(維新) 낡은 제도를 고쳐 새롭게 함.
- **반공**(反共) 공산주의에 반대함.
- **학도**(學徒) ① 학교에 다니면서 공부하는 사람. ② 학문을 닦는 사람.

1_ 제시문 **다**∼**바**를 시대순에 따라 배열하여 민주주의의 발전 과정을 요약해 봅시다.

```
_____ → _____ → _____ → _____
```

2_ 제시문 **라**를 참고하여 제시문 **가**와 **나**의 시민운동이 한국 민주주의 발전에 끼친 긍정적 영향과 한계에 대해 기술해 봅시다.

Step_2 혁명의 두 얼굴 - 무너진 극장

다음 제시문을 읽고 물음에 답해 봅시다.

가 '세상 모든 사람의 지혜를 모두 합하면 볼테르의 지혜보다 낫다'는 속설도 있지만, '세상 모든 사람'을 군중으로 이해한다면, '세상 모든 사람의 지혜를 모두 합해도 볼테르의 지혜보다 못하다'고 해야 훨씬 더 정확할 것이다. 고립된 개인들은 갖지 못하고 오직 군중만이 획득할 수 있는 이런 고유한 특성들을 결정하는 여러 원인이 있다.

첫째, 개인이 군중에 포함되면 단지 자기와 함께 있는 사람들 수가 많다는 생각만으로도 자신이 **무소불위**의 힘을 지녔다는 감정을 품을 수 있다. 그런 무소불위의 힘은 그런 개인이 고립된 상태에서는 강제로 억누를 수밖에 없던 본능에 복종할 수 있도록 허용한다.

둘째, 군중의 모든 감정과 행동은 감염력을 지니고 있다. 그런 감염력은 심지어 개인으로 하여금 집단의 이익을 위해 자기의 이익마저 기꺼이 희생하게 만들 정도로 강력하다.

셋째, 군중에 합세한 개인들이 드러내는 고유한 특성들을 결정짓는 **피암시성**이다. 최면에 걸린 사람의 모든 감정과 생각이 최면술사가 결정한 방향으로 집중되듯, 군중에 속한 개인은 자신의 행동을 더 이상 의식하지 않는다. 최면에 걸린 사람처럼 그의 어떤 자질들은 파괴됨과 동시에 또 다른 자질들은 대단히 **고양될지도** 모른다. 암시에 걸린 사람은 저항할 수 없는 충동에 휩싸여 행동할 수도 있기 때문이다. 이런 충동은 최면에 걸린 사람보다도 군중 사이에서 더욱 강력한 위력을 발휘한다. 왜냐하면 군중을 형성한 개인들 모두가 동일하게 걸린 암시는 상호 작용함으로써 더욱 강력한 위력을 획득하기 때문이다. 그런 암시에 충분히 저항할 수 있을 만큼 강한 개성을 소유한 개인들도 일단 군중에 포함되면 그런 암시에 저항하여 싸우기가 매우 힘들다.

– 귀스타브 르 봉, 《군중 심리》

나 대중이 반드시 정치적 사안에 따라 움직이거나 반정부적 방향으로 움직이는 것은 아니다. 주어진 자리에서 벗어나 여러 방향으로 범람하기 시작할 때, 그 범람이 직무와 소속, 이름을 지우며 하나의 흐름이 될 때, 그것은 목적이나 이유, 방향이 무엇이든 모두 대중이다. 이는 반드시 숫자가 많아야 하는 것은 아니다. 그러므로 대중을 정의해 주는 것은 어떤 정치적 목적이나 경제적 **이해관계**, 수의 다수성이 아니라 주어진 자리에서 벗어나려는 이탈의 벡터(vector, 크기와 방향을 갖고 있는 양)이다. 개인적 수준에서도 대중이 되는 현상을 규정할 수 있는 것도 이 때문이다. 한 개인이 자신에게 주어진 자리에서 이탈하려는 벡터에 의해 움직일 때, 그는 대중이 된다. 이러한 이탈의 성분이 집합적인 양상으로 진행되며 일정한 수의 사람들을 모으기 시작할 때, 그리고 그 사람들 사이에 어떤 감응이 발생하여 전염되기 시작할 때, 그리하여 소속이나 자리에서 이탈한 것들이 모여 하나의 집합적인 움직임을 만들기 시작할 때, 대중이라고 말할 수 있는 충분한 조건이 갖춰진다고 하겠다. 그런 점에서 대중이란 모든 차이가 지워진 무차별적 집합체라 해도 좋다. 그들은 모방이나 전염의 형태로 하나의 생각이나 감정을 공유하며, **현행**적 활동을 통해 구성되는 그런 공동성을 반복하여 다시 모인다.

물론 '하나처럼' 움직이고 '하나처럼' 행동하지만, 그 '하나'란 그것을 구성하는 상이한 성분들이 모여서 '하나처럼' 작동하는 양상을 지칭한다. 이처럼 이탈의 벡터들이 모여 형성하는 흐름인 대중은 주어진 자리, 주어진 질서의 '외부'다. 치안의 외부, 질서의 외부, 체제의 외부, 주어진 삶의 방식의 외부, 그것은 모든 질서, 모든 체계의 외부다. 물의 흐름이 범람하는 것은 애초에 정해진 방향이 있는 게 아니기 때문이다. 흐름은 처음부터 항상 이미 모든 방향으로 흐른다. 이런 점에서 흐름은 모든 질서의 절대적 외부다. 이와 동일한 의미에서 대중은 모든 체제의 절대적 외부이다. 대중의 흐름을 통제하고 조절하는 것, 혹은 분리하여 주어진 자리에 고정함으로써 흐름 자체를 제거하는 것, 그것이 통치나 치안이 대중을 대상으로 삼을 때 겨냥하는 바이다. 대중이 어디에나 있을 수 있다면, 범람도 어디에나 있을 수 있다. — 이진경, 《대중과 흐름》

다 나는 무의식중에 앞에 보이는 물건들을 부수기 시작했다. 전신으로부터 알지 못할 힘이 솟구쳐 나와서 근육이 불뚝불뚝 일어서고 머리에 피가 몰려서 눈앞이 아득해 왔다. (중략) 저 위선과 기만의 음성들. 레코드판처럼 똑같이 반복되었던 찬양의 소리, 속삭임 소리, 신음 소리, 불평과 불만의 소리는 일차 깨뜨려질 까닭이 있었을 것이었다. 사람들은 동물이나 내는 기괴한 탄성을 지르고 있었다. 그들은 눈앞에 닥친 무질서에 환장해 버려서, 마치 사회와 인습과 생활 규범을 몽땅 망각한 것 같았다. 그들은 기괴한 소리를 뱉으며 물건들을 부수고 있는 것이었다. (중략) 사람들은 이러한 파괴에서 묘한 쾌감조차 느끼고 있는 것이었으나, 반면에 붕괴되고 있는 저 굉음에 대하여서는 어떤 본능적인 공포를 자극받았다. 그들은 공포를 느낄수록 더욱 집착하고 있는지 모른다. 어떤 절망 같은 것, 이 세계가 이것으로 끝나 버릴지도 모른다는 아득한 허탈감 속에 너무나도 깊이 빨려 들어가 있었다. (중략) 아마 이것이야말로, 사람들이 불만스러워할 때 막연히 느끼는 그러한 방심 상태일는지도 모른다. 원시적이고 본능적인 무질서에로의 해방 상태. 이런 본능이야말로 최루탄을 맞으면서도 애써 진행시켜 갔고 대열을 만들어 갔던 데모의 다른 한쪽 면이 아니겠는가? 그러니까 데모의 바깥쪽에는 법률적인 것, 도덕적인 것, 종교적인 것, 심지어는 신화적인 것이 이를 지켜 주고 있을 것이나, 데모의 그 안쪽에는 이런 도취, 이런 공동 무의식이 잠재되어 있을 것이었다. 오류에 빠진 질서를 파괴하여, 인간을 속박시키던 것들을 풀어 버리고, 구차한 사회생활의 규범과 말 못할 슬픔과, 부정부패에 대한 울분을 훌훌 떨구어 버리고 나서, 하나의 당돌한 무질서 상태를 만드는 것이었다. 사람들은 조만간에 극장을 몽땅 태우고 말 것이었다. 여기저기서 어느덧 불길은 심상치 않은 세력으로 번져 가기 시작했고, 사람들의 흥분은 더욱 가세되어 있었다. (중략)

바로 그날 4월 26일은 이승만 정권이 무너진 날이었으며 20세기로 들어온 이래 한국에 있어서 가장 긴 하루 중의 하나였다. (중략) 우리는 나이를 먹어 갔으며, 어떤 철학자의 말처럼 '한순간의 흥분을 너무 과대평가하여 기억하는 것의 무의미함'을 어느덧 배우기 시작하였으며 그리하여 우리가 힘들여 끌어올렸던 그 무질서의 위대한 형식이 역사성 속의 미아처럼 다만 한순간의 고립에 불과하고 말았음을 깨달았을 때에는 어느덧 저 기성의 제복을 걸쳐 입고 있음을 보았다. 그것은 마치 그날 밤에 우리가 저질렀던 그 놀라운 긴장감의 파괴가 시시한 것이지나 않았는가 하는 부당한 생각조차 가져다 줄 때가 많은데, 물론 거기에 대해서는 나의 사적인 느낌으로 완강히 부인해 두는 수밖에 없을 것이었다. 마치 진실을 엿본 듯한 느낌으로…….

　　　　　　　　　　　　　　　　　　　　　　　　　　　　　　　－박태순, 〈무너진 극장〉

- **무소불위**(無所不爲)　하지 못하는 일이 없음.
- **피암시성**(被暗示性)　타인의 암시에 빠지는 성질. 또는 타인의 암시를 받아들여 자신의 의견 또는 태도에 반영하는 성질.
- **고양되다**(高揚——)　① 높이 쳐들어 올려지다. ② 정신이나 기분 따위가 북돋워져 높아지다.
- **이해관계**(利害關係)　서로 이득과 손해가 걸려 있는 관계.
- **현행**(現行)　현재 행하여지고 있음. 또는 행하고 있음.

1_ 제시문 **가**와 **나**에 제시된 '대중'에 대한 견해의 공통점과 차이점을 〈그림 2〉를 활용해 밝혀 봅시다.

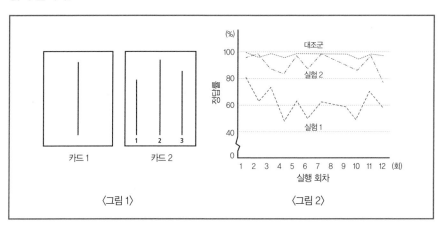

〈그림 1〉 　　　　　　　　〈그림 2〉

Q. 〈그림 2〉에서 〈그림 1〉과 같은 길이의 선분을 고르시오.

실험1 : 8명 중 7명은 고의적으로 오답을 말하게 한 후 피실험자 1명의 정답률 측정

실험2 : 8명 중 6명은 고의적으로 오답을 말하고, 1명은 정답을 말하게 한 후 피실험자 1명의 정답률 측정

_____

_____

_____

2_ 문제 1의 답을 바탕으로 제시문 **다**에서 서술된 문제 상황을 바라보는 '나'의 태도를 분석해 봅시다.

_____

_____

_____

Step_3 역사의 소용돌이 옆에 비켜 서서

다음 제시문을 읽고 물음에 답해 봅시다.

가 왜 돌아왔느냐. 무엇 때문에 그 잊어버리고 싶은 어둠 속으로부터 너는 이렇게 뛰쳐나온 것이냐. 제발 이대로 내버려 두어 다오. 우린 자고 싶다. 이 평온한 잠에서 더는 깨어나지 않고 오래오래 누워 있고 싶다. 물론 우리는 너를 사랑했었다. 지금도 마찬가지로 너는 우리의 사랑을 나눠 지니고 있으며, 앞으로도 역시 너에 대한 우리의 사랑은 항문 위쪽 뭉툭하게 잘린 꼬리뼈의 흔적처럼 우리들의 아이들에게까지도 오래도록 남겨지게 되리라. 하지만 제사(祭祀)는 이미 끝났다고 믿고 싶은 걸 어찌하랴. 용서해 다오. 이제 새삼스럽게 제단으로부터 치워져 버린 순결한 짐승의 가죽, 아니 그놈의 핏자국 하나 털 한 오라기조차도 감히 보여 주려 하지 말아 다오. 제식은 끝났으니까. 아브라함에게 이삭을 되돌려 주신 그 전능하고 자애롭기 그지없으신 신으로부터 이제 부끄러운 우리는 안식과 평온과 권태의 밤을 그 제사에 대한 당연한 보답으로 받아 누려야 할 차례이므로, 제발 이제는 그냥 내버려 다오. 우리는 피곤하다. 너무도 피곤하여 다만 자고 싶다. 자고 싶다.

눈앞이 다시 환해졌다. 천장의 전등이 이내 꺼졌다. 터널을 벗어나기까지의 짧은 순간에 나는 그렇듯 어둠 속에서 너에 대한 은밀한 배신을 혼자 재빨리 해치워 버리고 말았다. 한동안 ⓐ**나**는 ⓑ**너**를 쳐다보기가 두려웠다. 무엇 때문인지 스스로도 분간키 어려운 온갖 감정들이 엉망으로 헝클어지고 엉켜져서 마치 커다란 갱엿 한 덩이를 목구멍으로 삼키고 있는 듯한 기분이었다. 그것은 어쩌면 무엇인가에 대한 죄스러움과 분노, 그리고 혹시는 내 자신에게 느끼는 혐오감과 연민 혹은 서글픔 같은 것일 수도 있었다. 어둠이 터널 속으로 빨려들듯 사라져 버리고 난 후에도 한참이나 나는 그런 혼돈 속에서 벗어나지 못했다. 차창 너머로 멀리 구불구불 휘어져 흐르는 사행천의 모습이 다시 보이고 있었다. 너는 여전히 내 앞에 말없이 앉아 있을 뿐이었다. (중략)

네가 내민 손을 나는 잡았다. 불현듯 어쩌면 너를 앞으로 영영 다시 만나지 못하게 되는 건 아닐까 하는 불길한 예감 때문에 나도 모르게 손아귀에 안타깝게 힘을 주고 있었다.

뭔가…… 뭔가 말야. 내가 해야 할 일이 있지 않을까. 하지만…… 난 그걸 아직도 모르겠어.

그런 나를 너는 한동안 물끄러미 들여다보고 있었다.

글쎄. 그렇지만 누구도 그걸 가르쳐 줄 수는 없겠지. 자기 몫의 삶을 결정하는 건 오직 자기 스스로일 뿐일 테니까 말야. 어쨌든 모든 게 잘될 거야. 무엇보다도 넌 현명하잖니. (중략)

나는 말없이 네 손을 놓아주었다. 한동안 손바닥에 너의 체온이 남아 있었다. 우산을 쓰고 가라고 했지만 너는 억지로 그것을 내 손에 쥐어 주며 말하는 것이었다.

난 괜찮아. 갈 길은 나보다도 네가 더 멀잖아. — 임철우, 〈동행〉

나 봄이 오는 기색이 완연했건만 내 마음의 계절은 여전히 끝도 없는 겨울이었다. 햇볕이 짧은 이 동네의 눈사람은 여전히 녹지 않고 비탈에 서 있는 것이 보였다. 그 일이 있은 후 딱 한 번 발신인도, 주소도 적히지 않은 엽서 한 장이 도착했을 뿐이었다.

"강 양, 고맙소."

그것이 내용의 전부였다. 그리고 얼마 지나지 않아 나는 안의 검거에 대한 제법 큰 기사를 읽었고 뒤늦게 나의 익명의 동료들의 활동에 대한 왜곡되고 과장된 해석의 기사를 읽었다.

나는 늘 그 시기에 대한 짧은 보고서 형식의 글을 쓰고 싶어 했다.

"아, 그 길고도 긴 길의 우울한 초겨울 풍경이라니! 사방은 술병 바닥 두꺼운 유리의 짙은 색깔처럼 흐렸지만 나는 그때 처음으로 희망이라는 단어를 만났다……." 이렇게 시작되는 글을. (중략)

나는 시골로 내려가는 기차를 타기 위해 역 쪽으로 걸었다. 어쩌면 이 계절의 하늘은 이토록 무연히 맑을까. 그리고 그 시절의 아픔은 어쩌면 이리도 생생할까. 아픔은 늙을 줄을 모른다. 아픔을 치유해 줄 무언가에 대한 기구가 그만큼 생생하고 질기기 때문일까. 이번 겨울에는 동네 아이들을 모아 비어 있는 들판에 커다란 눈사람을 만들어 볼까. 며칠 전에 지구를 뜬 그녀의 별에 전파가 닿게끔 머리에 긴 가지로 안테나도 꽂고……. 그러나 사람이 죽은 다음에 별이 되지 않는다는 것은 누구보다도 그 아이들이 더 잘 알고 있지 않은가. 아프게 사라진 모든 사람은 그를 알던 이들의 마음에 상처와도 같은 작은 빛을 남긴다. — 최윤, 〈회색 눈사람〉

다 밝혀진 바에 의하면 사람은 일년에

자신의 몸무게 정도의 죽은 세포와 세균을 배설한다고 한다

그 허옇게 죽은 것들을 뭉쳐서 눈사람을 만들면

사람들은 해마다 보기 싫어도

자신의 분신(分身)인 회색 눈사람을 보게 될 것이다

올해 나는 마흔네 살이 된다

올겨울에는 마흔네 명쯤의 눈사람을 거느리게 되는 셈인가

해마다 나는 눈사람을 낳는다

– 최승호, 〈마흔네 개의 눈사람〉

라 "1974년 4월 19일 친구가 죽었다. 마치 날이라도 정한 것처럼 죽었다. 살림이 어려

웠지만 지적 호기심이 많던 친구였다. 친구의 자취방에서 두툼한 원고 뭉치를 발견

했다. 이탈리아 역사가 베네디토 크로체의 독일어판 저서였다. 번역을 마치지 못한

그 책은 영원히 미완성으로 남아 있다."

1992년 동인 문학상 수상작인 최윤의 〈회색 눈사람〉은 이런 친구에 대한 기억이 소
품으로 차용되었다. 소설은 그러나 죽은 친구에 대한 헌사보다는 그 시대, 이름 없이
살다 간 수많은 '우리들'의 이야기이다. 1970~1980년대의 소위 '운동권'인 우리. '우리'
라고 말하는데 어려움을 느꼈던 아주 작고 사소한 '우리들'의 이야기다. (중략)

"1970년대부터 1980년대 많은 젊은이들의 의식은 근본적인 것에 대한 갈망으로 가
득했다. 그러나 어떤 운동의 핵을 이루는 극소수의 사람들이 일을 만들어 갔지만, 그
보다 많은 일은 주변의 참여자들이 있어 가능했던 것이다. 주도적인 영웅이 아닌 주
변인에 의해 이뤄진 역사, 역사의 대부분이 그렇다고 생각한다. 1970~1980년대 운
동을 거리를 두고 볼 수 있었던 1990년대에 그런 물음들을 던지고 싶었다." (중략)

그는 여전히 주변인에 대해 이야기하고 있다. 브레히트는 말했다. 민중의 노래는 시
인이 작곡을 해서가 아니라 일반인에 의해 불릴 때 비로소 노래가 된다고. 작가가 주인
공인 사람의 틀을 축조한다고 가정할 때, 그의 축조술은 언제나 '우리'를 지향하고 있었
다. (중략)

이상적 사회에 대한 열망, 현실에 대한 비판 정신이 1970년대, 혹은 1980년대의 '우
리'를 만들었다면 2000년대에는 유희와 기호가 '우리'를 만드는 시대이다. 그는 "그런

재미없는 일이 오래 지속될 수 있을까?"라고 의문을 표한다. 이상과 정열이 유희와 쾌락으로 대치된 시절이지만, 그는 '우리'에 대한 희망은 아직 유효하다고 믿는다. 그 시절, 동네 아이들이 연탄재와 섞인 회색 눈으로 만든 눈사람에 '안'이 주었던 목도리를 둘러 주었듯이, 이 세상에 없는 누군가를 생각하며 눈사람 하나를 만들 듯이 말이다.

– 〈한국일보〉, 2001. 02. 27.

1_ 다음은 1년 반 전에 제시문 **가**의 인물들이 살던 도시에 일어난 사건입니다. 이를 바탕으로 제시문 **가**의 ⓐ가 보이는 내적 갈등의 양상을 분석하고, ⓑ에 대한 ⓐ의 감정을 중심으로 ⓐ가 갈등하는 이유를 추론해 봅시다.

1980년 5월 18일부터 27일까지 광주광역시와 전라남도를 중심으로 일어났던 민주화 운동. 5월 18일 광주 지역의 학생 시위로부터 출발한 반(反)독재 민주화 운동을 신군부는 계엄군과 공수 부대를 보내 잔악하게 진압하기 시작했다. 열흘간 이어진 운동은 탱크로 무장한 계엄군의 대대적 진압으로 수많은 사상자를 내면서 일단락되었다. 사망 또는 실종자 224명, 부상자 3,028명. 10일간 국군에 의해 희생된 국민의 숫자이다. 신군부 세력은 이들의 희생 위에 군사 독재를 부활시켰다. 신군부는 유신 헌법과 비슷한 새 헌법을 제정하고, 여러 가지 반(反)민주적인 악법을 만들었으며, 1981년에는 전두환이 새 헌법에 따른 대통령이 되었다. 민주주의를 짓밟고 부활한 군사 독재에 맞서 가장 열심히 싸운 것은 청년 학생들이었다. 1981년부터 해마다 4·19 혁명 기념일이 있는 4월에서 5·18 민주 항쟁이 있었던 5월까지, '학살 책임자 처단, 독재 타도'를 외치는 시위가 이어졌다. 5·18 광주 민주화 운동은 한국 현대사 가운데 집권 세력에 대항한 최초의 무장 항쟁이라는 중요한 역사적 의의가 있으며, 이후 6월 항쟁으로 이어지는 민주화 운동의 실질적인 출발점이자 준거점이 되었다.

2_ 제시문 **나**와 **다**에 제시된 '눈사람'의 의미를 비교·분석하고, 제시문 **라**를 참고하여 격변의 시기를 살아가는 올바른 삶의 태도는 무엇인지 본인의 생각을 써 봅시다.

'회색 눈사람'의 의미

소복이 쌓인 하얀 눈이 동심의 풋풋한 꿈을 만나 하나의 형상으로 구체화되는 것이 눈사람이다. 그런 눈사람이 티 없이 순결한, 순백의 형상으로 만들어진다면 보기에 아름답겠지만, "재와 흙으로 범벅이 된 회색 눈으로" 만들어진다고 해서 동심의 순수한 꿈이 가치 절하되는 것은 아니다. 오히려 현실적 조건에 한층 충실한 사실적인 꿈이 될 것이다. 〈회색 눈사람〉을 읽다 보면 회색 눈사람을 직접 등장시켜 제목의 상징성을 유추할 수 있도록 해주는 부분이 있다. 그 부분에서 우리는 '나'의 의식적인 변화를 느낄 수 있다. '나'가 인쇄소에서 만난 사람들과 그 안에서 벌어지는 일들에 대해 이제까지 보여 주었던 주변부적인 의식을 벗고, 그들과 그 일에 대해 동화(同化)적인 의식을 분명히 드러내는 목소리를 들을 수 있다. 그것은 분명 자신의 개인적 외로움에 함몰되어 있던 '나'가 사회적인 꿈을 의식하기 시작했음을 의미한다.

그런데 '나'의 그러한 변화가 왜 흰색 눈사람이 아닌 회색 눈사람으로 표상(表象)되었느냐 하는 문제로 돌아간다면, 윗글의 내용과 관련해 '나'의 변화가 관념적 추상성이나 도덕적 당위성에 근거한 것이 아니라 일상적이고 현실적인 경험에 근거한 것임을 의미하는 것이다. 분명 '나'의 변화는, '안'으로 대표되는 이들의 사회 변혁의 꿈이 '나'의 개인적 외로움을 도덕적으로 압도한 결과가 아니라, '나'가 자신의 외로움에 매달려 지난한 싸움을 벌이는 과정 중에 자연스럽게 이르게 된 자발적인 결과이다. 그리고 그것이 어두운 현실적 상황을 담보한 회색의 이미지로 상징화된 것이다.

— 안선옥·장소진, 〈존재의 위기, 절망과 절제에서 포용과 수용까지〉

생각펼치기

우리 시대에는 개인과 개인, 개인과 사회 간에 다양한 관심이 발생하며, 이에 따라 여러 관계들이 형성됩니다. 관심의 유형과 표출 방식은 개인과 개인, 개인과 사회 간의 관계뿐만 아니라 개인의 삶과 사회 전반에 영향을 미칩니다. 이러한 점을 유념하여 제시문 **가** 의 내용을 토대로 제시문 **나**~**라**에 나타난 문제점을 파악하고, 이를 해결하기 위한 방안에 대하여 논해 봅시다.

> **가** 인간을 일러 사회적 존재라 하는데, 이는 인간이 관계적 존재라는 뜻이다. '나'라는 존재는 다른 존재와 아무 연관도 없이 단독으로 살아가는 것이 아니라, 남과 관계를 맺으면서 살아가는 과정에서 다른 차원의 존재로 바뀐다. 예컨대, 나보다 우월한 사람을 만나면 나는 상대방으로부터 감화와 교훈을 얻게 되거나, 존재의 연약함을 보호받게 된다. 나보다 약한 사람을 만나면 그를 물질적·정신적으로 도와주어야 하는 시혜적 존재가 된다. 그러나 나와 동등한 사람을 만나면 경쟁을 하거나 협조를 하면서 일을 해내는 가운데 인간의 보편성을 이해하는 계기를 마련하게 된다. 공자가 '삼인행 필유아사(三人行 必有我師)'라고 설파한 데는 이처럼 인간관계 가운데 나의 존재가 변화를 겪을 수 있다는 뜻이 담겨 있다.
>
> '나'라는 주체는 대상이 되는 다른 인간의 영향을 받으며, 사회적 관계에 편입된다. 그런데 직·간접적인 관계를 맺지 않는 다른 사람은 나와 밀착된 의미 연관을 가지기 어려우며, 사회적 관계의 형성도 제한된다. 이처럼 연관이 없는 인간은 인간이되 사물로 존재하는 '그것'으로서의 인간이다. 따라서 남과 대면하면서 존재의 향상을 가져오지 못하는 인간관계는 왜곡된 것이다.
>
> 인간은, 다른 인간은 물론 사물과도 관계를 맺게 된다. 조각가는 대리석을 다루어 조각 작품을 만든다. 농부는 곡식을 심고 채소를 기른다. 이러한 과정에서 조각가나 농부는 대상으로부터 약간의 감흥과 즐거움을 얻을 수는 있지만, 자신의 존재가 근본적인 변화를 겪지는 않는다. 주체로서 인간이 만나는 다른 인간이 돌, 나무, 쇳덩이 같은 것들처럼 서로 간에 아무런 영향을 주고받지 못할 때, 타인은 사물화되어 존재론적 의미 영역에서 멀어진다. 인간이 이처럼 사물화되는 경향은 현대의 특징이기도 하지만, 이는 우리가 극복해야만 하는 과제이기도 하다.
>
> 인간과 인간의 관계에서 나타나는 사물화를 극복하기 위해서는 일차적으로 대상

에 대한 관심을 불러일으켜야 한다. 이러한 관심은 윤리성을 띤다. 윤리적 관심이라야 존재의 의미를 향상시키는 계기가 되기 때문이다. 따라서 오도된 관심은 인간관계는 물론 인간의 존재 의미를 훼손할 수도 있다는 점을 인식하고, 이에 대해 진지하게 성찰해야 한다.

나 제2차 세계 대전 때의 일이다. 유대인들이 기차에 실려 아우슈비츠 수용소로 짐짝처럼 끌려가고 있었다. 죽음을 예감한 한 젊은이가 자신을 이런 처지까지 오게 한 운명에 항의하듯 외쳤다.

"내가 왜 이런 일을 당해야 합니까? 나는 독일에 해가 될 만한 아무런 일도 하지 않았습니다. 나는 꼬박꼬박 세금을 냈고, 법을 지켰으며, 시민으로서의 의무를 다하였습니다. 그런데 도대체 내가 왜 이런 일을 당해야 합니까?"

그의 울부짖음에 기차 안은 조용해졌고, 모두들 그 젊은이의 분노와 절망에 동감하는 듯하였다. 그때 한 노인이 말하였다.

"바로 자네가 아무런 일도 하지 않았기 때문에 우리가 죽는 걸세. 젊은이, 히틀러가 그토록 많은 죄를 저지르는 동안 자네는 아무런 일도 하지 않았네. 바로 그래서 자네가 오늘 여기에 있게 된 것이라네."

다 오늘날의 특징을 이루는 신념, 습관, 취미, 감정, 정신 자세 등은 사실상 당의 신비함을 유지하기 위해, 그리고 오늘날의 사회에 대한 참된 본질을 알지 못하도록 하기 위해 계획되고 있다. 현실적으로 반란이나 이를 위한 사전 운동은 불가능하다. 따라서 노동자들을 두려워할 필요는 전혀 없다. 그냥 그대로 내버려 두는 게 상책이다. 그렇게 하면 그들은 세대에서 세대로, 세기에서 세기로 끊임없이 그 상태를 유지한 채 반란을 일으킬 충동은 물론, 세상이 달라져야 한다는 것을 의식할 힘도 없이 일하며 자식을 키우다가 죽을 것이다. 산업 기술의 발달로 한 단계 더 높은 교육을 받을 수 있을 때에야 그들은 비로소 위험한 존재가 될 수 있다. 그런데 이제는 군사적, 상업적 경쟁이 중요하지 않기 때문에 대중 교육의 수준이 실질적으로 저하되고 있다. 대중이 어떤 견해를 갖든 그것은 관심 밖의 일이다. 어차피 그들한테는 지성 같은 것이 없기 때문에 지적 자유를 허용해도 상관없다.

그러나 당원인 경우에는 아무리 사소한 문제에 관한 견해일지라도 그것이 당의 뜻에 위배된다면 결코 용납될 수 없다. 당원은 태어나서 죽을 때까지 사상경찰의 감시를 받으며 살게 된다. 혼자 있을 때라도 그는 혼자 있다는 것을 확신할 수 없다. 잠을 자든 깨어 있든, 일하든 쉬고 있든, 목욕탕에 있든 침대에 있든 그는 아무런 예고도 없이, 그리고 감시받고 있다는 사실도 모른 채 감시를 받고 있다. 그가 하는 행동은 무엇이든 관심의 대상이 된다. 친구나 친척 관계, 아내와 자식에 대한 태도, 혼자 있을 때의 얼굴 표정, 잠잘 때의 잠꼬대, 몸짓의 특징 등 무엇이든 세밀하게 관찰된다. 또 어떤 실제적인 비행뿐만 아니라 지극히 사소한 괴벽, 습관의 변화, 내적 갈등의 징조라고 할 수 있는 신경질적인 태도까지 낱낱이 탐지된다. 그에게는 어떤 경우든 선택의 자유가 없다. 그렇다고 그가 법이나 뚜렷하게 규정된 어떤 행동 법칙에 의해 규제를 받는 것도 아니다.

오세아니아에는 법이 없다. 발각되면 틀림없이 사형감이 될 사상이나 행위도 공식적으로는 금지된 것이 아니며, 끝없는 숙청, 체포, 고문, 투옥, 증발 따위도 실제로 범한 죄에 대한 처벌로서 가해지는 게 아니라 단순히 언젠가 죄를 범할지도 모르는 사람을 제거하기 위한 조치이다. 당원은 올바른 사상뿐만 아니라 올바른 본능도 갖도록 강요당한다. 그러나 당사자에게 어떤 신념과 태도를 요구하는지에 대해서는 대부분 명백하게 설명되어 있지 않다.

라 대합실 건물의 외벽에 갖가지 벽보가 어지러이 붙어 있는 게 보였다. 불조심. 자연 보호. '속은 인생 어제까지, 밝은 인생 오늘부터'라고 적힌 방첩 포스터, 그리고 그 옆으로 하사관 모집 광고와 지명 수배자들의 사진도 나란히 붙어 있었다. 이십칠 세. 신장 백칠십오 센티미터. 미남형에 호리호리한 체격. 그 아래에 고등학교 교복 차림의 네 사진도 틀림없이 끼어 있을 것임을 나는 알고 있었다. 지금 바로 내 곁에 앉아 있는 우스꽝스런 차림의, 얼핏 보면 사십대쯤으로나 뵈는 더부룩한 구레나룻의 풍풍한 사내를 나는 새삼스레 쳐다보았다. 그러다가 사진 속에 앳된 소년의 모습을 떠올리며 혼자 쿡쿡 웃고 말았다. 너는 무심한 표정을 내게 돌리고 있었다.

왜 그래.

아냐, 그냥. <u>흐흐흐.</u> 네 사진 본 적이 있니?

어디……?

내가 턱끝으로 벽보를 가리키며 웃었고, 잠시 그쪽으로 눈길을 주고 있던 너는 고개를 저었다.

임마, 너 그치들한테 고맙다고 해야겠더구나. 몸이 후리후리한 미남형이란다. 너더러. 으흐흐흐.

그래? 비로소 너는 조금 웃었다. 그러더니 이내 낮게 한숨을 깔아 내쉬며 허공에 시선을 던지는 것이었다. 나는 순간 다시금 속으로 후회를 씹으며 발끝에다가 시선을 박았다. 온몸이 모래 속에 묻힌 듯 꺼끌꺼끌한 느낌에 커다랗게 고함이라도 내질렀으면 하는 심정이었다.

지난 일 년 반 동안 우리는 어디에서고 네 얼굴과 마주쳐야만 했었다. 극장이나 다방, 식당, 대합실, 술집, 당구장……. 그 어디를 가나 너는 줄곧 우리를 따라다니며 끈질기게 괴롭히는 것이었다. 지난봄, 졸업 여행을 갔던 제주도 어느 여관의 방 안에까지 쫓아 들어온 교복 차림의 너 때문에 그날 밤 우리는 녹초가 되도록 술을 퍼마셨고 엉망으로 추태를 떨어야 했다. 하지만 차라리 그때가 더 우리에겐 마음 편했던 것이 아니었을까. 엄지손가락만큼 작은 현상 수배자의 사진 속에 너를 가두어 놓고 나서 이따금 낡은 앨범을 펼치듯 적당한 양의 감상과 자기 합리화를 취향껏 덧칠해 가면서 너를 들여다볼 수 있었을 동안만은 그래도 너는 우리들에겐 여전히 기억 속의 이름으로서만 존재하고 있었으니까 말이다.

네가 다만 과거의 기억 속에서 머물러 있어 주는 한, 그래도 우리는 술에 취하면 잠들 수가 있었고, 가끔은 아픈 생채기를 손톱으로 할퀴어 대며 저주 섞인 넋두리를 퍼부어 대다가도 그것이 끝나면 사실은 더 많은 일상의 권태와 망각 속으로 쉽사리 몸을 던져 넣을 수가 있었던 것이다. 우리들은 피곤했었다. 너무나 피곤하고 힘겨웠으므로 우리는 차라리 잠들어 버리고 싶었던 것이다. 그 때문에 우리는 우리의 마비된 의식과 교살당한 영혼의 희뿌연 혼돈의 나락을 향해 까마득히 침몰해 가도록 내버려 두고 싶었다. 그래. 모두들 가라앉고 있었다. 저마다 탈색된 눈빛으로 심연의 저편으로 어느덧 차츰차츰 가라앉아 가고 있는 참이었다. 잠들어라. 깊이깊이 잠들어라. 영영 깨어나지 않을 잠 속으로 투신하라. 깊이깊이. 오래오래…….

0 2 타인의 슬픔

학습 목표

1. 같은 사건을 바라보는 다른 인식들을 살펴보고, 그 차이가 생기는 원인을 분석할 수 있다.

2. 개인의 삶과 타자와의 관계에 있어, 감정과 공감이 가지는 가능성과 한계를 파악할 수 있다.

3. 타인의 슬픔을 대하는 개인과 사회의 올바른 태도를 성찰하고, 제시할 수 있다.

4. 미디어와 사회가 타인의 고통을 다루는 태도에서 발생하는 문제를 파악하고, 그 대안을 제시할 수 있다.

이 작품은 1995년에 발표된 작품으로, 〈자전거 도둑〉이라는 영화를 매개로 하여 드러나는 주인공들의 유년 시절의 아픈 기억에 대한 이야기입니다. '나'와 서미혜라는 인물, 그리고 영화 〈자전거 도둑〉의 이야기가 중첩되면서 사람과 사람 사이의 관계에서 발생한 유년기의 상처 환기를 중심으로 사건이 전개됩니다. 주인공 '나'는 자신의 자전거를 몰래 훔쳐 타는 에어로빅 강사 서미혜를 보고 이탈리아 영화 〈자전거 도둑〉을 떠올리며 유년기의 상처를 떠올리게 됩니다. 아들이 지켜보는 가운데서 혹부리 영감에게 비참한 수모를 당해야 했던 무능한 아버지에 대한 기억은 영화 속의 상황과 동일시되어 '나'의 가슴속에 깊은 상처로 각인되어 있습니다. 서미혜도 영화 속의 인물과 자신의 오빠를 동일시하며 자책감에 빠져 있습니다. 어린 '나'와 미혜는 타인의 죽음과 관련된 비슷한 상처를 가지고 있습니다. 그래서 둘은 함께 영화를 보며 어린 시절의 기억을 나누지만 관계는 진전되지 않고 이후 미혜는 더 이상 '나'의 자전거를 타지 않습니다. 두 사람의 상처는 성격이 다른 면도 있기 때문입니다.

그들이 서로의 상처를 안아 주지 못하고 외면하며 처음보다도 먼 타인이 된 것은 상대의 가혹함을 통해 스스로의 가혹함을 직시하는 아픔 때문이었을 것입니다. 상처 입은 사람들끼리 서로를 보듬고 따뜻한 관계를 맺는 것은 가능한 일일까요? 적절한 거리 속에 용인할 수 있는 유년의 상처란 어디까지일까요? 헤집어진 상처가 흐릿한 상흔이 되려면 얼마나 많은 시간이 흘러야 할까요? 이들은 어떤 식으로 구원받을 수 있을까요? 주어진 질문에 대해 스스로 생각해 보며 소설을 감상해 봅시다.

▎김소진(金昭晉, 1963~1997)

강원도 철원 출생. 1991년 가난한 어린 시절의 기억을 배경으로 한 〈쥐잡기〉가 《경향신문》 신춘문예에 당선되면서 등단했다. 이후 민족 문학 작가 회의에 가입하여 활동하였고, 1993년 첫 창작집 《열린 사회와 그 적들》을 발표하였다. 34세로 짧은 생애를 마치기까지 장편과 단편 소설, 동화, 콩트 등 여덟 권의 책을 썼다. 주요 작품으로는 소설집 《열린 사회와 그 적들》, 《장석조네 사람들》, 《자전거 도둑》, 창작 동화 《열한 살의 푸른 바다》가 있다.

자전거 도둑 _김소진

　자전거에 도둑이 생겼다. 정확히 표현하자면 나 몰래 훔쳐 타는 얌체족이었다. 내 골반뼈 높이에 맞춰 놓은 자전거 안장이 엉덩이 밑선으로 밀려가 있었고 바퀴 틈새에는 방금 묻어난 것 같은 황토 물이 군데군데 배어 있곤 하는 게 바로 그 증거였다.

　누군지는 몰라도 현관문 밖의 도시가스 연결 파이프에 쇠줄로 붙들어 매 놓은 자전거의 자물쇠를 풀고 몰고 다닌 다음 내가 퇴근해 돌아오기 전에 얌전히 제자리에 갖다 놓곤 하는 모양이었다. 신문사 일이라는 게 저녁 늦게 끝나기가 일쑤인데다 퇴근 후 술자리를 워낙 좋아하는 나로서는 낮에 무슨 일이 일어나는지 알 도리가 없었다.

　가만히 생각해 보니 자전거를 산 지 얼마 되지 않아 자전거를 고정시킬 쇠줄의 열쇠 하나를 잃어버렸다. 하지만 살 때부터 열쇠를 세 개씩이나 받아 뒀기에 이내 그 사실을 잊어버리고 지냈다.

　나는 내 자전거를 훔쳐 타는 범인으로 일찌감치 이웃집 아이인 봉근이를 찍고 있었다. 맞벌이 부부인 그 집 부모는 하루 종일 집을 비우기 일쑤였다. 봉근이 아버지는 공치는 날이 더 많은 도배공이었고 엄마는 **봉제공**이었다. 둘이서 벌어들이는 수입이 여간 **쏠쏠치** 않을 텐데 어찌나 무섭게들 움켜쥐

봉제공(縫製工)　봉제 일을 전문으로 하는 사람.
쏠쏠하다　품질이나 수준, 정도 따위가 웬만하여 기대 이상이다.

는지 외아들인 봉근이가 그토록 졸라 대는 눈치건만 헌 자전거 한 대 마련해 주질 않았다. 자존심까지 구겨 가며 다른 또래 아이들 자전거를 빌려 타거나 자기보다 힘이 약한 아이 같으면 **종주먹**을 들이대는 시늉을 해 뺏아타는 그 애의 모습을 몇 번 본 적이 있었다.

새 도시에서는 자전거가 몹시 요긴했다. 곳곳에 자전거 전용 도로가 잘닦여 있어 운동 기구로도 쓰임새가 좋을 뿐더러, 은행이나 할인 판매점 같은 편의 시설들이 걷기도 차 타기도 어정쩡해 자전거가 없으면 **허드레** 다리품을 팔 일이 잦은 곳이 바로 새 도시였다.

처음에는 새로 뺀 자동차 못지않게 걸레질도 가끔씩 해 가며 사뭇 귀염을받던 자전거였다. 그러나 몇 달이 지나자 어느덧 그 자전거는 소박맞은 이처럼 문 옆에서 다소곳이 먼지 **답쌔기**를 뽀얗게 뒤집어쓴 채 서 있어야만했다. 그러다가 출퇴근 때마다 후닥닥 곁을 스치고 지나가는 나의 시큰둥한눈길에 밟히는 처지가 되고 말았다.

자전거를 건드리는 손은 봉근이가 아니었다. 어느 날 몸이 아파 신문사에조퇴 보고를 하고 돌아온 날 그 의문은 우연찮게 풀렸다. 약방까지 자전거를 타고 갈까 싶었는데 이미 누군가 쇠줄을 풀고 한 발 앞서 자전거를 끌고나가 버린 거였다. 나는 경의선과 나란히 뻗은 자전거 전용 도로 쪽으로 나가 보았다.

텔레비전 광고에 나오는 모델의 방금 샴푸한 것처럼 하늘하늘한 머리채와 몸에 착 달라붙는 하얀 옷자락을 휘날리며 유유자적하게 자전거를 모는사람이 눈에 띄었다. 누굴까? 나는 먼 거리에서도 그 자전거가 새로 장만한내 자전거임을 알 수 있었다.

종주먹 쥐어지르며 을러댈 때의 주먹을 이르는 말.
허드레 그다지 중요하지 아니하고 허름하여 함부로 쓸 수 있는 물건.
답쌔기 사람이나 사물 따위가 한군데 많이 모여 있는 것.

내 자전거 위에 허락도 없이 올라탄 사람은 뜻밖에도 젊은 여자였다. 까만 타이츠 바지 차림에 흰 남방셔츠를 입고 있어 늘씬한 몸매가 훤히 드러났다. 자전거 페달을 밟는 엉덩이와 허벅지의 굴곡에 탄력이 붙어 보였다.

멀찍이서긴 했지만 난 내 앞을 바람처럼 스쳐 지나가는 그 아가씨의 얼굴이 낯설지 않다는 생각이 들었다. 이사 온 지 얼마 되지 않아 아파트 관리 업체 지정 변경에 관한 결의를 한다고 해서 불려 나간 반상회 자리였을 것이다. 나중에 아주머니들이 수군거리는 말을 얼핏 귀동냥하니 문촌 마을 스포츠 센터에서 에어로빅 강사를 한다는 거였다. 바로 내 위인 꼭대기 층에 산다고 들었다. 어쩐지 이따금씩 거실에서 에어로빅 연습을 하는지 콩콩거리는 소리가 규칙적으로 울리곤 했다.

흐흠, 자전거 도둑이라!

그날 저녁 난 묘한 흥분감에 사로잡혔다. 손깍지로 머리를 감싸고 거실 바닥을 뒹굴던 나는 불현듯 2차 세계 대전 종전 뒤에 유럽을 휩쓸었던 **네오리얼리즘** 운동의 대표적 영화로 꼽히는 이탈리아 비토리오 데시카 감독의 〈자전거 도둑〉에 나오는 장면들을 떠올렸다. 그러다가 상체를 벌떡 일으켰다. 오늘 밤도 그 비디오를 한 번 더 볼까? 나는 테이프를 손가락으로 콕콕 찍으며 잠시 망설였다. 그러다가 어느새 **반나마** 남은 발렌타인 십칠 년짜리 병목을 휘어잡았다. 잔 속에서 빛나고 있는 육면체의 투명한 얼음 조각들 위로 사십 도의 뜨거운 원액을 끼얹고는 허겁지겁 빈속으로 쏟아부었다. 젠장, 난 이 영화 앞에서 왜 이리 갈피를 못 잡는 걸까. 위잉……. 철커덕.

……2차 대전이 끝나고 폐허로 변한 로마. 오랫동안 직업을 구하지 못해

네오리얼리즘(neo-realism) 제2차 세계 대전 직후인 1945년 무렵부터 1950년대 중반까지 이탈리아에서 성행한 영화 운동. 잘 짜인 스튜디오 영화나 해피엔드를 거부하며, 현지 촬영에 치중하면서 일상인들의 삶의 모습을 다큐멘터리식으로 진솔하게 드러내고자 하였다. 〈자전거 도둑〉, 〈무방비 도시〉 따위가 대표적인 작품이다.
반나마(半--) 반 조금 지나게.

헤매 다니던 안토니오 리치는 어느 날 일자리를 구하게 된다. 길거리에 포스터를 붙이는 일이다. 그 일에는 자전거가 필수적이다. 오랜만에 일자리를 구하게 돼 당당히 아내 마리아 앞에 선 안토니오는 그녀를 설득해 몇 안 되는 헌 옷가지를 전당포에 맡기고 드디어 자전거를 구한다. 어린 아들 브루노는 출근하는 아버지를 따라 나선다.

그러나 어느 모퉁이에서 잠시 자리를 비운 사이 누가 자전거를 훔쳐 타고 달아난다. 안토니오는 쫓아가다 실패하고 경찰에 신고하지만 경찰은 그런 하찮은 일에 신경 쓸 겨를이 어디 있냐는 듯 시큰둥한 반응을 보인다. 허탈해진 안토니오는 **자전거포**를 뒤지다 어느 젊은이가 자기 자전거를 타고 달리는 것을 목격한다. 기를 쓰고 쫓아가지만 또 허사이다. ……우여곡절 끝에 자신의 자전거를 훔친 젊은이의 집을 기어코 찾고야 만다. 하지만 안토니오는 빈민가에 있는 그 젊은이의 허름한 집을 보고 절망에 빠진다. 자신처럼 가난한 데다 젊은이는 그를 보자 충격을 받았는지 간질을 일으키며 길가에 나뒹굴어 버둥거린다. 경찰이 왔으나 딱 부러지는 증거도 없다. 안토니오의 우유부단한 태도에 실망한 아들이 그와 다투다 없어진다. 안토니오는 강가에서 어린애가 빠졌다는 얘기를 듣고 불길한 예감에 사로잡혀 황급히 아들을 찾아 나선다. 그러나 아들은 다친 데 없이 다시 그의 앞에 나타난다.

……스쳐 지나가려는데 경기장에서는 축구 경기가 한창 무르익고 있다. 안토니오의 눈에는 경기장 밖에 즐비하게 세워 놓은 자전거들이 한가득 클로즈업돼 들어온다. 아들 부르노에게 먼저 집에 가 있으라고 이르고는 자전거 한 대를 잽싸게 훔쳐 달아나지만 곧 주인에게 붙잡힌다. 어디선가 경찰이 온다. 아들의 면전에서 봉변을 당하는 안토니오의 처지를 가련하게 여긴

자전거포(自轉車舖) 자전거를 팔거나 고치는 가게.

자전거 주인이 **선처**를 베푸는 바람에 안토니오는 철창 신세를 면하고 풀려난다. 긴 그림자가 드리워지는 석양의 거리를 아들은 뒤따르고 안토니오는 어깨가 축 늘어진 허탈한 모습으로 하염없이 걸어간다…….

　이 영화를 볼 때마다 난 무엇보다 외로움을 느꼈다. 아들이 지켜보는 앞에서 아버지의 권위를 깡그리 무시당한 안토니오의 무너진 등이 견딜 수 없어 콧등이 시큰해졌고, 그보다는 무너져 내리는 아버지의 뒷모습을 목격해야 하는, 그럼으로써 평생 씻을 수 없는 내면의 상처를 끌어안고 살아갈 어린 아들 브루노 때문에 나는 혀를 깨물어야 했다.
　왜? 왜냐고? 그건……. 빌어먹을, 내가 바로 또 다른 브루노였으니깐…….
　이 망할 놈의 기억, 저 비디오테이프를 찢어 버려야 하는 건데……. 나는 다시 거칠게 발렌타인의 병목을 잡아챘다.

　한 평도 채 안 되는 구멍가게는 중풍으로 쓰러져 정상적 건강 상태가 아니었던 아버지의 유일한 수입원이자 생존 이유였다. 때문에 그 구멍가게에 대한 아버지의 몰두와 자존심은 각별했다.
　한번은 내가 아버지가 가게를 잠깐 비운 사이에 겉에 허연 인공 설탕 가루를 묻힌 '미키 대장군'이라는 캐러멜을 하나 아무 생각 없이 널름 집어 먹은 적이 있었다. 하나에 이 원, 다섯 개에 십 원이었다. 잠시 뒤에 돌아온 아버지는 단박에 그 사실을 알아채고는 불같이 화를 내며 내 목덜미에 **당수**를 한 대 세게 내리꽂는 것이었다. 그 캐러멜 갑 안에 미키 대장군이 몇 개 들어 있는지조차 훤히 꿰차고 있는 아버지였다.

선처(善處)　형편에 따라 잘 처리함.
당수(唐手)　'가라테'를 우리 한자음으로 읽은 이름.

— 이런 민한 종간나래! 얌생이처럼 기러케 **쏠라닥질**을 허자면 이 가게 안에 뭐이가 하나 제대로 남아나겠니, 응?

그러고 나서는 좀 머쓱했는지 입이 한 발쯤 튀어나와 뽀로통해서 서 있는 내게 미키 대장군 네 개를 집어 내미는 거였다. 어차피 짝이 맞아야 파니까니, 하면서 억지로 내 손아귀에 쥐여 주었다. 나는 그 무허가 불량 식품인 캐러멜 네 개가 끈끈하게 녹아내릴 때까지 먹지 않고 쥔 채 서 있었다.

— 닐큼 털어 넣지 못 하겠니, 으잉?

목덜미에 아버지의 가벼운 당수를 한 대 더 얹은 다음에야 한입에 털어 넣고 돌아서 나왔다. 아버지도 가게 일을 수월하게 보려면 잔심부름꾼인 나를 무시하고는 아쉬울 때가 많을 터였다. 워낙 짧은 밑천으로 가게를 꾸려 가자니 아버지는 물건 구색을 맞추느라 하루에도 많을 때는 세 번까지 시장통 도매상으로 **정부미** 포대를 거머쥐고 종종걸음을 쳐야 했고, 막내인 나는 번번이 아버지의 뒤로 팔을 늘어뜨린 채 졸졸 따를 수밖에 없었다.

그땐 그게 죽도록 싫었다. 하마 시장통에서 야구 글러브를 끼거나 조립용 신형 무기 장난감 상자를 든 반 친구를 만나거나, 심지어 과외나 **주산** 학원을 가는 여자아이들을 만나는 날에는 정말 그 자리에서 혀를 빼물고 죽고 싶은 생각뿐이었다. 더군다나 아버지가 주로 물건을 떼 오곤 하는 수도 상회의 혹부리 영감의 손녀는 2학년인가, 3학년 땐가 우리 반 부반장을 지냈던 나미라는 여자아이여서 서로 안면이 없지도 않았다. 어쩌다 그 애가 헐렁한 동냥자루 같은 포대를 손아귀에 틀어쥐고 멀뚱히 계산대 옆에 서 있는 내 앞으로 모른 체하며 스쳐 지나갈 때면 나는 사팔뜨기인 양 뒤틀어진 눈을 아래로 깔아야 했다.

쏠라닥질 남의 눈을 피해 가며 좀스럽게 자주 못된 장난을 하는 짓.
정부미(政府米) 정부가 쌀값 조절을 위하여 사들여 보유하고 있는 쌀.
주산(珠算·籌算) 수판으로 셈함. 또는 그렇게 하는 셈.

그러잖아도 머리통만 몸집에 비해 컸다 뿐이지 **선병질**적인 데다 깡마른 내가 엄마가 군데군데 왕바늘로 기워 줄 만큼 낡은 정부미 포대에 잡동사니 같은 물건들을 쓸어 담아 어깨에 늘어뜨린 채 동화 속의 당나귀처럼 혀를 빼물고 헉헉거리며 가파른 산동네 길을 오르는 정경을 떠올릴 때면 지금도 처연한 감정을 모면할 길이 없다.

어느 날이었다. 아버지와 나는 앞서거니 뒤서거니 하면서 그 정부미 자루를 날라 왔다. 그런데 집에 도착해 한숨을 돌린 뒤 자루를 풀고 물건을 정리해 보니 스무 병이 와야 할 진로 소주가 두 병이 모자란 채 열여덟 병만 온 것이었다.

아버지의 얼굴은 맞보기가 민망할 정도로 금세 하얗게 질렸다. 왜냐하면 그 덜 온 두 병을 빼고 나면 나머지 것들을 몽땅 팔아 봤자 결국 본전치기일 뿐이었기 때문이다. 아버지는 내 등을 떼밀어 물건을 받아 온 수도 상회의 혹부리 영감한테 내려보냈다. 아버지는 말주변도 말주변이었지만 중풍 후유증 때문에 약간의 언어 장애가 있어 일부러 나를 보냈던 것이다.

— 뭐 하러 왔네?

가게 안에 북적거리는 손님들에게 셈을 치러 주느라 몇 번이고 주판알을 고르는 데 바쁜 혹부리 영감의 눈길을 잡아 두는 데 성공한 나는 더듬더듬 자초지종을 말했다. 그러나 귓등에 연필을 꽂은 채 심술이 덕지덕지 모여 이뤄진 듯한 왼쪽 이마빡의 눈깔사탕만 한 혹을 어루만지며 듣던 혹부리 영감은 풍기 때문에 왼쪽으로 힐끗 돌아간 두터운 입술을 떠들쳐 굵은 침방울을 내 얼굴에 마구 튀겼다. 애초 자기 눈앞에서 까보이지 않은 것은 인정할 수 없다며 막무가내였다. 나중엔 아버지까지 함께 내려가서 하소연을 해 봤지만 돌아온 대답은 정 그렇게 우기면 거래를 끊겠다는 협박성 경고뿐이었

선병질(腺病質) 피부샘병의 경향이 있는 약한 체질. 신경질을 이르기도 한다.

다. 거래가 끊긴다면 아버지한테는 큰 타격이 아닐 수 없었다.

혹부리 영감은 아버지한테 무슨 큰 특혜를 내려 주듯이 거래를 터 준다고 허락을 놓았었다. 같은 함경도 동향이기 때문이라는 말을 덧붙이면서. 하긴 혹부리 영감한테는 매번 소주 열 병 안짝에다 새우깡 열 봉지, 껌 대여섯 개, 빵 예닐곱 개 등 일반 소매가격 구매자보다 더 많은 물건을 떼어 가지도 않으면서 부득부득 도맷값으로 해 달라고 통사정을 해 쌓는 아버지 같은 사람 하나쯤 거래를 끊어도 장부상 거의 표가 나지 않을 것이었다.

결국 아버지는 자신의 과오를 인정하지 않을 수 없었다. 당신의 자그마한 구멍가게로 돌아와 나머지 열여덟 병의 진로 소주를 넋 나간 사람처럼 쓰다듬던 아버지는 기어코 아들인 내 앞에서 눈물을 보이고 말았다. 아! 아버지…….

한 닷새쯤 지났을까, 아버지와 나는 다시 그 수도 상회로 물건을 떼러 갔다. 아버지는 또 고만고만한 물건들로 구색을 맞춰 골랐고 혹부리 영감은 일일이 헤아린 다음 우리 부자가 가져온 정부미 자루에 집어넣으라고 손짓을 했다. 아버지와 나는 허겁지겁 물건들을 자루에 휩쓸어 담았다. 평소와 달리 아버지의 손은 약간 떨려서 헛손질을 많이 해 일부러 나한테 훼방질을 놓는 사람 같았다.

내가 그 이유를 모를 리가 있겠는가. 아버지는 그 혹부리 영감의 눈을 속여 미리 진로 소주 두 병을 은밀히 자루에 더 넣어 두었던 것이다. 셈을 치르고 문턱을 가까스로 나서려는 순간, 이게 무슨 운명의 조화런가, 혹부리 영감이 우리를 불러 세우는 것이었다.

거 영감, 이보우다. 그 포대 좀 풀어 다시 한번 헤아려 봅세. 계산이래 안 맞아.

나는 그때 겁에 질린 송아지처럼 눈에 흰자위가 유난히 많아진 아버지의 눈동자를 지금도 똑똑히 기억한다. 아버지는 어린 아들인 내가 무슨 구세주라도 돼 주었으면 하는 간절한 눈으로 내 얼굴을 쳐다봤던 것 같았다. 그러나 난들 달리 뾰족한 수가 있을 턱이 없지 않은가.

결국 혹부리 영감은 두 병이 더 들어간 것을 밝혀냈고 아버지에게 해명을 요구했다. 나는 내가 희생양이 돼야 함을 느꼈다.

예, 맞아요. 그건 말예요. 제가 영감님 몰래 넣은 건데요……. 왜냐하면 접때접때 우리 집에서 사실 두 병을 빠뜨리고 갔기 때문에 응, 쌤쌤이어서요…….

나는 이상하게도 맘이 편하고 당당했다. 나도 모르게 입가로 번져 나온 미소를 단속하느라 손바닥으로 입을 몇 번인가 틀어막기도 했다. 혹부리 영감은 얼굴에 별다른 표정을 짓지 않고는 고개를 끄덕거렸다. 일단 직접적 책임을 모면한 아버지는 **헤설픈** 표정으로 날 쳐다볼 뿐이다.

그러나 한편으로는 그 혹부리 영감이 당신과는 이제 거래 끝이야 하고 선언할까 봐 전전긍긍하는 얼굴이었다. 아버지처럼 이북 출신인 그 영감은 시장통에서 신용 하나는 보증 수표나 다름없었지만 성질이 불같고 매몰차기로 소문이 자자한 위인이었기에 그런 상황은 쉽게 상상해 볼 수 있었다.

내레 이까짓 걸루다 당신하고 거래를 끊지는 않갔어. 다 물정 모르는 아이들이 저지른 짓인데 으잉?

아유, 고맙습네다 영감님. 그저 어떻게 헤헤……. 우리 아이가 평소에는 그렇게 민한 애가 아닌데 어쩌다…….

단…….

혹부리 영감이 아버지의 말끝을 가로챘다.

내 앞에서 저 아이를 호되게 가르치는 꼴을 봬 주라우. 내가 그깟 술 두 병이 아까워서 기러는 게 아니야. 하지만 기렇게 따끔하게 가르치는 건 바

헤설프다 말이나 행동 따위가 느리거나 어설프다.

로 자식에게 말이야, 부모된 도리를 다하는 것 아니갔습매? 내 이 자리서 **이녁**이 하는 **깜냥**을 두고 보고서리 까짓것 그 술 두 병은 거저라두 주갔어. 내 이제껏 남한테 콩알 반쪼가리도 거저 준 적은 없지만서두, 이건 경우가 다르다우 아암.

호되게라믄……. 어떠케?

쯔쯧, 이녁도 함경도 아바이 출신이믄 부랄 값도 못하는 자식이 잘못을 저질렀을 때 어드러케 다루는지는 알 만하잖소? 그걸 왜 내게 묻소 으응? 아 안 그렇소?

야! 간나야, 니 다시는 이런 민한 짓이래, 하겠니, 안 하겠니? 어서 말 좀 해 보라우.

짐짓 호령을 하는 아버지의 손이 부들부들 떨며 허공 높이 허우적거렸다. 단 한 대에 내 **뺨**은 무섭게 부풀어 오르며 감각을 잃어 갔다.

길티……. 기게 바로 진짜 교육이야.

혹부리 영감의 격려를 받은 아버지는 고개를 돌려 그에게 굽신거린 다음 또 한 차례 내 **뺨**을 기세 좋게 올려붙였다. 그러나 이 지독한 연극을 지켜 보면서 나는 아픔을 거의 느끼지 못했던 것 같다. 머릿속에서 뭔가가 맑아 지는 느낌뿐이었다. 그리곤 **투시해** 버리고 말았다. 어린 나이에도 아버지의 눈 속에 흐르지도 못하고 괴어 있는 눈물을. 차라리 죽는 한이 있어도 애비 라는 존재는 되지 말자. 아마도 나는 그때 그런 끔찍한 다짐을 했는지도 모른다.

이녁　듣는 이를 조금 낮추어 이르는 이인칭 대명사. 하오할 자리에 쓴다.
깜냥　스스로 일을 헤아림. 또는 헤아릴 수 있는 능력.
투시하다(透視--)　정상적인 감각으로는 알 수 없는 것을 인지하다. 먼 곳에서 일어난 일, 봉투 속에 들어 있는 내용물 따위를 알아맞히는 일 따위이다.

"저, 혹시 위층 천이백사 호에 사시지 않으세요?"

경의선 서울역발 막차를 타고 오던 나는 능곡역을 지날 때쯤 읽고 있던 신문을 주섬주섬 챙긴 다음 앞에 앉은 아가씨에게 조심스레 말을 걸었다. 바로 그 에어로빅 강사를 한다는 여자였다. 퇴근길인 모양이었다. 창가 쪽에서 눈길을 거둔 그녀가 씨익 웃어 보였다.

"예, 저도 뵌 적이 있어요. 인사가 늦었네요."

"헤헤, 그렇죠 뭐, 다들 바쁘니깐……. 어딜 다녀오세요?"

"주부들 좀 가르치는데, 여기 말고 신촌에서도 저녁에 한 타임 뛰고 있어요."

"요즘도 에어로빅 많이들 허긴 허죠……."

나는 갑자기 목이 컬컬해졌다. 백마역에서 내려 고개를 숙인 채 또박또박 마을버스 쪽으로 걸어가는 그녀에게 다가섰다.

"저, 어떠세요? 실례가 아니라면, 간단히 목이나 축이며 인사나 나누죠?"

역 광장 둘레로 불을 환히 밝힌 포장마차가 서너 군데 눈에 띄었다. 여자가 느닷없이 킥 하며 웃음을 참는 시늉을 하는 바람에 난 긴장이 확 풀리고 말았다.

"그러시죠, 뭐."

"여기 우선 맥주 두 병부터 주시고요, 골뱅이 하나 무쳐 주세요."

"맵지 않았으면 좋겠어요, 아주머니."

"정식 인사도 드리기 전인데, 이런 말씀 드려도 어떨는지 모르겠네요."

"……?"

"다름이 아니고, 자전거를 아주 잘 타신다고요, 헤헤."

여자가 얼른 손으로 입가를 가리며 웃었다. 벌어진 손가락 틈새로 가지런한 **잇바디**가 비쳤다.

잇바디 이가 죽 박혀 있는 열(列)의 생김새.

"호호, 고맙네요. 인사가 늦었어요. 자전거 도둑 서미혭니다."

"아, 서미혜 씨요? 아무튼 이거 반갑습니다. 전 김승호라고 합니다."

"범인이 뜻밖이라서 놀라셨겠다? 제가 오후에 강습을 나가느라고 빈 시간대에 잠깐잠깐 허락도 맡지 않고 그동안 실례를 했어요. 언짢으셨다면 늦었지만 용서를 구할게요."

"아유, 용서라뇨? 천만에요. 이거 너무 기분이 좋더라고요. 이런 미인이 제 자전거를 길들이고 계실 줄이야. 제가 참, 자전거가 못 된 게 그렇게 유감이더라구요."

"어머, 보기보담 유머를 잘하시네요. 기자시라며요?"

"제가 써 붙이고 다녔나요?"

"말투를 들어 보니 그런 것 같고……. 또 아파트 사람들이 다 알고 있던데요 뭐."

"말투가 어때서요?"

"왜 그런 것 있잖아요? 말꼬리가 왠지……. 암튼, 자전거가 맘에 쏙 들었는데 당분간 제가 좀 더 길들여도 되겠죠?"

나는 그녀의 호감을 느낄 수 있었다.

"암요. 감히 바라던 바죠. 전 자전거 도둑을 좋아하거든요, 원래. 내가 좋아하는 비디오 중에 자전거 도둑이라는 제목이 있어요. 아마 언제 한번 보시면 재밌을 거예요."

나는 순간 그녀가 얼굴 한구석에서 낯빛을 고쳐 잡는 걸 놓치지 않았다.

"이거 자전거 도둑이 된 제 입장에선 아주 흥미로운 제목인데요. 꼭 보여 주실 거죠?"

"물론입니다. 그리고 제 것은 새 자전거니깐 길을 아주 순하게 잘 들여 주세요."

"첨엔 아주 늙수그레한 아저씬 줄 알았어요. 맨날 허겁지겁 역으로 뛰어나 다니고."

"이것 땜에요?"

나는 벗겨진 내 이마를 장난스레 손바닥으로 훑어 내렸다.

"하지만 내가 딴 사람보다 머리숱이 적은 게 아니라구요. 보시다시피 머리 면적이 넓다 보니 밀도가 떨어져서 듬성듬성해 보일 뿐이거든요. 그렇게 이해하시는 편이 훨씬 쉽고 논리적일 걸요?"

여자의 하얗고 고른 잇바디가 또 드러났다.

― 〈자전거 도둑〉 나왔나요?

현관 바닥에 떨어진 메모가 뒤늦게 눈에 띄었다. 나는 메모지를 주워 읽은 다음 손아귀에서 구깃구깃 둥그렇게 뭉쳐 휴지통에 던져 넣었다. 대충 씻고 나온 다음 라면이라도 끓여 먹으려고 냄비 따위를 덜그럭거리던 참이었다. 거실 한가운데 바지 주머니에 두 손을 쑤셔 넣은 채 입맛을 쩝쩝 다시며 우두커니 서 있다가 후다닥 운동화를 꿰찼다.

딩동, 딩동디잉.

초인종을 눌렀는데도 한 십여 초간 응답이 없었다.

사람을 불러 놓고 어딜 갔나?

나는 뒤돌아서서 백마역 쪽으로 서서히 진입을 하는 경의선 막차의 불빛을 바라보았다. 그냥 갈까? 마침 안에서 슬리퍼를 찍찍 끄는 소리가 들렸다. 신발 끄는 소리가 그쳤다. 아마 올빼미 눈처럼 뚫린 외부 감시 구멍으로 보는 모양이었다. 나는 일부러 그 구멍 앞에서 양 볼에 바람을 잔뜩 넣고 눈동자를 부릅뜬 장난스런 표정을 지어 보였다. 안에서 킥 하고 웃음을 터뜨리는 소리가 들렸다.

"어머, 오셨어요? 아유, 내 정신 좀 봐. 손님을 초대해 놓곤 집 안이 이렇게 엉망이어서……."

"이거 참……. 다음에 다시 올까요?"

"아뇨! 잠깐만 기다리……. 아니 일단 들어오셔요."

서미혜는 연습 중이었는지 몸에 착 달라붙는 에어로빅 옷차림에다 수건으로 머리를 감싸고 있었다.

"식사는 어떻게……?"

"아 예, 대충 그럭저럭……."

"아직 안 드셨을 것 같아, 제가 생태찌개를 끓여 놨는데."

"아 뭐, 그렇다면야 염치 불고하고……."

나는 뒤통수를 긁적긁적하며 **계면쩍다**는 표정을 지었다.

"와우, 거울 한번 되게 크네요?"

공깃밥을 비우고 난 뒤 거실 벽 한 면을 차지한 유리 앞에 다가서며 내가 탄성을 지르자,

"밑에서 좀 콩콩거리는 소리가 들려 신경 쓰이시죠? 제가 집에서 가끔 연습을 하거든요."

"괜찮아요. 수면제 삼아 들으니까요, 뭐."

"어머, 무덤덤하신 성격인가 봐. 술도 한잔 하실래요?"

"한잔? 좋죠. 와우, 발렌타인 십칠 년짜리네요, 쩝쩝. 내가 제일 좋아하는 건데 이거."

"접대용이에요. 근데 그건 뭐죠?"

"아, 이거요? 저번에 얘기한 〈자전거 도둑〉 비디오테이프요. 관심이 많은 것 같아서 봬드리려고요."

"아, 드디어 빌리셨군요."

"빌린 건 아니고……. 얼음 많이 넣지 마세요. 밍밍한 칵테일은 질색이거

계면쩍다 쑥스럽거나 미안하여 어색하다. '겸연쩍다'의 변한말.

든요. 이런저런 이유로 제가 하나 장만한 거예요. 세계 영화사의 십대 명화 중 하나로 꼽히거든요."

"어느 나라 거죠?"

"전후 이탈리아의 네오리얼리즘이라고……."

"네오리얼리즘? 러브 스토린가 보죠?"

"그런 건 아니구요. 뭐랄까? 사회성이 짙은 고발주의 영화라고나 할까요."

"고발주의요? 에이 따분하겠네요. 하지만 승호 씨가 골랐다니 한번 봐야지요. 예의상으로라도 말예요. 커튼 칠까요?"

"좋을 대로요."

비디오를 보기 전부터 난 얼근한 기분을 느끼고 있었다. 특히 목덜미. 〈자전거 도둑〉을 한두 번 본 것도 아닌데 내가 왜 이리 처음 보는 영화처럼 설레고 있을까? 내가 테이프를 비디오 안에 밀어 넣고 화면을 처음으로 돌려놓는 사이에 미혜는 옷을 갈아입고 나오겠다며 얼른 안방으로 들어갔다. 거실 한구석에 멀쑥하게 서 있는 스탠드 등에 **볼그족족한** 불이 들어왔다. 안방에서 나오는 미혜는 삐에로처럼 **두리벙한** 옷차림이었다. 나는 내 곁으로 다가오는 그녀를 향해 도발적인 눈길을 던졌다.

"이상해요?"

"뭘……?"

"아니, 그냥. 그럼……. 됐어요."

소파에 비스듬히 몸을 누이고 발렌타인 십칠 년짜리 황금빛 원액이 그득히 담긴 칵테일 잔을 기울이다 말고 입술을 뗀 나는 들릴락 말락 한 짧은 신음을 터뜨렸다. 카학.

볼그족족하다 칙칙하고 고르지 아니하게 볼그스름하다.
두리벙하다 차림새나 행동이 깔끔하지 못하고 엉성하다.

미혜는 과일을 담은 큰 쟁반을 들고 다가와서는 내 옆에 나란히 다소곳이 앉았다. 나는 물어보지도 않은 채 리모콘의 플레이 스위치를 힘주어 눌렀다. 흑백 화면이 돌아가기 시작했다. 그러나 내 머릿속은 내내 혼란스러웠다. 무슨 함정이 있는 건 아닐까? 나는 눈동자를 이리저리 돌려 방구석을 둘러봤지만 걸리는 게 없었다. 스탠드와 비디오 겸용 텔레비전 한 대, 그리고 이인용 소파가 전부였다. 미혜가 졸린 듯한 자세로 옆 이마를 가만히 내 어깨 위로 포개 왔다. 누군가가 떨고 있었다. 내 어깨가 아니면 그녀의 **관자놀이**인 듯했다. 화면에서는 도둑맞은 자전거를 뒤쫓던 안토니오가 범인으로 찍은 빈민가의 젊은이가 길가에 쓰러져 몸을 비틀고 있었다.

"재미없죠?"

미혜는 대답 없이 고개를 빤히 쳐들고 내 눈을 바라본 다음 빙긋이 웃었다.

"재미없죠?"

나는 또 뜸을 들이다가 건성으로 물어봤다. 왜냐하면 그건 너도 다 본 것이잖아. 이 말이 목젖까지 치솟았지만 발렌타인 원액을 따라 식도를 타고 흘러 내려갔다. 나는 갈수록 차분해지는 기분이었다. 왜냐하면 난 화면을 보면서 딴 생각에 몰두할 수 있었기 때문이다. 딴 생각이란……

혹부리 영감에겐 도무지 어울리지 않는 그의 손녀딸 나미가 떠올랐다. 피부가 투명하리만큼 희고 티 한 점 없이 깨끗한 얼굴.

내가 아버지와 함께 혹부리 영감한테서 그 된경을 치르는 사이에 그 애는 마당으로 난 쪽문을 열고 나와서 힐끗 아버지와 날 번갈아 쳐다본 다음 고개를 홱 돌리고는 진열장에서 초콜릿인가 캐러멜인가를 집어 들고는 다시 그 쪽문을 통해 다람쥐처럼 뛰어 들어갔다. 그렇게 빨리 사라져 준 것이 그

관자놀이(貫子--) 귀와 눈 사이의 맥박이 뛰는 곳. 그곳에서 맥박이 뛸 때 관자가 움직인다는 데서 나온 말이다.

때는 얼마나 고마웠는지…….

— 죽이고 말겠어!

나는 혹부리 영감에 대해 그렇게 이를 갈았다. 그리고 그의 죽음을 재촉하는 데 일조를 하고 말았다.

"재밌군요."

이번엔 미혜가 코맹맹이 소리로 물어 왔다. 나는 그녀의 어깨에 팔을 걸쳤다. 의외로 맞춤하게 품 안에 들어왔다.

"난 저 영화를 보면서 꼭 누구를 생각하거든."

나는 어느새 미혜에게 말을 놓고 있었다. 그녀도 그것을 자연스럽게 받아들였다.

"헤어진 애인이라고 있으세요?"

"이런, 저기 무슨 여자들이 나온다고 그래?"

"그럼요?"

"내가 어렸을 적에 죽음으로 몰아넣은 사람이 있었지. 혹부리 영감이라고."

"예에?"

나는 일부러 장난기를 얹어 말했을 뿐인데 그녀는 몸을 후드득 떨며 깜짝 놀라는 시늉을 했다. 그 바람에 그녀의 어깨 위에 얹힌 내 팔에 순간적으로 힘이 들어갔다. 감촉이 좋았다.

"왜죠?"

"왜, 내가 사람을 죽였다니깐 무서워져?"

"그게 아니라요……. 왠지 궁금하잖아요. 그럴 것 같지 않아 보이는 사람인데……."

"사람 죽이긴, 생각하기 나름인데……."

나는 피곤한 듯이 엄지와 검지로 두 눈두덩을 지그시 누르고 있었다.

내가 그 혹부리 영감에게 복수를 하는 방법은 딱 한 가지가 있을 뿐이었다. 그 영감탱이가 그토록 애지중지하는 수도 상회를 **분탕**질 내는 수밖에는 없는 것이었다.

그러나 의심 많은 혹부리 영감은 가게로 들어가는 모든 출입문에는 자물쇠를 두세 개씩 걸어 놓았다. 더군다나 그 수도 상회는 바로 파출소 앞에 있어서 한밤중이라고 해서 함부로 문짝을 뜯거나 해서 들어갈 수가 없었다. 여차직하면 파출소에서 순경들이 빠따 방망이를 들고 뛰어나올 판이었다.

그러나 나는 수도 상회의 급소를 알고 있었다. 혹부리 영감이 번개탄이며 목탄 창고를 짓느라고 원래 가게의 처마 밑으로 자그마하게 **의지간**을 한 칸 들여놓았다. 그 밑으로 바로 하수도 맨홀이 지나가고 있었다. 학교 앞 도랑물이 인수천으로 흘러들도록 연결된 맨홀이었다. 그 입구는 물론 학교 뒷문 문방구점 앞에 있었다. 그 길이는 장장 사오십 보는 족히 되었다. 그러나 그걸 마다할 내가 아니었다. 하수구 통과에 관한 한 몸집 작고 참을성 많은 나는 챔피언감이었다. 아직도 동네에서 나보다 더 깊숙이 하수구 안으로 들어갔다 나온 아이는 전체 학년을 통틀어도 없었다.

그리고 얼마나 많은 연습을 했던가! 나는 라면 상자 같은 협소한 공간에 들어가 어떨 땐 반나절씩 꼼짝 않고 참는 연습을 되풀이했다. 심지어는 내 허리에도 오지 않는 빈 항아리에 뚜껑을 덮고 들어앉아 잠을 자기까지 했다. 그 안에서 호흡을 참는 연습도 했다. 왠지 하수구 안은 공기가 부족할 것 같아서였다.

그리고 어느 날 나는 칠흑처럼 어두운 밤 팬티만 남기고 옷을 홀라당 벗어 봉지에 넣은 다음 문을 닫은 문방구집 대문 쓰레기통 옆에 놓았다. 그리

분탕(焚蕩) 아주 야단스럽고 부산하게 소동을 일으킴.
의지간(倚支間) 원래 있던 집채에 더 달아서 꾸민 칸.

고는 머리 위로 비닐 정부미 포대를 뒤집어쓰고 으슥한 밤을 택해 아가리를 잔뜩 벌리고 있는 학교 뒷문 쪽 하수구 속으로 기어 들어갔다. 기어들자마자 거미줄이 얼굴을 덮치는 바람에 등짝으로 소름이 쫙 훑고 지나갔다.

고개를 두 무릎 사이로 한껏 쑤셔 박고 오리걸음으로 한 발짝씩 떼었다. 악취가 코를 찔렀고 바닥은 생각보다 미끈덩거렸다. 하지만 내 입가에는 야릇한 미소가 떠나지 않았다. 급히 꺾이는 길목인 것으로 보아 천우 약국 앞쯤으로 짐작되는 곳에는 쓰레기하고 **토사물**들이 두텁게 쌓여 있어 직접 손으로 헤쳐 내고 엉금엉금 기어 나가야 했다.

술 취한 몇 사람인가가 비틀거리는 발걸음으로 머리 위를 저벅저벅 밟고 지나갔다. 답답했다. 속이 차츰 메스꺼워지면서 이마가 어지러워졌다. 어쩌면 이 안에서 죽을지도 모른다는 생각이 퍼뜩 머리를 스쳤다. 그러자 그동안 자신만만하던 복수심 대신에 시커멓고 덩치 큰 공포심이 밀려들었다. 몇 번이고 본능적으로 머리를 쳐들다가 둔중한 시멘트 맨홀에 머리를 찧었다. 아버지와 함께 그 숯탄 창고에 드나들 때 보니 그곳을 지나는 대여섯 개의 시멘트 맨홀 중 하나가 두터운 합판과 비닐 장판으로 뒤덮여 있는 걸 보았다. 나는 손을 머리 위로 쳐들고 자꾸 휘저어 보았다. 드디어 딱딱한 시멘트 대신 몰캉한 판대기가 감촉됐다. 나는 자신도 모르게 벌떡 일어섰다.

수도 상회 안에 가득 쟁여 있는 물건들이 무방비 상태로 가지런히 놓인 채 나를 기다리고 있었다. 나는 속에서 뭔가가 지글지글 끓어오르는 것을 느꼈다. 그러나 시간이 그리 많지 않을 터였다. 나는 내가 생각해 봐도 믿어지지 않을 만큼 차분하고 침착했다. 조금만 무슨 일이 닥쳐도 얼굴이 빨개지고 가슴이 두근두근하는 새가슴이었지만 웬일인지 가슴조차 평온한 맥박을 유지하고 있었다.

토사물(吐瀉物) 토해 낸 물질.

나는 혹부리 영감이 허구한 날 깔고 앉는 얄팍한 꽃무늬 방석을 집어 올렸다. 그리고는 방석을 덮어씌운 채 병따개를 이용해 진로 소주는 물론이고 이상하게 생긴 양주병 마개들을 소리 나지 않게 따거나 비튼 다음 진열장 위아래 가릴 것 없이 부어 댔다. 그렇게 한 십 분간 소리 나지 않게 돌아다닌 것으로 수도 상회 물건의 대부분이 절딴이 났다. 이제는 다시 도망쳐야 할 시간이 되었다는 생각이 들었다.

　그러나 왠지 성이 차지 않았다. 아랫배에서는 꾸르륵거리는 소리가 연달아 났다. 나는 진열대에 발을 올려놓고 대들보에 매달려 있는 '수도 상회'라고 쓰인 한글 간판을 끄집어내렸다. 그 간판은 혹부리 영감이 월남을 하기 전에 자신의 고향에서 역시 대물림으로 벌이던 잡화점을 꾸릴 때 쓰던 전통 있는 간판이라는 말을 들은 바가 있었기 때문이다. 아무튼 영감탱이가 애지중지하는 물건은 다 작살을 내야만 했다. 나는 떼어 낸 간판을 하수구 안으로 깊숙히 내던졌다. 생각 같아서는 그 자리에서 뽀개 버리고 싶었지만 그러자면 그 소리 때문에 영감탱이네 식구가 잠을 깰지도 몰랐다.

　막 돌아서려는 내 눈에 혹부리 영감이 맨날 보물단지처럼 끌어안고 사는 시커먼 돈궤가 눈에 들어왔다. 물론 당일 벌어들인 그 안의 돈들은 이미 영감이 다 계산을 마치고 나서 텅텅 비어 있었다. 나는 꾸르륵거리는 아랫배를 움켜쥐고 그 궤 쪽으로 다가섰다. 그리고는 한동안 참았던 굵직한 대변을 그 위에 질펀하게 싸질렀다. 하수구 냄새 때문에 잠깐 감각을 잃었던 내 코였지만 어린애답지 않게 굵게 늘어진 똥 줄기에서는 몹시 구린 냄새가 진동했다.

　하수구를 되짚어 나와 학교 뒷문 개구멍을 통해 수위 아저씨들이 가끔씩 사용하는 비품 창고 안으로 들어간 나는 세면대에서 몸을 대충 씻었다. 집에 돌아와서도 수돗가에서 계속 비누칠을 해대며 살갗을 수세미로 빡빡 문질렀다. 혹시나 남아 있을 하수구 냄새를 걱정해서였다.

아버지가 내 등멱 소리에 선잠이 달아났는지 부엌 앞 나무 의자에 나와 앉아 담배를 **빼물었다.**

— 더위를 먹었니?

— ……!

— 중복 되기 전에 인절미라도 해 먹였어야 하는데……. 후유.

— 주무세요, 아버지.

— 내일 비라도 오려나……. 하수구 냄새가 솔솔 코끝을 스치니…….

— ……!

그 다음날부터 시장통이 한바탕 난리를 겪은 것은 말할 것도 없었다. 사람들은 모였다 하면 수도 상회가 절딴난 얘기를 주고받았다. 평소 주위 사람들에게 **곰살궂게** 대하지 못해서 그런지 혹부리 영감이 당한 것에 대해 고소해하는 사람들도 꽤 되었다.

— 물건엔 손을 하나도 대지 않았다는대두. 글쎄 어떤 놈 성깔인지 똥이 한 바가지였대 낄낄.

— 뭔 조홧속이런가 잉?

— 그 영감 얼굴이 충격깨나 받았는지 축이 가서 말이 아니더라구. 한편으로 그 고린 영감 **잘코사니**라고, **쾌재**도 나지만 당하고 나니까 안쓰럽데거…….

열흘 남짓 문을 닫고 있던 수도 상회가 다시 문을 열었지만 그 걸걸한 혹부리 영감의 목소리가 들리지 않아서 그런지 가게에 활기가 돌아 보이질 않았다. 마침 펌프장 돌아 교회 올라가는 모퉁이에 슈퍼마켓인가 하는 커다란 가게가 새로 생겨 플라스틱 바가지며 비누통을 공짜로 사람들에게 나눠 주

곰살궂다 태도나 성질이 부드럽고 친절하다.
잘코사니 고소하게 여겨지는 일. 주로 미운 사람이 불행을 당한 경우에 하는 말이다.
쾌재(快哉) 일 따위가 마음먹은 대로 잘되어 만족스럽게 여김. 또는 그럴 때 나는 소리.

고 값도 허턱 싸게 매겨 버리는 바람에 더욱 그러했는지도 몰랐다.

장사에 뜻이 없어 놀고먹는 아들한테 맡긴 가게가 시원찮게 돌아가자 얼마 만에 혹부리 영감이 다시 가게에 나오긴 했지만 예전보다 입이 더 돌아가고 눈에 총기도 사라지고 가끔씩 계산도 틀리게 한다는 소문이 들리더니한 해를 넘기지 못하고 혹부리 영감이 며칠 자리보전을 하다 돌아간 이후아예 문을 닫고 말았다.

"정말이에요? 정말……. 차암, 재밌다, 그치?"

여자는 그렇게 말하면서 눈물을 글썽이고 있었다. 화면은 꺼져 있었다.

"……!"

나는 갑자기 눈물을 흘리는 여자의 얼굴을 보고 있자니 걷잡을 수 없는기분이 돼 버렸다. 술기운이 일시에 목덜미로 뻣뻣하게 밀려들고 있었다.그때 내 손아귀 안으로 도톰한 살덩이가 한가득 미끄러져 들어왔다. 나는짧은 숨을 토하며 고개를 천천히 옆으로 돌렸다.

"무슨 생각을 하지?"

나는 땀 기운이 솟은 등을 지고 돌아누운 자세로 물어보았다.

"승호 씨, 그 청년 생각나?"

"누구……?"

"그 꼬마의 아버지가 뒤쫓아 갔을 때 길가에서 간질병으로 나뒹굴던 창백한 청년……."

"으응, 그 자전거 도둑? 그런데?"

"많이 닮았다……. 울 오빠……."

"오빠를……?"

그녀의 목소리가 축축이 젖어 가고 있었다.

"오래 전에 죽었어요. 아니 죽였지, 내가."

"……?"

미혜는 자신의 오빠에 대해서 내가 듣든 말든 주저리주저리 엮어 갔다.

……손이 귀한 집안이라서 오빠가 태어나자 온 집안이 경사 났다고 법석을 떨었다고 하더군요. 사진 봤죠? 민석 오빠 사진. 아직도 내 수첩 속에 소중히 들어 있는 거. 귀엽고 눈빛이 초롱한 아이였는데, 학교 들어가서 얼마 안 돼 간질이 도졌대요 그만……. 집안엔 그런 내력이 없는데 옥수수 튀긴 강냉이를 잘못 집어 먹고 그랬다는 말도 있고, 유전이라는 말도 있고……. 그때부터 집안에는 내내 음울한 기운이 떠나질 않았어요.

오빤 어릴 적부터 아버지 자전거를 무척이나 잘 탔어요. 짐칸 달린 묵직한 자전거 있죠? 어린 날 태우고도 잘 달렸으니까. 한번은 안장을 두 손으로 붙잡고 자전거 뒤에 매달려 가는데 오빠가 자꾸 부들거리면서 이상해지는 거예요. 고개를 뒤로 깔딱 젖혀 마치 나를 보려고 하는 듯하다가도 술 먹은 사람처럼 비틀거리며 페달을 밟고. 그게 간질 발작 징후인지는 나중에 알았죠. 오빠 갑자기 자전거 핸들을 놓쳤고 나는 길가에 나둥그러졌어요. 사람들이 몰려들고 입에 버글버글 게거품을 문 오빠는 사지를 죽어 가는 개구락지처럼 비틀고, 아주 끔찍했거든요. 나는 어쩔 줄 몰라 구경꾼처럼 서 있기만 했어요. 팔꿈치하고 무릎이 다 까졌지만 난 아픈 줄도 몰랐어요. 누군가 오빠의 입에다 손수건을 갖다 물리더군요. 혀 깨물지 말라고.

그게 발작의 시초였고, 이후로 어머닌 남부끄럽다며 오빠를 다락 속에 몰아넣고 키웠어요. 자라면서 가위를 많이 눌렸어요. 벽장 속에서 온몸에 털난 짐승이 기어 나와 내 목을 조르는 꿈이었거든요. 물론 그 짐승은 민석 오빠였죠. 아마 무의식에 그렇게 자리 잡았을 거예요. 학교 다니면서 반 친구 아이들을 집에 데리고 온 적이 없어요. 뒤뜰이 넓어 여름철에 평상을 나무 그늘 속에 갖다 놓고 둘러앉아 얘기하면 정말 좋은 곳인데…….

밤중에 벽지를 사그락사그락 긁는 소리 있죠? 아버진 그 소리에 신경이 닳아 끊어져 술을 가까이 하시다 결국 오래 못 사셨어요. 그 다락 속의 오빠는 콜라만 보면 기가 넘어가도록 환장을 했어요. 콜라는 바깥세상의 맛을 다 뭉쳐 놓은 것 같았나 봐요. 톡 쏘는 그 맛 때문이었을 거예요. 엄마는 기가 승해지면 더 발작을 해 안 된다고, 반찬에다 자극적 양념을 일절 쓰지 않은 상을 봐서 하루에 두 끼씩 굶어 죽지 않을 만큼의 양만 올려 보냈지요. 오빠 밥도 콜라에 말아 먹고 어쩔 땐 며칠씩 콜라만 비운 채 상을 벽장 밖으로 물리곤 하더라구요.

스무 살이 넘었지만 성장을 멈춘 것 같은 민석 오빠는 웅크리고 앉으면 꼭 어린애 같았어요. 하루에 한 번씩 휠체어를 타고 뒤뜰을 천천히 돌면서 햇빛 구경을 하거든요. 어쩔 땐 그 휠체어의 뒤를 내가 밀었어요. 뒤뜰에 있는 우물을 그냥 지나치려면 난리를 떨었어요. 우물 앞에서 고개를 숙여 한동안 **우묵한** 속을 들여다보곤 했죠. 질질 새는 침이 우물 속으로 빠지는 모습을 지켜보자면 그냥 휠체어를 우물 속으로 밀어 넣고 싶은 충동을 느낄 때가 한두 번이 아니었어요.

……나이에 따른 몸의 호르몬 작용은 속일 수 없었나 봐요. 이성에 대한 그리움 같은 감정도 없진 않았을 테고……. 아마 다락 틈새로 눈을 박고……. 그랬을 거예요. 그날은 학교에서 돌아온 내가 **체력장** 때문에 너무 피곤해서 가방을 방에 내던진 채 그대로 잠이 들었나 봐요. 꿈결인지 어쩐지 자꾸 숨이 가빠져서…….

눈을 떠 보니 그 오빠의 일그러진 얼굴이 바로 내 코앞에서 떠오르는 거예요. 깜짝 놀라 와락 밀치고 일어나 보니 내 몸에는 벌써 실오라기 하나 없

우묵하다 가운데가 둥그스름하게 푹 패거나 들어가 있는 상태이다.
체력장(體力章) 중·고등학교에서 학생들의 기초 체력을 향상하고자 종합적인 체력 검사를 실시하던 일.

어 있지 않았거든요. 그때의 그 수치심이란……. 나는 내 발가벗은 몸뚱어리를 훑어보며 몸을 비비 꼬고 있던 민석 오빠에게 물건을 닥치는 대로 집어 던지며 소리를 고래고래 질렀어요. 오빠도 그제서야 제정신이 돌아왔는지 얼굴이 빨개져 허겁지겁 다락으로 기어 올라가려 했지만 번번이 미끄러지면서 버둥거리는 거예요. 마침 내 비명 소리를 듣고 달려온 엄마가 함께 죽고 말자며 휘둘러 대는 다듬이 방망이질에 녹신하게 얻어맞고 며칠간은 곡기마저 끊고 지냈어요.

하루는 엄마가 친정 일로 고향에 가시면서 오빠 밥을 잘 차려 주라고 신신당부를 했어요. 무서우면 친구들을 데리고 와서 자라고 하더군요. 다락문을 잠그는 자물쇠와 열쇠를 건네주면서, 밥을 줄 때를 빼고는 절대 열어 주지 말라고 했어요. 나는 밥때뿐만 아니라 한 번도 다락문을 열어 주지 않았어요. 왜냐하면 친구를 불러와서 잔 게 아니라 내가 아예 친구네 집에 가서 일주일을 보냈거든요. 민석 오빠는 하루에 한 번쯤은 마당에 나가 햇볕을 쬐야만 살 수가 있는데…….

일주일 뒤에 돌아온 엄마가 다락문을 열어 보니 걸레처럼 축 늘어진 민석 오빠가 뒹굴어져 나왔어요. 아직 숨이 끊어지진 않았지만 며칠 못 갔어요. 내가 죽인 거나 다름이 없죠 뭐. 다락 벽지 안쪽이 손톱에 긁혀 남김없이 거덜 나 있었어요.

그 이후로 난 그 집이 견딜 수가 없었어요. 그래서 가출을 시작했죠…….

"듣고 있어요?"

"으응."

"졸린가 봐……."

"아냐……. 나 가 볼게. 내일 아침까지 넘겨야 할 기사가 있어서. 미안해."

도망치듯 서둘러 빠져나온 뒤론 거진 달포쯤 그녀를 만나지 못했다. 사건이 많이 터져 신문사 일에도 바빴고 왠지 그녀를 찾고 싶은 마음이 생기질 않았다. 그때 들은 오빠 얘기 때문인지, 자꾸만 그녀가 나에게 함정을 파고 있을 것 같다는 생각이 들었다. 그러다가 어느 일요일 아침 내 자전거 안장에 손가락을 한번 그어 보았더니 먼지 덩어리가 새까맣게 묻어나는 거였다. 나는 새까매진 손가락 끝을 입김으로 몇 번 분 다음 바짓가랑이에 쓱쓱 문질렀다. 자전거 길들이기가 끝났나?

철로 변 자전거 전용 도로 쪽으로 눈길을 줬다. 나는 눈을 크게 떴다. 마침 그녀가 그 긴 머리칼을 휘날리며 페달을 힘차게 밟는 모습이 눈에 들어온 것이다. 나는 발끝으로 바닥을 톡톡 쪼며 바지춤을 한껏 추슬러 올렸다.

나는 자전거 전용 도로의 경계석 위에 엉덩이를 걸치고 앉았다가 그녀가 나타나는 순간 몸을 일으켰다. 바지 주머니에 손을 찔러 넣은 채, 그녀가 가까이 오면 손을 흔들며 인사말을 건넬 요량이었다.

— 미혜, 오랜만이야.

아냐! 너무 싱거워. 좀 야하게 할까.

— 섹시한 아침이군! 낄낄.

그런데 그녀가 날 발견하지 못한 걸까? 아니, 그럴 리가 없지. 갑자기 **청맹과니**라도 됐다면 몰라도 내가 분명히 손까지 번쩍 들었는데…….

그녀는 분명 나를 봤지만 아주 차가운 눈길로, 아니 차갑다기보다는 낯선 사람을 대하는 눈길로 스쳐 갔다. 실수였을까?

그러나 난 그녀가 타고 스쳐 간 자전거에 물끄러미 눈길이 닿는 순간 퍼뜩 깨달았다. 나는 호주머니에서 나와 그녀를 향해 움직이려다 **중동무이**로 멈춰 버린 내 오른 손바닥을 뒤집어 맥없이 바라봤다. 자꾸 헛웃음이 나오

청맹과니(青盲ーー) 겉으로 보기에는 눈이 멀쩡하나 앞을 보지 못하는 눈. 또는 그런 사람.
중동무이(中ーーー) 하던 일이나 말을 끝내지 못하고 중간에서 흐지부지 그만두거나 끊어 버림.

려 했다. 아하! 그렇구나. 그녀에게 또 다른 자전거가 생겼구나. 그렇지! 다른 자전거를 훔치는 도중이군. 내가 그걸 왜 몰랐을까.

나는 서둘러 허둥지둥 자전거 전용 도로를 벗어나 달아나기 시작했다.

〈씬짜오, 씬짜오〉는 우리가 아무리 선의를 가지고 있어도 타인의 고통을 온전히 이해할 수는 없다는 사실에 대한 쓸쓸함을 이야기합니다. 1995년 독일로 해외 발령을 받은 아버지를 따라 구동독의 황량한 소도시에 떨어진 '나'의 가족은 베트남 전쟁의 보트피플 출신인 '응웬 아줌마'와 '호 아저씨'의 집에서 더 없이 따뜻한 환대를 경험합니다. 이들 부부는 자신들의 가족이 한국군에게 몰살당한 아픔이 있는데도, 이 낯선 한국인 가족에게 스스럼없이 곁을 내주고 이들을 자애롭게 돌보아 줍니다. 하지만 이런 귀한 행복의 시간은 '나'의 치기 어린 실수로 인해 중단되고 맙니다. 같은 이방인끼리 깊은 우정을 나누던 이 두 가족은 베트남 전쟁의 가해자와 피해자로서의 정체성을 새삼스레 확인하게 되고, 결국에는 진심으로 화해하지 못한 채 헤어지고 맙니다.

결국 이 작품은 한국이 베트남에 어떻게 사죄하고 보상할 수 있을까라는 거대하고 어려운 문제를, 개개인의 차원에서 우리가 어떻게 피해자들에게 사죄하고, 그들의 고통을 이해할 수 있을까라는 사람과 사람 사이의 문제로 풀어 갑니다. 하지만 선량하고 어린 화자는 이런 문제를 풀어 나가기엔 너무 미숙합니다. 어린 '나'는 한국이 가해자인 적도 있었다는 사실을 몰랐고, 어머니는 '응웬 아줌마' 가족이 한국군에게 살해당했다는 사실을 몰랐습니다. 하지만 안다고 해서 면죄부를 받을 수 있을까요? 남편과의 위태위태한 관계를 견디며 독일 땅에서 두 아이를 키워야 했던 '나'의 어머니와 응웬 아줌마의 가족, 어머니의 우울과 고독의 시간을 옆에서 지켜봤지만 그것을 방치한 '나'까지, 각 인물의 입장에 서서 소설을 감상해 봅시다.

▍최은영(崔恩栄, 1984~)

경기도 광명 출생. 2013년 중편 소설 〈쇼코의 미소〉로 《작가세계》 신인상을 받으며 등단했다. 페미니즘, 이민, 성 소수자와 같은 사회적 이슈에 대한 깊이 있는 사유와 통찰력, 인간에 대한 애정과 믿음을 잃지 않는 따스한 감수성을 바탕으로 한 작품들이 주목받고 있다. 지은 책으로 소설집 《쇼코의 미소》, 《내게 무해한 사람》, 장편 소설 《밝은 밤》 등이 있다.

씬짜오, 씬짜오 _최은영

1995년 1월, 우리는 다시 독일로 돌아왔다. 92년에서 93년까지 베를린에서 살다 한국으로 돌아온 지 겨우 일 년이 지나서였다. 우리가 도착한 곳은 플라우엔이라고 불리는, 오 년 전까지만 해도 동독 지역이었던 작은 도시였다. 버려진 건물들, 황량한 공원, 술 냄새를 풍기며 전차 정류장에 앉아 있던 남자들……. 그곳은 내가 알던 독일의 모습과 거리가 멀었다.

호 아저씨의 저녁 초대를 받은 날, 엄마는 평소에는 입지 않던 예쁜 투피스를 꺼내 다려 입고 화사하게 화장했다. 말 꼬리마냥 껑충 묶은 내 머리를 풀어 짱짱한 디스코 머리로 땋고 결혼식 때 입는 검은색 코르덴 원피스를 입게 했다. 두 살짜리 동생에게도 새 옷을 입혔다. 오랜만에 화장을 한 엄마의 모습이 어린 내 눈에는 꽤나 예뻐 보였다. 엄마는 건물 유리창을 몇 번이나 보며 자기 모습을 점검했다. 플라우엔에 온 지 세 달 만에 다른 집에 초대받은 것이어서 기분 좋은 긴장감을 느끼는 것 같았다.

"씬짜오." 엄마는 현관 앞으로 나온 응웬 아줌마에게 외워 둔 베트남어로 인사했다. 나도 따라 "씬짜오." 하고 인사하자 응웬 아줌마는 반갑게 웃었다. 아줌마는 오래 만나지 못했던 친구들을 만난 것처럼 우리를 환영해 줬다. 부엌에는 호 아저씨가 있었다. 볼이 붉고 얼굴에 아이 같은 장난기가 어려 있던 아저씨가 나는 한눈에 좋아졌다. 아저씨는 아빠와 같은 회사에서 일하는 동료였고, 내가 아저씨 아들 투이와 같은 반이 된 것을 알고는 우리

가족을 아저씨네로 초대했다.

호 아저씨의 요리는 담백하고 편안했다. 음식을 두고 편안하다고 말할 수 있는 것인지는 모르겠지만 내게 아저씨의 요리는 그 말로밖에 설명이 안 된다. 토마토를 넣어 **뭉근하게** 끓인 고깃국, 향긋한 쌀밥, 구운 새우, 볶음 야채와 반으로 자른 라임을 뿌려 먹는 짭조름한 튀김만두의 맛이 그랬다.

밥을 다 먹고 나서 어른들은 술을 마시기 시작했고, 나는 투이를 따라 책장 쪽으로 갔다. "내가 여섯 살 때부터 모은 거야." 투이는 만화책을 골라 줬는데 모두 스누피 시리즈였다.

"저기서 읽을래?" 투이가 좌식 소파를 가리켰다. **스웨이드** 재질의 소파는 부드럽고 푹신했다. 나는 손등으로 소파를 쓰다듬으며 만화를 읽기 시작했다. 우드스탁과 나란히 개집 지붕에 앉아 노닥거리는 스누피는 꼭 투이처럼 보였다. 학교에서 본 투이는 그런 애였으니까. 그 애는 모두와 잘 지내고 항상 명랑했다. 키가 큰 애든, 작은 애든, 활발한 애든, 내성적인 애든 모두 투이를 좋아하는 것처럼 보였다.

"넌 애 닮았어." 투이가 우드스탁을 가리키며 웃었다. "너 처음 봤을 때 우드스탁인 줄 알았어." 내가 작고 못생겨서 그렇게 말하나 싶었지만 악의 없는 얼굴로 천진하게 웃는 그에게 화를 낼 수는 없었다.

"나 너 겨울에 봤어. 주말 벼룩시장에서." 투이가 말했다.

"걔가 나라는 걸 어떻게 아냐?"

"공원 맞은편에서도 봤어. 거기 너희 집 아니야?"

"그게 뭐."

나는 다시 만화책으로 눈길을 돌렸다. 우리 집 창문으로 그 애를 훔쳐본

뭉근하다 세지 않은 불기운이 끊이지 않고 꾸준하다.
스웨이드(suede) 새끼 양이나 새끼 소 따위의 가죽을 보드랍게 보풀린 가죽. 또는 그것을 모방하여 짠 직물.

일이 부끄러워졌다. 투이와 한 반이라는 것을 알았을 때 몰래 반가워했던 마음까지도 그 애가 다 알고 있을 것 같았다.

독일에서의 일은 이제 뿌연 유리창으로 보는 바깥 풍경처럼 희미하다. 그런데도 처음 투이네 집을 방문했을 때를 떠올리면 그때 느꼈던 감정이 생생히 되살아난다. 투이네 식구 모두가 우리를 반갑게 맞아 주던 일, 그 환대에 기뻐하던 엄마의 모습, 어떤 조건도 없이 받아들여졌다는 따뜻한 기분과 우리 두 식구가 같은 공간에 모여 음식을 나눠 먹던 공기를 기억한다. 어떻게 그렇게 여러 사람의 마음이 호의로 이어질 수 있었는지 나는 모른다. 고작 한 명의 타인과도 제대로 연결되지 못하는 어른이 된 나로서는 그때의 일들이 기이하게까지 느껴진다.

플라우엔에서 보낸 첫 번째 여름, 엄마는 건조한 날씨 때문에 고생했다. 하얀 각질이 뱀 비늘처럼 팔다리를 덮었고 자다가도 몸을 긁느라 몇 번이나 일어난다고 했다.

"저도 처음 독일 왔을 때 그랬어요. 한국도 여름이 습하죠? 여기는 반대니까. 뭘 발라도 건조하더라구요."

응웬 아줌마는 엄마에게 직접 만든 크림을 줬다. 샤워한 후에 꾸준히 바르면 가려움이 줄어들 거라고. 엄마는 아줌마의 크림 덕분에 남은 여름을 수월하게 보낼 수 있었다. 아줌마는 우리가 말하지 않아도 어디가 불편한지 알고 있었고, 배관공을 부르거나 집주인과 이야기해야 할 때도 나서서 일을 해결해 줬다. 무엇보다도 그녀는 두 살짜리 아이를 붙들고 하루 종일 집에 고립되어 있던 엄마의 유일한 말동무가 되어 주었다. 엄마를 보면 홀로 투이를 키워야 했던 시간이 떠오른다고, 혼자 그렇게 오래 있으면 자연히 어두운 생각에 빠지게 된다고, 이야기하고 싶으면 언제든지 전화하라고 했다.

투이네 가족과 우리 가족은 적어도 일주일에 한 번은 같이 저녁을 먹었다. 한 번은 투이네 집에서, 한 번은 우리 집에서 먹는 식이었고 초여름이 되어 낮이 길어지자 토요일 이른 저녁부터 일요일 새벽까지 함께 시간을 보냈다. 같이 밥을 먹고, 어른들은 어른들끼리 카드놀이를 하고, 우리들은 직소 퍼즐을 하거나 만화책을 읽었다. 그때는 몰랐지만 지금 와 생각해 보면 투이네 가족도, 우리 가족도 서로 말고는 그렇게 가까운 이들이 없었던 셈이다.

술을 많이 마신 날이면 어른들은 돌아가며 노래를 불렀다. 엄마는 한국 노래를, 응웬 아줌마 부부는 베트남 노래를 불렀다. 뜻도 알아듣지 못할 노래의 후렴구를 어설프게 따라 하려는 엄마를 보고 웃음을 터뜨리던 어른들의 모습이 생각난다.

"너희 아빠와는 말이 통하지 않아." 엄마는 종종 내게 그렇게 말했다. 둘은 서로를 투명 인간처럼 대했다. 밥을 먹을 때도, 텔레비전을 볼 때도, 드라이브를 할 때도 그랬다. 그런 행동이 어린 나에게 어떤 상처를 줬는지 그들은 끝내 이해하지 못했을 것이다.

엄마와 아빠는 같은 대학 독문과에서 만나 오래 연애한 커플이었다고 했다. 경쟁적으로 서로의 존재를 무시하는 그 두 사람이 한때는 서로를 끔찍이 사랑했었다는 사실을 그때의 나는 이해할 수 없었다. 언젠가 엄마 아빠가 얼굴을 마주 보고 이야기할 수 있기를, 아무 미움 없이 평범한 이야기들을 할 수 있기를, 결코 헤어지지 않기를 나는 매일 빌었다.

투이네 가족과의 저녁 식사 시간이 좋았던 것도 그런 이유 때문이었다. 투이 가족과 함께 있을 때 엄마와 아빠는 가끔 서로를 보며 웃기도 했고, 투이 가족에게 서로에 대한 이야기를 자연스레 하기도 했다. 담배를 피우러 발코니로 나가는 아빠가 엄마의 어깨를 툭 치는 것을 본 적도 있었다. 술에 취해 웃으며 말하는 아빠를 선선히 바라보던 엄마의 눈빛이 기억난다. 우리 식구끼리만 있을 때는 상상할 수 없는 일이었다. 엄마가 그렇게 잘 웃는 모습을 나는 그전에도, 그 후에도 보지 못했다.

엄마 그때 참 예뻤어, 언젠가 내가 그렇게 얘기했을 때 엄마는 그 시절이 잘 기억나지 않는다고, 그래도 그렇게 말해줘서 고맙다고 말했다.

본격적인 여름에 들어서자 밤 열시가 넘어도 대기에는 초저녁처럼 희미한 빛이 남아 있었다. 빛이 조금씩 줄어들면서 눈앞의 풍경이 푸른빛에 잠길 때의 모습을 나는 좋아했다. 거실 창문으로 밤바람이 불어오고, 부엌에서는 어른들의 말소리와 웃음소리가 들려오고, 그 시간이 되면 꼭 입을 벌리고 잠들었던 투이의 얼굴을 볼 때, 푸른빛의 채도가 점점 낮아지고 가로등 불빛이 하나둘씩 켜질 때면, 나는 내가 언젠가 이 시간을 그리워할지도 모른다고 생각했다.

투이와 나는 같이 빵이나 우유 심부름을 다니곤 했다. 심부름을 가는 길에 그 애는 보이지 않을 만큼 멀리 뛰어갔다가 다시 내 쪽으로 돌아왔다. 처음에는 투이를 쫓아가려고 했지만 그 애가 다시 돌아온다는 걸 알고는 나도 내 속도대로 걸었다. 보이지 않았다가 다시 내게 달려오는 그 애의 얼굴을 볼 때면 웃음이 났다. 투이는 나와 눈이 마주치면 고개를 활짝 뒤로 젖히고 더 우스꽝스러운 포즈로 달렸다.

심부름을 다녀오는 길에 우리는 찻길을 사이에 두고 맞은편에서 걸어갔다. 둘이 붙어 다니면 같은 반 애들이 놀릴지도 모른다는 염려 때문이었다. "우드스탁!" 그 애는 우리 둘만 있을 땐 나를 꼭 우드스탁이라고 불렀다. 시간이 지날수록 그 호칭은 나를 꽤나 들뜨게 했다. 그 누구도 빈번한 전학으로 스쳐 지나가는 나에게 별명을 붙여 주지 않았으니까.

투이네 동네 골목까지 들어오고서야 우리는 나란히 걸었다. 그럴 때 투이에게서는 볕에 달구어진 동전 냄새 같기도, 양파 냄새 같기도 한 땀 냄새가 났다. 별다른 이야기를 나눈 건 아니었지만 그렇게 함께 걷는 것만으로도 마음이 부드러워지는 기분이었다.

투이는 그 나이 또래 특유의 어그러짐이 없었다. 학교에서 있었던 일을 응웬 아줌마에게 종알종알 다 이야기했고 다른 사람을 신경 쓰지 않고 노래를 부르거나 즉흥 연극을 해 모두를 웃게 했다. 나는 동생을 대하듯이 그 애에게 말하곤 했는데, 가끔은 아무렇지 않은 듯 깊은 속마음을 말하기도 했다. 내가 무슨 말을 해도 투이 같은 어린애가 이해할 수 없으리라고 생각해서였다. 투이는 내 말을 별로 신경 쓰지 않는 것처럼 보였다. 그랬구나, 그랬었냐. 그런 무심한 대답을 듣고 있노라면 그 애에게 말하기 전의 억눌린 감정이 조금은 풀어지는 것 같았다.

"우리 엄마 아빠는 서로를 제일 싫어해." 그날도 나는 아무렇지 않게 웃으며 말했다. 투이는 걸음을 멈추고 가만히 서서 나를 쳐다봤다. 꼭 화가 난 것처럼 보였다. 의외의 반응이어서 무슨 말을 해야 할지 알 수 없었다.

"넌 왜 그런 얘길 하면서 웃어?" 투이는 그 말을 하고는 앞으로 성큼성큼 걸어갔다. 여느 때처럼 다시 내 쪽으로 돌아오리라고 생각했지만 그 애는 그렇게 하지 않았다. 당시에는 조금 당황했을 뿐 그 일에 대해 깊이 생각하지는 않았었다. 하지만 고등학교 시절, 야자를 마치고 운동장을 가로질러 갈 때면 '넌 왜 그런 얘길 하면서 웃어?'라고 말하던 투이의 어린 얼굴이 생각나곤 했다. 나는 그 애를 조금도 알지 못했었어. 유년을 다 지나고 나서야 나는 그 애를 다르게 기억하기 시작했다.

"독일에 처음 왔을 때," 아줌마는 크게 웃으며 말했다. "너무 추웠어요. 아무리 껴입어도 벌벌 떨리는 거야. 아직도 그래요. 투이야 여기서 태어났으니까 아무렇지 않겠지만 난 이상하게 아직도 여기 겨울이 적응 안 돼. 난 생처음 눈 봤을 때 얼마나 놀랐는지. 너무 예뻐서 춥다 춥다 하면서도 손이 다 얼도록 눈을 만지고 놀았어요."

엄마는 웃으며 말하는 응웬 아줌마의 얼굴을 물끄러미 쳐다봤다. 같이 웃어야 하는데 웃음이 나오지 않아 당황하던 엄마의 얼굴을 기억한다. 아줌마는 고생한 이야기를 할 때마다 과장되게 웃으면서 말했고 그럴 때면 엄마는 애써 같이 웃으려 노력했다.

아줌마는 엄마가 사랑이 많고, 다른 사람의 마음에 공감해 주는 능력을 타고났다고 말했다. 세상에는 엄마처럼 섬세한 사람들이 더 많아져야 한다면서, 엄마는 아파하지 못하는 사람들을 위해 대신 아파하는 사람이라고 말했다.

엄마와 함께 있을 때도 아줌마는 엄마에 대한 칭찬을 잘했다. 웃는 모습이 예뻐서 함께 있으면 방이 다 환해지는 것 같다, 두상이 동그라니 예쁘다, 걸음걸이가 사뿐하다, 옷맵시가 좋다, 앞니가 귀엽다, 듣기에 참 좋은 목소리다……. 아줌마는 이런 이야기를 망설이지 않고 했고 그럴 때면 엄마는 얼굴을 붉혔다. 아줌마의 말을 듣고 있노라면 나도 몰랐던 엄마의 좋은 부분이 눈에 들어왔고 엄마가 내 엄마라는 사실이 자랑스러워졌다. 아줌마와 엄마는 하루가 멀다 하고 서로의 집을 오갔다. 엄마는 김을 좋아하는 아줌마를 위해 한국에서 가져온 김을 구워 갖다줬고, 아줌마는 단 음식을 좋아하는 엄마에게 쌀 푸딩을 만들어 줬다.

플라우엔에서 맞은 두 번째 겨울에 나는 거의 매일 투이네 집에 들렀다. 우리 집은 오래된 라디에이터 때문에 언제나 냉골이었지만 투이네 집은 온몸이 **노곤해질** 정도로 기분 좋게 따뜻했고, 투이네 식구들과 함께 지내는 쪽이 집에 있는 것보다 편해서였다.

응웬 아줌마는 나에 대해 많은 것을 물어봤다. 한국에서 다니던 학교는 어땠는지, 베를린에서의 생활은 만족스러웠는지, 바다를 가 보았는지, 한국의 바다는 어떤 색인지, 가장 좋아하는 독일 음식은 무엇인지. 아줌마의 질

노곤하다(勞困——) 나른하고 피로하다.

문은 공부는 잘하냐, 왜 이렇게 키가 작냐, 커서 뭐할 거냐 물어 대는 다른 어른들의 것과는 달랐다. 진심 어린 관심을 받고 있다는 기쁨에 나는 두 볼이 빨갛게 달아오를때까지 아줌마 앞에서 떠들어 댔다.

"이름 한자로 써 볼래?" 내가 이름을 한자로 쓰자 아줌마는 웃으며 말했다. "이럴 줄 알았지. 나랑 같은 성씨구나." 아줌마는 '나라 이름 원(院)' 자를 쓰고는 '응웬'이라고 읽었다. 호 아저씨의 '호'는 '되 호(胡)' 자였고, '투이'라는 이름은 '푸를 취(翠)' 자를 썼다. "넌 내 어릴 적 친구를 많이 닮았다. 그 애 성씨도 응웬이었지. 같은 마을에 살았던 친구였다." 아줌마는 슬프게 웃어 보였다. 무척 좋아하는 것들에 대해 이야기할 때 그녀는 그런 표정을 짓곤 했다. 세 살이 된 내 동생 다연이를 볼 때도 그랬었다. 시간이 지날수록 그 표정은 나를 아프게 했는데, 아줌마의 행복이라는 것이 슬픔과 너무 가까이 붙어 있는 것처럼 보여서였다.

언젠가 아줌마에게 어린 시절 사진을 보여 달라고 한 적이 있었다. 그녀는 고개를 저었다. "다 잃어버렸지. 한 장이라도 남아 있으면 좋았을 텐데." 내가 이유를 묻자 그녀는 내 머리를 쓰다듬기만 했다. "사진만 잃어버린 게 아니었단다." 그녀는 내게 아주 작은 목소리로 말했다. 그 말이 무슨 뜻인지 정확히 알지는 못했지만 그 말을 하는 아줌마의 떨리는 마음이 내게도 그대로 전해져 두려워졌다.

투이네 집에서 유일하게 접근이 어려웠던 곳은 서재였다. 누가 그러지 말라고 한 것도 아니었지만 문이 항상 닫혀 있어 들어가 볼 생각을 하지 못했던 것 같다. 서재 문이 활짝 열려 있던 날, 나는 끌리듯이 그 방으로 들어갔다. 문 바로 옆으로 작은 제단이 보였다.

제단은 나무 장식장 위에 꾸며져 있었다. 기둥과 지붕으로 이루어진 집 모양의 조형물 아래로 다섯 개의 액자와 모래와 재가 든 향로가 보였다. 액자마다 한 사람 한 사람의 흑백 사진이 들어 있었고 향로에는 끝까지 타 버리거나 중간에 꺼진 보라색 향들이 몇 개 꽂혀 있었다. 향로 옆으로 종이에 싸인 향과 작은 성냥갑이 보였다. 그런 향로는 이전에도 봤었지만, 향로 뒤에 죽은 사람 사진을 둔 것을 본 건 그때가 처음이었다. 나는 겁이 나 사진을 똑바로 쳐다보지도 못하고 뒤돌아섰다.

사진 속 다섯 사람은 가족처럼 보였다. 내 기억이 맞는다면 노인은 한 명밖에 없었고 내 또래의 여자아이, 다연이 또래의 아기 사진도 있었다. 힐끗 훑어봤을 뿐이지만 그 사람들의 얼굴이 내 등 뒤에 달라붙기라도 한 것처럼 신경이 쓰였다.

나는 그들이 누구인지, 무슨 까닭으로 투이네 집 제단에 **안치돼** 있는지 알고 싶었다. 왜 응웬 아줌마나 투이가 나에게 제단을 보여 주지 않았는지도 궁금했지만, 막연한 두려움 때문에 누구에게도 그 일에 대해 말하지 못했다.

2차 세계 대전에 대해 배우던 시간에 나는 투이로부터 뜻밖의 이야기를 들었다. 가을 학기가 시작될 무렵이었다.

"다행히 2차 대전 이후로 이처럼 대규모의 살상이 일어난 전쟁은 없었단다." 투이가 손을 들어 선생님의 말을 끊었다. "아닌데요." 그게 투이의 첫마디였다.

"뭐가 아니라는 거지?"

"베트남에서 전쟁으로 사람들이 많이 죽었어요. 저희 할아버지, 할머니, 고모, 이모, 삼촌 모두 다 죽었대요. 군인들이 와서 그냥 죽였대요. 아이들도 다 죽었다고. 마을이 없어졌다고 했어요. 서희 엄마가 얘기하는 걸 들었어요." 투이가 말했다.

"그래. 투이 말이 맞다. 베트남 전쟁에 대해 너희는 들어 본 적 없을 거야.

안치되다(安置) 상(像), 위패, 시신 따위가 잘 모셔지다.

투이가 더 얘기해 볼래?" 선생님은 투이가 자기 의견을 말했다는 것에 만족해했지만, 그 애는 반사적으로 말한 것처럼 보였다. 투이의 얼굴이 곧 울 것처럼 붉어졌기 때문이다. 그 애는 무슨 말을 하려다가 입을 다물고 고개를 숙였다.

"투이, 더 말해 봐. 우리들도 모두 알아야 하잖아." 그 애는 고개를 저었다. 나는 그 모든 상황이 부당하게 느껴졌지만 당시에는 그 감정의 이유에 대해 알지 못했다. 그때 반장 잉가가 손을 들었다. "베트남은 전쟁으로 미국을 이긴 유일한 나라예요. 미군만 육만 명이 죽었고 군인 아닌 베트남 사람도 이백만 명 죽었대요. 텔레비전에서 봤어요. 미군이 비행기로 폭탄을 떨어뜨리고 나무를 죽이는 약도 뿌렸고요." 반장의 얼굴에 자랑스러운 미소가 떠올랐다. 나는 빨갛게 달아오른 투이의 작은 귀를 바라봤다.

선생님은 반장의 말이 정확하다고 칭찬하고는 미국이 베트남전에 참전한 배경과 전쟁 과정에 대해 설명했다. 그리고 그 일이 미국 정부의 실책이었고, 미국으로서는 아무런 득도 보지 못한 전쟁이었다고 결론 내렸다. 투이가 말하고 싶었던 건 그런 게 아니었으리라고, 그 애를 앞에 두고 그런 식의 설명을 하는 건 가슴 아픈 일이라고 말하고 싶었지만 어쩐지 입을 열 수 없었던 기억이 난다. 투이는 분명 교실에 있었지만 그 순간만큼은 그곳에 없는 사람으로 취급된 것 같았다. 나는 등을 구부리고 앉아 있는 그 애의 뒷모습을 바라봤다. 너희들은 투이의 마음을 조금도 짐작하지 못하겠지, 독일 애들에게 희미한 분노마저 느꼈던 기억도.

그날 저녁 우리는 투이네 집 식탁에 모여 호 아저씨가 만든 국수와 만두를 먹고 있었다. 이야기가 어떻게 그쪽으로 흘러갔는지는 잘 기억나지 않는다.

나는 예쁘지도 않았고, 특별히 잘하는 것도 하나 없는 열세 살짜리 여자애였다. 열한 살 때 동생이 태어난 이후로는 무슨 일을 하든 애처럼 굴지 말라는 말을 들었다. 존재감이 없는 아이들이 보통 그렇듯 어른들에게 인정받고자 하는 욕구는 컸다.

일본의 식민 통치에 대한 이야기가 나왔을 때, 어른들의 말에 동요한 것은 그런 이유에서였다. 드디어 나도 한마디 할 수 있는 기회가 왔다고 생각했다. 한국의 역사에 대해서라면 투이네 식구들보다 내가 더 잘 아니까, 아는 척을 한다면 엄마 아빠가 꽤나 뿌듯하게 생각해 줄 것 같았다.

"한국은 다른 나라를 침략한 적 없어요." 나는 그 말을 하고 동의를 구하기 위해 엄마 아빠를 쳐다봤다. 아빠는 아무 얘기도 못 들었다는 듯이 내 쪽으로 눈을 돌리지 않았고, 엄마는 조용히 하라는 투의 눈빛을 보냈다. "국물이 짜지는 않은지 모르겠네." 호 아저씨가 말을 돌렸다. 모두들 내 말을 무시하는 것 같아 서운했다. "정말이에요. 우린 정말 아무도 해치지 않았어요." 내가 말했다. 한국은 선한 나라라는 인상을 남기고 싶었고, 어른들의 대화에 자연스레 참여해서 칭찬받고 싶었다. 난 맞은편에 앉은 아빠에게 인정을 구하는 눈빛을 보냈다.

"넌 어른들 말하는 데 끼어들지 마. 네가 대체 뭘 안다고 떠드는 거냐!" 아빠가 한국어로 소리쳤다. 모두들 젓가락질을 멈추고 나를 봤다. 투이네 식구들 앞에서 아빠에게 그런 식으로 야단맞은 것이 부끄럽고 억울해서 귀가 먹먹해지고 눈에 눈물이 고였다. 얼굴이 화끈거렸다. 나는 마지막 용기를 쥐어짜서 독일어로 말했다. "한국에서 그렇게 배웠는데. 우린 아무에게도 잘못한 게 없다고. 우린 당하기만 했다고. 선생님이 그렇게 말했는데……."

"한국 군인들이 죽였다고 했어." 투이가 말했다. 작은 목소리였지만 식탁의 분위기를 얼려 버리기에는 충분했다. "그들이 엄마 가족 모두를 다 죽였다고 했어. 할머니도, 아기였던 이모까지도 그냥 다 죽였다고 했어. 엄마 고향에는 한국군 증오 비가 있대." 어떻게 네가 그런 말을 할 수 있느냐고

힐난하는 말투였지만 나는 그 애가 무슨 말을 하는지 도무지 이해할 수 없었다.

"투이 넌 함부로 말하지 마라." 그 말을 하고 아줌마는 나를 봤다. "넌 신경 쓸 것 없어. 너와는 관계없는 일이야." 응웬 아줌마의 말은 투이의 말이 사실이라는 걸 확인시켜 줄 뿐이었다. "정말로 신경 쓸 일 아니야." 어린 마음에 혹여 상처를 입었을까 걱정하는 아줌마의 두 눈, 내가 결코 잊지 못할 얼굴. 투이의 말이 진실이라는 걸 나는 응웬 아줌마의 그 얼굴을 보고 이해했다. 그때 내가 상처를 받았다면 그건 응웬 아줌마의 상처에 대한 가책 때문이었을 것이다. "네가 태어나기도 전에 일어난 일이야." 아줌마가 속삭였다.

"저는 정말 몰랐어요." 엄마가 말했다. "응웬 씨가 겪었던 일, 저는 아무것도 모르지만 그래도 죄송하다고 말씀드리고 싶어요. 죄송합니다." 엄마는 호 아저씨와 응웬 아줌마에게 고개 숙였다.

"저는 모든 걸 제 눈으로 다 봤답니다. 투이 나이 때였죠." 그렇게 말하고 호 아저씨는 붉어진 눈시울로 애써 웃었다. "하지만 그렇게 말씀해 주셔서 감사합니다." 호 아저씨는 거기까지 말하고 힘껏 웃어 보였다. 응웬 아줌마는 호 아저씨에게 베트남어로 속삭이듯이 이야기했다. 알아들을 수 없었지만 분명 마음을 다독이는 말이었을 것이다. 그 말의 진동이 내 마음까지 위로하는 것 같았으니까.

아빠는 엄마와 호 아저씨의 대화를 못 들은 것처럼 맥주만 마시고 있었다.

"당신도 무슨 말 좀 해 봐." 엄마가 한국어로 아빠에게 말했다.

"내가 무슨 얘길 해? 그럼, 우리가 잘못했다고 말해야 돼? 왜 당신이 나서서 미안하다고 말해? 당신이 뭔데?" 아빠가 한국어로 받아쳤다.

"당신은 항상 이런 식이야. 죽어도 미안하다는 말을 못해, 안 해. 그게 그

힐난하다(詰難--) 트집을 잡아 거북할 만큼 따지고 들다.

렇게 어려운 일이야? 내가 응웬 씨였으면 처음부터 우리 가족 만나지도 않았을 거야."

아빠는 식탁 의자에 걸친 카디건에 팔을 넣었다. "저녁 잘 먹었습니다." 아빠는 잠시 망설이다가 입을 열었다. "저희 형도 그 전쟁에서 죽었습니다. 그때 형 나이 스물이었죠. 용병일 뿐이었어요." 아빠는 누구의 눈도 마주치지 않으려는 듯 바닥을 보면서 말했다.

"그들은 아기와 노인들을 죽였어요." 응웬 아줌마가 말했다.

"누가 베트콩인지 누가 민간인인지 알아볼 수 없는 상황이었겠죠." 아빠는 여전히 응웬 아줌마의 눈을 피하며 말했다.

"태어난 지 고작 일주일 된 아기도 베트콩으로 보였을까요. 거동도 못하는 노인도 베트콩으로 보였을까요."

"전쟁이었습니다."

"전쟁요? 그건 그저 구역질 나는 학살일 뿐이었어요." 응웬 아줌마가 말했다. 어떤 감정도 담기지 않은 사무적인 말투였다.

"그래서 제가 무슨 말을 하길 바라시는 겁니까? 저도 형을 잃었다구요. 이미 끝난 일 아닙니까? 잘못했다고 빌고 또 빌어야 하는 일이라고 생각하세요?"

"당신 제정신이야?" 엄마가 말했다.

응웬 아줌마는 자리에서 일어나 천천히 서재로 걸어 들어갔다. 조심히 닫히던 문소리. 나는 겁에 질렸지만 차마 서재로 따라 들어가지는 못했다. 엄마는 동생을 안고 자리에서 일어났다. "정말 죄송합니다." 엄마는 호 아저씨에게 고개를 숙였다. "투이야, 미안하다." 엄마는 그 말을 하고 밖으로 나갔다. 나는 기저귀 가방과 카디건을 들고 엄마를 따라 나갔다.

'그건 그저 구역질 나는 학살일 뿐이었어요.' 그 말을 하던 응웬 아줌마의 웃음기 없는 얼굴이 자려고 누운 내 얼굴 위로 떠올랐다. 그 말을 할 때 아줌마는 우리와 다른 곳에 있었다. 내가 아무리 상상하려고 해도 상상할 수 없는 장소와 시간에 아줌마는 내몰려 있었다. 그녀의 말은 아빠를 설득하려는 말도 아니었고, 자신을 방어하고자 하는 말도 아니었다. 그 말은 아빠를 향한 것이 아니라 그간, 그 일을 겪은 이후로 애써 살아온 응웬 아줌마 자신에 대한 쓴웃음이었던 것 같다. 그녀는 아빠의 태도에 실망조차 하지 않았던 것이다. 어차피 당신들은 이해하지 못할 테니까, 라는 마음이 그날 밤, 아줌마와 우리 사이를 안전하게 갈라놓았다. 그건 서로를 미워하고 싶지도, 서로로 인해 더는 다치고 싶지도 않은 어른들의 평범한 선택이었다.

엄마는 투이네 식구와의 관계를 회복하기 위해 노력했다. 열세 살이었던 나조차도 투이네 가족과는 이미 돌이킬 수 없게 되었다고 직감했지만 엄마의 생각은 달랐다. 엄마는 나와 동생을 데리고 몇 번이나 응웬 아줌마를 찾아갔다. 겉으로 달라진 건 없었다. 아줌마는 우리들에게 차와 간식을 내놓았고 우리는 예전처럼 이런저런 이야기를 나눴다. 그런데도 나는 어쩐지 아줌마가 그 시간을 그저 견디고 있다는 느낌을 받았다. 엄마는 어색함을 이겨 내려는 듯이 평소보다 더 많은 말을 했다. 그럴 때 엄마의 부정확한 독일어는 자주 부서졌고 당황한 엄마의 문장은 어떤 의미도 만들어 내지 못했다. 서로 연결되지 못하는 단어들은 부유했고 시제와 성(性), 수(數)가 일치하지 않는 문장은 꾸며 낸 유머처럼 들리기까지 했다. 엄마의 말을 듣는 아줌마는 지쳐 보였다. 아무리 아줌마가 마음을 감추려고 노력했다고 하더라도 눈치챌 수밖에 없는 표정이었다.

겨울 코트를 입기 시작했을 즈음부터 엄마는 아줌마를 찾아가지도, 아줌마에 관한 이야기도 더 이상 하지 않았다. 늘 투이네 식구와 함께 했던 토요일 저녁 시간은 우리 가족끼리 어색하게 앉아 텔레비전을 보는 시간으로 변했다. 그즈음에는 해도 짧아져서 여섯 시만 돼도 사위가 컴컴해졌고 여덟 시면 나는 방으로 들어가야 했다. 쉽게 잠들 수 없는 밤이었다. 나는 가만히 누워 엄마가 식탁 의자를 끄는 소리, 한국의 누군가에게 속삭이듯 전화하는 소리를 들었다. 새벽에 화장실을 가려고 밖에 나갔을 때 식탁 의자에 앉아 멍하니 벽을 보고 있던 엄마의 모습을 본 적도 있었다. 내가 나와 있는 줄도 모르고 무언가를 골똘히 생각하다 나를 보고 깜짝 놀라던, 그리고 안심하라는 듯이 눈가를 떨며 애써 웃던 그 얼굴을.

엄마는 반쯤 쓴 립스틱과 파운데이션을 쓰레기통에 던져 넣었고, 아끼던 투피스와 원피스를 의류 수거함에 버렸다. 일요일이면 어떻게든 짐을 싸서 근처 숲으로, 벼룩시장으로, 꽃 시장으로 나들이 다니던 사람이 동생 방에서 벽만 보고 누워 있었다. 전에는 아빠의 말과 행동을 지적하면서 싸움을 걸거나 아빠의 말을 맞받아쳤을 상황에서 엄마는 그저 침묵했다. 밥을 몰아 먹었고 손끝이 빨개지도록 뜨개질을 했다.

그즈음 나는 엄마가 깊이 잘 때 동생 방 쓰레기통을 뒤졌다. 그 속에는 사진들이 찢긴 채 버려져 있었다. 아직 아기인 나를 안고 있는 엄마와 그 곁에서 웃고 있는 아빠의 사진, 만삭인 엄마의 배를 내가 만져 보는 사진……. 테이프로 붙여 보지도 못할 만큼 잘게 찢긴 사진 조각들. 나는 다연이 옆에 누워 잠을 자는 엄마의 얼굴을 가만히 바라봤다. 엄마가 너무 멀리 있는 것 같아, 더 멀리 가버릴 것 같아 두려웠다.

엄마는 내게 정사각형 모양의 선물 박스를 건넸다. 투이네 식구를 위한 선물이니, 투이에게 박스를 전해 달라고 부탁했다. 나는 박스를 부엌 창턱 위에 올려놓았다. 박스는 초록과 노랑의 체크무늬 포방지에 빨간 리본으로 장식되어 있었다.

몇 안 되는 가구가 빠져나가고, 대부분의 세간을 우편으로 부친 탓에 우리들은 빈집에 몰래 들어와 사는 사람들처럼 지냈다. 바닥에 신문지를 깔아 놓고 샌드위치를 먹고 밤에는 침낭에 들어가 잤다. 이 년 새에 키가 많이 자라 독일에서 입던 옷은 모두 수거함에 버려졌다. 독일에 계속 머무르고 싶지도 않았지만 그렇다고 한국으로 돌아가고 싶지도 않았다. 한 달이 지나면 나는 한국에서 중학생이 될 터였다. 귀밑 삼 센티미터로 머리카락을 자르고 교복을 입고 조회 시간에 열을 맞춰 운동장에 서 있는 내 모습이 잘 상상되지 않았다. 그건 분명 두려운 변화였지만 그때 내가 느꼈던 감정은 두려움보다는 오히려 체념에 가까웠다.

　눈이 많이 오는 날이었다. 공원에 쌓인 눈이 녹아 얼 새도 없이 계속 새로운 눈이 쌓였고, 사람들은 그나마 눈이 치워진 공원 사잇길로 걸어 다녔다. 나는 옷가지를 넣은 이민 가방을 깔고 앉아 바깥 풍경을 바라봤다. 처음 투이를 본 것도 이 창을 통해서였었지. 까불거리며 지그재그로 뛰어다니던 그 애의 모습이 떠올라 코가 찡해졌다. 곧 해가 질 시간이었고, 공원에 쌓인 눈은 푸르스름하게 보였다.

　그때 창밖으로 검은색 파카를 입고 앞머리를 길게 기른 남자애의 모습이 보였다. 그 앤 보폭을 크게 해서 한 걸음 한 걸음을 내디뎠다. 얼굴이 잘 보이지는 않지만 분명 개구지게 웃고 있으리란 걸 알 수 있었다. 남자애는 창 쪽으로 몸을 틀어 나를 올려다보더니 팔을 쭉 뻗어 손을 흔들었다. 투이였다. 나는 엄마가 준 선물 박스를 들고 일 층으로 내려가 길을 건넜다.

　투이가 서 있던 자리에는 그 애의 발자국만 남아 있었다. 나는 한동안 그곳에 서서 사방을 둘러봤다. 얼마나 그렇게 서 있었을까. 멀리서 허겁지겁 달려오는 투이의 모습이 보였다. 그 애는 내 코앞까지 와서 깔깔대며 웃었다.

　"그 표정 뭐야. 넌 아직도 속냐?" 투이가 말했다.

　"그따위 장난 다시는 하지 마." 그 말을 하고 웃었어야 했는데 노력해도 웃음이 나오지 않았다. '다시는'이라는 말이 이제 소용없어졌다는 것을 실감해서였다. 목이 멨다.

"야. 한두 번도 아닌데 왜 그래. 알았어. 다신 안 그럴게."

투이는 눈물을 참는 내 모습을 보고 놀랐는지 나를 한참 쳐다봤다.

"네가 썰매 개냐. 눈밭 위로 뛰어다니게." 그 말을 하고 나서야 나는 겨우 그 애에게 웃어 보일 수 있었다. 투이는 두 손을 앞으로 모으고 개 흉내를 내 나를 웃게 했다.

시간이 지나고 나서야 나는 투이의 유치한 말과 행동이 속 깊은 애들이 쓰는 속임수였다는 사실을 깨닫게 됐다. 그런 아이들은 다른 애들보다도 훨씬 더 전에 어른이 되어 가장 무지하고 순진해 보이는 아이의 모습을 연기한다. 다른 사람들이 자신을 통해 마음의 고통을 내려놓을 수 있도록, 각자의 무게를 잠시 잊고 웃을 수 있도록 가볍고 어리석은 사람을 자처하는 것이다. 진지하고 냉소적인 아이들을 어른스럽다고 생각했던 그때의 나는 투이의 깊은 속을 알아볼 도리가 없었다.

"엄마 금방 이쪽으로 올 거야. 요즘 교육받으러 다니거든. 이제 끝날 시간 다 됐어." 투이가 말했다. 너무 오랜만에 서로 이야기하자니 그 애가 조금 낯설게 느껴지기까지 했다. 나는 투이네 집에 가지 않았고 투이 또한 우리 집에 오지 않았다. 학교에서는 데면데면하게 지냈고, 집에 돌아오는 길에 우연히 마주치더라도 눈인사만 하고 모른 척 걸어가곤 했다. 그럴 때 투이는 내가 알던 아이가 아니었다. 키도 많이 자라 멀리서 보면 더 이상 애처럼 보이지 않았다. 이렇게 아무렇지 않은 척 예전처럼 이야기하고 있으려니 굉장히 오랜 시간이 지난 것 같은 느낌이었다. 우리는 공원 벤치에 나란히 앉았다.

"그날 너에게 나쁘게 말하려던 건 아니었어." 투이가 말했다. 내가 무슨 말을 해야 할지 망설이는 동안 투이는 말을 이었다. "널 공격하기 위해서 한 말은 아니었어."

"미안해."

나도 모르게 그 말을 하고 나서야 나는 내가 오래도록 그 애에게 이렇게 말하고 싶어 했다는 걸 깨달았다. 투이의 커다란 눈이 한 번 깜빡였다. 바람이 불 때마다 나뭇가지에서 눈덩이가 떨어져 머리 위에서 부서졌다.

"아무것도 몰랐던 거, 미안해." 나는 천천히 말했다. 공원에 부는 바람이 내 말을 쓸어 가 버리기라도 할 것처럼 조심스럽게. 그 말이 아무것도 되돌릴 수 없다는 것을 알면서도 그렇게 말하고 싶었다. 나와 눈이 마주치자 투이는 발끝으로 바닥을 툭툭 찼다. 그러고는 고개를 들어 다시 나를 봤다. 머쓱해하는 표정이었다. 그 애의 두 입술이 천천히 벌어지고 그 사이로 빠져나온 흰 입김이 허공으로 흩어졌다. 투이는 가방에서 종이봉투를 하나 꺼냈다.

"이거 받아, 우드스탁."

종이봉투 안에는 만화책 한 권이 들어 있었다. 우드스탁과 스누피가 개집 지붕에 앉아 서로를 보며 웃고 있는 표지였다. 이제 이렇게 둘이 앉아 있을 일은 없을 테고, 다시는 우드스탁이라는 우스꽝스러운 별명으로 불릴 일도 없겠지.

아줌마가 올 때까지 우리는 거기에 앉아 실없는 소리를 해 댔다. 대체 이 공원의 개똥은 왜 치워도 치워도 계속 생기는지, 저 하얀 눈 아래로 얼마나 많은 개똥들이 꽁꽁 얼어붙어 있을지. 똥 얘기만 나오면 바닥을 구를 정도로 함께 웃었었지만 어쩐지 우리는 더 이상 예전처럼 웃지 못했다. 그 이야기가 더는 재밌지 않았던 것이다.

응웬 아줌마는 나란히 앉아 있는 우리를 보고 손을 흔들었다. 아줌마는 내 곁에 앉았다.

"언제 떠나?"

"내일 밤에요."

아줌마는 아무런 반응 없이 쓰레기통을 바라보고 있었다. 나는 무안해져 팔짱을 풀고 엄마가 준 박스를 아줌마의 무릎 위에 올려놓았다.

"이거, 우리 엄마가 드리래요."

아줌마는 포장지를 천천히 뜯고 상자를 열었다. 그 안에는 엄마가 이번 가을부터 뜨기 시작한 목도리와, 털모자, 털장갑이 세 벌씩 들어 있었다. 엄마 이거 누구 주려는 거야? 내가 묻자 그냥 심심해서 뜨는 거라고 대수롭지 않게 이야기하던 엄마의 얼굴이 떠올랐다. 응웬 아줌마는 빨간 털모자를 꺼내 썼다. 털로 만들었다는 것만 다를 뿐, 아줌마가 여름에 자주 쓰는, 좁은 챙이 달린 모자와 비슷한 모양이었다. 털모자에는 장미꽃 모양의, 털실로 만든 코사지가 붙어 있었다. 아줌마는 박스 안에 든 모자, 장갑, 목도리를 꺼내 하나씩 허공을 향해 들어 보였다. 그것들이 옅은 빛에 세심하게 비춰 봐야 할 보석이나 되는 것처럼. 아줌마는 감색 바탕에 노란 털실로 대문자 T자가 새겨진 털모자를 들어 한참 보더니 투이의 머리에 씌웠다.

"얘가 머리가 커서 모자가 잘 안 맞거든. 근데……." 아줌마는 거기까지 말했고 말을 멈추더니 입을 꾹 다물고 코를 훌쩍였다. 그녀가 울음을 삼키는 모습을 본 건 그때가 처음이었다. 전쟁에 대해 이야기할 때도 표정 하나 바꾸지 않고 담담하게 말했었기에 나는 아줌마 옆에서 어떤 표정을 지어야 할지 알지 못했다. 응웬 아줌마. 나는 그녀의 얼굴을 봤다.

커다란 갈색 눈에 작은 코, 울음을 참느라 아래로 내려간 입꼬리, 미간에 세로로 그어진 두 개의 주름.

나는 입김을 불어 아줌마의 털모자 위로 떨어진 눈덩이를 털어 냈다.

"씬짜오." 나는 아줌마의 작은 얼굴을 보며 말했다.

"씬짜오." 응웬 아줌마도 같은 말로 화답했다.

"씬짜오, 투이." 나는 목소리를 조금 더 높여 말했다. 감색 털모자를 쓰고 코가 빨개진 채로 주머니에 손을 넣고 나를 보던 투이의 얼굴. "씬짜오." 투이는 작은 목소리로 답했다.

어쩌면 나는 그런 장면을 기대했는지도 모른다. 아줌마가 우리 집으로 올라가서 우리 식구들과 마지막 인사를 하는 장면을, 아줌마와 투이가 엄마가 떠 준 털모자를 쓰고 그 모습을 엄마에게 보여 주는 장면을, 그 둘을 뿌듯하게 바라보는 엄마의 얼굴을 보고 싶었는지도 모른다. 그러나 그런 극적인 장면은 없었다. 그 흔한 포옹도, 입맞춤도, 구구절절한 이별의 수사도 없었다. 그저 안녕, 그 한마디였을 뿐. 우리는 벤치에서 일어나 외투에 묻은 눈을 털고 길가로 걸어 나갔다. 나는 길을 건넜고, 아줌마와 투이는 건너지 않았다. 내가 집 현관문 앞에 서는 걸 보고서야 아줌마와 투이는 걸음을 옮겼다. 저 모퉁이를 돌면 보이지 않겠지. 나는 현관문 앞에 붙박인 채로 천천히 걸어가는 아줌마와 투이를 바라봤다. 한 번, 두 번, 투이가 고개를 돌려 내쪽을 바라봤지만 걸음은 멈추지 않은 채였다. 아줌마와 투이는 모퉁이를 돌았고, 나는 더 이상 그들을 볼 수 없었다. 다시 돌아올지 몰라. 나는 현관 앞에 쪼그리고 앉아 그들을 기다렸다. 그들이 오지 않아 나는 투이네 집 앞까지 걸어갔다. 거리에는 아무도 없었다.

시간이 지나고 하나의 관계가 끝날 때마다 나는 누가 떠나는 쪽이고 누가 남겨지는 쪽인지 생각했다. 어떤 경우 나는 떠났고, 어떤 경우 남겨졌지만 정말 소중한 관계가 부서졌을 때는 누가 떠나고 누가 남겨지는 쪽인지 알 수 없었다. 양쪽 모두 떠난 경우도 있었고, 양쪽 모두 남겨지는 경우도 있었으며, 떠남과 남겨짐의 경계가 불분명한 경우도 많았다.

몇 번이나 독일로 출장을 가면서도 나는 플라우엔에 들르지 않았었다. 기차로 두 시간 거리의 라이프치히에서 열흘 동안 체류했을 때도 나는 애써 그곳을 외면했다. 그곳에는 서로를 경멸하는 부모 밑에서 영혼의 밑바닥부터 떨던 아이가 있었고, 단 한 번의 포옹도 없었던 차가운 이별과 혼자 울던 길거리가 있었다. 나는 줄곧 그렇게 생각했다. 헤어지고 나서도 다시 웃으며 볼 수 있는 사람이 있고, 끝이 어떠했든 추억만으로도 웃음 지을 수 있는 사이가 있는 한편, 어떤 헤어짐은 긴 시간이 지나도 돌아보고 싶지 않은 상심으로 남는다고.

엄마가 돌아가신 다음 해에 나는 플라우엔을 찾았다. 엄마의 첫 기일이 일주일 지난, 햇볕은 따뜻하고 바람은 차가운 이른 봄이었다. 도시는 내 기억보다 훨씬 작았고, 이십 년 전보다도 쇠락하여 황량하기까지 했다. 내가 다니던 학교는 작은 공장으로 바뀌어 있었는데 뒤뜰에서 몇몇 노인들이 담배를 피우며 나를 무심히 바라봤다. 변함없는 건 내가 살던 공동 주택이었다. 그 건물은 여전히 그 자리에 그대로 남아 공원을 마주 보고 있었다. 나는 어린 내가 붙어 서 있던 삼 층 창가를 올려다봤다. 그 뒤에 서서 공원을 뛰어다니는 투이를 훔쳐보던 일이 떠올라 슬며시 웃음이 나왔다.

투이가 내게 선물한 스누피 만화책은 아직도 내 방 책장에 있다. 흑백 만화책이지만 우드스탁만은 샛노란색으로 칠해져 있다. 제대로 날지도 못하는 카나리아 우드스탁. 책을 펼쳐 그 노란색 카나리아를 볼 때면, 한 장 한 장 책장을 넘겨 가며 그 작은 새에게 색을 입혀 주려 했던 투이의 따뜻한 마음이 가까이 다가왔다.

투이네 집을 찾는 건 어렵지 않았다. 나는 투이네 집 맞은편 벤치에 앉아 창을 바라봤다. 저 창은 부엌 창이었지. 그 창으로 호 아저씨의 뒷모습이 희미하게 기억났다. 쌀이 끓던 냄새와 고깃국을 먹을 때 씹히던 고수의 향, 응웬 아줌마가 만들어 주었던 쌀 푸딩의 단맛, 투이와 함께 벽에 기대앉아 스누피 만화책을 읽던 그 시간도. 그 시간은 아직도 달콤하고도 씁쓸하게 내 마음의 좁은 수로를 따라 흐르고 있었다. 위태롭게나마 서로를 포기하지 않으려고 애쓰던 나의 부모와 상처 받았기에 누구에게도 상처 주지 않으려 애쓰던 응웬 아줌마 부부가 서로에게 노래를 불러 주던 시간이 거기에 있었다.

엄마가 떠났을 때, 그녀를 위해 울어 줄 수 있는 사람은 몇 되지 않았다.

'그 앤 어릴 때부터 예민하고 우울했었지.' '영리한 애는 아니었던 것 같아.' 큰이모와 작은이모마저도 엄마를 그런 식으로 회상할 뿐이었다. 그제야 나는 엄마가 사랑이 많은 사람이라고 말하던 응웬 아줌마를 떠올렸다. 그녀는 세상 사람들이 지적하는 엄마의 예민하고 우울한 기질을 섬세함으로, 특별한 정서적 능력으로 이해해 준 유일한 사람이었다. 아줌마의 애정이 담긴 시선 속에서 엄마는 사랑받아 마땅한 사람으로 보였었다.

아줌마라고 해서 엄마의 모든 면이 아름답게 보였을까, 엄마의 약한 면은 보지 못했을까. 아줌마는 엄마의 인간적인 약점을 모두 다 알아보고도 있는 그대로의 엄마에게 곁을 줬다. 아줌마가 준 마음의 한 조각을 엄마는 얼마나 소중하게 돌보았을까. 그것이 엄마의 잘못도 아닌 일로 부서져 버렸을 때 엄마가 느꼈던 절망은 얼마나 깊은 것이었을까. 내가 아는 한, 엄마는 그 이후로도 마음을 나눌 친구를 쉽게 사귀지 못했었다. 그리웠을 것이다. 말로는 그때의 일들이 잘 기억나지 않는다고 했지만, 엄마를 엄마 자신으로 사랑해 준 응웬 아줌마를 엄마는 오래 그리워했을 것이다.

그저, 가끔 말을 들어 주는 친구라도 될 일이었다. 아주 조금이라도 곁을 줄 일이었다. 그녀가 내 엄마여서가 아니라 오래 외로웠던 사람이었기에. 이제 나는 사람의 의지와 노력이 생의 행복과 꼭 정비례하지는 않는다는 사실을 안다. 엄마가 우리 곁에서 행복하지 못했던 건 생에 대한 무책임도, 자기 자신에 대한 방임도 아니었다는 것을.

연락이 닿았을 때 응웬 아줌마는 믿을 수 없다는 말을 반복했다. "우리 부부는 여기에 계속 살고 있어. 투이는 함부르크에서 일해." 나는 들뜬 아줌마에게 모든 사정을 말하지 않았다. 다만, "엄마는 잘 계시니?"라고 묻는 아줌마의 말에는 거짓으로 답할 수 없었다.

빨간 털모자를 쓴 작은 여자가 현관에서 나와 길 건너편에 섰다. 나는 벤치에서 일어나 길가로 걸어갔다. 우리는 작은 길을 사이에 두고 내내 서로를 바라보고만 있었다. 신호등이 파란불로 바뀌고 나는 길을 건넜다. 나는 아줌마의 눈에서 숨길 수 없는 충격을 봤다. 서른셋의 나는 그때의 엄마와 같은 사람이라고 해도 좋을 정도로 엄마를 빼닮아 있었으니까. 아줌마의 눈에서 나는 나와 함께 여기에 서 있는 엄마를 본다. 응웬 씨, 반갑게 이름 부르며 저쪽 길로 건너가는 엄마의 모습을. 씬짜오, 씬짜오. 우리는 몇 번이나 그 말을 반복한다. 다른 말은 모두 잊은 사람들처럼.

이 작품의 젊은 부부는 52개월 된 영우를 후진하는 어린이집 차에 잃었습니다. 화자가 보험 회사 직원이라는 이유로 차마 입에 담지 못할 소문을 옮기는 이웃 사람들은 더 깊어질 수 없을 것 같았던 부부의 상처를 더욱 후벼 팝니다. 도배를 새로 하면서 발견한 영우의 흔적, 벽지에 영우가 적어 놓은 제 이름을 보고 흐느낄 수밖에 없습니다.

이 작품은 타인의 불행을 대하는 우리의 태도를 성찰하게 합니다. 꽃잎 가득한 벽지와 영우의 글씨 앞에 주저앉아 버린 아내에게서 화자는 '꽃매'를 봅니다.

"아내가 동네 사람들로부터 '꽃매'를 맞고 있는 것처럼 느껴졌다. 많은 이들이 '내가 이만큼 울어 줬으니 너는 이제 그만 울라'며 줄기 긴 꽃으로 아내를 채찍질하는 것처럼 보였다."

'꽃매'는 현실에서 흔히 보이는 사회적 약자를 향한 조롱과 혐오 표현을 연상하게 합니다. 인간은 죽음을 경험할 수밖에 없는 존재지만, 상처와 죽음이 있기에 생명을 더욱 소중히 할 수 있습니다. 소설의 감상을 통해 사랑하는 이들과 사별한 이들의 슬픔과 애도의 과정을 경험하고, 나아가 죽음의 슬픔을 겪는 타자를 어떻게 위로할 것인가의 문제를 생각해 봅시다.

▌김애란(金愛爛, 1980~)

인천 출생. 단편 〈노크하지 않는 집〉으로 제1회 대산 대학 문학상을 수상하고 같은 작품을 2003년 《창작과비평》 봄호에 발표하며 작품 활동을 시작했다. 현재까지 낸 작품으로는 소설집 《달려라, 아비》, 《침이 고인다》, 《비행운》, 《바깥은 여름》, 장편 소설 《두근두근 내 인생》, 산문집 《잊기 좋은 이름》이 있다. 이상 문학상, 동인 문학상, 한국일보 문학상, 이효석 문학상, 김유정 문학상 등을 수상하였다.

입동 _김애란

자정 넘어 아내가 도배를 하자 했다.

— 지금?

— 응.

소파에서 주춤대다 "그래." 하고 일어났다. 아내가 뭔가 먼저 '하자'는 건 오랜만의 일이었다. 베란다로 가 수납장서 벽지를 꺼냈다. 얼마 전 동네 대형 마트에서 산 '셀프 도배용 벽지'였다. 한 롤에 이만 몇천 원. 폭은 내 어깨너비만 한데 길이가 10미터를 넘어 손 안에 전해지는 무게가 제법 묵직했다. 도배지를 든 채 설명서를 읽다 왠지 께름칙한 기분이 들어 곁눈질로 거실 불빛을 봤다. 그러곤 설명서에서 눈을 떼지 않은 채 큰 소리로 외쳤다.

— 정말 지금 할 거지?

지난달 어머니가 잠시 집에 다녀갔다. 두 사람 다 경황이 없을 테니 당분간 살림을 맡아 주겠다는 명분이었다. 짐을 푼 첫날부터 어머니는 집안 곳곳을 의욕적으로 쓸고 닦았다. 우편물을 정리하고, 먼지 낀 선풍기를 분해해 일일이 날개를 닦고, 시든 고무나무에 물을 줬다. 돼지고기와 메추리알을 섞어 간장에 조리고, 멸치와 꽈리고추를 볶아 집 안에 매운 내를 풍기고, 김을 굽고, 깻잎을 재우고, 냉동실을 정리했다. 아내는 그런 어머니의 모습을 종종 무기력한 눈빛으로 쳐다봤다. 나이 드신 양반의 악의 없는 참견과 잔소리도 묵묵 **감내하는** 듯했다. 아니 감내했다기보다 의식하지 못했다 할까, 안 했다 할까. 적당한 말을 몰라, 그냥 그게 말이니 싶어 저쪽에서 열심히 구사하는 몸짓을 아내는 수신하지 못했다. 그러기엔 좀 아팠다.

어머니가 우리 집에 오고 열흘쯤 지나서였다. 한밤중 부엌에서 "펑!" 소리가 나 뛰어가 보니 어머니가 검붉은 액체를 뒤집어쓴 채 바닥에 주저앉아 있었다. 우연히 테러범 옆에 있다 살점과 핏물을 세례받은 양 얼빠진 모습이었다. 어머니의 한 손에는 원통형 병 하나가 들려 있었다. 얼마 전 집 앞 어린이집에서 보내온 복분자액이었다. 도로 돌려보낼 생각에 손도 안 대고 방치해 둔 걸, 갑자기 뚜껑을 연 바람에 내용물이 폭발하듯 솟구친 모양이었다. 검붉은 액체는 어머니의 흰 내의뿐 아니라 식탁과 장판, 밥통과 전기 주전자 위로 어지럽게 튀었다. 특히 식탁과 마주한 벽 상태가 심각했는데, 산뜻한 올리브색 벽지 가득 검붉은 얼룩이 **낭자한** 게 마치 누군가 이웃을 모욕하기 위해 일부러 갈겨 놓은 낙서 같았다.

— 아이고, 이거 다 아까워서 어쩐다니.

어머니가 당혹스러운 얼굴로 주위를 둘러봤다.

— 아니, 나는 그냥 목이 말라서……. 니들이 통 안 먹길래…….

나는 서둘러 어머니를 부축해 일으켜 세웠다.

— 괜찮아, 엄마? 어디 안 다쳤어?

어머니는 "내가 늙어서 주책이다.", "이 사람들도 참 사람이 먹을 수 있는 걸 팔아야지, 이러면 어쩐다니.", "병에 가스가 찼나 보다."라는 말을 반복했다. 그러곤 곧장 욕실로 가지 않고 키친타월을 둘둘 풀어 바닥부터 닦았

감내하다(堪耐--) 어려움을 참고 버티어 이겨 내다.
낭자하다(狼藉--) 여기저기 흩어져 어지럽다.

다. 평소 같으면 걸레를 빨아 쓰면 되지 뭐 하러 종이를 낭비하느냐 나무랐을 터였다.

— 놔둬, 엄마. 내가 할게.

엉거주춤 허리를 숙이며 슬쩍 아내를 봤다. '그렇지, 여보? 우리가 하면 되지?' 넌지시 동의를 구한 거였다. 그런데 그때까지 내 옆에서 꼼짝 않던 아내가 몹시 나직하고 상스러운 투로 뜻밖의 말을 했다.

— 아이 씨…….

어머니가 바닥을 훔치다 말고 고개 들어 아내를 봤다. 잠시 정적이 흘렀다. 벽면에선 여전히 검붉고 끈끈한 액체가 세로로 긴 자국을 남기며 뚝뚝 흘러내리고 있었다. 아내는 어색해진 분위기 따위 아랑곳 않고 말을 이었다.

— 이게 뭐야.

— 미진아.

그만하라는 뜻으로 지그시 아내의 팔뚝을 잡았다. 그러자 아내는 화를 내는 건지 이해를 구하는 건지 알 수 없는 얼굴로 서글픈 비명을 질렀다.

— 다 엉망이 돼 버렸잖아.

우리가 이곳으로 이사 온 건 작년 봄이다. 분양 면적 이십사 평, 실면적 십칠 평에 지은 지 이십 년 된 아파트였다. 요즘 같은 때 빚내서 집 사는 건 다들 미친 짓이라 했지만 경매로 싸게 나온 물건이어서 포기하기 쉽지 않다. 많은 경우 매매가와 전세 보증금 차가 크지 않았고, 조건 맞는 전셋집을 구하기 어려웠을뿐더러 이사라면 지긋지긋하던 차였다. 오랜 고민 끝에 우리는 이 집을 사기로 했다. 집값의 반 이상을 대출로 끼고서였다. 몇십 년간 매달 갚아야 할 원금과 이자를 떠올리면 마음이 자주 무거워졌다. 그래도 남의 주머니가 아닌 내 공간에 붓는 돈이라 생각하면 억울함이 덜했다. 누군가 그 아파트 역시 당신 집이 아닌 커다란 남의 주머니일 따름이라 일러 준다 해도 할 수 없었다. 아내는 앞으로 영우가 어린이집을 옮겨 다니지 않아도 된다며 기뻐했다. 자긴 그게 제일 좋다고. 근처에 편의 시설이 많은 데다 서울보다 공기가 맑은 것도 마음에 든다 했다.

— 영우도 여기 좋아.

혼자 블록 놀이를 하거나 그림책을 보다 곧잘 어른들 대화에 끼어들던 영우가 그날도 **말참견**을 했다.

— 왜? 영우는 여기가 왜 좋은데?

그즈음 한창 놀랍고 엉뚱한 말을 쏟아 내던 영우에게 아내가 기대 어린 투로 물었다. 부모로서 뭔가 해 줬다 싶은지 답도 듣기 전에 뿌듯한 표정이었다. 영우는 여느 때처럼 입에 맑은 침을 문 채 선홍색 혀를 놀려 천진하게 대꾸했다.

— 응. 부릉부릉이 엄청 많아. 엄청 멋있어.

베란다 밖 8차선 도로에 길게 늘어선 출퇴근 차량을 보고 하는 말이었다.

한동안 집이 생겼다는 사실에 꽤 얼떨떨했다. **명의**만 내 것일 뿐 여전히 내 집이 아닌데도 그랬다. 이십여 년간 셋방을 부유하다 이제 막 어딘가 가늘고 연한 뿌리를 내린 기분. 씨앗에서 갓 돋은 뿌리 한 올이 땅속 어둠을 뚫고 나갈 때 주위에 퍼지는 미열과 탄식이 내 몸 안에 고스란히 전해지는 느낌이었다. 퇴근 후 샤워를 하고 침대에 누우면 이상한 자부와 불안이 한꺼번에 밀려왔다. 어딘가 어렵게 도착한 기분. 중심은 아니나 그렇다고 원 바깥으로 밀려난 건 아니라는 안도가 한숨처럼 피로인 양 몰려왔다. 그 피로 속에는 앞으로 닥칠 피로를 예상하는 피로, 피곤이 뭔지 아는 피곤도 겹

말참견(—參見) 다른 사람이 말하는 데 끼어들어 말하는 짓.
명의(名義) 문서상의 권한과 책임이 있는 이름.

쳐 있었다. 그래도 나쁜 생각은 되도록 안 하려 했다. 세상 모든 가장이 겪는 불안 중 그나마 나은 불안을 택한 거라 믿으려고 애썼다. 그리고 그건 얼마간 사실이었다. 적어도 내겐 뭔가 선택할 자유라도 있었으니까. 아파트 매매 계약서에 도장을 찍고 집에 와 티브이를 켰는데, 예능 프로그램에서 연예인들이 '신문지 게임'을 하고 있었다. 발 디딜 면이 점점 줄어드는 공간에서 최대한 많은 사람들이 오래 버텨야 하는 게임이었다. 참가자들은 서로의 몸에 엉긴 채 용을 쓰며 우스꽝스러운 표정을 지었다. 그러다 몇몇은 결국 상대의 무게를 못 이겨 신문지 밖으로 넘어지며 탈락했다. 그땐 그냥 티브이 앞에 앉아 캔 맥주를 마시며 낄낄댔는데, 요즘은 내가 그 게임 참가자가 된 기분이었다. '반의반' 또 '반의반의반' 크기로 접힌 종이 위에 외발로 선 채 가족을 안고 부들부들 떠는. 그렇지만 결국 살았다고 카메라를 보며 웃는. 대학 동기들은 내게 벌써 집 장만을 했냐며 부러움 섞인 축하를 건넸다. 그때마다 나는 "그래 봤자 **하우스 푸어**."라고 겸연쩍게 변명했다. 한 녀석은 "나는 그냥 푸어인데 그래도 너는 하우스 푸어니 얼마나 좋냐."라고 받아쳤다. 입주 후 양가 부모님과 친구들, 직장 동료를 초대해 몇 차례 집들이를 했다. 가까운 이들과 떠들썩하게 음식을 나누고 술잔을 기울였다. 그럴 땐 우리가 채무자란 사실이 비현실적으로 느껴졌다. 아파트 매매 계약서와 은행 대출 서류에 쓴 내 이름이 가명처럼 여겨졌다. 새벽에 **요의**를 느껴 화장실에 갈 때면 욕실 문 앞에서 불 꺼진 거실을 오랫동안 바라봤다. 그러곤 있어야 할 것은 모두 제자리에 있는지, 지켜야 할 것은 또 그대로 있는지 확인한 뒤 자리를 떴다.

　아내는 집 꾸미는 데 반년 이상 공을 들였다. 이사 후 틈나는 대로 '좁은

하우스 푸어(house poor)　자기 집을 가지고 있지만 빈곤층에 속하는 사람.
요의(尿意)　오줌이 마려운 느낌.

집 셀프 인테리어'나 '가구 리폼', 'DIY' 정보를 살피며 실행에 옮겼다. 전부터 '정착'에 대한 욕구는 나보다 아내가 더 강했다. 아내는 대학 시절 내내 기숙사에 살았고, 졸업 후 한창 학습지 교사로 일할 땐 두꺼운 요 대신 은박 돗자리를 갖고 독서실을 전전했다. 남들은 고기 굽거나 소풍 갈 때나 펴는 걸, 휴대하기 좋고 버리기 쉽단 이유로 매일 깔고 잔 거였다. 아내는 9급 공무원 시험에 세 번 응시해 세 번 떨어졌고, 공무원이 되는 대신 노량진 공무원 입시 학원에서 사무를 봤다. 결혼 후 난임 치료를 받다 두 번의 유산 끝에 영우를 가졌고, 다섯 번의 이사 끝에 집을 샀다. 모두 지난 십 년간 정신없이 벌어진 일들이었다. 아파트를 얻은 뒤 아내는 휴일마다 베란다에서 계속 무언가를 자르고, 칠하고, 조립했다. 우리가 십 년 가까이 쓴 침대와 의자, 식탁과 수납장을 '리폼'했다. 갈색 의자에 크림색 페인트를 입힌다든가 낡은 탁자에 감귤빛 페인트를 발라 분위기를 화사하게 바꾸는 식이었다. 아내는 영우가 톱이나 못, 망치 근처로 오지 못하게 베란다 문을 꼭 잠그고 일했다. 영우는 베란다 유리문에 코를 박고 울거나 떼를 썼다. 그럴 땐 내가 영우를 번쩍 안아 놀이터로 데려갔다. 이사 후 몇 달 동안 집에서 페인트와 접착제, 광택제 냄새가 가시지 않았다. '북유럽 스타일 가구' 또는 '스칸디나비아 패브릭'을 알아보다 가격에 낙담한 아내가 나름 택한 **자구책**이었다. 아내에게는 정착의 사실뿐 아니라 실감이 필요한 듯했다. 쓸모와 필요로만 이뤄진 공간은 이제 물렸다는 듯, 못생긴 물건들과 사는 건 지쳤다는 듯. 아내는 물건에서 기능을 뺀 나머지를, 삶에서 생활을 뺀 나머지를 갖고 싶어 했다.

아내가 인테리어에 가장 정성을 쏟은 공간은 단연 거실과 부엌이었다. 아

자구책(自救策) 스스로를 구원하기 위한 방책.

내는 인터넷 쇼핑몰에서 산 이 인용 소파를 거실에 들여놨다. 패브릭 소재
에 충전재로 건설 폐목재와 마블 스펀지를 쓴 저가 소파였다. 나는 아내의
선택에 토를 달지 않았다. 어쩌다 아내가 의견을 물어 오면 "나쁘지 않네.",
"괜찮네." 덤덤하게 대꾸했다. 나 역시 허름한 아파트가 아늑하게 바뀌는
게 싫지 않았고 아내의 밝은 기운을 쐬는 게 좋아서였다. 아내는 소파 옆에
잘생긴 고무나무 한 그루도 들여놨다. 영우가 더 이상 화분 위 돌을 빨거나
잎을 뜯어 먹지 않아 가능한 일이었다. 아내는 자신이 직접 만든 나무 선반
에 'LOVE', 'HAPPINESS' 같은 영어 단어가 적힌, 정확한 용도를 알 수 없
는 파스텔 톤 깡통을 올려놨다. 한쪽 벽면에는 철사와 앙증맞은 나무집게를
이용해 빨래 널듯 가족사진을 전시했고, 그러고도 뭔가 허전했는지 나무 위
에 새 세 마리가 앉은 '월 스티커'를 붙였다.

부엌과 마주한 작은방은 영우 방으로 꾸몄다. 영우가 처음 가져 보는 자
기 공간이었다. 평소 구석에 숨는 걸 좋아하는 영우를 위해 아내는 시장에
서 직접 천을 끊어다 인디언 천막을 만들었다. 영우는 아기 때부터 어디든
잘 기어들어 가 손가락으로 먼지를 집어 먹고, 바닥에 떨어진 머리카락을
뚫어져라 쳐다보곤 했다. 아내는 영우 방 창문에 '로보카 폴리'가 그려진 롤
스크린을 달고, 방문에 'ㄱㄴㄷ 한글 차트'를 붙였다. '기역' 칸에는 '강아지'
가 '니은' 칸에는 '나비'가 나오는 식의 브로마이드였다. 그즈음 영우는 막
글자를 익히고 있었다. 하지만 공부에 영 소질이 없어서 그런지, 아직 어려
서 그런지 글씨를 쓰라고 손에 연필이나 크레파스를 쥐여 주면 여기저기 형
체를 알 수 없는 곡선을 그리며 아내가 애써 청소해 놓은 바닥을 더럽히곤
했다. 평소 언성 높이는 법이 별로 없는 아내는 자신이 힘들여 가꿔 놓은 공
간을 아이가 어지럽힐 때마다 소리를 질렀다. 어느 때는 좀 과하다 싶을 정
도로 그랬다. 영우는 제 엄마의 간섭 따위 아랑곳 않고 날마다 온갖 사물에

침을 묻히고, 그림책을 찢고, 음악이 나오면 상체를 좌우로 흔들고, 식탁 아래 좁은 공간에 들어가 놀았다. 그리고 가끔은 원뿔형의 인디언 천막에 들어가 종알종알 싱그러운 헛소리를 하다 잠이 들었다. 누구와 싸워도 이길 수 없을 것 같은 얼굴로. 가만 들여다보고 있으면 가슴이 저릴 정도로 무고한 얼굴로 잤다. 신기한 건 그렇게 짧은 잠을 청하고도 눈뜨면 그사이 살이 오르고 인상이 변해 있다는 거였다. 아이들은 정말 크는 게 아까울 정도로 빨리 자랐다. 그리고 그런 걸 마주할 때라야 비로소 나는 계절이 하는 일과 시간이 맡은 몫을 알 수 있었다. 3월이 하는 일과 7월이 해낸 일을 알 수 있었다. 5월 또는 9월이라도 마찬가지였다.

처음 이 집을 보러 왔을 때 가장 인상적인 건 부엌 벽면이었다. 남루하고 어지러운 세간 사이로 유일하게 '아름다움'을 주장해, 그렇지만 안간힘을 쓰듯 화사해 눈에 띄었다. 벽면에는 이미 한참 전에 유행한 꽃무늬 벽지가 붙어 있었다. 탐스럽다 못해 징그러운 붉은 튤립이 송이송이 무더기로 박힌 포인트 벽지였다. 흰색 바탕 위로는 누런 얼룩과 파리똥인지 뭔지 정체를 알 수 없는 까만 점들이 튀어 있었다. 아내는 까다롭고 **엄정한** 얼굴로 부엌 벽면을 천천히 뜯어봤다. 그러곤 '내가 이 집 주인이라면 단순하고 산뜻한 벽지를 발랐을 거'라 속삭였다. 중요한 건 수납과 배치, 배색이라고. 인테리어에 대한 잘못된 이해가 바로 이런 거라며 사뭇 전문가 행세를 했다. 육아며 직장 일로 정작 자기는 미용실도 못 가면서 그랬다.
　— 우리 집도 정신없잖아.
　아내가 눈을 둥그렇게 뜨고 말했다.
　— 우린 애가 있으니까 그렇지.

엄정하다(嚴正--)　엄격하고 바르다.

살림과 양육에 대해 내가 조금이라도 비난하는 기색을 보이면 아내는 무척 예민하게 굴었다.

— 이 집도 애가 있었나 본데?

부엌 형광등 스위치에 붙은 라바 스티커를 가리키자 아내가 볼멘소리를 했다.

— 우리 집은 여기보다 작잖아. 좁은 집은 아무리 정리해도 표가 안 난다고.

입주 전, 아내는 제일 먼저 그 벽부터 손봤다. 동네 인테리어 가게에 들러, 부엌과 거실 벽은 모두 흰색으로 하되 개수대와 마주한 면은 올리브색 종이를 발라 달라 주문했다. 흰색 공간에서 올리브색 벽면은 단연 '포인트'가 됐다. 아내 말대로 눈맛도 시원하고 집이 넓어 보였다. 아내는 그 벽 아래에 사 인용 식탁을 놨다. 무광택 미색 다리에 엷은 감빛 상판을 얹은 따뜻한 느낌의 식탁이었다. 우리는 그걸 밥상 겸 찻상 그리고 책상으로 썼다. 아내는 식탁 한쪽에 전기 주전자를 비롯해 녹차와 허브차 티백, 종합 비타민제, 견과류를 올려놨다. 투명 용기에 담은 원두와 보는 것만으로도 왠지 으쓱한 기분이 드는 커피 그라인더를 나란히 두는 일도 잊지 않았다. 우리는 그 사 인용 식탁에 둘러앉아 매일 밥을 먹었다. 드물게 손님이 오면 거실에 상을 폈지만 우리끼린 대개 식탁을 이용했다. 우리 부부는 등받이가 없는 벤치형 의자에, 영우는 유아용 접이식 식탁 의자에 앉아 숟가락을 들었다. 그리고 그렇게 사소하고 시시한 하루가 쌓여 계절이 되고, 계절이 쌓여 인생이 된다는 걸 배웠다. 욕실 유리컵에 꽂힌 세 개의 칫솔과 빨래 건조대에 널린 각기 다른 크기의 양말, 앙증맞은 유아용 변기 커버를 보며 그렇게 평범한 사물과 풍경이 기적이고 사건임을 알았다. 아내와 나는 식탁에서 영우를 먹이고, 혼내고, 어이없는 말대꾸에 그만 허탈하게 웃어 버리고, 그 와중에 권위를 잃지 않으려 재빨리 엄한 표정을 짓곤 했다. 영우는 거기서 젓가락질을 배우고, 음식을 흘리고, 떼쓰고, 의자 아래로 기어들어 가고, 울고, 종알종알 분홍 혀를 놀려 어여쁜 헛소리를 했다. 그러니까 거기 사인용 식탁에서. 식탁과 맞붙은 산뜻한 올리브색 벽지 아래서. 집 앞 어린이집에서 보내온 복분자액은 바로 거기 튄 거였다.

아내와 나는 복분자액이 터진 날의 일을 따로 입에 올리지 않았다. 어머니는 다음 날 바로 본가로 내려갔고 우리는 평소와 다름없는 나날을 보내려 애썼다. 그러니까 어제와 같은 하루, 아주 긴 하루, 아내 말대로라면 '다 엉망이 되어 버린' 하루를. 가끔은 사람들이 '시간'이라 부르는 뭔가가 '빨리 감기' 한 필름마냥 스쳐 가는 기분이 들었다. 풍경이, 계절이, 세상이 우리만 빼고 자전하는 듯한. 점점 그 폭을 좁혀 소용돌이를 만든 뒤 우리 가족을 삼키려는 것처럼 보였다. 꽃이 피고 바람이 부는 이유도, 눈이 녹고 새순이 돋는 까닭도 모두 그 때문인 것 같았다. 시간이 누군가를 일방적으로 편드는 듯했다.

지난봄, 우리는 영우를 잃었다. 영우는 후진하는 어린이집 차에 치여 그 자리서 숨졌다. 오십이 개월. 봄이랄까 여름이란 걸, 가을 또는 겨울이란 걸 다섯 번도 채 보지 못하고였다. 가끔은 열불이 날 만큼 말을 안 듣고 말썽을 피웠지만 딱 그 또래만큼 그랬던, 그런 건 어디서 배웠는지 제 부모를 안을 때 고사리 같은 손으로 토닥토닥 등을 두드려 주던, 이제 다시 안아 볼 수도, 만져 볼 수도 없는 아이였다. 무슨 수를 쓴들 두 번 다시 야단칠 수도, 먹일 수도, 재울 수도, 달랠 수도, 입 맞출 수도 없는 아이였다. 화장터에서 영우를 보내며 아내는 "잘 가."라 않고 "잘 자."라 했다. 다시 만날 수 있는 양, 손으로 사진을 매만지며 그랬다.

어린이집 원장은 영업 배상 책임 보험에 가입돼 있었다. 가해 차량 역시 자동차 종합 보험에 들어 우리는 보험 회사를 통해 민사상 손해 배상을 받았다. 많다거나 적다거나 하는 세상의 어떤 잣대나 단위로 잴 수 없는 대가가 지급됐고, 어린이집에서는 그걸로 일이 마무리됐다 여기는 듯했다. 운전사를 바꾸고 당시 현장에 있던 보육 교사까지 잘랐는데 무얼 더 바라느냐 묻는 듯했다. 직접 그렇게 말하진 않았지만 우리를 대하는 표정이나 태도가 그랬다. 내가 보험 회사 직원이란 근거로 동네에 차마 입에 담지 못할 소문이 돈 것도 그즈음이었다. 처음에는 듣고도 믿을 수 없어 온몸이 바들바들 떨렸다. 끔찍한 건 몇몇 이들이 그 말을 정말로 믿는다는 거였다. 아내는 직장을 관두고 집 안에 틀어박혀 아무것도 하지 않았다. 가능하다면 나도 모든 걸 그만두고 싶었다. 생활비 통장에선 매달 아파트 대출금과 높은 이자가 빠져나갔고, 아파트 관리비와 각종 공과금, 의료 보험비와 휴대 전화 요금도 만만치 않았다. 내 월급만으론 감당하기 어려운 액수였다. 그즈음 어린이집 차량 보험 회사 직원으로부터 연락이 왔다. 그 사람은 차분한 말투로 나를 위로하고 공적인 어휘로 보험금 지급 과정을 설명했다. 그러곤 조심스레 서류 한 장을 내밀었다. 거기 내 이름을 적는 칸과 계좌 번호를 기입하는 난이 비어 있었다. 누가 설명해 주지 않아도 이미 잘 알고 있는 양식이었다. 그리고 언젠가 나도 그와 같이 사무적인 얼굴로 누군가의 슬픔을 대면했을 터였다. 서류를 앞에 두고 한동안 아무 말도 못 하다 밖으로 나와 담배를 연달아 세 대 피웠다. 잘못된 걸 바로잡고 고장 난 데를 손보는 건 가장의 일이었다. 나는 그렇게 배우고 자랐다. 그런데 내가 기기 계좌 번호를 적는 순간 이상하게 어린이집 원장을 용서하는 결과를 낳을 것 같은 기분이 들었다.

그 뒤 시간이 어떻게 흘렀는지 모르겠다. 그저 떠오르는 건 어둠. 퇴근 후

딸각, 스위치를 켜면 부엌 한쪽에서 흐느끼던 아내의 얼굴과 다시 딸각, 불을 켰을 때 거실 구석에서 어깨를 들썩이던 아내의 윤곽뿐이다. 냉장실 안 하얗게 삭은 김치와 라면에 풀자마자 역한 냄새를 풍기며 흐트러지던 계란, 거실 바닥에 떨어진 갈색 고무나무 이파리 같은 것들뿐이다. 이따금 아내는 베란다 창문을 보며 동어 반복을 했다.

— 여보, 영우가 있는 곳 말이야, 여기보다 좋을 것 같아. 왜냐하면 거기에는 영우가 있으니까.

한번은 아내가 바퀴 달린 장바구니를 들고 나갔다 십 분 만에 돌아왔다. 무슨 일이냐고 묻자 아내는 사람들이 자길 본다고, 나는 안 그러냐고 했다. 그게 무슨 말이냐고 묻자 아내는 사람들이 자꾸 쳐다본다고, 아이 잃은 사람은 옷을 어떻게 입나, 자식 잃은 사람도 시식 코너에서 음식을 먹나, 무슨 반찬을 사고 어떤 흥정을 하나 훔쳐본다고 했다. 나는 그럴 리 없다고, 당신이 과민한 거라 설득했다. 그 뒤 아내는 주로 온라인 매장에서 장을 봤다. 집 밖을 나서는 일이 점차 줄고 베란다를 바라보는 시간이 늘었다. 나는 아내까지 잃게 될까 두려웠다.

— 여보, 우리 이사 갈까?

딸각, 다시 스위치를 켰을 때 작은 인디언 천막 안에 웅크리고 있던 아내를 향해 물었다. 아내가 젖은 얼굴로 말없이 고개를 끄덕였다. 다음 날 퇴근길에 동네 부동산에 들렀다. 아파트 시세는 지난해 우리가 집을 산 가격보다 이천만 원 이상 떨어져 있었다. 부동산을 나와 집 앞 골목에서 담배를 연달아 두 대 피웠다. 결국 아파트 파는 걸 포기하고 아내에게 '집이 계속 안 나가는 모양'이라 둘러댔다. 물론 우리에겐 단 일 원도 건드리지 않은 보험금 통장이 있었다. 하지만 그건 한 푼도 써서는 안 되는 돈이었다. 한 번도 상의한 적 없지만 아내도 나도 암묵적으로 그렇게 약속하고 있었다.

어린이집에서 보낸 소포가 현관 앞에 도착했을 때 아내와 나는 불길하고 신기한 물건 대하듯 상자를 살폈다. 대체 이게 무슨 뜻인가 감이 오지 않아서였다. 소포 겉면엔 '장수 식품'이라는 상호와 더불어 '국산 복분자 원액 백 퍼센트'라는 문구가 박혀 있었다. 상자 위 유리 테이프를 뜯어내자 안에서 작은 카드가 나왔다. 카드 안에는 '보내 주신 성원에 감사드립니다. 풍성한 한가위 맞으세요. 햇님 어린이집'이라는 관습적인 문구가 적혀 있었다. 추석이라고 아이들이 조물조물 만든 송편을 예쁘게 포장해 들려 보낸 적은 있어도 이런 경우는 처음이었다. 우리는 직감적으로 그게 우리 집에 잘못 배달됐다는 걸 알았다. 영우 일로 나빠진 평판을 그런 식으로나마 바꾸려 한 모양이었다. 신입 교사가 실수한 건지, 주소록을 **갱신하지** 않은 탓인지 알 수 없었다. 아내는 이 사람들 어쩌면 이렇게 무감할 수 있느냐며 화를 냈다. 게다가 여기가 어디라고. 알고 보냈으면 나쁘고, 모르고 부쳤으면 더 나쁜 거라고 흥분했다. 나는 소포를 돌려보낼 때까지 복분자 원액을 눈에 띄지 않는 곳에 치워 둬야겠다고 생각했다. 그게 두 달 전 일이었다.

　부엌 벽면에 밴 물은 웬만해서 잘 **빠지지** 않았다. 젖은 행주로 닦고, 매직 블록으로 문지르고, 화장 솜에 아세톤을 묻혀 조심스레 두드려도 소용없었다. 행주질을 여러 번 한 곳은 비교적 옅어졌지만 얼룩이 완전히 사라지는 일은 없었다. 오히려 흔적을 지우려 하면 할수록 우둘투둘 종이만 더 해졌다. 어찌 됐든 도배를 새로 하는 수밖에 없었다.

　어머니가 본가로 내려가고 얼마 뒤 아내와 대형 마트에 갔다. 아내와 함께 장을 보러 나온 건 오랜만의 일이었다. 빈 카트의 손잡이를 손에 쥔 채

갱신하다(更新--)　이미 있던 것을 고쳐 새롭게 하다.

아내와 무빙워크에 올랐다. 형광등과 건전지, 공구 따윌 파는 구역에 내려 여러 종류의 벽지가 쌓인 진열대 앞에 섰다. 선반 위로 일반 도배지와 셀프 도배지, 시트지와 한지가 단정하게 놓여 있었다. 그중 '풀 먹인 셀프 도배지'를 한 롤 들어 설명서를 읽었다. '물에 오 초만 담그면 끝', '도배가 쉽고 즐겁다', '도구가 필요 없다', '기존 벽지를 뜯을 필요가 없다'는 문구가 보였다. 왠지 읽기만 해도 자신감이 드는 게 벌써 도배를 마친 기분이었다.

— 이걸로 할까?

아내가 미간을 찌푸렸다.

— 아무 무늬 없는 거면 좋겠는데.

— 이만하면 깔끔하지 않나?

— 다른 건 없어?

— 이런 스타일은 싫잖아, 그렇지?

— 어.

— 그나마 이게 제일 단순한데. 무늬도 잘아 별로 티도 안 나고.

— …….

— 나중에 올까?

아내가 갑자기 내 시선을 피하며 안절부절못해 했다.

— 그냥, 당신 마음에 드는 걸로 해.

벽지를 든 채 아내를 빤히 바라봤다. 지금껏 인테리어에 관한 한 혼자 모든 걸 결정해 온 아내가 내게 판단을 넘기는 게 이상했다. 아내는 당장 자리를 뜨고 싶어 하는 것처럼 보였다. 문득 불길한 기분이 들어 돌아보니 웬 젊은 여자가 한 손에 카트 손잡이를 쥔 채 벽지를 살피고 있었다. 카트 안에는 오십 개월쯤 돼 보이는 사내아이가 앉아 있었다. 아이의 축축하고 끈적끈적한 손엔 평소 영우가 즐겨 먹던 동물 모양 과자가 들려 있었다.

그 뒤 아내는 우리가 언제 마트에 간 적 있느냐는 듯 도배 일을 싹 잊었다. 관심이 사라진 건지 의욕이 준 건지 알 수 없었다. 일찍 퇴근한 날이나 주말에 "오늘 도배나 할까?" 물으면 매번 "다음에.", "나중에."라 답했다. 평소 개수대에 설거짓거리를 절대 쌓아 두는 법이 없는 사람의 태도치곤 이상했다. 아내는 설거지를 다 마친 뒤라도 그릇의 물기가 완전히 마른 상태를 선호했다. 어떤 일이든 그렇게 '바로 시작할 수 있는 상태'가 좋다고, 그래야 뭐든 할 마음이 난다고 했다. 아내는 포도 한 송이를 씻을 때도 베이킹 소다에 담갔다 수돗물로 여러 차례 헹궈 냈다. 행주나 수건도 과산화 수소인지 과탄산 소다인지 모를 분말을 풀어 주기적으로 하얗게 삶아 냈다. 그런 아내가 검붉은 액체로 사납게 물든 벽지를, 마른 핏자국마냥 점점 가뭇하게 변해 가는 얼룩을 계속 방치해 두고 있었다. '웬만한 건 나 혼자 할 수 있는데 도배는 당신이 도와줘야 한다' 설득해도 소용없었다. 그러다 어느 땐 나 역시 피곤하고 귀찮아 더 묻지 않았다. 그런데 오늘, 그러니까 토요일이라 자정 넘도록 거실에서 티브이를 본 내게, 까무룩 눈꺼풀이 내려와 이제 그만 잠자리에 들까 고민하던 내게 아내가 도배를 하자 한 거였다.

— 미진아, 거기 좀 잡아 줄래?
— 여기?
— 응.

아내가 줄자 끝을 바닥에 가만 눌렀다. 줄자 끝이 기역자로 구부러져 바닥에 딱 붙지 않는 탓에 잘못하면 중간에 튕겨 나갈 수 있었다. 도배지 위에 무릎을 꿇고 앉아 2.3미터 부근에 연필로 작게 표시를 했다. 실제 치수보다 3센티미터쯤 여유를 두고서였다.

— 이런 게 몇 장 필요해?
— 세 장.

— 그거면 돼?

— 응. 충분해.

똑같은 크기의 벽지 세 장을 거실 바닥에 펼쳤다. 단정한 미색 바탕에 흰 꽃이 자잘하게 돋은 벽지였다. 아내는 내가 고른 도배지가 썩 맘에 들지 않는 눈치이지만 한편으론 아무래도 상관없다는 표정이었다. 먼저 올리브색 벽면 아래 놓인 사 인용 식탁을 번쩍 들어 아내와 거실로 옮겼다. 아내가 만든 보조 의자 겸 수납함 하나만 남겨 두고 벤치형 의자와 유아용 의자도 한쪽으로 치웠다. 그러곤 아내와 서로 마주 서서 도배지 양 끝을 잡고 욕실로 향했다. 미지근한 물을 받은 욕조에 도배지를 담그고 풀이 **붇길** 기다렸다. 잠시 후 아내와 다시 도배지 끝을 잡고 한 발 한 발 조심스레 부엌으로 이동했다. 물 먹은 종이가 찢어지지 않게 유리 나르듯 힘 조절을 잘해야 했다. 말 그대로 '협동' 작업이었다. 세로로 길게 세운 벽지 양 모서리를 잡고 까치발을 하자 종이 끝이 천장 몰딩에 닿았다. 내 품 안쪽 빈 공간에서 종이 아랫단을 잡은 아내가 나를 올려다보며 말했다.

— 우리 신랑 키 크네.

오랜만에 보는 미소였다. 하지만 조금 쓸쓸해 보이는 웃음이기도 했다. 도배지를 벽면에 반쯤 붙이자 아내가 재빨리 뒤로 빠지며 내가 움직일 수 있는 공간을 마련해 줬다. 도배지 아랫단을 벽면에 밀착시키고, 싱크대 물기를 훔칠 때 쓰는 조그마한 유리닦이로 겉면을 쭉쭉 문질렀다. 도배용 솔이 없어 적당한 기구를 찾다 생각해 낸 방법이었다. 유리닦이가 왕복 운동을 할 때마다 물에 불은 풀이 부엌 바닥으로 후드득 떨어졌다. 사방에 풀 냄새가 진동했다. 바닥엔 이미 신문지를 깔아 둔 상태였다. 벽지를 꼼꼼하게

붇다 물에 젖어서 부피가 커지다.

펴는 동안 아내는 물걸레로 바닥에 튄 풀을 부지런히 닦아 냈다. 이윽고 도
배지 한 장이 말끔하게 벽면을 채웠다. 아내와 잠시 뒤로 물러서서 정면을
바라봤다. 검붉은 얼룩이 지저분하게 번진 옆면에 비해 티 없이 깨끗한 공
간을 보니 왠지 모를 자긍심이 들었다. 형광등을 갈거나 하수구를 뚫었을
때 느낀 감정과 비슷한 거였다.

　― 간단하네. 금방 끝나겠는데?

　개수대에서 풀 묻은 손을 대충 헹구고 아내와 두 번째 도배지를 맞들었
다. 이제부턴 첫 번째 과정을 그대로 반복하면 될 터였다. 미지근한 물이 담
긴 욕조에 도배지를 넣고 풀이 붙길 잠시 기다렸다. 그러자 자연스레 벌거
벗은 영우의 작은 몸과 엉덩이에 난 푸르스름한 자국, 불룩 나온 배, 부드럽
고 따뜻한 피부와 기분 좋은 냄새가 떠올랐다. 아내도 나와 같은 생각을 하
고 있는 게 분명했다. 우리는 아무 말도 하지 않았다.

　― 부엌 창문 좀 열까?

　― 응.

　아내가 개수대 앞 작은 창을 열었다. 조그맣고 네모난 틀 안으로 힘센 바
람이 회오리쳐 들어왔다. 아내가 몸을 웅크렸다.

　― 바람이 차네.

　― 문 닫을까?

　― 아냐, 잠깐 열어 두지 뭐. 냄새도 좀 빼고.

　― 그럴까? 그럼 여기 아래 좀 잡아 줘.

　벽지에서 손을 떼지 않은 채 아내를 바라봤다. 그새 도배 순서와 요령을
익힌 아내가 자연스레 내 안쪽으로 들어와 벽지 아랫단을 잡았다. 서고 앉
는 것만 다를 뿐 나와 같은 자세였다.

　― 11월이네.

무덤덤한 아내 말이 새삼 시렸다.

— 그러네.

— 곧 겨울 이불 꺼내야겠다.

— 어. 새벽에 좀 춥더라.

— 있지.

— 어.

— 사계절이 있는 나라에 사는 건 돈이 많이 드는 일 같아.

— 그렇지.

— 여보.

— 어.

— 혼자 일하느라 힘들지?

— 뭐 늘 하는 일인데.

— 내가 밥도 잘 못 챙겨 주고.

— 자기나 잘 먹어.

— 여보.

— 어.

— 우리 도배 끝나면 다음 주에…….

— …….

— 그 돈 헐자. 빚 갚아야지.

— …….

하마터면 눈물을 쏟을 뻔했다 겨우 참았다. 도무지 방법이 없어 잠을 설치다, 혹 그 돈을 쓰자 하면 아내가 나를 괴물로 보지 않을까 뒤척인 날들이 떠올랐다.

— 응? 그렇게 하자.

애써 호흡을 가다듬고 담담하게 답했다.

— 그래.

유리닦이로 벽면을 꼼꼼히 문지르며 울룩불룩 벽지가 뜬 자리를 반듯이 폈다. 그러곤 속으로 '오늘은 아내가 일어나는 날이구나, 이제 막 일어서려는 참이구나…….' 생각했다. 그러니 오늘은 내게도 영우에게도 중요한 날이라고. 벽지 든 두 팔에 새삼 힘이 실렸다. 유리닦이로 도배지를 훑으며 벽 중간쯤 내려오자 아내가 다시 내 등 뒤로 빠지며 움직일 공간을 만들어 줬다. 도배지가 얼추 자리를 잡자 아내가 물걸레와 마른걸레를 이용해 종이 위 풀을 닦아 냈다.

— 여기 이사 오고 참 좋았는데. 당신도 그랬어?

— 어.

— 우리가 살아 본 데 중에 제일 좋았잖아. 그렇지?

그랬다. 잠이 안 올 정도로 좋았다. 어딘가 가까스로 도착한 느낌. 중심은 아니지만 그렇다고 원 바깥으로 튕겨진 것도 아니라는 거대한 안도가 밀려왔었다. 우리 분수에 이 정도면 멀리 온 거라고. 욕심부리지 말고 감사하며 살자고 다짐한 게 엊그제 같은데. 영우가 떠난 뒤 갑자기 어마어마하게 조용해진 이 집에서 아내와 금방이라도 찢어질 것 같은 도배지를 들고 있자니 결국 그렇게 도착한 곳이 '여기였나?' 하는 의문이 들었다. 절벽처럼 가파른 이 벽 아래였나 하는. 우리가 이십 년간 셋방을 부유하다 힘들게 뿌리 내린 곳이, 비로소 정착했다고 안심한 곳이 허공이었구나 싶었다.

— 여보, 저기 종이 운 것 같은데. 다시 해야 하는 거 아니야?

— 어디?

— 저기.

— 괜찮아. 며칠 지나면 흡착될 거야.

— 저기는? 삐뚤어진 거 같은데?

— 어디?

벽면에서 몇 걸음 떨어져 도배지 무늬와 세로선을 살폈다.

— 난 잘 모르겠는데?

— 아니야, 이쪽으로 살짝 기울어졌어.

— 어. 그러네.

두 번째 도배지를 살짝 떼어 균형을 맞춘 뒤 제자리에 붙였다. 다행히 풀이 금방 마르지 않아 교정이 가능했다.

이제 세 번째 벽지만 바르면 다 끝날 터였다. 아내와 하나 남은 셀프 도배지를 들고 욕실로 이동했다.

— 한꺼번에 불린 뒤 한쪽에 개어 놓을 걸 그랬다.

— 풀 마를까 봐 그랬지.

— 잠깐만, 이것 좀 치우고.

아내가 벽면 아래 수납함을 뒤로 빼냈다. 한쪽 면이 뻥 뚫린 사각 함이었다. 우리는 그걸 영우 식탁 의자 옆에 두고 보조 의자 겸 수납함으로 썼다. 식탁을 거실로 옮길 때 같이 치울까 하다, 도배 중 손이 닿지 않는 데가 있으면 사용하려 그대로 둔 거였다. 수납함을 들어 올리자 바닥에 뽀얀 먼지가 네모나게 드러났다. 아내가 걸레에 물을 적시는 동안 나는 두 번째 벽지 옆에 세 번째 종이를 포갰다. 물걸레질 하느라 들썩이는 아내의 작은 등이 보였다. 나는 아내가 얼른 먼지를 훔쳐 내고 내 안쪽으로 들어와 도배지 밑단을 잡아 주길 바랐다. 그런데 바쁘게 걸레질하던 아내가 갑자기 꼼짝하지 않았다.

— 여보?

— …….

— 영우 엄마?

— …….

— 미진아, 왜 그래? 무슨 일 있어?

도배지 든 양손을 벽에서 떼지 못한 채 아내를 내려다봤다.

— 여기…….

— 응?

— 여기…… 영우가 뭐 써 놨어…….

— ……뭐라고?

— 영우가 자기 이름…… 써 놨어.

아내가 떨리는 손으로 벽 아래를 가리켰다.

— 근데 다…… 못 썼어…….

아내의 어깨가 희미하게 떨렸다.

— 아직 성하고…….

— …….

— 이응하고…….

— …….

— 이응하고, 아니 이응밖에 못 썼어…….

아내는 끅끅 이상한 소리를 내다 결국 울음을 터뜨렸다. 나는 영우가 제 이름을 쓰는 걸 한 번도 보지 못했다. 이따금 방바닥이나 스케치북에 그림도 글씨도 아닌 무언가를 구불구불 그려 넣는 건 알았다. 그런데 제대로 앉거나 기지도 못했던 아이가 어느 순간 훌쩍 자라 '김' 자랑 '이응'을 썼다니, 대견해 머리통이라도 쓰다듬어 주고 싶었다. 영우의 새까만 머리카락은 또 얼마나 **차지고** 부드러웠는지. 한 번만, 단 한 번만이라도 영우를 다시 안아 보고 싶었다. 그럴 수만 있다면 어떤 대가도 치를 수 있을 것 같았다. 부엌 창문 사이로 11월 바람이 사납게 들어왔다.

차지다 ① 반죽이나 밥, 떡 따위가 끈기가 많다. ② 성질이 야무지고 까다로우며 빈틈이 없다.

—기억나.

　　—뭐가.

　　—영우 눈.

　　—…….

　　—불을 보던 우리 아이 눈.

　　—…….

　　—내 생일에 당신이 케이크 사 왔잖아. 여기 식탁에서 같이 초에 불붙이고. 그때 영우는 태어나서 촛불 처음 보는 거였는데. 불을 무슨 엄청 신기한 사물 보듯 응시했잖아? 그날 내가 두 돌도 안 된 영우한테 장난으로 "영우야, 오늘 엄마 생일인데 뭐 해 줄 거야?" 하고 물었어. 그랬더니 영우가 어떻게 했는지 알아? 그 말도 못 하던 애가 잠시 고민하더니 갑자기 막 손뼉을 치더라고. 영우가 나한테 박수 쳐 줬어. 태어났다고…….

　　아내는 연주를 끝낸 뒤 수천 명의 기립 박수를 받은 피아니스트마냥 울었다. 사람들이 던진 꽃에 싸인 채. 꽃에 파묻힌 채. 처마 밑에서 비를 피하는 사람마냥 내가 붙들고 선 벽지 아래서 흐느꼈다. 미색 바탕에 이름을 알 수 없는 흰 꽃이 촘촘하게 박힌 종이를 이고서였다. 그러자 그 꽃이 마치 아내 머리 위에 함부로 던져진 조화(弔花)처럼 보였다. 누군가 살아 있는 사람에게 악의로 던져 놓은 국화 같았다. 우리는 알고 있었다. 처음에는 탄식과 안타까움을 표한 이웃이 우리를 어떻게 대하기 시작했는지. 그들은 마치 거대한 불행에 감염되기라도 할 듯 우리를 피하고 수군거렸다. 그래서 흰 꽃이 무더기로 그려진 벽지 아래 쪼그려 앉은 아내를 보고 있자니, 아내가 동네 사람들로부터 '꽃매'를 맞고 있는 것처럼 느껴졌다. 많은 이들이 '내가 이만큼 울어 줬으니 너는 이제 그만 울라'며 줄기 긴 꽃으로 아내를 채찍질하는 것처럼 보였다.

　　—다른 사람들은 몰라.

나는 멍하니 아내 말을 따라 했다.

— 다른 사람들은 몰라.

그러곤 내가 아내 말을 완벽하게 이해하고 있다는 걸 알았다. 아내가 물끄러미 나를 올려다봤다. 텅 빈 눈동자가 불 꺼진 형광등처럼 어두웠다. 아내가 한 손으로 영우가 직접 쓴, 아니 쓰다 만 이름을 어루만졌다. 순간 어디선가 영우가 다다다 뛰어와 두 팔로 내 다리를 감싸 안을 것 같았다. '토닥토닥' 그런 건 어디서 배웠는지, 제 엄마의 등을 말없이 두드려 줄 것도 같았다. 하지만 그런 일은 일어나지 않았다. 앞으로도 절대 일어나지 않을 터였다. 그 단순한 사실이 가슴을 아프게 후벼 팠다. 나는 결국 고개를 숙이고 말았다. 부엌 바닥으로 굵은 눈물방울이 툭 흘러내렸다. 하지만 그 순간조차 손에서 벽지를 놓을 수 없어, 그렇다고 놓지 않을 수도 없어 두 팔을 든 채 벌서듯 서 있었다. 물먹은 풀이 내 몸에서 나오는 고름처럼 아래로 후드득 떨어졌다. 한파가 오려면 아직 멀었는데 온몸이 후들후들 떨렸다. 두 팔이 바들바들 떨렸다.

자전거 도둑

1 이 작품에 대한 설명으로 적절한 것을 <u>모두</u> 골라 봅시다.

① 현재의 이야기와 과거의 이야기가 중첩되어 있다.

② 영화 속의 사건과 현실 속의 사건이 중첩되어 있다.

③ 서술자의 경험과 다른 인물의 경험이 중첩되어 있다.

④ 동양적인 가치관과 서양적인 가치관이 중첩되어 있다.

⑤ 선이 지배하는 본성과 악이 지배하는 본성이 중첩되어 있다.

[2~7] 다음 제시문을 읽고 물음에 답해 봅시다.

> **가** 어느 날이었다. 아버지와 나는 앞서거니 뒤서거니 하면서 그 정부미 자루를 날
> 라 왔다. 그런데 집에 도착해 한숨을 돌린 뒤 자루를 풀고 물건을 정리해 보니 스
> 무 병이 와야 할 진로 소주가 두 병이 모자란 채 열여덟 병만 온 것이었다.
>
> 아버지의 얼굴은 맞보기가 민망할 정도로 금세 하얗게 질렸다. 왜냐하면 그 덜
> 온 두 병을 빼고 나면 나머지 것들을 몽땅 팔아 봤자 결국 본전치기일 뿐이었기 때
> 문이다. 아버지는 내 등을 떼밀어 물건을 받아 온 수도 상회의 혹부리 영감한테 내
> 려보냈다. 아버지는 말주변도 말주변이었지만 중풍 후유증 때문에 약간의 언어 장
> 애가 있어 일부러 나를 보냈던 것이다.
>
> ― 뭐 하러 왔네?
>
> 가게 안에 북적거리는 손님들에게 셈을 치러 주느라 몇 번이고 주판알을 고르는
> 데 바쁜 혹부리 영감의 눈길을 잡아 두는 데 성공한 나는 더듬더듬 자초지종을 말
> 했다. 그러나 귓등에 연필을 꽂은 채 심술이 덕지덕지 모여 이뤄진 듯한 왼쪽 이
> 마빡의 눈깔사탕만 한 혹을 어루만지며 듣던 혹부리 영감은 풍기 때문에 왼쪽으로
> 힐끗 돌아간 두터운 입술을 떠들쳐 굵은 침방울을 내 얼굴에 마구 튀겼다. 애초 자
> 기 눈앞에서 까보이지 않은 것은 인정할 수 없다며 막무가내였다. 나중엔 아버지
> 까지 함께 내려가서 하소연을 해 봤지만 돌아온 대답은 정 그렇게 우기면 거래를

끊겠다는 협박성 경고뿐이었다. 거래가 끊긴다면 아버지한테는 큰 타격이 아닐 수 없었다.

혹부리 영감은 아버지한테 무슨 큰 특혜를 내려 주듯이 거래를 터 준다고 허락을 놓았었다. 같은 함경도 동향이기 때문이라는 말을 덧붙이면서. 하긴 혹부리 영감한테는 매번 소주 열 병 안짝에다 새우깡 열 봉지, 껌 대여섯 개, 빵 예닐곱 개 등 일반 소매가격 구매자보다 더 많은 물건을 떼어 가지도 않으면서 부득부득 도맷값으로 해 달라고 통사정을 해 쌓는 아버지 같은 사람 하나쯤 거래를 끊어도 장부상 거의 표가 나지 않을 것이었다.

결국 아버지는 자신의 과오를 인정하지 않을 수 없었다. 당신의 자그마한 구멍가게로 돌아와 나머지 열여덟 병의 진로 소주를 넋 나간 사람처럼 쓰다듬던 아버지는 기어코 아들인 내 앞에서 ⓐ눈물을 보이고 말았다. 아! 아버지……

나 한 닷새쯤 지났을까, 아버지와 나는 다시 그 수도 상회로 물건을 떼러 갔다. 아버지는 또 고만고만한 물건들로 구색을 맞춰 골랐고 혹부리 영감은 일일이 헤아린 다음 우리 부자가 가져온 정부미 자루에 집어넣으라고 손짓을 했다. 아버지와 나는 허겁지겁 물건들을 자루에 휩쓸어 담았다. 평소와 달리 아버지의 손은 약간 떨려서 헛손질을 많이 해 일부러 나한테 훼방질을 놓는 사람 같았다.

내가 그 이유를 모를 리가 있겠는가. 아버지는 그 혹부리 영감의 눈을 속여 미리 진로 소주 두 병을 은밀히 자루에 더 넣어 두었던 것이다. 셈을 치르고 문턱을 가까스로 나서려는 순간, 이게 무슨 운명의 조화런가, 혹부리 영감이 우리를 불러 세우는 것이었다.

거 영감, 이보우다. 그 포대 좀 풀어 다시 한번 헤아려 봅세. 계산이래 안 맞아.

나는 그때 겁에 질린 송아지처럼 눈에 흰자위가 유난히 많아진 아버지의 눈동자를 지금도 똑똑히 기억한다. 아버지는 어린 아들인 내가 무슨 구세주라도 돼 주었으면 하는 간절한 눈으로 내 얼굴을 쳐다봤던 것 같았다. 그러나 난들 달리 뾰족한 수가 있을 턱이 없지 않은가.

결국 혹부리 영감은 두 병이 더 들어간 것을 밝혀냈고 아버지에게 해명을 요구했다. 나는 내가 희생양이 돼야 함을 느꼈다.

예, 맞아요. 그건 말예요. 제가 영감님 몰래 넣은 건데요……. 왜냐하면 접때접때 우리 집에서 사실 두 병을 빠뜨리고 갔기 때문에 응, 쎔쎔이어서요…….

나는 이상하게도 맘이 편하고 당당했다. 나도 모르게 입가로 번져 나온 미소를 단속하느라 손바닥으로 입을 몇 번인가 틀어막기도 했다. 혹부리 영감은 얼굴에 별다른 표정을 짓지 않고는 고개를 끄덕거렸다. 일단 직접적 책임을 모면한 아버지는 헤설픈 표정으로 날 쳐다볼 뿐이다.

그러나 한편으로는 그 혹부리 영감이 당신과는 이제 거래 끝이야 하고 선언할까 봐 전전긍긍하는 얼굴이었다. 아버지처럼 이북 출신인 그 영감은 시장통에서 신용 하나는 보증 수표나 다름없었지만 성질이 불같고 매몰차기로 소문이 자자한 위인 이었기에 그런 상황은 쉽게 상상해 볼 수 있었다.

내레 이까짓 걸루다 당신하고 거래를 끊지는 않갔어. 다 물정 모르는 아이들이 저지른 짓인데 으잉?

아유, 고맙습네다 영감님. 그저 어떻게 헤헤……. 우리 아이가 평소에는 그렇게 민한 애가 아닌데 어쩌다…….

단…….

혹부리 영감이 아버지의 말끝을 가로챘다.

내 앞에서 저 아이를 호되게 가르치는 꼴을 봬 주라우. 내가 그깟 술 두 병이 아까워서 기러는 게 아니야. 하지만 기렇게 따끔하게 가르치는 건 바로 자식에게 말이야, 부모된 도리를 다하는 것 아니갔슴매? 내 이 자리서 이녁이 하는 깜냥을 두고 보고서리 까짓것 그 술 두 병은 거저라두 주갔어. 내 이제껏 남한테 콩알 반쪼가리도 거저 준 적은 없지만서두, 이건 경우가 다르다우 아암.

호되게라믄……. 어뗘케?

쯔쯧, 이녁도 함경도 아바이 출신이믄 부랄 값도 못하는 자식이 잘못을 저질렀을 때 어드러케 다루는지는 알 만하잖소? 그걸 왜 내게 묻소 으응? 아 안 그렇소?

야! 간나야, 니 다시는 이런 민한 짓래, 하겠니, 안 하겠니? 어서 말 좀 해 보라우.

짐짓 호령을 하는 아버지의 손이 부들부들 떨며 허공 높이 허우적거렸다. 단 한 대에 내 뺨은 무섭게 부풀어 오르며 감각을 잃어 갔다.

길티……. 기게 바로 진짜 교육이야.

혹부리 영감의 격려를 받은 아버지는 고개를 돌려 그에게 굽신거린 다음 또 한 차례 내 뺨을 기세 좋게 올려붙였다. 그러나 ㉮이 지독한 연극을 지켜보면서 나는 아픔을 거의 느끼지 못했던 것 같다. 머릿속에서 뭔가가 맑아지는 느낌뿐이었다. 그리곤 투시해 버리고 말았다. 어린 나이에도 아버지의 눈 속에 흐르지도 못하고 괴어 있는 눈물을. 차라리 죽는 한이 있어도 애비라는 존재는 되지 말자. 아마도 나는 그때 그런 끔찍한 다짐을 했는지도 모른다.
— 김소진, 〈자전거 도둑〉

2_ 〈보기〉는 영화 〈자전거 도둑〉의 줄거리입니다. ㉮~㉰에 해당하는 인물을 소설 속에서 찾아 써 봅시다.

┤보기├

2차 대전 후 로마. 실직한 ㉮안토니오는 직업 소개소를 통해 벽보를 붙이는 일거리를 얻는다. 그 일을 하기 위해선 자전거가 필요했고, 아내 마리아의 도움으로 헌 옷가지를 전당포에 잡히고 자전거를 구한다. 이튿날 안토니오가 출근하여 벽보를 붙이는 사이에, 한 사내가 자전거를 타고 도망친다. 안토니오는 이로써 다시 실직하게 된 것이다. 다음 날부터 안토니오와 아들 ㉯브루노는 배고픈 것도 잊은 채 자전거를 찾으려고 로마 거리를 배회하다, 자전거를 훔친 도둑을 보고 쫓아가나 놓치고 만다. 안토니오 부자는 자전거를 못 찾게 되자 서로 다투고 안토니오는 아들에게 손찌검까지 한다. 부자는 계속 찾아다니다 마지막에는 도둑을 잡게 되나, 그 도둑은 간질병 환자이고 증거물인 안토니오의 자전거는 이미 없어졌다. 자신의 생존 수단인 자전거를 찾을 수 없게 된 안토니오는 허탈한 마음으로 거리에 앉아 축구 경기를 바라보다가 그만 그도 남의 자전거를 훔친다. 그러나 안토니오는 그 자리에서 ㉰주인에게 붙잡혀 아들이 보는 앞에서 온갖 멸시와 모욕을 받다가 풀려난다. 해지는 로마 거리를 안토니오 부자는 좌절감을 가슴에 앉고 걸어간다.
— 비토리오 데시카, 〈자전거 도둑〉

• ㉮ : _____   • ㉯ : _____

• ㉰ : _____

3_ 제시문을 통해 해명할 수 있는 의문점으로 적절하지 <u>않은</u> 것을 골라 봅시다.

① '나'는 왜 아버지의 죄를 뒤집어쓰고 있는가?

② 아버지는 왜 아들인 '나'의 **뺨**을 때리고 있는가?

③ 아버지는 왜 혹부리 영감에게 굽신거리고 있는가?

④ 아버지는 물건을 떼러 갈 때 왜 '나'를 데리고 다니는가?

⑤ 소주를 집어넣는 아버지의 손은 왜 떨리고 있는 것인가?

4_ 제시문 **나**의 ㉮를 통해 드러나고 있는 '나'의 심리를 구체적으로 제시한다고 할 때, 가장 적절한 것을 골라 봅시다.

① '그래, 난 아버지를 이해해야지. 가족을 위해 도둑질까지 감행할 수밖에 없었던 아버지의 아픔을 내가 아니면 누가 알겠어.'

② '아버지에게 맞으니까 아픔은 얼마든지 참을 만한 것 같아. 아버지의 체면을 위해 내가 대신 희생됐으므로 결과적으로 나도 권위가 선 거야.'

③ '아버지가 눈물을 보이지 않으신 것은 오로지 나를 위해서였던 거야. 아버지는 이렇게 자식 앞에서만은 권위 있는 존재로 남을 수 있어야 하는 거야.'

④ '어린 내 앞에서 아버지의 권위가 무너져 버리는 것을 보는 게 더 괴로운 일이야. 아버지의 무기력한 모습은 나를 더 초라하고 비참하게 만드는 것 같아.'

⑤ '이 치욕의 대가를 혹부리 영감에게 돌려주고야 말겠어. 아버지도 나의 이런 끔찍한 다짐에 공감하고 계신 거야. 매몰찬 인간 앞에서 아버지의 권위가 무너진 것은 가족의 치욕이니까.'

5_ ⓐ에 담겨 있는 의미는 무엇일지 써 봅시다.

_____

_____

_____

6_ 제시문의 '아버지'와 함축적 의미가 가장 유사한 것을 골라 봅시다.

① 아버지는 나귀 타고 / 장에 가시고 / 할머니는 건넌 마을 / 아저씨 댁에 / 고추 먹고
  맴맴 / 달래 먹고 맴맴   – 〈동요 '맴맴'〉

② 쿵더쿵 방아나 찧어 / 하찮은 밥이라도 지어 / 아버지 어머니께 먼저 밥상 차려 드리고
  / 남는 것이 있으면 내가 먹으리라.   – 〈고려 속요 '상저가'〉

③ 서천에 노을이 물들면 / 흔들리며 돌아오는 버스 속에서 / 우리들은 문득 아버지가
  된다. / 그 어느 귀로에 서는 / 가난한 아버지는 어질기만 하다. – 문병란, 〈아버지의 귀로〉

④ 아버지가 낳으시고 어머니가 기르셔서 모진 고생하여 나를 길러 내실 제에 / 높은
  벼슬아치의 배필은 못 바라도 군자의 좋은 짝이 되기를 원하셨는데. – 허난설헌, 〈규원가〉

⑤ 호미도 날이지마는 / 낫같이 들 리도 없습니다 / 아버지도 어버이시지마는 / 어머님
  같이 사랑하실 이가 없습니다. / 임이시여 / 어머님같이 사랑하실 이가 없습니다.
                                                  – 〈고려 속요 '사모곡'〉

7_ 다음은 이 작품의 발단과 결말 부분의 줄거리를 요약한 것입니다. 〈보기〉를 바탕으로, 요약된 줄거리 속 ㉠~㉤의 상황에 대한 작가의 생각을 상상해 본 것으로 어울리지 않은 것을 골라 봅시다.

> [발단 부분의 줄거리] 기자인 '나(김승호)'는 자신의 자전거를 누군가 몰래 타고 있다는 사실을 알고 범인을 찾다가 범인이 바로 ㉠자신의 아파트 바로 위층에 사는 에어로빅 강사인 서미혜임을 알게 된다. 이에 오히려 '나'는 서미혜가 왜 내 자전거를 훔쳐 타는지에 대해 호기심을 갖게 된다. ㉡〈자전거 도둑〉이라는 이탈리아 영화를 보면서 주인공의 어린 아들 브루노와 자신을 동일시했던 '나'는, 자전거 도둑인 미혜를 만나며 아버지와 혹부리 영감의 기억을 떠올린다.
>
> [결말 부분의 줄거리] 이후 ㉢'나'는 원한을 갚기 위해 하수구를 통해 혹부리 영감의 가게에 침입해 가게 안을 난장판으로 만들고 똥까지 싸 놓는다. 이에 충격을 받은 혹부리 영감은 결국 죽고 만다. '나'의 어릴 적 이야기를 들은 서미혜도 자신의 과거를 밝힌다. ㉣서미혜는 간질병으로 나뒹굴던 자전거 도둑 청년을 자신의 오빠와 동일시하고 있었다. 과거에 그녀는 간질병 환자인 오빠에게 성추행을 당한 뒤 일부러 오빠를 가둬 죽였으며, 그 죄책감으로 가출했던 것이다. 이후 달포 정도 시간이 흐르고, '나'는 ㉤서미혜가 '나'의 자전거가 아닌 다른 사람의 자전거를 타고 있음을 확인한다.

┃보기┃

- 배경 : 1990년대 서울 주변의 신도시(현재), 두 인물의 유년기의 고향(과거)
- 구조 : '나'와 서미혜, 영화 속의 이야기가 중첩되면서 진행되는 구조를 가짐.
  회상 장면이 삽입되면서 '현재-과거-현재'로 이어지는 역순행적 구조를 지님.
- 등장인물 :
  나(김승호) – 신문 기자. 어릴 적 아버지에 대한 상처를 지닌 인물. 영화 〈자전거 도둑〉을 보면서 아버지와 안토니오 리치(아버지), 자신과 브루노(아들)를 동일시한다.
  서미혜 – 에어로빅 강사. 어릴 적 오빠에 대한 상처를 지닌 인물. 간질 환자였던 오빠를 죽게 한 것은 자신이라는 죄책감을 가지고 있다.

① ㉠ : 서미혜는 에어로빅 강사에 어울리는 매력적인 몸매에 밝고 명랑한 외모의 여자로 설정하는 게 좋겠어. 별 부족함이 없는 여자가 자전거를 훔쳐 타는 데에는 특별한 사연이 있도록 만들어야지.

② ㉡ : 영화 〈자전거 도둑〉의 내용도 일부 소설에 삽입해야겠어. 어린 아들이 보는 앞에서 아버지의 권위가 깡그리 무시당하는 것을 말야. 그것이 어린 아들의 내면에 평생 씻을 수 없는 상처로 남을 수 있다는 것을 부각시키도록 해야지.

③ ㉢ : '나'가 혹부리 영감의 가게를 분탕질하기 전에 몇 번 예행연습까지 하는 장면을 삽입하는 게 좋겠어. 그리고 가난 때문에 생긴 적개심이므로 영감의 돈궤에 똥을 싸 놓도록 해야지. 이 일로 한바탕 난리를 겪게 되고, 그 충격으로 혹부리 영감을 죽게 해야겠어.

④ ㉣ : 서미혜의 오빠는 자전거를 타다가 처음으로 간질 발작을 일으키게 해야겠어. 그래서 영화 〈자전거 도둑〉과 관련짓는 거야. 또 가족이 남부끄럽게 여기는 오빠를 다락 속에 몰아넣고 키우면서 서미혜가 밥을 주지 않아 죽는 것으로 설정해야겠어.

⑤ ㉤ : 서미혜가 또 다른 사람의 자전거를 훔쳐 타면서 '나'에게도 다른 사람의 자전거를 훔쳐 타 보라고 권하도록 해야지. 그래서 '나'와 서미혜는 함께 자전거 도둑이 됨으로써 유년의 상처와 아픔을 공유하고 치유해 나가는 결말로 마무리해야겠어.

톺아보기

〈자전거 도둑〉에 나타난 유년의 어둡고 깊은 우물

흔히 유년기는 티 없는 동심의 시절로 미화되지만 사실 많은 이에게 유년은 어둡고 깊은 우물이다. 〈자전거 도둑〉 속 '나'의 우물에는 혹부리 영감의 가게를 결판 내어 그를 죽음에 이르게 한 기억이 있다. 서미혜의 우물에는 어머니가 친척 집에 간 사이 친구 집으로 가 버려서 다락에 갇힌 오빠를 굶겨 죽음으로 몰고 간 기억이 있다. 영화 속, 오빠를 닮은 청년을 떠올리며 자전거를 타는 그녀는 그 기억에 스스로를 고착시키면서 자신을 벌하는 것일까? 둘은 가족 관계 속에서 상처 받았고 복수하였으되 복수의 과도함으로 스스로를 위해하였다. 어린 그들은 복수의 끝과 파장을 가늠할 수 없었고 상처는 성장과 더불어 커졌으며 타인과 공유하기에는 너무 깊어졌다.

– 〈한국일보〉, 2018. 08. 20.

1. 다음은 이 작품의 주요 인물과 갈등 구조를 정리한 표입니다. 빈칸에 들어갈 알맞은 단어를 써 봅시다.

갈등 상황	베트남 전쟁에서 ⓐ( )이/가 응웬 아줌마네 가족을 죽였다는 것이 대화 중에 밝혀짐.

↓

	태도	성격
응웬 아줌마	미안해하는 엄마와 '나'를 ⓑ( ) 하고, 자신 역시 피해자라며 응웬 아줌마의 슬픔에 공감하지 않는 아빠에게는 사무적으로 대응함.	잘 모르고 전쟁과 관련된 말을 꺼낸 '나'를 먼저 위로하고 괜찮다고 할 정도로 이해심이 깊고, 엄마의 사과를 바로 받아 줄 만큼 ⓒ( )도 큼.
엄마	몰랐던 사실에 대해 즉시 ⓓ( ) 하고, 응웬 아줌마의 슬픔에 공감함.	상대방의 마음에 ⓔ( ) 할 줄 알고, 잘못이라고 생각하는 부분은 바로 사과할 줄 앎.
아빠	자신의 형도 베트남 전쟁에서 죽었음을 밝히며 끝까지 사과하지 않음.	아니라고 생각하는 부분은 절대 인정하지 않으며 ⓕ( )이/가 셈.

[2~4] 다음 제시문을 읽고 물음에 답해 봅시다.

    2차 세계 대전에 대해 배우던 시간에 ㉮나는 투이로부터 뜻밖의 이야기를 들었다. 가을 학기가 시작될 무렵이었다.
    "다행히 2차 대전 이후로 이처럼 대규모의 살상이 일어난 전쟁은 없었단다." 투이가 손을 들어 선생님의 말을 끊었다. "아닌데요." 그게 투이의 첫마디였다.
    "뭐가 아니라는 거지?"
    "베트남에서 전쟁으로 사람들이 많이 죽었어요. 저희 할아버지, 할머니, 고모, 이모, 삼촌 모두 다 죽었대요. 군인들이 와서 그냥 죽였대요. 아이들도 다 죽었다고. 마을이 없어졌다고 했어요. 저희 엄마가 얘기하는 걸 들었어요." 투이가 말했다.

"그래. 투이 말이 맞다. 베트남 전쟁에 대해 너희는 들어 본 적 없을 거야. 투이가 더 얘기해 볼래?" 선생님은 투이가 자기 의견을 말했다는 것에 만족해했지만, 그 애는 반사적으로 말한 것처럼 보였다. Ⓐ투이의 얼굴이 곧 울 것처럼 붉어졌기 때문이다. 그 애는 무슨 말을 하려다가 입을 다물고 고개를 숙였다.

"투이, 더 말해 봐. 우리들도 모두 알아야 하잖아." 그 애는 고개를 저었다. 나는 그 모든 상황이 부당하게 느껴졌지만 당시에는 그 감정의 이유에 대해 알지 못했다. 그때 반장 잉가가 손을 들었다. "베트남은 전쟁으로 미국을 이긴 유일한 나라예요. 미군만 육만 명이 죽었고 군인 아닌 베트남 사람도 이백만 명 죽었대요. 텔레비전에서 봤어요. 미군이 비행기로 폭탄을 떨어뜨리고 나무를 죽이는 약도 뿌렸고요." 반장의 얼굴에 자랑스러운 미소가 떠올랐다. 나는 빨갛게 달아오른 투이의 작은 귀를 바라봤다.

선생님은 반장의 말이 정확하다고 칭찬하고는 미국이 베트남전에 참전한 배경과 전쟁 과정에 대해 설명했다. 그리고 그 일이 미국 정부의 실책이었고, 미국으로서는 아무런 득도 보지 못한 전쟁이었다고 결론 내렸다. 투이가 말하고 싶었던 건 그런 게 아니었으리라고, 그 애를 앞에 두고 그런 식의 설명을 하는 건 가슴 아픈 일이라고 말하고 싶었지만 어쩐지 입을 열 수 없었던 기억이 난다. 투이는 분명 교실에 있었지만 그 순간만큼은 그곳에 없는 사람으로 취급된 것 같았다. 나는 등을 구부리고 앉아 있는 그 애의 뒷모습을 바라봤다. 너희들은 투이의 마음을 조금도 짐작하지 못하겠지, 독일 애들에게 희미한 분노마저 느꼈던 기억도.

2_ 제시문에 대한 감상으로 적절하지 <u>않은</u> 것을 골라 봅시다.

① 민채 : 반장의 말을 통해 반장은 투이의 아픔을 공감하지 못했다는 것을 알 수 있어.

② 서영 : 투이는 자신의 의견이 받아들여지지 않음에 소극적으로 분노를 드러내고 있어.

③ 비주 : 선생님은 투이에게 말할 기회를 줌으로써 자신의 인식을 전환하는 기회가 됐어.

④ 시원 : 선생님의 말을 통해 선생님은 유럽 중심의 사고방식을 가지고 있다는 것을 추측할 수 있어.

⑤ 동건 : 투이는 베트남 전쟁에 대해 가까운 사람들을 통해 아픔을 경험했기 때문에 슬픔을 더 크게 느꼈을 수 있어.

3_ ㉮를 서술자로 설정함으로써 얻는 효과를 서술해 봅시다.

_____

_____

4_ Ⓐ와 같은 성격 제시 방법에 대한 설명으로 적절하지 <u>않은</u> 것을 골라 봅시다.

① 사건 전개 속도가 느려질 수 있다.

② 작가의 문학적 상상력을 거쳐야 하는 서술 방식이다.

③ 직접적으로 제시하는 방식으로 독자들이 인물의 성격을 곧바로 파악할 수 있다.

④ 작가가 전달하고자 하는 바를 명확하게 전달하지 못할 수도 있다.

⑤ 인물의 대화나 행동, 외양 묘사 등을 통해 성격을 제시하는 방식이다.

[5~7] 다음 제시문을 읽고 물음에 답해 봅시다.

가 "그들은 아기와 노인들을 죽였어요." 응웬 아줌마가 말했다.

"누가 베트콩인지 누가 민간인인지 알아볼 수 없는 상황이었겠죠." 아빠는 여전히 응웬 아줌마의 눈을 피하며 말했다.

"태어난 지 고작 일주일 된 아기도 베트콩으로 보였을까요. 거동도 못하는 노인도 베트콩으로 보였을까요."

"전쟁이었습니다."

"전쟁요? 그건 그저 구역질 나는 학살일 뿐이었어요." 응웬 아줌마가 말했다. 어떤 감정도 담기지 않은 사무적인 말투였다.

"그래서 제가 무슨 말을 하길 바라시는 겁니까? 저도 형을 잃었다구요. 이미 끝난 일 아닙니까? 잘못했다고 빌고 또 빌어야 하는 일이라고 생각하세요?"

"당신 제정신이야?" 엄마가 말했다.

응웬 아줌마는 자리에서 일어나 천천히 서재로 걸어 들어갔다. 조심히 닫히던 문소리. 나는 겁에 질렸지만 차마 서재로 따라 들어가지는 못했다. 엄마는 동생을

안고 자리에서 일어났다. "정말 죄송합니다." 엄마는 호 아저씨에게 고개를 숙였다. "투이야, 미안하다." 엄마는 그 말을 하고 밖으로 나갔다. 나는 기저귀 가방과 카디건을 들고 엄마를 따라 나갔다.

'그건 그저 구역질 나는 학살일 뿐이었어요.' 그 말을 하던 응웬 아줌마의 웃음기 없는 얼굴이 자려고 누운 내 얼굴 위로 떠올랐다. 그 말을 할 때 아줌마는 우리와 다른 곳에 있었다. 내가 아무리 상상하려고 해도 상상할 수 없는 장소와 시간에 아줌마는 내몰려 있었다. 그녀의 말은 아빠를 설득하려는 말도 아니었고, 자신을 방어하고자 하는 말도 아니었다. 그 말은 아빠를 향한 것이 아니라 그간, 그 일을 겪은 이후로 애써 살아온 응웬 아줌마 자신에 대한 쓴웃음이었던 것 같다. 그녀는 아빠의 태도에 실망조차 하지 않았던 것이다. 어차피 당신들은 이해하지 못할 테니까, 라는 마음이 그날 밤, 아줌마와 우리 사이를 안전하게 갈라놓았다. 그건 서로를 미워하고 싶지도, 서로로 인해 더는 다치고 싶지도 않은 어른들의 평범한 선택이었다.

나 [뒷부분의 줄거리] 엄마는 투이네 식구와의 관계를 회복하기 위해 노력하지만, 한번 뒤틀린 관계는 바로잡을 수 없었다. '나'의 가족은 한국으로 돌아왔고, 이후 엄마는 누구와도 깊은 관계를 맺지 않은 채 쓸쓸한 죽음을 맞이한다. ⓐ엄마가 돌아가신 다음 해, 엄마와 꼭 닮은 서른셋의 '나'는 플라우엔을 찾아 응웬 아줌마를 만나 '씬짜오, 씬짜오' 하고 인사를 나눈다.

5_ 제시문 **가**에 대한 설명으로 가장 적절한 것을 골라 봅시다.

① 인물들 간의 대화를 통해 인물의 의식이 변화됨을 드러내고 있다.

② 동일한 공간의 현재와 미래를 대비시켜 인물의 심리를 부각하고 있다.

③ 장면의 빈번한 전환을 통하여 사건 해결의 실마리를 구체화해 가고 있다.

④ 상반된 입장을 가진 인물을 등장시켜 다각도에서 사건을 파악할 수 있도록 한다.

⑤ 공간의 이동을 통해 대립적 인물들 간의 내적 갈등이 해소되는 양상을 보이고 있다.

6_ 〈보기〉를 통해 제시문을 이해한 것으로 적절하지 <u>않은</u> 것을 골라 봅시다.

┃보기┃

　상흔의 기억을 이야기하는 일은 시간이 필요하고, 어렵고, 완벽한 이해는 불가능하다. 고통스러운 체험이 갖는 공유 불가능성, 즉 단독성 때문이다. 재난을 겪은 사람들은 매 순간 기억이 되살아나기 때문에 고통스럽다.

① 옹웬 아줌마의 아픔을 이해하지 못하고 '나'의 아빠가 자신의 가족을 잃었다는 것만을 강조했을 때의 아빠의 마음도 이해할 수 있다.

② 옹웬 아줌마도 아픔을 겪었지만 '나'의 아빠의 고통도 등한시할 수 없는 것은 각자의 고통이 공유될 수 없는 부분이 있기 때문이다.

③ 등장인물에게는 급작스럽고 작위적일 수 있지만 그럼에도 작가가 등장인물에게 서로의 아픔을 직면하게 한 것은 타인의 고통을 상기할 필요가 있다는 것을 인식하고 있기 때문이다.

④ 작가는 독자들로 하여금 타인의 고통을 이해할 수 있는 기회를 작품 활동을 통해 도모하고 있다고 볼 수 있다.

⑤ '나'와 옹웬 아줌마의 재회를 통해 작가는 모든 공동체의 아픔은 해결될 수 있다는 메시지를 독자들에게 전달하고 있다.

7_ 이 작품의 제목 '씬짜오, 씬짜오'의 의미와 제시문 **가**와 **나**의 서술자의 변화를 바탕으로 ⓐ의 의미가 무엇일지 두 문장으로 써 봅시다.

_____

_____

_____

입동

[1~6] 다음 제시문을 읽고 물음에 답해 봅시다.

[앞부분의 줄거리] 어렵게 아들 영우를 가진 부부는 대출을 받아 생애 처음으로 아파트를 장만한다. 아내는 드디어 정착할 곳이 생겼다는 기쁨으로 집을 꾸미는 데에 공을 들인다. 그러던 어느 날 부부는 영우를 잃게 되고, 그 이후 시어머니가 잠시 집에 왔을 때 복분자액이 터지는 바람에 부엌 벽면이 더러워진다.

부부는 복분자액이 터진 날의 일을 따로 입에 올리지 않았다. 시어머니는 다음 날 바로 본가로 내려갔고 부부는 평소와 다름없는 나날을 보내려 애썼다. 그러니까 어제와 같은 하루, 아주 긴 하루, 아내 말대로라면 '다 엉망이 되어 버린' 하루를. 가끔은 사람들이 '시간'이라 부르는 뭔가가 '빨리 감기' 한 필름처럼 스쳐 가는 기분이 들었다. 풍경이, 계절이, 세상이 그들만 빼고 자전하는 듯한. 점점 그 폭을 좁혀 소용돌이를 만든 뒤 그들을 삼키려는 것처럼 보였다. 꽃이 피고 바람이 부는 이유도, 눈이 녹고 새순이 돋는 까닭도 모두 그 때문인 것 같았다. 시간이 누군가를 일방적으로 편드는 듯했다.

지난봄, 우리는 영우를 잃었다. 영우는 후진하는 어린이집 차에 치여 그 자리서 숨졌다. 오십이 개월. 봄이랄까 여름이란 걸, 가을 또는 겨울이란 걸 다섯 번도 채 보지 못하고였다. 가끔은 열불이 날 만큼 말을 안 듣고 말썽을 피웠지만 딱 그 또래만큼 그랬던, 그런 건 어디서 배웠는지 제 부모를 안을 때 고사리 같은 손으로 토닥토닥 등을 두드려 주던, 이제 다시 안아 볼 수도, 만져 볼 수도 없는 아이였다. 무슨 수를 쓴들 두 번 다시 야단칠 수도, 먹일 수도, 재울 수도, 달랠 수도, 입 맞출 수도 없는 아이였다. 화장터에서 영우를 보내며 아내는 ㉠"잘 가."라 않고 ㉡"잘 자."라 했다. 다시 만날 수 있는 양, 손으로 사진을 매만지며 그랬다.

어린이집 원장은 영업 배상 책임 보험에 가입돼 있었다. 가해 차량 역시 자동차 종합 보험에 들어 우리는 보험 회사를 통해 민사상 손해 배상을 받았다. 많다거나 적다거나 하는 세상의 어떤 잣대나 단위로 잴 수 없는 대가가 지급됐고, 어린이집에서는 그걸로 일이 마무리됐다 여기는 듯했다. 운전사를 바꾸고 당시 현장에 있던 보육 교사까지 잘랐는데 무얼 더 바라느냐 묻는 듯했다. 직접 그렇게 말하진 않았지만 우리를 대하는 표정이나 태도가 그랬다. 내가 보험 회사 직원이란 근거로 동네에 차마 입에 담지 못할 소문이 돈 것도 그즈음이었다. 처음에는 듣고도 믿을 수 없어 온몸이 바들바들 떨렸다. 끔찍한 건 몇몇 이들이 그 말을 정말로 믿는다는 거였다. 아내는 직장을 관두고 집 안에 틀어박혀 아무것도 하지 않았다. 가능하다면 나도 모든 걸 그만두고 싶었다. 생활비 통장에선 매달 아파트 대출금과 높은 이자가 빠져나갔고, 아파트 관리비와 각종 공과금, 의료 보험비와 휴대 전화 요금도 만만치 않았다. 내 월급만으론 감당하기 어려운 액수였다. 그즈음 어린이집 차량 보험 회사 직원으로부터 연락이 왔다. 그 사람은 차분한 말투로 나를 위로하고 공적인 어휘로 보험금 지급 과정을 설명했다. 그러곤 조심스레 서류 한 장을 내밀었다. 거기 내 이름을 적는 칸과 계좌 번호를 기입하는 난이 비어 있었다. 누가 설명해 주지 않아도 이미 잘 알고 있는 양식이었다. 그리고 언젠가 나도 그와 같이 사무적인 얼굴로 누군가의 슬픔을 대면했을 터였다. 서류를 앞에 두고 한동안 아무 말도 못 하다 담배를 연달아 세 대 피웠다. 잘못된 걸 바로잡고 고장 난 데를 손보는 건 가장의 일이었다. 나는 그렇게 배우고 자랐다. 그런데 ⓒ내가 거기 계좌 번호를 적는 순간 이상하게 어린이집 원장을 용서하는 결과를 낳을 것 같은 기분이 들었다.

그 뒤 시간이 어떻게 흘렀는지 모르겠다. 그저 떠오르는 건 어둠. 퇴근 후 딸각, 스위치를 켜면 부엌 한쪽에서 흐느끼던 아내의 얼굴과 다시 딸각, 불을 켰을 때 거실 구석에서 어깨를 들썩이던 아내의 윤곽뿐이다. 냉장실 안 하얗게 삭은 김치와 라면에 풀자마자 역한 냄새를 풍기며 흐트러지던 계란, 거실 바닥에 떨어진 갈색 고무나무 이파리 같은 것들뿐이다. 이따금 아내는 베란다 창문을 보며 동어 반복을 했다.

— 여보, 영우가 있는 곳 말이야, 여기보다 좋을 것 같아. 왜냐하면 거기에는 영우가 있으니까.

한번은 아내가 바퀴 달린 장바구니를 들고 나갔다 십 분 만에 돌아왔다. 무슨 일이냐고 묻자 아내는 사람들이 자길 본다고, 나는 안 그러냐고 했다. 그게 무슨 말이냐고 묻자 아내는 사람들이 자꾸 쳐다본다고, 아이 잃은 사람은 옷을 어떻게 입나, 자식 잃은 사람도 시식 코너에서 음식을 먹나, 무슨 반찬을 사고 어떤 흥정을 하나 훔쳐본다고 했다. 나는 그럴 리 없다고, 당신이 과민한 거라 설득했다. 그 뒤 아내는 주로 온라인 매장에서 장을 봤다. 집 밖을 나서는 일이 점차 줄고 베란다를 바라보는 시간이 늘었다. 나는 아내까지 잃게 될까 두려웠다.

— 여보, 우리 이사 갈까?

딸각. 다시 스위치를 켰을 때 작은 인디언 천막 안에 웅크리고 있던 아내를 향해 물었다. 아내가 젖은 얼굴로 말없이 고개를 끄덕였다. 다음 날 퇴근길에 동네 부동산에 들렀다. 아파트 시세는 지난해 우리가 집을 산 가격보다 이천만 원 이상 떨어져 있었다. 부동산을 나와 집 앞 골목에서 담배를 연달아 두 대 피웠다. 결국 아파트 파는 걸 포기하고 아내에게 '집이 계속 안 나가는 모양'이라 둘러댔다. 물론 우리에겐 단 일 원도 건드리지 않은 보험금 통장이 있었다. 하지만 그건 한 푼도 써서는 안 되는 돈이었다. 한 번도 상의한 적 없지만 아내도 나도 암묵적으로 그렇게 약속하고 있었다.

1_ 제시문의 구성상 특징으로 가장 적절한 것을 골라 봅시다.

① 중심인물의 의식의 흐름에 따라 사건이 전개되고 있다.

② 인물 간의 대화를 통한 장면 제시가 주된 서술 방식이다.

③ 시간의 흐름에 따라 사건의 전모가 서서히 드러나고 있다.

④ 액자식 구성으로 주인공의 과거를 생생하게 전달하고 있다.

⑤ 역순행적 구성 방식을 사용하여 비극성을 고조시키고 있다.

2_ 제시문을 통해 알 수 있는 사실로 적절하지 <u>않은</u> 것을 골라 봅시다.

① '나'와 아내는 어렵게 얻은 아들을 지난봄에 잃었다.

② 아내는 아들의 사고 이후 다니던 회사를 그만두었다.

③ 동네에는 아들의 죽음을 둘러싸고 흉흉한 소문이 돌았다.

④ '나'와 아내는 아들의 사망 보험금 통장의 돈을 쓰지 않았다.

⑤ 어린이집에서는 '나'와 아내에게 무엇을 더 바라느냐고 물었다.

3_ ㉠, ㉡에 대한 이해로 가장 적절한 것을 골라 봅시다.

① ㉠은 남편이 하고 싶은 말이고 ㉡은 아내가 하고 싶은 말이다.

② ㉠이라고 말하면 사람들에게 비난을 받을 것 같기에 ㉡이라고 거짓말 하고 있다.

③ 아내는 자신이 ㉠이라고 말했을 때보다 ㉡이라고 말했을 때 죽은 아들이 더 기뻐할 것이라고 믿고 있다.

④ ㉠이 논리적으로 맞는 말이지만 아들의 죽음을 인정하고 싶지 않기에 ㉡이라고 말하고 있다.

⑤ 남편은 ㉠이든 ㉡이든 상관없이 아내가 슬픔에서 빨리 벗어날 수 있는 말을 하길 바라고 있다.

4_ ㉢의 상황에서 남편이 느낀 감정에 대한 학생들의 대화 내용으로 가장 적절한 것을 골라 봅시다.

① 의윤 : 아들과 함께 한 추억을 떠올리며 고통스러워하고 있군.

② 재현 : 아들의 죽음을 돈으로 계산하는 사람들에 대해 분노하고 있어.

③ 태훈 : 아들의 죽음을 받아들이는 대가로 돈을 받는 것 같아 죄책감을 느끼고 있어.

④ 영일 : 아내와의 약속을 지키지 못하고 돈을 받기로 한 것에 대해 미안해하고 있군.

⑤ 진용 : 아들의 사고를 막지 못한 어린이집 원장을 용서해야 한다는 사실에 허탈해하고 있어.

5_ 제시문에서 부부가 복분자액이 터진 날의 일을 입에 올리지 않는 까닭이 무엇인지 서술해 봅시다.

_____

_____

6_ 〈보기〉는 제시문의 남편이 아내에게 보낼 편지를 상상한 것입니다. 적절하지 <u>않은</u> 내용을 골라 봅시다.

┃보기┃

사랑하는 아내에게

힘든 시간을 견디고 있는 여보, 많이 힘들지?

난 말이야, 영우를 잃은 슬픔으로 힘든 당신이 ①다른 사람들의 차가운 시선 때문에 더 큰 절망에 빠지게 될까 두려워. ②영우뿐 아니라 당신마저 잃게 될까 두려운 거지. ③그래서 당신에게 이사를 가는 게 어떤지 물어본 거야. ④당신이 장을 보러 갔다가 이웃 사람들의 지나친 관심과 호기심에 부담을 느껴 다시 집으로 돌아왔을 때 당신이 과민한 거라고 말하긴 했지만 사실은 너무 가슴이 아팠어. 당신을 잃을까 봐 정말 두려워. ⑤하루라도 빨리 이사를 가고 싶은데 집값이 떨어져 지금 나가면 손해라서 그럴 수도 없고, 이 상황이 답답할 따름이야. (후략)

20XX년 X월 X일
당신의 남편으로부터

[7~10] 다음 제시문을 읽고 물음에 답해 봅시다.

[앞부분의 줄거리] 어렵게 아들 영우를 가진 부부는 대출을 받아 생애 처음으로 아파트를 장만한다. 아내는 드디어 정착할 곳이 생겼다는 기쁨으로 집을 꾸미는 데에 공을 들인다. 그러던 어느 날 부부는 영우를 잃게 되고, 그 이후 시어머니가 잠시 집에 왔을 때 복분자액이 터지는 바람에 부엌 벽면이 더러워진다.

어린이집에서 보낸 소포가 현관 앞에 도착했을 때 아내와 나는 불길하고 신기한 물건 대하듯 상자를 살폈다. 대체 이게 무슨 뜻인가 감이 오지 않아서였다. 소포 겉면엔 '장수 식품'이라는 상호와 더불어 '국산 복분자 원액 백 퍼센트'라는 문구가 박혀 있었다. 상자 위 유리 테이프를 뜯어내자 안에서 작은 카드가 나왔다. 카드 안에는 '보내 주신 성원에 감사드립니다. 풍성한 한가위 맞으세요. 햇님 어린이집'이라는 관습적인 문구가 적혀 있었다. 추석이라고 아이들이 조물조물 만든 송편을 예쁘게 포장해 들려 보낸 적은 있어도 이런 경우는 처음이었다. 우리는 직감적으로 그게 우리 집에 잘못 배달됐다는 걸 알았다. 영우 일로 나빠진 평판을 그런 식으로나마 바꾸려 한 모양이었다. 신입 교사가 실수한 건지, 주소록을 갱신하지 않은 탓인지 알 수 없었다. 아내는 이 사람들 어쩌면 이렇게 무감할 수 있느냐며 화를 냈다. 게다가 여기가 어디라고. 알고 보냈으면 나쁘고, 모르고 부쳤으면 더 나쁜 거라고 흥분했다. 나는 소포를 돌려보낼 때까지 복분자 원액을 눈에 띄지 않는 곳에 치워 둬야겠다고 생각했다. 그게 두 달 전 일이었다.

부엌 벽면에 밴 물은 웬만해서 잘 빠지지 않았다. 젖은 행주로 닦고, 매직 블록으로 문지르고, 화장 솜에 아세톤을 묻혀 조심스레 두드려도 소용없었다. 행주질을 여러 번 한 곳은 비교적 옅어졌지만 얼룩이 완전히 사라지는 일은 없었다. 오히려 흔적을 지우려 하면 할수록 우둘투둘 종이만 더 해졌다. 어찌 됐든 도배를 새로 하는 수밖에 없었다. (중략)

이제 세 번째 벽지만 바르면 다 끝날 터였다. 아내와 하나 남은 셀프 도배지를 들고 욕실로 이동했다.

— 한꺼번에 불린 뒤 한쪽에 개어 놓을 걸 그랬다.

— 풀 마를까 봐 그랬지.

— 잠깐만, 이것 좀 치우고.

아내가 벽면 아래 수납함을 뒤로 빼냈다. 한쪽 면이 뻥 뚫린 사각 함이었다. 우리는 그걸 영우 식탁 의자 옆에 두고 보조 의자 겸 수납함으로 썼다. 식탁을 거실로 옮길 때 같이 치울까 하다, 도배 중 손이 닿지 않는 데가 있으면 사용하려 그대로 둔 거였다. 수납함을 들어 올리자 바닥에 뽀얀 먼지가 네모나게 드러났다. 아내가 걸레에 물을 적시는 동안 나는 두 번째 벽지 옆에 세 번째 종이를 포갰다. 물걸레질 하느라 들썩이는 아내의 작은 등이 보였다. 나는 아내가 얼른 먼지를 훔쳐 내고 내 안쪽으로 들어와 도배지 밑단을 잡아 주길 바랐다. 그런데 바쁘게 걸레질하던 아내가 갑자기 꼼짝하지 않았다. (중략)

아내는 끅끅 이상한 소리를 내다 결국 울음을 터뜨렸다. 나는 영우가 제 이름을 쓰는 걸 한 번도 보지 못했다. 이따금 방바닥이나 스케치북에 그림도 글씨도 아닌 무언가를 구불구불 그려 넣는 건 알았다. 그런데 제대로 앉거나 기지도 못했던 아이가 어느 순간 훌쩍 자라 '김' 자랑 '이응'을 썼다니, 대견해 머리통이라도 쓰다듬어 주고 싶었다. 영우의 새까만 머리카락은 또 얼마나 차지고 부드러웠는지. 한 번만, 단 한 번만이라도 영우를 다시 안아 보고 싶었다. 그럴 수만 있다면 어떤 대가도 치를 수 있을 것 같았다. 부엌 창문 사이로 11월 바람이 사납게 들어왔다.

— 기억나.

— 뭐가.

— 영우 눈.

— ······.

— 불을 보던 우리 아이 눈.

— ······.

— 내 생일에 당신이 케이크 사 왔잖아. 여기 식탁에서 같이 초에 불붙이고. 그때 영우는 태어나서 촛불 처음 보는 거였는데. 불을 무슨 엄청 신기한 사물 보듯 응시했잖아? 그날 내가 두 돌도 안 된 영우한테 장난으로 "영우야, 오늘 엄마 생일인데 뭐 해 줄 거야?" 하고 물었어. 그랬더니 영우가 어떻게 했는지 알아? 그 말도 못 하던 애가 잠시 고민하더니 갑자기 막 손뼉을 치더라고. 영우가 나한테 박수 쳐 줬어. 태어났다고······.

아내는 연주를 끝낸 뒤 수천 명의 기립 박수를 받은 피아니스트마냥 울었다. 사람들이 던진 꽃에 싸인 채. 꽃에 파묻힌 채. 처마 밑에서 비를 피하는 사람마냥 내가 붙들고 선 벽지 아래서 흐느꼈다. 미색 바탕에 이름을 알 수 없는 흰 꽃이 촘촘하게 박힌 종이를 이고서였다. ㉠그러자 그 꽃이 마치 아내 머리 위에 함부로 던져진 조화(弔花)처럼 보였다. 누군가 살아 있는 사람에게 악의로 던져 놓은 국화 같았다. 우리는 알고 있었다. 처음에는 탄식과 안타까움을 표한 이웃이 우리를 어떻게 대하기 시작했는지. 그들은 마치 거대한 불행에 감염되기라도 할 듯 우리를 피하고 수군거렸다. 그래서 흰 꽃이 무더기로 그려진 벽지 아래 쪼그려 앉은 아내를 보고 있자니, 아내가 동네 사람들로부터 '꽃매'를 맞고 있는 것처럼 느껴졌다. 많은 이들이 '내가 이만큼 울어 줬으니 너는 이제 그만 울라'며 줄기 긴 꽃으로 아내를 채찍질하는 것처럼 보였다.

— 다른 사람들은 몰라.

나는 멍하니 아내 말을 따라 했다.

— 다른 사람들은 몰라.

그러곤 내가 아내 말을 완벽하게 이해하고 있다는 걸 알았다. 아내가 물끄러미 나를 올려다봤다. 텅 빈 눈동자가 불 꺼진 형광등처럼 어두웠다. 아내가 한 손으로 영우가 직접 쓴, 아니 쓰다 만 이름을 어루만졌다. 순간 어디선가 영우가 다다다다 뛰어와 두 팔로 내 다리를 감싸 안을 것 같았다. '토닥토닥' 그런 건 어디서 배웠는지, 제 엄마의 등을 말없이 두드려 줄 것도 같았다. 하지만 그런 일은 일어나지 않았다. 앞으로도 절대 일어나지 않을 터였다. 그 단순한 사실이 가슴을 아프게 후벼 팠다. 나는 결국 고개를 숙이고 말았다. 부엌 바닥으로 굵은 눈물방울이 툭 흘러내렸다. 하지만 그 순간조차 손에서 벽지를 놓을 수 없어, 그렇다고 놓지 않을 수도 없어 두 팔을 든 채 벌서듯 서 있었다. 물먹은 풀이 내 몸에서 나오는 고름처럼 아래로 후드득 떨어졌다. 한파가 오려면 아직 멀었는데 온몸이 후들후들 떨렸다. 두 팔이 바들바들 떨렸다.

7_ 이 작품의 제목인 '입동'이 상징하는 의미로 적절한 것을 골라 봅시다.

① 타인의 일에 무관심한 각박한 세태에 대한 비판을 상징하고 있다.

② 자식을 잃은 아버지의 슬픔과 자식에 대한 그리움의 세월을 상징하고 있다.

③ 집단의 이익을 위해 개인의 희생을 강요하는 사회에 대한 경고를 상징하고 있다.

④ 생명의 소중함보다 돈의 가치를 우선시하는 물질 만능주의의 폐해를 상징하고 있다.

⑤ 타인의 몰이해와 차가운 시선 속에서 아픔을 안은 채 살아가는 인물들의 시간을 상징하고 있다.

8_ 제시문의 남편이 아내를 대하는 동네 사람들의 태도를 비유한 단어를 써 봅시다.

9_ ㉠의 이유로 가장 적절한 것을 골라 봅시다.

① 다른 사람의 시선에 지나치게 신경 쓰는 것은 오히려 자신에게 해가 됨을 깨달았기 때문이다.

② 타인에 대한 지나친 관심보다는 공감 없는 애도가 더 나았을 것이라는 생각이 들었기 때문이다.

③ 남의 일에 대해 함부로 말하는 사람들의 몰상식한 행동을 꽃으로 표현하여 위안을 얻고 싶었기 때문이다.

④ 타인의 불행을 바라보는 이웃들의 불편한 시선이 마치 살아 있는 사람에게 악의로 던져 놓은 국화처럼 느꼈기 때문이다.

⑤ 자신들의 곤란한 상황을 해결하는 데에만 급급하여 위로하는 척만 하는 가식적인 이웃들의 모습에 실망하였기 때문이다.

10_ 〈보기〉의 학생이 던진 질문에 대한 남편의 대답으로 가장 적절한 것을 골라 봅시다.

> **┃보기┃**
> 학생 : 겨울이 오려면 아직 멀었는데, 팔이 후들거린 이유는 무엇인가요?

① 타인의 고통을 이해하지 못하고 사무적으로 대했던 과거에 대한 반성이라고 생각해 주세요.

② 감당하기 어려운 절망의 한복판에서 삶에 대한 희망을 놓지 못하는 모습이라고 생각해 주세요.

③ 타인의 지나친 간섭으로 바람직한 인간관계 형성이 어려워진 세태에 대한 풍자라고 생각해 주세요.

④ 다른 사람의 고통을 외면하는 현대 사회의 수많은 사람들에게 보내는 경고의 메시지라고 생각해 주세요.

⑤ 죽은 자식에 대한 기억이 사라질까 두려워하는 부모의 심정이 육체적인 행동으로 표현되었다고 생각해 주세요.

Step_1 하나의 전쟁, 두 개의 시선

다음 제시문을 읽고 물음에 답해 봅시다.

가

나 어느 날 한 소녀가 자기 어머니에게 물었다. "저기요 엄마, 인간의 첫 조상은 어떻게 태어났어요?" "그건 말이야, 하느님께서 최초의 인간인 아담과 이브를 창조하셨어. 그들이 자식을 낳고, 그 자식들이 나중에 부모가 되어 또 자식을 낳고, 그런 식으로 이어져 오면서 우리 겨레가 형성된 거야." 이틀 뒤, 소녀는 자기 아버지에게 똑같은 질문을 던진다. 아버지의 대답은 이러하다. "그러니까 지금으로부터 수백만 년 전에 원숭이들이 차츰차츰 진화해서 인간이 되었어. 그래서 오늘날 우리가 있게 된 거야." 소녀는 심한 혼란을 느끼며 어머니에게 쪼르르 달려간다. "엄마! 이게 어떻게 된 거죠? 엄마는 하느님이 우리의 첫 조상을 창조하셨다 하고, 아빠는 원숭이들이 진화해서 인간이 되었다고 하니 말이에요." 그러자 어머니가 미소를 지으며 하는 말, "아가야, 그건 아주 간단해. 엄마는 엄마 집안 얘기를 한 거고, 아빠는 아빠 집안 얘기를 한 거야."

– 베르나르 베르베르, 《웃음》

다 논평은 우선 평론가의 정치적 성향에 의해 좌우된다. 그 다음으로는 신문사의 정치 노선에 종속된다. 이것은 신문사 사장의 위임을 받은 편집장 및 편집 참모들에 의해 감독되고 보호된다. 이 이념 속에는 독일의 대중 매체와 여론의 현주소가 반영되어 있다. 신문사들은 여론의 독점 지대를 형성한다. 이는 정당들이 사회를 점령한 결과다. 이들의 유희 속에 언론 기관들이 맞물려 들어가 동조한다. 이를 위해서 신문사들은 독자가 수긍할 만한 정치적 진영 논리를 통해 기사를 생산해야 한다. 즉 보수 신문과 진보 신문은 자신의 정치 이념과 부합하는 가치관을 가진 정당의 정책을 비판하는 기사를 생산하기 어렵다. 신문사들은 이런 식으로 자기들의 정치적 성향과 동일한 취향을 가지고 있는 고정 독자들을 결속하여 특정한 성격을 지니는 공동체를 형성하며 이들에게 동일한 색깔의 읽을거리와 정보들을 공급한다.   – 디트리히 슈바니츠, 《교양》

라 "저는 정말 몰랐어요." 엄마가 말했다. "응웬 씨가 겪었던 일, 저는 아무것도 모르지만 그래도 죄송하다고 말씀드리고 싶어요. 죄송합니다." 엄마는 호 아저씨와 응웬 아줌마에게 고개 숙였다.

"저는 모든 걸 제 눈으로 다 봤답니다. 투이 나이 때였죠." 그렇게 말하고 호 아저씨는 붉어진 눈시울로 애써 웃었다. "하지만 그렇게 말씀해 주셔서 감사합니다." 호 아저씨는 거기까지 말하고 힘껏 웃어 보였다. 응웬 아줌마는 호 아저씨에게 베트남어로 속삭이듯이 이야기했다. 알아들을 수 없었지만 분명 마음을 다독이는 말이었을 것이다. 그 말의 진동이 내 마음까지 위로하는 것 같았으니까.

아빠는 엄마와 호 아저씨의 대화를 못 들은 것처럼 맥주만 마시고 있었다.

"당신도 무슨 말 좀 해 봐." 엄마가 한국어로 아빠에게 말했다.

"내가 무슨 얘길 해? 그럼, 우리가 잘못했다고 말해야 돼? 왜 당신이 나서서 미안하다고 말해? 당신이 뭔데?" 아빠가 한국어로 받아쳤다.

"당신은 항상 이런 식이야. 죽어도 미안하다는 말을 못해, 안 해. 그게 그렇게 어려운 일이야? 내가 응웬 씨였으면 처음부터 우리 가족 만나지도 않았을 거야."

아빠는 식탁 의자에 걸친 카디건에 팔을 넣었다. "저녁 잘 먹었습니다." 아빠는 잠시 망설이다가 입을 열었다. "저희 형도 그 전쟁에서 죽었습니다. 그때 형 나이 스물이었죠. 용병일 뿐이었어요." 아빠는 누구의 눈도 마주치지 않으려는 듯 바닥을 보면서 말했다.

"그들은 아기와 노인들을 죽였어요." 응웬 아줌마가 말했다.

"누가 베트콩인지 누가 민간인인지 알아볼 수 없는 상황이었겠죠." 아빠는 여전히 응웬 아줌마의 눈을 피하며 말했다.

"태어난 지 고작 일주일 된 아기도 베트콩으로 보였을까요. 거동도 못하는 노인도 베트콩으로 보였을까요."

"전쟁이었습니다."

"전쟁요? 그건 그저 구역질 나는 학살일 뿐이었어요." 응웬 아줌마가 말했다. 어떤 감정도 담기지 않은 사무적인 말투였다.

"그래서 제가 무슨 말을 하길 바라시는 겁니까? 저도 형을 잃었다구요. 이미 끝난 일 아닙니까? 잘못했다고 빌고 또 빌어야 하는 일이라고 생각하세요?"

"당신 제정신이야?" 엄마가 말했다. 응웬 아줌마는 자리에서 일어나 천천히 서재로 걸어 들어갔다. 조심히 닫히던 문소리. 나는 겁에 질렸지만 차마 서재로 따라 들어가지는 못했다. 엄마는 동생을 안고 자리에서 일어났다. "정말 죄송합니다." 엄마는 호 아저씨에게 고개를 숙였다.

— 최은영, 〈씬짜오, 씬짜오〉

1_ 제시문 **가**~**다**의 논지를 통합하여 공통적 주제 의식을 추론해 봅시다.

_____

_____

_____

2_ 문제 1의 답을 바탕으로 제시문 **라**에 나타난 현상을 분석해 봅시다.

_____

_____

_____

3_ 〈보기〉의 관점에서 제시문 **라**에 나타난 아빠의 태도를 평가해 봅시다.

┤보기├

　레비나스는 "다른 사람은 나의 인식 대상이 아니라 응답의 대상이다. 누구를 안다거나 모른다는 것이 아니라 그 누구에게 응답한다는 것이 인간관계의 기본 구조이다. 가장 새로운 것은 다른 사람이다. 그러므로 다른 사람에 대한 응답은 내 손에 들어오지 않는 세계를 창조하는 것이다. 무한히 탄생하는 것이다. 세계는 응답에서 무한히 열린다. 다시 말하면 무한 책임에서 무한히 열린다. 나는 다른 사람에 대해 무한한 책임이 있다."라고 하였다. 기존의 근대 철학에서 '나'의 삶은 자유로운 내가 기획한 대로 살 수 있다는 실존의 가능성, 즉 주체성의 자각에서 출발하였다. 이렇게 보면 주체성의 핵심은 철저하게 내 단독의 독립성을 추구하는 데 있는 것처럼 보인다. 하지만 레비나스는 나의 삶에 창조적 지평을 여는 의미 있는 주체성이란 다른 사람과 마주치면서 그때 드러난 이 타자의 '얼굴'에 나타난 표정에 무한한 책임을 질 수 있을 때, 비로소 그 새로운 관계를 떠받치는 창조적 주체가 된다고 성찰한다. 마치 윤리적 관계가 있기도 전에 이미 주체가 있었던 것처럼 보면 안 된다는 말이다. 주체는 자기에 대해 있지 않다. 다시 말하지만 주체는 처음부터 다른 사람의 삶에 대해 있다. 다른 사람이 내게 가까운 것은, 그가 가까운 공간에 있다거나 부모처럼 가까워서가 아니다. 내가 그에게 책임이 있는 한, 그가 내게 다가선다는 면에서 가까운 것이다.

－《고등학교 철학》

Step_2 감정과 타자와의 관계

다음 제시문을 읽고 물음에 답해 봅시다.

가 집 왼편 약간 떨어진 곳에 선 두 그루 잣나무는 줄기가 곧고 가지들도 하나같이 위쪽으로 팔을 쳐들고 있다. 이 나무들의 수직적인 상승감은 그 이파리까지 모두 짧은 수직선 형태를 하고 있어서 더욱 강조된다. 김정희는 이 나무들에서 희망을 보았는지도 모른다. 절해고도 황량한 유배지의 고독과, 이를 이겨 내면서 자신이 할 수 있고 해야 하는 것에 매진하는 추사의 의지와, 변치 않는 옛 제자의 고마운 정이 있었다. 그리하여 여기서 추사는 이제 기대할 수 없는 앞날의 희망까지도 생각하고 있는 것은 아닐까? 〈세한도〉란 결국 석 자 종이 위에 몇 번의 마른 붓질이 쓸고 지나간 흔적에 지나지 않는다. 그러나 거기에는 세상의 매운 인정과 그로 인한 씁쓸함, 고독, 옛사람의 고마운 정, 그리고 끝으로 허망한 바람에 이르기까지, **필설**로 다하기 어려운 많은 것들이 담겨 있다. 〈세한도〉를 문인화의 정수라고 하는 이유가 여기에 있다.

– 《고등학교 독서와 문법 II》

나 2년 전에 나의 막내아들이 '신장 종양'이라는 매우 드문 병에 걸렸다. 수술을 받고 지금까지 건강하게 자라 왔다. 그런데 오늘, 그 병이 재발한 것을 비로소 알았고, 오늘의 의학으로는 치료의 방법이 없다는 참으로 무서운 선고를 받은 것이다. (중략) 아버지가 돌아가시는 것을 '천붕(天崩)'이라고 한다. '하늘이 무너진다'는 뜻이다. 아버지의 상을 당하고서야 나는 비로소 이 표현이 옳음을 알았다. 그러나 오늘, 의사의 선고를 듣고, 천 길 낭떠러지 밑으로 떨어지는 슬픔을 주체할 수 없으니, 이는 천붕보다 더한 것이다. 6·25 때 두 아이를 잃은 일이 있다. 자식이 어버이 생각하는 마음이 어버이가 자식 생각하는 마음에 까마득히 못 미침을 이제 세 번째 체험한다. 2년 전 어느 날이었다. 수술 경과가 좋아서 아이가 밖으로 놀러 나갈 때, 나는 그의 손목을 쥐고, "넌 커서 의사가 되는 게 좋을 것 같다. 의사가 너의 병을 고쳐 준 것처럼, 너도 다른 사람의 나쁜 병을 고쳐 줄 수 있게 말이다."라고 말했다. 아이는 고개를 끄덕였고, 그 후부터는 누구에게든지 의사가 되겠다고 말해 왔다. 이 밤을 나는 눈을 못 붙이고 죽음을 생각한다. 그리고 인간의 모든 고귀한 것은 한결같이 슬픔 속에서 생산된다는 생각을 하면서, 더없이 총명해 보이는 내 아들의 잠든 얼굴을 안타깝게 바라보고 있는 것이다. 그

러면서 인생은 기쁨만도 슬픔만도 아니라는, 그리고 슬픔은 인간의 영혼을 정화시키고
훌륭한 가치를 창조한다는 나의 신념을 지그시 다지고 있는 것이다.

- 《고등학교 독서와 문법 I》

다 고흐는 동생 테오에게 편지를 보내 자신의 그림에 대한 소신과 심경을 털어놓는다.
일기처럼 쓴 이 편지는 그의 삶을 생생하게 증언하는 소중한 자료가 되었다. 고흐의 편
지를 보면 앞으로 그가 추구하게 될 예술 세계의 특징을 파악할 수 있다. "이전까지 나
를 지배했던 슬픔에서 벗어나고 싶어. 갑자기 너무나도 강렬한 기쁨에 사로잡혀 나 자
신이 지금 작업을 하고 있는지조차 의식하지 못하고 작업을 할 때가 있어. 마치 말할
때나 편지를 쓸 때 거침없이 단어들이 줄줄 튀어나오듯이 붓놀림이 이루어지지. 나의
그림에 어떤 큰 변화가 시작될 것 같아."

고흐의 그림에는 기운이 생동하는 붓질, 즉 붓의 율동이 가득하다. 그의 그림은 꿈틀
거리는 붓질과 더불어 무엇보다 강렬한 색채의 효과가 두드러진다. 그가 이렇게 그릴
수 있었던 이유는 기존의 유럽 문화권에서는 결코 성립할 수 없는 다른 방식의 그림을
만났기 때문이다. 고흐는 당시 유럽을 휩쓸었던 일본 화풍에 커다란 영향을 받았다. 그
는 일본의 다색 목판화에 나타난 평면성과 자유로운 색채, 간략하면서도 대담한 디자
인에 영향을 받아 초창기 어두운 색채 위주의 그림에서 벗어났다. 이러한 사실은 "오늘
하루 종일 그림을 그릴 거야. 하지만 구상은 정말 단순해. 슬픔의 그림자는 없애 버리
고 일본 판화처럼 거침없이 색칠을 하려고 해. 벌써부터 도약하는 힘이 느껴져. 이제야
자유롭게 그림을 그릴 수 있을 것 같아. 기쁨이 꿈틀거리고 있어."라는 그의 말을 통해
서도 알 수 있다. 즉, 고흐의 독특한 화풍은 슬픔에서 기쁨으로 전환된 감정의 변화를
거쳐 자신의 예술관에서는 결코 만날 수 없었던 새로운 타자와의 만남을 통해 성립되었
다고 판단할 수 있다. 말하자면 고흐의 역동적인 붓질이 강력하고 아름다운 생명력을
지닐 수 있었던 이유는 이러한 수용의 자세에서 비롯된 것이고, 이는 미래 사회에서도
요구되는 자질인 셈이다. 이런 결과로 고흐는 그 이전까지의 자연주의 화풍을 버리고
새로운 인상주의로 도약한 화가이다.

- 《고등학교 독서와 문법 II》

• **필설**(筆舌) 붓과 혀라는 뜻으로, 글과 말을 이르는 말.

1_ 제시문 **가**의 밑줄 친 '**필설로 다하기 어려운 많은 것**'을 제시문 **나**에서 언급된 사례를 통해서 설명해 봅시다.

_____

_____

_____

_____

2_ 제시문 **다**의 고흐에 대한 평가를 중심으로 감정과 연관되는 핵심 개념을 설명해 봅시다.

_____

_____

_____

_____

3_ 다음은 소설 〈자전거 도둑〉 속 인물들이 같은 영화를 보고 느낀 감상을 재구성한 것입니다. 문제 1, 2의 답을 바탕으로 타인의 감정과 상황을 공감하는 것은 가능한지에 대해 본인의 생각을 써 봅시다.

> **김승호** : 이 영화를 볼 때마다 난 무엇보다 외로움을 느꼈지. 아들이 지켜보는 앞에서 아버지의 권위를 깡그리 무시당한 안토니오의 무너진 등이 견딜 수 없었고, 평생 씻을 수 없는 내면의 상처를 끌어안고 살아갈 어린 아들 브루노 때문에 나는 혀를 깨물어야 했어. 왜? 그건…… 빌어먹을, 내가 바로 또 다른 브루노였으니깐…….

이 망할 놈의 기억……. 나는 가난했던 어린 시절 구멍가게를 꾸려 나가는 아버지를 도와 도매상으로 물건을 떼러 다니곤 했지. 아버지는 어느 날 계산 착오로 소주 두 병이 빠져 있음을 알게 되나, 혹부리 주인 영감은 결코 실수를 인정하지 않았어. 그 후 아버지는 소주 두 병을 슬쩍 담음으로써 그 손해를 보상받으려 했지. 그러다 주인 영감에게 그 사실이 발견되자, 아버지는 벌벌 떨며 나에게 책임을 떠넘겼고, 혹부리 영감의 요구로 내 뺨을 갈겼지. 이 일을 겪은 나는 죽는 한이 있어도 애비라는 존재는 되지 않겠다고 결심했어. 그리고 혹부리 영감에게 복수를 하기로 결심했지. 혹부리 영감의 가게가 문을 닫았을 때 하수도를 통해 가게에 침입하고 그곳에 오물을 뿌려 쑥대밭으로 만들어 버렸어. 이러한 나의 복수로 인하여 혹부리 영감의 집은 파산을 하고 혹부리 영감은 죽게 되었지.

서미혜 : 승호 씨, 그 청년 생각나? 영화 속에서 그 꼬마의 아버지가 뒤쫓아 갔을 때 길가에서 간질병으로 나뒹굴던 창백한 청년……. 그 자전거 도둑…… 그 청년이 많이 닮았다…… 울 오빠…… 오빠는 오래 전에 죽었어요. 아니 죽였지, 내가. 오빠 어릴 적부터 아버지 자전거를 무척이나 잘 탔어요. 그런데 어느 날 간질 발작이 시작됐고, 이후로 어머닌 남부끄럽다며 오빠를 다락 속에 몰아넣고 키웠어요. 벽장 속에 가둬진 채 자라서 스무 살이 넘었는데도 나이에 따른 몸의 호르몬 작용은 속일 수 없었나 봐요. 체력 시험이 있던 어느 날 지쳐 집에 오자마자 깜빡 그대로 잠이 들었는데, 일어나 보니 오빠가 저의 옷을 전부 벗긴 채로 넋을 잃고 보고 있었어요. 난 소리 지르며 오빠를 밀쳤고 엄마가 달려와 같이 죽자며 몽둥이찜질을 하는 등 난리가 났죠.

하루는 엄마가 친정 일로 고향에 가시면서 오빠 밥을 잘 차려 주라고 신신당부를 했어요. 다락문을 잠그는 자물쇠와 열쇠를 건네주면서, 밥을 줄 때를 빼고는 절대 열어 주지 말라고 했어요. 나는 한 번도 다락문을 열어 주지 않았어요. 왜냐하면 아예 친구네 집에 가서 일주일을 보냈거든요. 일주일 뒤에 돌아온 엄마가 다락문을 열어 보니 걸레처럼 축 늘어진 민석 오빠가 뒹굴어져 나왔어요.

[뒷부분의 줄거리] 이렇게 서로의 과거를 공유했지만 '나'는 미혜의 말을 자세히 듣지 않았고 미혜는 그런 '나'를 멀리한다. 이제 미혜는 더 이상 자전거를 훔치러 오지 않는다. '나'는 점점 미혜를 잊게 되는데 어느 일요일, 우연히 그녀를 만났으나 그녀는 다른 사람의 자전거를 훔치고 있는 도중이었다. 그 사실을 깨달은 '나'는 허둥지둥 자전거 전용 도로를 벗어나 달리기 시작한다.

 톺아보기

정서적 공감과 인지적 공감

미국의 문화 인류학자 로먼 크르즈나릭은 공감을 '다른 사람의 처지가 되어 보고, 그들의 감정(정서적 측면)과 관점(인지적 측면)을 이해하고, 그 이해를 활용해 우리의 행동을 인도하는 과정'이라고 말했다. 이를 통해 공감은 단순히 타인의 감정을 공유하는 것뿐만 아니라 타인이 처한 상황과 관점을 이해할 수 있는 해석이 동반된다는 것을 알 수 있다. 전문가들은 이를 구분하여 전자를 정서적 공감 능력으로, 후자를 인지적 공감 능력으로 설명한다.

정서적 공감 능력은 무의식적인 것으로 타인의 고통을 느낄 수 있느냐 없느냐의 문제이다. '측은지심(惻隱之心)'을 떠올리면 된다. 유년기에 부모와의 정서적·감정적 교류로 타인의 고통을 느낄 수 있는 뇌 발달이 이루어졌다면 그런 정서적 공감은 무의식적으로 이루어질 수 있다.

반면에 인지적 공감 능력은 그 사람이 처한 상황과 입장을 이해하려고 노력함으로써 그 사람의 생각을 읽어 내고, 표정을 통해 감정을 읽을 수 있는 능력을 말한다. 인지적 공감 능력이 부족한 경우 반복적인 사회성 훈련을 통해 타인의 생각을 읽을 수 있는 능력을 기르고 자신의 행동을 조절해 나갈 수 있지만, 정서적 공감 능력은 어릴 적 애착 관계 형성에서 비롯되기에 결여된 경우 촉진시키는 방법을 찾기 어렵다. ─ 〈오마이뉴스〉, 2016. 09. 02.

Step_3 타인의 슬픔

다음 제시문을 읽고 물음에 답해 봅시다.

가 인간에게 특정한 결함이 있는 것이 아니라 인간이라는 존재 자체가 바로 결함이라는 것. 그러므로 인간이 배울 만한 가장 소중한 것과 인간이 배우기 가장 어려운 것은 정확히 같다. 그것은 바로 타인의 슬픔이다.

이 역설을 인정할 때 나는 불편해지고 불우해진다. 그러나 인정은 거기서 멈추기 위해서가 아니라 다음 단계로 가기 위해 하는 것이다. (중략) 인간이란 무엇인가. 인간은 심장이다. 심장은 언제나 제 주인만을 위해 뛰고, 계속 뛰기 위해서만 뛴다. 타인의 몸속에서 뛸 수 없고 타인의 슬픔 때문에 멈추지도 않는다. 타인의 슬픔에 대해서라면 인간은 자신이 자신에게 한계다. 그러나 이 한계를 인정하되 긍정하지는 못하겠다. 인간은 자신의 한계를 슬퍼할 줄 아는 생명이기도 하니까. 한계를 슬퍼하면서, 그 슬픔의 힘으로, 타인의 슬픔을 향해 가려고 노력하니까. 그럴 때 인간은 심장이기만 한 것이 아니라, 슬픔을 공부하는 심장이다. 아마도 나는 네가 될 수 없겠지만, 그러나 시도해도 실패할 그 일을 계속 시도하지 않는다면, 내가 당신을 사랑한다는 말이 도대체 무슨 의미를 가질 수 있나. 이기적이기도 싫고 그렇다고 위선적이기도 싫지만, 자주 둘 다가 되고 마는 심장의 비참. 이 비참에 진저리 치면서 나는 오늘도 당신의 슬픔을 공부한다. 그래서 슬픔에 대한 공부는, <u>슬픈 공부다.</u> – 신형철, 《슬픔을 공부하는 슬픔》

나 자기 고통의 '지금 당장'에서 벗어날 때 비로소 보이는 것이 다른 사람의 고통이다. 그 무엇보다도 다른 사람의 고통이 눈에 들어오는 것은, 그 자신이 고통에 예민해져 있고 고통을 겪는다는 것이 어떠한 것인지 절실히 알고 있기 때문이다. 고통을 겪는 사람들은 타인의 고통에 대한 민감도가 높아지는 것이다.

선아는 처음 사람들과 함께 걸었을 때 자기 고통을 그들에게 말하는 데 더 많은 시간을 들였다고 한다. 그러면서 자기가 고통의 당사자이니 같이 걷는 사람들이 자기 이야기를 들어줘야 한다고 생각했다. 상대의 이야기를 듣기보다는 자기 한탄을 할 수 있는 기회라고 여겼다. 그런데 선아가 사람들과 함께 걸으면서 자기의 이야기 사이사이에 그들의 이야기가 들어오는 것이 보였고, 그 이야기를 듣게 되었다. 흔한 말이지만 자기만이 아니라 모두에게 다 각자의 고통이 있었다. 종류와 강도, 그리고 대처법은 다르지만 말이다. 다른 사람의 고통이 보이고 그 고통에 관한 이야기를 들으면서 선아가 깨닫게 된 것이 있다. 고통을 겪는 이들이 한결같이 동시에 겪는 것이 바로 고통이 야기하는 또 다른 고통인 외로움이라는 것을 말이다. 선아가 집단 상담에서부터 들판을 걷는데 이르기까지 만난 사람들의 고통은 모두 다 이 외로움에 닿아 있었다. 선아는 고통의 절대성에 몸부림칠 때 자기만 괴롭고 아무도 자기를 알아주지 못할 것이라는 절망에 빠져 있었다. 그러나 바깥을 발견하고 그 바깥의 소리를 들으며 선아는 깨닫는다. 고통을 겪는 자는 모두가 다 외로움을 느끼고 그 외로움에 고통스러워한다는 것을 말이다. "나만 외로운 줄 알았지요. 그런데 그게 아니었어요. 아픈 사람들은 다 외롭더라고요. 외로워서 힘들어하더라고요."

고통의 절대성에 대한 다른 사람들의 이야기를 들으며 선아가 발견한 것은 의외의 것이다. 고통은 절대적이기에 소통할 수 없다. 하지만 그 절대성은 보편적이다. 그렇기에 고통은 사람을 나'만'의 세계로 밀어 넣는다. 그러나 그 절대성이 나'만'을 나'만'에게만 머물게 하는 것이 아니라 너'도' 그렇다는 것을 알게 한다. 내가 외로운 만큼 너도 외롭다는 것을 알게 될 때 사람은 서로에 대한 연민을 느낄 수 있다. 고통 자체는 절대적이라서 교감하고 소통할 수 없지만, 바로 그 교감하고 소통할 수 없다는 것이 '공통의 것' 임을 발견하게 되는 순간 그것은 교감하고 소통할 수 있게 된다. 고통의 절대성 자체가 공통의 것이 되는 것이다. 여기에서 고통에 대해 말하는 것이 가능해진다. 고통의 절대성이 만드는 외로움에 대해, 그 외로움을 마주 대하고 넘어서려 했던 자신에 대해서는 말할 수 있다. 외로움이 세계를 파괴하고 사람을 고립시켰지만, 바로 그 외로움이 보편적이라는 것을 깨달음으로써 외로움은 통하게 된다. 지금 몸부림치는 다른 이에게 들려줄 이야기가 있는 것이다.　　　　　　　　　　　　　　　　　　 – 엄기호, 《고통은 나눌 수 있는가》

다 차별 경험과 건강에 대해 연구하는 하버드 보건 대학원의 낸시 크리거 교수는 설문이나 인터뷰를 통해 차별과 같이 예민한 경험을 측정할 때는 차별을 경험하는 것, 그 경험을 차별이라고 인지하는 것, 그 인지한 차별을 보고하는 것을 구분해야 한다고 말합니다. 비슷한 형태의 차별을 경험한다고 해서 모든 사람이 그것을 차별로 인지하지 못하고, 또 차별을 인지한다고 해서 모두가 그것을 연구자에게 말하는 것은 아니기 때문입니다. 예를 들어, 다양한 인종을 대상으로 진행된 한 연구는 미국 사회에서 약자인 흑인, 여성, 아시아인들이 차별을 경험했을 때, 그 경험을 차별이라고 생각하지 않고 자신이 잘못했기 때문이라고 생각하는 경향이 있다고 말합니다. 자신의 잘못 때문에 차별을 받았다고 생각하는 것이 차별을 있는 그대로 인지하는 것보다 심리적으로 불편함이 덜하기 때문이라고 연구는 설명합니다.

구직 과정의 차별에 대해 '해당 사항 없음'이라고 답한 여성 노동자와 학교 폭력에 대해 '아무 느낌 없다'고 답한 남학생은 모두 자신이 경험한 것을 있는 그대로 인지하거나 말하지 못했습니다. 그러나 차별을 겪고도 자신은 해당 사항이 없다고 말한 여성 노동자들은 차별을 경험했다고 스스로 말할 수 있는 사람들보다 더 많이 아팠습니다. 학교 폭력을 겪은 후에 아무렇지도 않다고 이야기했던 다문화 가정 남학생들 또한 학교 폭력을 경험하고 그 경험을 말할 수 있었던 학생들보다 더 많이 아팠습니다.

사회적 폭력으로 인해 상처를 받은 사람들은 종종 자신의 경험을 말하지 못합니다. 그 상처를 이해하는 일은 아프면서 동시에 혼란스럽습니다. 그러나 우리 몸은 스스로 말하지 못하는, 때로는 인지하지 못하는 그 상처까지도 기억하고 있습니다. 몸은 정직하기 때문입니다. 물고기 비늘에 바다가 스미는 것처럼 인간의 몸에는 자신이 살아가는 사회의 시간이 새겨집니다.

– 김승섭, 《아픔이 길이 되려면》

라 아내는 끅끅 이상한 소리를 내다 결국 울음을 터뜨렸다. 나는 영우가 제 이름을 쓰는 걸 한 번도 보지 못했다. (중략)

아내는 연주를 끝낸 뒤 수천 명의 기립 박수를 받은 피아니스트마냥 울었다. 사람들이 던진 꽃에 싸인 채. 꽃에 파묻힌 채. 처마 밑에서 비를 피하는 사람마냥 내가 붙들고 선 벽지 아래서 흐느꼈다. 미색 바탕에 이름을 알 수 없는 흰 꽃이 촘촘하게 박힌 종이를 이고서였다. 그러자 그 꽃이 마치 아내 머리 위에 함부로 던져진 조화(弔花)처럼 보였다. 누군가 살아 있는 사람에게 악의로 던져 놓은 국화 같았다. 우리는 알고 있었다. 처음에는 탄식과 안타까움을 표한 이웃이 우리를 어떻게 대하기 시작했는지. 그들은 마치 거대한 불행에 감염되기라도 할 듯 우리를 피하고 수군거렸다. 그래서 흰 꽃이 무더기로 그려진 벽지 아래 쪼그려 앉은 아내를 보고 있자니, 아내가 동네 사람들로부터 '꽃매'를 맞고 있는 것처럼 느껴졌다. 많은 이들이 '내가 이만큼 울어 줬으니 너는 이제 그만 울라'며 줄기 긴 꽃으로 아내를 채찍질하는 것처럼 보였다.

— 다른 사람들은 몰라.

나는 멍하니 아내 말을 따라 했다.

— 다른 사람들은 몰라.

그러곤 내가 아내 말을 완벽하게 이해하고 있다는 걸 알았다. 아내가 물끄러미 나를 올려다봤다. 텅 빈 눈동자가 불 꺼진 형광등처럼 어두웠다. 아내가 한 손으로 영우가 직접 쓴, 아니 쓰다 만 이름을 어루만졌다. 순간 어디선가 영우가 다다다 뛰어와 두 팔로 내 다리를 감싸 안을 것 같았다. '토닥토닥' 그런 건 어디서 배웠는지, 제 엄마의 등을 말없이 두드려 줄 것도 같았다. 하지만 그런 일은 일어나지 않았다. 앞으로도 절대 일어나지 않을 터였다. 그 단순한 사실이 가슴을 아프게 후벼 팠다. 나는 결국 고개를 숙이고 말았다. 부엌 바닥으로 굵은 눈물방울이 툭 흘러내렸다. 하지만 그 순간조차 손에서 벽지를 놓을 수 없어, 그렇다고 놓지 않을 수도 없어 두 팔을 든 채 벌서듯 서 있었다. 물먹은 풀이 내 몸에서 나오는 고름처럼 아래로 후드득 떨어졌다. 한파가 오려면 아직 멀었는데 온몸이 후들후들 떨렸다. 두 팔이 바들바들 떨렸다.　　　　－ 김애란, 〈입동〉

1_ 제시문 **가**의 밑줄 친 '**슬픈 공부**'의 가치를 제시문 **나**를 통해 설명해 봅시다.

2_ 문제 1의 답을 바탕으로 제시문 **다**와 **라**의 공통된 문제 상황이 극복될 수 있는 근거를 제시해 봅시다.

제시문 **가**의 논지를 요약하고, 그를 바탕으로 제시문 **나**에 제기된 현상에 대한 본인의
의견을 제시해 봅시다.

> **가** 에드먼드 버크는 사람들이 고통의 광경을 담은 이미지를 즐겨 본다고 주장했
> 다. 그는 〈**숭고한** 것과 아름다운 것을 둘러싼 견해의 기원에 관한 철학적 탐구〉에
> 서 "내 확신에 따르면 사람들은 현실의 불행과 타인의 고통을 보면서 얼마간, 그것
> 도 적지 않은 즐거움을 느낀다."라고 적어 놓았다.
>
> 　사진이 먼 곳에서 벌어지고 있는 고통을 우리 눈앞에 가져온다고 해서 우리는
> 도대체 무슨 일을 할 수 있을까? 흔히 사람들은 타인의 고통이 자신과 밀접히 연결
> 되어 있다는 사실을 잘 받아들이지 못한다. **관음증**적인 **향락**(이런 일이 나에게는
> 일어나지 않을 거다, 나는 아프지 않다, 나는 전쟁터에 있지 않다 같은 사실을 알
> 고 있다는 그럴싸한 만족감)을 보건대, 흔히 사람들은 타인의 시련, 그것도 쉽사리
> 자신과의 일체감을 느낄 법한 타인의 시련에 관해서도 생각하지 않으려 한다.
>
> 　어떤 이미지들을 통해서 타인이 겪고 있는 고통에 상상적으로 접근할 수 있다는
> 것은, 멀리 떨어진 곳에서 고통을 받고 있는 사람들과 그 사람들을 볼 수 있다는
> 특권을 부당하게 향유하는 사람들 사이에 일련의 연결 고리가 있다는 사실을 암시
> 해 준다. 고통받고 있는 사람에게 연민을 느끼는 한, 우리는 우리 자신이 그런 고
> 통을 가져온 원인에 연루되어 있지는 않다고 느끼는 것이다. 우리가 보여 주는 연
> 민은 우리의 무능력함뿐만 아니라 우리의 **무고함**도 증명해 주는 셈이다. 따라서 우
> 리의 선한 의도에도 불구하고 연민은 어느 정도 **뻔뻔한** 반응일지 모른다.
>
> 　특권을 누리는 우리와 고통을 받는 그들이 똑같은 지도상에 존재하고 있으며 우
> 리의 특권이 그들의 고통과 연결되어 있을지도 모른다는 사실을 숙고해 보는 것,
> 그래서 타인의 고통에 연민만을 베푸는 것을 그만두고 타인의 고통에 연대하는
> 것, 이것이야말로 우리의 과제이다.
>
> 　현대의 시민들, **스펙터클**이 되어 버린 폭력의 소비자들, 전쟁터에 직접 가 보는
> 위험을 무릅쓰지 않고도 참상을 세세히 말하는 데 정통한 사람들은 진실해질 수 있
> 는 가능성을 비웃도록 단련되어 있는 사람들이다. 위험과 고통의 현장에서 멀리

떨어져 의자에 앉은 채 우월한 위치에 있다고 주장하기란 얼마나 쉬운 일인가.

– 수전 손택, 《타인의 고통》

나 어린이집 원장은 영업 배상 책임 보험에 가입돼 있었다. 가해 차량 역시 자동차 종합 보험에 들어 우리는 보험 회사를 통해 민사상 손해 배상을 받았다. 많다거나 적다거나 하는 세상의 어떤 잣대나 단위로 잴 수 없는 대가가 지급됐고, 어린이집에서는 그걸로 일이 마무리됐다 여기는 듯했다. 운전사를 바꾸고 당시 현장에 있던 보육 교사까지 잘랐는데 무얼 더 바라느냐 묻는 듯했다. 직접 그렇게 말하진 않았지만 우리를 대하는 표정이나 태도가 그랬다. 내가 보험 회사 직원이란 근거로 동네에 차마 입에 담지 못할 소문이 돈 것도 그즈음이었다. 처음에는 듣고도 믿을 수 없어 온몸이 바들바들 떨렸다. 끔찍한 건 몇몇 이들이 그 말을 정말로 믿는다는 거였다. 아내는 직장을 관두고 집 안에 틀어박혀 아무것도 하지 않았다. 가능하다면 나도 모든 걸 그만두고 싶었다. 생활비 통장에선 매달 아파트 대출금과 높은 이자가 빠져나갔고, 아파트 관리비와 각종 공과금, 의료 보험비와 휴대 전화 요금도 만만치 않았다. 내 월급만으론 감당하기 어려운 액수였다. 그즈음 어린이집 차량 보험 회사 직원으로부터 연락이 왔다. 그 사람은 차분한 말투로 나를 위로하고 공적인 어휘로 보험금 지급 과정을 설명했다. 그러곤 조심스레 서류 한 장을 내밀었다. 거기 내 이름을 적는 칸과 계좌 번호를 기입하는 난이 비어 있었다. 누가 설명해 주지 않아도 이미 잘 알고 있는 양식이었다. 그리고 언젠가 나도 그와 같이 사무적인 얼굴로 누군가의 슬픔을 대면했을 터였다. 서류를 앞에 두고 한동안 아무 말도 못 하다 밖으로 나와 담배를 연달아 세 대 피웠다. 잘못된 걸 바로잡고 고장 난 데를 손보는 건 가장의 일이었다. 나는 그렇게 배우고 자랐다. 하지만 내가 거기 계좌 번호를 적는 순간 이상하게 어린이집 원장을 용서하는 결과를 낳을 것 같은 기분이 들었다. (중략)

한번은 아내가 바퀴 달린 장바구니를 들고 나갔다 십 분 만에 돌아왔다. 무슨 일이냐고 묻자 아내는 사람들이 자길 본다고, 나는 안 그러냐고 했다. 그게 무슨 말이냐고 묻자 아내는 사람들이 자꾸 쳐다본다고, 아이 잃은 사람은 옷을 어떻게 입나, 자식 잃은 사람도 시식 코너에서 음식을 먹나, 무슨 반찬을 사고 어떤 흥정을 하나 훔쳐본다고 했다. 나는 그럴 리 없다고, 당신이 과민한 거라 설득했다. 그 뒤 아내는 주로 온라인 매장에서 장을 봤다. 집 밖을 나서는 일이 점차 줄고 베란다를 바라보는 시간이 늘었다. 나는 아내까지 잃게 될까 두려웠다. (중략)

— 내 생일에 당신이 케이크 사 왔잖아. 여기 식탁에서 같이 초에 불붙이고. 그 때 영우는 태어나서 촛불 처음 보는 거였는데. 불을 무슨 엄청 신기한 사물 보듯 응시했잖아? 그날 내가 두 돌도 안 된 영우한테 장난으로 "영우야, 오늘 엄마 생일인데 뭐 해 줄 거야?" 하고 물었어. 그랬더니 영우가 어떻게 했는지 알아? 그 말도 못 하던 애가 잠시 고민하더니 갑자기 막 손뼉을 치더라고. 영우가 나한테 박수 쳐 줬어. 태어났다고…….

아내는 연주를 끝낸 뒤 수천 명의 기립 박수를 받은 피아니스트마냥 울었다. 사람들이 던진 꽃에 싸인 채. 꽃에 파묻힌 채. 처마 밑에서 비를 피하는 사람마냥 내가 붙들고 선 벽지 아래서 흐느꼈다. 미색 바탕에 이름을 알 수 없는 흰 꽃이 촘촘하게 박힌 종이를 이고서였다. 그러자 그 꽃이 마치 아내 머리 위에 함부로 던져진 조화(弔花)처럼 보였다. 누군가 살아 있는 사람에게 악의로 던져 놓은 국화 같았다. 우리는 알고 있었다. 처음에는 탄식과 안타까움을 표한 이웃이 우리를 어떻게 대하기 시작했는지. 그들은 마치 거대한 불행에 감염되기라도 할 듯 우리를 피하고 수군거렸다. 그래서 흰 꽃이 무더기로 그려진 벽지 아래 쪼그려 앉은 아내를 보고 있자니, 아내가 동네 사람들로부터 '꽃매'를 맞고 있는 것처럼 느껴졌다. 많은 이들이 '내가 이만큼 울어 줬으니 너는 이제 그만 울라'며 줄기 긴 꽃으로 아내를 채찍질하는 것처럼 보였다.

— 다른 사람들은 몰라.

나는 멍하니 아내 말을 따라 했다.

— 다른 사람들은 몰라.

– 김애란, 〈입동〉

- **숭고하다**(崇高--) 뜻이 높고 고상하다.
- **관음증**(觀淫症) 다른 사람의 알몸이나 성교하는 것을 몰래 훔쳐봄으로써 성적(性的) 만족을 얻는 증세이다.
- **향락**(享樂) 쾌락을 누림.
- **무고하다**(無辜--) 아무런 잘못이나 허물이 없다.
- **스펙터클**(spectacle) 일반적으로 생성된 모습이 기억에 남을 정도의 장면이나 이벤트가 되는 것.

03 위대한 현대인 열전

작품 읽기

학습 목표

1. 소설 속 인물의 삶이 지니는 의미를 파악하고, 바람직한 삶의 태도를 성찰할 수 있다.
2. 풍자와 해학을 통해 작가가 드러내고자 하는 바를 이해할 수 있다.
3. 장애인의 자기 인식과 타자와의 관계에 대해 비판적으로 고찰할 수 있다.
4. 평판을 둘러싼 사회적 상황과 맥락을 이해하고 비판적으로 고찰할 수 있다.

이 작품은 1990년대 IMF 경제 위기를 맞은 농가 현실을 배경으로, 이기적인 현대인에 대한 풍자와 함께 암울한 농촌 현실을 고발하고 있습니다. 소설은 비교적 객관적인 시선을 갖고 있는 민 씨를 통해 '황만근'이라는 인물의 생애를 추적하는 형식으로 전개됩니다. 민 씨를 통해 바보 취급을 받는 황만근이 실제로는 매우 긍정적인 인물이며, 오늘날 현대인의 삶에 결핍된 관용과 도량의 정신을 가진 인물임을 보여 주고 있습니다. 황만근은 마을의 궂은일을 도맡아 하면서도 늘 마을 사람들에게 무시당하기 일쑤입니다. 하지만 작가는 민 씨의 입을 빌려 황만근이 어수룩하여 그런 대우를 받기는 하지만, 오히려 자신밖에 모르고 이기적인 마을 사람들이야말로 진정한 바보임을 간접적으로 비판하고 있습니다.

작품은 전체적으로 향토적이고 구수한 방언의 사용과 우스꽝스러운 인물의 행동을 통한 풍부한 해학성, 이기적인 현대인을 대표하는 마을 사람들을 등장시켜 풍자적인 성격이 드러납니다. 또한 자신에게 이익이 없는 일에도 열성을 다하는 황만근과 이해타산적인 마을 사람들을 대조적으로 제시함으로써 주제 의식을 선명하게 부각하고 있습니다. 황만근과 마을 사람들의 삶의 태도와 가치관을 비교하며 소설을 감상해 봅시다.

▌성석제(成碩濟, 1960~)

경상북도 상주 출생. 1986년 《문학사상》에서 시 부문 신인상을 수상하여 등단했으며, 1995년 《문학동네》 여름호에 단편 〈내 인생의 마지막 4.5초〉를 발표하며 본격적인 소설가의 길로 들어섰다. 해학과 풍자, 과장 등을 통해 현대 사회의 다양한 인간상을 그려 내는 작품을 주로 썼다. 희비극을 넘나드는 자유로운 서사와 독창적인 문체로 단편 소설, 중편 소설, 장편 소설, 짧은 소설, 에세이, 칼럼, 산문 등 다양한 매체와 형식을 통해 왕성한 창작 활동을 하고 있다.

황만근은 이렇게 말했다 _성석제

황만근이 없어졌다. 새벽에 혼자 경운기를 타고 집을 나간 황만근은 늘 들일을 나가면 돌아오는 시각인 저물녘에 돌아오지 않았다. 술을 마시고 취하더라도 열두 시가 될락말락한 한밤이면 돌아왔는데 이번에는 아니었다. 평생 단 하루 외박한 뒤 돌아왔던 그 시각, 햇대의 닭이 울음을 그치는 아침이 되어도 돌아오지 않았다. 마을 회관 앞, 황만근이 직접 심어 놓은 등나무 덩굴 아래, 직접 짠 평상에 사람들이 모였다. 먼저 이장이 입을 열었다.

"만그인지 반그인지 그 바보 자석 하나 따문에 소여물도 못 하러 가고 이기 뭐라. 스무 바리나 되는 소가 한꺼분에 밥 굶는 기 중요한가, 바보 자석 하나가 어데 가서 술 처먹고 집에 안 오는 기 중요한가, 써그랄."

마을에서 연장자 축에 들고 가장 학식이 높아 해마다 한 번씩 지내는 **용왕제**에 축(祝)을 **초하는** 황재석 씨가 받았다.

"그래도 **질래** 있던 사람이 없어지마 필시 연유가 있는 기라. 사람이 바늘이라, 모래라. 기양 없어지는 기 어디 있어. 암만 그래도 우리 동네 사람 아이라. 반그이, 아이다, 만그이가 여게서 나서 사는 동안 한 분도 밖에서 안 들어온 적이 없는데 말이라."

용왕제(龍王祭) 음력 정월 14일에 배의 주인이 제주가 되어 뱃사공들이 지내는 제사. 무당을 부르지 않는 점에서 '용왕굿'과 다르다.
초하다(草--) 글의 초안을 잡다.
질래 '끝내'의 방언(충청).

"아이지요, 어르신. 가가 군대 간다 캤을 때 여운지 토깨인지하고 밤새도록 싸우니라고 하루는 안 들어왔심다."

용왕제에서 집사 역을 하는 황동수가 우스개처럼 말을 이었다. 아침밥을 먹기도 전 황만근의 아들이 찾아와 황만근이 집에 돌아오지 않았다고 하길래 얼결에 동네 사람들을 불러 모으는 역할을 하게 된 민 씨는 분위기가 이상하게 돌아간다 생각하고 참견을 했다.

"어제 **궐기 대회** 한다 하고 간 사람이 누구누구십니까. 황만근 씨하고 같이 간 사람은요? 궐기 대회 하는 동안 본 사람은 없나요?"

자리에 모인 대여섯 명의 황 씨들은 서로의 얼굴을 마주 보더니 모두 고개를 흔들었다.

"사람이라고 및 밍이나 되나. 군 전체 사람이 모도 모있다는 기 백 밍이 될라나 말라나 한데 반그이는 돼지고기 반 근만 해서 그런지 안 보이더라 칸께."

이장은 계속 빈정거리듯 말을 이었다. 민 씨는 이장이 궐기 대회 전날 황만근을 따로 불러 무슨 말을 건네던 것을 기억해 냈다.

"그제 밤에 내일 궐기 대회 한다고 사람들 모였을 때 이장님이 황만근 씨에게 뭐라고 하셨죠. 모임 끝난 뒤에."

이장은 민 씨를 흘기듯 노려보았다.

"왜, 농민보고 농민 궐기 대회 꼭 나오라 캤는데, 뭐가 잘못됐나."

민 씨는 자신도 모르게 따지는 어조가 되었다.

"군 전체가 모두 모여도 몇 명 안 되었다면서요. 그런 자리에 황만근 씨가 꼭 가야 합니까. 아니, 황만근 씨만 가야 할 이유라도 있습니까. 따로 황만근 씨한테 부탁을 할 정도로."

궐기 대회(蹶起大會) 어떤 문제에 대하여 해결책을 촉구하기 위하여 뜻있는 사람들이 궐기하는 모임.

"이 사람이 뭐라 카는 기라. 이장이 동민한테 농가 부채 **탕감** 촉구 전국 농민 총궐기 대회가 있다, 꼭 참석해서 우리의 입장을 밝히자 카는데 뭐가 잘못됐다 말이라."

"잘못이라는 게 아니고요, 다른 사람들은 다 돌아왔는데 왜 황만근 씨만 못 오고 있나 하는 겁니다."

"내가 아나. 읍에 가 보이 장날이더라고. 보나 마나 어데서 술 처먹고 주질러앉았을 끼라. 백 리 길을 깅운기를 끌고 갔으이 시간도 마이 걸릴 끼고."

다른 사람들은 말이 없었고 민 씨와 이장만이 공을 주고받는 꼴이 되어 버렸다.

"글쎄, 그 자리에 꼭 황만근 씨만 경운기를 끌고 갔어야 했느냐 이 말입니다. 그것도 고장 난 경운기를."

"깅운기를 끌고 오라는 기 내 말이라? 투쟁 방침이 그렇다카이. 깅운기도 그렇지, 고장은 무신 고장, 만그이가 그걸 하루 이틀 몰았나. 남들이 못 몬다 뿌이지."

"그럼 이장님은 왜 경운기를 안 타고 가고 트럭을 타고 가셨나요. 이장님부터 솔선수범을 해야지 다른 동민들이 따라 할 텐데, 지금 거꾸로 되었잖습니까."

"내사 민사무소에서 인원 점검하고 다른 이장들하고 의논도 해야 되고 울매나 바쁜 사람인데 깅운기를 타고 언제 가고 말고 자빠졌나. 다른 동네 이장들도 민소 앞에서 모이 가이고 트럭 타고 갔는 거를. 진짜로 깅운기를 끌고 갔으마 군 대회에는 늦어도 한참 늦었지. 군청에 갔는데 비가 와 가이고 온 사람도 및 없더마. 소리마 및 분 지르고 왔지. 군청까지 깅운기를 타고 갈 수나 있던가. 국도에 차들이 미치깨이맨구로 쌩쌩 달리는데

탕감(蕩減)   빚이나 요금, 세금 따위의 물어야 할 것을 삭쳐 줌.

반치만 우애라고. 다른 동네서는 자가용으로 간 사람도 쨌어.”

“그러니까 국도를 갈 때는 여러 사람이 한꺼번에 경운기를 여러 대 끌고 가자는 거였잖습니까. 시위도 하고 의지도 보여 준다면서요. 허허, 나 참.”

“아침부터 바쁜 사람 불러내 놓더이, 사람 말을 알아듣도 못하고 엉뚱한 소리만 해 싸. 누구맨구로 반동가리가 났나.”

기어이 민 씨는 버럭 소리를 지르고야 말았다.

“**반편**은 누가 반편입니까. 이장이니 지도자니 하는 사람들이 모여서 방침을 정했으면 그대로 해야지, 양복 입고 자가용 타고 간 사람은 오고, 방침대로 경운기 타고 간 사람은 오지도 않고, 이게 무슨 경우냐구요.”

“이 자슥이 뉘 앞에서 눈까리를 똑바로 뜨고 소리를 뻑뻑 질러 쌓노. 도시에서 쫄딱 망해 가이고 귀농을 했시모 얌전하게 납작 엎드려 있어도 동네 사람 시키 줄까 말까 한데, 뭐라꼬? 내가 만그이 이미냐, 애비냐. 나이 오십 다 된 기 어데를 가든동 오든동 지가 알아서 해야지, **목사리** 끌고 따라다니까?”

마침 황만근의 어머니가 나오지 않았으면 몸싸움이 났을지도 몰랐다. 민씨가 막 핏대를 세우며 맞대꾸를 하려는데, 도저히 시골의 환갑노인으로는 보이지 않는, 곱고 여린 외모의 여인이 종종걸음으로 다가와서는 평상 앞에서 어른들의 눈치를 보며 엉거주춤 서 있는 손자를 붙들고 우는소리를 냈다.

“내가 고딩어를 안 먹는다 캤으마, 이런 일이 없을 낀데. 내가 고딩어를 안 먹는다 캤어도 이런 일이 없을 낀데. 내가 고여히 고딩어를 먹는다 캐 가이고 우리 만그이가, 우리 만그이가 고딩어를 사러 갔다가 이래 안 오는구나아.”

반편(半偏) 지능이 보통 사람보다 모자라는 사람을 낮잡아 이르는 말.
목사리 개나 소 따위 짐승의 목에 두르는 굴레. 위로 두르는 굵은 줄과 밑으로 두르는 가는 줄로 되어 있다.

    그래서 사람들은 알게 되었다. 황만근이 경운기를 끌고 간 날 아침, 아침을 차리던 황만근에게 그의 어머니가 고등어자반이 없으면 밥을 먹지 않겠다고 한 사실을. 이장은 그것 보라는 듯이 "반동가리 반그이가 궐기 대회가 아이고 고딩어 사러 갔구마. 효자 났네, 효자 났어." 하고는 허리를 쭉 폈다. 황재석 씨도 수염을 쓰다듬으며 "홀어머니 **조석**을 지극정성으로 평생 한 끼도 안 **빠뜨리고 공궤하니**, 암만, 효자는 효자지. 천생지 효자라." 했다. 그 황만근의 아들인 영호가 덩달아 우는소리를 하는 것이었다.

    "아이라요. 내가 아침에 집으로 오다가 경운기 타고 가는 아부지를 만났는데요, 목욕을 하고 오라 캤거든요. 목욕탕에 갔을 끼라요. 그런데 면에 있는 목욕탕에 연락해 봐도 그런 사람은 안 왔다 카고……. 온천에 갔는가 봐요. 온천에 가다가 우째 됐는가도 모르고……."

    사람들은 또한 알게 되었다. 황만근은 전에 없이 전날 밤 그의 아들 방에서 잠을 잤다. 아들은 시험공부 하느라고 친구 집에서 밤을 새우고 아침에 들어오는 길이었다. 길에서 아버지를 만난 아들은 대번에 아버지가 자신의 방에서 잔 사실을 알아차렸다. 아버지가 자신의 점퍼를 입고 있었기 때문이다. 그래서 당장 옷을 벗어 내놓으라, 다시는 내 방에 들어오지 말라고 소리쳤고 덧붙여 제발 좀 목욕탕에 가서 씻고 오라고 했던 것이다. 황만근은 그 길로 목욕탕으로 간 것인지도 몰랐다. 아니면 궐기 대회가 열리는 읍의 반대편에 있는 온천에 갔든가.

    "내 평생 반그이가 한 번 씻는 걸 못 봤다. 냇가를 가도 샘에를 가도 들어갈 생각을 안 하는구마. 목욕탕에 우째 가는 줄도 모를 낀데 온천이 여게서 어데라고 지가 찾아가노."

조석(朝夕) 아침밥과 저녁밥을 아울러 이르는 말.
공궤하다(供饋--) 음식을 주다.

황규수가 입을 비틀며 웃었다. 민 씨는 자신이 알고 있는 사실을 말할까 말까 하다가 끝내 입을 열지 못했다. 그 자신도 황만근에게 궐기 대회장으로 꼭 가야 한다고 **충동질한** 사실이 있었다. 술김인지는 몰라도, 당신의 뜻을 많은 사람이 알아야 한다, 가서 이야기를 하라고 **객기**를 부렸던 것이다.

그러는 동안 모든 사람들이 알게 되었다. 황만근이 집으로 돌아오지 않았다. 동네 사람 누구든 하루 이틀, 또는 한두 달 집을 비울 수도 있지만 그렇다고 그 사실을 모든 사람이 알게 되는 것은 아니다. 그러나 황만근만은 하루밖에 지나지 않았음에도 모든 사람이 그의 부재를 알게 되었다. 그렇지만 누구도 적극적으로 황만근을 찾아 나서려 하지 않았다. 그는 있으나 마나 한 존재이면서 있었고 없어서는 안 되는 존재이면서 지금처럼 없기도 했다. 동네 사람들은 그를 바보라고 했다. 두어 해 전에야 신대 1리로 들어와 황만근의 탄생과 성장, 삶을 처음부터 지켜보지 못한 민 씨만은 그렇게 생각하지 않았다.

마을에서 젊은 축에 드는 마흔다섯 살의 황영석은 황만근이 벽돌을 찍고 구덩이를 파서 지은 마을 회관 변소에서 분뇨를 퍼내면서 황만근의 부재를 알게 되었다.

"만그이 자석이 있었으마 내가 돈을 백만 원 준다 캐도 이런 일을 안 할 낀데. 아이구, 이 망할 놈의 똥 냄새, **여리**가 싸 놔 그런지 독하기도 하네. 이기 **곡석**한테 독이 될지 약이 될지도 모르겠구마."

황만근이 있었으면 군말 없이 했을 일이었다. 늘 그렇듯이 벙글벙글 웃으

충동질하다(衝動---) 어떤 일을 하도록 남을 부추기는 짓을 하다.
객기(客氣) 객쩍게 부리는 혈기(血氣)나 용기.
여리(閭里) 백성의 살림집이 많이 모여 있는 곳.
곡석 '곡식'의 방언.

면서.

"만그이가 있었으모 저 거름이 우리 밭으로 올 낀데. 만그이가 도대체 어
데 갔노."

마을 회관 곁 조그만 밭에 채소를 심어 먹는 여 씨 노인도 황만근의 부재
를 알게 되었다. 황만근은 마을 공통의 분뇨를, 역시 자신이 판 마을 공통의
분뇨장으로 가져가서 충분히 익힌 뒤에, 공평하게 나누어 주었다. 황영석처
럼 제가 폈다고 바로 제 밭에 가져다가 뿌리지는 않았다. 특히 여 씨 노인처
럼 일찍 남편을 잃고 혼잣몸이 된 노인들에게는, 알고 그러는지 모르고 그
러는지 더 자주 거름을 가져다주었다.

"만그이한테 물어보자."

아이들은 소꿉장난을 하다가 황만근의 부재를 알게 되었다. **공평무사**한
것이 황만근의 평생의 **처사**였다. 그에게는 판단 능력이 없는 듯했지만 시비
를 물으러 가면, 가노라면 언제나 공평무사한 자연의 **이법**에 대해 깨우치게
되고 분쟁은 종식되었다.

또는 물어보나 마나 **명약관화**한 일을 두고도 황만근을 들먹였다.

"만그이도 알 끼다."

또한 동네에 오래도록 내려오는 노래, 구태여 제목을 붙이자면 '황만근가'
를 자신도 모르게 중얼거리게 되면서 사람들은 황만근이 없다는 사실을 알
게 되었다.

황만근가, 황만근의 노래, 아니 황만근에 관한 노래는 이렇게 부른다. 먼
저 "황" 하고 단호하고 크게 소리쳐서 주의를 끈 다음, 한 박자를 쉰 뒤에

공평무사(公平無私) 공평하여 사사로움이 없음.
처사(處事) 일을 처리함. 또는 그런 처리.
이법(理法) 원리와 법칙을 아울러 이르는 말.
명약관화(明若觀火) 불을 보듯 분명하고 뻔함.

"마안-그은" 하고 두 박자로 느릿하게 부른다. 이어서 "백 분[번], 찜 원[십 원], 여 끈[열 근], 팔 푼, 두 바리[마리]" 하고 빠르게 센다. 마지막으로 "그 래, 바안-그은" 하고 느긋하게 마친다. 이 노래에는 황만근의 일생이 들어 있고 모든 노래가 그렇다시피 노래를 부르는 마을 사람들의 대체 경험과 정 서가 녹아 있다.

황은 성을 말한다. 신대 1리는 황씨들이 오십여 호 모여 사는 **집성촌**이 다. 이 년 전에 귀농한 민 씨 같은 **타성바지**는 황씨 집안에 **데릴사위**로 들어 온 노 씨를 포함 전체에서 두 가구밖에 되지 않는다. 신대(新垈), 새터는 이 름이 암시하듯 새로 생긴 마을이다. 황만근의 부친은 전쟁 중에 죽었다. 그 의 어머니는 그때 이미 그를 배고 있었는데 남편을 여의고 황만근을 낳은 까닭에 **항렬**을 따서 이름을 지어 줄 사람이 없어 집에서 우러러보이는 산, 만근산(萬根山)에서 이름을 받았다. 만근산은 신대 1리에서 3리까지가 띠 모양으로 둘러 있는 천곡지(千谷地)를 병풍처럼 에워싸서 물을 가두고 또한 사철 물을 대 주게 하는 역할을 하고 있다. 만근산의 천곡이라는 이름의 계 곡을 막아 저수지를 만들고 계곡에서 흩어져 사는 사람들을 모아 한곳에 살 게 한 곳이 바로 신대리이다. 이쯤만 해도 황만근이라는 이름이 곧 동네의 뿌리를 상징하는 이름임을 알 수 있다.

'백 번'은 무엇을 이름인가. 황만근이 땅바닥에 넘어진 횟수가 백 번임을 말한다. 황만근은 어릴 때부터 유난히 자주 넘어졌는데 동네 사람들 말대로 '골', 곧 자주 아는 척하는 윗마을 황학수의 말마따나 평형 감각을 관장하는 소뇌가 미발달해서 그런지도 모른다. 사람들은 동네에서 툭, 소리가 나면

집성촌(集姓村) 같은 성(姓)을 가진 사람이 모여 사는 촌락.
타성바지(他姓--) 자기와 다른 성(姓)을 가진 사람.
데릴사위 처가에서 데리고 사는 사위.
항렬(行列) 같은 혈족의 직계에서 갈라져 나간 계통 사이의 대수 관계를 나타내는 말. 형제자매 관계는 같은 항렬 로 같은 돌림자를 써서 나타낸다.

홍시 떨어지는 소리, 아니면 황만근이 넘어지는 소리라고 여겼다. 누군가 황만근에게 도대체 하루에 몇 번 넘어지는지 세어 보라고 했다. 기왕 넘어지는 거 셈 공부나 하라는 충고였겠다. 저녁때 어린 황만근에게 몇 번 넘어졌는가 물으면 황만근은 손가락을 꼽고 발가락을 꼬고 무릎과 허리까지 배배 꽈 가며 용을 썼다. 그런데 황만근은 언제부터인가 그런 물음에 명쾌하게 '백 분'이라고 대답했다. 하루에 백 번, 한 달에 백 번, 일 년에 백 번, 평생 백 번. 백은 황만근이 셀 수 있는 가장 큰 단위였다.

'찝 원'은 면사무소가 있는 봉대 장터의 국수 가게 주인이 보태 준 별명이다. 어느 날 열서너 살 난 더벅머리 황만근이 국수를 사러 와서는 가게 문간에서 이렇게 말했다. "꾹찌 찝 원어찌만 쪼요." 국수 장수가 무슨 말이냐고 물었다. 황만근은 신중하게 손가락을 헤아리더니 다시 '꾹찌'라고 하면서 가게 주변이 온통 환하도록 널려 마르고 있는 국수 가닥을 가리켰다. 그러고는 '찝 원'이라고 했는데 주인은 그 말을 그의 손에 들린 십 원짜리 지폐를 보고 겨우 알아들었다. 어린 시절 황만근은 혀가 짧았던 것이다.

황만근은 나면서부터 물가(전국에서 다섯 번째 깊이라는 천곡 저수지를 인근에서는 이렇게 이른다. 저수지를 자랑하고 싶을 때 담수량이나 넓이라면 모르되 깊이는 따져 무엇 하겠다는 건지, 동네에 처음 들어갔을 무렵 민 씨는 알 수가 없었다. 다섯 번째라면, 최소한 전국 다섯 군데 저수지의 깊이를 쟀다는 말인데, 그렇다면 그 깊이는 **갈수기**의 깊이인가, 장마철의 깊이인가, 평균의 깊이인가, 측정 당시의 깊이인가, 최대의 깊이인가, 가운데의 깊이인가. 생각할수록 무한한 함수가 생겨나는 이런 기준을 과연 누가 만들었는가. 민 씨는 알 수가 없었다. 또한 민 씨는 그 불투명한 기준에서 첫째도 아니고 다섯 번째에 불과한 것이 어째서 내세울 만한 게 되는지도 알 수

갈수기(渴水期) 한 해 동안에 강물이 가장 적은 시기. 우리나라에서는 겨울철과 봄철이 이에 해당한다.

가 없었다. 하여튼 그 저수지에 '물'이라는 본질적인 이름을 붙이고 그 저수지 주변에 띠처럼 붙어서 만들어진 동네를 대범하게 '물가'라고 부르는 사람들이 신대리에 산다.)의 제일 바깥쪽 동네, 곧 신대 1리에서도 제일 바깥의 마을 어귀에 살고 있다.

동네를 집으로 비유하면 황만근의 집은 **행랑채**에 해당한다. 행랑채가 그렇듯 동네의 다른 집에 비해 황만근의 집은 작고 보잘것없다. 6·25 후에 계곡 입구를 막아 저수지를 완공했으니 마을 대부분의 집은 전쟁 직후에 지은 것이다. 황만근은 그때 젖먹이였고 아버지는 죽고 없었다. 이웃들은 저마다 각자의 집을 짓느라 바빠 과부 시어머니와 과부, 그리고 젖을 빠는 **유복자**에게 집을 지어 줄 만한 여유가 없었다. 수숫단으로 벽을 하고 짚 멍석으로 바닥을 한 뒤에, 형편이 닿는 대로 나무와 흙으로 조금씩 지어 나간 그 집은 계속 덧칠을 한 그림처럼 엉성했다. 세월이 흘러 집 꼴은 갖춰졌을 망정 지붕이나 방, 문, 마당 할 것 없이 집을 이루는 구성 요소란 구성 요소는 빠짐없이 늘 손이 가야 형체를 유지했다. 비가 오면 새는 곳을 막아야 했고 바람이 불면 지붕이 날아가지 않을까 걱정해야 했다. 눈이 오면 무너질까 걱정, 불을 때면 방바닥에서 올라오는 연기에 눈물을 쏟아야 했다. 집은 온통 때우고 바르고 받쳐 놓고 묶어 간신히 붙들어 놓은 모양이었으며 어느 것 하나라도 모르고 건드리면 일순간 폭삭 쓰러질 것 같았다. 그래도 방이 두 개에 마루 흉내를 낸 널쪽이 앞쪽에 붙어 있는 한일자 형인데 황만근은 집에 있을 때면 늘 그곳에 앉아 있었다. 수십 년을 **여일하게** 집보다 높은 길을 내다보며 지나가는 동네 사람들에게 큰 소리로 인사를 건넸다. 밥을 먹을 때면 마루는 상으로 변했고 황만근은 마당으로 내려가 쭈그려 앉아 밥을 먹었

행랑채(行廊-)　대문간 곁에 있는 집채.
유복자(遺腹子)　태어나기 전에 아버지를 여읜 자식.
여일하다(如一--)　처음부터 끝까지 한결같다.

다. 여름에는 거적때기 같은 이불 홑청을 깔고, 겨울에는 바깥에 비닐을 두르고 마루 아래로 나오는 굴뚝의 온기에 의지해 잠을 잤다. 왜 방을 놔두고 엉덩이 하나 걸치기도 비좁은 마루에, 노상 거적때기 같은 홑청을 깔고 앉아 있느냐 하면, 방에는 사람이 있기 때문이었다. 그 사람들은 동네 사람들과 마찬가지로 황만근을 '반쪽' 또는 '싸래기'로 취급했고 자신이 있는 방으로 들어오는 것을 싫어했다.

"들어올라만 털고 씻고 들어와!"

황만근 자신이 방에 들어가 자는 것에 낯설어했으므로 들어가서 자는 일은 거의 없었다. 그는 이미 수십 년 동안 밖에서 자는 게 익숙해져 그런지 방에서 자면 옷을 모두 벗어젖히는 버릇이 있었다. 벗어젖힌 몸에서는 무슨 벌레가 기회다 싶어 기어 나오는지, 황만근이 자고 간 방에는 살충제를 한 통씩 뿌려도 잡히지 않는 벌레가 남는다 했다. 황만근의 집에 있는 두 개의 방을 하나씩 차지한 사람들은 그의 젊은 어머니와 고등학교에 다니는 그의 아들이었다. 어느 날 황만근에게 지나가던 우체부가 집에 누가 있느냐고 물었다. 그러자 황만근은 가슴을 펴고 '두 바리'라고 자랑스럽게 말했다. '바리'는 가축 같은 짐승이나 곤충의 머릿수를 뜻하는 '마리'의 신대리 사투리다. 우체부는 공연히 그 말을 동네방네에 퍼뜨려 황만근을 다시 한번 바보로 만들었다. 누가 그렇게 해 달라고 한 것도 아닌데. 우체부가 황만근에게 무슨 악의를 가지고 있어서 그랬던 것은 아닐 것이다. 신문 보는 사람도 없던 시절, 기껏해야 군대 간 자식에게서 오는 편지가 뉴스이던 시절, 사람들은 자기들끼리라도 드라마를 만들어 웃고 싶어 했다. 황만근은 가장 그럴듯한 소재였고 배역이었다. 사람들은 다른 사람이 한 실수나 바보짓도 늘 황만근에게 **가탁해서** 그를 점점 더 바보로 만들어 갔다.

가탁하다(假託--) 어떤 일을 그 일과 무관한 다른 대상과 관련짓다.

황만근을 낳은 그의 어머니는 집안의 안방을 차지하고 있다. 어머니는 어머니인데 젊다. 그리고 아주 곱다. 두 사람이 나란히 있으면, 그런 경우가 일 년에 한 번 있을까 말까 할 정도로 보기 어렵다, 한 사람은 눈이 오나 비가 오나 방 안에 있고 한 사람은 눈이 오나 바람이 부나 밖에 있으니 말이다. 모자간이 아니라 오누이간으로 보이기 십상이다. 물론 황만근이 오빠로 보인다. 언뜻 봐서는 황만근의 나이를 짐작하기 어렵다. 늘 입을 벌리고 벙글벙글 웃는 한 가지 표정에 굵은 주름이 이마와 **뺨**을 종횡으로 가로지르고 있어서 마흔은 확실히 넘었지만 그에 삼십 년을 더한다 해도 통할 수 있다. 그의 어머니는 황만근이 철이 든 후에는 한 번도 찬물에 손을 담가 보지 않고 대갓집 마나님처럼 살아서 그런지 동네의 또래 노인들보다 예닐곱 살은 적어 보인다.

왜 그렇게 나이 차이가 적은가 하면, 황만근의 어머니가 돈을 받고 팔려 와서 열댓 살인가에 황만근을 낳았기 때문이다. 지금은 신대리도 하루 네 번씩 버스가 들어올 정도로 **개명했지만**, 전쟁이 있기 전에는 시집 장가가는 일이 아니면 외지 사람을 구경하기도 힘들 정도로 **두메**였다. 신대리에 나서 살아온 여자들은 때려죽여도, 아니 맞아 죽어도 신대리 사람에게는 시집을 가지 않으려고 했다. 그래서 신대리 총각들은 이십 리쯤 떨어진 낙양군 봉대면 면 소재지 저잣거리에 가서 '처녀 구함'이라는 팻말을 목에 걸고 서 있다가 그에 반한 넋 나간 처녀를 잡아채어 신대리로 돌아오든가, 중간에 사람을 놓아 험난한 시절 딸을 팔아서라도 살아남으려는 사람들에게서 처녀를 구해 장가를 갔다. 물론 후자의 경우가 대부분이었는데, 이를 두고 중매라고 하는 사람도 있고 그렇게 해서 마을에 들어온 처녀를 '민며느리'라는

개명하다(開明--)　지혜가 계발되고 문화가 발달하여 새로운 사상, 문물 따위를 가지게 되다.
두메　도회에서 멀리 떨어져 사람이 많이 살지 않는 변두리나 깊은 곳.

이름으로 부르는 사람도 있는데, 이름이야 어떻든 그런 경로로 신대리에 들어온 처녀들은 해가 가기 전에 아이를 낳게 마련이었다.

신대리에는 처녀가 시집을 오기가 어렵지 오기만 하면 '물'의 깊은 곳에 있는 용왕이 밤마다 찾아와서 틀림없이 아들을 **점지해** 준다는 전설이 있다. 그래서 그런지 신대리의 집집마다 아들이 없는 집이 없었고 그 아들들이 자라면 장가 때문에 아버지 같은 어려움을 겪었다. '물'에서 가장 깊은 곳은 저수지가 생기기 전부터 깊이를 알 수 없다는 **소**가 있었고 그 속에 용궁으로 통하는 길이 있어 무명실 세 꾸러미를 풀어도 끝이 안 난다고 했다. 물론 용왕은 점지만 해 주지 실제로 아들을 갖게 하는 건 신대리 사내다. 만약 용왕이 점지를 넘어 무슨 해괴한 다른 일을 벌였다면, 신대리 사람들이 해마다 대보름에 일 미터가 넘는 얼음을 깨고 색동옷을 입힌 돼지 한 마리씩을 용왕에게 바칠 리가 없을 것이다. 하여튼 황만근의 어머니는 어리고 어린 나이에 팔려 오다시피 신대리에 들어왔고 여자로서의 징후가 나타나자마자 용왕의 점지에 따라 아이를 배었다. 그리고는 전쟁이 일어나 어쩌다 신대리가 전사에 기록될 정도로 격전장이 되었다. 황만근의 아버지는 천곡 계곡의 **양안**을 오가는 포탄과 총알의 불빛과 소리를 구경하러 나갔다가 유탄에 맞아 세상을 버리고 말았다. 그때 황만근은 어머니 뱃속에서 여덟 달째 머물러 있던 중이었는데 소식을 들은 그의 어머니가 벌떡 일어서면서 그만 황만근을 아래로 빠뜨리는 바람에 머리가 앞뒤로 긴 '남북 짱구'가 되었고 열 달의 십 분(十分)에서 두 달이 모자라는 '팔푼'이 되었다고도 한다. 그 후로 시어머니, 곧 황만근의 할머니가 황만근과 그의 어린 어미를 함께 키웠다. 황만근이 열다섯 살이 되던 해, 할머니마저 세상을 버리자 그때부터 황만근이 어머니를 봉양하게 되었는데, 서른 살

점지하다 신불이 사람에게 자식을 갖게 하여 주다.
소(沼) 땅바닥이 우묵하게 뭉떵 빠지고 늘 물이 괴어 있는 곳. 진흙 바닥이고 침수 식물이 많이 자란다.
양안(兩岸) 강이나 하천 따위의 양쪽 기슭.

이 될까 말까 한 젊은 과부는 그때까지 밥을 어떻게 하는지조차 몰랐고 그 후로도 황만근이 있는 한 알 필요가 없었다. 농사를 짓든 **비럭질**을 하든 쌀을 들고 들어오는 것도 황만근이었고 그 쌀을 씻어 솥에 안치고 불을 피우는 것도 황만근, 상에 밥과 반찬을 차려서 먹으라고 갖다 주는 것도 황만근, 물린 상을 들고 가서 설거지를 하는 것도 황만근이었다. 그의 곱고 새파란 어머니는 황만근이 밥과 집에 관련된 일을 하는 동안 시어머니가 물려준 곰방대에 담배를 채워 연기를 코로 뿜으면서 황만근이 하는 짓을 물끄러미 건너다보고 있을 뿐이었다.

그런데 이런 일이 있었다. 황만근의 나이가 차자 군대 **징집**영장이 나왔다. 동네는 물론 온 면에서도 알려진 바보라 황만근은 당연히 면제가 되었겠지만, 일단 신체검사와 소집 면제에 필요한 절차를 밟기 위해 군청이 있는 읍에는 가야 했다. 황만근은 쌀밥을 한 솥 해서 간장과 소금으로 간을 한 뒤에 참기름으로 맛을 내어 주먹밥을 만들었다. 주먹밥 몇 덩이는 보자기로 싸서 허리에 차고 나머지는 상 위에 얹어 놓고 어머니에게 말했다.

"배고프면 이거 먹어라. 내 얼릉 갔다 올게."

어머니는 쓰다 달다 말도 없이 황만근이 하는 양을 지켜볼 뿐이었다. 신체검사는 황만근의 생각처럼 얼른 끝나지 않았다. 그때만 해도 황만근은 입가에 침만 좀 흘렸을 뿐, 또래의 친구들처럼 스무 살 남짓한 건강하고 잘생긴 청년으로 보였다는데, 징집을 감독하러 온 사람들이 이리 뜯어보고 저리 물어보고 으르고 협박하느라 시간이 많이 걸렸던 모양이다. 황만근은 결국 샛별이 뜨는 저녁이 되어서야 신체검사장에서 풀려날 수 있었다. 밤길을 도와 백 리 길을 걸어서 어머니가 혼자 기다리는 집으로 돌아오던 황만근은

비럭질 남에게 구걸하는 짓을 낮잡아 이르는 말.
징집(徵集) 병역 의무자를 현역에 복무할 의무를 부과하여 불러 모음.

평생을 좌우할 기이한 경험을 하게 된다. 당시에는 군청이 있는 읍에서 신대리까지 오는 버스도 없었고 있다 해도 끊어질 시각이라 산길로 오는 게 빨랐는데 네 개의 봉우리를 돌거나 넘어야 했다. 그중 네 번째 고개의 이름은 토끼 고개다. 어지간히 다 왔다 싶었는데, 어째선지 걸어도 걸어도 고갯마루가 나오지 않고 한군데서 맴도는가 싶더니 문득 어둠 속에서 털이 눈부시게 하얗고 창날처럼 뻗친 수염과 **홍보석**처럼 붉은 눈을 가진 토끼가 달려나왔다. 그날은 그믐 때여서 달빛조차 없었는데 눈부시게 희었다니 그 무슨 바보 같은 소리냐고 사람들은 말한다. 황만근이 그날의 일을 수백 번도 더 말했지만 처음과 다르게 말한 적은 한 번도 없었다. 그나저나 토끼가 너무 컸다. 토끼의 귀가 황만근의 머리보다 더 높이 솟아 있을 정도였다. 게다가 토끼는 입을 움직이며 사람의 말을 했다.

"너는 집에 못 간다. 너는 집에 못 간다. 너는 집에 못 간다. 너는 여기서 죽는다."

토끼의 입술이 갈라진 사이로 황만근의 엄지손가락만 한 날카로운 이가 반짝였다. 무슨 불빛이 있어서 반짝이기까지 했느냐고. 초봄이라 토끼 고개에는 눈이 채 녹지 않고 있었다. 하다못해 별빛에라도.

"그기 뭔 소리라? 내가 내 집에 내 발로 가는데 니가 뭐라꼬 집에 못 간다카나. 귀신이마 썩 물러가고 토끼마 착 엎디리라. 내가 너를 타고서라도 집에 갈란다."

거대한 토끼는 황만근이 한 번도 맡아 본 적이 없는 비린 냄새를 풍기면서 느릿하고 탁한 음성으로 다시 말했다.

"너는 여기서 죽는다. 너는 여기서 죽는다. 너는 여기서 죽는다. 너는 집

홍보석(紅寶石) 붉은빛을 띤 단단한 보석. 강옥(鋼玉)의 하나로, 미얀마의 만달레이 지방에서 나는 것이 유명하나, 인공적으로 만들기도 한다.

에 못 간다."

황만근은 온몸에 소름이 돋고 털이란 털은 모두 위로 곤두섰다. 그래도 있는 힘을 다해 토끼를 밀치며 "비키라!" 하고 소리를 질렀다. 그런데 토끼를 밀친 황만근의 팔이 토끼의 털에 묻히는가 싶더니 진공청소기에 빨려 드는 파리처럼 쑤욱 안으로 빨려 들어가는 것이었다.(황만근이 한 말이 아니라 그 말을 들은 민 씨의 표현이다.) 황만근은 한 팔로 옆에 있는 나무를 붙잡으면서 빨려 들어간 팔을 도로 빼려고 안간힘을 썼다. 황만근을 빨아들이려는 공간은 아무것도 잡히지 않을 정도로 넓었고 허전했고 또한 소름 끼치도록 차가웠다. 토끼는 토끼대로 쉽게 끌려 들어오지 않는 황만근을 마저 끌어들이기 위해 온몸을 떨면서 뒷발을 든 채 버티고 있었다.

그런 상태로 시간이 하염없이 흘렀다. 어느새 동쪽 하늘이 부옇게 밝아오기 시작했다. 그러자 토끼는 황만근을 향해 "너는 이제 살았다. 너는 이제 살았다. 너는 이제 살았으니 나를 놓아라." 하고 말했다. 황만근은 오기가 나서 "택도 없는 소리 말거라. 니를 탕으로 끓여서 어무이하고 나하고 마주 앉아서 먹어 치울 끼다. 니 가죽을 빗기서 어무이 목도리를 하고 내 토시를 하고 장갑을 할 끼다. 니는 인자 죽었다, 자슥아." 하고 소리쳤다. 토끼는 다급하게 물었다. "그럼 어떻게 하면 네 팔을 빼겠느냐." 황만근은 팔을 안 빼는 게 아니라 못 빼고 있는데 토끼가 그렇게 물어 오자 할 말이 없었다. 그래서 되는대로 "내 소원을 세 가지 들어주기 전에는 니까잇 거는 못 간다." 하고 말했다.

"네 소원이 뭐냐."

"우리 어무이가 팥죽 할마이걸이 오래오래 사는 거다."

(팥죽 할마이란 팥죽을 파는 할머니, 혹은 늘 팥죽을 쑤고 있는 할머니 같은데 그 할머니가 누구인지, 어째서 오래 산다고 하는지 민 씨는 모른다.)

토끼는 마을이 있는 서쪽으로 고개를 기울였다가 몸을 소스라치게 떨고 나서 힘겨운 목소리로 말했다.

"지금 들어주었다. 그다음은?"

"여우 겉은 마누라가 생기는 거다."

"송편을 세 번 먹으면 네 집으로 올 거다. 다음은 무엇이냐?"

"떡두깨(떡두꺼비) 겉은 아들이다."

"마누라가 들어오면 용왕이 와서 그렇게 해 준다. 이제 나를 놓아라."

"내가 언제 니를 잡았나. 니가 가 뿌리만 되지, 바보 자슥아."

그러자 토끼는 속았다는 걸 알았는지 얼굴을 무섭게 부풀리더니 황만근의 얼굴에 뜨겁고 매운 김을 내뿜었다. 황만근이 눈을 뜨지 못하고 쩔쩔매다가 간신히 떠 보니 어느새 자신의 팔이 돌아와 있는 것이었다. 황만근의 주변에는 토끼털이 무수히 떨어져 바늘처럼 반짝이고 있었다. 황만근은 제대로 숨 쉴 겨를도 없이 집으로 달려갔다. 동네 곳곳의 닭들이 횃대에서 소리쳐 울고 있었다. 황만근은 밖에서 "어무이, 어무이." 하고 소리치면서 마당으로 뛰어 들어갔지만 방 안에서는 아무 기척이 없었다. 방 안에 들어가 보니 그의 어머니는 그가 나갔을 때의 모습 그대로, 얼굴이 **백지장**처럼 변해 앉아 있었다.

"어무이, 어무이!"

그가 어깨를 흔들자 젊은 어머니는 모로 쓰러져 버렸다. 그러면서 "카악!" 하고는 목에서 주먹밥 덩어리를 토해 냈다. 황만근이 어머니를 껴안고 통곡을 하다가 손발을 주무르고 온몸을 어루만지자 어머니는 눈을 떴다.

"니 와 인자 왔노?"

"밤새도록 토깨이 귀신하고 씨름을 하다 왔다. 니는 괜않나."

"니 기다리다가 아까 해 뜰 녘에 닭이 울길래 밥 한 덩이를 입에 넣었다가

백지장(白紙張) 핏기가 없이 창백한 얼굴빛을 비유적으로 이르는 말.

목이 맥히서 죽을 뿐했다. 움직있다가는 더 맥힐 것 같애서 손가락 하나 까딱 모하고 이래 니가 오기 기다리고 있었니라. 이 문디 겉은 놈의 자슥아, 와 밥만 해 놓고 물은 안 떠다 놨나!"

황만근은 울다가 웃다가 덩실덩실 춤을 추었다. 그러고는 어머니에게 엉덩이를 채어 물을 뜨러 동네 우물로 달려갔다. 그날 우물가에서는 황만근의 기이한 체험이 여러 사람의 입으로 하루 종일 수십 번 되풀이되었고 종내 황만근이 우물가로 초청되어 입이 아프도록 같은 이야기를 늘어놓아야 했다.

송편을 세 번 빚을 만큼의 시간, 곧 세 해가 흐른 뒤에 토끼의 말대로 어떤 처녀가 그의 집으로 들어왔을 때 동네 사람들이 황만근을 보는 눈이 달라졌다. 그 처녀는 이웃 군에서 농기계상을 하는 사람의 수양딸이었는데 어떤 연유로 자살을 하러 '물'에 들어갔다. 기왕 물에 빠지려면 인적이 없는 곳에 빠지는 게 좋았겠지만, 죽으려는 마음이 급해서 동네 어귀에 들자마자 곧바로 물에 몸을 던졌다. 그런데 동네 어귀, 길 아래 물가에 조그만 집 마루에서 지나다니는 사람에게 인사를 하기 위해 늘 바깥을 내다보는 눈이 있음을 몰랐다. 그 눈의 주인은 처녀의 허리가 물에 들어가는 중에 뒤에서 "짬깜, 짬깜!" 하고 뛰어왔다. 그러고는 혀 짧은 소리로 무슨 말인지를 했는데 처녀는 알아듣지를 못했다. 처녀를 건져 낸 황만근은 "빨개동이맨쭈로물에서모욕하마우엄하고미기잡아여." 하는 중얼거림을 수십 번은 되풀이했다. 요지인즉 '어린아이처럼 저수지에서 멱을 감으면 목숨을 버릴지도 모르고 더불어 옷을 버릴 수 있다'는 것이다. 황만근의 집에 끌려온 처녀는 황만근의 어머니가 내준 옷으로 갈아입고 황만근의 어머니와 함께 뜬눈으로 밤을 지냈다. 그러고는 무슨 마음을 먹었는지 황만근의 집에 그대로 머물게 되었다. 어쩌면 그 무렵이 황만근의 인생에서 가장 빛나는 때였는지도 모른다.

처녀는 농기계상의 딸답게, 아니 황만근으로 하여금 동네 최초로 경운기라는 농기계를 동네에 들여오게 함으로써 농기계상의 딸이라는 말이 돌게 되었는지도 모르지만, 황만근에게 경운기 모는 법을 가르쳤다. 그 덕분에 황만근은 더 이상 길에서 넘어지지 않아도 되었다. 황만근은 일곱 달 동안 경운기 조종법, 간단한 수리, 구조에 대해 배웠고 경운기에 대해선 동네 누구보다도 많이 아는 사람이 되었다. 하긴 그 일곱 달 동안 동네에서 경운기를 가진 사람이 황만근밖에 없었으니 당연한 결과이기도 하다. 경운기 덕분에 황만근은 사람대접을 받기 시작했고 동네 사람이 먼저 옷깃을 잡아당기려는 사람이 되었다. 그는 누구의 부탁도 거절하지 않았고 어떤 일도 마다하지 않았다.

경운기를 몰기 전까지 황만근은 황씨 **문중**의 종답 세 마지기를 얻어 벼농사를 짓는 외에, 동네 머슴으로 갖가지 궂은일을 다 했다. 모내기나 추수 때처럼 품앗이를 할 때는 아이나 여자처럼 장정의 반밖에 안 되는 품으로 취급받아 제값을 받으려면 남들의 두 배 되는 시간 동안 일을 해 주어야 했다. 그런데 경운기가 들어옴으로써 어엿한 농군으로서, 아니 다른 집에 경운기가 들어오기 전까지는 한 사람 이상의 대접을 받으면서 행복하게 살았다.

'처녀가 용왕 사는 쏘(沼) 있는 천곡에 오기가 힘들어 그렇지 일단 오기만 하면 용왕은 최단 시간에 백발백중 아들을 점지한다'는 전설대로 일곱 달도 지나지 않아 처녀는 아이를 낳았다. 당연히 떡두꺼비 같은 아들이었다. 그런데 그때부터 동네에 이상한 소문이 돌기 시작했다. 처녀가 어떤 연고로 황만근에게 시집을 왔는지 황만근은 물론 처녀나 시어머니 모두 입을 열지 않았고 버린 자식 취급하는 처녀의 친정에서 사람이 찾아올 리도 없는데, 어떻게 된 건지 동네 사람들이 처녀가 집을 나온 **전말**을 샅샅이 알게 되었던 데다 없는 이야기까지 덧붙여져서 황만근이 없는 데서는 얘깃거리가 그것뿐인 듯

문중(門衆) 한 종가의 문중(門中)에 속하는 사람들.
전말(顚末) 처음부터 끝까지 일이 진행되어 온 경과.

했다. 이웃 군의 번화한 읍에 있는 농기계상의 수양딸이던 처녀는 친척에게 몸을 버렸는데 그 친척은 집안의 삼대독자였으며 자폭적으로 군대에 가서 지뢰 **매설** 공사를 하다 지뢰가 터져서 죽었다. 처녀는 나가 죽으라는 온 집안의 저주를 받고 집을 나왔다가 황만근에게 구해져서 함께 살게 되었으며 아기는 죽은 친척의 씨라는 것이다. 그 이야기가 처녀의 귀에 들려서였을까. 처녀는 아이를 낳은 지 **삼칠일**이 되던 날, 온다 간다 말도 없이 사라져 버렸다. 혼인 신고를 하지 않았으니 처녀는 여전히 처녀였다. 총각 황만근은 아들을 **강보**에 싸안고 젖동냥을 하러 신대 1리에서 3리까지 매일 돌아다녔다. 그럴 때마다 동네 아이들은 황만근 뒤를 졸졸 따라다니며 놀려 댔다.

"만근아, 만근아, 네 등에 지고 가는 게 뭐라?"

"아들이다."

"누구 아들이라?"

"내 아들이라."

"토끼가 줬나?"

"아이다, 내 해다.(내 것이다, 또는 혀 짧은 말로 내가 해서 낳았다로 이중적으로 해석될 수 있다.)"

"및 근이라?"

"여 끈.(열 근, 혹은 여섯 근)"

아이는 몸무게가 열 근이 넘어서도 아버지에게 업히거나 아버지의 경운기에 실려 다니며 사람과 소의 젖을 얻어먹었다. 집에 있는 아이의 할머니는 아이를 어떻게 키우는지 몰랐고 알았다 하더라도 손 하나 까딱할 리 없었다. 모든 건 황만근의 책임이었고 일이었다. 그렇게 자란 아이는 어릴 때

매설(埋設) 지뢰, 수도관 따위를 땅속에 파묻어 설치함.
삼칠일(三七日) 아이가 태어난 후 스물하루 동안. 또는 스물하루가 되는 날. 대개는 이날 금줄을 거둔다.
강보(襁褓) 어린아이의 작은 이불. 덮고 깔거나 어린아이를 업을 때 쓴다.

젖을 곯아서인지 유난히 식탐이 많았고 고집불통이었다. 친구가 없는 아이는 동네의 어떤 아이보다 많은 장난감을 가지고 놀았는데 이 모두 황만근이 손으로 깎고 다듬어 만들어 준 것이었다.

황만근의 어머니와 아들, 조손은 입맛이 까다로워 비린 반찬이 없으면 먹지를 않는가 하면 비린 반찬이 있으면 밥상머리에서 돌아앉았다. 한 끼에 두 번 상을 차리는 일이 예사였다. 어머니 한 상, 아들 한 상이었고 본인은 상이 없이 먹었다. 황만근은 하루 일이 끝나면 반드시 경운기에 고기를 매달고 집으로 돌아왔다. 일을 하는 동안 논 주변에서 잡은 붕어나 메기, 미꾸라지, 혹은 메뚜기, 방아깨비라도 짚에 꿰어 들어왔다. 동네에서 이따금 잡는 소나 돼지, 개, 닭, 오리, 토끼 같은 가축 모두 숨을 끊는 것에서부터 내장을 손질하고 뼈에서 살을 발라내는 **포정**의 업(業)에는 황만근이 반드시 필요했다. 스스로의 필요에 의해 오래도록 자주 하다 보니 어느새 전문가가 된 것이었다. 그는 그런 일을 해 주고 얻어 온 고기를 뜨고 굽고 찌고 데치고 삶고 끓이는 데도 이골이 났다. 어쩌다 그가 만든 음식에 숟가락을 대 본 사람은 이구동성으로 감탄을 하게 마련이었다. 그리고 나서는 남녀노소를 막론하고 "희한할세, 바보가." 하는 말을 덧붙이는 것을 잊지 않았다. 그는 만들어져 있는 조미료를 몰랐지만 재료가 가지고 있는 맛을 흠뻑 우려내어 조화를 시킬 줄 알았다.

황만근은 또한 책에 나오는 예(禮)는 몰라도 **염습**과 **산역**같이 남이 꺼리는 일에는 누구보다 앞장을 섰고 동네 사람들도 서슴없이 그에게 그런 일을 맡겼다. 똥구덩이를 파고 우리를 짓고 벽돌을 찍는 일 또한 황만근이 동네 사람 누구보다 많이 했다. 마을 길 풀 깎기, 도랑 청소, 공동 우물 청

포정(庖丁) 소나 개, 돼지 따위를 잡는 일을 직업으로 하는 사람.
염습(殮襲) 시신을 씻긴 뒤 수의를 갈아입히고 염포로 묶는 일.
산역(山役) 시체를 묻고 뫼를 만들거나 이장하는 일.

소⋯⋯. 용왕제에 쓸 돼지를 산 채로 묶어서 내다가 싫다고 요동질하는 돼지에게 때때옷을 입히는, 세계적으로 유례가 드문 일에는 그가 최고의 전문가였다. 동네의 일, 남의 일, 궂은일에는 언제나 그가 있었다. 그런 일에 대한 대가는 없거나(동네일인 경우), 반값이거나(다른 사람의 농사일을 하는 경우), 제값이면(경운기와 함께 하는 경우) **공치사**가 따랐다.

"반근아, 너는 우리 동네 아이고 어데 인정 없는 대처 읍내 같은 데 갔으마 진작에 굶어 죽어도 죽었다. 암만 바보라도 고마와할 줄 알아야 사람이다. 아나 어른이나 너한테는 다 고마운 사람인께 상 찡그리지 말고 인사 잘하고 다니라. 아이?"

황만근은 황재석 씨의 이런 긴 사설을 들을 때조차 벙글거렸다. 일이 끝나면 굽신굽신 인사를 했다. 춤을 추듯이, 흥겹게.

그의 집에는 그가 수십 년 동안 만져 온 연장이 그가 아니면 이해할 수 없는 순서로 잘 정리되어 있었다. 그 연장들 역시 그의 집이나 어머니나 아들과 마찬가지로 그가 매일 돌보는 덕분에 윤기가 흘렀다. 그는 집에 있는 모든 것을 일목요연하게 잘 알고 있어서 대부분의 고장은 스스로 고쳤다. 특히 경운기는 초기에 나온 모델로 지금은 부품도 제대로 없는 고물 중의 고물이었지만 자주 망가지는 수레만 열 번 넘게 갈았을 뿐, 엔진이 달려 있는 앞부분은 계속 고쳐 썼다. 그의 경운기는 구식인 데다 하도 고친 데가 많아서 그가 아니면 운전은커녕 시동조차 걸 수 없었다.

다만 황만근은 술을 좋아했는데 가난한 까닭에 자주 취하게 마실 수는 없었다. 어쩌다 동네에 **애경사**가 있어 술을 공짜로 마실 기회가 생기면 반드시 고꾸라지도록 마셨다. 고꾸라진 그를 떠메어 집에 데려다 뉘어 줄 사람

공치사(功致辭) 남을 위하여 수고한 것을 생색내며 스스로 자랑함.
애경사(哀慶事) 슬픈 일과 경사스러운 일을 아울러 이르는 말.

이 없었던 까닭에, 동네 사람들이 몰인정하고 야박해서가 아니라 그런 일이 한두 번도 아니고 태어나서 한 번도 제대로 씻지 않은 몸에서 풍기는 야릇하고 기이한 냄새가 남의 옷이나 몸에 배면 솥에 넣고 삶아도 쉽게 가시지 않는다는 평판이 있어서 떠메기를 싫어했다. 마당이나 **길섶**을 가리지 않고 누워서 잠을 잤다. 겨울에 애경사가 생기면 길에서 얼어 죽을지도 몰라 아예 그를 부르지도 않았다. 그렇지만 그는 어떻게 알았는지는 몰라도 어김없이 그런 자리에 나타나 탄압과 만류를 무릅쓰고 반드시 고꾸라지도록 마셨으며 역시 취해서 마당에 쓰러졌다. 그래서 황만근의 아들은 철이 들면서부터 겨울이 되면 취한 아버지를 부축하고 집에 데려오는 게 일이 되었다. 얼마나 그런 일이 잦아 단련이 되었는지 중학생이 되자 벌써 아버지를 업을 정도였고 고등학생이 되어서는 발로 차며 올 수도 있게 되었다.

민 씨는 어느 겨울날 신대 2리의 환갑잔치에 갔다가 얻어 마신 낮술에 취해 일찍 집에 돌아왔다. 잠깐 잠이 들었다 깨니 어느새 밤의 어스름이 장년의 머리에 내린 서리처럼 서럽게 내려와 있었다. 느닷없이 찾아든 **정한**에 힘이 **빠진** 민 씨는 눈을 감은 채 누워 있었다. 그때 벽 하나를 두고 길에 맞닿은 방에서 들려오는 소리가 있어서 민 씨는 무심히 귀를 기울이게 되었다.

"아부지야, 인마, 퍼뜩 일나라."

변성기에 들어선 소년의 목소리였다.

"쪼매만 더 앉아 있자. 내 니 엄마를 꿈에서 보다 말았다 안 카나."

그것은 마흔을 넘긴 사내의 어리광 같았다.

"너는 우째 맨날 술을 처먹고 내 속을 썩이나. 너 때문에 내가 학교 공부도 못 하겠고 인생도 싫고 고마 밥맛이 없다."

길섶　길의 가장자리. 흔히 풀이 나 있는 곳을 가리킨다.
정한(情恨)　정과 한을 아울러 이르는 말.

"아이고, 우리 아들, 아들님, 내 잘못했다. 한 분만 봐조라."

"니가 자꾸 이렇게 비겁하게 나오기 때문에 동네 아들도 너를 무시하는 거 아이가. 제발 체면 좀 지키라. 시염(수염)만 어른이가. 내가 챙피해 죽 겠다."

"체면이 뭐가 문제라. 사람이 지 손으로 일하고 지 손으로 농사지어서 지 입에 밥 들어가마 그마이지. 남 쳐다볼 기 뭐 있노. 하이고, 그란데 와 자 꾸 눈이 깜기까."

"니 자꾸 이카마 할매한테 일라 준다. 할매 부르까, 엉?"

"하이고, 제가 고마 크게 잘못했습니다. 아들님요, 일나께요. 제발 어무이 만 부르지 마소."

그리고 벽에 쿵쿵 하고 머리를 부딪는 소리가 나더니 부자가 이인삼각으 로 비틀거리며 집으로 돌아가는 듯했다. 민 씨는 그때 동네에 들어온 지 얼 마 되지 않았던 터라 그 부자가 삼강오륜을 모르는 별종인가 아니면 도깨비 가 장난을 한 건가 하면서도 터져 나오는 웃음을 참을 수 없었다. 그 뒤 어 쩌다 민 씨가 소년과 만나게 되었을 때, 민 씨는 그날의 일을 떠올리며 소년 에게 이것저것 물어보았지만 그저 수줍고 평범한 시골 중학생일 뿐이었다. 하여튼 민 씨는 그 일 이후로 그 부자를 눈여겨보게 되었다.

황만근의 주량은 실로 컸다. 그는 경운기 짐칸에 늘 한 말짜리 술통을 끈 으로 묶어 싣고 다녔다. 그는 어머니와 아들의 끼니를 지극정성으로 해다 바치는 것처럼 술통에는 늘 술을 채워 두었다. 그는 밥을 먹기 전에 지름이 자신의 얼굴만 한 양은그릇에 막걸리를 한 양푼 부어 반을 마시고 밥을 먹 은 뒤에 나머지를 소리도 맛있게 마지막 한 방울까지 마셨다. 들일을 나가 는 날이면 점심으로 라면 하나를 가지고 갔다. 봉지를 뜯기 전에 막걸리 반 양푼, 봉지를 뜯어 물을 붓고 흔든 생라면을 삼키다시피 먹고 나서 다시 반 양푼. 저녁때는 식구들이 밥을 먹는 동안 마루에 앉아 한 양푼이었다. 그것이 그의 저녁이었다. 식구들이 밥상을 물리면 설거지를 하고 난 뒤에, 동네 남정네들이 어디서 술판을 벌이는지 마을 회관을 비롯, 동네를 돌며 커다란 코와 귀로 주의 깊게 살피다가 그런 자리를 발견하면 그의 주량은 고꾸라질 때까지 무량이 되는 것이었다. 그러나 다음 날 새벽이면 그는 부엌에서 정성껏 차린 밥상을 어김없이 방으로 들여보내는 것이었고 자신은 마루에 앉아 막걸리 반 양푼 뒤 식사, 그리고 반 양푼의 순서를 이어 가는 것이었다.

그러던 어느 날, '농가 부채 해결을 위한 전국 농민 총궐기 대회'가 열린다고 이장이 방송을 해서 저녁에 마을 회관에 사람들이 모였다. 황만근은 누구보다 먼저 나타났고 이장이 시키는 대로 마을 **구판장**에서 막걸리를 받아 왔다. 스테인리스 물잔이 두어 개밖에 없어서 한 사람이 마시면 다음 사람이 받고 하는 식의 술자리였다. 황만근은 자신의 차례가 되면 번개처럼 잔을 들어 마시고는 눈을 끔벅거리면서 잔이 도는 것을 쳐다보고 있었다. 황만근의 관심은 오로지 잔이 언제 돌아올까 하는 것뿐인 듯했다. 그래도 잔이 도는 속도는 너무 느렸다. 민 씨에게는 좀 빠른 듯했지만.

"그래서 우리 동네서도 군청 앞에서 열리는 대회에 전원 참가를 해야겠다, 이 말이라. 집에 돌아가거들랑 경운기를 깨끗이 손질해 가지고 내일 아침에 민소 앞까정 끌고 와서 집합을 하라는 기 행동 지침이라. 그래 가이고 군청까지 가는 국도로 깅운기로 길기 행진을 하민서 우리의 결의를 행동으로 보이 주는 기라."

"경운기가 없는 사람은 어쩌나요?"

민 씨가 물었다.

"농사짓는 사람이 깅운기도 없다 하마 농사꾼이 아니지럴. 그랜께 민 씨는 농사짓는 기 아이라. 비니루하우스 안에 꽃 및 송이 심가 놓고 우째 농

구판장(購販場) 조합 따위에서, 생활용품 등을 공동으로 사들여 조합원에게 싸게 파는 곳.

사를 짓는다 카나."

"어디 고장 난 경운기는 없어요? 경운기가 꼭 있어야 합니까."

무안해진 민 씨는 둘러보며 물었다. 새마을 지도자인 황철석이 대답했다.

"말이 그렇다는 기지, 민소까지는 깅운기를 끌고 가든동 버스를 타고 가든동 하고, 그담에는 깅운기를 같이 타마 되지, 까잇 거. 그란데 민 씨는 진짜 농사꾼도 아이민서 왜 자꾸 농민 궐기 대회에 나갈라꼬 캐싸."

"아아, 저도 부채는 남부럽지 않게 있어요."

또래인 황학수가 말을 이어 받았다.

"농사를 지도 부채, 농사를 몰라도 부채. 아이고, 그라마 우리를 다 합치 가이고 부채 말고 선풍기를 해도 되겠네."

그날 분위기는 그렇게 무겁지 않았다. 그렇다고 시시덕거리며 끝낼 정도로 가벼운 것도 아니었다. 그 자리에 있는 사람 가운데서도 농협에서 **융자금 상환**을 하지 않는다고 소송을 해서 법원에 불려 다니는 사람이 두셋 되었다. 스스로 진 빚도 문제였지만 서로 **연대 보증**을 서는 바람에 한 가구가 파산하면 보증을 선 사람 역시 연쇄적으로 파산하는 일이 드물지 않았다. 그래서 어떤 동네 전체가 야반도주를 하는 일까지 벌어졌다는 소문도 돌고 있었다.

"이런 거 한다고 뭐 높은 데 사는 양반들한테 들리기나 하겠나. 질국 다 뺏기고 나앉는 거 아니요."

"뺏아 봤자 저들한테도 남는 기 없을 낀데. 암만 빌빌하는 닭이라도 닭 모가지를 비틀만 인제는 계란 한 개도 없을 낀데. 전부 다 손해라."

융자금(融資金) 금융 기관에서 융통하는 돈.
상환(償還) 갚거나 돌려줌.
연대 보증(連帶保證) 보증인이 채무자와 연대하여 채무를 이행할 것을 약속하는 보증. 보통 보증인과는 달리 연대 보증인은 최고(催告)와 검색(檢索)에 대한 항변권이 없다.

"전부가 아이지. 가들은 계란도 수입해다 먹으마 된께 우리사 죽어서 죽이 되든가 말든가 가들은 까딱마이지."

이장의 통고를 듣고 우울한 농담을 주고받은 뒤 한동안 말없이 술잔을 돌린 다음 자리는 끝났다. 마을 회관에서 술잔이 오간 뒤, **항용** 있는 노래방 타령도 없었다. 그럴 분위기가 아니었다. 황만근은 그 와중에서 남의 술잔을 가로채 먹다 여러 번 손등을 맞아 가며 핀잔을 들었다.

마을 회관 밖, 어둠 속에서 오줌을 누던 민 씨는 우연히 이장이 황만근을 붙들고 무슨 이야기를 하는 걸 보게 되었다.

"내 이러키까지 말을 해도 소양이 없어. 보나 마나 내일, 융자 받아서 다방이나 댕기민서 학수겉이 겉농사 짓는 놈들이나 및 올까. 만그이 자네겉이 똑 부러지기 농사짓는 사람은 하나도 안 올 끼라. 자네가 앞장을 서야 되네. 자네 깅운기 겉은 헌 깅운기에다 농사짓는 놈 다 직이라고 써 붙이 달고 가야 된께……."

민 씨가 헛기침을 하자 이장의 이야기는 거기서 끝났다. 황만근이 약간 앞서고 민 씨가 뒤를 따르면서 두 사람은 한동안 걷게 되었다. 그날따라 하늘에는 별이 초롱초롱했고 아직 차가운 봄바람이 술로 달아오른 얼굴의 열기를 금방 씻어 갔다. 민 씨는 무슨 말을 꺼낼까 말까 망설였다. 이제까지 늘 여러 사람이 있는 데서만 만났지 한 번도 황만근과 단둘이서만 제대로 이야기를 해 본 적이 없는 탓도 있었다. 그런데 황만근이 먼저 입을 열었다.

"참 똘똘하기 잘도 돈다."

"뭐가 말씀입니까."

민 씨는 조심스럽게 되물었다.

항용(恒用) 흔히 늘.

"저 빌(별)들 말이라. 시계맨쭈로 하루도 쉬지 않고 똑딱똑딱 나왔다가 들어갔다, 나왔다가 들어갔다 하지 않는기요."

황만근에 대해서는 부지런한 술주정뱅이 이상으로는 아는 게 없었던 민 씨는 조금 어리둥절했다. 그러다가 그에게 알맞을 것 같은 물음을 찾아냈다.

"군청까지는 얼마나 걸릴까요. 경운기로 가면 말입니다."

"한나절은 걸릴 끼라."

"경운기 운전을 잘하신다면서요."

"동네에서는 내가 젤 오래 했응께. 깅운기도 마이 늙었어. 고집이 시 가 이고 나 아이만 발동도 안 걸리. 내가 제 똥창까지 환하게 안께 말을 듣는 기라."

"……내일 궐기 대회에 가십니까."

"내사 뭐 어머이 밥도 끓이 디리야 되고……. 모르겠소. 구장은 나 겉은 상농사꾼이 꼭 가야 된다 카는데."

"어머니 연세가 얼마나 되시죠?"

"올개가 환갑인데."

그제야 민 씨는 그를 다시 보았다. 도시의 육십 대는 되어 보이는 주름진 얼굴, 싱글벙글하는 표정, 멋대로 뻗친 흰머리, 거칠고 큰 손, 굽은 어깨를. 민 씨는 갑자기 재미있어졌다.

"혹시 술이 모자라시면 제 집으로 가실랍니까. 집에 먹다 남은 소주가 있 는데요. 안주는 없고."

황만근은 그럴 줄 알았다는 듯이 엉덩이를 가볍게 돌려 대더니 민 씨의 집으로 가는 곳으로 꺾어 들었다.

다음 날 새벽, 민 씨는 새벽녘에 잠깐 동네 어귀에서 탈탈거리는 경운기 소리를 들었다. 탁, 탁, 탁……. 시동이 잘 걸리지 않는 모양이었다. 타닥, 닥, 타닥, 탁, 탁, 탈, 탈, 탈, 탈, 탈탈탈탈……. 그 뒤에도 궐기 대회 가는 집마다 경운기를 끌고 나오려면 온 동네가 시끄럽겠다고 생각했지만 웬일인지 다른 경운기 소리는 더 이상 들려오지 않았다. 경운기 소리가 아득히 멀어져 가는 소리를 들으며 민 씨는 까무룩 잠이 들었다.

전날 밤, 분명 꿈은 아니었다. 민 씨는 황만근의 말을 이렇게 들었다.

"농사꾼은 빚을 지마 안 된다 카이."

(한번 빚을 지면 그 빚을 갚으려고 무리하게 일을 벌인다. 동네 곳곳에 텅 빈 우사(牛舍), 마른똥만 뒹구는 축사, 잡초만 무성한 비닐하우스를 보라. 농어민 복지, 소득 향상, 생활 개선? 다 좋다. 그걸 제 돈으로 해야 한다. 제 돈으로 하지 않으면 그건 노름이나 다를 바 없다. 빚은 만근산의 눈덩이, 처마의 고드름처럼 자꾸 커진다.)

"기계화 **영농** 카더이마 집집마다 바퀴 달린 기계가 및이나 되나. 깅운기, 트랙터, 콤바인, **이앙기**, 거다 탈곡기, 건조기에……. 다 빚으로 산 기라. 농사지 봐야 그 빚 갚느라고 정신없다."

(한 집에서 일 년에 한 번 쓰는 이앙기를 들여놓으면 그게 일 년 내내 돌아가던가. 놀 때는 다른 집에 빌려주면 된다. 옛날에는 소를 그렇게 썼다. 그런데 지금은 그렇게 하지 않는다. 서로 도와 가면서 농사짓던 건 옛날 말이다. 한 집에서 기계를 놀리면서도 안 빌려주면 옆집에서는 화가 나서라도 산다. 어차피 빚으로 사는데 사기가 어려울까. 기계에 들어가는 기름은 면세유(免稅油)다. 면세유 가지고 기계를 다 돌리기는 힘들다. 옆집에는 경운기가 두 댄데 면세유는 한 대분밖에 나오지 않는다. 경운기가 왜 두 대씩 필요할까. 한 사람이 한꺼번에 두 대를 모는 것도 아닌데.)

영농(營農) 농업을 경영함.
이앙기(移秧機) 모를 내는 데에 쓰는 기계.

"그런 기 다 쌀값에 언차진다(얹어진다). 언차져야 하는데 사실로는 **수매하마** 먹고살기 간당간당한 돈을 준다. 그 대신에 빚을 준다, 자금을 대준다 카는데 둘 다 안 했으마 좋겠다. 둘 다 농사꾼을 바보 멍텅구리로 만든다."

(따라서 제대로 된 농사꾼이 점점 없어진다.)

"지 입에 들어갈 양석(양식), 곡석을 짓는 사람이 그 고마운 곡석, 양석한테 장난치겠나. 저도 남도 해로운 농약 뿌리고 비싸고 나쁜 비료 쳐서 보기만 좋은 열매를 뺏으마 그마이가?"

(모두 빚을 갚기 위해 그러는 것이다. 그러므로 빚을 제 주머니에서 아들 용돈 주듯이 내주는 사람, 기관은 다 농사꾼을 나쁘게 만든다. 정책 자금, 선심 자금, 농어촌 구조 개선 자금, 주택 개량 자금, 무슨 무슨 자금 해서 빌려줄 때는 인심 좋게 빌려주는 척하더니 이제 와서 그 자금이 상환 능력도 없는 사람들을 파산 지경으로 몰아넣고 있다. 이제 와서 그 빚을 못 갚겠다고 하는데 거기에는 충분한 이유가 있다.)

"내가 왜 빚을 안 졌니야고. 아무도 나한테 빚 준다고 안 캐. 바보라고 아무도 보증 서라는 이야기도 안 했다. 나는 내 짓고 싶은 대로 농사지민서 안 망하고 백 년을 살 끼라."

일주일 뒤에 황만근은 돌아왔다. 그의 아들이 그를 안고 돌아왔다. 한 항아리밖에 안 되는 그의 뼈를 담고 돌아왔다. 경운기도 돌아왔다. 수레는 떼어 내고 머리 부분만 트럭에 실려 돌아왔다. 황만근 아니면 그 누구도 작동시킬 수 없는 그 머리가, 바보처럼 주인을 태우지 않고 돌아왔다.

수매하다(收買--) 거두어 사들이다.

황만근, 황 선생은 어리석게 태어났는지는 모르지만 해가 가며 차츰 **신지**가 돌아왔다. 하늘이 착한 사람을 따뜻이 덮어 주고 땅이 은혜롭게 부리를 대어 알껍데기를 까 주었다. 그리하여 후년에는 그 누구보다 지혜로웠다. 그는 누구에게도 해를 끼치지 않았듯 그 지혜로 어떤 수고로운 가르침도 함부로 남기지 않았다. 스스로 땅의 자손을 자처하여 늘 부지런하고 근면하였다. 사람들이 빚만 남는 농사에 공연히 **뼈**를 상한다고 하였으나 개의치 아니하였다. 사람 사이에 어려움이 있으면 언제나 함께하였고 공에는 자신보다 남을 내세워 뒷사람을 놀라게 했다. 하늘이 내린 효자로서 평생 어머니 봉양을 극진히 했다. 아들에게는 따뜻하고 이해심 많은 아버지였고 훈육을 할 때는 알아듣기 쉽게 하여 마음으로 **감복**시켰다.

　선생은 천성이 술을 좋아하였는데 사람들은 선생이 가난한 것은 술 때문이라고 했다. 선생은 어느 농사꾼보다 부지런했고 농사일에도 익어 있었다. 문중 땅과 나이가 들어 농사가 힘에 부친 사람의 땅을 빌려 농사를 지었다. 농사를 짓되 땅에서 억지로 빼앗지 않고 남으면 술을 빚어 가벼운 기운은 하늘에 바치고 무거운 기운은 땅에 돌려주었다. 그러므로 선생은 술로써 망한 것이 아니라 술의 물감으로 인생을 그려 나간 것이다. 선생이 마시는 막걸리는 밥이면서 **사직**의 신에게 바치는 **헌주**였다. 힘의 근원이고 낙천의 **뼈**였다.

　전일에, 선생은 경운기를 끌고 면 소재지로 갔지만 경운기를 타고 온 사람이 없어 같이 갈 사람을 만나지 못했다. 선생은 다시 경운기를 끌고 백 리 길을 달려 약속 장소인 군청까지 갔다. 가는 동안 선생은 여러 번 차에 부딪힐 뻔했다. 마른 봄바람에 섞인 먼지가 눈을 괴롭혔다. 날은 흐렸고 추웠

신지(神智)　신령스럽고 기묘한 지혜.
감복(感服)　감동하여 충심으로 탄복함.
사직(社稷)　고대 중국에서, 새로 나라를 세울 때 천자나 제후가 제사를 지내던 토지신과 곡신.
헌주(獻酒)　신이나 윗사람에게 술을 올림.

다. 이윽고 비가 내리기 시작했다. 경운기에는 비를 피할 만한 덮개가 없어서 선생은 뼛속까지 젖어 드는 추위에 몸을 떨었다. 선생이 군청 앞까지 갔을 때 이미 대회는 끝나고 아무도 없었다. 어머니에게 가져다줄 생선을 사고 몸을 녹인 선생은 날이 어두워 오는 줄도 모르고 경운기에 올라 집으로 향했다. 경운기에는 빠르게 달리는 차량의 주의를 끌 만한 표지가 없어서 선생은 몇 번이나 사고를 당할 뻔했다. 그때마다 멈추었다가 다시 출발하는 바람에 시간은 점점 늦어졌다. 어두워지면서 경운기는 길옆의 논으로 떨어졌고 수레는 부서졌다. 결국 선생은 그 밤 안으로 집에 돌아갈 수 없다는 걸 알았다. 선생은 경운기에 실려 있는 땅의 젖에 취하여 경운기 옆에 앉아 경운기를 지켰다. 그러나 경운기는 선생을 지켜 주지 않았다. 추위와 졸음으로부터 선생을 지켜 주지 못했다. 아아, 선생이 좀 더 살았더라면 **난세**의 **혹염**에 그늘의 덕을 널리 베푸는 큰 나무가 되었을 것이다.

어느 누구도 알아주지 아니하고 감탄하지 않는 삶이었지만 선생은 깊고 그윽한 경지를 이루었다. 보라. 남의 비웃음을 받으며 살면서도 비루하지 아니하고 홀로 할 바를 이루어 초지를 일관하니 이 어찌 하늘이 낸 사람이라 아니할 수 있겠는가. 이 어찌 하늘이 내고 땅이 일으켜 세운 사람이 아니랴.

단기 사천삼백삼십 년 오월 스무날

본디 묘지에나 쓰일 것[묘비명(墓碑銘)]이지만 천지를 대영혼의 집으로 삼은 선생인지라 아무 쓸모도 없는 이 글을, 새터말로 귀농하였다가 이룬 것 없이 다시 도시로 흘러가며, 남해인(南海人) 민순정(閔順晶)이 엎디어 쓰다.

난세(亂世) 전쟁이나 무질서한 정치 따위로 어지러워 살기 힘든 세상.
혹염(酷炎) 몹시 심한 더위.

'짧은 소설' 장르를 주도하는 작가 성석제

한국 소설의 중심은 여전히 200자 원고지 100장 안팎의 단편이다. 그러나 더 짧은 '장편(掌篇)', 즉 '손바닥 소설'을 쓰는 작가들도 늘어나고 있다. '미니 픽션'이나 '엽편(葉篇)', 즉 나뭇잎 정도로 짧은 소설을 예전에는 '콩트'라고 부르기도 했다. 요즘엔 콩트 대신 짧은 소설이나 그냥 소설이라고 부른다. 이처럼 소설이 경량화되는 현상은 단문으로 소통하는 소셜 미디어 시대에 발 빠르게 적응하려는 소설의 진화 방식으로 설명할 수 있다.

성석제는 1986년 시로 등단한 이후 1991년에 첫 시집을 냈고, 1994년 여름 두 번째 시집을 내기 위해 준비하던 중 '시가 아닌 이상하고 불순한 문장과 이야기'를 정리하게 되었다. 이 과정에서 그가 만들어 낸 작업물들이 짧은 소설집 《그곳에는 어처구니들이 산다》로 출판된 것이 그를 시인이 아닌 소설가로 살게 한 계기가 되었다. 그후 《내 생애 가장 큰 축복》과 같이 최근까지도 왕성하게 짧은 소설집을 내고 있는 그에게 짧은 소설은 문학적인 뿌리에 해당한다.

성석제는 짧은 소설이 소설 중에서도 가장 짧고, 번뜩이는 반전이나 흥미로운 이야기, 실험성, 자유로움을 담고 있다는 점에서 소설가는 물론이고 남녀노소가 부담 없이 즐길 수 있게 하는 특성이 있다고 말한다. 그에 따르면 짧은 소설이라고 해서 표현의 한계가 있는 것은 아니며, 오히려 현실의 변화에 빠르게 대처할 수 있다는 강점이 있다. 그는 또한 코로나 이후 언어 풍속도에 대해 "일상 언어가 직접 대화보다는 '사회적 거리 두기'나 소셜 미디어, 메신저, 커뮤니티 등을 거쳐 통쾌하고 통렬하고 관능적으로 바뀌고 있다."라면서, "이러한 시대 언어는 확실히, 분명, 필연코 문학에 반영된다. 중후하고 장대한 장편보다는 단편이, 단편보다는 짧은 소설이 풍속을 빠르게 담아내는 강점이 있다."라고 짧은 소설 예찬론을 펼친다.

성석제의 짧은 소설에는 우스꽝스러운 상황과 익살스러운 인물들을 내세우면서도 이야기를 다시 음미하면 사실 누구나 늘 만나고 경험하는 평범한 일상을 묘사하고 있다는 특징이 있다. 동시에 그는 언어 세태를 반영한 말놀이를 활용한 해학과 풍자를 펼치면서 일상의 사소한 축복을 재음미하는 자전적 이야기를 들려준다.

소설의 전근대적 형태인 '전(傳)'의 형식을 능청스럽게 패러디하고 있는 이 작품은 '자유분방한 입담과 농담의 이야기꾼'인 성석제 소설의 특징을 잘 보여 줍니다. 〈조동관 약전〉은 어느 고장에나 있기 마련인 한 평범한 건달이 서민들에 의해 전설적인 깡패 또는 신화 속의 영웅으로 바뀌어 가는 경위를 담고 있습니다. 작가의 표현을 빌리면 "똥깐이와 한 시대를 산 사람들이 똥깐이를 낳고 똥깐이를 만들고 똥깐이를 죽이는 과정에서 자신들의 일부로 평범한 사람 조동관을, 자신들과는 다른 비범한 인간 똥깐이"로 만드는 것입니다.

조동관은 서민들에게 해를 끼치는 가해자이지만, 위세의 상징인 경찰서장을 곤경에 빠뜨림으로써 주류 사회의 제도와 권위에 맞서는 저항적인 인물로 탈바꿈합니다. 경찰서장을 폭행하고 산으로 피신한 조동관은 포위 경관들과 맞서다가 영웅적으로 얼어 죽습니다. 작가의 능청스러움은 조동관의 죽음을 알리는 "아뿔사, 오호라, 슬프도다, 어쩔 것인가, 똥깐의 죽음을 알리는 비보가 전해졌다."라는 대목에서 유감없이 드러납니다. 죽은 깡패의 생전의 행적과 활약상이 힘없는 서민들의 입에서 입으로 전해지는 동안 심하게 과장되고 왜곡되어 그는 드디어 전설 속의 존재, 신화 속의 존재로 바뀌는 것입니다. 성석제는 이 소설에서 "군중들이 깡패 이야기를 입에 담으면서 변형하고 과장하고 나아가 웃음이라는 가장 민중적인 미학으로 이야기의 공간을 채우는 방식"을 그대로 따르고 있습니다. 작가 특유의 문체가 주는 재미를 즐기며 작품을 감상해 봅시다.

▌성석제(成碩濟, 1960~)

경상북도 상주 출생. 1986년 《문학사상》에서 시 부문 신인상을 수상하여 등단했으며, 1995년 《문학동네》여름호에 단편 〈내 인생의 마지막 4.5초〉를 발표하며 본격적인 소설가의 길로 들어섰다. 해학과 풍자, 과장 등을 통해 현대 사회의 다양한 인간상을 그려 내는 작품을 주로 썼다. 희비극을 넘나드는 자유로운 서사와 독창적인 문체로 단편 소설, 중편 소설, 장편 소설, 짧은 소설, 에세이, 칼럼, 산문 등 다양한 매체와 형식을 통해 왕성한 창작 활동을 하고 있다.

조동관 약전 _성석제

똥깐의 본명은 동관이며 성은 조이다. 그럴싸한 자호(字號)가 있을 리 없고 이름난 조상도, 남긴 후손도 없다. 동관이라는 이름이 똥깐으로 변한 데는 수다한 사연이 있어 한마디로 말할 수는 없다. 다만 똥깐이와 한 시대를 산 사람들이 똥깐이를 낳고 똥깐이를 만들고 똥깐이를 죽이는 과정에서 자신들의 일부로 평범한 사람 조동관을, 자신들과는 다른 비범한 인간 똥깐이로 받아들이게 되었다는 것은 분명하다. 똥깐이 살다 간 은척읍에서 세 살 먹은 아이부터 여든 먹은 노인에 이르기까지 남녀노소 불문하고 동관을 칭할 때 똥깐이라고 하지 않은 사람은 없었다. 그러나 똥깐이 보고 듣는 데서는 아무도 그를 동관으로도, 똥깐으로도 부를 수 없었다.

똥깐은 이란성 쌍둥이의 동생으로 태어났는데 죽을 때까지 형 은관과 대략 일천 회 이상의 **드잡이질**을 벌였다. 그 드잡이질은 똥깐의 타고난 체격에 담력과 기술, 자잘한 흉터를 안겨 주었고 그가 은척 역사상 **불세출**의 깡패로 우뚝 서는 바탕이 되었다. 은관은 다른 사람의 인정을 받는 걸 좋아해서 스무 살이 되기 전에 이미 합기도 삼 단, 유도 사 단, 태권도 삼 단의 **면장**을 가지게 되었는데 그 결과 그에게 붙여진 별명은 '조십단'이었다. 나쁘게

드잡이질 서로 머리나 멱살을 움켜잡고 싸움을 벌이는 일.
불세출(不世出) 좀처럼 세상에 나타나지 아니할 만큼 뛰어남.
면장(免狀) 면허를 증명하는 문서.

발음하면 그대로 욕이 될 수 있으므로 사람들은 은관이 있는 곳에서는 절대 그 별명으로 부르지 않았고 없는 데서도 혹시 신출귀몰하는 그들 형제가 주변에 없나 살피고 나서 '똥깐이가 조씹다니하고 술 먹다가 전당포 주인을 깔고 앉은 사연' 등을 즐겼다.

그런 이야기가 은척읍 사람들에게 재밋거리가 된 것은 그때 은척에 살던 사람들 대부분이 텔레비전이나 신문, 라디오를 보거나 들을 수 없었기 때문이다. 볼 돈도 없었고 볼 생각도 없었으며 볼 수도 없었다. 따라서 은관 형제의 이야기는 그들의 뉴스였고 연재소설이자 연속극이며 스포츠였고, 무엇보다도 신화였다.

똥깐은 성장함에 따라 아무도 건드릴 수 없는 개망나니짓으로 명성을 쌓아 가기 시작했는데 열다섯 살 때부터 외상 안 주는 집 깨부수는 일은 다반사요, 외상으로 밥 먹고 외상으로 반찬 먹고 외상으로 **오입하고** 외상으로 차 마시고 **게트림하고** 외상으로 만화 보고 외상으로 다른 아이들을 두들겨 팬 뒤 외상으로 약을 사 주었다. 그 와중에서 읍내 사람들의 뇌리에 동관을 결정적으로 똥깐으로 **각인**시킨 일은 이른바 '역전 파출소 단독 점거 사건'이다. 똥깐은 언젠가부터 자신이 태를 묻고 터를 잡은 곳이 좁다고 느끼게 되면서 점차 활동 반경을 넓혀 나갔다. 거기에 결정적인 역할을 한 것이 기차였다. 똥깐의 집은 은척의 근대화의 상징이라 할 만한 기차역 바로 앞에 있었다. 기차역 주변은 은척에서 가장 번화하고 시설이 잘된 곳인데도 불구하고 사시사철 수챗물이 질질 흐르는 도랑이 곳곳에 복병처럼 숨어 있었고 바지도 입지 않은 새카만 아이들이 누런 똥을 뻐득뻐득 싸 대곤 했다. 비가 오면 진창이 되는 도로 옆에 야트막이 처마를 잇닿아 지은 가게들에선 매일

오입하다(誤入--) 남자가 아내가 아닌 여자와 성관계를 가지다. 또는 노는계집과 성관계를 가지다.
게트림하다 거만스럽게 거드름을 피우며 트림하다.
각인(刻印) 머릿속에 새겨 넣듯 깊이 기억됨. 또는 그 기억.

먼지와 파리가 날아다녔고 그 뒤 가난의 꿀물이 졸졸 흐르는 골목골목에서
는 아침저녁으로 이놈아, 날 죽여라, 살려라 하는 고함과 악다구니, 배곯은
아이들의 울음소리로 하루도 조용할 날이 없었다.

　똥깐은 기차역 앞 석탄 **하치장** 한구석을 본거지로 삼아 거기서 쪼그리고
앉아 화투도 치고 윷도 놀고 **술추렴**도 하다가 기차가 들어오는 소리가 나
면 허리를 쭉 펴고 하품을 한 다음 어슬렁어슬렁 기차를 타러 갔다. 똥깐
은 태어나서 한 번도 표를 산 적이 없었고 표를 살 줄도 몰랐으나 역무원
들 누구도 감히 똥깐을 **제지할** 생각을 하지 못했다. 그 역무원이 은척에 살
고 있고 처자와 함께 다만 며칠이라도 더 살아야 하는 한. 기차를 타면 똥
깐은 일단 기차 통로를 오가는 행상에게서 외상으로 삶은 계란을 한 줄 받
아 들고 첫 번째 칸에서 마지막 칸까지 천천히 **시찰했다.** 가끔 가난한 소매
치기가 역시 가난한 승객의 주머니를 털다가 들켜서 조그만 주머니칼을 휘
두르는 일이 있었고 술 취한 승객끼리 힘없는 주먹질로 서로의 코피를 터
뜨리는 일도 있었지만 똥깐의 관심은 그런 데에 있지 않았다. 똥깐은 이미
여자를 알게 되었던 것이다. 그중에서도 기차를 타고 통학을 하는 제 또래
의 여학생들이 한동안 좋은 표적이 되었다. 생애를 통틀어 학교를 다닌 기
간이 석 달도 안 되는 똥깐은 뒤로 머리를 질끈 땋고 풀을 먹여 **빳빳**하고
새하얀 칼라에 검정 교복을 입은 새침한 여학생들을 신기한 애완동물로 생
각했다. 똥깐은 독사처럼 머리를 꼿꼿이 들고 통로를 지나가며 쥐구멍을
찾는 여학생들의 턱을 일일이 들어 감상하는 것을 잊지 않았고 그중 유난
히 새침하고 도도하고 제 꼴값을 하려던 몇몇은 냄새 나는 기차 변소에 끌

하치장(荷置場)　쓰레기 따위를 거두어 두는 장소.
술추렴　술값을 여러 사람이 분담하고 술을 마심.
제지하다(制止——)　말려서 못 하게 하다.
시찰하다(視察——)　두루 돌아다니며 실지(實地)의 사정을 살피다.

려가 **난행**을 당했다는 소문도 있었다. 소문뿐, 누가 사실을 확인해 보랴. 그러나 똥깐은 곧 풋내 나는 여학생들에서 공단이 있는 인근 도시의 **제사** 공장, 신발 공장으로 출퇴근하는 스무 살 남짓한 성숙한 처녀들에게 관심의 눈길을 옮겨 갔다. 처녀들은 주말이나 명절에 집에 다니러 왔다가 휴일 늦은 오후에 기차를 타고 도시의 기숙사며 자취방으로 돌아가곤 했는데 그런 처녀들로만 주말 오후의 기차간이 꽉 차곤 했다. 도시풍의 번쩍이는 나일론 옷에 슬슬 화장을 하기 시작한 처녀들을 사냥하기 위해 똥깐은 주말이면 은척을 비웠다. 똥깐이 없는 주말에는 그의 형 조십단이 오토바이를 붕붕거리며 은척 읍내를 휩쓸고 다녔다. 하여튼 똥깐이 이 년 이상 주말을 기차에서 보내는 동안 정복한 진짜 처녀만 해도, 호적상 처녀의 수는 훨씬 많았을 테지만, 백 명이 넘는다는 전설을 낳았다.

그러나 하늘이 무심치 않아 천하의 처녀 사냥꾼 똥깐에게도 천적이 나타났다. 그런데 처녀 사냥꾼의 천적은 처녀가 아니었다. 언뜻 보아도 스무 살은 훌쩍 넘어 보이고 떠꺼머리총각 백 명은 능히 그의 치마 속에 돌돌 말아 다닐 것처럼 보이는 그 여인은 은척 사람들이 구경도 못한 알록달록한 양산을 쓰고 촌놈 가슴을 활랑거리게 하는 요란한 화장품 냄새를 풍기며 똥깐의 팔에 매달려 한들한들 은척에 나타났다. 도시에서 뭇 사내깨나 홀렸을 듯, 그러고서 뭇 사내의 손길에 농락당하여 골병이 든 듯, 닳고 때 묻었으나 바람이 불면 날아갈 듯 약해 보이고 앙칼져 보이면서도 **수심**이 깃든 눈초리의 그 여인이 왜 똥깐을 따라 은척까지 왔는지는 아무도 몰랐다. 여하튼 똥깐은 싱글벙글 웃으며 그 여인과 다정히 팔짱을 끼고 늙은 홀어머니와 덩치가 남산만 한 제 형 은관이 사는 단칸짜리 방으로 들어갔다. 한동안 그 골목

난행(亂行)　난잡하고 음란한 행동.
제사(製絲)　고치나 솜 따위로 실을 만듦.
수심(愁心)　매우 근심함. 또는 그런 마음.

특유의 악다구니 소리와 한숨 소리가 울려 퍼진 후 똥깐은 들창이 달린 조그만 방에 신방을 차렸다. 홀어머니와 은관은 **비루먹은** 나귀를 팔아 나귀가 들어 있던 마구간에 방을 들여 살게 되었다.

그러기를 몇 달이나 했을까. 주말이고 주중이고 기차간이고 읍내고 간에 똥깐을 본 사람은 없었다. 매일 간장 **종지**만큼의 코피를 쏟아 가며 방 안에서만 지낸다는 소문이었다. 똥깐이 보이지를 않으니 그전에는 그렇게도 똥깐을 꺼림칙해하던 읍내 사람들 사이엔 어쩐지 사는 게 사는 것 같지 않다는 말이 돌기 시작했다. 변소를 하루에 한 번 가는 게 정상이듯 하루 한 번 똥깐이 설치고 다니는 것을 보지 않는 것은 은척에서는 비정상적인 일이었다. 조십단이 부지런히 오토바이를 타고 읍내 구석구석을 헤집으며 나름대로 맹활약을 했지만 똥깐에 비하면 어림도 없었다. 날파리와 벌의 차이라고나 할까.

그러던 어느 날 사람들이 고대하던 대로, 몇 달 동안의 고요와 평화가 모이고 썩어 부글부글 끓어오른 가스가 한꺼번에 활화산으로 솟구쳐 오르는 것처럼 똥깐이 포효하며 방 안에서 뛰어나왔는데 그 전말은 이렇다. 시어머니가 될 뻔한 똥깐의 홀어머니가 똥깐이 낮잠을 자는 사이 며느리가 될 뻔한 여인에게 빗자루를 거꾸로 내민 게 사건의 시작이었다.

"얘야. 너는 메주 냄새 나는 어두운 방에서 매일 먹고 자고 놀고 하는 게 지겹지도 않니. 이리 나와서 빗자루질이라도 해 보거라. 얼마나 몸이 상쾌해지는지 모른단다. 그러고도 **미진하면** 걸레라도 빨아 보렴. 공기에서 깨소금 냄새가 날 테니. 네 속옷은 네가 빨고 네 남편인지 뭔지 하는 거지 같은 자식 옷도 네가 좀 빨아서 탁탁 털어 말렸다가 입히려무나. 혹시 시

비루먹다　개, 말, 나귀 따위의 피부가 헐어서 털이 빠지고, 이런 현상이 차차 온몸에 번지는 병에 걸리다.
종지　간장·고추장 따위를 담아서 상에 놓는, 종발보다 작은 그릇.
미진하다(未盡--)　아직 다하지 못하다.

간이 있으면 부엌에도 들어가서 맛있는 것도 네 손으로 직접 해 먹고 네 서방인지 개자식인지한테도 좀 먹이고. 내가 아무리 노력을 해도 젊은 너희들의 식성을 맞출 수가 없구나. 한 번이라도 좋으니 설거지를 해 보아라. 네가 여자라는 느낌이 소르르 오면서 인생의 오묘한 맛을 알게 될 게다. 그리고 얘야. 밥벌레도 밥이 있어야 밥벌레라는 이야기를 듣지 않겠니. 빈 쌀독이며 썩은 김칫독, 말라빠진 간장독도 조금 채우는 게 어떨까. 그러고 난 다음에 너희가 서로 끼고 자빠져서 낮이나 밤이나 흥흥댄들 누가 뭐라겠니. 이 늙은이가 뭘 알랴마는 너희가 한 가지 일에만 너무 몰두해서 세상의 다른 재미를 못 볼까 걱정이 되는구나. 그러니까 늙은이인 게지."

이렇게 말했다는 이야기도 있고 또 다르게 들었다는 사람도 있다.

"이 호랑말코 같은 년아. 빈대도 낯짝이 있지 어떻게 매일 그렇게 자빠져서 구멍 하나로 먹고살려 드는 게야. 몇 달이 되도록 빗자루질을 한번 하나, 걸레질을 한번 하나, 손에 물 한번 묻히나. 아, 내가 이 나이에 내 한 몸 **건사하기도** 힘든 판에 젊으나 젊은 년 놔두고 밥상 차려, 빨래해, 요강 **부셔**, 설거지해……. 아이고 내 팔자야. 팔자 사나운 년이 무슨 덕을 보고 영화를 누리랴마는 이젠 망조 든 집안에 별 백여우 같은 년까지 끼어들어서 기둥뿌리를 썩게 만드네. 아, 이년아, 냉큼 못 나와!"

그때 며느리가 될 뻔한 여자는 화장을 하고 있다가 이렇게 대답했다고 한다.

"아아, 어머니. 걱정 마셔요. 제가 단장을 마치고 나면 나무도 해 오고 쌀도 얻어 오고 밥도 차리지요. 청소도 할 거예요. 빨래는 물론이고요. 돈도 벌어 올게요. 이젠 제가 며느리로서 이 집안을 훌륭히 건사하겠어요. 어

건사하다 제게 딸린 것을 잘 보살피고 돌보다.
부시다 그릇 따위를 씻어 깨끗하게 하다.

머니는 그저 마음 푹 놓고 쉬셔요. 제가 있는데 뭐가 걱정이셔요?"

그런데 그 말을 다르게 들은 사람도 있으니.

"아이, 씨팔. 안 그래도 **구들장**만 지고 누워 있으니 몸에 좀이 슬 지경인데 저 노인네가 노망을 했나, 뭘 잘못 처먹었나. 오냐, 잘됐다. 내가 이런 집구석 아니면 갈 데가 없어서 있는 줄 아나 보지. 야, 똥깐아, 빨리 일어나! 누나 간다잉?"

그때 잠에 취해 있던 똥깐의 대답인즉.

"그래? 누나, 잘 가아. 그동안 슬거웠어. 또 만나."

그런데 그걸 달리 들은 사람이 또 있으니.

"이년이 오냐오냐 했더니 어디를 기어오르고 있어. 가긴 어딜 간다는 거야. 다리몽뎅이를 확 분질러 버릴라. 엄마, 한쪽에 좀 찌그러져 있어. 둘다 입 다물어, 안 다물어! 다시 또 낮잠 깨워 봐. 그땐 줄초상 날 줄 알어."

그러고선 다시 코를 골며 잠에 빠졌다던가. 그러나 고부 사이가 될 뻔한 두 여인 사이의 **전운**은 가라앉지 않았다. 시어머니가 될 뻔한 사람은 소리도 없이 방에 들어와 여인을 꼬집고 할퀴고 머리를 쥐어뜯었고 며느리가 될 뻔한 사람도 지지 않고 마주 손톱을 세워 덤벼들었다는데, 경험이라는 면에서는 시어머니 편이, 날카로움과 힘에서는 며느리 쪽이 각각 우세를 차지해서 우열을 가릴 수 없는 고요한 싸움이 몇십 분은 계속되었다. 며느리는 며느리대로 얼굴에 멍이 들고 삼단 같은 머리카락이 한 줌은 뜯겨 나갔고 시어머니는 시어머니대로 이가 세 대 흔들리고 한동안 손을 쓰지 못할 정도로 드세게 팔목이 비틀리는 부상을 입었다. 그러고 나서 며느리는 며느리대로 짐을 싸서, 짐이라야 기껏 가방 하나만큼도 안 되었지만, 양산을 들고 밖으

구들장(--張) 방고래 위에 깔아 방바닥을 만드는 얇고 넓은 돌.
전운(戰雲) 전쟁이나 전투가 벌어지려는 살기를 띤 형세.

로 나가 버렸고 시어머니는 목을 매달 끈을 찾아 밖으로 나가 한동안 똥깐의 집에서는 똥깐이 코 고는 소리밖에 들리지 않았다. 아니다. 그 난리가 나도 모르고 잠을 자던 천하의 잠보 똥깐이 얼핏 잠에서 깨어나는 순간 들창으로 그 여자가 구슬픈 눈길로 방 안을 들여다보는 것을 보았다는 말이 있다. 아니다. 구슬픈 눈길로 오래오래 똥깐의 방 안을 들여다보는 그 여자의 꿈을 꾸었다는 말도 있다. 하여간 잠에서 깬 똥깐, 언제나 옆에 있어야 할 허벅지를 더듬으려다가 손이 허전해서, 또 혀처럼 심부름을 시켜 대던 노모를 몇 번 불러보고는 대답이 없으니 허전해하며 하는 말.

"어어, 잘 잤다. 그런데 이것들이 다 어디로 갔어?"

그러곤 몇 달 만에 처음으로 문을 열고 나오니 눈이 부시고 어지럼증이 나서 몇 걸음 가기도 전에 폭삭 주저앉고 말았는데 그때 멀리 기차역 플랫폼에서 아른아른한 양산을 든 여인이 기차를 타고 있었더란다. 이상하다. 은척에서 내 허락받고 저런 양산 쓰는 여자는 하나밖에 없는데? 맞다, 똥깐이, 그대의 마누라가 도망친다!

똥깐은 그제야 사태를 짐작하고 전속력으로 기차를 향해 달려갔다. 뛰어가는 도중 평소에는 눈을 감고도 건너다닐 수 있던 수챗물 도랑에 발이 빠졌고 새로 역에 근무하게 된 신참이 똥깐이를 몰라보고 개찰구로 달려 나가는 똥깐을 잡으려다가 그 냄새 나는 발에 턱을 얻어맞고 한 방에 뻗어버리는 사소한 일이 있기도 했다. 서두른다고 서둘렀지만 똥깐이 기차에 당도했을 때 이미 문은 닫히고 기차가 움직이기 시작했다. 똥깐이 환장을 하게 된 것은 달리기 시작한 기차 안에서 손을 흔드는 한 여인을 보고 난 다음부터다. 똥깐은 젖 먹던 힘을 다해 뛰었지만 기차를 따라잡을 수가 없었다. 필생의 사랑을 잃고 화가 머리끝까지 솟은 똥깐은 대합실로 돌아오면서 역장이 애지중지하는 화분을 박살 냈고 이어서, 대합실로 돌아와 긴 의자 두어 개를 보기 좋게 뒤집어 버렸고 이어서, 매점에 들어가 제가 찾는 술이 나올 때까지 아수라장을 만들었고 이어서, 술을 마시며 제가 왕년에 깨다 못한 성한 유리를 한 장씩 깨기 시작해 결국은 몽땅 다 깨 버렸고 더 깰 유리창이 없자 거리로 진출했다. 늘 하듯이 웃통을 훌떡 벗고 "다 나와! 개애애애새끼들!" 외치면서 길거리에 납작 엎드린 가게 유리창을 발로 차기 시작해서, 몇 달 동안 걸렀던 일과를 하루 만에 한꺼번에 해치우려는 듯 큰길까지 가는 동안 가게란 가게에서 유리란 유리는 몽땅 깨뜨렸다. 그 여인이 그냥 곱게 갔으면 그렇게까지 하지 않았으련만, 어디서 배운 인사법인지 들창과 기차 유리창을 사이에 두고 미소를 짓고 손을 흔든 게 유리가 **횡액**을 만나고 유리 가게 주인이 횡재를 하는 원인이 되었다는 것이다.

"아, 기다리고 기다리던 똥깐이가 드디어 나타났다!"

"더욱더 용맹스럽고 늠름해진 것 같군, 우리의 똥깐이."

남의 유리가 깨졌을 때 가장 덕을 보게 될 유리 가게 주인과 늘상 파리를 날리던 철물 가게 주인은 그런 대화를 주고받았고, 가게 유리가 깨진 사람들끼리는 한숨과 눈물을 지으며 서로를 껴안았다.

"내 유리 누가 물어 주나, 응? 어쩌면 좋아."

"지나가는 강아지한테 물어 달라고 해. 강아지한테 물리는 게 똥깐이한테 먹히는 것보다는 훨씬 덜 아플걸?"

"그런데 경찰에 신고를 한 게 언젠데 아직 출동을 안 하는 거야, 이 망할 놈들은."

"오면 뭘 해. 누가 똥깐이를 당하겠어. 무적의 똥깐이를."

아무도 말리는 사람이 없었고 나서는 사람도 없었다. 그 당시 경찰은 골치 아픈 신고가 들어오면 전혀 엉뚱한 데로 가서 "어라, 여기가 거기가 아닌가? 신고를 똑바로 해야지." 하고 시간을 보내다가 어슬렁어슬렁 파출소로

횡액(橫厄)　뜻밖에 닥쳐오는 불행.

돌아와서 월급을 타 가는 버릇이 있었는데 그날 역전 파출소 경찰들은 불운했다. 똥깐은 경찰이 신고를 받고 늑장 부리며 준비를 하고 엉뚱한 데로 출동하기도 전에 역전 파출소에 유리가 많은 것을 알고는 바로 그 안으로 쳐들어갔던 것이다. 똥깐이 등장하자 늙은 경찰들은 몽땅 밖으로 도망쳐 버렸고 철없는 젊은 친구들이 방망이를 들고 몇 번 아래위로 흔들다가 곧바로 똥깐의 강력한 주먹과 발길질에 밖으로 나가떨어졌다. 미리 밖에 나와 있던 나이 든 경찰이 젊은 경찰을 위로하며 하는 말.

"그러게 똥이 무서워서 피하나, 더러우니 피하는 게지. 진작 나왔으면 공매도 안 맞고 얼마나 좋아. 유리야 나중에 본서에 신청하면 안 끼워 주겠어? 아이구, 저거 경비 전환데 저걸 그냥 한 주먹에 박살을 내 버리네. 괜찮아, 저것도 신청하면 돼. 그렇지?"

드디어 본서에서 기동 타격대 출동. 기동 타격대는 긴급 사태를 대비해 젊고 유능한 경찰들을 오 분 대기조로 편성 운영하고 있었는데 오 분 대기조가 출동한 것은 사건이 벌어지고 나서 오십 분도 넘어서였다. 그나마 파출소 가까이로는 오지 못하고 마이크를 쥐고 "조똥깐! 좋은 말로 할 때 밖으로 나와라! 안 나오면 몸에 해로운 사태가 벌어질지도 모른다." 한 소리가 오 분 대기조 기동 타격 출동 조치의 전부였다. 그러나 똥깐은 다정하고 걱정스러운 그 소리마저 듣기 싫었는지 자신이 깬 유리창의 삐죽삐죽한 구멍에 목을 들이밀고는, "오냐, 한 발짝만 더 가까이 와 봐. 목을 확 돌려 버릴 거야!" 하고 협박인지 예언인지 단호한 의사 표시를 했다.

오 분 대기조 지휘관은 옆에 있던 경찰에게 물었다.

"그렇게 하라고 부탁해 볼까?"

"그러면 더 안 합니다. 똥깐이가 누굽니까. 잘못 말했다가 찍히면 제명에 못 죽을걸요. 말한 사람을 봐 뒀다가 나중에 그 사람 목을 저기다 싸악, 돌릴지도 몰라요."

지휘관은 자신의 목 주위를 만지며 떨리는 소리로 말하기를,

"그럼 어떡해, 마냥 기다리는 거야?"

그 경찰의 대답.

"그게 최선의 전략입니다. 이제 두고 보세요. 술 취했지, 피 흘렸지 금방 잠이 들걸요. 오늘은 낮잠을 덜 잤다는 첩보도 들어와 있습니다."

"맞아. 내가 이때까지 들어본 건의 가운데 최고의 건의를 들었어. 당신은 정말 우리 기동 타격대의 보배야."

"저야 뭐 주어진 환경 속에서 최선을 다하는 민중의 지팡이가 되려고 할 뿐입니다."

그렇게 그들이 서로를 아껴 주는 동안 과연 똥깐에게는 잠의 여신이 빗자루를 타고 부지깽이를 휘두르며 달려왔다. 똥깐은 은척에서 최초로 조직된 기동 타격대에 코를 골며 체포된 최초의 범죄자였다.

똥깐이 재판을 받고 감옥으로 갔을 때 읍내 사람들은 다시 한번 경악했다. 은척이 낳은 유사 이래 최고의 깡패, 천재 외상꾼, 싸움꾼, **호색한**, 트집잡기의 귀재가 은척 읍내에 **군림한** 지가 수십 수백 년은 되는 것 같았는데 똥깐은 소년범을 수용하는 교도소로 갔던 것이다.

"될성부른 나무는 떡잎부터 알아본다더니 은척을 열 번은 들었다 놓은 장사가 아직 소년이었단 말인가. 이제 똥깐이가 어른이 되면 은척에 유리는 하나도 남아나지 않겠네."

어떤 이의 말을 알아듣기라도 한 것처럼 똥깐이 감옥에 가 있는 동안 길거리의 유리들은 발악을 하듯 매일 반짝이고 번쩍였다. 계절이 두 번 바뀌고 나서 똥깐은 **보무**도 당당하게 은척으로 돌아왔다. 사람들은 똥깐

호색한(好色漢) 여색을 몹시 좋아하는 남자.
군림하다(君臨--) (비유적으로) 어떤 분야에서 절대적인 세력을 가지고 남을 압도하다.
보무(步武) 위엄 있고 활기 있게 걷는 걸음.

의 **일거수일투족**에 숨을 죽였지만 똥깐은 더 이상 은척 사람들에게 관심이 없는 듯했다. 감옥에서 수백 수천 번 맹세한 대로 그 여인을 찾아 동에 번쩍 서에 반짝 전국을 누비기 시작한 것이다. 그 뒤로 몇 년, 똥깐의 순애보가 은척 사람들의 가슴을 사정없이 적셨다. 똥깐은 그 여인의 고향이라는 **절해고도**에서 그 여인을 기다리는 어부가 되었다……. 똥깐은 그 여인을 보았다는 사람의 말을 듣고 서울로 올라가 역전 창녀촌에서 여관 **조바**를 하며 그 여인을 기다렸다……. 똥깐은 또 그 여인의 육촌 언니가 하는 가게 일을 거들며 일 년을 기다렸다……. 무보수나 다름없이 묵묵하고 성실히 일을 하며 오로지 한 여자를 향한 열정을 불태우는 똥깐에게 반할 수밖에 없었던 그녀의 육촌 언니가 정식으로 청혼을 했으나 거절을 당했다……. 똥깐은 또 그 여인과 닮은 여인이 몇 년 전에 다녀갔다던 나이트클럽에 취직을 했다……. 낮에는 잠도 자지 않고 그 여인이 올지도 모르는 공원에 나가 앉아 있었다……. 건강과 잠버릇을 해치고는 홀연히 은척에 내려와서 비가 오나 눈이 오나 기차역 플랫폼에 나가서 그 여인을 기다렸다……. 이만하면 하늘이 감동하고 땅이 울 지경인데 그 여인은 코빼기도 비치지 않았다. 그 여인으로서는 그럴 이유가 없었는지도 모른다. 세월이 흐르고 흘러 마침내 문득 똥깐이 제정신을 차리는 날이 왔다. 그 순간 읍내의 유리들은 빛을 잃었고 은척 사람들은 한동안 발 뻗고 자던 시절을 마감하게 되었다.

그가 정신을 차린 이유는 분명치 않다. 그의 형 은관이 그 무렵 결혼을 했는데 결혼한 여자가 지겨울 정도의 잔소리꾼에 한시도 감시의 눈을 늦추지 않는 사람이었다. 그 스트레스를 풀기 위해 은관은 노름에 빠졌는데 은

일거수일투족(一擧手一投足) 손 한 번 들고 발 한 번 옮긴다는 뜻으로, 크고 작은 동작 하나하나를 이르는 말.
절해고도(絶海孤島) 육지에서 아주 멀리 떨어져 있는 외딴섬.
조바 여관이나 여인숙에서 잔심부름 해 주는 아이를 이르는 말.

관과 노름을 해서 딸 생각을 하는 노름꾼이 은척에 존재하지 않았고 존재할 수 없었던 고로 그는 늘 이기기만 했다. **상승**의 싱거움을 견디기 위해서 은관은 노름판에 차 배달을 나오는 다방 아가씨 가운데 말을 닮은 아가씨를 올라탔는데 하필이면 은관의 엉덩이가 들썩이던 그 시간에 그의 부인이 들이닥쳤다. 은관의 머리칼을 잡아챈 그의 부인은 은관의 신체 일부가 다른 사람의 몸에서 빠져나오기도 전에 그 뿌리를 잡고 늘어져 어디까지 갔다더라? 그 건물 옥상까지 가서 온 읍내 사람들이 다 듣도록 고래고래 고함을 쳤는데, 그 내용인즉 "어허, 읍내 사람들아. 여기 좀 보소. 이게 내 서방 물건인데 쥐 불알만 하지요? 이것도 잘못 놀리다가는 이렇게 죽습니다 이." 하고는 옥상 난간에 제 서방 머리를 박아서 피 **칠갑**을 하게 만들며 노름판에서 돈 잃은 읍내 사람들에게 며칠은 입에 올리고도 남을 이야깃거리를 안겨 주었다. 순전히 공짜로. 그다음부터 은관은 그 좋은 노름도 여자 올라타는 일도 하지 못하게 되었는데 똥깐이 거기서 충격을 받은 것인지도 모른다.

그다음. 세상에는 그 여자 하나만 있는 게 아니라는 비밀스러운 이야기를 누군가 똥깐에게 해 주었다는 말도 있다. 어쩌면, 세상에는 서른 살 넘은 도시 술집 출신의 병든 여자만 있는 게 아니라는 이야기도 곁들였을 것이다. 그다음. 그녀가 떠나간 곳을 하염없이 바라보고 바라보던 끝에 똥깐의 시력이 형편없이 떨어져 눈에 뵈는 것이 없게 되었기 때문에 똥깐이 똥깐으로 돌아왔다는 소문도 있었다. 그다음. 똥깐이 자기에게 시간과 힘, 어거지가 얼마 남지 않았다는 초자연적인 깨달음을 얻었을 수도 있다. 이런저런 그 모든 것이 조금씩 똥깐을 똥깐으로 돌아오게 했을 것이다. 하여간 똥깐은

상승(常勝) 늘 이김.
칠갑(漆甲) 물건의 겉면에 다른 물질을 흠뻑 칠하여 바름.

언제부터인가 과거의 천재적인 행각을 능가하는 짓을 하기 시작했다. 그동안 사랑 때문에 허비한 시간을 **벌충**이라도 하려는 듯 하루도 쉬지 않고 도둑질, 외상, 싸움, 강탈, 폭언, 협박, 부녀자 희롱, 고성방가, 노상 방뇨, 흥정 떼고 싸움 붙이기 가운데 두세 가지를 실천에 옮겼다. 똥깐은 잠깐 사이에 다시 읍내 최고의 깡패, 백수건달의 대명사가 되었고 그의 그림자만 비치면 우는 아이도 울음을 그치는 명성을 회복하는 데 성공했다.

그러면 도대체 경찰은 뭘 했고 뭘 하고 뭘 하려 했는가. 바로 그에 관한 이야기를 할 참이다. 똥깐이 당대의 깡패에 머무르지 않고 시대를 뛰어넘는 명성과 위엄을 획득하게 한 그 사건, 조똥깐의 생애 마지막을 불꽃처럼 장식한 그 사건에 대하여.

무능하고 게으른 경찰을 비난하는 읍민들의 원성이 하늘까지 닿았을 때 문득 새로운 경찰서장이 부임해 왔다. 경찰서장은 부임 **일성**으로 '읍 전체에 **만연한** 공권력 불신 풍조를 **불식하고** 사회 **기강**을 문란케 하는 악질 폭력 범죄를 적발, 단호히 조치하는 동시, 공권력의 권위를 회복하여 새 시대의 새로운 경찰상을 구현하자'고 **역설했는데** 유감스럽게도 은척 출신의 경찰들 가운데 그의 말을 알아들을 수 있는 경찰은 몇 명 되지 않았다. 알아들은 사람 중에서 그렇게 해야겠다고 다짐한 사람은 한 명도 없었다. 그러다가 말겠지, 하고 남몰래 고개를 살랑살랑 젓고 말았다. 어쨌든 유식한 신임 경찰서장은 부임을 기념하는 거창한 행사가 끝난 뒤, 관할 지역 내의 경찰 간부를 **대동하고** 민정 시찰 겸 근무 기강 점검에 나섰다. 경찰서장은

벌충　손실이나 모자라는 것을 보태어 채움.
일성(一聲)　하나의 소리. 또는 말 한 마디.
만연하다(蔓延·蔓衍--)　전염병이나 나쁜 현상이 널리 퍼지다. 식물의 줄기가 널리 뻗는다는 뜻에서 나온 말이다.
불식하다(拂拭--)　의심이나 부조리한 점 따위를 말끔히 떨어 없애다. 먼지를 떨고 훔친다는 뜻에서 나온 말이다.
기강(紀綱)　규율과 법도를 아울러 이르는 말.
역설하다(力說--)　자기의 뜻을 힘주어 말하다.
대동하다(帶同--)　어떤 모임이나 행사에 거느려 함께하다.

정복에 번쩍거리는 **견장**과 훈장인지 뭔지 찰랑거리는 뭔가를 달고 있었는데 하여간 그는 번쩍거리고 찰랑거리는 걸 어지간히 좋아하는 사람이었던가 보다.

똥깐은 여느 때와 다름없이 역전에서 술을 마시고 있었다. 그와 술을 **대작하는** 사람은 쌍둥이 형 은관이었는데 그 무렵 은관은 부인과의 전쟁에서 치명적인 패배를 당한 뒤라 꽤나 의기소침해 있었다. 형제는 '여자란 백해무익한 존재'라는 주제에 관해 오랜만에 의견 일치를 본 참이었다. 거기다가 낮부터 마신 술이 오르자 두 사람은 **거나한** 기분으로 자신들 나름의 시찰을 나갔다. 은관은 늘 하던 대로 오토바이를 탔고 똥깐은 뒤에 태워 주겠다는 형의 제안을 가볍게 일축하고 게슴츠레한 눈을 뜨고 팔자걸음으로 역전 파출소 쪽으로 걸어가고 있었다.

역전 파출소 앞은 기차역으로 가는 길과 읍내를 관통하는 주도로가 만나는 삼거리였다. 신임 경찰서장은 검은 승용차에 탄 채 주도로에서 역전 파출소 쪽으로 오고 있던 참이었다. 그 뒤로는 정복을 입은 간부들이 따라오고 있었는데 온 읍내에 신임 서장이 왔음을 알리기 위해 워낙 천천히 움직였던 까닭에 많은 사람이 장례 행렬이 지나가는가 착각을 했다. 역전 파출소에 근무하는 경찰과 파출소장이 파출소 앞에 도열한 채 신임 경찰서장이 도착하기를 기다리고 있었는데 그 광경이 은관의 눈에 먼저, 그리고 약간 나중에 근시인 똥깐의 눈에 들어왔다. 은관과 똥깐은 평소와는 조금 다른 풍경을 의아하게 여기며 파출소 앞으로 접근했다. 그날 그들 두 사람은 오랜만에 아무 일도 벌이지 않았다. 반면 역전 파출소장은 은

정복(正服) 학교나 관청, 회사 따위에서 정하여진 규정에 따라 입도록 한 옷.
견장(肩章) 군인, 경찰관 등이 제복의 어깨에 붙이는, 직위나 계급을 밝히는 표장.
대작하다(對酌--) 마주 대하고 술을 마시다.
거나하다 술 따위에 취한 정도가 어지간하다.

관과 똥깐이 자신들을 향해 오는 걸 알아채고는 사색이 되었다. 하필 호랑이로 소문난 신임 경찰서장이 시찰을 하러 오는 이때에 천하무적의 똥깐이 그의 쌍둥이 형 은관까지 대동하고 오고 있다니. 파출소장은 바람처럼 빠르게 똥깐 형제에게 달려갔다. 살기 위해서라면 젖 먹던 힘까지 다 동원해야 하는 법. 너무 빨리 뛴 탓에 막상 형제 앞에 선 파출소장은 헐떡거리며 말을 꺼내지 못했다. 형제는 의아한 눈으로 헐떡거리는 파출소장을 바라보았다.

"아저씨? 왜 숨도 제대로 못 쉬고 그러슈?"

"저, 저, 저, 거시기……."

"아, 왜 그러냐구? 뒷집 돼지가 알을 낳았소?"

"하, 하, 하, 자, 네, 들……."

파출소장은 멀리 떨어진 부하들의 몸짓에서 신임 경찰서장이 거의 당도했다는 것을 알아채고 더욱 초조해져서 '자네들 농담 솜씨는 날로 발전하는구만. 심심한 경의를 표하는 바일세. 그런데 말이야. 오늘은 날 살려 주는 셈치고 잠깐만 어디 가서 공짜 술을 먹든가 노름을 하는 게 어떤가. 지금 눈이 오려고 하잖아. 이런 날은 그저 뜨뜻한 구들장 지고 **육백**이나 치는 게 최곤데 말이야. 내 생각이 어때요? 그렇게 해 주실래요?' 하고 늘어놓으려는 말의 십만 분의 일도 하지 못하고 그저 헐떡이다가 말았다. 그러는 동안 경찰서장의 검은 승용차의 앞부분이 유서 깊은 역전 파출소 앞에 당도했다. 파출소장은 다시 두 주먹을 쥐고 전력을 다해 파출소 앞으로 달려갔고 똥깐과 은관은 고개를 갸우뚱하며 파출소장의 뒤를 따라 천천히 역전 파출소 쪽으로 향했다.

"전체 차렷! 서장님께 경례!"

육백(六百) 화투 놀이의 하나. 얻은 점수가 육백 점이 될 때까지 겨룬다.

파출소장이 파출소에 당도하기 전에 눈치 빠른 **차석**이 구령을 내렸고 도열한 경찰들은 딱, 소리가 나도록 **거수경례**를 했다. 경찰서장은 유리문을 내리면서 물었다.

"소장은 어디 갔나?"

평소 돋보기 없이도 신문을 볼 수 있다는 걸 자랑삼던 차석은 폭풍처럼 달려오고 있는 늙은 소장 쪽으로 눈을 돌리며 우렁찬 소리로 대답했다.

"지금 오시고 계십니닷!"

"이 사람이 지금 제정신인가? 어떻게 상관이 시찰을 온다는데 자리를 비울 수 있나?"

아무리 눈치 빠른 차석이라도 대답할 수 없는 건 대답할 수가 없는 법이다. 그때 브레이크 파열음이 나며, 아니 구두 밑창 떨어지는 소리가 나며 파출소장이 당도했다. 그러나 파출소장은 똥깐 형제 앞에서와 마찬가지로 서장 앞에서 한마디도 할 수 없었다. 비 오듯 땀을 흘리는 파출소장을 바라보던 신임 경찰서장은 지휘봉을 꺼내 자신보다 몇 해는 더 살았을 파출소장의 살찐 배를 꾸욱, 찔렀다. 파출소장은 움찔거리며 뒤로 물러섰다가 경찰서장이 다시 배를 편하게 찌를 수 있도록 앞으로 다가서곤 했다. 그러면서 제발 그 배 덕분에 뒤에서 다가오고 있을 똥깐 형제가 신임 서장의 눈에 띄지 않기를 바랐다. 동시에 서장도 똥깐과 은관을 보지 않게 되기를 바랐다. 그러나 파출소장의 바람이야 어떻든 운명의 시간은 다가왔다. 왜, 짐승들 가운데 수컷들은 자신의 영역에 오줌똥을 갈긴다거나 나무 둥치에 자국을 내서 자신이 지배자임을 표시하지 않는가. 그 안에 다른 수컷이 들어오면 누구보

차석(次席) 수석에 다음가는 자리. 또는 그런 사람.
거수경례(擧手敬禮) 오른손을 들어 올려서 하는 경례. 손바닥을 곧게 펴서, 모자를 썼을 때는 손끝을 모자 챙 옆까지, 쓰지 않았을 때는 눈썹 언저리까지 올리고 상대편을 주목하면서 한다. 주로 군복이나 제복을 입은 사람들이 한다.

다도 예민하게 반응하고 본능적으로 공격한다. 서장도 똥깐도 한 지역의 지배자로서의 자각이 강했다. 이미 다른 수컷이 자신의 영역으로 들어왔다는 것을 본능적으로 느끼고 경계심을 돋우고 있었다.

"야, 저 아저씨들 뭐 하는 것 같냐? 재미있겠는데."

은관이 오토바이를 멈추며 경찰 아저씨들이 다 듣고도 남을 정도로 우렁차게 외쳤다. 똥깐은 코를 벌름거리면서 자신의 영역에 들어온 다른 수컷이 누구인가를 찾고 있었다. 지나가던 사람들, 서 있던 경찰, 배를 찔리고 있는 파출소장 모두 은관의 목소리를 들었다. 어떤 사람은 눈을 질끈 감았고 어떤 사람은 처마 밑 그늘 속으로 물러섰고 어떤 사람은 자다 말고 일어나 창문을 살짝 열었다. 어떤 사람은 눈을 반짝였고 어떤 사람은 귀를 쫑긋거렸다. 신임 경찰서장은 눈가를 찡그렸다.

"저놈이 지금 뭐라 하는가?"

파출소장은 눈을 감았다. 그는 속으로 기도했다. 제발 그냥 지나가게 해 달라고, 부처님, 공자님, 예수님을 불렀다. 그러나 그때까지 파출소장의 기도를 들어주었던 모든 신과 성인이 그때만은 그의 기도를 못 들은 척했다. 똥깐이 게슴츠레한 눈을 더욱 가늘게 뜨면서 경찰서장이 타고 있는 검고 커다란 승용차 앞에 멈췄다.

"야, 차 좋은데. 음, 아주 좋아."

똥깐은 차의 지붕을 툭툭 두드렸다. 그 차는 은척에서는 보기 드문 최고급 **관용차**로 서장이 손수 매일 닦고 손보고 조이고 기름 치는 차였다. 바로 그 차에 똥깐의 곰발바닥 같은 손바닥이 닿더니 쓰윽 훑어 움푹한 자리까지 만들었으니, 그 차가 사람이라고 한다면 기절을 했을 것이나 차는 사람이 아니니까 기절 따위는 하지 않는다. 그 대신 서장이 유리문으로 고개를 빼

관용차(官用車) 정부 기관이나 국립 공공 기관 따위에 소속되어 운행되는 자동차.

고 호령을 했다.

"네 이노옴, 이 무엄한 놈! 감히 본관의 관용차에 손을 대다니."

'여봐라, 이놈을 당장 무릎을 꿇리고 주리를 틀어라' 하고 말하고 싶었겠지만 서장에게는 그럴 기회가 없었다. 파출소장이 마지막 남은 충성심을 짜내 서장의 얼굴을 자신의 축축하고 살찐 배로 가렸기 때문이었다.

"서장님, 위험합니다. 자리를 피하십시……."

그러나 이미 때는 늦었다. 똥깐의 눈이 세모꼴로 변하고 코에서 거센 콧김이 뿜어져 나오기 시작했으니까. 눈치 빠른 차석은 기동 타격대를 부르러 파출소 안으로 뛰어들어 갔다. 다른 경찰들은 추운 바람 맞고 발을 동동 구르면서 온다 만다 하면서 한나절을 보내게 한 서장에 대한 원망에다 '쉬어'라는 명령을 들은 바 없었던 까닭에 **부동자세**를 유지한 채 비교적 자유로운 눈알만 굴리면서 되어 가는 꼴을 보고 있었다.

"너 지금 뭐라고 그랬어?"

똥깐의 말이 끝나기도 전에 그의 솥뚜껑 같은 손이 파출소장의 허리를 돌아 들어가 신임 서장의 멱살을 움켜쥐었다.

"어, 이거 왜 이래. 놔! 놔."

똥깐에게 멱살을 잡힌 다음에야, 경찰서장 아니라 그의 할아비라도 읍내 사람들이 똥깐이에게 멱살을 잡힌 뒤에 보이는 **의례적**인 반항밖에 더하겠는가. 서장은 목을 캑캑거리며 차에서 끌려 나왔고 훈장을 찰랑거리며 똥깐의 아래위로 들어 올려졌다 말았다 했다. 그제야 경찰들이 부동자세를 풀었다.

"놔요, 놔! 놓고 얘기해요."

"참게, 이 사람. 새로 온 서장님이시라네."

부동자세(不動姿勢) 움직이지 아니하고 똑바로 서 있는 자세.
의례적(儀禮的) 형식이나 격식만을 갖춘.

그 순간에도 경찰 본연의 임무를 다하는 침착한 경찰도 물론 있었다.

"읍민 여러분! 어서 본연의 자리로 돌아가 생업에 종사해 주시기 바랍니다."

그러나 어느새 구름처럼 불어난 읍민들은 그 말을 못 들은 척하고 서로에게 말을 걸었다.

"자네 점심은 먹었는가. 어떻게 여기까지 걸음을 했어?"

"우리는 구경을 원하거든. 우리에게 오락을 주면 좋겠어."

눈치 빠른 장사치들도 한몫했다.

"엿 사요, 엿. 고소한 깨엿, 짝짝 붙는 찹쌀엿, 둘이 먹다 하나가 죽어도 모르는 호박엿!"

일단 발동을 건 이상 싸움 기계 똥깐의 귀에는 아무 소리도 들리지 않고 적 외에는 아무것도 보이지 않으니 어떤 충고도 만류도 **처세훈**도 소용이 없었다. 똥깐은 서장의 넥타이를 잡고 멧돼지처럼 달리기 시작했다. 서장은 목이 졸려 죽지 않으려면 충직한 사냥개처럼 똥깐의 뒤를 따를 수밖에 없었다. 그 뒤를 은관이 오토바이를 타고 따랐고 경찰들이 뒤를 이었고 읍민들이 뒤를 따랐다. 따라서 역전 파출소에서 기차역까지 수백 명이 달리기로 이동하는, 은척읍 사상 초유의 장관이 연출되었다.

선두에 선 똥깐과 서장, 그리고 은관이 탄 오토바이가 철로를 넘어갔을 때 하필 하루 두 번 운행하는 열차가 눈치도 없이 달려들어 와 경찰을 포함한 군중을 가로막았다. 군중들은 발을 구르며 기차가 출발하기를 기다렸다. 기다려 봐야 소용이 없다는 걸 안 사람들이 하나둘씩 기차 끝을 돌아 현장에 이르렀을 때는 이미 상황이 끝나 있었다. 어떤 상황이 벌어졌던가.

똥깐은 서장을 수챗물이 흐르는 도랑에 처박았다가 수챗물이 얼어붙어

처세훈(處世訓)　처세하는 데 도움이 되는 교훈.

자신이 원하는 **소기**의 목적을 달성하지 못하는 것을 알고는, 도랑 위에서 힘차게 날아오른 다음 서장의 가슴을 엉덩이로 깔고 앉음으로써 서장에게 평생 처음 겪는 수치를 안겨 주었다. 이어서, 형 은관에게 함께 도약과 착지의 즐거움을 누리자고 권유, 두 사람은 도랑 밖에서 손에 손을 잡고 공중으로 도약, 나란히 서장의 몸에 엉덩이를 내려놓았다. 그게 서장에게 결정적인 타격을 안겨 주었다. 두 사람은 사람들이 몰려오는 소리를 듣고는 오토바이를 타고 흰 연기를 뿜으며 사라졌다. 물론 도망친 건 아니었다. 그들은 자신들이 해치운 사람이 누군지도 몰랐고 관심도 없었다. 자신을 몰라보는, 도시에서 온 건방진 녀석, 차가 좀 괜찮다고 재는 인간을 혼내 준 것으로 생각했다. 그길로 경치 좋은 강가에 있는 조그만 할머니의 조그만 가겟방으로 가서 '집 나간 여자와 집 안 나가는 여자가 인생에서 차지하는 비중'에 대한 대화를 태연하고 심도 있게 나누고는 한밤이 되자 고래고래 노래를 부르며 집으로 돌아왔다.

오토바이에서 내리던 은관은 즉시 체포되었다. 너무 취해서 반항할 수도 없었고 반항할 마음도 먹지 않았다. "왜 이러는데?" 한마디 묻고는 자신을 체포한 경찰의 품에 쓰러져 코를 골기 시작했다. 똥깐은 쌍둥이 형보다 힘이 센 만큼이나 술도 더 셌다. 그리고 그의 명성은 형에 비할 수 없이 높았다. 자신을 향해 머뭇머뭇 다가오는 일개 **분대**의 경찰 가운데 몇 명은 때려 눕히고 몇 명은 어깨를 짚고 뛰어넘어 산으로 도망쳐 들어갔다.

후에 '똥깐이 바위'로 명명되고 '똥깐이 굴'로 이름 지어지는 굴이 있는 바위는 읍내 전체를 굽어보고 있는 남산의 중턱에 있었다. 뭉툭히 솟아올랐다는 점 말고는 전혀 특별한 게 없어 이름 하나도 얻지 못했던 그 바위

소기(所期)　기대한 바.
분대(分隊)　보병 부대 편성의 가장 작은 단위.

에 있는 굴 역시 공식적으로는 아무 이름도 없었다. 그 굴은 여관이 없는 시대에 여관이 없는 읍내에 살면서 여관에 갈 돈은 없으되 여관 가기를 갈망하는 무수한 청춘 남녀들의 **밀회** 장소였다. 올라가는 데 밥 한 끼 먹을 시간이 걸리고 뾰족구두 신고서 올라가기에는 제법 가팔랐지만 그들, 연인들의 열화와 같은 정열을 누를 수는 없었다. 그곳을 자주 이용하는 사람들 중에서 누군가 **모포**를 가져다 놓은 다음부터 연인들 사이에서는 '모포굴'이라고 불린 적도 있다. 똥깐이 한밤중에 그 바위까지 한달음에 달려 올라갔을 때는 누구도 없었고 아무것도 없었다. 아니 무수한 남녀가 깔고 깔리는 동안 닳아 빠지게 된 더럽고 얇은 모포는 있었다. 경찰은 한밤중에 범인을 추적하는 일이 용이하지 않다, 아군끼리 **오인할** 수 있다, 부상자가 속출한다, 다른 일도 많은데 모든 경찰이 다 거기로 몰려가면 은척은 누가 지키나 등등의 갖가지 이유를 들어 추적을 포기했다. 똥깐은 주위의 나무 부스러기를 끌어모아 불을 피운 다음 모포를 돌돌 감고 굴 안에서 잠이 들었다.

다음 날 아침, 이웃 도시에서 빌려 온 경찰견에 빌려 온 기동 타격대까지 동원된 대규모 추격전이 전개되었다. 추격대는 삼십 분에 걸친 수색 끝에 똥깐의 흔적을 발견했다. 똥깐이 있는 동굴에서 연기가 솟아올랐기 때문이었다. 바위로 올라가는 길은 너무 좁아서 두 사람도 같이 지나갈 수 없었다. 한 사람씩 가면 되겠지만 혼자서는 무서워서 못 가겠다는 게 모든 경찰의 솔직한 심정이었다. 그래서 지휘관은 빌려 온 핸드 마이크에 입을 대고 이렇게 외쳐야 했다.

"똥깐이, 잘 잤나? 너는 지금 완전히 포위됐다. 항복하면 살려 준다. 어서

밀회(密會) 남몰래 모이거나 만남.
모포(毛布) 털 따위로 짜서 깔거나 덮을 수 있도록 만든 요.
오인하다(誤認--) 잘못 보거나 잘못 생각하다.

두 손 들고 나와라.”

잠보 똥깐은 버릇대로라면 열 시까지는 자야 하는데 삼십 분이나 일찍 잠을 깨는 바람에 성이 날대로 났다. 댓바람에 굴 밖으로 뛰어나오며 돌을 집어 던졌는데 그게 마침 등을 돌리고 오줌을 누던 기동 타격대 가운데 한 사람의 머리를 정통으로 타격했다.

“아이고메, 나 죽네에!”

“전방 두 시 방향 적 출현, 소대 포복!”

그때 남산은 물론 온 읍내에 다 들리도록 우렁찬 똥깐의 포효가 울려 퍼졌다.

“야, 이놈들아! 용기가 있으면 올라와 봐라! 올라와서 일대일로 붙어 보잔 말이다!”

기동 타격대는 부상자를 후송하네, 구르네, 엎어지네 하면서 소동을 벌인 다음 작전을 변경했다. 잠과 술에서 덜 깬 은관을 데려온 것이다. 은관은 경찰이 적어 준 종이를 보면서 떠듬떠듬 읽어 내려갔다.

“사랑하는 똥깐아. 엄마가 걱정한다. 나도 걱정이다. 우리는 네, 여……
염려 덕분에 무사히 잘 있다……. 아저씨, 이 글자가 뭐야?”

“**빨** 자다, 빨!” **포승**을 쥐고 있던 경찰이 눈을 부라리며 소리쳤다. 은관은 이어서 읽기 시작했다.

“빨리 내려와서 자수해라. 우리도 언젠가는 오손도손, 아이 씨, 안 보여!
손도 시려워. 난 몰라!”

그래서 혈육을 동원한 눈물겨운 설득 작전도 **수포**로 끝났다. 똥깐은 오 분에 한 번씩 온 읍내가 떠나가라 욕을 했다.

포승(捕繩) 죄인을 잡아 묶는 노끈.
수포(水泡) 노력이 헛되게 된 상태를 비유적으로 이르는 말.

"야, 이 ○물에 밥 말아 먹을 놈들아……. 니 에미하고 ○해서 ○새끼 낳아서 다시 ○할 놈들아……. 오오, 이 ○만 하는 놈들아……. ○물에 튀겨서 ○물에 식혔다가 ○물을 채워서 ○순대 만들어 먹을 놈들아……."

차마 입에 담을 수도 없는 처절한 욕이었고 욕이 끝나는 순간마다 돌을 집어 던졌다. 따라서 욕에 관심을 가지고 귀를 기울이고 있던 경찰 가운데 몇 명의 부상자가 더 나왔는데 다행히 맨 처음 부상당한 사람과는 달리 들것으로 수송할 것까지는 없었다. 다시 밤이 왔고 기동 타격대는 야간 장비가 없어 야간 작전이 불가능하다는 작전 계획을 짜고 내려왔다. 이틀째 되는 날, 춥고 허기진 똥깐의 상태를 짐작한 기동 타격대는 바위 아래쪽 움푹한 곳에 불을 피우고 고기를 구워 대며 똥깐에게 심리적인 타격을 가했다. 똥깐이 바위 위에서 아래를 내려다보면서 팔짱을 끼고 서 있는 모습이 목격되기도 했다. 그때쯤에는 온 읍내 사람들의 눈과 귀가 모두 남산 위의 못생긴 바위에 집중되어 있었다. 집중하지 않으려야 않을 수가 없었다.

"똥깐이가 대단하기는 대단해. 나는 이때까지 살아오면서 저렇게 웅장하고 다양한 욕을 들어 보기는 처음일세."

"얼마 못 버틸걸. 사람이 욕만 잘한다고 살 수 있나. 입고 있는 것도 변변치 못하대. 거기 먹을 게 있겠나, 덮을 게 있겠나."

"나는 똥깐이가 절대 그냥 내려오지는 않을 거라고 믿네."

"그냥 내려오지 않으면? 호랑이라도 잡아 올까?"

"꼴뚜기 사려, 꽁치 사려어, 밴댕이젓 사려."

"여봐요. 거 왜 남 장사하는 집 문전에서 비린내를 풍기고 그래?"

"맞아. 하도 욕을 퍼부으니 온 읍내에서 욕 냄새가 나는 것 같아. 애들 교육은 어떻게 할지, 원."

"그런데 말야, 희한해. 난 하루라도 똥깐이 욕을 듣지 않으면 잠이 안 와.

몸도 찌뿌드드하고. 버릇이 됐나 봐. 그 욕을 듣고 있으면 꼭 안마를 받는 것같이 시원해.”

병원에 누워 있던 서장은 삼십 분마다 사람을 보내 당장 똥깐을 체포해 오라고 불호령을 내렸다. 그로서는 공직 생활 수십 년에 처음 겪는 망신이었고 똥깐인지 변소인지를 못 잡으면 수챗물에 내동댕이쳐진 체면이며 훈장이 평생 회복될 것 같지 않았다. 따라서 똥깐이가 산에서 버틴 지 사흘째 되는 날 밤에는 핑계를 대는 데는 선수인 경찰들도 밤새 잠복근무를 하지 않을 수 없었다. 그러거나 말거나 똥깐은 굳세게 잘 버텼다. 잠옷이나 다름없는 옷을 입고 누더기나 다름없는 모포를 뒤집어쓰고 원시적인 무기인 돌로만 무장하고 타고난 욕설과 독기로. 마침내 그의 욕설이 그치자 읍내 사람들은 오히려 불안한 마음이 되어 하나씩 둘씩 남산으로 눈길과 발길을 옮기기 시작했다. 눈발이 희끗희끗 비치는가 했더니 삽시간에 폭설로 변했다. 눈은 그동안 똥깐이 퍼부어 댔던 욕이 퍼진 대기를 정화하고 욕이 내려앉은 땅을 덮으려는 듯 쉬지 않고 내렸다. 눈사람인지 사람인지 구별이 안 되는 행렬이 남산 입구에서 바위로 올라가는 유일한 통로인 좁은 산길을 메웠다.

한없이 내리퍼붓던 눈이 문득 그치고, 느닷없이 침묵과 고요가 은척을 엄습했다. 누구도 입을 떼지 않고 바람도 소리를 죽이던 바로 그때, 그 순간. 아뿔싸, 오호라, 슬프도다, 어쩔 것인가, 똥깐의 죽음을 알리는 비보가 전해졌다.

그는 얼어 죽었다. 자신 말고는 아무도 없는 동굴에서. 쥐 뼈인지 비둘기 뼈인지 작고 메마른 뼈 몇 개가 그의 발 주변에 흩어져 있었고 아주 가는 뼈 하나가 그의 입에서 멧돼지의 어금니마냥 튀어나와 있었다. 뻣뻣한 똥깐의 시체를 모포에 말아 들것에 싣고 내려오던 기동 타격대 행렬은 말없이 눈을 맞으며 자신들을 지켜보는 눈사람의 행렬과 마주쳤다. 이 행렬은 저 행렬을 무언으로 비난했고 저 행렬은 이 행렬에게 그럴 수밖에 없었다는 뜻을 무언으로 전하며 한동안 눈을 맞고 서 있었다. 어쨌든 은척에서 태어나 은척에서 살다가 은척에서 죽을 사람들은 모두 한패였다.

아무것도 이해 못 한 사람은 은척에서 나지 않았고 은척에서 살아 본 적도 없으며 은척에서 죽을 리도 없는 신임 경찰서장이었다. 그는 똥깐의 돌에 맞은 경찰관이 그 상처와 관계없이 몇 주 뒤 교통사고로 죽자 그를 기리는 비석을 남산의 바위 앞에 건립토록 했다. 비석 앞면에는 '경찰충령비 (警察忠靈碑)'라는 큼직한 글씨가 새겨졌고 뒷면에는 아무개 서장이 은척의 치안을 위협하는 불량 **도배**를 소탕하여 정의와 질서를 구현한 경위, 그 소탕 작전에 참여했다 **장렬히 산화한** 경찰 아무개를 기려 비를 세우는 데 읍내 유리 가게, 철물점, 어물전, 양복점, 술집, 기타의 주인장들을 얼마나 고심하여 건립 위원으로 **위촉했는가** 등등의 사연이 **국한문 혼용체**로 비뚤비뚤 적혀 있었다. 경찰서장은 그 비가 세워지던 날, 울며 겨자 먹기로 돈을 내놓은 **유지**들과 경찰 전원을 참석시킨 가운데 거창한 **제막식**까지 지냈다. 그가 은척 경찰서장으로 재직하면서 이룩했던 최고의 업적은 바로 그것이었다. 그 외에는 한 일이 없었다.

그로부터 얼마 뒤 누군가 **순직** 경찰을 기리는 비석의 뒷면에 있는 경찰서장의 이름을 **정**으로 까서 지우고 '똥깐이가'라고 쓰고 난 다음부터 생겨난

도배(徒輩) 함께 어울려 나쁜 짓을 하는 무리.
장렬하다(壯烈--) 의기(意氣)가 씩씩하고 열렬하다.
산화하다(散花·散華--) 어떤 대상이나 목적을 위하여 목숨을 바치다.
위촉하다(委囑--) 어떤 일을 남에게 부탁하여 맡게 하다.
국한문 혼용체(國漢文混用體) 국문에 한자를 섞어 쓴 글체.
유지(有志) 마을이나 지역에서 명망 있고 영향력을 가진 사람.
제막식(除幕式) 동상이나 기념비 따위를 다 만든 뒤에 완공을 공포하는 의식. 보통 동상이나 기념비를 흰 헝겊으로 씌워 두었다가 연고 있는 사람이 걷어 낸다.
순직(殉職) 직무를 다하다가 목숨을 잃음.
정 돌에 구멍을 뚫거나 돌을 쪼아서 다듬는, 쇠로 만든 연장. 원뿔형이나 사각형으로 끝이 뾰족하다.

일들을 적어 본다.

경찰서장은 임기가 끝나기도 전에 부패와 **독직** 혐의를 받아 다른 사람으로 교체되었다. 그 혐의 가운데 하나는 아무개의 비를 **오석**으로 건립한다면서 주민들에게 돈을 걷은 뒤, 조잡한 화강암으로 바꿔쳐 성금을 **횡령한** 것이었다. 남산의 못생긴 바위에는 '똥깐이 바위'라는 이름이 붙었고 그 아래의 굴에는 '똥깐이 굴'이라는 이름이 보태졌고, 그 앞의 비석은 '똥깐이 비석'이라는 이름으로 불리게 되었다. 훌륭한 깡패가 되려는 소년은 모름지기 그 바위, 그 굴, 그 비석으로 순례를 떠나야 한다는 전통이 생겨났다.

멋모르는 사람은 그 신성한 장소에서 똥깐이라는 말을 지겹도록 듣고 보다가 방뇨나 방분의 충동을 느끼게 마련이었다. 그걸 실천에 옮기다가 벼락에 맞아 제가 싼 똥을 깔고 죽은 사람이 생긴 이후에는 누구도 감히 그렇게 할 생각을 하지 못했다. 멀지 않은 곳에 이동식 화장실이 생긴 것은 똥깐이 죽은 뒤 이십 년 만의 일이었다.

수많은 경찰서장이 오고 갔다. 그들은 조동관 사건의 전말을 듣고 가슴에 새겨 몸가짐을 바로 했다. 경찰들 역시 가끔 남산에 있는 바위를 올려 볼 때마다 똥깐이를 생각하지 않을 수 없었던 까닭에 수준이 점차 향상되었다. 지금은 세계적으로 알아주는 모범 경찰이 은척의 치안을 담당하고 있다.

똥깐의 이야기는 사람들의 기억 속에서 달구어지고 이야기 속에서 다듬어져 마침내 그의 짧고 치열한 일생이 전(傳)으로 남기에 이른다. 이름하여 조동관 약전이다.

독직(瀆職) 어떤 직책에 있는 사람이 그 직책을 더럽힘. 특히, 공무원이 그 지위나 직권을 남용하여 뇌물을 받는 따위의 부정한 행위를 저지르는 것을 이른다.
오석(烏石) 유문암질(流紋巖質) 또는 안산암질(安山巖質) 따위의 마그마가 급격히 식으면서 굳어져 이루어진 화산암. 회색 또는 검은색을 띠고 유리 광택이 있으며, 조가비 모양의 단구(斷口)를 가진다. 아름다운 것은 장식품의 돌로 쓰고, 비석·도장·그릇·단열재 따위의 재료로 쓴다.
횡령하다(橫領——) 공금이나 남의 재물을 불법으로 차지하여 가지다.

남평 문씨 집안의 장손 문성현은 뇌성 마비 장애인으로 태어납니다. 어머니 이경순은 시어머니의 구박을 받으면서도 무한한 사랑으로 성현을 키웁니다. 8살이 되었을 때 성현은 자신이 다른 사람들과 다르다는 것을 인식하게 되었고 장애를 극복하려 노력합니다. 울기를 멈추고 사지가 꼬이는 것을 통제하고 혼자 앉는 법을 터득하고 글자를 익힙니다. 이후 성현은 자살을 기도하거나 요양 시설에 들어가는 등 우여곡절을 겪지만 결국 가족의 품으로 돌아와 평화로 충만한 삶을 살려고 노력합니다. 어머니 사후 자신을 돌보는 파출부 예산댁의 횡포로 고통을 당하기도 하지만 이를 모두 용서하고 39세의 나이로 세상을 떠납니다.

　　이 작품은 장애의 문제를 직접 다룬, 우리 문학사에 흔치 않은 장애자 소설입니다. 탄생에서 사망에 이르기까지 성현의 생애를 따라가다 보면 장애를 하늘이 내린 형벌처럼 안고 사는 한 인간을 만나게 됩니다. 성현은 어린 나이에 머리가 터지고 무릎이 까이면서 혼자 몸을 가누는 연습을 하는데 이는 인간의 품격과 존엄을 지키고자 하는 몸부림이었기에 독자에게 감동을 줍니다. 성현의 삶은 치열합니다. 그의 몸은 늘 누워 있지만 정신은 그렇지 않습니다. 그는 세상을 원망하는 마음이 들거나 장애가 주는 절망감에 휩싸일 때마다 자신을 넘어서기 위해 자신과 싸웠습니다.

　　이 소설은 장애인의 삶과 생각을 생생하게 형상화한 면에서 가치가 있습니다. 게다가 현대인이 삶을 살아가면서 가져야 할 태도를 성찰해 보게 합니다. 통제할 수 없는 상황과 삶을 살아가는 우리 모두가 가져야 할 삶의 태도는 무엇인지 생각해 보며 소설을 감상해 봅시다.

█ 윤영수(尹英秀, 1952~)

　　서울 종로구 출생. 《현대소설》에 낸 단편 〈생태 관찰〉로 신인상을 받으며 작품 활동을 시작했다. 병자, 불구자, 장애인, 여성 등 한국 사회에서 소외된 사람들의 이야기와 붕괴 직전에 놓인 가족 관계 등을 주로 다루어 왔다. 이후 활발한 활동을 하며 《자린고비의 죽음을 애도함》, 《내 여자친구의 귀여운 연애》, 《귀가도》 등 여러 권의 작품집을 출판하였고 각종 문학상을 받았다.

착한 사람 문성현 _윤영수

　12월 19일, 그들은 승용차 두 대로 충청도의 **선산**을 다시 찾았다. 추석을 앞두고 부모님 산소에 오른 때가 지난 9월이었으니 석 달 만이었다. 국도에서 내려서 **산모롱이**를 끼고 이십여 분, 가을걷이를 끝낸 충계 논이 물결처럼 번져 간 **산자드락**에 차 두 대가 나란히 섰다. 차에서 내린 그들은 이내 **가풀진** 산비탈을 오르기 시작했다. 모두 일곱이었다.

　검은 양복을 입은 사내들 셋은 문씨 집안의 형제 우현과 승현, 그리고 사위 강만익이었다. 우현의 손에는 흰 보자기로 싼 상자가 들려 있었다. 그의 형인 문성현의 유골이었다. 뒤를 따르는 우현의 여동생 정희와 문씨 집안의 며느리들 역시 소복을 입고 있었다. 암갈색의 **추루한** 반코트에 자주색 목도리를 두른 **초로**의 여자는 파출부 일을 하던 예산댁이었다. 그녀는 간간이 애구애구 곡소리를 내며 손수건으로 콧물을 닦아 내었다. 얼었다가 녹은 풀더미들은 데쳐 놓은 무청처럼 **휘늘어졌고**, 그늘진 **바위너설**에는 흰 눈이 그

선산(先山)　조상의 무덤.
산모롱이(山---)　산모퉁이의 휘어 들어간 곳.
산자드락(山---)　산자락. 밋밋하게 비탈쳐 나간 산의 밑부분.
가풀지다　땅바닥이 가파르게 비탈쳐 있다.
추루하다(醜陋--)　지저분하고 더럽다.
초로(初老)　노년에 접어드는 나이. 또는 그런 사람. 예전에는 흔히 40, 50대를 일렀으나 수명이 늘어난 요즈음에는 주로 50, 60대를 이른다.
휘늘어지다　풀기가 없이 아래로 축 휘어져 늘어지다.
바위너설　바위가 삐죽삐죽 내밀어 있는 험한 곳.

대로 남아 있었다. 하늘은 푸르지도, 딱히 희지도 않았다. 겨울 날씨치고는 그저 그만했다.

그들은 이내 부모님의 무덤가에 닿았다. 우현이 유골 상자를 조심스럽게 내려놓았다. 젊은 여자들은 가져온 보퉁이를 끌러 음식들을 챙기기 시작했다.

"산소 자리가 명당이구먼. 잘해 놓았구먼."

예산댁이 나란히 자리한 **쌍분**을 번갈아 쳐다보다가 잔디가 아직 성근 왼쪽의 무덤 앞에 철퍼덕 주저앉았다.

"아이구 아줌니……. 아줌니, 저 알아보시것슈. 예산댁여유. 그간 어떻게 지내셨슈……. 이년이 죽일 년이구먼유. 우리 착한 성현이헌테 잘해야 허는 건디, 이년이 무슨 맘으루다 **흥뚱항뚱했구먼유**. 아줌니, 이년 잘못한 거 용서해 주서유. 성현이 세상 뜨고 나서 솔직히 이년도 맘이 편치는 않었구먼유. 아줌니, 아줌니."

산소 자리는 조촐하고 아늑했다. 쌍분이 사이좋게 자리한 반달 모양의 **음택**은 남향으로 양지발랐고 주위의 **둔덕**에는 소나무와 잡목들이 우거져 푸근했다. 채비가 끝나자 그들은 모두 같이 절을 올렸다. 그리고 우현 내외부터 차례로 술을 올렸다. 승현 내외, 정희 부부, 그리고 예산댁도 술을 올렸다. 우현이 **상석** 앞에 다시 무릎을 꿇었다.

"아버지, 어머니. 형이 이제 여기 왔습니다. 제가…… 형을 잘 돌보지 못해서 죄송합니다. 예산 아줌마가 고생 많았습니다. 그나마 형이 편히 지낸 것은 예산 아줌마 덕이었습니다."

"내, 내가 돌봐 준 게 뭐 있다고, 아이그 아줌니."

쌍분(雙墳)　같은 묏자리에 합장하지 아니하고 나란히 쓴 부부의 두 무덤.
흥뚱항뚱하다　어떤 일에 정신을 온전히 쓰지 아니하고 꾀를 부리거나 마음이 들떠 행동하다.
음택(陰宅)　술가(術家)에서, '무덤'을 사람 사는 집에 상대하여 이르는 말.
둔덕　가운데가 솟아서 불룩하게 언덕이 진 곳.
상석(床石)　무덤 앞에 제물을 차려 놓기 위하여 넓적한 돌로 만들어 놓은 상.

예산댁이 땅을 치며 다시 울음을 터뜨렸다. 우현의 말이 나직이 이어졌다.

"형이…… 부모님 곁은 싫다고, 화장한 후에 산이고 강이고 멀리 뿌려 달라고 했지만, 그래서 저도 형의 말에 따르겠다고 약속했었지만……. 어머니, 다른 곳은 못 미더워서 어머니 곁에 데리고 왔습니다. 형은…… 아버지 어머니께 너무 염치가 없다고 생각한 것 같아요. 그렇지만…… 형만큼 아버지 어머니를 그리워한 사람이 어디 있겠어요, 어머니……."

우현의 목소리가 띄엄띄엄 이어지자 모두들 울음을 참지 못하고 흐느끼기 시작했다. 끝까지 눈물을 뵈지 않던 강만익조차 고개를 숙이고 어깨를 들먹였다.

"……형을 맡아 줄 사람은 아무래도 어머니밖에 없겠어요. 우리도 머지않아 이 주위에 다 묻힐 거고……. 어머니, 형만 따로 멀리 가라고 할 수는 없잖아요. 형이 너무 안됐잖아요. ……이제 우리 식구가 다시 모일 때에는, 형은 누구보다도 건강하고 완전한 몸으로 살아갈 거예요. 형은 고생을 너무 많이 했어요. 저희가 제대로 형을 돌보지 못해서 죄송해요, 어머니."

우현이 목 놓아 울기 시작했다. 강만익이 다가가 그의 어깨를 다독였다. 낮게 드리운 겨울 하늘은 자세히 보면 그래도 푸르스름한 기운이 있었다. 바람은 없었다.

출 생

착한 사람 문성현(文成賢)은 1957년 7월 서울 종로구 동숭동 130번지에서 태어났다. 경상도 합천의 **천석꾼**이던 고조부 문천웅이 전답을 처분한 돈으로 서울로 올라와 자리를 잡은 지 어언 80년, 토박이 서울 양반은 아니로되 그만하면 사대문 안에서 남부럽지 않은 남평 문씨(南平文氏) 집안의 장

천석꾼(千石-) 곡식 천 석을 거두어들일 만큼 땅과 재산을 많이 가진 부자를 비유적으로 이르는 말.

손이었다.

성현의 출생이야말로 집안의 경사였다. 그의 할아버지 문희수와 할머니 김입분의 기쁨은 비할 데가 없었다. 슬하에 육 남매를 두었건만 아들이 라고는 막내로 태어난 성현의 아버지 문덕규 하나뿐이었던지라 며느리를 들인 후로는 두 양주가 하루 한 시간이 멀다 하고 자손을 고대해 오던 터였다.

할머니 김입분은 **성결**이 세고 급했다. 가슴에 담은 생각이나 말을 곧바로 행동으로 옮기거나 내뱉지 않고는 배기지 못하는 성격이었다. 아들 덕규의 혼사를 치른 지 두 달이 채 못 되어 그녀는 '이렇게 소식이 없다니 집안의 대가 끊길 것이 분명하다'며 드러내어 걱정하기 시작했다. 걸핏하면 며느리 이경순을 불러 내외의 은밀한 **정분**까지 낯이 뜨거울 정도로 **족대겼다**.

성현의 어머니 이경순은 서울 남산골이 친정이었다. 시댁만큼 넉넉한 살림은 아니었지만 효와 법도를 중시하는 유학자 집안의 장녀로서 타고난 기품이 차분하고 온순했다. 덕규는 아내 이경순을 좋아했다. 어머니의 괄한 성질이 좀 무엇하던 그로서는 아내의 유순함이 마음에 들었다. 그들의 애정은 한결같았다. 훗날 덕규가 병을 얻어 이경순을 홀로 남겨 두고 눈을 감는 그 순간까지, 비록 길지 않은 십여 년의 세월이었지만 그들은 서로를 진심으로 위하고 고마워하며 한 쌍의 원앙처럼 다정하게 살아갔다.

성현이 태어난 날은 양력 7월 8일, 여름 날씨치고도 더위가 유난히 빨리 몰려와 사람이고 나무고 도무지 맥을 못 추던 한여름 대낮이었다. 산모가 진통을 겪던 이틀 동안 마치 당신이 아이를 낳기라도 하듯 곡기를 끊고 집 안팎을 서성이던 시어머니 김입분은 며느리의 산고가 고비에 이르자 당신

성결(性−) 성품의 바탕이나 상태.
정분(情分) 사귀어서 정이 든 정도. 또는 사귀어서 든 정.
족대기다 다른 사람을 견디지 못할 정도로 볶아치다.

이 먼저 혼절을 하여 한바탕 소동을 불러일으켰다. 가까스로 깨어났을 때에는 이미 금쪽같은 손자가 태어난 후. 남편 문희수가 농으로 '손녀딸을 보았다'며 건넨 말을 진담으로 알아듣고는 다시 혼절, 집안 식구들을 또 한 번 질겁하게 만들었다.

성현의 출생은 누구에게보다도 어머니 이경순에게 있어 꿈같은 축복이었다.

"네가 이제야 이 집 며느리가 되었고나."

시집온 지 2년, 한여름에도 살얼음판을 걷는 듯 가슴을 죄던 그녀로서는 시어머니의 환한 웃음이 도대체 낯설기 짝이 없었다.

"아들 다섯에 딸 둘은 되어야지."

하루에도 일곱 차례 손수 끓인 미역국을 들여놓는 시어머니의 열성이 한편으로는 고마우면서도 또 한편으로는 더럭 겁이 나곤 했다. 이 모든 일이 꿈은 아닌가, 그녀는 잠이 깰 때마다 주위를 둘러보았다.

아들을 얻은 기쁨은 사실 꿈이었는지 모른다. 아이의 행동거지가 심상치 않음을 가장 빨리 눈치챈 이야 당연히 아이 어머니 이경순이었다. 아이는 모든 행동이 정상이 아니었다. 젖을 빠는 모양 하나를 보아도 그러했다. 허겁지겁 젖을 빨아 대는 품이 배가 고픈 것이 틀림없었지만 꽉 물려지지 않는 입술 틈새로 젖의 태반이 흘러내려 어머니의 가슴과 배를 적셨다. 아이는 밤이고 낮이고 울어 젖혔다. 울다 보면 그나마 먹은 것을 토해 내었다. 아이는 허기가 져 또다시 어미의 젖을 빨아 대었다. 어미가 아이 곁을 잠시도 떠날 수 없었다. 아이도 어미도 못할 노릇이었다. 팔과 다리를 움직이는 모양새 역시 기이했다. 움직임이 아니라 **버르적댐**이었다. 아이의 손가락들은 한데 뭉쳐 오그라진 채로 펴질 줄을 몰랐다.

"사내아이가 늦되고말고."

버르적대다 고통스러운 일이나 어려운 고비에서 벗어나려고 팔다리를 내저으며 큰 몸을 자꾸 움직이다.

할머니 김입분이 침을 튀기며 아이를 옹호했지만 아이는 늦어도 너무 늦었다.

"늦되는 아이가 **재조**가 있는 법이지."

할아버지 문희수가 단언했지만 그것은 단지 기대에 지나지 않았다.

문씨 집안의 장손 성현이 여느 아이 같지 않다는 소문은 그해 겨울을 나기 전에 이미 동네에 **짜하게** 퍼져 나갔다. 골목 어귀에서 한 평짜리 **양품점**을 하는 떠벌이 과수댁은 골목을 지나는 동네 여자들에게 하루에도 몇 번씩 "얘기 들었우? **솟을대문**집 갓난아이 말야."라며 입을 떼었다. 소문의 씨는 문씨 집안의 식모 아이 숙자였다.

"영 이상해요. 목을 못 가누고 울기만 하고. 아줌마도 툭하면 우는 걸요."

일부러 소문을 내고자 한 것은 아니었다. 아무 소리나 지껄이는 동안만큼은 양품점 진열장의 물건들을 마음대로 만져 볼 수 있었기 때문이었다. 분홍빛의 영롱한 진주 목걸이, 유리 반지, 조개껍질로 만든 브로치, 그리고 갖가지 색깔의 입술연지…… 열한 살 계집아이의 눈에 비치는 양품점의 모든 물건들은 한마디로 황홀 그 자체였다. 동네 아낙들이 수군거렸다.

백일 때도 봐. 떡만 돌리고 끝낼 노인네가 아닌데 말야.

여태껏 목도 못 가눈다면 사람 되겠어? 백일이 두 번은 지났구먼.

동네 아낙들의 눈치가 전과 다르다는 것을 알아챈 김입분이 떠벌이 과수댁을 불러 호통을 쳤지만 그 일은 결국 붙는 불에 **키질한** 격이 되었다.

"**딱장대** 노인네 성질머리하구는. 구구절절이 외울 거 뭐 있어? 아이 한번

재조(才操·才調) '재주'의 원말.
짜하다 퍼진 소문이 왁자하다.
양품점(洋品店) 양품을 전문적으로 파는 가게.
솟을대문(——大門) 행랑채의 지붕보다 높이 솟게 지은 대문. 좌우의 행랑채보다 기둥을 훨씬 높이어 우뚝 솟게 짓는다.
키질하다 일이나 감정을 부추기어 더욱 커지게 하다.
딱장대 성질이 사납고 굳센 사람.

봬 주면 끝날걸."

양품점에 돌아온 과수댁은 팔을 걷어붙이며 침을 튀겼다.

"두고 보자니까. 아이 돌잔치야 안 하겠어?"

그렇다. 한번 보여 주면 그뿐이었다. 돌이 가까워 오고 있었다. 김입분은 하루에도 몇 번씩 **대청마루**를 건너와 아이의 손에 장난감을 쥐여 주려 안간힘을 썼다. 아이는 아무것도 잡을 수 없었다. 아이는 바늘에 찔리기라도 한 듯 심하게 울어 댈 뿐이었다. 무언가 큰 불만이 있는 모양이었다. 그러나 누구도 아이의 불만과 불편을 해결해 줄 수는 없었다. 온몸이 새빨갛게 달아 우는 아이를 밤새 얼러 대는 이경순의 몸이 온전할 리 없었다. 몸져누운 이경순을 보고 김입분은 건넌 방문이 부서져라 처닫았다.

"집안 꼴 잘 되어 가는구나. 허구한 날 젊은 것이 드러누워서는. 저리 몸이 부실하니 부정을 탄 게지. 내 처음부터 너무 약하다고 안 하던감!"

여름이 왔다. 성현의 돌상이 대청마루에 차려졌다. 일가친척들과 동네 여자들이 몰려왔다. 할머니 김입분은 안방에서 한 발짝도 나오지 않았다.

커다란 **교자상**에 **켜켜로** 괴어 올린 음식들이 번듯하게 놓였다. 안쪽으로는 돌잡이 물건들이 놓였다. 쌀과 지폐, 청홍 색실로 묶은 실타래와 대를 쪼개어 만든 조그만 활과 화살이었다. 아버지 덕규가 어렸을 때 익히던 천자문 한 권도 곁들여졌다. 성현은 아무것도 쥘 수 없었다. 손에 무엇을 쥐기는커녕 앉지도 목을 가누지도 못했다. 어머니 이경순의 품에 안긴 채로 돌상을 받은 성현은 온몸을 버르적대며 울어 젖혔다. 아이의 울음은 끝이 없었다. 아이의 **간댕거리는** 목은 그대로 부러질 듯 위태했다.

대청마루(大廳--) 한옥에서, 몸채의 방과 방 사이에 있는 큰 마루.
교자상(交子床) 음식을 차려 놓는 사각형의 큰 상.
켜켜이 여러 켜마다.
간댕거리다 느슨하게 달려 있는 작은 물체가 조금 위태롭게 자꾸 흔들리다.

사진사는 결국 아이 어르기를 포기했다. 덕규 부부에게 아이의 목을 **거머잡고 곧추안으라고** 말했다. 그들은 시키는 대로 했다. 사진사의 플래시가 그대로 터졌다. 이미 잔치가 아니었다. 아무도 아무 말도 하지 않았다.

며칠이고 계속될 것 같던 아이의 울음소리가 겨우 잦아들기 시작했다. 수십 명이 모여 선 대청과 마당에는 감당하기 어려운 정적만 가득했다. 무거운 침묵을 깨뜨린 이는 아이어미 이경순이었다. 창자를 끊어 내는 듯한 그녀의 나직한 흐느낌이 참으로 **자닝하고** 애잔했다.

"발칙한 것! 이 좋은 날에 눈물을 짜다니."

할머니가 갑자기 안방 문을 열어 젖히며 호통을 쳤다. 그 서슬에 가까스로 잠들었던 성현이 다시 깨었다. 아이는 또다시 발갛게 울어 대었다. 한 여자가 이경순에게서 성현을 거칠게 빼앗으며 큰 소리로 말했다.

"걱정 없어 새댁! 내가 이런 아이 옛날에도 봤어. 세 살만 되어 봐, 멀쩡해."

양품점 과수댁이었다.

"두고 보라니까. 하늘을 두고 맹서해. 글쎄 두고만 보라니까!"

그녀가 따지듯이 주위 사람들을 노려보았다. 그제서야 사람들이 마술에서 깨어난 듯 제각기 떠들어 대며 덕담을 늘어놓았다.

세상에, 목청 큰 것 좀 보게. 그놈 참 사내답다.

녀석 성격이 얼마나 다부진지. 사내아이는 뚝심이 있어야 해.

두고 보세요, 어렸을 때 부모 속 썩인 자식이 효도한다잖아요.

훗날 성치 못한 성현이 휠체어에 실려 골목으로 산보라도 나올 양이면 반색하며 튀어나와 휠체어를 밀어 준 이가 바로 양품점의 과수댁이었다.

"우리 착한 성현이 세상 구경 나왔나……. 얼마나 잘생겼어? 눈매도 **서글**

거머잡다 손으로 휘감아 잡다.
곧추안다 어린아이를 곧게 세워서 안다.
자닝하다 애처롭고 불쌍하여 차마 보기 어렵다.

서글허니."

혹여 누가 성현의 흉을 잡을라치면 과수댁은 눈에 핏발을 세우며 달려들었다.

"그 착한 것이 무슨 죄가 있어. 사지 멀쩡히 태어나서도 인간 같지 않은 종자가 하나 둘이야? 뚫린 입이라고 툭허면 **입질**은. 그래! 내 자식이야. 어쩔 테?"

종합 병원에 아이를 데려간 때는 돌이 지나서도 두 달 후였다. 의사의 진단에 따라 성현은 그날부터 '뇌성 마비아'가 되었다.

가족들의 노력에 따라 좋아질 수…… 있지요. 그렇죠. 뭐, 그럴 수도 있겠지요.

이경순은 다시 **회임했다**. 아이는 성현과 두 살 터울이었다. 섣불리 좋아할 수는 없었다. 혹시나 하는 우려 때문이었다. 본식구는 물론 행랑채 식구들조차 쉬쉬 마음을 졸였다. 두려움과 불안 속에서 이경순은 두 번째의 아이를 낳았다. 사내아이였다. 그렇게 기다리던 **낭보**였음에도 아무도 밝게 웃거나 떠들어 댈 수 없었다. 사랑채에 앉은 할아버지 문희수와 할머니 김입분 역시 마찬가지였다. **고고**의 울음소리가 또렷이 들리는데도 김입분은 헛염주알만 열심히 돌렸고 문희수는 애꿎은 장죽대만 빨아 대었다. 숨 막히는 하루가 지나고 아이는 힘차게 젖을 빨기 시작했다. 젖을 흘리지도, 심하게 울지도, 손발을 버르적대지도 않았다. 성현의 동생 우현은 정상이었다.

김입분은 우현을 자신이 기거하는 안방으로 옮겼다. 아이가 젖을 찾을 때에만 며느리 이경순을 불러 안방에 들였다. 성현과 절대로 같이 두지 않았

서글서글하다 얼굴의 각 구멍새가 널찍널찍하여 매우 시원스럽다.
입질 이러쿵저러쿵 남의 흉을 보는 입의 놀림.
회임하다(懷妊·懷姙――) 아이나 새끼를 배다.
낭보(朗報) 기쁜 기별이나 소식.
고고(呱呱) 아이가 세상에 나오면서 처음 우는 울음소리.

다. 김입분은 이경순을 볼 때마다 치미는 **부아**를 참지 못했다. 그녀의 행동이 곱고 순종적일수록, 그녀가 성현 곁에서 안간힘을 쓸수록 김입분은 더욱 화가 끓었다.

"농사를 짓다 보면 **쭉정이**도 있는 법이지. 온전치 못한 녀석 뭣 하러 싸고 돌아, 젊디젊은 것이! 다른 자식이 없는 것도 아니고."

이경순은 우현 밑으로도 정희, 승현 남매를 낳았다. 시부모가 바라던 5남 2녀는 다 채우지 못했으나 착한 며느리로서, 현명한 아내로서, 3남 1녀의 자상한 어미로서 그녀는 죽는 날까지 자신의 도리를 충실히 해내었다.

점잖은 선비였던 할아버지 문희수가 자리에 누운 것은 막내 승현이 태어난 지 얼마 되지 않아서였다. 친구의 칠순 잔치에 간다고 마당의 **섬돌**을 밟다가 발을 헛디며 뒤로 넘어졌던 것이다. 대수롭지 않게 생각했던 그의 **낙상**이 중풍으로 이어져 **운신**을 못 하게 되자 식구들이 당황하기 시작했다.

묏자리를 잘못 썼다니께. 잘못된 것은 고쳐야지.

종중 어른의 말씀은 거스르기도 어려웠다. 성현의 증조·고조부모의 묘가 선산의 다른 등성이로 이장되었다.

푸닥거리를 해야 된다니까요. 돌아가시고 나서 후회하면 뭘 해요.

딸네들이 고집을 피웠다. 여자들이 하염없이 손을 비비고 절을 해 대었다.

부적이 용한 점쟁이가 있어요. 백발백중, 낫지 않으면 돈을 돌려준대요.

대문에, 방의 네 벽에, 천장에 갖가지 모양의 붉은 부적이 붙여졌다. 환자의 옷에, 요 밑에, 그중의 어떤 것은 재로 변하여 환자의 몸속에 들어앉았다.

부아 노엽거나 분한 마음.
쭉정이 껍질만 있고 속에 알맹이가 들지 아니한 곡식이나 과일 따위의 열매.
섬돌 집채의 앞뒤에 오르내릴 수 있게 놓은 돌층계.
낙상(落傷) 떨어지거나 넘어져서 다침. 또는 그런 상처.
운신(運身) 몸을 움직임.
푸닥거리 무당이 하는 굿의 하나. 간단하게 음식을 차려 놓고 부정이나 살 따위를 푼다.

등에다 쑥뜸을 **이레** 동안 하면. 흰 닭에다 노인의 옷을 둘러 시오 리 밖에다 묻고 오면. 어린아이의 오줌을, 미친개의 고기를, 갓난아이 **태반**을 잘게 썰어 씹지 않고 삼키면. 백 사람에 백 가지 처방이었다.

그 와중에도 성현은 때마다 울어 젖혔다. 외며느리 이경순은 시아버지의 한약을 달이다가도 건넌방으로 허겁지겁 뛰어들었다.

"병신 자식에 시아버지 쓰러뜨려. 무슨 염치루 이 집에서 버티는지."

남편이 **시앗**을 보아 혼자 사는 둘째 시누이가 종알거렸다. 듣다 못한 덕규가 아내 편을 들었다.

"누님은 상관 말아요. 이러구러 해도 애 넷을 낳은 어미요."

김입분이 발끈 화를 내었다.

"이런. 제 누이헌테 눈 **홉뜨는** 것 좀 보게. 집안 장손이란 게 계집 치마폭에 폭 싸여서는."

모든 불상사는 이경순의 탓이 되었다. 사람 꼴도 갖추지 못한 자식 놈 끼고도느라 시아버지 **병구완**은 뒷전, 조신한 척 얌전한 척 **암상**을 떨면서 **동기간**의 우애나 끊어 놓는 발칙한 계집. 온순하던 덕규의 품성이 거칠어진 것도 계집 하나 잘못 들인 탓이었다. 남편의 병 수발에 지친 김입분이 딸들의 **말전주**에 슬그머니 동조되어 며느리 이경순을 힐난하기 시작했을 때, 골목 어귀의 양품점 과수댁이 공헌을 했다.

이레 일곱 날.
태반(胎盤) 임신 중 태아와 모체의 자궁을 연결하는 기관. 태아에게 영양분을 공급하고 배설물을 내보내는 기능을 한다.
시앗 남편의 첩.
홉뜨다 눈알을 위로 굴리고 눈시울을 위로 치뜨다.
병구완(病--) 앓는 사람을 돌보아 주는 일.
암상 남을 시기하고 샘을 잘 내는 마음. 또는 그런 행동.
동기간(同氣間) 형제자매 사이.
말전주 이 사람에게는 저 사람 말을, 저 사람에게는 이 사람 말을 좋지 않게 전하여 이간질하는 짓.

"기가 막히더라니까요. 아주머니. 산신령처럼 수염이 긴 스님이더라구요. 우리 가게 앞에서 이 댁을 가리키면서 이런단 말씀이에요. '쯔쯔, 저 솟을 대문집에 큰어른께서 명이 다하셨구먼.' 제가 깜짝 놀라서 물었지요. 그게 무슨 말씀이냐고. '그것 참, 자손 중의 하나가 **액막이**를 해 왔구먼. 벌써 몇 년 되었구먼. 효손이구먼.' 가만히 듣자 하니 우리 성현이 얘기 아니겠어요. 아주머니, 혹시 칠팔 년 전에 어르신이 큰일 날 뻔한 적이 있으셔요?"

김입분이 떠듬떠듬 과거를 회상하기 시작했다. 그러고 보니……. 남편 문희수가 한번 쓰러진 적이 있었다.

"그러네 참. 열이 심해설랑은, 몸살 뒤끝에."

"저런 저런, 세상에 무서워라, 스님 말이 똑 맞구먼요. 그때 어르신 명이 다 된 것을, 저승에 있는 어르신 어머님께서 상제님께 **애면글면** 매달리셨대요. 그러니, 누군가 집안사람이 대신 액을 막아 줘야 하는데……. 아드님이 외동이시니까 그도 못 건드리겠고, 하는 수 없이 맏손주가 액을 당했다는 거예요. 여러 형제를 낳을 테니 그게 낫다고. ……냉수 한 잔을 벌컥벌컥 드시더니, 그만 눈 깜빡하는 사이에 그림자처럼 사라졌어요. 세상에, 간도 떨려라. 아주머니, 신령님이 틀림없지요?"

이경순의 곤란한 입장을 알고 허황된 이야기를 둘러대어 준 과수댁은 김입분이 세상을 떠나고도 수삼 년 골목 어귀를 지키며 살았다. 과수댁이 이사를 가고 이상스레 연락이 끊기자 이경순은 그 사실을 너무나 안타까워했다. 맵고 쓰고 달고 짠 시집살이를 해내는 동안 이웃들이 보여 준 호의야말로 그녀에게는 죽어서도 잊을 수 없는 소중한 추억들이었다.

액막이(厄--) 가정이나 개인에게 닥칠 액을 미리 막는 일.
애면글면 몹시 힘에 겨운 일을 이루려고 갖은 애를 쓰는 모양.

시어머니 김입분이 신흥사의 큰스님을 공들여 초청하여 성현을 내보인 것은 기적에 가까운 일이었다. 사람 구실도 못 할 천하의 **걱정가마리**라며 입에 올리기도 남부끄러워하던 노인네가 우리 집 장손이라며 스님 앞에서 눈물을 내비친 사건은 오랫동안 동네 사람들의 입에 오르내렸다.

"스님, 우리 늙은이들이야 다 살았으니 무슨 원이 있겠습니까. 내, 이, 우리 맏손주 성해지는 것만 보면 당장 혀를 깨물어도 여한이 없습니다. 절에 공양미를 내라면 천 석이라도 할 것이고 머리카락을 잘라 공을 들이라면 당장 신을 삼겠습니다. 이 어린것만 생각하면 내 가슴이 이렇게 메이는데, 이 어리숙한 애어미는 어떻게 삽니까. 우리 영감 세상 뜰 때 부디이 아이 온전해지게 모두 가지고 떠나게끔, 스님, 제발 못 한단 소리 마시고……. 내, 무슨 짓이든 해 봅니다. 우리 손주 손가락 하나만이라도 제대로 움직이는 것만 보면 이 한 목숨 선선히 바칩니다."

문희수는 73세의 나이로 세상을 떴다. 병석에 누운 지 2년, 성현이 아홉 살 때의 일이었다.

"내 죽기 전에 돌아가셨으니 되었다."

딸들의 가슴 맺히는 통곡에도 불구하고 김입분은 참으로 담담했다.

문희수의 삼년상을 치르던 해에 김입분은 갑자기 세상을 떴다. 어처구니없는 교통사고였다. 버스를 타고 친척집에 가던 김입분은 운전석 옆 모터에서 흰 연기가 뭉게뭉게 피어오르는 것을 보고 몹시 당황했다. 승객 몇몇이 깜짝 놀라 소리를 지르는 새에 김입분은 재빠르게 버스의 비상 손잡이를 비틀어 밖으로 뛰어내렸다. 공교롭게도 바로 그때 버스 옆을 지나는 트럭이 있었다. 버스 모터의 연기는 차가 정지한 순간 거짓말처럼 사라졌건만 애꿎게도 칠순의 그녀는 트럭에 치여 즉사하고 말았다.

걱정가마리 늘 꾸중을 들어 마땅한 사람.

김입분의 장례식은 성대하게 치러졌다. 그녀의 다섯 딸, 그 누구보다도 외며느리 이경순의 울음이 뼈에 사무쳤다. 세상에 하늘도 무심하시지. 그 속정 깊으신 양반을 이리 갑자기 불러 가시다니……. 어머니, 어머니, 이제 아범이랑 저는 누구를 의지하고 살아간대요.

희 망

훗날 문성현이 어른이 되어서 자신의 기억을 더듬어 올라갔을 때, 가장 어린 날의 광경은 막냇동생 승현의 돌날이었으니 그가 여덟 살이 되었을 때였다. 그때 그는 방 안에 혼자 누워 있었다. 힘겹게 주위를 둘러보았다. 아무도 곁에 없었다. 얼마나 울어 젖혔는지 목이 잔뜩 쉬어 있었다. 사람들은 모두 문 저쪽에 모여 들떠들고 있었다.

뭘 잡나 보자구. 돈을 잡아 재벌이 되려나, 책을 잡아 학자가 되려나.

잡는다. 잡아……. 앗따따, 활이다 활! 큰 장군이 될라. 좋지 좋아.

사람들의 웃음소리가 왁자하게 들려왔다. 성현은 계속하여 울려고 했다. 그런데 갑자기 울 수가 없었다. 여느 때 같으면 그는 누군가가 나타날 때까지 마구 몸부림을 치며 울었을 것이다. 아무도 자신처럼 벋정대며 울지 않는다는 사실을 그는 그 순간에 깨달았다. 자신은 다른 이와 너무나 달랐다. 다른 사람들은 말을 사용했다. 그러나 그는 그렇지 못했다. 불편할 때나 화가 날 때나 무언가 마음대로 되지 않을 때 그는 마구 고함을 지르며 울어 젖혔던 것이다.

그날부터 그는 죽은 듯이 조용해졌다. 절대로 울지 않았다. 불가피한 경우를 제외하고는 소리도 지르지 않았다. 그는 말을 잘 하지 못했다. 말을 하려 해도 입이 따라 주지 않았다. 답답했다. 그러나 다시는 고함치며 울지 않았다. 자신의 울음소리는 그 누구에게보다도 스스로에게 너무나 끔찍하고 지겨웠다. 그는 벙어리처럼 행동했다. 배가 고파도, 대소변으로 아랫도리를 적서도 그는 짜증을 내거나 화내지 않았다. 다른 이가 방에 들어올 때까지 그는 다만 참고 견뎌 내었다. 그때부터 그는 슬펐다. 울음을 몸 밖으로 터뜨리지 않으니 몸 안에 눈물이 고였다.

조용해지고 나니 마음이 안정되었다. 마음이 안정되고 나니 그는 자신의 고개가 필요 없이 마구 흔들림을 깨닫게 되었다. 오른쪽으로 조금 튼다고 하는 것이 어느새 고개는 어깨 너머까지 돌아갔다. 다시 똑바로 하려고 하면 이번에는 왼쪽으로 홱 돌아가 버렸다. 그는 조금씩 요령을 터득해 갔다. 무엇보다도 침착해야 했다. 마음의 안정이 필요했다. 천천히, 아주 천천히. 팔다리 역시 마찬가지였다. 펴지지 않는 손가락, 발가락이야 어쩔 수 없는 노릇이지만 마음만 푸근히 진정하고 나면 남이 민망할 정도로 사지가 꼬이지는 않았다. 그리고 그는 입을 다물었다. **체머리**를 흔들면서 헤벌어진 입으로 침을 흘리는 것이 얼마나 흉한지 거울에 비친 자신을 보고 그는 깜짝 놀랐다. 그때부터 그는 참으로 슬펐다. 벌어진 입을 다물고 나니 가슴으로 드는 헛헛한 바람을 내쏟을 방법이 없었다.

훗날 문성현이 어른이 되어서까지 그의 이부자리 밑에 간직하고 있었던 장난감 활은 바로 막냇동생 승현의 돌상에 돌잡이로 올렸던 물건이었다. **댓개비**를 다듬어 노끈으로 묶은 장난감 활은 그의 어린 시절 희망의 상징이었다. 일부러 누가 그에게 가져다주지는 않았다. 방구석에 놓인 활을 보고 그가 몸을 뒤치어 자신의 요 밑에 집어넣었던 것이다. 우현의 나이가 여섯 살이었으니 아마도 어른들을 피해 성현이 있는 건넌방에 가지고 와서 놀다가 무심코 놓고 갔음이 분명했다.

앗따따, 활이다 활! 큰 장군이 될라. 그 작고 조잡한 활에는 사람들의 덕

체머리 머리가 저절로 계속하여 흔들리는 병적 현상. 또는 그런 현상을 보이는 머리.
댓개비 대를 쪼개 가늘게 깎은 조각.

담이 묻어 있었다. 그는 몇 번이고 되풀이했다. 하아, 하, 화, 화아아알. 화아알. 활.

조용해지고부터, 체머리를 흔들지 않고부터, 입을 다물고부터 그는 텔레비전을 보기 시작했다. 그 속에 산과 들, 밀림이 있었다. 몸집이 큰 코끼리, 기린, 갖가지 색깔의 크고 작은 새들이 있었다. 먼 나라에는 이상한 풍습을 가진 이상한 사람들이 살고 있었다. 세상은 볼수록 흥미진진한 것들로 가득 차 있었다. 다른 이처럼 앉지도 서지도 걸어 다닐 수도 없는 그에게는 텔레비전을 통해 보는 다른 이들의 삶이 한편으로는 가슴 떨리는 열망이었으나 또 한편으로는 부숴 버리고 싶은 안타까움이기도 했다.

그래도 어린 그에게는 희망이 있었다. 다른 이와 결코 같을 수는 없지만, 너무나 더디고 서투르기는 했지만 그는 조금씩 달라지고 있었다. **벋버듬한** 채로 자라는 그의 **몸피**, 그는 그때 고작 십 대였던 것이다. 힘겹기 짝이 없었지만 그는 텔레비전으로 기어가 자신이 보고 싶을 때 그것을 켤 수 있게 되었다. 그리고 라디오를 켜고 끌 줄을 알게 되었다. 선풍기도 작동할 수 있게 되었다. 그 후, 그는 무엇보다도 중요한 결심을 했다. 혼자 앉는 법을 익히기로 마음먹었던 것이다.

노력해서 안 되는 일이란 없다고 그는 뇌까렸다. 가슴속에 희망을 품은, 한창 자라고 있는 십 대의 사내아이에게는 스스로 앉는 연습이란 단지 모든 것의 시작에 불과했다. 자유롭게 앉을 수 있게 된 후에는 그는 다리로 서는 연습을 할 계획이었다. 두 다리로 선 후에는 조심조심 발짝을 떼고, 그리고 걷고, 뛸 예정이었다. 개켜 놓은 옷처럼 축 처진 자신의 아랫도리가 풍선처럼 부풀어, 머지않아 그는 다른 아이들처럼 거리를 활보할 것이었다. 신이

벋버듬하다 두 끝이 버드러져 나가 사이가 뜨다.
몸피 몸통의 굵기.

나면 춤이라도 멋지게 추어 댈 참이었다. 그리고…… 말을 타고 들판을 가로질러 활시위를 당길 예정이었다. 까마득히 보이는 들판 끝 과녁에 예리한 화살을 날리면 쏘는 것마다 명중, 명중. 앗따따, 활이다 활! 큰 장군이 될라. 그는 조용히 입을 떼었다. 하아, 하, 화, 화아아알. 화아알. 활.

그는 우선 자신이 앉을 때에 벽과 방바닥에 괴던 방석과 쿠션들을 치워 버렸다. 그리고 방구석 모퉁이에 자신의 어깨를 밀어붙였다. 가누어지지 않는 목이 문제였다. 팔의 힘을 다하여 상체를 솟구치는 순간 목은 앞으로 처져 부러져 나갈 듯 아팠다. 그는 그대로 너부러지고 말았다. 그러나 그는 포기하지 않았다.

수없이 같은 동작을 되풀이했다. 그리고 그때마다 너부러졌다. 온몸으로 젖어드는 땀이 문제가 아니었다. 바닥으로 잦아들면서 그는 수없이 머리를 부딪쳤다. 머리가 깨져 피가 흘렀다. 어머니가 눈물을 글썽이며 **머큐로크롬**을 발라 주었다. 거기서 그만둘 수는 없었다. 수백 번 수천 번 그는 몸을 솟구쳐 올렸다. 머리의 상처는 아물만 하면 다시 터졌다. 온몸에 멍이 들어 밤새 끙끙 앓기도 했다. 그러나 그는 쉴 수 없었다. 그는 어떤 일이 있어도 앉고 서고 걸어야만 했다. 될 듯 될 듯하다가도 몸은 다시 바닥으로 잦아들었다. 벽의 도배지 안쪽으로 흙이 떨어지는 소리가 들리기 시작했다.

두 달이 지난 어느 날, 그는 드디어 혼자 앉기에 성공했다. 그때로부터 보름이 지난 어느 저녁에 그는 두 번째로 혼자 앉았다. 그는 요령을 터득해 갔다. 재빨리 상체를 들어 올리면서 반동을 이용하는 방법이었다. 그가 제대로 앉는 데에는 적어도 오 분 이상의 시간이 소요되었다. 그는 시간을 줄이기 위해, 익숙하게 앉기 위해 연습에 연습을 계속했다. 그가 앉는 연습을 한

머큐로크롬(mercurochrome) 붉은 갈색을 띤 유기 수은 화합물로 된 살균 소독제. 요오드팅크보다 작용은 느리나 상처에 자극이 없고 효과가 오래 지속되어 적은 부위의 세균 감염 방지에 쓰인다.

건넌방 벽은 꼴이 말이 아니었다. 아쉬운 대로 덧붙인 도배지가 이삼 일이면 흙과 함께 떨어져 나갔다. 벽 속의 **외엮이**가 허옇게 드러나는 참이었다. 어머니가 환히 웃으셨다.

"그래 성현아. 그깟 흙벽 뻥 뚫어 버려라."

혼자 앉는 법을 익히고 나니 휠체어에 앉는 것도 훨씬 편했다. 누구보다도 신이 나신 분이 아버지였다. 주말이 되면 아버지는 성현을 휠체어에 태워 골목 밖으로 데려 나갔다. 수많은 사람들, 차들, 상점들. 아버지가 들뜬 목소리로 그에게 물었다.

"성현아, 힘드냐? 안 힘들지? 하나도 안 힘들지?"

물론. 하나도 힘이 들지 않았다. 힘들다니. 더 힘든 고난이, 더더 힘든 고난이 한꺼번에 몰려온다 해도 그는 절대로 힘들 수가 없었다. 그는 이제 곧 다른 사람들처럼 서고 걷고 달릴 참이었다. 아버지는 끝없이 휠체어를 밀었다. 까짓 보도블록으로 포장된 모든 길, 이참에 다 걷어낼 참이었다.

어느 날인가부터 그는 글자를 익히기 시작했다. 텔레비전 바로 옆 벽에는 벌써 오래전부터 아버지가 그를 위해 붙여 놓은 한글 자판 **괘도**가 있었다. 아버지 어머니가 그렇게 가르치려 애썼던 그 복잡한 글자들이 어느 날 눈에 들어오면서 그는 무엇이든 읽을 수 있다는 사실에 가슴이 후드득 터져 나가는 줄 알았다. 텔레비전에 나오는 과자·라면·초콜릿의 이름, 만화 영화의 제목, 길거리에 내건 수많은 간판들을 그는 웅얼웅얼 소리 내어 읽었다. 신문에 쓰인 알 수 없는 한자 말들의 뜻을 알기 위해 그는 초조하게 아버지를 기다렸다. 퇴근하여 돌아온 아버지는 웃옷도 벗지 않은 채 성현의 머리를 쓰다듬어 주었다.

외엮이 나무로 만든 벽에 흙벽을 치기 위하여 가로세로 외를 엮는 일. 또는 그런 물건.
괘도(掛圖) 벽에 걸어 놓고 보는 학습용 그림이나 지도.

집안 식구들은 아무도 그를 함부로 대하지 않았다. 그의 동생들도 학교에 갈 때에는 잊지 않고 형에게 인사했다. 또 학교에서 돌아오면 으레 건넌방 문을 열었다. 그들의 손에는 학교 공작 시간에 만든 바람개비, 길가에서 산 과자나 떡볶이 봉지가 들려 있었다.

그는 꿈을 꾸기 좋아했다. 꿈속에서 그는 걷지도 뛰지도 않고 날아다녔다. 간단했다. 바람개비만 입에 물면 그리 되었다. 계단이 많은 곳을 내려갈 때에는 그는 한 발짝에 서너 계단씩을 건너뛰었다. 그는 호수나 강, 넓은 바다 위도 스치듯이 떠다녔다. 간단했다. 한 발이 빠지기 전에 또 한 발짝을 떼기만 하면 그리 되었다.

그는 그림을 좋아했다. 화가의 그림을 보고 그는 무슨 의미일까 상상하기를 즐겼다. 그는 고전 음악도 좋아했다. 그중에서도 성악곡이나 현악곡이 마음에 들었다. 꿈속에서 그는 바이올린 케이스를 든 일류 고등학교의 잘생긴 학생이었다. 어떤 때는 귓등에 새의 깃털을 꽂고 어깨에 활통을 멘 힘센 사냥꾼이기도 했다. 그는 벼르고 있었다. 얌전히 개켜 놓았던 바지가 주인의 손에 들려 입혀지듯 그의 홀쭉한 다리에 **빵빵**하게 살과 피가 들어차는 날, 그는 산꼭대기에 올라가 야아아호오오 고함을 칠 예정이었다.

그가 말을 제대로 하게 된 데에는 이제껏 그를 돌봐 주던 숙자 누나가 떠나간 사실이 한몫을 했다. 숙자 누나가 시집을 간 때는 그가 열세 살이 되어서였다. 그녀의 신랑은 골목 바깥 큰길에서 **도장포**를 하는 총각이었다. 어머니는 숙자의 혼인을 준비해 주면서 무척 섭섭해했다. 그녀가 가까이 있지도 않고 신랑을 따라 시댁인 춘천으로 떠나가게 되었기 때문이었다. 숙자도 몇 날 며칠을 두고 울었다. 그녀가 시골에서 할머니 김입분의 손에 이끌려 이 집에 온 것은 16년 전, 어머니 이경순이 시집오기도 전의 일이었다.

도장포(圖章鋪)　도장을 돈을 받고 새겨 주는 가게.

천지에 **의지가지없는** 코흘리개 계집아이가 이제는 스물넷의 어엿한 처녀가
되어 있었던 것이다.

어머니가 숙자를 보내며 못내 가슴 아파했던 이유는 숙자가 행랑채의 마
지막 사람이라는 점도 있었다. 할머니가 거느리고 있던 행랑채의 **침모**와
찬모, 머슴은 이미 내보낸 상태였다. 대가족을 이끌어 나갈 경제적인 여유
가 없었기 때문이었다. 집안 사정이 기울어진 데에는 할머니 김입분의 급작
스러운 죽음의 영향이 절대적이었다. 문씨 집안의 살림을 도맡아 해 온 사
람이 김입분이었다. 그녀로부터 돈을 빌려 간 이웃과 친척들이 그녀가 죽자
이자는커녕 원금도 제대로 갚지 않고 시치미를 떼어 버렸다. 문씨 집안은
졸지에 덕규의 구청 공무원 월급만으로 살림을 꾸려 가야만 했다. 다른 수
입이라곤 전혀 없었다. 그 속에서도 아버지 어머니는 숙자의 혼인만큼은 정
성을 다했다. 데리고 있는 동안 식모 품값은 주지 않되 살림을 제대로 가르
쳐 후히 시집보내 주겠다는 것이 할머니 김입분의 약속이었기 때문이다.

성현의 시중을 들기 위해 시간제 파출부가 오기 시작했다. 양품점 과수댁
의 먼 친척이라는 상주댁은 무척 무뚝뚝한 여자이기는 했지만 그런대로 근
삼 년 동안 성현의 뒷바라지를 맡아 주었다.

"헤헤이, 이런 자석 뭔 호강을 보겠다고 밥을 믹이노."

성현을 처음 대하는 그녀의 눈이 매몰차기 짝이 없었다.

"무우우."

"무우가 뭣꼬, 빙신. 물! 말도 몬하나?"

상주댁은 **투박지게** 성현의 앞에 물그릇을 놓고 나가 버렸다. 숙자 누나

의지가지없다(依支----) 의지할 만한 대상이 없다. 또는 다른 방도가 없다.
침모(針母) 남의 집에 매여 바느질을 맡아 하고 일정한 품삯을 받는 여자.
찬모(饌母) 남의 집에 고용되어 주로 반찬 만드는 일을 맡아 하는 여자.
투박지다 투박스럽다. 말이나 행동 따위가 거칠고 세련되지 못한 데가 있다.

같으면 성현의 눈빛만으로도 물그릇을 입에 대어 주었을 것이었다. 상주댁은 성현의 말을 전혀 알아듣지 못했다. 오오우주우. 뭐라카노? 버젓이 알면서도 모르는 체하는지도 알 수 없었다. 소변 통을 대어 주기가 싫은 모양이었다. 그렇다고 상주댁을 내보낼 처지도 아니었다. 파출부를 구하기가 무척 힘이 들었다. 열세 살이나 되어 대소변을 가리지 못하는 성현의 뒷바라지를 맡아 줄 여자가 흔치 않았다. 의사소통이 되지 않아 답답한 성현은 하루에도 수십 번 가슴으로 방바닥을 찧었다.

"형이 하는 말은…… 너무 짧거든. 길게, 계속 얘기해 봐. 숨을 참아 봐."

듣고 보니 우현의 말이 맞았다. 고르게 내뱉는 숨이 말이 된다는 이치를 그는 그제서야 깨달았다. 푸후후후우우. 푸후후우우우우. 그는 큰 숨을 들이쉬어 천천히 내뱉는 연습을 하기 시작했다. 숨을 얕게 들이쉬어 낱말 하나만을 외치는 것이 아니라, 가슴 가득 숨을 들이쉰 채로 조금씩, 천천히, 고르게 토해 내는 것이 요령이었다.

우와아아어어어. 우오오아우어어. 따지고 보면 성질 **다라운** 상주댁이 은인인 셈이었다. 그녀가 다른 식구들처럼 자신의 외마디 고함을 참고 견뎠더라면 그는 말을 제대로 하려는 시도조차 하지 않았을 것이었다. 우와아아어오오우우우으. 그는 가슴이 설레었다. 그도 다른 사람처럼 말할 수 있으리라. 때로는 거세게 따지기도, 때로는 부드럽게 남을 감동시키는 시구절을 읊을 수도 있으리라. 우어어오우우으으우이이우. 그는 행복했다. 길게 목소리를 **빼**노라면 듬직한 어른이 되는 기분이었다. 성악가가 된 기분이었다. 따지고 보면 성악가가 되지 못할 이유는 무엇인가. 그가 검은 양복에 나비 넥타이를 한 유명한 성악가가 된다면―변성기가 지난 그의 목소리는 매력적인 저음이었다―그는 무대 위에서 상주댁의 이름을 밝히고 그녀에게 공

다랍다 언행이 순수하지 못하거나 조금 인색하다.

을 돌릴 예정이었다. 식구들 외의 사람들이 성현의 말을 제대로 알아듣기 시작한 때는 그가 호흡을 조절하기 시작한 지 일 년이 훨씬 지나서였다.

성현은 누운 채로 몸이 커 갔다. 사춘기를 맞아 얼굴에는 여드름이 났으며 때로는 몽정을 하기도 했다. 그는 거울에 비친 자신의 얼굴을 보며 말을 걸었다.

"문성현, 그만하면 자네도 미남이야."

그는 자신의 방을 정리하기 시작했다. 그는 온 힘을 다하여 자신의 옷과 수건을 개켜 놓았고, 또 온 힘을 다하여 자신의 소변 통을 구석으로 밀어 놓았다. 버르적대며 방을 기어다니는 자신을 그는 달팽이라고 생각했다. 아니면 이제 알에서 갓 깨어난 누에라고도 생각했다. 그는 자신의 이부자리와 베개를, 한쪽 구석에 놓인 방석들을 똑바로 쌓아 올렸다. 그리고 어느 날인가부터 그는 자신의 버르적거리는 행동을 다른 이들에게 감추기 시작했다. 다른 사람과 대면하는 때는, 설사 그가 가장 사랑하는 엄마나 귀여운 막내 승현이라 할지라도, 똑바로 이불을 덮고 누워 있거나 아니면 등받이가 있는 폭신한 의자에 앉아 있는 상태에서였다. 용변을 볼 때, 주위를 치울 때, 라디오를 켜고 끌 때조차 그는 혼자이기를 원했다. 아니, 성현 자신도 없어야 했다. 무슨 일을 할라치면 그는 먼저 머리맡에 놓인 좌경(座鏡)부터 돌려놓았다. 버르적대는 자신의 모습이 거울에 비치는 것이 싫었기 때문이었다.

"자식이 웬수다 카더이. 어디 시궁창에라도 쿡 박히가 죽으뿌리마 핀켔데이."

상주댁은 아들 때문에 무척 속이 썩었다. 중학교 때부터 다른 친구들의 물건에 손을 대더니 고등학교에 입학해서는 이웃집 담장을 넘어 들어가 돈을 훔치다가 소년원에 가기도 했다는 것이었다. 학교도 그만둔 지 벌써 오래, 며칠 전에는 월세를 내려고 모아 둔 돈을 장롱에서 훔쳐 내어 어디론가 가 버렸다고 했다. 성현이 상주댁에게 열심히 말했다.

"아줌마, 그래도 아줌마는 우리 어머니보다 나아요. 우리 어머니는, 내
가 멀쩡한 몸만 된다면 평생 감옥에 들어가 계시라 해도 그렇게 하실 거
예요."

아줌마가 방에 걸레질을 하다가 그를 말끄러미 바라보았다.

"겉으로는 빙신이라도 속은 말짱하데이. 오마이 걱정을 해 주는 걸 보이.
빙신 아들이 낭종에는 효자 노릇 한다이께네."

상주댁이 처음으로 성현이 신문지에 싸 놓은 대변을 낯 찡그리지 않고 치
워 주었다. 효자. 효자가 된다……. 그렇고말고. 앉고 서고 걷기만 하면 그는
세상에 다시없는 효자가 될 예정이었다. 그의 가슴이 하루 종일 뿌듯했다.

그러나 성현은 얼마 되지 않아 배신을 당했다. 그에게는 집안 식구들이
건네주어서 한 푼 두 푼 모은 돈이 있었다. 그 돈이 송두리째 없어졌던 것이
다. 상주댁이 왜 갑자기 오지 않는지 궁금해하는 식구들에게 성현은 그 말
을 하지 않았다. 꼭 필요한 돈이었다면……. 그는 중얼거렸다. 사실 그에게
는 딱히 돈을 쓸 데도 없었다.

새로 온 파출부는 성현과 별말을 하지 않았다. 상주댁보다 훨씬 젊은, 말
이 없는 여자였다. 성현 역시 말을 걸려고 애쓰지 않았다. 다른 이들을 믿고
의지할수록 그들에게서 느끼는 배반감도 더욱 크다는 사실을 그도 조금씩
깨달아 가고 있었다.

상주댁은 넉 달 만에 나타났다.

"이야, 많이 컸구나, 우리 강아지. 미안테이. 내가 죽을 년이고마. 문디이
코에서 마늘 빼어 묵는다꼬, 내 우예 그 돈을 건드맀는지."

아무것도 모르고 있던 어머니가 자초지종을 듣고 고개를 끄덕였다. 상주
댁이 눈물을 글썽이며 고마워했다.

"기특데이. 우예 그리 속이 깊노."

성현은 그날 밤 오랜만에 후련한 기분으로 잠이 들었다. 세상을 살아가는

일이 어쩌면 우울하고 힘들기만 한 건 아닐지 모른다. 밤이 지나면 아침이 오듯이 고통이 있으면 보람도 있는 법이다. 지금은 괴롭지만⋯⋯. 그는 혼자 중얼거렸다. 그렇다. 그의 가슴속에는 희망이 있었다. 다른 이에 비하자면 자신의 출발은 너무나 더디고 몇 백 배 힘이 들었지만, 그에게도 장래에 대한 부푼 희망이 있었다.

혼 란

그의 삶에 혼란이 온 것은 열여섯 살 때였다. 병원 검진을 받은 아버지가 간암이라는 진단 결과가 나왔던 것이다. 암 발생 부위가 두 군데라서 칼조차 섣불리 댈 수 없는 상황이라 했다. 성현의 고모들이 몰려와 벌써 상이라도 당한 듯 동생을 붙잡고 울어 대었다.

애그애그 우리 귀한 동생, 이 노릇을 어찌하면 좋으냐.

정작 어머니는 멍한 상태였다. 여느 때처럼 시누이들을 위해 식사 준비를 하느라 여념이 없었다. 그것이 또한 흉이 되었다.

자네나 실컷 먹게. 이 마당에 밥이라니. 보름 한 달을 굶어도 시원찮은 마당에.

독하기도 해라. 눈물 한 방울 비치지 않고.

과음이 원인이라니. **금지옥엽** 우리 동생이 왜 술을 퍼마셨겠나. 집안에 화근덩어리를 떡허니 모셔 두고 요조숙녀 노릇만 하고 앉았으니 생간이 타지.

어머니는 안방의 아버지 곁에 진득이 있지 못했다. **툇마루**로 장독대로 하릴없이 서성이며 얼이 빠진 채 무어라 중얼거렸다. 한밤중에도 어머니는 환자인 아버지 곁을 떠나 성현이 있는 건넌방이나 사랑을 서성거렸다. 무엇이

금지옥엽(金枝玉葉) 귀한 자손을 이르는 말.
툇마루 툇간에 놓은 마루.

어떻다는 말인지 그녀는 도통 가슴에 와 닿지 않는 눈치였다. 성현도, 성현의 동생들도 어머니의 거동만 살폈다. 혼란스러웠다.

상주댁의 말소리가 그렇게 똑똑히 들린 데에는 그날따라 집 안팎이 조용했기 때문이었다. **뒤꼍**에 연탄을 쌓는 연탄 배달부에게 건네는 말소리였다.

"멀쩡한 사내가 암이 웬말이고. 지랄 같은 고모들 말대로 그기 다 빙신 자식 때문에 **은결들은** 탓 아니겠나. ……이참에 성치 못한 자석이 세상 버리마 월매나 좋겠노. 아버지 명 이어 주고 대신 죽으마 마, 다 핀할 긴데."

그러했다. 성현 자신이 문제였다.

죽으면…… 죽으면 편할 거야. 그는 중얼거렸다. 따지고 보면 죽지 못할 것도 없었다. 갑자기 눈물이 흘러내렸다. 열여섯의 나이에 자살을 생각해야 하는 자신이 너무나 불쌍했다. 그는 흐느껴 울기 시작했다. 참으로 오랜만의 눈물이었다. 아버지는 그래도 마흔이 넘는 인생을 살았다. 건강한 몸으로 다른 사람 못지않게 편안히, 즐겁게 살아왔다. 자신은 어떤가! 생각할수록 억울했다. 아버지 대신 죽어 달라고? 그가 일부러 아버지를 괴롭힌 것이 아니지 않은가. 그를 이렇게 낳아 준 사람이 바로 아버지 어머니 아니었던가! 아무도 자신을 향해 그렇게 말할 수는 없는 일이다. 죽어 주지. 그래, 죽어 주지. 자신이 죽는다고 해서 아버지의 병이 나을 것은 전혀 아니었지만, 그렇다, 그 사실도 이참에 확실히 증명해 보이는 것이다. 자신이 죽고 사는 일과 전혀 관계없이 아버지는 돌아가신다는 사실을 보여 주자. 그리고…….

새로 눈물이 솟았다. 주위 사람들이 자신에게 얼마나 큰 상처를 주었는지, 자신이 얼마나 괴로웠으면 자살까지 하게 되었는지 그들은 **뼈저리게** 뉘우쳐야 하리라. 평생 동안 양심의 가책을 느끼며 괴로워해야 하리라. 고모들,

---

뒤꼍 집 뒤에 있는 뜰이나 마당.
은결들다 원통한 일로 남모르게 속이 상하다.

그중에서도 아무렇게나 지껄여대는 둘째 고모, 상주댁, 상주댁의 말을 듣고 글쎄 말이오 응수하던 연탄 배달부 아저씨. 가슴이 찢어지는 듯한 서러움 속에서도 그는 한 줄기 칼날 같은 통쾌함을 맛보았다. 그들이 자신의 무덤 앞에 엎드려 가슴을 치며 용서를 구해도 소용없다. 때는 이미 늦은 것이다.

그는 방 안을 둘러보았다. 방 한구석에 치워 놓은 사이다 병이 눈에 띄었다. 그렇다. 저것이었다. 가슴이 마구 두근거렸다. 병을 깨뜨려 날카로운 유리 조각으로 팔목의 동맥을 긋는 모습을 그는 텔레비전 영화에서 본 적이 있었다. 며칠 동안 밥을 굶어 죽어 줄 수도 있었다. 그러나 그 방법은 너무 더디다. 그동안 상주댁은 자신이 뭐라 떠벌렸는지 까맣게 잊을지도 모르는 일이다. 그는 병의 주둥이 부분을 힘겹게 거머쥐었다. 방바닥에 병을 내리쳤다. 사이다 병의 아랫부분은 의외로 단단했다. 툇마루 쪽 문턱으로 기어 갔다. 퍽, 둔탁한 소리와 함께 유리 조각이 방바닥에 튀었다. 소리는…… 의외로 크지 않았다. 그는 병의 주둥이를 거머쥔 채 조용히 귀를 기울였다. 누군가가 병 깨지는 소리를 들었다면. 누가 얼른 눈치를 채고 들어와 자신을 만류해 준다면. 그러나 바깥은 조용했다. 아무 소리도 나지 않았다. 그는 **비감한** 마음으로 깨진 사이다 병을 자신의 왼쪽 팔목 위에 올려놓았다. 눈을 감았다. 오른손에 힘을 주었다. 새빨간 피가 방바닥에 툭툭 떨어졌다. 무서웠다. 그는 정신을 잃었다.

눈을 떴을 때는 병원이었다. 입술이 갈라진 어머니, 그리고 이미 얼굴이 잿빛이 된 아버지가 자신을 들여다보고 있었다.

"다시는 이러면 안 된다. 성현아, 아버지와 엄마가, 우리 식구가 널 얼마나 좋아하는지 알지?"

"아버지……. 내가 대신 죽으면 좋겠어요. 정말예요. 아버지, 아버지는 나

비감하다(悲感ᅳᅳ) 슬픈 느낌이 있다.

때문에 속이 상해서 병이…….”

아버지가 서글프게 웃음을 지었다. 입은 웃고 있는데 눈이 너무나도 서글 펐다.

“아니다, 성현아. 부모는 항상 자식 앞에서 죽는 거다. 할아버지 할머니가 아버지보다 먼저 돌아가셨듯이. 누구나 다 부모의 죽음을 당하고, 또 언 젠가는 자식을 남겨 두고 죽는 거다.”

둘은 얼싸안았다. 실컷 울었다. 아버지 품에 안긴 지도 무척 오래된 일이 었다. 성현은 아버지의 콧김을 목과 어깨로 느끼면서 아버지의 몸피가 의외 로 **헐쭉하다**는 사실을 알고 가슴이 섬뜩했다. 환자인 아버지가 자신을 등에 업고 병원으로 허겁지겁 달렸을 모습이 떠오르자, 그는 아버지에게 너무도 미안하고 죄스러웠다.

성현은 팔에 붕대를 감은 채 집으로 돌아왔다. 성현은 이미 이름난 효자 가 되어 있었다. 상주댁에게서 얘기를 전해 들은 양품점 과수댁이 골목 입 구에서 성현을 잡고 울먹였다.

“착하고 기특한 우리 성현이. 어린것이 얼마나 괴로웠으면.”

아버지의 병세는 조금씩 조금씩 나빠져 갔다. 집안 분위기는 점점 어두워 져 갔다. 집 안팎을 뛰어다니며 **수선**을 떨던 동생들도 완전히 풀이 죽어 말 소리조차 기어들어 가는 듯했다. 어머니는 절에 나가기 시작했다. 부처님께 하루에 천 번의 절을 올린다고 했다. 성현은 아버지 곁에 있기를 자청했다. 아버지를 위해 무엇이든지 하고 싶었다. 아버지가 잡수시는 약을 때맞춰 알 려 드렸다. 아버지가 주무실 때에는 아버지의 이불을 똑바로 덮어 드렸다. 고맙다, 아버지가 성현을 보고 미소 지었다.

헐쭉하다 살이 빠져서 몹시 여위다.
수선 사람의 정신을 어지럽게 만드는 부산한 말이나 행동.

그러다가 어느 날 그는 건넌방에 되돌아왔다. 아버지가 혼자 있기를 원했기 때문이었다. 그는 아버지의 마음을 이해할 수 있었다. 장작개비처럼 마른 몰골로 때도 없이 구역질을 하는 당신의 모습을 성현에게, 식구들에게 보이고 싶지 않았던 것이다. 또 한 가지……. 사지를 가누지 못하는 한심한 아들을 보는 것이 아버지는 무척 힘든 모양이었다. 그를 바라보다가 순간적으로 고개를 외면하는 아버지의 모습이 신경질적이었다. 지금까지의 자상하던 아버지가 아니었다. 낯설었다.

　　아버지는 죽는다, 다시는 돌아오지 않는다……. 성현은 죽음을 생각했다. 혼돈, 어두움, 한없이 넓은 허공. 그렇다. 그는 아직 죽을 생각이 없었다. 자신의 자살 시도는 한마디로 어리광이었다. 아버지는……. 너무나도 안된 일이지만, 아버지는 아버지이고 자신은 자신이었다.

　　아버지가 운명하시던 날 낮에는 동생들이 모두 학교에 가고 없었다. 어머니와 성현만이 곁에 있었다. 그는 아버지가 자신을 한 번이라도 보아 주기를 바랐다. 그러나 아버지는 어머니만 쳐다보았다. 오래오래 어머니만 쳐다보다가 겨우 입을 열었다.

　　"미안해……."

　　그것이 아버지의 마지막 말씀이었다. 동생 우현의 나이가 열여섯으로 고등학교 일 학년, 정희가 중학교 이 학년, 막내 승현이 초등학교 오 학년이었다. 아버지가 돌아가시자 어머니는 물 한 모금 삼키지 못하고 앓아누웠다. 온 세상이 뒤죽박죽, 혼란스러움 그 자체였다. 상주댁이 성현에게 밥을 떠먹이며 말했다.

　　"밥맛이 나나. 자석이 부모 잡아묵는다 카더이, 참 세상 무습다."

　　방바닥에 흐트러진 밥알을 쟁반에 주워 올리며 그녀가 또 입을 놀렸다.

　　"그러이 전생이 웬수인기라. 부모와 자석은."

　　그는 마구 소리를 질렀다. 자신도 어떻게 참을 수가 없었다. 이마에 끈을

동인 어머니가 건넌방으로 기어왔다.

"어머니, 이 아줌마 가라고 해. 다시는 우리 집에 오지 말라고 해."

자신의 우스꽝스러운 자살 소동도, 그렇게 해서 결과적으로 아버지를 더 괴롭힌 일도 따지고 보면 상주댁의 속살거림 때문이었다. 성현이 너무 질색을 하니 어머니도 하는 수 없었다. 상주댁 대신 낯선 파출부가 오게 되었다. 그리고 달포쯤 후 어머니가 자리에서 일어나자 파출부는 오지 않았다. 파출부를 마음 놓고 쓸 집안 형편이 이미 아니었다.

아버지를 여의고 난 후 비쩍 마른 어머니는 하루에도 몇 번씩 드러누워야 했다. 수만 번의 절을 하면서 얻은 관절염도 문제였지만 성현의 뒷바라지가 너무나 힘에 부쳤다. 성현은 어머니에게 의견을 내놓았다. 건넌방 옆에 화장실을 만들어 주기만 하면 어떻게든 대소변은 자신이 처리해 볼 **심산**이었다. 어머니의 대답이 없자 그는 갑자기 너무나 비참했다. 집을 개조하자면 돈이 많이 들 터였다. 돈 한 푼이 아쉬운 때였다. 이참 저참에 자신이 죽어 버린다면 개조고 뭐고 생각할 필요도 없었다. 그런데……. 죽을 용기가 없었다. 그는 부서웠다. 아무것도 해결되지 않는 혼란 속에서 하루, 이틀, 날이 흘러갔다.

그의 몸이 더 이상 좋아지지 않는다는 사실이 그를 더욱 혼란에 빠트렸다. 아무리 연습을 해도 한 번 앉을 때마다 버둥대는 시간이 삼 분여, 다른 사람들처럼 자연스럽게 앉는 동작은 되지 않았다. 두 발로 선다는 것은, 개켜진 옷처럼 늘어진 그의 다리에 살과 피가 붙는다는 것은 너무나 허황된 꿈이었다. 아무리 다리에 힘을 주는 동작을 되풀이해도 그의 하체는 전혀 반응이 없었다. 신념, 노력, 투지……. 웃기는 낱말들이었다. 나폴레옹의

동이다 끈이나 실 따위로 감거나 둘러 묶다.
심산(心算) 마음속으로 하는 궁리나 계획.

사전에 '불가능'이라는 단어는 없다고 했다. '불가능'이라는 단어는 그의 사전에서 빠져나와 새끼를 쳐서 온 세상에 버글버글 한여름의 파리 모기처럼 들끓는 것이 분명했다. 그는 잠시도 마음이 편치 않았다. 어쩌다 실수하여 아랫도리를 더럽힐 때에는 그는 그만 연기처럼 사라지고 싶었다.

날이 바뀌고 해가 바뀌었다. 고등학교를 졸업한 정희는 결국 대학 진학을 포기했다. 정희는 친지의 소개로 작은 의류업체의 사무직원이 되었다. 어머니는 정희가 내미는 첫 월급을 받고 많이 울었다. 성현은 울지 않았다. 나고 남이고 간에 우는 것이 도대체 지겨웠다.

어느 날 동네 아저씨 둘이 대문을 두드렸다. 큰길에서 복덕방을 하는 아저씨와 목수 아저씨였다. 성현의 목욕을 도와주겠다는 얘기였다. 양품점을 그만두고 껌, 과자 나부랭이를 파는 골목 어귀의 과수댁 아줌마가 간곡히 부탁을 했다고 했다. 어머니는 눈물을 흘리며 고마워했다. 하체에 붙은 살이 없다 뿐이지 드러누운 채 어른처럼 커진 성현의 몸뚱이는 참으로 남자의 힘이 아니고는 감당하기 어려웠다.

"성현이 너, 그렇게 기특하다며? 동네에 소문이 났던데."

그들이 성현의 옷을 벗기며 말을 걸어 왔다. 그는 너무 수치스러웠다. 알지도 못하는 이들에게 기형의 몸뚱이를 내보여야 하는 자신이 너무나 **무참하고** 창피했다.

"기특하긴요. 그래 봤자 아버지 잡아먹은 화근덩어리인걸요."

그의 날 선 대답에 그들은 입을 다물었다. 어깨며 등, 다리, 발가락까지 열심히 때수건으로 밀고 물을 끼얹을 따름이었다. 그는 속으로 마구 들이대었다.

아저씨들이 단 한순간이라도 나처럼 불편해 보았어요? 어쩌다가 기분 내

무참하다(無慚·無慙――) 매우 부끄럽다.

키는 대로 착한 일 해 보겠다는 객기에도 내가 고마워해야 해요? 눈물이라도 흘려 드릴까요?

목욕이 끝나고 난 후에도 성현은 그들을 똑바로 쳐다보지 않았다. 어머니가 수백 번 감사하며 그들을 배웅했다. 그는…… 밤새도록 후회했다. 왜 그들에게 그리 퉁명스레 대했을까. 자신은 왜 이렇게 심성이 꼬여 있는 것일까. 그는 머리를 수없이 방바닥에 찧어 대었다.

그는 집을 떠나기로 마음먹었다. 그것만이 안간힘을 쓰는 어머니와 어린 동생들을 위한 단 하나의 길이었다. 장애자 수용소. 나라에서 지원하는 무료 시설이 있다는 사실을 그는 벌써부터 알고 있었다. 텔레비전에서 자신과 비슷한 장애인들이 모여 사는 수용소가 보도되었기 때문이다.

"수용소에 가야겠어요."

어머니가 깜짝 놀라 만류했다.

"더 이상 놀림을 받으며 구차하게 살고 싶지 않아요. 진짜예요. 나같은 사람들이 많이 모인 곳에 가서 마음 편히 살고 싶어요."

진심으로 그러했다. 몸 고생이 문제가 아니었다. 마음만 편하다면 어디라도 갈 수 있었다. 그는 자신이 살아온 방을 둘러보았다. 그렇게도 몸을 부딪쳐 가며 앉으려 애썼던 벽. 자신의 대소변을 밀어 놓아 냄새가 찌든 방 한구석. 바람이 불면 파르르 파르르 떨리던 **문풍지**. 무엇인가를 해 보려고 땀을 흘렸던 자신의 흔적들이 우스꽝스럽기조차 했다. 노력해서 될 사람이 따로 있었다. 자신은 아무것도 할 수 없었다. 그는 요 밑에서 장난감 활을 꺼내었다. 그것을 부러뜨리려다가…… 그만두었다. 이상하게 힘이 빠졌다. 활만큼은 내버릴 수가 없었다. 그렇다고 수용소로 가져갈 수도 없었다. 그는 툇마루 쪽의 덧문으로 기어갔다. 외풍을 막으려고 쳐 놓은

문풍지(門風紙) 문틈으로 새어 들어오는 바람을 막기 위하여 문짝 주변을 돌아가며 바른 종이.

방장 뒤에다 그는 그것을 힘겹게 끼워 놓았다.

수용소는 황량한 언덕 위에 길게 누운 **슬래브** 집이었다. 마치 감옥소처럼 아무 장식도 없는 시멘트 건물에 조그만 창문들만 줄지어 나 있었다. 어머니가 수용소의 방을 구경하겠다고 몇 번이나 간청했는데도 직원은 딱 잘라 거절했다.

"다 사람 사는 뎁니다. 걱정하지 마십시오."

어머니와 우현이 돌아가고 그는 자신이 기거할 방으로 안내되었다. 방의 풍경은 그야말로 충격 그 자체였다. 다섯 평 남짓한 방 안에 이십여 명이 뒤엉켜 버르적대는 모습을 본 순간 그는 그만 입을 벌리고 말았다.

방바닥에 너부러져 납작하게 엎드린 채 잠자는 어린아이. 머리가 옆으로 심하게 돌아가 마치 목을 몸통에서 따로 떼어 옆에 놓은 듯했다. 또 다른 아이는 팔다리를 마구 비트적대고 있었다. 온 사지가 버둥거려 그의 모습은 마치 하늘을 보고 자빠진 풍뎅이, 바퀴벌레 같았다. 성현은 그들의 모습을 보는 순간 이제까지의 자신의 모습이 어떠했는가를 확실히 깨달을 수 있었다. 그들이 곧 자신이라는 생각을 하자마자 그 역시 바로 그들처럼 사지가 뒤틀리기 시작했다. 긴장하여 굳어 버린 목은 시계추처럼 사정없이 도리질을 쳐 대고 헤벌어진 입에서는 침이 흘러나왔다. 구역질과 어지럼증으로 정신이 아득해 왔다. 자신의 방에서 자신의 거울에 비쳤던 **끼끗한** 모습은 그가 아니었다. 평안하고 안정된 마음으로 미소를 머금었던 그 얼굴은 그가 아니었다. 일그러진 입과 비틀린 목으로 사지를 버르적대며 짐승의 소리를 내는 바로 이들이 문성현, 그였다. 지옥의 풍경 같은 이곳이 바로 그가 있을 곳이었다. 무엇보다도 더욱 무참했던 것은 방방마다 가득 수용되어 있을 장애자들 거의가 자신보다

방장(房帳) 방문이나 창문에 치거나 두르는 휘장. 흔히 겨울철에 외풍을 막기 위하여 친다.
슬래브(slab) 콘크리트 바닥이나 양옥의 지붕처럼 콘크리트를 부어서 한 장의 판처럼 만든 구조물.
끼끗하다 생기가 있고 깨끗하다.

나이 어린 사람들이라는 사실이었다. 결국 자신은 이들의 두 배 가까운 세월 동안 두 배나 큰 몸집으로 버르적대며 가족들을 괴롭혀 왔던 것이다.

저마다의 소리로 울부짖으며 제대로 때리지도 못하면서 다투는 모습은 차라리 희극이었다. 그동안의 세월이 얼마나 빛나는 행운이었던가, 그는 너무나 확연히 깨달았다. 그들이 식사로 방바닥에 받는 딱딱한 떡, 빵들을 보며 그는 식구들이 자신의 입 안에 숟가락으로 떠 넣어 주던 따뜻한 밥과 갖가지 반찬들을 기억했다. 그들이 깔고 앉은 **귀중중한** 이부자리를 보며 그는 자신의 **새물내** 나는 깔끔한 이부자리를 기억했다. 조그만 얼룩이라도 생겼다 싶으면 미련 없이 뜯어내고 빨고 삶고 풀을 먹여 다려 주시던 어머니는 참으로 보통 분이 아니었다. 그는 눈을 감았다. 이제 자신의 삶을 마쳐도 아쉽지 않다고 생각했다. 그가 살아온 이십여 년은 치욕과 궁핍의 지옥이 아니라 너무나 **포실하여** 감히 짜증을 내었던 꿈의 천국이었음을 그는 가슴속 깊이 깨달았다.

일주일 만에 그의 어머니가 수용소를 찾아왔을 때 그의 뺨과 코는 피부가 벗겨져 발갛게 부어 있었다. 흐르는 눈물과 콧물을 닦느라 바닥에 깔린 담요에 쉴 새 없이 얼굴을 문질러 댔기 때문이었다. 어머니가 성현의 상한 얼굴을 보고 통곡했다.

"집으로 돌아가자. 너를 떼어 놓을 생각을 하다니, 이 에미가 독한 년이지. 가자. 이제는 다시 헤어지지 말자."

그는 사양하지 않았다. 집으로 돌아왔다. 성현은 오랜만에 깊은 잠을 잤다. 그리고 잠에서 깨어났다. 그의 방이 있었고 그의 텔레비전과 그의 라디오와…… 활이 있었다. 무엇보다도 그의 어머니와 형제들이 있었다. 그의

귀중중하다 매우 더럽고 지저분하다.
새물내 빨래하여 이제 막 입은 옷에서 나는 냄새.
포실하다 살림이나 물건 따위가 넉넉하고 오붓하다.

몸을 씻겨 주러 다시 찾아온 동네 아저씨들을 반갑게 맞으며 성현은 환히 웃었다.

"천국을 보았어요. 여기가…… 천국이에요."

"그래?"

그는 마음의 평화를 얻었다. 더 이상 자신의 거취 문제로, 생사 문제로, 자신의 몸이 나아질 수 없다는 절망감으로 자신을 볶아 대지 않았다. 모든 것은 그대로, 되어 가는 대로 둘 일이었다. 과수댁 아줌마가 어깨를 으쓱대며 한마디 했다.

"봐, 성현이 얼굴이 얼마나 훤한가. 성인군자 같잖아."

실제로 그는 얼굴이 훤했다. 성인군자처럼 마음이 맑고 한가했다.

평온

큰동생 우현은 대학을 졸업하면서 군대에 갔다. 그가 군대에서 돌아오고 두 달 후에 막냇동생 승현이 자원입대했다. 군대 생활 삼 년이란 젊은 대학생들에게는 피할 수 없는 고민거리이면서도 넉넉지 못한 가정에서는 잘만 활용하면 삼 년간의 유여 기간이기도 했다. 집안 분위기가 훨씬 나아졌다. 대학에 다니던 승현의 등록금이 당분간 보류되었다는 사실과 우현이 제대를 했으니 정희보다도 많은 돈을 벌어들일 수 있다는 희망이 집안 분위기를 **고무**시켰다. 우현은 선박 운송 회사에 어렵지 않게 취직이 되었다. 우현이 첫 월급을 받으면서 맨 처음 한 일은 집 안에 **상근하는** 파출부를 댄 것이었다. 파출부의 봉급이 일개 초임 사원 봉급으로는 반에 가까운 큰 비율이었지만 그 일이야말로 집안에 가장 시급한 조치이기도 했다. 관절염으로 문밖

고무(鼓舞) 힘을 내도록 격려하여 용기를 북돋움.

상근하다(常勤--) 날마다 일정한 시간에 출근하여 정해진 시간 동안 근무하다.

출입도 자유롭지 못한 어머니에게는 그만한 호사가 없었다. 어머니는 한사코 파출부 들이는 일을 마다하였지만 파출부가 옴으로써 집안 분위기가 밝고 명랑해진 사실은 부인할 수 없었다. 뜨내기 파출부가 몇 사람 오간 뒤 고정적으로 출입하게 된 여자가 예산댁이었다. 성현의 대소변 뒷바라지를 눈 찌푸리지 않고 할 정도로 트인 구석이 있었으나 또 한편으로는 **간살스러운** 구석도 꽤 있었다. '아이그 우리 불쌍한 성현이, 세상에 없는 착한 백성'과 '이런 빌어먹을 애물단지, 너 편하고 나 편하자면 어서 죽는 게 **부주**여'를 아무렇지 않게 뒤섞어 말하는 여자였다.

우현이 취직을 한 그해에 여동생 정희는 회사의 동료와 결혼을 하게 되었다. 고등학교를 졸업하고 곧바로 취직하여 생계를 도운 지 육 년, 따지고 보면 정희만큼 착한 딸도 드물었다. 성현의 매제가 된 강만익은 피부가 검고 다부지게 생긴 시골 출신의 청년이었다. 편모슬하로 대학에 진학시키지 못했다는 죄책감으로 뼈가 저리던 어머니는 정희의 결혼에 안간힘을 썼다. 양가가 서로 없는 형편에 맞추기는 했지만 혼사 비용이 만만치 않았다. 정희 부부는 서울 변두리의 단칸 전세방에 보금자리를 차렸다.

큰동생 우현에게 입대하기 전부터 사귀는 아가씨가 있다는 사실은 집안 식구들이 다 알고 있었다. 정영옥이라는 이름의 동갑내기인 그녀는 아버지가 지방 공무원이었다. 대학 캠퍼스에서 만난 이들은 처음 만난 순간부터 어떤 운명 같은 것을 느끼고 있었다. 갸름한 얼굴에 순해 보이는 인상, 다른 이가 보아도 둘은 신통하게도 오뉘처럼 닮았다.

우현은 요새 젊은이가 아니었다. 자신이 결혼을 하더라도 어머니와 형 성현을 한집에서 모셔야 한다고 생각했다. 그 점에 있어서는 정영옥도 요새

간살스럽다 보기에 간사스럽게 아양을 떠는 태도가 있다.
부주 남을 거들어서 도와주는 일. 부조의 방언.

여자는 아니었다. 시집살이가 싫어서 결혼을 **재고하는** 따위의 얄팍한 생각
은 하지 않았다. 그러나 막상 외딸을 시집보내야 하는 정영옥의 집안에서야
걱정이 많았다. 방마다 연탄을 갈아 넣어야 하는 전통 한옥의 살림살이, 대
소변 시중까지 받아 주어야 살아가는 시아주버님, 언제 돌아갈지 모르는 병
약한 시어머님. 둘째라고는 하지만 웬만한 집안의 맏이보다 훨씬 더 무거운
짐을 떠맡은 며느리 자리였다. 정영옥의 어머니가 집에 찾아왔다. 두 부인
은 손을 맞잡고 안방으로 들어가 하염없이 흐느끼며 수많은 말을 나누었다.
그리고 어머니는 그날 밤 성현에게 말했다.

"우현이 살림을 따로 내주자꾸나. 대가족 살림이란 게 딱히 힘들고 불편한
점만 있는 것은 아니겠지만……. 시집보내는 입장으로서야 왜 안 그렇겠니."

어머니는 성현 옆에 누워서 멍하니 천장을 바라보았다. 자신의 시어머니
김입분을 그리워하고 있음이 분명했다. 아무리 싫다는 고부지간이라도 살
을 맞대고 살다 보면 정이 드는 법이라는 사실을 어머니는 체험으로 알고
있었던 것이다.

우현의 결혼이 무사히 끝났다. 신혼여행지에 잘 도착했다는 전화를 받은
어머니는 힘없이 웃으며 성현에게 말했다.

"우리 성현이도 장가를 갔으면 좋았겠지?"

어머니의 눈에 금방 눈물이 맺혔다. 성현은 고개를 흔들었다. 그의 고개
가 또 심하게 돌아갔다. 어머니의 눈물만 보면 그는 도대체 마음이 진정되
지 않았다. 어머니가 그의 어깨를 감싸 안았다.

"우리 착한 성현이……. 너하고 내가 한날한시에 죽을 수 있으면 좋으련
만. 내가 먼저 죽으면 네 걱정에 눈을 못 감겠고, 네가 먼저 죽으면 내가
가슴 아파서 안 되겠고."

재고하다(再考--) 어떤 일이나 문제 따위에 대하여 다시 생각하다.

성현의 나이 서른한 살 때에 그들은 정든 동숭동의 한옥을 떠나게 되었다. 디귿 자 또는 니은 자의 그만그만한 한옥으로 이루어졌던 마을이 큰길 쪽으로부터 한 집씩 허물어져 음식점, 카페들로 바뀌어 간 지는 이미 십여 년이 되었다. 부근에 있던 국립 대학이 강남으로 이전되고 그 자리에 공원이 들어서면서 이름하여 '문화의 거리'가 생겨났기 때문이었다.

성현의 집은 한옥 중에서도 안채와 사랑채, 행랑, 뒤꼍의 광까지 붙은 대지 110평의 꽤 큰 집이었다. 앞과 옆의 주택 여덟 채를 모조리 매입한 부동산 재벌이 마지막으로 남은 이 집을 손에 넣기 위해 집요하게 들러붙었다. 여느 집의 두 배인 이 집만 합치면 꽤 번듯한 소극장 건물을 지을 수 있기 때문이었다.

매매 계약을 하고 돌아온 날 어머니는 집 안팎을 둘러보며 하염없이 눈물을 흘렸다. 집의 바깥 담장 **회벽**에는 아버지의 어린 날 친구들이 긁어 놓은 '덕규네 집'이라는 낙서가 아직도 선명하게 남아 있었다. 할머니 김입분이 직접 열쇠를 챙겼던 광에는 아버지 어머니가 혼례를 올릴 때 마당에 내놓고 잔치를 벌였던 **널평상**들이 새것처럼 건재했다. 그나마 어머니에게 위로가 될 일이 하나 있었다. 할머니가 살아 계실 때까지 매년 손을 보아 온 **팔작지붕**의 안채는 보존 상태가 양호하고 **끌끌하여** 한 **호사가**에 의해 통째로 옮겨지게 된 것이다. 건물값이야 물론 이미 집을 사들인 주인의 몫이었지만 그들이 살던 안채가 청평 부근의 **위락** 단지에 그대로 보존된다는 사실이야말로 그녀에게는 너무나 큰 위안이었다.

회벽(灰壁) 석회를 반죽하여 바른 벽.
널평상(−平牀) 널빤지로 만든 평상.
팔작지붕(八作−−) 위 절반은 박공지붕으로 되어 있고 아래 절반은 네모꼴로 된 지붕.
끌끌하다 맑고 바르고 깨끗하다.
호사가(好事家) 일을 벌이기를 좋아하는 사람.
위락(慰樂) 위로와 안락을 아울러 이르는 말.

동숭동에서 별로 떨어지지 않은 40평형의 아파트로 이사를 가던 날은 화창한 봄날이었다.

"다 조상님들이 배려해 주신 덕이다. 너희 아버지, 할아버님 할머님이 하늘에서 굽어보고 계시다."

아파트는 좋은 점이 꽤 있었다. 추운 날에도 외풍이 별로 없었다. 방뿐 아니라 거실도 따뜻하고 아늑했다. 무엇보다도 어머니가 행복해했던 것은 돈 걱정을 더 이상 하지 않게 되었다는 사실이었다. 한옥을 처분한 돈이 그만한 아파트를 또 한 채 살 만큼 넉넉했다. 어머니는 동숭동 한옥에서 이웃으로 지내던 이들을 초대했다. 한껏 호기를 부려 음식을 장만했다. 할아버지 할머니께서 즐겨 드시던 맛깔스러운 반찬들을 갖춰 그들에게 대접하는 일이야말로 어머니가 가슴에 품어 오던 소망이었다.

성현은 아파트 생활에 곧 익숙해 갔다. 그의 방 바로 앞에 화장실이 있었다. 성현은 자신의 배설물을 스스로 처리할 수 있게 되었다. 꿈같은 일이었다. 경제적인 여유가 사람을 사람답게 만들어 준 셈이었다. 새로 구입한 푹신한 의자도, 리모컨으로 조절할 수 있는 텔레비전과 전축, 무선 전화기도 참으로 편리했다. 벽을 따라 나지막이 놓인 정리장은 그의 깔끔한 성품에 꼭 맞는 가구였다. 더 이상 몸이 나아지지 않는다 하더라도……. 그는 살아갈 수 있으리라고 생각했다. 아늑한 방에 편안히 누워 그는 아름다운 꽃무늬로 도배된 천장 **반자**를 바라보았다.

어머니가 사 남매를 불러 모아 남은 재산을 나눈 때는 막냇동생 승현이 제대하여 대학을 마저 마친 후 혼처가 정해지고 나서였다. 성현에게도 정희에게도 그녀는 똑같이 나누어 주었다. 몸이 성치 않은 성현이야 누구보다 돈이 있어야 했고, 대학에 다니지 못하고 시집을 간 정희도 남편보다는 돈

반자 지붕 밑이나 위층 바닥 밑을 편평하게 하여 치장한 각 방의 윗면.

을 믿고 사는 것이 옳을 듯싶었다. 욱하는 성품의 사위 때문에 어머니는 속을 많이 끓였다. 외손주 남매가 유치원에 다닐 정도로 컸는데도 정희는 짧은 소매의 옷을 잘 입지 못했다. 피멍 자국이 조심스러웠기 때문이었다. 승현의 결혼, 우현의 첫 아들 탄생, 이러구러 즐겁고 **분답한** 일들로 꿈같은 날들이 흘러갔다. 경제적인 여유가 있다는 것이 참 행복했다.

아파트의 외벽을 끼고 성당이 있었다. 주말이면 성당의 종소리가 어김없이 들리곤 했다. 어느 날인가부터 어머니가 성당에 나가기 시작했다.

"예수님께서는 못 하는 일이 없으시다. 앉은뱅이도, 장님도 고쳐 주셨다. 예수님을 믿고 따르면 천국에 간단다, 성현아. 아버지도 천국에 계실 거야. 할아버님도, 할머님도."

어머니는 몇 달 후에 **영세**를 받았다. 어머니의 청으로 성당의 봉사자들이 찾아왔다. 한 달에 두 번, 그들이 성현의 몸을 씻기고 이발을 해 주겠다고 약속했다.

"성현 씨, 성현 씨를 위해 기도할게요."

성현은 말없이 웃으며 고개를 끄덕였다. 기도……. 기도 따위로 해결될 일은 없었다. 그는 하느님을 믿지 않았다. 하느님뿐 아니었다. 부처님도, 공자님도, 이 세상의 어떤 강력한 힘도 믿지 않았다. 그들은 자신의 몸을 고쳐 주지 못했다. 자신의 몸을 고치지 못한다면 그들은 신도 무엇도 아니었다. 스스로의 몸에 대해 **앙앙불락하지만** 않는다면 그리 모자란 것이 없다고 성현은 생각했다. 좋아하는 음악을 들으며 좋아하는 책을 읽었다. 그리고 좋아하는 음식을 먹었다. 평온했다.

분답하다(紛畓--) 북적북적하고 복잡하다.
영세(領洗) 세례를 받는 일.
앙앙불락하다 매우 마음에 차지 아니하거나 야속하게 여겨 즐거워하지 아니하다.

분노

동생들의 발걸음이 별 이유 없이 잦아졌을 때에도 그는 눈치채지 못했다. 그들의 표정이 하나같이 밝지 않았는데도 그는 그저 무심했다. 우연히 말을 꺼내었다가 그는 가슴에 **선불**을 맞은 듯 놀랐다. 저녁을 먹은 후 남자들이 모두 성현의 방에 들렀을 때였다.

"무, 무슨 일이라니? 아냐 형, 아무것도. 어머니가 약하시니까 그저…… 그동안 우, 우리가 어머니께 너무 부, 불효한 것 같아서."

우현이 깜짝 놀라며 말을 더듬었다.

"딱히 감출 일도 아니라니까요. 사실…… 따지고 보면 이 집안의 장남이잖아요."

줄담배를 피우며 새로이 말을 꺼낸 이는 정희 남편 강 서방이었다.

"감추기는 뭘, 이 친구는?"

우현이 성급히 말을 돌렸다. 성현은 그때 확실히 깨달았다. 무언가 심상치 않은 일이 벌어지고 있었다.

"말해 봐. 무슨 일이야."

글쎄 아무 일도, 우현이 얼버무렸다. 강 서방이 불끈 말을 질렀다.

"그렇게 넘어갈 일이 아니라니까요. 아닌 소리로, 장모님 돌아가시면 누가 제일 문젠데……."

"어, 어머니가 돌아가셔? 무, 무우우슨."

성현의 입이 뒤틀리기 시작했다. 그의 목이 고장 난 시계추처럼 마구 돌아가고 있었다. 정신을 똑바로 차려야 한다고, 마음을 안정해야 한다고 그는 속으로 수없이 다짐했다. 이게 무슨 말인가. 어머니가 돌아가시다니……. 그의 사지가 뒤틀리기 시작했다. 그는 자신이 미워서 어쩔 줄 몰랐

선불 급소에 바로 맞지 아니한 총알.

다. 가슴이 터지는 듯했다. 가슴을 싼 겹겹의 세포들이 갈가리 찢어져 마구 흩날리는 기분이었다.

"아냐, 형. 아니라니까."

우현이 그의 손을 잡았다. 성현은 우현의 손을 거세게 뿌리쳤다. 성현의 이가 딱딱 부딪혔다. 무으아우어어어으으. 무슨 말인지 자세히 물어야 했다. 무우어어오오오우어. 입이, 일그러진 입이 제자리로 와 주지를 않았다.

"내가 말할게, 형."

옆에서 외면하고 있던 승현이 야무지게 입을 열었다.

"잘 들어 큰형. ……어머니가 암이래. 골수암. 얼마 못 사신대. 지금까지도 많이 아프셨지만, 앞으로는 더 많이 아프실 거야. 몇 달 못 사신대."

방 안에는 고요가 흘렀다. 그들은 모두 얼굴을 돌렸다. 성현은 한참 동안 버르적대었다. 자신의 사지가 움직이지 못하도록, 자신의 쳇머리가 다시는 흔들리지 않도록 그는 자신의 온몸에 못이라도 박고 싶었다. 그러나 그는 할 수 없었다. 그가 할 수 있는 일이란 아무것도 없었다. 우현이 나지막이 **뇌까렸다.**

"형을 무시해서가 아냐. 어머니도 모르고 계셔. 형이 알면 어머니가 금방 눈치 채실 것 같아서. 어머니가 당신의 병을 아시면 지레 돌아가실 것 같아서. 그리고 형도…… 형도 너무 힘들 것 같아서."

꾸이이어어어으우우우. 이것은 꿈이다, 악몽이다, 그는 그렇게 말하고 싶었다.

"조용히 해, 형……. 어머니가 눈치채셔."

그는 어금니가 부서질 정도로 이를 악물었다. 그는 눈을 똑바로 크게 떴다. 360도를 돌아 낼 듯이 그의 목은 양쪽으로 무섭게 돌아갔다. 그는 의자

뇌까리다 아무렇게나 되는대로 마구 지껄이다.

에서 그대로 허물어져 내려 이부자리 위에 고꾸라졌다. 그제서야 목이 흔들리지 않았다. 그러나 그의 뒤틀린 입은 영원히 돌아오지 않을 모양이었다. 꾸우우이이아아오오오우으으. 이것은 꿈이다, 악몽이다. 그는 꿈에서 깨어나고 싶었다.

이런 일은 있을 수가 없다. 하느님이 있다면, 보이지 않는 어딘가에 조물주가 존재한다면 그에게 이럴 수는 없는 것이다. 자신을 장애인으로 태어나게 하여 인간으로서의 자존심과 자유를 송두리째 빼앗아 버린 하느님, 주위 사람들의 같잖은 눈길과 동정 속에서 구차한 목숨을 이어 가도록 자신을 규정한 하느님, 집안의 기둥이신 아버지를 빼내어 가 버린 하느님, 이제 겨우 안정이 되어 한숨 돌리고 나니 보란 듯이 어머니의 목숨을 요구하는 잔인한 하느님. 이럴 수는 없었다. 누구도 어머니를, 이 세상을 만든 조물주라 하더라도 그의 어머니를 마음대로 휘저을 수는 없었다. 도대체 어머니가 무슨 죄를 지었단 말인가! 무엇을 잘못했단 말인가! 이런 일을 벌이는 이는 하느님도 절대자도 아니었다. 극악한 악마, 뱀, 온몸에 부스럼이 난 해괴한 도깨비나 할 짓거리였다.

밤이 가고 다시 아침이 왔다. 아침 햇빛이 아파트 창을 통해 그의 방으로 아무렇지도 않은 듯이 쏟아져 내렸다. 그는 어머니가 창가에 놓아 준 난초 분들을 오래오래 바라보았다. 꿈이다, 그는 생각했다. 그는 시를 읊듯이 소리 내어 중얼거렸다. 꿈이다. 너무도 험한 악몽이다. 그는 거실을 건너 어머니가 계신 안방으로 기어들어 갔다. 어머니의 얼굴이 핼쑥했다. 그는 자신의 온 내장이 녹는 듯한 뜨거운 불길을 억지로 삼켰다. 그는 어머니의 여원 손에 자신의 얼굴을 대었다. 그는 어머니의 말을 다시 회상했다.

너하고 내가 한날한시에 죽을 수 있으면 좋으련만. 내가 먼저 죽으면 네 걱정에 눈을 못 감겠고, 네가 먼저 죽으면 내가 가슴 아파서 안 되겠고.

그렇다. 자신도 어머니와 함께 죽으면 그뿐이었다. 참으로 이 흉한 삶을 계속할 이유가 없었다. 잿빛으로 초췌한 어머니가 눈을 떴다.

"성현아. 왜……. 어디 불편하냐."

성현이가 웃으며 대꾸했다.

"아뇨. 아버지 생각이 나서요."

어머니가 눈을 다시 감으며 조용히 미소 지었다.

"그래……. 아버지가 보고 싶구나. 왜 이리 온몸이 아픈지. 병원에서는 아무 일 없다는데도."

눈물이 성현의 뺨을 타고 흘러 어머니의 손을 적셨다.

"어머니, 오래 사세요. 어머니 돌아가시면 저도 죽어요."

어머니가 빙긋 웃었다.

"그럼. 우리 성현이를 두고 에미가 먼저 죽을 수 있나."

어머니가 손을 뻗어 성현의 어깨를 어루만졌다. 그는 어머니의 얼굴을 오랫동안 바라보았다. 어머니가 다시 잠드는 것을 보고 그는 자신의 방으로 돌아왔다. 모든 것은 꿈이다. 악몽이다. 그는 눈을 부릅떴다. 인간 역시 그저 다른 짐승들처럼 이 땅에 태어나서 살다가 어느 날 죽어갈 뿐이다. 하느님의 **섭리**, 하느님의 말씀, 하느님이라는 존재, 그런 것들은 인간들이 만들어 낸 허구일 뿐이다. 하느님은 없다. 그는 어머니를 대면하지 않았다. 독실한 신자가 된 어머니 앞에서 그가 무슨 말을 할지 자신도 알 수 없었기 때문이다. 끔찍한 절망과 배반감 속에서 그는 이를 갈았다. 그는 삶에 대해서 심한 분노를 느꼈다. 이 지긋지긋하고 우스꽝스러운 삶. 자신을 마음대로 농락하고 자신에게 마음대로 침을 뱉고 일방적으로 뺨따귀를 때리는 삶. 자신의 삶은 아무래도 좋았다. 어머니는, 어머니의 삶은 무엇이었는가. 그는 이해할 수 없었다. 누구도 용서할 수 없었다. 해가 뜨고 해가 졌다. 어머니는

섭리(攝理)　자연계를 지배하고 있는 원리와 법칙.

점점 더 힘을 잃어 갔다.

방사선 치료를 받기 시작하면서 어머니는 마구 토하고 괴로워했다. 그런 와중에서 성현은 예산댁에게서 밥을 받아먹었다. 때맞춰 식욕을 느끼고 음식을 맛있게 받아 넘기는 자신의 몸뚱이에 대해 그는 분노했다. 자신은 인간도 짐승도 아니었다. 그러나……. 뻔뻔하고 염치없기로 치자면 신도 마찬가지였다. 조물주를 포함하여 이 세상의 모든 존재들은 다 거기서 거기였다.

세 번째의 암 치료를 받으러 새로 입원하면서 어머니는 자신의 죽음에 대해 알게 되었다. 자식들이 알고 난 지 두 달 만의 일이었다. 어머니는 짐작하고 있었다는 듯 천천히 고개를 끄덕였다.

"너희 아버지가 돌아가신 지 꼭 이십 년이로구나. 아버지를 보내며 내가 약속했었지. 앞으로 이십 년만 더 살고 당신 곁에 가겠노라고. 내 몸과 마음을 백옥같이 깨끗하게 간직했다가, 아이들 시집 장가 다 보내고 당신 곁에 가겠노라고. 이제 이십 년이 되었구나."

정희가 통곡하기 시작했다.

"왜 이십 년이라고 하셨어요. 삼십 년, 사십 년이라고 하시지. 저희는 어떻게 하라구요."

어머니의 떨리는 목소리가 띄엄띄엄 이어졌다.

"그때는 이십 년도 너무 길어서…… 너무 아득하고……. 너무 멀고 끔찍해서."

성현은 어머니의 얼굴을 외면했다. 그는 눈물도 흘리지 않았다. 성현의 손을 찾아 잡으며 어머니가 말을 이었다.

"성현아. 아버지가 엄마를 부르는 것은……. 네가 이제 혼자 힘으로도 충분히 살 수 있다고 판단하신 거다. 그렇지? 우리 성현이가……. 이렇게 의젓하게 어른이 되었으니 무엇보다 엄마는 그게 기쁘다."

네 번째의 방사선 치료를 위해 다시 병원에 들어가는 어머니는 이미 몸을 가눌 수 없을 만큼 쇠약해져 있었다. 치료가 너무나 고통스러워서 아예 병원에 가지 않으려는 어머니의 눈빛이 참으로 자닝했다. 그 순간이었다. 살가죽만 남은 어머니의 손에 꼬옥 쥐어진 묵주를 보며, 그는 불현듯 어머니의 몸 안에 하느님이 계시다는 생각이 들었다. 이 세상의 다른 곳이 아니라 어머니 몸속이었다. 어머니가 돌아가시는 것이 바로 하느님의 은총이었다. 어머니가 얼른 돌아가셔서 아버지와 할머니 곁에 평안히 가시는 것이 바로 하느님의 배려였다. 삶이란 누구에게나 고통과 좌절, 뜻 모를 분노로 **점철**된 단련의 시기인 모양이었다. 그는 그날 밤 어머니가 벽에 걸어 놓은 십자가를 보고 처음으로 중얼거렸다.

"어머니가 그렇게 좋아하시는 하느님, 이제 더 이상 어머니를 심하게 다루지 마세요. 그냥 얌전히 데려가세요. 부탁이에요."

어머니는 일주일 만에 시체처럼 늘어진 몸으로 돌아왔다. 머리카락이 빠져 머리통이 훤히 드러나고 입술은 부르트고 갈라져 참혹하기 짝이 없었다. 어머니는 물 한 모금조차 넘기지 못하고 토하기 시작했다. 어머니가 웬만치 진정되자 동생들은 다른 방으로 가서 잠이 들었다. 어머니가 입원한 동안 교대로 병실을 지키느라 동생들도 젖은 빨래처럼 늘어져 있었다. 성현은 밤새 어머니의 곁을 지켰다. 깊이 팬 주름, 뺨에 피기 시작한 검버섯. 홀몸으로 자식들을 키우느라 몸을 아끼지 않으신 어머니, 성치 못한 자신의 뒷바라지 때문에 밤잠을 설치시던 어머니. 어머니처럼 착하고 진실된 분은 참으로 없었다. 어머니는 인간이 아니었다. 성녀였다. 그러다가 그는 문득 자신도 모르게 진저리를 쳤다. 정말…… 정말 어머니는 자신에게 아무 책임이 없었을까? 자신이 이렇게 불구가 된 데에 어머니는 전혀 책임이 없었던 것일까? 아무런 죄도, 마음에 거리낄 아무런 실수도 없이 이렇게 자식을 위해

점철(點綴) 관련이 있는 상황이나 사실 따위가 서로 이어짐. 또는 그것들을 서로 이음.

헌신한다는 것이 가능할까? 어떻게 자신만, 왜 동생들은 멀쩡한데 나만!

속 시원히 어머니께 여쭤보면 되잖아.

자신의 귓가에 앙증맞은 목소리가 들렸다. 그는 고개를 내저었다. 참으로 자신은 악독한 인간이었다. 그것은 자신을 위해 몸과 마음을 다 바친, 이제는 **삭정이**가 되어 죽음을 앞둔 어머니에 대한 모독이었다. 어머니의 이제까지의 삶 전체를 부정하는 사악함 그 자체였다. 누군가가 계속 그의 귀에 대고 **고시랑거렸다.**

앞으로 영영 기회가 없을지도 몰라, 이제 곧 돌아가시면. 정신을 잃으시면. 평생 동안 의심하고 사느니 속 시원하게 여쭤보는 것이 낫잖아, 안 그래?

그는 고개를 돌려 자신의 귀를 방바닥에 마구 짓찧었다. 그러나 소리는 더욱더 거세져 갔다.

용서하면 되잖아! 설사 어머니가 결정적인 실수를 하셨더라도. 어쩌겠어? 어머니를 용서하면 될 거 아냐. 이제 와 어쩌겠느냐구?

어느새 그의 팔을 들어 어머니를 가만가만 깨우고 있었다. 자신은 그런 놈이었다. 아버지가 돌아가시기 전에도 짐짓 자살 소동을 피워 가뜩이나 **곤고한** 아버지를 괴롭힌 어리석은 놈이었다. 아버지가 돌아가시는 순간에 자신을 쳐다보아 주지 않은 사실을 이십 년이 지난 지금까지 **꼬부장하게** 가슴에 묻어 둔, 비열하고 유치한 놈이었다. 이제 그는 어머니를 괴롭히고 있었다. 아무런 이득도 없이 다만 궁금함 때문에, 끝없이 밀려오는 격심한 통증을 잠깐 잊고 잠이 든 어머니를 깨우는 자신은 참으로 극악한 인간이었다.

어머니의 눈에 가까스로 초점이 잡혀 왔다.

삭정이 살아 있는 나무에 붙어 있는, 말라 죽은 가지.
고시랑거리다 못마땅하여 군소리를 좀스럽게 자꾸 하다.
곤고하다(困苦--) 형편이나 처지 따위가 딱하고 어렵다.
꼬부장하다 매우 고부라져 있다. '고부장하다'보다 센 느낌을 준다.

"여쭤볼 일이 있어요. 사실대로 말씀해 주셔야 해요."

그는 조용히 입을 떼었다.

"어머니, 내 몸이…… 언제부터 이랬어요. 정말로, 태어날 때부터 이랬어요? 동생들은 아무렇지도 않은데, 나만 이렇게 태어났어요? 아무도 잘못하지 않았는데 이렇게 되었어요?"

성현을 그윽이 바라보던 어머니가 힘없이 눈을 감았다. 어머니의 눈에 꾸덕꾸덕 눈물이 고이기 시작했다. 그의 가슴이 마구 방망이질을 해대었다. 그렇다. 범인은 어머니였다. 어머니가 갓난 자신을 떨어뜨렸든지, 아니면 배 속에 있을 때에 무슨 실수가 있었던 것이 틀림없었다. 모든 것은 어머니 책임이었던 것이다. 그 속죄로, 그 괴로움 때문에 어머니는 평생토록 성현을 위해 헌신했던 것이다. 링거 주사를 꽂은 어머니의 부은 손을 바라보았다. 주삿바늘을 수없이 꽂아 대어 손등은 온통 시퍼렇게 멍이 들어 있었다. 그는 어머니를 따라 울지 않았다. 차분히 가라앉은 목소리로 말을 이었다.

"용서해 드릴게요. 무슨 이야기를 들어도 놀라지 않을게요. 어머니가 실수하셨어도 괜찮아요. 정말이에요. 어쩔 수 없잖아요."

그는 어머니의 얼굴을 똑바로 바라보았다. 어머니가 다시 눈을 떴다. 눈물이 쉴 새 없이 흘러내렸다.

"……힘들겠지, 성현아? 너…… 이 에미 없이 혼자 사는 게…… 아무래도 힘들겠지? 어쩌면 좋으냐. 이 일을 어쩌면 좋단 말이냐."

어머니의 흐느낌 속에서 그는 진심으로 **통회했다**. 어머니에게 품어 왔던 의심은 참으로 허황된 것이었다. 자신은 얼마나 가증스럽고 추악하고 비열한 인간이었던가. 몸보다도 마음이 더욱 **응등그러져** 있는 이 못난 자식에게

통회하다(痛悔--) 몹시 뉘우치다.
응등그리다 춥거나 겁이 나서 몸을 움츠리다.

어머니는 얼마나 성스럽고 격에 맞지 않는 귀한 분이셨던가. 그는 더 이상 어머니의 얼굴을 마주 볼 수 없었다.

그는 그길로 자신의 방으로 돌아왔다. 어머니가 빨리 돌아가시는 것만이 가장 좋은 일이었다. 그것만이 자신 때문에 어머니가 속을 썩지 않는 유일한 길이었다. 그 순간이 하루, 한 시간씩 다가오고 있었다. 맨바닥에 그대로 엎드린 채 밤을 지새웠다. 자신처럼 극악한 놈은 눈물을 흘리는 것 자체도 죄악이었다.

어머니의 유언대로 어머니의 장례는 집에서 치러졌다. 병원 영안실을 쓰면 성치 못한 성현이 참가하기 어려울 테니 집에서 치르도록 하라는 말씀이 어머니가 남기신 단 한마디의 유언이었다.

성현은 맏상주로서 자신의 본분을 다했다. 대소변을 보거나 아니면 피곤이 몰려와 자신도 모르게 정신을 잃을 때를 제외하고는 그는 꼬박 벽에 기대어 앉은 자세로 빈소를 지켰다. 그가 앉아 있는 자세로 **문상객**들을 맞는 일은 성한 사람들이 그의 모습을 보고 힘들어하는 것보다 수백 배 수천 배 힘들었다. 그러나 그는 버텼다. 어머니에 대한 마지막 인사이자 속죄였다. 자신의 기력이 다하여 이대로 죽는다 해도 그의 자리는 그곳이었다. 그는 너무나 아름답고 푸근한 어머니의 **영정**을 올려다보았다.

그는 식구들과 함께 선산에 올랐다. 우현과 승현이 그를 번갈아 업었다. 그는 펴지지 않는 손으로 아버지와 어머니께 절을 올렸다. 그로써 어머니는 평안해지셨다. 오월이었다. 좋은 계절이었다. 산등성이에 흐드러지게 핀 아카시아 꽃내가 향기로웠다.

문상객(問喪客) 남의 죽음에 대하여 슬퍼하는 뜻을 드러내어 상주(喪主)를 위문하러 온 사람.
영정(影幀) 제사나 장례를 지낼 때 위패 대신 쓰는, 죽은 사람의 사진이나 초상화.

살아 있음

집에 돌아온 성현은 그대로 **곤드라졌다.** 눈을 떴을 때는 이미 다음 날 늦은 아침이었다. 문이 조용히 열렸다. 우현과 우현의 처였다.

"일어났수. 배고프지, 형?"

우현이 가지고 온 국에다 밥을 말아서 성현의 입에 숟가락을 대어 주었다.

"그동안 식사도 제대로 하지 않았잖아. 어머니가 아시면 너무 걱정하시겠수."

그는 기계처럼 입에 음식을 받아서 씹기 시작했다. 자신의 저주받은 삶은 영원히 계속되리라. 살아 있음으로써 전혀 가치도 보람도 없는 자신의 욕된 삶은 영원히 계속되리라. 살아 있다는 사실 하나만으로 주위 사람들을 괴롭히는, 이 죽음보다도 훨씬 못한 삶은 영원히 이어지리라. 그는 음식을 오래오래 씹어 삼켰다.

그는 당분간 우현의 집에 머무르기로 했다. 어머니가 살아 계실 때 드나들던 예산댁을 우현의 처가 다시 불렀다. 성현에게 익숙한 예산댁이 오게 되어 다행이었다. 정희 부부와 승현 내외도 그를 보기 위해 자주 왔다. 정희는 성현을 볼 때마다 어머니 생각에 눈시울을 붉혔다. 돌아가실 때까지 딸로서 화목하게 사는 모습을 보여 드리지 못해 마음에 걸린다고 했다.

"나는 정말 몰랐어. 어머니가 돌아가시기 이틀 전에 강 서방을 따로 불러서 울면서 부탁하셨대. 당신이 가시면서 사위 술버릇과 손찌검 버릇을 가져가시겠다고. 제발 당신 달라고. 내놓으라고. 종잇장처럼 얇은 어머니의 손힘이 얼마나 세던지……. 강 서방이 어머니 손을 마주 잡고 실컷 울었대. 어머니를 마지막 보내 드리면서도 그렇게 속을 썩여 드렸으니……. 난…… 정말 아무것도 몰랐어."

사람의 마음이 이상했다. 정희의 흐느낌에 함께 눈물을 흘리면서도 그는

곤드라지다 몹시 피곤하거나 술에 취하여 정신없이 쓰러져 자다.

어머니에게 자신 말고도 자식이 있었다는 사실이 놀랍고 당혹스러웠다. 어머니의 네 자식 중의 하나. 그렇다. 자신은 단지 사분의 일에 불과한 자식 하나였다. 그런데 성현은 자신이 단 하나의, 어머니의 목숨과도 같은 자식이라고 착각해 왔던 것이다. 사지가 멀쩡한 우현도, 승현도, 정희도…… 자신만큼 귀한 어머니의 자식이었던 것이다. 그것이 씁쓸했다. 너무나 당연한 사실인데도 괜히 가슴이 미어져 내렸다. 그는 푸후후 억지로 웃었다. 자신이야말로 끝없이 **투미하고** 미련한 짐승이었다.

우현의 집에 기거하고 있으려니 우현의 처에게 미안한 구석이 없지 않았다. 승현과 정희 식구들이 자주 찾아와서 집 안이 번잡스러워지니 모두 다 자신의 탓인 것 같아 **점직했다.** 그러나 그가 우현과 따로 살아야겠다고 결심을 하게 된 이유는 무엇보다도 자신의 까탈스러움 때문이었다. 그는 자신의 버르적대는 모습을 다른 이에게 보이고 싶지 않았다. 우현의 처야 그러는 일이 없었지만 철모르는 다섯 살, 네 살의 조카 녀석들은 아무 때나 성현의 방을 열어젖혔다. 그 일을 가지고 싫은 내색을 할 수는 없었다. 우현과 우현의 처로서는 아이들로 하여금 큰아버지를 스스럼없이 대하게 함으로써 그를 심심치 않게 해 주려는 배려였다. 그러나 그의 입장은 그렇지 않았다. 몸을 움직일 때마다 너무나 신경이 쓰였다. 특히 용변을 볼 때에는 너무나 불안해서 며칠씩 변비가 오기도 했다.

"따로 나가서 살아야겠어."

물론 우현은 극구 말렸다. 자기 식구들이 무언가를 잘못했으면 양해하라며 사과하기 바빴다. 성현은 편안히 웃었다.

"나도 혼자 살아 봐야지. 얼마나 신나는 일이야? 예산댁만 와 주면 걱정

투미하다 어리석고 둔하다.
점직하다 부끄럽고 미안하다.

없어.”

어머니와 함께 살던 아파트는 이제 필요 없었다. 13평형의 작은 아파트를 얻기로 했다. 어머니가 굳이 방이 네 개나 되는 큰 아파트를 고집한 데에는 우현 내외와 함께 살고 싶은 열망이 있었다.

이제 연탄 갈 걱정은 하지 않아도 되니까. 뜨거운 물도 잘 나오는 아파트니까. 우현이 내외가 원하면……. 내가 먼저 말을 꺼낼 수야 없지.

어머니는 웃으면서 빈 방 두 개를 둘러보시곤 했다. 그 어머니는 이제 땅속에 묻혀 있었다. 짐을 꾸리느라 방으로 거실로 바삐 움직이는 우현을 보며 그는 그 말을 차마 하지 못했다. 어머니의 원을 풀어 드리지 못한 사실을 알면 우현은 너무나 가슴 아파할 터였다. 따지고 보면 우현, 정희, 승현 모두 착하고 욕심 없는 효자 효녀였다. 자신만이…… 돌아가시는 순간까지 심신을 괴롭힌 사악한 자식이었다.

자신의 작은 아파트로 이사 가는 날, 그는 우현의 차 안에서 우스갯소리처럼 말을 꺼내었다.

“내가 죽으면 화장을 해 줘. 나는 내 몸이…… 별로 마음에 안 들거든.”

우현의 안색이 변했다. 그가 길 옆에 차를 세웠다.

“죽다니. 형, 무슨 말을 하는 거야?”

성현은 고개를 내저으며 웃었다.

“사람은 언제고 죽을 테니까……. 화장을 한 후 뼛가루는 산으로 들로 멀리멀리 뿌려 줘. 내가 못 가 본 아주 멋있는 데에다. 설악산, 제주도, 아주 경치가 좋은 곳으로. 아버지 어머니 산소 곁에는 절대로 뿌리면 안 돼. 거기는.”

갑자기 목이 잠겼다. 성현은 티를 내지 않으려고 무던히 애를 썼다. 그의 고개가 대신 돌아가기 시작했다. 그는 큰 소리로 웃었다.

“경치가 별로라서 말야. 너, 귀찮다고 거기다가 뿌리면 안 된다. 나한테

혼난다. 알았냐?"

우현이 어렵게 고개를 끄덕였다.

"무슨 일이 있거든 얼른 전화를 걸어."

이사를 한 첫날, 우현은 석 대의 전화기를 사다가 거실과 방, 화장실에 놓아 주었다. 성현의 **호방한 흰소리**를 들으며 우현 내외는 밤이 늦어서야 뒤숭숭한 표정으로 돌아갔다. 그리고 그는…… 혼자 남았다. 처음으로 혼자만의 밤을 지새웠다. 한편으로 불안했지만 또 한편으로는 자유로웠다. 그는 말을 걸었다. 벽에게, 문에게, 창문에게, 집 안의 모든 물건들에게.

"잘 지내보자. 내가 어쨌든 너희들 주인이니까. 까불면 없다."

그는 이불도 제대로 덮지 않고 그대로 쓰러져 잠이 들었다. 눈을 떠 보니 새벽이었다. 그는 거실로 천천히 기어 나왔다. 으어어어어어, 그는 자신도 모르게 탄성을 질렀다. 그의 아파트는 십 층, **정동향**이었다. 해가 먼 산 위로 막 떠올라 그의 눈을 대번에 찔러 대었다.

"고마워, 고마워."

그의 아파트에 맨 처음으로 들어온 손님은 붉은 해였다. 햇빛은 어느새 그의 몸을 감싸고 테라스와 거실을 가득 채우고 현관문에까지 깊숙이 가 닿았다.

어느 해인가 그의 가족들은 바다에 간 적이 있었다. 기차를 타고 버스를 탈 때마다 아버지와 어머니는 그와, 그의 휠체어와, 어린 동생들을 챙기느라 고생이 많았다. 밤이 늦어서야 그들은 바닷가 여관에 도착했다. 성현은 그대로 곯아떨어지고 말았다. 눈을 떠 보니 그는 아버지의 등에 업혀 어디론가 가고 있었다. 사위가 온통 깜깜했다. 아버지와 그, 둘뿐이었다. 아버

호방하다(豪放--) 의기가 장하여 작은 일에 거리낌이 없다.
흰소리 터무니없이 자랑으로 떠벌리거나 거드럭거리며 허풍을 떠는 말.
정동향(正東向) 꼭 바르게 동쪽을 향함. 또는 그런 방향.

지는 바닷가 모래밭에 앉아 그를 무릎에 앉혔다. 싸르륵대는 바닷물 소리가 신기하기 짝이 없었다. 이윽고 바다 끝이 밝아 오기 시작했다. 바다와 하늘이 한데 뒤엉킨 먼 저쪽에서 새빨간 덩어리가 솟아났다. 해는 동그랗지 않았다. 납작하고 네모졌다. 그 붉은 덩어리가 조금씩 위로 부풀더니 어느새 세로로 긴 타원형이 되었다. 빨강에서 주홍으로, 주황으로 색깔이 바뀌면서 해는 잠깐 사이에 두 개가 되었다. 하나는 하늘로 둥실 떠오르고 하나는 바다로 가라앉았다. 오우우어어어오오오. 그는 너무나 신기하여 끊임없이 탄성을 질러 대었다.

해다, 해야. 성현아.

바로 그 해였다. 먼먼 동해 바다에서 하늘로 떠오른 해. 아버지의 그 해가 서울에까지 날아와 그의 거실에 기어들고 있었다. 아버지, 아, 아버지. 그는 마음 놓고 소리 내어 울었다. 아버지의 따뜻한 목소리와 너털웃음이 너무나 그리웠다. 그는 눈을 가느스름하게 떴다. 두 팔로 윗몸을 일으켜 버틸 수 있을 때까지 오래오래 해바라기를 했다. 번데기에서 갓 나온 나비가 젖은 몸을 햇볕에 말리는 모양이 꼭 이러하리라. 그는 이제야…… 성충이 된 것이었다.

현관문을 한참 동안 달그락대며 따고 들어온 이는 예산댁이었다.

"잘 잤어, 성현이? 새집서 좋은 꿈 꿨남?"

그는 환히 웃었다.

성현은 예산댁의 시간에 맞추어 자신의 생활을 맞춰 나갔다. 오전 아홉 시가 지나 아침밥을 먹었고 오후 다섯 시가 되기 전에 저녁을 먹었다. 한 번의 배설은 아침녘에 했다. 저녁을 일찍 먹으니 처음에는 좀 배가 고팠지만 곧 익숙해질 수 있었다.

무엇보다도 성현의 마음에 든 것은 거실에서 내다보이는 바깥 풍경이었다. 자동차가 지나는 큰길, 큰길 건너 납작하게 엎드린 이삼 층 높이의 주택가, 주택가 뒤쪽으로는 나지막한 언덕과 먼 산줄기. 하늘, 산, 들, 거리, 바삐 움직이는 인간들. 그는 그들을 실컷 내려다보고 또 보았다.

저녁이 되면 그는 텔레비전을 보았다. 동기간들의 안부 전화가 오면 즐거운 목소리로 웃었다. 성현 쪽에서도 제수들에게 전화를 걸어 이것저것 참견을 하는 적도 있었다.

날씨가 추워진대요, 아이들 옷 좀 단단히 입히세요.

그 동네가 내일 **단수**라니까 물을 받아야겠네요.

승현의 처는 '큰아주버님 말투가 어머니를 똑 닮았다'며 깔깔거렸다. 그녀는 성질이 급한 면은 있었지만 목소리가 성우처럼 곱고 예뻤다.

경제적인 여유가 있어서 참으로 다행이었다. 인간의 문화 문명이 나날이 발달해 가는 것도 좋은 일이었다. 양치액이 특히 고마웠다. 칫솔로 이를 닦기 어려운 그는 하루에도 몇 번 입속을 개운하게 할 수 있다는 사실이 기분 좋았다. 그리고 그의 거실에 찾아드는 햇빛. 물론 그는 가끔, 너무나 쓸쓸했다. 여자, 아내…… 그런 생각은 물론 할 수도 없었다. 그렇지만 살아 움직이는 무엇이, 자신의 몸놀림이 아닌 독립적인 무엇이 있으면 훨씬 나을 것 같았다. 며칠 동안의 궁리 끝에 그는 예산댁에게 강아지 한 마리를 구해다 달라고 했다. 그녀가 펄쩍 뛰었다.

"개까지 시중을 들란 말여? 나보고 개새끼 똥오줌까지 받아 내란 말여 시방? 이 꼴이 모자라서?"

예산댁은 심성이 고운 여자는 아니었다. 화가 날 때에는 당장 세상을 뒤엎어 버릴 듯 **포달**을 부렸다. 그러나 그는 예산댁을 좋아했다. 무엇보다도 예산댁에게는 어머니에 대한 추억이 있었다.

단수(斷水) 수도의 급수가 끊어지거나 급수를 끊음.
포달 암상이 나서 악을 쓰고 함부로 욕을 하며 대드는 일.

"그런 양반은 없고말고. 세상에 에미라고 다 똑같은 줄 알어? 그런 어머니는 천하에 없구먼. 천당에 가셨을 게여. 만일에 못 갔다면 그건 하늘도 아니지. 하느님 부처님 다 없는 것이지."

예산댁은 진심으로 그의 어머니를 존경하고 있었다. 그 사실 하나만으로 예산댁의 흠은 다 가리고도 남았다.

동생들은 자주 그를 찾아왔다. 직장이 있는 우현과 승현 부부는 주말 저녁에 주로 왔다. 우현의 처는 이틀, 늦어도 사흘에 한 번씩은 집에 들러 불편한 점이 없는가 둘러보았다. 정희 내외는 잘 오지 못했다. 강 서방의 직장이 대구로 옮아가는 바람에 아이들까지 모두 그곳으로 이사했기 때문이다. 그래도 일주일에 한 번씩은 잊지 않고 시외 전화를 넣어 안부를 묻곤 했다.

창문 밖 하늘은 때로는 흐리고 비가 왔다. 안개가 자우룩이 끼는 날도 있었다. 은행나무들의 푸른 잎이 바래는가 싶더니 어느새 노랗게 물이 들었다. 가을이었다. 문득문득 자신이 왜 계속 사는가, 소스라치게 놀랄 때가 있었다. 자신은 왜 사는가. 텔레비전 드라마의 다음 이야기가 궁금해서? 이왕 살던 삶이니까 그냥? 큼직한 수레바퀴가 굴러굴러 어딘가 장애물에 부딪혀 멈출 때까지? 너하고 나하고 한날한시에 죽으면 좋으련만. 그 어머니가 돌아가신 지 벌써 반년이 다가오고 있었다.

그는 가끔 어머니의 꿈을 꾸었다. 동숭동 한옥에서 빨래를 하시거나 장독의 뚜껑을 여닫고 있었다. 꿈속의 어머니는 그를 보고도 아무 말이 없었다. 그것이 좀 섭섭했다.

그는 좀 일찍 일어나기 시작했다. 거실 베란다로 내다보이는 새벽 풍경은 가슴을 설레게 하는 무엇이 있었다. 먼 산에서 동이 트는가 하면 어두운 사위가 온통 진한 잉크빛으로 바뀌었다. 그 검푸른 투명의 색깔은 또 어느새 파랗고 깨끗한 물이 되어 모든 집과 나무와 산들을 헹구어 내는 듯했다. 그 때쯤이면 앞 동에 우유 배달을 하는 소년의 기우뚱대는 자전거 솜씨가 웃음을 자아내었다. 또한 그때쯤이면 거의 틀림없이 현관 앞 복도를 툭탁대며 뛰는 발짝 소리가 들려왔다. 문 앞에 사각대며 떨어지는 신문 소리가 상쾌했다.

모든 일상이 자리 잡혀 가자 예산댁이 꾀를 부리기 시작했다. 현관에 들어서면서부터 예산댁은 얼굴을 **찡등거리며** 끙끙 앓는 소리를 내었다.

"온몸이 쑤시고 결리니 이제 나도 죽을라나 벼. 내 팔자에 어느 하루 **방구들** 지고 누울 수도 없고."

성현은 그녀를 방에서 쉬도록 했다. 13평형의 아파트에는 방이 하나뿐이었다. 예산댁이 누워 있는 동안 그는 거실에 있었다. 뭐, 괜찮았다. 베란다 문을 통하여 거리와 사람들과, 산과 들과 하늘을 보았다.

그 일이 예산댁에게는 너무나 쉽게 버릇이 되었다. 그녀는 성현의 집에 와서 오전 내내 그의 방을 차지하고는 코를 골며 잠을 자거나 아니면 자기 식구와 친구들에게 전화를 걸어 수다를 떨어 대었다. 점심때가 되면 하는 수 없이 느릿느릿 몸을 움직이기 시작했다. 다섯 시가 가까워지면 예산댁은 그를 재촉하여 저녁밥을 먹였다. 그릇들을 치워야 돌아갈 수 있기 때문이었다. 그의 저녁밥은 네 시 반에서 때로는 네 시, 세 시 반으로 앞당겨지기도 했다.

"내가 아무래도 병원에 가 봐야겠어서 말여. 몸이, 몸이 아니라니께. 내일 아침에도 좀 늦을 것 같어. 아침에는 여기 바닥에 놓인 것 먼저 먹고. 그 다음에 냉장고에 있는 것 먹고 말여. 그릇은 여기 양푼에 담아 놓고. …… 워쩌겠어, 이, 몸이 말을 안 들으니께."

예산댁에게 정기적으로 월급을 주는 일은 우현의 처가 맡았다. 예산댁은

찡등그리다 마음에 못마땅하여 얼굴을 몹시 찡그리다.
방구들(房--) 화기(火氣)가 방 밑을 통과하여 방을 덥히는 장치. 우리나라 및 중국 동북부에서 발달하였다.

자신의 행실이 그녀에게 알려질까 봐 꽤 신경을 썼다.

"내 할 일은 어쨌든지 다 하잖여? 워쩌겄어. 아무리 몸이 아퍼도 내가 성
현이를 책임져야지. 돌아가신 아줌니를 봐서라도. 아이그 아줌니…… 천
당에 가셨겠지."

어머니 이야기만 꺼내면 성현이 꼼짝 못 한다는 사실을 그녀는 잘 이용하
고 있었다.

드디어 예산댁은 며칠에 한 번씩 날을 거르기 시작했다. 그는 우현의 처
에게 예산댁의 **소행**을 얘기하지 않았다. 그녀가 전화했을 때 예산댁이 없으
면 말을 얼버무리느라 애를 먹었다.

"잠깐, 슈퍼에 심부름 보냈어요. ……그럼요, 열심히 잘해요. 걱정 말아요."

집 안이 더럽고 깨끗하고는 아무래도 좋았다. 문제는 식사였다. 식사가
불규칙해지니 아무래도 속이 편치 않았다. 그것도 잠깐이었다. 한 끼 식사
만으로도 하루를 살 수 있다는 사실에 그는 놀랐다. 멀쩡한데요, 그는 보이
지 않는 어머니에게 말을 건네었다. 어머니는 식구들이 세끼 식사 중 한 끼
라도 부실하게 먹는 눈치면 큰 걱정을 하곤 했다.

해가 저물면 텔레비전을 켰다. 텔레비전이 끝나는 시각이면 라디오를 켰
다. 그리고 그는 잠깐잠깐 눈을 붙이면서 **희붐하게** 밝아 오는 새벽을 기다
렸다. 그는 아예 거실로 이불을 끌어 가 거기서 잠을 자기도 했다. 잠자리에
누운 채로 새벽 풍경을 볼 수 있다는 사실이 근사했다. 어머니가 안 계셔서
편한 점도 있네요, 그는 어딘가에서 듣고 계실 어머니를 향해 키득대었다.
난방이야 된다고 하지만 아무래도 찬 기운이 도는 베란다 쪽에서 잠자는 성
현을 보면 어머니는 또 한바탕 걱정을 늘어놓았을 것이다.

소행(素行) 평소의 행실.
희붐하다 날이 새려고 빛이 희미하게 돌아 약간 밝은 듯하다.

작은 사건이 있었다. 공교롭게도 예산댁이 오지 않은 날 아침에 우현의 처가 집에 들렀다. 성현이 급히 둘러대었다.

"예산댁이 조금 아까 전화를 했어요. 오늘 좀 늦는다고. 금방 올 거예요. 제수씨는 그만 가세요."

그녀는 굳이 예산댁을 보고 가겠다며 말을 듣지 않았다. 곤란하기 짝이 없었다. 예산댁은 점심때가 되어도 오지 않았다. 우현의 처가 그의 점심밥을 정성스레 차려 왔지만 그는 먹을 수가 없었다. 그는 짐짓 배가 아프다고 **엉너리**를 쳤다. 그녀가 떠 주는 밥을 받아먹기가 너무나 거북했기 때문이었다. 그녀는 예산댁의 집에 전화를 걸었다.

"집에 계시네요? 지금 좀…… 우리 집으로 오시지요. 아뇨, 아주버님 아파트 말고, 우리 집이요. 말씀 드릴 일도 있고."

다음 날도, 그다음 날도 예산댁은 오지 않았다. 아침마다 우현의 처가 성현의 아파트에 왔다.

"괜찮아요. 제가 먹여드릴게요."

그녀가 숟가락을 들이대었다. 하는 수 없었다. 빵만으로 몇 끼를 버틸 수는 없었다. 그는 예산댁의 안부를 물었다. 우현의 처가 대답했다.

"일을 못 하겠다고 해서요. 지금 다른 좋은 분을 알아보고 있어요."

성현은 그녀를 불러 앉혔다. 새로 오는 파출부와 익숙해지기보다는 아무래도 예산댁이 나을 것이었다. 게다가 그녀에게는 어머니의 추억이 있지 않은가. 예산댁이 연이어 며칠을 오지 않는다 해도, 한 달 보름을 일하지 않고 버둥거린다 해도 그는 예산댁을 다른 이로 바꿀 생각이 없었다. 우현의 처가 한숨을 내쉬었다.

"아이그 고마워, 우리 착한 성현이. 내야 사실 다른 집에 일을 가도 마찬

엉너리 남의 환심을 사기 위하여 어벌쩡하게 서두르는 짓.

가지지마는, 마음이 그리 섭섭하더라구. 돌아가신 아줌니가 눈에 **삼삼한** 게. 고마워, 성현이."

예산댁이 너무나 기뻐했다.

가을이 지나고 겨울이 되었다. 함박눈이 내리는 날은 괜히 마음이 설레었다. 눈이 하늘에서 내릴 뿐만 아니라 아래쪽으로부터도 일구어져 올라왔다. 어지러이 날리는 눈송이를 한참 동안 바라보고 있으면 그는 자신도 모르게 하늘을 나는 기분이었다. 그는 아슴푸레 잊혀져 가는 할아버지 할머니의 기억을 되살리려 애썼다. 할아버지는 그저 그윽이 그를 내려다보곤 했다. 얼굴도 목소리도 확실하지 않지만 흰 한복 두루마기가 꽤 치렁거리던 기억이 있다. 그리고 할머니. 할머니는 성현을 거들떠보지도 않았다. 어머니에게도 무척 쌀쌀맞게 말씀을 하곤 했다. 그러나 겉으로는 모를 일이다. 어머니가 그토록 할머니를 그리워한 것을 보면 할머니는 좋은 사람이었음이 틀림없다.

네가 울음을 그치고 점잖아지니까 할머니께서 얼마나 기뻐하셨는지. 신흥사 큰스님도 용하긴 용하시다며. 할아버지가 그대로 병석에 누워 계신데도 네 보약을 지어 와서는 얼른 달여 먹이라고……. 할머니 은공을 잊으면 안 된다. 얼마나 너를 아끼셨는데.

설이 다가왔다. 한복을 받쳐 입은 어린 조카들이 절을 하는 모습은 정말 귀엽고 깜찍했다. 특히 우현의 큰딸은 어리광을 잘 떨었다. 우현의 처가 또 예산댁에 대한 말을 꺼내었다. 예산댁이 성실해졌던 것도 잠깐, 또다시 빠지는 날이 있음을 그녀가 알았기 때문이었다. 성현이 정색을 하고 말했다.

"알아요, 제수씨 마음은. 그런데…… 더 이상 말하지 말아요. 예산댁이어야 해요."

그리고 다른 동기간들에게도 당부했다.

삼삼하다 잊히지 않고 눈앞에 보이는 듯 또렷하다.

"이제 됐어. 바쁘게 사는 것 뻔히 아는데 자꾸 오려고들 애쓰지 말고. 내가 어디 어린애냐? 사람 무시하지 마라."

그들이 조심스럽게 고개를 끄덕였다. 그들에게는 그들의 생활이, 자신에게는 자신의 생활이 있었다. 동생들에게 더 이상 폐가 될 수는 없었다.

성현은 자기 몫의 유산을 은행에 예금하고 거기서 나오는 이자로 살아갔다. 우현의 처를 통하여 예산댁의 봉급, 아파트 관리비 따위를 내었다. 그리고 남는 돈을 용돈으로 썼다. 그중의 대부분은 식구들의 생일, 기념일 따위의 선물값으로 나갔다. 자신을 위해 쓰는 돈은 별로 없었다. 그의 옷이라든가 자잘한 살림살이는 우현의 처가 대 주었다. 그녀의 마음 씀씀이가 항상 고마웠다.

성현의 수중에 돈이 있다는 사실을 예산댁이 알게 된 이후로 예산댁은 태도가 좀 묘해졌다. 성현에게 턱없이 잘하는가 싶다가 또 한편으로는 엉뚱하게 심통을 부리기도 했다. 소변기를 청소한 다음에 일부러 제자리에 가져다 놓지 않아서 애를 먹인다든지 때아닌 공치사를 늘어놓는 따위였다.

"내가 뭐, 여기 아니면 갈 데 없는 줄 아남? 성현이 네가 불쌍하니까 마음 약해서 있는 거지. 이년의 팔자야 아무리 **뼛골 빠지게** 일을 해 주어도 누가 고맙다는 말 한마디 없고. 평생 동안 아등바등 돈 몇 푼에 목이 매여……. 오늘도 손주 새끼가 감기에 걸려 캥캥거리는데 하루치 감기약 지을 돈이 없으니 말여. 이만 원만 있으면 병원비를 하겠는디 말여."

그녀의 눈치가 **빨했다.** 성현이 돈을 주지 않을 수가 없었다. 동기간들이 보는 앞에서는 예산댁은 **걸쌍스레** 일도 잘했다.

"워쩌겄어. 아줌니를 봐서라도 내가 성현이를 책임져야지. 전생에 무슨 빚이 있는지. 걱정들 말어유. 내가 있응께."

걸쌍스럽다 보기에 일솜씨가 뛰어나거나 먹음새가 좋아서 탐스러운 데가 있다.

우현이나 승현과 마주치는 날이면 으레 그녀는 따로 **행하**를 건네받을 것을 기대했다. 어쩌다 한번 지나치는 날이면 예산댁은 영락없이 그 돈을 성현으로부터 채웠다.

"내가 이렇게 몸이 부서진들 누가 알아줘? 세상에 못돼 먹은 것들. 즈이덜 편하자고 떠억허니 맡겼으면 다만 미안한 줄은 알아야지. 그깟 일이만 원 아껴 재벌 되겠구면."

때로는 아버지 어머니를 생각하지 않으려고 라디오의 음악 소리를 크게 틀기도 했다. 아버지의 야위있던 얼굴이 떠오르면 그는 언제고 마음이 언짢았다. 아버지의 간암이 음주 때문이었다면 그 술을 마시게 한 장본인은 문성현 자신이 분명했다. 어머니도 마찬가지였다. 가슴속의 응어리가 암이 된다면 분명히 성현 자신이 돌아가시게 한 것이 틀림없었다. 두 분에 대한 자책감만 아니라면 그는 내내 아버지 어머니만을 생각하며 지냈으리라. 그는 음악 소리에 맞춰 큰 소리로 노래를 지어 불렀다.

"성치 못한 제게 삶을 주신 어머니, 오늘도 안녕하세요, 오오. 저는 왜 살아야 하는지 모르겠어요, 그런데도 계속 살아가고 있어요, 오오. 나쁘지는 않아요, 견딜 만해요, 제 목소리 어때요? 오오."

힘이 빠지면 빠질수록 머리가 깨끗해져 왔다. 상체에서 살이 빠지니 또한 마음이 홀가분했다. 자신의 보잘것없는 아랫도리에 살과 근육이 붙지 않아 고민하던 때는 옛날이었다. 떡 벌어진 어깨와 굵은 팔, 그리고 무언가 잡동사니로 가득 찬 가슴과 머리에서 불필요한 바람이 빠져나가면 마찬가지였다. 얌전히 옷을 개키듯이, 상체에서 바람이 마저 빠져나가는 날, 그는 편안하게 삶의 과정을 마칠 수 있을 것이었다. 삶, 죽음, 그런 구분이 딱히 필요하지는 않을 것이다. 겨울이 지나고 어느새 봄이 다가오는 중이었다. 봄꽃

행하(行下) 품삯 이외에 더 주는 돈.

들이 활짝 피면 어머니가 돌아가신 지 일 년이 된다. 어머니를 산에 묻고 돌아올 때의 아카시아 향기가 그렇게 좋을 수가 없었다.

휠체어에 실려 아버지와 동생들과 함께 동물원에 갔던 일은 오랫동안 잊어버리고 있던 기억이었다. 봄인지 가을인지 아무튼 날씨가 꽤 쌀쌀했다. 담요를 무릎에 덮고는 있었다. 정말 신이 나는 날이었다. 파란 하늘, 솜털 구름, 긴꼬리원숭이, 코끼리. 그가 오줌을 싸지만 않았어도 얼마나 좋았을까. 어렸을 때에는 조금만 긴장해도 너무 즐거워도 옷에 오줌을 지리는 버릇이 있었다. 성현이 갈아입을 옷이 모자라 식구들이 모두 서둘러 집에 돌아와야 했다. 그 일이 그때에는 그렇게 억울했다. 막냇동생 승현은 길바닥에 주저앉아 한동안 떼를 쓰며 울었다.

예산댁이 오지 않는 날이면 그는 냉장고를 열어 빵을 씹었다. 때로는 대낮까지 물 한 모금 마시지 않고 바깥을 내다볼 때도 있었다. 저녁이 되고 밤이 되었다. 밤이라 해서 그가 특히 우울해하지는 않았다. 해가 새로 뜨려면 먼저 져야 했다. 사방이 깜깜해져야 다시 새벽이 밝아 올 수 있었다.

온 집 안을 마구 어질러 놓기도 했다. 기분이 내키면 물건들을 하나씩 정리했다. 화장실 바닥에 있는 걸레를 집어다가 거실을 닦기도 했다. 승현이나 우현에게 부탁해서 신문에 광고가 난 책들을 사 왔다. 소설, 수필, 종교인들의 명상록이 그런대로 재미있었다. 물론 그는 가끔, 너무나 외로웠다. 혼자라는 사실이 끔찍하여 우현 내외와 함께 살아 볼까 생각도 했다. 그러나 또 한편으로는 사람을 대하기가 너무 싫었다. 이 세상의 아무도, 예산댁조차도 십 층의 이 아파트 호수를 잊어버려서 아예 오지 않았으면 좋겠다고도 생각했다.

한 달에 두 번, 성당 봉사자들의 방문은 계속 이어졌다. 성현은 그들에게 진심으로 감사했다. 불행한 이에게 베푸는 봉사가 얼마나 값진 것인지 자신처럼 잘 아는 사람은 없으리라. 다만…… 새로 바뀐 봉사자들이 어머니의 얼굴을 모른다는 사실이 섭섭했다.

"성현 씨, 영세를 받으시죠."

성현은 말없이 웃으며 그들을 위해 준비해 놓은 초콜릿이나 과자를 내밀었다. 그들은 눈물을 글썽거릴 정도로 기뻐했다.

"영세를 받으면 마음이 편안해져요. 모든 것을 하느님께 맡기세요."

봉사자들의 하느님, 어머니의 하느님. 그러나 성현은 자신을 하느님께 맡길 수 없었다. 하느님에게 화를 내는 것은 아니었다. 봉사자들의 하느님, 어머니의 하느님 품 안에는 아버지, 할머니, 그 외의 다른 많은 착하고 좋은 분들이 깃들어야 했다. 자신처럼 사악하고 비열한 인간은 가까이 **범접하지** 않아야 했다. 어느 소설의 넋두리처럼 자신은 아마도 전생에 지은 죄가 너무 흉측해서 장애인으로 태어났는지 모를 일이었다. 그는 자신의 죗값을 치러야 했다.

연이어 이틀을 빠지고 나면 예산댁은 어김없이 순대나 호떡 따위를 내밀며 문간에서부터 너스레를 떨었다. 때로는 다른 장애인들의 이야기를 늘어놓았다.

"너랑 똑같다니께. 전철역 입구에 너부러져 있는디⋯⋯. 누가 비닐봉지에 떡을 담아서 바닥에 놓아 주더라. 그걸 밥이라고 먹더먼. 행복한 줄 알어. 너처럼 팔자 편한 이가 없어. 손 하나 까딱 않고 세상 편치 뭘 그려. 뜨뜻한 집에서 남이 해 주는 뜨뜻한 밥 먹었다. 오뉴월 개 팔자지 뭘 그려."

그녀는 갈수록 극악하고 교묘하게 돈에 대한 집착을 드러내었다. 성현의 지갑에 직접 손을 대지 않는다 뿐이지 성현의 돈이 몽땅 자신의 것이나 다름없었다. 손주 놈이 그렇게 목매달아 애태우는 로봇 한 개 이만 원, 아들녀석 선보는 데 입고 나갈 티셔츠 하나 삼만 원, 집 안 연탄아궁이 금 간 것

범접하다(犯接--) 함부로 가까이 범하여 접촉하다.

수리하는 데 쓸 비용 팔만 원. 성현이 돈을 아끼는 듯싶으면 그녀의 입에서는 갖은 비아냥이 쏟아져 나왔다.

"그렇게 돈줄 쥐고 오래 살고 싶어? 그 돈 두었다 백 살 천 살까지 장수해, 장수허라구. 멀쩡한 부모 잡아먹고는, 웬만한 이 같으면 혀 깨물고 자살이라도 했으련만."

그는 예산댁의 말이 옳다고 생각했다. 자신이야말로 추악하고 파렴치한 인간임이 분명했다. 자신의 이익을 위해 돈줄을 끌었다 당기는 일밖에 할 줄 모르는 더러운 악한이었다. 그는 죽었어도 벌써 죽었어야 했다. 죽음이란 어떤 상태일까 그는 생각했다. 잉크빛의 새벽도, 소나기가 그친 산뜻하고 깨끗한 거리도 더 이상 볼 수 없는 상태. 신문이 사각대며 떨어지는 소리, 창문을 흔들어 대는 바람 소리를 들을 수 없는 상태.

예산댁의 횡포는 날로 심해져 갔다. 하루걸러 빠지는 날이 계속되었다. 그렇다고 그녀가 집에서 쉬는 것도 아니었다. 다른 집의 파출부 일을 해 주면서 이중으로 돈을 받는 눈치였다. 봉급날이 가까워 오면 예산댁은 어김없이 어머니에 대한 덕담을 늘어놓았다.

"아이그 우리 착한 성현이. 아줌니가 살아 계셨더라면 얼마나 좋았을까. 우리 아줌니 생각만 하면 내 가슴이 아직도 **찌르르하다니께.**"

당신 같은 버러지는 단숨에 해치워 버리지, 그는 영화에 나오는 무법자처럼 예산댁의 등 뒤에다 한쪽 눈을 찡긋거리며 중얼거렸다. 그러나 그에게는 예산댁을 해칠 힘이 없었다. 그리고…… 예산댁은 그에게 어쨌거나 필요한 존재였다. 그녀의 도움 없이는 자신은 그나마 먹을 수도 배설할 수도 없었다. 그것이 현실이었다.

어느 날인가부터 예산댁은 자신의 손자 건호를 데려오기 시작했다.

찌르르하다 뼈마디나 몸의 일부가 조금 저린 데가 있다. '지르르하다'보다 센 느낌을 준다.

"성현이 심심할까 봐서. 같이 있으면 좋잖여? 말동무도 되고."

아이 아버지는 벌이도 없이 집에서 빈둥대는 중이고 아이 어미는 예산댁처럼 파출부 일을 한다고 했다. 다섯 살짜리 건호 녀석은 장난이 심했다. 녀석은 한순간도 가만히 앉아 있지 않았다. 성현의 주위를 어지러이 돌고 그의 이부자리를 밟고 그의 라디오와 텔레비전에 손을 댔다.

"아찌, 아파? 아찌 다리가 왜 이래? 병신이야?"

그가 자신을 야단칠 힘이 없다는 사실을 재빨리 **간파한** 녀석은 갈수록 **방자해져** 갔다. 그의 몸을 발로 툭툭 차고 일부러 몸 위로 넘어지기도 했다.

다른 일은 참을 수 있었다. 녀석이 그의 귀와 코를 잡아당겨도, 라디오를 넘어뜨려 귀퉁이를 깨트려도 그는 참을 수 있었다. 그러나 예외가 있었다. 활이었다.

"이거 뭐야? 이거 내 거다?"

녀석은 어느새 그의 요 밑에 넣어 두었던 장난감 활을 발견했던 것이다. 그는 깜짝 놀라 건호에게 팔을 뻗었다.

"이, 이리 줘."

"싫어."

"그거 이리 줘야 돼. 아찌 거야."

"싫어."

"아, 아줌마!"

"싫어! 내 거야!"

녀석이 **아망**을 떨었다. 성현이 활에 집착할수록 그는 더더욱 활을 움켜쥐고 내놓지 않았다. 예산댁이 방에 들어와 되레 소리를 질렀다.

간파하다(看破――) 속내를 꿰뚫어 알아차리다.
방자하다(放恣――) 어려워하거나 조심스러워하는 태도가 없이 무례하고 건방지다.
아망 아이들이 부리는 오기.

"나이가 시방 몇 살인데 아이허고 싸워? 그깟 댓가지가 뭐라고 애를 울리는 거여?"

"아 안 돼, 안 돼! 이리 줘, 빨리!"

성현은 마구 울부짖었다. 그의 목이 돌아가기 시작했다.

"싫어!"

녀석의 손에서 활이 망가지는 데에는 몇 초 걸리지 않았다.

"나가, 나가! 나가라구!"

성현은 도저히 참을 수 없었다. 우현에게 전화를 걸었다. 우현의 처가 받았다.

"나예요……. 예산댁 좀 나가라구 해요. 제발, 저 애 좀 데리구 가라고 하세요."

성현은 힘이 없었다. 체머리가 흔들리자 어지러워서 곧 죽을 것만 같았다. 그는 바닥에 머리를 떨어뜨렸다. 정신이 혼미해 왔다. 예산댁이 수화기를 낚아채었다.

"새댁이구만? 아이그 오랜만여. 별일들 없고? ……아니, 이게 시방 별일이 아니고, 우리 손주가 왔는디, 그저 놀자는디 저렇게 화를 내네. 어린애잖여. 어리광이 보통인감? 마흔 된 우리 큰애기."

예산댁이 까르르 웃어 대었다. 노끈이 끊어진 활이나마 녀석이 가져다주지 않았더라면 그는 정말 가슴이 막혀 죽어 버렸으리라. 예산댁은 우현의 처를 상대로 끝없이 전화 수다를 떨고 있었다.

"……아녀, 아녀. 우리 손주가 얼마나 얌전한디. 오늘 처음 따라왔지. 성현이가 심심헐 것 같아서. 괴롭히다니, 세상에 그런 일은 없지. 오기는? 올 것 없어. 내가 있잖여. ……글쎄, 아무 걱정 말라니께 새댁은?"

전화를 끊은 예산댁이 성현을 내려다보았다. 성현이 **기진하여** 이부자리에 흥건히 쏟아 놓은 오줌을 보고 그녀는 불같이 화를 내었다.

기진하다(氣盡--) 기운이 다하여 힘이 없어지다.

"원 시상에. 뭐 뀐 놈이 화낸다더니! 오줌을 싸질러 놓고 할 말 없응게 애 꿎은 애를 잡어? 죽어, 잉? 죽으라구. 똥내 오줌내 질려서 내가 죽을 판 잉게, 제발 그만 죽어, 잉?"

죽음이란 모든 이와 모든 인연과 끊어지는 것. 세상 **잡사**에서, 몸과 마음이 겪는 모든 장애에서 자유로워지는 것. 성현도 죽고 싶었다.

육 개월째 이어지는 텔레비전 주말 연속극을 그는 그저 버릇처럼 보고 있었다. 금요일이 될 때마다 내일이 토요일이고 내일 밤이면 연속극을 볼 수 있다는 사실을 기억했다. 우연히 본 단막극에는 공교롭게도 극 중 어머니가 암 환자였다. 그는 또 돌아가신 어머니를 그리며 며칠 동안 우울해했다. 삶은 그렇게 메워져 갔다. 며칠은 그런대로 괜찮게 때로는 반갑게, 그리고 또 대부분의 날들은 우울하고 슬프게. 노란 비닐 장판의 이음새에 낀 때를 보면서 그는 두 팔로 윗몸을 버티기가 버거움을 느꼈다. 몸이 많이 부실해진 모양이었다. 윗몸에 들었던 헛공기가 이제는 많이 빠진 모양이었다.

"성현 씨 힘내세요. 하느님의 큰 뜻을 아실 날이 올 거예요. 길가에 떨어진 돌멩이 하나도 다 존재 이유가 있는 법이지요."

봉사자들은 항상 환하게 웃었다. 그는 곰곰이 생각했다. 자신이 과연 이 세상에 존재할 이유가 있었을까. 하기야 어머니에게…… 역설적이지만 어머니에게, 그는 쓸모가 있었는지 모르겠다. 어머니의 귀한 희생정신과 헌신이 찬란히 타오르기 위한 도구로서. 성치 않은 자식을 통하여 어머니는 이 세상의 **지고한** 어머니상을 완성한 것이다. 다른 모든 사람이 알아주지 않는다 해도 어머니는 참으로 훌륭한 분이었다.

인간이라는 존재도 하느님께는 그러할까? **졸렬하고** 야비하고 어리석은

잡사(雜事) 여러 가지 자질구레한 일.
지고하다(至高--) 더할 수 없이 높다.
졸렬하다(拙劣--) 옹졸하고 천하여 서투르다.

인간들. 나름대로 머리를 굴려 자신은 남보다 낫다고, 자신만은 존재 가치가 있다고 착각하고 사는 인간이라는 종자들. 하느님의 전지전능을 드러내기 위한 도구로서 인간이 필요한 것일까? 하느님이 가진 무한한 사랑과 연민을 증명하기 위한 대상으로서?

꿈을 꾸었다. 어렸을 때 갔던 동해였다. 큰 배가 떠 있었다. 아버지가 배를 향해 그의 휠체어를 밀었다. 모랫바닥에 휠체어 바퀴가 빠져 더 이상 가지 않았다. 아버지가 그를 업었다. 그러다가 그만 아버지가 주저앉았다. 아버지 바지가 다 젖어 올랐다.

차갑지요.

그는 아버지의 얼굴을 보려 했으나 고개가 돌아가는 바람에 잘 볼 수 없었다. 그러나 아버지는 울고 있음이 확실했다. 소리 없이 울고 있었다. 아버지. 아버지는 바다 같은 느낌을 가진 사람이었다. 무서울 때에는 무서웠다. 집 안이 울리도록 쩡쩡 소리를 지르고 술을 심하게 마셨을 때에는 천둥처럼 으아아아아 비명 비슷한 고함을 지르기도 했다.

어머니가 돌아가셨다고 해서 아버지 곁에 계시다고 믿는 것은 잘못된 일인지 모른다. 인간이 죽으면…… 의식도, 영혼도 끝일지 모른다. 그렇게 생각하면 한편으로는 너무나 불안했지만 또 한편으로는, 그렇기 때문에 자신도 아버지 어머니 묘소 옆에 묻혀도 되지 않을까, 한 줄기 빛처럼 날아드는 희망에 잠깐씩 가슴이 부풀었다.

예산댁의 손주 건호, 자신의 평화를 매번 깨뜨리는 그 녀석을 그는 하염없이 미워하고 증오하고 저주했다.

"나쁜 새끼. 평생 빌어먹고 살 놈. 밥 한술도 제대로 얻어먹지 못하고 온갖 사람을 다 괴롭히고 살아라."

우스웠다. 이 세상에서 그가 아는 모든 욕을 가져다 한데 붙이면 바로 자신의 처지가 되었다. 빌어먹을 놈. 평생 사람 구실 못 할 놈. 부모 속이나

더럭더럭 썩일 놈. 자신이 속수무책으로 건호의 장난감이 될 때마다 그는 푸후후후후 **자조**의 웃음을 날리곤 했다. 그는 문득문득 죽음에 대해 생각했다. 실체가 없으므로 다른 이로부터 괴로움을 당할 수도 없는 상태. 감정이 없으므로 슬플 수도 노여울 수도 없는 상태.

우현 내외는 성현의 마른 체구를 보고 걱정을 많이 했다.

"병원에 가 봐야겠어, 형. 말라도 너무 말랐다구. 안색도 창백하고."

그는 거부했다. 어떤 일이 있어도 병원은 가지 않겠다는 결심을 굳힌 지 오래였다. 체념하고 돌아서는 우현의 뒤통수에 희끗희끗 섞인 새치를 보고 성현은 가슴이 내려앉았다.

늦가을 바람이 문을 흔드는 어느 날, 성현은 아무렇지 않게 '이제 죽어야 하지 않나' 중얼거렸다. 그런 결단이 구체적인 죽음을 맞는 일보다 먼저 오는 것은 당연했다. 소변이 마렵기 전에 소변 통을 찾아 놓아야 하는 것처럼. 완전한 어둠이 내리기 전에 거실 스위치를 올려 두어야 하는 것처럼. 그가 죽는다면 누가 가장 곤란을 받을까, 그는 생각해 보았다. 경제적으로 타격을 받을 예산댁, 그리고 큼지막한, 살아 있는 장난감을 잃어버리는 건호 녀석.

"그것 하나는 맘에 드는군."

그는 건호의 짓궂은 행동거지를 생각하며 얼른 죽어야지, 하고 중얼거렸다. 머리가 쿡쿡 쑤셔 왔다. 거실에서 며칠을 자고 났더니 감기 기운이 있었다. 마흔. 아무것도 하지 않고 아무런 족적도 남기지 않고 성한 이들에게 얹혀 기생충처럼 살아온 사람의 삶치고는 끔찍이도 오랜 세월이었다.

아침을 먹을 시간이었다. 바닥에 내려놓은 주전자에서 물을 따르려다가 그는 주전자째 물을 엎질러 버렸다. 윗옷이 보리차에 흥건히 젖어 들었다.

더럭더럭 자꾸 대들어 매우 귀찮게 조르는 모양.
자조(自嘲) 자기를 비웃음.

주전자에는 물이 남아 있지 않았다. 목이 말랐다. 주전자 주위에 쏟아진 한 모금의 물을 그는 개처럼 핥아 마셨다. 그리고 그는 몸을 끌어 다른 자리로 옮겨 갔다. 젖은 옷 때문에 몸은 이내 한기가 들었다. 예산댁은 오지 않을 것이 분명했다. 어제 왔으니 내일이나 오면 다행이었다. 우현의 집에 전화를 걸까 하다가 그만두었다. 우현은 이미 회사에 나갔을 터였다. 우현의 처에게 젖은 옷을 갈아입혀 달라고 말하기도 뭣했다. 비몽사몽 잠이 들었다. 머리가 빠개지는 듯 아팠다. 어느새 해가 지고 있었다. 성현은 예산댁의 집에 전화를 걸었다.

"할머니 바꿔."

"나는 할머니가 아냐. 건호야."

작은 악마. 그놈이었다. 성현은 다시 말했다.

"건호야, 할머니 바꿔."

전화 가지고 장난질은? 예산댁의 목소리가 들리는가 싶더니 전화가 그대로 딸깍 끊겼다. 성현은 잠깐 엎드렸다. 잠깐이라고 생각했는데 시간이 꽤 흐른 모양이었다. 그는 전화를 다시 걸 수 없었다. 수화기가 어디 있는지 보이지 않았다. 주위가 너무 깜깜했다. 팔을 휘저으면 수화기가 잡힐 것이 분명했다. 단축키만 누르면 우현의 집에 연락이 될 것이었다. 팔을 뻗을 수가 없었다. 왜 그런지 알 수 없었다.

그를 마구 흔들어 깨우는 사람은 예산댁이었다. 대낮이었다.

"이런 이런, 내 어젯밤 꿈이 그리 사납더라니께."

예산댁이 허둥지둥 미음을 그의 입에 떠 넣었다.

"글쎄, 왜 이리 사람 복장을 질러. 빵에는 손도 안 대고. 혼자 먹겠다고 했잖은감!"

그는 미음을 잘 삼킬 수가 없었다. 정신이 가물가물 꺼져 갔다.

"괜찮으세요?"

어느새 우현의 처가 와서 근심스레 그를 들여다보고 있었다. 그는 웃으려고 애를 썼다. 잘 되지 않았다.

"병원에 가셔야 되겠어요."

아뇨, 이번에는 확실하게 고개를 내저었다. 예산댁이 징징거렸다.

"시상에. 동기가 여럿이면 뭐 혀. 사람이 죽어 가는데도 들여다도 안 보는데? 아이그 불쌍한 우리 성현이. 어제저녁에 갈 때꺼정만 해도 멀쩡했는디. 이를 워쩐대."

예산댁이 울먹이면서 다시 미음을 떠 넣었다. 그녀의 넋두리가 이어졌다.

"아줌니 살았을 적에는 이렇지 않았구먼. 성현이 밥 한 끼만 부실히 먹어도 얼마나 걱정을 허셨는디. 다 필요 없다니께. 동기가 무슨 소용이랴? 시체를 쳐 나가도 모를 거여."

성현은 우현의 처가 주는 해열제를 억지로 삼켰다. 온몸이 나른했다. 그는 눈을 감았다. 자꾸 졸음이 왔다.

"아무래도 안 되겠어요. 저희 집에 가세요. 아줌마도 내일부터 우리 집으로 오시구요."

예산댁이 갑자기 당황하는 품이 역력했다.

"새, 새댁이 무, 무슨 시중을 든다구 그려? 아무래도 여기 따로 있는 게 낫지. 내가 있잖여? 내가 성현이 곁에 꼬옥 붙어 있는데 뭘 그려. 내, 돌아가신 아줌니 심정을 헤아려서라두……."

성현이 눈을 떠서 우현의 처를 바라보았다. 집안의 맏며느리 노릇을 묵묵히 잘하는 착한 제수였다. 성현의 말소리는 가을바람 소리처럼 연약했다.

"예산댁이 잘해 주니까…… 걱정 말아요. 나는…… 아무 데도 안 가요."

"그러지 마시고 아주버님, 이러다 큰일 나요. 열도 있고 자꾸 **까부라지시**

까부라지다 기운이 빠져 몸이 고부라지거나 생기가 없이 나른해지다.

는데."

"여기가 편하다잖여, 성현이가? 걱정 말어요. 무신 일이야 있을라구. 이
사람이 이리 꼼짝 못 허니 내가 큰일이구먼. 대소변 치우는 일허며. 그래
두 워쪄, 내 일인디. 내가 성현이 에미 아닌감."

예산댁이 생색을 내었다. 우현의 처가 근심스러운 얼굴로 그를 내려다보
았다.

"정말 괜찮으시겠어요?"

성현이 천천히 웃으며 고개를 끄덕였다. 동기간에 그녀만큼 우애 있기도
참으로 어려운 일이었다. 그는 눈을 감았다. 눈꺼풀이 너무나 무거웠다. 죽
음이란…… 온몸을 내리눌러 움쭉할 수 없는, 눈 한 번 뜰 수 없는 압박의
공간. 무거운 흙더미 밑에 깔려 신음 소리조차 낼 수 없는, 숨조차 쉴 수 없
는 화석의 공간. 그는 기뻤다. 자신의 삶이 서서히 끝나 가고 있다는 사실이
참으로 다행스러웠다.

저녁에는 우현이 그를 설득했다. 성현은 한사코 병원에 가기도, 우현의
집으로 거처를 옮기기도 마다했다.

"그대로…… 놓아 두어. 자꾸 괴롭히지 말아."

눈을 떠 보면 누군가가 그의 곁에서 그를 쳐다보고 있었다. 예산댁이 미
음 숟가락을 내밀고 있기도 하고 우현의 처나 때로는 승현이나 정희가 있기
도 했다. 그는 또 눈을 감았다. 힘이 없었다.

눈을 뜨니 승현이 걱정스레 그를 들여다보고 있었다. 성현은 오랜만에 입
을 떼었다. 그는 열심히 말했다. 혓바닥이 자꾸 안으로 꼬여 들었다.

"화……알."

승현은 무슨 말인지 몰라 어리둥절했다.

"뭐? 뭐 필요해? 다시 말해 봐, 형."

"화……아아알, 화아……."

"여기 있잖아?"

활을 성현에게 가져다준 사람은 작은 악마 건호였다. 그것은 이미 활도 아니었다. 한쪽 끝에는 조금 긴 노끈이, 다른 한쪽 끝에는 그보다 짧은 노끈이 묶여 **흔덕거리는**, 무엇인지 알 수 없는 긴 대꼬챙이일 뿐이었다.

"이거? ……원, 형두 참. 건호 장난감은 왜 뺏어?"

승현이 소리 내어 웃었다. 건호가 말했다.

"이거, 이거 내 거 아냐. 아찌 거야."

건호는 그것을 성현의 오그라진 손에 끼워 주었다. 성현은 승현을 올려다보았다. 그는 열심히 입을 크게 벌렸다.

"승현아……. 이거…… 나 줄래?"

활은 원래 승현의 것이었다. 승현의 돌상에 올랐던 그 활이었다. 승현은 무슨 영문인지 몰랐다. 그저 성현의 눈을 보고 천천히 고개를 끄덕였다.

"그래…… 형 줄게."

"이거, 여기 끊어졌어."

건호가 성현의 손에서 대꼬챙이를 다시 빼내어 승현에게 넘겨주었다.

"아아, 이게 활이야? 이렇게 묶어?"

승현이 건호에게 물었다. 건호가 고개를 끄덕였다. 승현이 그를 쳐다보았다.

"형, 이거, 이렇게 묶어 줘?"

성현이 고개를 크게 끄덕였다. 그는 승현이 너무 고마웠다. 승현은 이불을 꿰매는 굵은 실을 찾아와 활줄을 탄탄히 먹였다. 그리고 성현의 오그라진 손에 그것을 다시 정성스레 끼워 주었다.

앗따따, 활이다 활! 큰 장군이 될라.

대청마루에 둘러선 동네 아줌마들의 시시덕거림이 들려오는 듯했다. 그

흔덕거리다 큰 물체 따위가 둔하게 자꾸 흔들리다. 또는 그렇게 되게 하다.

는 모든 이에게 감사했다. 그토록 미워하던 건호가 자신에게 활을 주다니. 그는 이 세상의 모든 사람들에게 자신의 잘못을 용서받고 싶었다. 졸음이 다시 쏟아졌다.

꿈인지 현실인지 분간이 되지 않는 속에서 그는 많은 이들을 차례로 만나 보았다. 눈을 떠 보니 검은 옷을 입은 신부가 서 있었다. 그가 물었다.

"문성현 씨, 하느님을 믿습니까."

성현은 고개를 끄덕였다. 어머니의 하느님, 그 하느님이라면 믿고 말고. 어머니 곁에 갈 수만 있다면. 그는 눈물이 고인 눈으로 신부를 올려다보았다.

문성현의 시신은 집을 떠나 성당으로 옮겨졌다. 신부가 그의 검은 관 위에 성호를 그었다. 작년 봄, 그의 어머니의 장례 미사를 **집전했던** 신부였다. 장례 미사가 끝난 후 그의 유해는 동생들의 오열 속에 화장장으로 떠나갔다. 1996년 12월 18일. 문성현이 이 세상에 태어난 지 만 39년, 그의 어머니가 돌아가시고 나서 1년 7개월 만의 일이었다.

집전하다(執典--) 전례(典禮)를 다잡아 집행하다.

문학은 장애를 어떻게 다뤄야 하는가

　장애학적 시각에서 봤을 때, 비장애인들이 문학을 통해 생산해 내는 장애인의 이미지는 대체로 부정적이거나 제한적이라는 문제가 있다. 유사한 사례로 미국 흑인이 예술이나 대중 매체에 의하여 부정적으로 제시되는데, 이는 대부분 백인에 의해 구성된 것이다.

　또 하나의 문제로는 다른 모든 사회적 소수 집단처럼 장애인도 예술의 주체로서 존재하는 것이 아니라 그저 예술을 위해 존재한다는 것이다. 대표적으로 많은 비평가들은 《난장이가 쏘아 올린 작은 공》을 분석하면서 이 작품은 인간을 착취의 대상으로만 간주하며, 결과적으로 작가는 의미 있는 인간관계를 불가능하게 만드는 경제적 분배 제도를 비판하고 있다고 평가한다.

　그러나 《난장이가 쏘아 올린 작은 공》은 비주류의 상징으로 장애인을 등장시키면서 그저 고통받는 아주 무기력한 인물들로 그려 내었다. 그 결과 이 작품에서 주인공과 그 가족은 거의 구경거리로 전락하게 되었고, 때문에 이 연작 단편 소설을 접하는 사람들은 사회 개혁의 필요성에 대한 작가의 주장에 공감하는가의 여부와 관계없이 장애를 가진 인물들에 대한 동정심과 혐오감이 뒤범벅된 결코 즐겁지 않은 감정을 느끼게 된다.

　1990년대에 들어서면서 교육적 힘을 가진 아동 문학을 중심으로 장애학에 기댄 문학 담론이 활발히 이루어졌다. 이때 조언 블라스카나 주디스 랜드럼과 같은 학자들은 교육적인 목적을 위하여 사용할 수 있는 장애인이 등장하는 아동 문학을 선별하는 기준을 제시하기도 하였다.

　그 기준으로는 1. 동정이 아니라 감정 이입을 촉진할 것 2. 조롱이 아니라 수용을 묘사할 것 3. 실패보다는 (실패와 함께) 성공을 묘사할 것 4. 장애를 지닌 사람들의 긍정적인 이미지를 촉진할 것 5. 장애에 대하여 아동들이 정확한 이해를 얻는 데 도움을 줄 것 6. 장애를 지닌 사람들에 대한 존중의 태도를 보일 것 7. '저들 중의 한 사람'이 아니라 '우리들 중의 한 사람'의 태도를 장려할 것 8. 사람이 먼저고 장애가 그다음이라는 철학을 담은 언어를 사용할 것 9. 장애(인)를 (인간이기는 하나 초인간적으로가 아닌) 사실적으로 묘사할 것 10. 성격을 현실적인 방법을 설명할 것 등이 있다.

황만근은 이렇게 말했다

[1~10] 다음 제시문을 읽고 물음에 답해 봅시다.

> **가** "만그인지 반그인지 그 바보 자석 하나 따문에 소여물도 못 하러 가고 이기 뭐
> 라. 스무 바리나 되는 소가 한꺼분에 밥 굶는 기 중요한가, 바보 자석 하나가 어
> 데 가서 술 처먹고 집에 안 오는 기 중요한가, 써그랄."
>
> 마을에서 연장자 축에 들고 가장 학식이 높아 해마다 한 번씩 지내는 용왕제에
> 축(祝)을 초하는 황재석 씨가 받았다.
>
> "그래도 질래 있던 사람이 없어지마 필시 연유가 있는 기라. 사람이 바늘이라,
> 모래라. 기양 없어지는 기 어디 있어. 암만 그래도 우리 동네 사람 아이라. 반그
> 이, 아이다, 만그이가 여게서 나서 사는 동안 한 분도 밖에서 안 들어온 적이 없
> 는데 말이라."
>
> "아이지요, 어르신. 가가 군대 간다 캤을 때 여운지 토깨인지하고 밤새도록 싸우
> 니라고 하루는 안 들어왔심다."
>
> 용왕제에서 집사 역을 하는 황동수가 우스개처럼 말을 이었다. 아침밥을 먹기도
> 전 황만근의 아들이 찾아와 황만근이 집에 돌아오지 않았다고 하길래 얼결에 동네
> 사람들을 불러 모으는 역할을 하게 된 민 씨는 분위기가 이상하게 돌아간다 생각
> 하고 참견을 했다.
>
> "어제 궐기 대회 한다 하고 간 사람이 누구누구십니까. 황만근 씨하고 같이 간
> 사람은요? 궐기 대회 하는 동안 본 사람은 없나요?"
>
> 자리에 모인 대여섯 명의 황 씨들은 서로의 얼굴을 마주 보더니 모두 고개를 흔
> 들었다.
>
> "사람이라고 및 밍이나 되나. 군 전체 사람이 모도 모있다는 기 백 밍이 될라나
> 말라나 한데 ㉠반그이는 돼지고기 반 근만 해서 그런지 안 보이더라칸께."
>
> **나** 이장은 계속 빈정거리듯 말을 이었다. 민 씨는 이장이 궐기 대회 전날 황만근
> 을 따로 불러 무슨 말을 건네던 것을 기억해 냈다.

"그제 밤에 내일 궐기 대회 한다고 사람들 모였을 때 이장님이 황만근 씨에게 뭐라고 하셨죠. 모임 끝난 뒤에."

이장은 민 씨를 흘기듯 노려보았다.

"왜, 농민보고 농민 궐기 대회 꼭 나오라 캤는데, 뭐가 잘못됐나."

민 씨는 자신도 모르게 따지는 어조가 되었다.

"군 전체가 모두 모여도 몇 명 안 되었다면서요. 그런 자리에 황만근 씨가 꼭 가야 합니까. 아니, 황만근 씨만 가야 할 이유라도 있습니까. 따로 황만근 씨한테 부탁을 할 정도로."

"이 사람이 뭐라 카는 기라. 이장이 동민한테 농가 부채 탕감 촉구 전국 농민 총궐기 대회가 있다, 꼭 참석해서 우리의 입장을 밝히자 카는데 뭐가 잘못됐다 말이라."

"잘못이라는 게 아니고요, 다른 사람들은 다 돌아왔는데 왜 황만근 씨만 못 오고 있나 하는 겁니다."

"내가 아나. 읍에 가 보이 장날이더라고. 보나 마나 어데서 술 처먹고 주질러앉았을 끼라. 백 리 길을 깅운기를 끌고 갔으이 시간도 마이 걸릴 끼고."

다른 사람들은 말이 없었고 민 씨와 이장만이 공을 주고받는 꼴이 되어 버렸다.

"글쎄, 그 자리에 꼭 황만근 씨만 경운기를 끌고 갔어야 했느냐 이 말입니다. 그것도 고장 난 경운기를."

다 일주일 뒤에 황만근은 돌아왔다. 그의 아들이 그를 안고 돌아왔다. 한 항아리밖에 안 되는 그의 뼈를 담고 돌아왔다. 경운기도 돌아왔다. 수레는 떼어 내고 머리 부분만 트럭에 실려 돌아왔다. 황만근 아니면 그 누구도 작동시킬 수 없는 그 머리가, 바보처럼 주인을 태우지 않고 돌아왔다.

라 황만근, 황 선생은 어리석게 태어났는지는 모르지만 해가 가며 차츰 신지가 돌아왔다. 하늘이 착한 사람을 따뜻이 덮어 주고 땅이 은혜롭게 부리를 대어 알껍데기를 까 주었다. 그리하여 후년에는 그 누구보다 지혜로웠다. 그는 누구에게도 해를 끼치지 않았듯 그 지혜로 어떤 수고로운 가르침도 함부로 남기지 않았다. 스스로 땅의 자손을 자처하여 늘 부지런하고 근면하였다. 사람들이 빚만 남는 농사에 공연히 뼈를 상한다고 하였으나 개의치 아니하였다. 사람 사이에 어려움이 있으면 언제나 함께하였고 공에는 자신보다 남을 내세워 뒷사람을 놀라게 했다. 하늘이 내린 효자로서 평생 어머니 봉양을 극진히 했다. 아들에게는 따뜻하고 이해심 많은 아버지였고 훈육을 할 때는 알아듣기 쉽게 하여 마음으로 감복시켰다.

선생은 천성이 술을 좋아하였는데 사람들은 선생이 가난한 것은 술 때문이라고 했다. 선생은 어느 농사꾼보다 부지런했고 농사일에도 익어 있었다. 문중 땅과 나이가 들어 농사가 힘에 부친 사람의 땅을 빌려 농사를 지었다. 농사를 짓되 땅에서 억지로 빼앗지 않고 남으면 술을 빚어 가벼운 기운은 하늘에 바치고 무거운 기운은 땅에 돌려주었다. 그러므로 선생은 술로써 망한 것이 아니라 술의 물감으로 인생을 그려 나간 것이다. 선생이 마시는 막걸리는 밥이면서 사직의 신에게 바치는 헌주였다. 힘의 근원이고 낙천의 뼈였다.

마 전일에, 선생은 경운기를 끌고 면 소재지로 갔지만 경운기를 타고 온 사람이 없어 같이 갈 사람을 만나지 못했다. 선생은 다시 경운기를 끌고 백 리 길을 달려 약속 장소인 군청까지 갔다. 가는 동안 선생은 여러 번 차에 부딪힐 뻔했다. 마른 봄바람에 섞인 먼지가 눈을 괴롭혔다. 날은 흐렸고 추웠다. 이윽고 비가 내리기 시작했다. 경운기에는 비를 피할 만한 덮개가 없어서 선생은 뼛속까지 젖어 드는 추위에 몸을 떨었다. 선생이 군청 앞까지 갔을 때 이미 대회는 끝나고 아무도 없었다. 어머니에게 가져다줄 생선을 사고 몸을 녹인 선생은 날이 어두워 오는 줄도 모르고 경운기에 올라 집으로 향했다. 경운기에는 빠르게 달리는 차량의 주의를 끌 만한 표지가 없어서 선생은 몇 번이나 사고를 당할 뻔했다. 그때마다 멈추었다가 다시 출발하는 바람에 시간은 점점 늦어졌다. 어두워지면서 경운기는 길옆의 논으로 떨어졌고 수레는 부서졌다. 결국 선생은 그 밤 안으로 집에 돌아갈 수 없다는 걸 알았다. 선생은 경운기에 실려 있는 땅의 젖에 취하여 경운기 옆에 앉아 경운기를 지켰다. 그러나 경운기는 선생을 지켜 주지 않았다. 아아, 선생이 좀 더 살았더라면 난세의 혹염에 그늘의 덕을 널리 베푸는 큰 나무가 되었을 것이다.

바 어느 누구도 알아주지 아니하고 감탄하지 않는 삶이었지만 ⓐ선생은 깊고 그윽한 경지를 이루었다. 보라. ⓑ남의 비웃음을 받으며 살면서도 비루하지 아니하고 홀로 할 바를 이루어 초지를 일관하니 이 어찌 하늘이 낸 사람이라 아니할 수 있겠는가. 이 어찌 하늘이 내고 땅이 일으켜 세운 사람이 아니랴.

단기 사천삼백삼십 년 오월 스무날

본디 묘지에나 쓰일 것[묘비명(墓碑銘)]이지만 천지를 대영혼의 집으로 삼은 선생인지라 아무 쓸모도 없는 이 글을, 새터말로 귀농하였다가 이룬 것 없이 다시 도시로 흘러가며, 남해인(南海人) 민순정(閔順晶)이 엎디어 쓰다.

1_ 제시문을 읽고 알 수 있는 사실로 적절하지 <u>않은</u> 것을 골라 봅시다.

① 황만근은 부지런한 농부였다.

② 황만근은 약속을 잘 지키는 사람이었다.

③ 황만근은 평소 술 마시는 것을 즐겨 했다.

④ 황만근은 경운기 운전을 좋아하는 사람이었다.

⑤ 황만근은 지극한 효자였고 따뜻한 아버지였다.

2_ 제시문의 등장인물에 대한 설명으로 적절하지 <u>않은</u> 것을 골라 봅시다.

① 황재석은 실종된 황만근을 걱정하고 있다.

② 황만근은 평소 마을 사람들에게 신뢰를 받았다.

③ 민 씨는 황만근의 행적에 대해 궁금해하고 있다.

④ 황동수는 황만근을 무시하는 태도를 지니고 있다.

⑤ 이장은 황만근의 실종을 대수롭지 않게 여기고 있다.

3_ 제시문에서 사투리를 사용하여 얻는 효과로 적절하지 <u>않은</u> 것을 골라 봅시다.

① 인물의 성격에 전형성을 부여한다.

② 작품의 해학성을 강화하는 역할을 한다.

③ 인물들을 곁에서 보는 것 같은 현장감을 준다.

④ 농촌이라는 공간의 상황을 사실적으로 나타낸다.

⑤ 서술자가 다른 인물들보다 우월한 위치에 있음을 드러낸다.

4_ ㉠과 유사한 표현 방식이 사용되지 <u>않은</u> 것을 골라 봅시다.

① 운봉의 갈비를 직신, "갈비 한 대 먹고 지고."

② 어 추워라, 문 들어온다, 바람 닫아라. 물 마른다, 목 들여라.

③ 마구간에 들어가 노새원님을 끌어다가 등에 솔질을 솰솰하여

④ 신 것을 그렇게 많이 먹고, 그 애를 낳으면 그놈의 자식이 시큰둥하여 쓰겠나

⑤ 개잘량이라는 '양' 자에 개다리소반이라는 '반' 자 쓰는 양반이 나오신단 말이오.

5_ 제시문에서 갈등을 일으키는 두 인물을 써 봅시다.

_____

6_ 이 작품은 주인공의 실종으로 글을 시작하고 있습니다. 이러한 구성을 통해 독자에게 주는 효과를 써 봅시다.

7_ 이 작품을 통해 작가가 드러내고자 하는 농촌 현실의 문제점을 써 봅시다.

8_ 제시문 **[바]**의 서술상 특징으로 가장 적절한 것을 골라 봅시다.

① 삽화적 구성을 통해 인물이 지닌 모순적 면모를 부각하고 있다.

② 액자 형식의 구성을 통해 현재 사건이 지닌 모순을 파헤치고 있다.

③ 작품 속 인물이 서술자가 되어 다른 인물의 행적과 삶을 직접 밝히고 있다.

④ 사건의 과정을 빠짐없이 제시하는 구성을 통해 사건을 밀도 있게 표현하고 있다.

⑤ 압축적인 구성을 통해 인물의 성격이 형성되는 과정을 개연성 있게 나타내고 있다.

9_ ⓐ와 ⓑ를 비교한 내용으로 가장 적절한 것을 골라 봅시다.

	ⓐ	ⓑ
①	비판적	소극적
②	전통적	전근대적
③	속물적	이타적
④	이타적	이기적
⑤	능동적	수동적

10_ 〈보기〉를 참고하여 이 작품의 제목이 뜻하는 바를 적절하게 추론한 것을 골라 봅시다.

┤보기├

　〈황만근은 이렇게 말했다〉라는 소설의 제목에서 '이렇게'가 암시하는 것은 무엇인가? 사실 황만근은 소설 속에서 특별한 메시지를 남기지 않았다. '이렇게' 말한 것이 아니라 '이렇게'에 해당하는 부분을 몸으로 보여 주며 살다 간 인물이다.

① 황만근이 남긴 말을 통해 그의 삶을 본받게 하려 한 것이다.

② 황만근이 살다 간 행적을 통해 삶의 교훈을 주려고 한 것이다.

③ 황만근의 삶을 기리고 있는 민 씨의 말을 인용하려 한 것이다.

④ 황만근의 행위가 지니고 있는 역사적 의미를 강조하려 한 것이다.

⑤ 황만근의 행적을 객관적으로 기술함으로써 사실성을 강화하려 한 것이다.

1 다음 설명에 해당하는 인물이 누구인지 써 봅시다.

(1) 일명 '똥깐'. 은척 역사상 불세출의 깡패. 역전 파출소 습격 사건으로 마을의 전설이
된 인물이다.

---

(2) 동관의 이란성 쌍둥이 형. 일명 '조십단'. 스무 살이 되기 전에 합기도, 유도, 태권도
등 모두 10단을 땄다.

---

(3) 동관을 따라 은척으로 흘러 들어온 인물. 동관과 잠시 동거하지만 시어머니와의 갈
등으로 집을 나간다.

---

(4) 은척에 부임하자마자 악질 폭력 범죄 소탕과 공권력의 권위를 회복하여 새로운 경
찰상을 구현하자고 역설하는 인물. 동관에게 봉변을 당한 뒤 공권력을 총동원해 동
관을 체포하려 한다.

[2~3] 다음 제시문을 읽고 물음에 답해 봅시다.

> 이 작품은 은척읍에 살고 있는 조동관이라는 인물의 삶을 전(傳)의 형식을 차용
> 해 그리고 있는 소설이다. 작가는 건달이면서도 사람들과 커다란 은원을 지고 있
> 지도 않고, 한편으로는 사리 판단이 부족한 어리숙한 모습으로, 또 한편으로는 자
> 신이 사랑했던 여자를 찾기 위해 몇 년이나 소비할 정도로 과감한 모습을 보여 주
> 는 인물을 그리면서, 경찰서장으로 상징되는 공권력의 부당한 행사와 그에 대한
> 저항을 풍자적 기법으로 제시하고 있다.

2_ 제시문을 참고하여 마을 사람들이 〈보기〉와 같이 말한 이유를 써 봅시다.

> ┤보기├
>
> "희한해. 난 하루라도 똥깐이 욕을 듣지 않으면 잠이 안 와. 몸도 찌뿌드드하고. 버릇이 됐나 봐. 그 욕을 듣고 있으면 꼭 안마를 받는 것같이 시원해."

3_ 제시문과 〈보기〉를 통해 알 수 있는 경찰서장의 성격을 써 봅시다.

> ┤보기├
>
> "네 이노옴, 이 무엄한 놈! 감히 본관의 관용차에 손을 대다니."
>
> '여봐라, 이놈을 당장 무릎을 꿇리고 주리를 틀어라' 하고 말하고 싶었겠지만 서장에게는 그럴 기회가 없었다.

[4~8] 다음 제시문을 읽고 물음에 답해 봅시다.

> **가** 똥깐의 본명은 동관이며 성은 조이다. 그럴싸한 자호(字號)가 있을 리 없고 이름난 조상도, 남긴 후손도 없다. 동관이라는 이름이 똥깐으로 변한 데는 수다한 사연이 있어 한마디로 말할 수는 없다. 다만 똥깐이와 한 시대를 산 사람들이 똥깐이를 낳고 똥깐이를 만들고 똥깐이를 죽이는 과정에서 자신들의 일부로 평범한 사람 조동관을, 자신들과는 다른 비범한 인간 똥깐이로 받아들이

게 되었다는 것은 분명하다. 똥깐이 살다 간 은척읍에서 세 살 먹은 아이부터 여든 먹은 노인에 이르기까지 남녀노소 불문하고 동관을 칭할 때 똥깐이라고 하지 않은 사람은 없었다. 그러나 똥깐이 보고 듣는 데서는 아무도 그를 동관으로도, 똥깐으로도 부를 수 없었다.

[A]
똥깐은 이란성 쌍둥이의 동생으로 태어났는데 죽을 때까지 형 은관과 대략 일천 회 이상의 드잡이질을 벌였다. 그 드잡이질은 똥깐의 타고난 체격에 담력과 기술, 자잘한 흉터를 안겨 주었고 그가 은척 역사상 불세출의 깡패로 우뚝 서는 바탕이 되었다. 은관은 다른 사람의 인정을 받는 걸 좋아해서 스무 살이 되기 전에 이미 합기도 삼 단, 유도 사 단, 태권도 삼 단의 면장을 가지게 되었는데 그 결과 그에게 붙여진 별명은 '조십단'이었다. 나쁘게 발음하면 그대로 욕이 될 수 있으므로 사람들은 은관이 있는 곳에서는 절대 그 별명으로 부르지 않았고 없는 데서도 혹시 신출귀몰하는 그들 형제가 주변에 없나 살피고 나서 '똥깐이가 조십다니하고 술 먹다가 전당포 주인을 깔고 앉은 사연' 등을 즐겼다.

그런 이야기가 은척읍 사람들에게 재밋거리가 된 것은 그 때 은척에 살던 사람들 대부분이 텔레비전이나 신문, 라디오를 보거나 들을 수 없었기 때문이다. 볼 돈도 없었고 볼 생각도 없었으며 볼 수도 없었다. 따라서 은관 형제의 이야기는 그들의 뉴스였고 연재소설이자 연속극이며 스포츠였고, 무엇보다도 신화였다.

[중략 부분의 줄거리] 신임 경찰서장이 부임하는 날 동관은 자신의 영역이 침해당했다는 본능적 생각에 그를 폭행하고, 사람들 앞에서 망신을 당한 신임 경찰서장은 엄청나게 분노한다. 한편, 경찰을 피해 도망친 동관은 뒷산에 은거하며 세상을 향해 다양하고도 질긴 욕설을 퍼붓는다.

다시 밤이 왔고 기동 타격대는 야간 장비가 없어 야간 작전이 불가능하다는 작전 계획을 짜고 내려왔다. 이틀째 되는 날, 춥고 허기진 똥깐의 상태를 짐작한 ㉠기동 타격대는 바위 아래쪽 움푹한 곳에 불을 피우고 고기를 구워 대며 똥깐에게 심리적인 타격을 가했다. 똥깐이 바위 위에서 아래를 내려다보면서 팔짱을 끼고 서 있는 모습이 목격되기도 했다. 그때쯤에는 온 읍내 사람들의 눈과 귀가 모두 남산 위의 못생긴 바위에 집중되어 있었다. 집중하지 않으려야 않을 수가 없었다.

"똥깐이가 대단하기는 대단해. 나는 이때까지 살아오면서 저렇게 웅장하고 다양한 욕을 들어 보기는 처음일세."

ⓛ"얼마 못 버틸걸. 사람이 욕만 잘한다고 살 수 있나. 입고 있는 것도 변변치 못하대. 거기 먹을 게 있겠나, 덮을 게 있겠나."

"나는 똥깐이가 절대 그냥 내려오지는 않을 거라고 믿네."

"그냥 내려오지 않으면? 호랑이라도 잡아 올까?"

"꼴뚜기 사려, 꽁치 사려어, 밴댕이젓 사려."

ⓒ"여봐요. 거 왜 남 장사하는 집 문전에서 비린내를 풍기고 그래?"

"맞아. 하도 욕을 퍼부으니 온 읍내에서 욕 냄새가 나는 것 같아. 애들 교육은 어떻게 할지, 원."

"그런데 말야, 희한해. 난 하루라도 똥깐이 욕을 듣지 않으면 잠이 안 와. 몸도 찌뿌드드하고. 버릇이 됐나 봐. 그 욕을 듣고 있으면 꼭 안마를 받는 것같이 시원해."

ⓔ병원에 누워 있던 서장은 삼십 분마다 사람을 보내 당장 똥깐을 체포해 오라고 불호령을 내렸다. 그로서는 공직 생활 수십 년에 처음 겪는 망신이었고 똥깐인지 변소인지를 못 잡으면 수챗물에 내동댕이쳐진 체면이며 훈장이 평생 회복될 것 같지 않았다. 따라서 똥깐이가 산에서 버틴 지 사흘째 되는 날 밤에는 핑계를 대는 데는 선수인 경찰들도 밤새 잠복근무를 하지 않을 수 없었다. 그러거나 말거나 똥깐은 굳세게 잘 버텼다. 잠옷이나 다름없는 옷을 입고 누더기나 다름없는 모포를 뒤집어쓰고 원시적인 무기인 돌로만 무장하고 타고난 욕설과 독기로. 마침내 그의 욕설이 그치자 ⓜ읍내 사람들은 오히려 불안한 마음이 되어 하나씩 둘씩 남산으로 눈길과 발길을 옮기기 시작했다. 눈발이 희끗희끗 비치는가 했더니 삽시간에 폭설로 변했다. 눈은 그동안 똥깐이 퍼부어 댔던 욕이 퍼진 대기를 정화하고 욕이 내려앉은 땅을 덮으려는 듯 쉬지 않고 내렸다. 눈사람인지 사람인지 구별이 안 되는 행렬이 남산 입구에서 바위로 올라가는 유일한 통로인 좁은 산길을 메웠다.

나 한없이 내리퍼붓던 눈이 문득 그치고, 느닷없이 침묵과 고요가 은척을 엄습했다. 누구도 입을 떼지 않고 바람도 소리를 죽이던 바로 그때, 그 순간. 아뿔싸, 오호라, 슬프도다, 어쩔 것인가, 똥깐의 죽음을 알리는 비보가 전해졌다.

그는 얼어 죽었다. 자신 말고는 아무도 없는 동굴에서. 쥐 뼈인지 비둘기 뼈인지 작고 메마른 뼈 몇 개가 그의 발 주변에 흩어져 있었고 아주 가는 뼈 하나가 그의 입에서 멧돼지의 어금니마냥 튀어나와 있었다. 뻣뻣한 똥깐의 시체를 모포에 말아 들 것에 싣고 내려오던 기동 타격대 행렬은 말없이 눈을 맞으며 자신들을 지켜보는 눈사람의 행렬과 마주쳤다. 이 행렬은 저 행렬을 무언으로 비난했고 저 행렬은 이 행렬에게 그럴 수밖에 없었다는 뜻을 무언으로 전하며 한동안 눈을 맞고 서 있었다. 어쨌든 은척에서 태어나 은척에서 살다가 은척에서 죽을 사람들은 모두 한패였다.

아무것도 이해 못 한 사람은 은척에서 나지 않았고 은척에서 살아 본 적도 없으며 은척에서 죽을 리도 없는 신임 경찰서장이었다. 그는 똥깐의 돌에 맞은 경찰관이 그 상처와 관계없이 몇 주 뒤 교통사고로 죽자 그를 기리는 비석을 남산의 바위 앞에 건립토록 했다. 비석 앞면에는 '경찰충령비(警察忠靈碑)'라는 큼직한 글씨가 새겨졌고 뒷면에는 아무개 서장이 은척의 치안을 위협하는 불량 도배를 소탕하여 정의와 질서를 구현한 경위, 그 소탕 작전에 참여했다 장렬히 산화한 경찰 아무개를 기려 비를 세우는 데 읍내 유리 가게, 철물점, 어물전, 양복점, 술집, 기타의 주인장들을 얼마나 고심하여 건립 위원으로 위촉했는가 등등의 사연이 국한문 혼용체로 비뚤비뚤 적혀 있었다. 경찰서장은 그 비가 세워지던 날, 울며 겨자 먹기로 돈을 내놓은 유지들과 경찰 전원을 참석시킨 가운데 거창한 제막식까지 지냈다. 그가 은척 경찰서장으로 재직하면서 했던 최고의 업적은 바로 그것이었다. 그 외에는 한 일이 없었다.

4_ 제시문에 대한 이해로 가장 적절한 것을 골라 봅시다.

① 서술자가 주인공으로 등장하여 자신의 체험을 진술하고 있다.

② 공간적 배경에 따라 서술자를 달리하여 상황을 전달하고 있다.

③ 서술자의 회상을 통해 외부 이야기에서 내부 이야기로 이동하고 있다.

④ 주변 인물이 서술자가 되어 주인공의 심리를 간접적으로 제시하고 있다.

⑤ 서술자가 개입하여 인물에 대한 주관적 판단이나 감정을 표현하고 있다.

5_ ⊙~⊚에 대한 감상으로 적절하지 <u>않은</u> 것을 골라 봅시다.

① ⊙ : 본능적 감각을 자극하여 상대방을 회유하려는 모습이 나타나 있군.

② ⊙ : 선택의 여지가 없음을 들어 앞으로 일어날 상황을 예상하고 있군.

③ ⊙ : 불미스러운 일로 경직되어 버린 읍내 경제 상황에 대한 불안함이 표현되어 있군.

④ ⊙ : 명령을 반복적으로 하달하는 이면에는 이전 사건에 대한 분노가 담겨 있군.

⑤ ⊙ : 상황의 변화로 인해 등장인물에 대한 사람들의 걱정이 행동으로 옮겨지고 있군.

6_ 〈보기〉를 참고하여 [A]의 '조동관'을 이해한 내용으로 적절하지 <u>않은</u> 것을 골라 봅시다.

┃보기┃

　이 작품의 주인공은 원래는 평범한 사람이다. 그러나 성장 과정에서 그는 평범하지 않은 인간으로 알려지는데, 그 이면에는 주인공에 대한 주변 사람들의 시선과 그 시선의 변화 과정이 드러나 있다. 이를 바탕으로 평판의 특징을 이해할 수 있다. 평판은 어떤 원인에 의해 생성되고 축적되는 결과물인 까닭에 혹자는 평판을 타인의 시선에 비친 누군가의 모습이라 말한다. 이러한 평판의 속성으로 인해 때로는 다수의 사람들이 정보를 교환하는 과정에서, 정보량 및 인식의 차이에 의해 의도와 상관없이 대상에 대한 정보가 왜곡, 은폐, 과장되기도 한다. 그리고 이것이 군중의 인식에 영향을 주어, 대상이 본질과 다른 방향으로 변질되기도 한다.

① '동관'이 '똥깐'으로 변한 데는 수다한 사연이 있는 것을 통해 평판이 어떤 원인에 의해 생성되고 축적된 결과물임을 확인할 수 있다.

② '세 살 먹은 아이부터 여든 먹은 노인'까지 '동관'을 '똥깐'이라 칭하는 모습을 통해 정보량의 차이에 의해 평판이 은폐될 수 있음을 확인할 수 있다.

③ '똥깐'에 대한 이야기가 읍내 사람들의 '뉴스' 또는 '연재소설' 등의 역할을 하는 모습을 통해 평판이 군중의 인식에 영향을 줄 수 있음을 확인할 수 있다.

④ '동관'과 같은 시대를 산 사람들이 똥깐이를 만들고, 똥깐이로 받아들이게 되는 모습을 통해 평판이 타인의 시선에 비친 누군가의 모습임을 확인할 수 있다.

⑤ '그럴싸한 자호'나 '이름난 조상'이 없는 평범한 인물이 '비범한 인간'으로 사람들에게 알려지는 모습을 통해 다수에 의해 원래 모습과 괴리가 있는 평판이 형성될 수 있음을 확인할 수 있다.

7_ 〈보기〉를 참고하여 제시문 **나**를 감상한 내용으로 가장 적절한 것을 골라 봅시다.

> **┨보기┠**
>
> 성석제의 소설은 마치 농담처럼 진행된다. 여기서 농담이란 억압적인 권위와 권력에 대한 조롱을 가리킨다. 그것은 엄숙하고 진지한 척하는, 그리고 고결한 무언가가 있는 척하는 담론들에 대한 야유이다. 진정한 의미의 농담들은 그 안에 삶의 복잡성과 아이러니에 대한 이해를 깔고 있어야 하며, 그 이해가 없이는 농담이 불가능하다. 또한 농담은 농담하는 자와 농담을 듣는 자 간의 암묵적 계약이 전제되어야 한다. 따라서 농담은 철저히 대화적이며 타자 지향적인 기능을 갖는다.

① '한없이 내리퍼붓던 눈'은 엄숙하고 진지한 분위기를 희화화하려는 것으로서, 고결한 척하는 권력자를 야유하고 있는 작가의 농담에 해당하는 것이겠군.

② 시체를 싣고 내려오던 행렬과 구경꾼 행렬이 '무언으로 비난'하고 변명하는 것은, 엄숙한 분위기에 대한 서술자와 독자 간의 암묵적 계약이 전제된 것이라고 볼 수 있겠군.

③ 경찰서장이 직접 '똥깐의 돌에 맞은 경찰관'의 죽음을 기리는 비석을 세운 데에서, 억압적 권위를 내려놓고 타자 지향적인 태도를 보이고 있음을 알 수 있겠군.

④ 비석의 글씨가 '국한문 혼용체로 비뚤비뚤 적혀 있었다'는 것은, 현학적 태도로 지식을 권력화하는 사람들의 내면도 사실은 혼란스럽다는 것을 드러내려는 작가의 의도로 볼 수 있겠군.

⑤ 비석을 세운 일을 경찰서장의 '최고의 업적'이라고 조롱한 것은 서술자와 독자가 부정적인 인물에 대한 평가를 공유하고 있음을 전제로 했기 때문에 가능한 것이겠군.

8_ 작가가 부정적 인물 '똥깐'을 주인공으로 내세운 이유가 무엇인지 써 봅시다.

착한 사람 문성현

[1~9] 다음 제시문을 읽고 물음에 답해 봅시다.

가 훗날 문성현이 어른이 되어서 자신의 기억을 더듬어 올라갔을 때, 가장 어린 날의 광경은 막냇동생 승현의 돌날이었으니 그가 여덟 살이 되었을 때였다. 그때 그는 방 안에 혼자 누워 있었다. 힘겹게 주위를 둘러보았다. 아무도 곁에 없었다. 얼마나 울어 젖혔는지 목이 잔뜩 쉬어 있었다. 사람들은 모두 문 저쪽에 모여 들떠 들고 있었다.

뭘 잡나 보자구. 돈을 잡아 재벌이 되려나, 책을 잡아 학자가 되려나.

잡는다, 잡아……. 앗따따, 활이다 활! 큰 장군이 될라. 좋지 좋아.

사람들의 웃음소리가 왁자하게 들려왔다. 성현은 계속하여 울려고 했다. 그런데 갑자기 울 수가 없었다. 여느 때 같으면 그는 누군가가 나타날 때까지 마구 몸부림을 치며 울었을 것이다. 아무도 자신처럼 번정대며 울지 않는다는 사실을 그는 그 순간에 깨달았다. 자신은 다른 이와 너무나 달랐다. 다른 사람들은 말을 사용했다. 그러나 그는 그렇지 못했다.

나 그날부터 그는 죽은 듯이 조용해졌다. 절대로 울지 않았다. 불가피한 경우를 제외하고는 소리도 지르지 않았다. 그는 말을 잘 하지 못했다. 말을 하려 해도 입이 따라 주지 않았다. 답답했다. 그러나 다시는 고함치며 울지 않았다. 자신의 울음소리는 그 누구에게보다도 스스로에게 너무나 끔찍하고 지겨웠다. 그는 벙어리처럼 행동했다. 배가 고파도, 대소변으로 아랫도리를 적셔도 그는 짜증을 내거나 화내지 않았다. 다른 이가 방에 들어올 때까지 그는 다만 참고 견뎌 내었다. 그때부터 그는 슬펐다. 울음을 몸 밖으로 터뜨리지 않으니 몸 안에 눈물이 고였다.

다 훗날 문성현이 어른이 되어서까지 그의 이부자리 밑에 간직하고 있었던 ⓐ장난감 활은 바로 막냇동생 승현의 돌상에 돌잡이로 올렸던 물건이었다. 댓개비를 다듬어 노끈으로 묶은 장난감 활은 그의 어린 시절 희망의 상징이었다. 일부러 누가 그에게 가져다주지는 않았다. 방구석에 놓인 활을 보고 그가 몸을 뒤치어 자신의 요 밑에 집어넣었던 것이다. 우현의 나이가 여섯 살이었으니 아마도 어른들을 피해 성현이 있는 건넌방에 가지고 와서 놀다가 무심코 놓고 갔음이 분명했다.

앗따따, 활이다 활! 큰 장군이 될라. 그 작고 조잡한 활에는 사람들의 덕담이 묻어 있었다. 그는 몇 번이고 되풀이했다. 하아, 하, 화, 화아아알. 화아알. 활.

조용해지고부터, 체머리를 흔들지 않고부터, 입을 다물고부터 그는 ⓑ텔레비전을 보기 시작했다. 그 속에 산과 들, 밀림이 있었다. 몸집이 큰 코끼리, 기린, 갖가지 색깔의 크고 작은 새들이 있었다. 먼 나라에는 이상한 풍습을 가진 이상한 사람들이 살고 있었다. 세상은 볼수록 흥미진진한 것들로 가득 차 있었다. 다른 이처럼 앉지도 서지도 걸어 다닐 수도 없는 그에게는 텔레비전을 통해 보는 다른 이들의 삶이 한편으로는 가슴 떨리는 열망이었으나 또 한편으로는 부숴 버리고 싶은 안타까움이기도 했다.

그래도 어린 그에게는 희망이 있었다. 다른 이와 결코 같을 수는 없지만, 너무나 더디고 서투르기는 했지만 그는 조금씩 달라지고 있었다. 번버듬한 채로 자라는 그의 몸피, 그는 그때 고작 십 대였던 것이다. 힘겹기 짝이 없었지만 그는 텔레비전으로 기어가 자신이 보고 싶을 때 그것을 켤 수 있게 되었다. 그리고 라디오를 켜고 끌 줄 알게 되었다. 선풍기도 작동할 수 있게 되었다. 그 후, 그는 무엇보다도 중요한 결심을 했다. 혼자 앉는 법을 익히기로 마음먹었던 것이다. (중략)

그리고…… 말을 타고 들판을 가로질러 활시위를 당길 예정이었다. 까마득히 보이는 들판 끝 과녁에 예리한 화살을 날리면 쏘는 것마다 명중, 명중. 앗따따, 활이다 활! 큰 장군이 될라.

라 수용소는 황량한 언덕 위에 길게 누운 슬래브 집이었다. 마치 감옥소처럼 아무 장식도 없는 시멘트 건물에 조그만 창문들만 줄지어 나 있었다. ㉠어머니가 수용소의 방을 구경하겠다고 몇 번이나 간청했는데도 직원은 딱 잘라 거절했다.

마 "다 사람 사는 뎁니다. 걱정하지 마십시오." (중략)

평안하고 안정된 마음으로 미소를 머금었던 그 얼굴은 그가 아니었다. 일그러진 입과 비틀린 목으로 사지를 버르적대며 짐승의 소리를 내는 바로 이들이 문성현, 그였다. 지옥의 풍경 같은 이곳이 바로 그가 있을 곳이었다. 무엇보다도 더욱 무참했던 것은 방방마다 가득 수용되어 있을 장애자들 거의가 자신보다 나이 어린 사람들이라는 사실이었다. 결국 자신은 이들의 두 배 가까운 세월 동안 두 배나 큰 몸집으로 버르적대며 가족들을 괴롭혀 왔던 것이다.

저마다의 소리로 울부짖으며 제대로 때리지도 못하면서 다투는 모습은 차라리 희극이었다. 그동안의 세월이 얼마나 빛나는 행운이었던가, 그는 너무나 확연히 깨달았다.

그들이 식사로 방바닥에 받는 딱딱한 떡, 빵들을 보며 그는 식구들이 자신의 입 안에 숟가락으로 떠 넣어 주던 따뜻한 밥과 갖가지 반찬들을 기억했다. 그들이 깔고 앉은 귀중중한 이부자리를 보며 그는 자신의 새물내 나는 깔끔한 이부자리를 기억했다. 조그만 얼룩이라도 생겼다 싶으면 미련 없이 뜯어내고 빨고 삶고 풀을 먹여 다려 주시던 어머니는 참으로 보통 분이 아니었다. 그는 눈을 감았다. 이제 자신의 삶을 마쳐도 아쉽지 않다고 생각했다. 그가 살아온 이십여 년은 치욕과 궁핍의 지옥이 아니라 너무나 포실하여 감히 짜증을 내었던 꿈의 천국이었음을 그는 가슴속 깊이 깨달았다.

🈁 어머니가 성현의 상한 얼굴을 보고 통곡했다.

"집으로 돌아가자. 너를 떼어 놓을 생각을 하다니, 이 에미가 독한 년이지. 가자. 이제는 다시 헤어지지 말자."

그는 사양하지 않았다. 집으로 돌아왔다. 성현은 오랜만에 깊은 잠을 잤다. 그리고 잠에서 깨어났다. 그의 방이 있었고 그의 텔레비전과 그의 라디오와…… 활이 있었다. 무엇보다도 그의 어머니와 형제들이 있었다. 그의 몸을 씻겨 주러 다시 찾아온 동네 아저씨들을 반갑게 맞으며 성현은 환히 웃었다.

"천국을 보았어요. 여기가…… 천국이에요."

"그래?"

그는 마음의 평화를 얻었다. 더 이상 자신의 거취 문제로, 생사 문제로, 자신의 몸이 나아질 수 없다는 절망감으로 자신을 볶아 대지 않았다. 모든 것은 그대로, 되어 가는 대로 둘 일이었다. 과수댁 아줌마가 어깨를 으쓱대며 한마디 했다.

"봐, 성현이 얼굴이 얼마나 훤한가. 성인군자 같잖아."

실제로 그는 얼굴이 훤했다. 성인군자처럼 마음이 맑고 한가했다.

사 "뭐? 뭐 필요해? 다시 말해 봐, 형."

ⓒ"화……아아알, 화아……."

"여기 있잖아?" (중략)

ⓓ"이거? ……원, 형두 참. 건호 장난감은 왜 뺏어?"

승현이 소리 내어 웃었다. 건호가 말했다.

ⓔ"이거, 이거 내 거 아냐. 아찌 거야."

건호는 그것을 성현의 오그라진 손에 끼워 주었다. 성현은 승현을 올려다보았다. 그는 열심히 입을 크게 벌렸다.

ⓕ"승현아……. 이거…… 나 줄래?"

활은 원래 승현의 것이었다. 승현의 돌상에 올랐던 그 활이었다. 승현은 무슨 영문인지 몰랐다. 그저 성현의 눈을 보고 천천히 고개를 끄덕였다. (중략)

승현은 이불을 꿰매는 굵은 실을 찾아와 활줄을 탄탄히 먹였다. 그리고 ⓖ성현의 오그라진 손에 그것을 다시 정성스레 끼워 주었다.

앗따따, 활이다 활! 큰 장군이 될라.

대청마루에 둘러선 동네 아줌마들의 시시덕거림이 들려오는 듯했다. 그는 모든 이에게 감사했다. 그토록 미워하던 건호가 자신에게 활을 주다니. 그는 이 세상의 모든 사람들에게 자신의 잘못을 용서받고 싶었다. 졸음이 다시 쏟아졌다.

1. 제시문의 서술상 특징으로 가장 적절한 것을 골라 봅시다.

① 하나의 사건에 대한 다양한 인물들의 반응을 나열하고 있다.

② 인물 간의 갈등을 중심으로 사건을 긴박하게 서술하고 있다.

③ 주인공이 직접 자신의 목소리를 통해 이야기를 서술하고 있다.

④ 인물의 성격을 행동과 대화를 통한 간접 제시 방법으로 드러내고 있다.

⑤ 전지적 서술자가 인물과 사건에 대한 이야기를 담담하게 전개하고 있다.

2_ 〈보기〉와 제시문을 비교하여 감상한 내용으로 적절하지 <u>않은</u> 것을 골라 봅시다.

┃보기┃

나는 / 나는 / 죽어서 / 파랑새 되어

푸른 하늘 / 푸른 들 / 날아다니며

푸른 노래 / 푸른 울음 / 울어 예으리.

나는 / 나는 / 죽어서 / 파랑새 되리.　　　　　　　　　 – 한하운, 〈파랑새〉

① 〈보기〉의 '나'와 위 제시문의 성현 모두 자유로운 존재를 꿈꾸고 있군.

② 〈보기〉의 '나'와 위 제시문의 성현은 자신이 처한 현실 상황을 부정적으로 여기는군.

③ 제시문의 성현과 달리 〈보기〉의 '나'는 현실을 극복하고자 많은 노력을 하고 있군.

④ 〈보기〉의 '나'와 달리 제시문의 성현은 현실 속 소망 실현이 가능하다고 생각하는군.

⑤ 〈보기〉의 '나'는 '파랑새'가 되고 싶은 소망을, 위 제시문의 성현은 '말을 타고 들판을 가로질러 활시위를 당길' 것에 대한 소망을 드러내고 있군.

3_ 제시문을 읽고 감상한 내용으로 적절하지 <u>않은</u> 것을 골라 봅시다.

	상황	주인공의 심리
①	아무도 곁에 없었다.	동생 승현의 돌잔치로 인해 방치되어 외로움을 느낌.
②	사람들의 웃음소리가 와자하게 들려왔다.	자신과는 달리 다른 사람들은 즐거운 시간을 보내고 있음을 깨달음.
③	성현은 계속하여 울려고 했다.	울음을 통해 자신이 현재 처한 상황을 스스로 극복해 보고자 노력함.
④	그런데 갑자기 울 수가 없었다.	아무도 자신처럼 울지 않음을 갑자기 깨달음.
⑤	그날부터 그는 죽은 듯이 조용해졌다.	울지 않음으로써 자신과 다른 사람들의 차이를 드러내지 않으려고 함.

4_ 이 작품이 회상 구조로 되어 있음을 알 수 있는 문장을 찾아 첫 어절과 끝 어절을 써 봅시다.

• 첫 어절 : _____   • 끝 어절 : _____

5_ 제시문에 나타난 공간을 다음과 같이 나타낼 때, Ⓐ와 Ⓑ에 대한 설명으로 적절하지 않은 것을 골라 봅시다.

Ⓐ수용소	↔	Ⓑ집

① Ⓐ의 어린 사람들을 보며 주인공은 가족들에게 미안해한다.

② Ⓑ의 가족들은 주인공을 헌신적으로 돌본다.

③ Ⓐ에서 느낀 주인공의 불안은 Ⓑ에 와서 치유된다.

④ Ⓐ에서 주인공은 Ⓑ에서의 생활에 대해 감사함을 느낀다.

⑤ Ⓐ를 떠나 Ⓑ로 돌아온 주인공은 자신의 장애를 극복하기 위해 많은 노력을 한다.

6_ 제시문에서 ⓐ와 ⓑ가 의미하는 것이 무엇인지 각각 써 봅시다.

• ⓐ : _____

• ⓑ : _____

7_ 〈보기〉를 참고하여 ⓒ~ⓖ를 이해한 내용으로 적절하지 <u>않은</u> 것을 골라 봅시다.

┤보기├

　'활'은 승현의 돌잡이에 있던 것으로, 성현이 우연히 얻어 간직한 물건이다. 이후 성현은 활을 보면서 자신도 그 활을 쏘게 될 날이 있을 것이라는 희망을 가진다. 그렇지만 결국 성현의 희망은 희망으로 끝나고, 예산댁의 손자인 건호가 활을 빼앗아 가서 자신의 것이라 주장하며 가지고 놀다가 망가뜨리게 된다.

① ⓒ : 성현에게 활이 삶의 희망이자 소중한 가치임을 보여 준다.

② ⓓ : 승현이 성현과 건호의 갈등을 눈치챘음을 암시한다.

③ ⓔ : 아파서 누워 있는 성현에게 보내는 건호의 화해의 의사 표시이다.

④ ⓕ : 활을 정당하게 소유함으로써 자신의 삶에 대해 인정하고자 한다.

⑤ ⓖ : 다시 성현에게 돌아온 활은 인간으로서의 온전한 삶이 완성되었음을 상징한다.

8_ 제시문 **라**의 ㉠에서 알 수 있는 어머니와 직원의 심리를 추리하여 써 봅시다.

- 어머니 : _____

- 직원 : _____

9_ 이 작품을 홍보하는 기사를 쓰고자 할 때 제목으로 가장 적절한 것을 골라 봅시다.

① 각박한 현실에 한 줄기 빛이 되어 주는 사람

② 불편한 몸으로 세상을 아름답게 건너는 착한 사람

③ 모두가 타락해도 혼자 남아 순수하게 살아가는 사람

④ 그래도 세상은 살 만하다고 느끼게 해 주는 사람 문성현

⑤ 혼자가 아니라 함께이기에 더욱 아름다운 사람의 이야기

Step_1 위대한 바보, 황만근

다음 제시문을 읽고 물음에 답해 봅시다.

> **가** 풍자(諷刺)는 개인 또는 사회의 악덕, 모순, 어리석음 등을 여러 가지 방법으로 지적하고 비판하며 가끔은 그 문제점들을 개선하기 위해 웃음을 사용하는 예술 형식이다. 우리 조상들은 오래전부터 개인이나 사회의 모순과 부조리를 비판하며 현실을 극복하기 위해 풍자의 방식을 이용해 왔다. 또한 현대에는 매체가 발달함에 따라 매체의 특성에 맞게 다양한 풍자물이 생산되고 있다.

> **나** "내가 아나. 읍에 가 보이 장날이더라고. 보나 마나 어데서 술 처먹고 주질러앉았을 끼라. 백 리 길을 깅운기를 끌고 갔으이 시간도 마이 걸릴 끼고."
> 다른 사람들은 말이 없었고 민씨와 이장만이 공을 주고받는 꼴이 되어 버렸다.
> "글쎄, 그 자리에 꼭 황만근 씨만 경운기를 끌고 갔어야 했느냐 이 말입니다. 그것도 고장 난 경운기를."
> "깅운기를 끌고 오라는 기 내 말이라? 투쟁 방침이 그렇다카이. 깅운기도 그렇지, 고장은 무신 고장, 만그이가 그걸 하루 이틀 몰았나. 남들이 못 몬다 뿐이지."
> "그럼 이장님은 왜 경운기를 안 타고 가고 트럭을 타고 가셨나요. 이장님부터 솔선수범을 해야지 다른 동민들이 따라 할 텐데, 지금 거꾸로 되었잖습니까."
> "내사 민사무소에서 인원 점검하고 다른 이장들하고 의논도 해야 되고 울매나 바쁜 사람인데 깅운기를 타고 언제 가고 말고 자빠졌나. 다른 동네 이장들도 민소 앞에서 모이 가이고 트럭 타고 갔는 거를. 진짜로 깅운기를 끌고 갔으마 군 대회에는 늦어도 한참 늦었지. 군청에 갔는데 비가 와 가이고 온 사람도 및 없더마. 소리마 및 분 지르고 왔지. 군청까지 깅운기를 타고 갈 수나 있던가. 국도에 차들이 미치괘이맨구로 쌩쌩 달리는데 받치만 우얘라고. 다른 동네서는 자가용으로 간 사람도 쌌어."
> "그러니까 국도를 갈 때는 여러 사람이 한꺼번에 경운기를 여러 대 끌고 가자는 거였 잖습니까. 시위도 하고 의지도 보여 준다면서요. 허허, 나 참."
> "아침부터 바쁜 사람 불러내 놓더이, 사람 말을 알아듣도 못하고 엉뚱한 소리만 해 싸.

누구맨구로 반동가리가 났나.”

기어이 민씨는 버럭 소리를 지르고야 말았다.

다 선생은 천성이 술을 좋아하였는데 사람들은 선생이 가난한 것은 술 때문이라고 했다. 선생은 어느 농사꾼보다 부지런했고 농사일에도 익어 있었다. 문중 땅과 나이가 들어 농사가 힘에 부친 사람의 땅을 빌려 농사를 지었다. 농사를 짓되 땅에서 억지로 빼앗지 않고 남으면 술을 빚어 가벼운 기운은 하늘에 바치고 무거운 기운은 땅에 돌려주었다. 그러므로 선생은 술로써 망한 것이 아니라 술의 물감으로 인생을 그려 나간 것이다. 선생이 마시는 막걸리는 밥이면서 사직의 신에게 바치는 헌주였다. 힘의 근원이고 낙천의 뼈였다. (중략)

어머니에게 가져다줄 생선을 사고 몸을 녹인 선생은 날이 어두워 오는 줄도 모르고 경운기에 올라 집으로 향했다. 경운기에는 빠르게 달리는 차량의 주의를 끌 만한 표지가 없어서 선생은 몇 번이나 사고를 당할 뻔했다. 그때마다 멈추었다가 다시 출발하는 바람에 시간은 점점 늦어졌다. 어두워지면서 경운기는 길옆의 논으로 떨어졌고 수레는 부서졌다. 결국 선생은 그 밤 안으로 집에 돌아갈 수 없다는 걸 알았다. 선생은 경운기에 실려 있는 땅의 젖에 취하여 경운기 옆에 앉아 경운기를 지켰다. 그러나 경운기는 선생을 지켜 주지 않았다. 추위와 졸음으로부터 선생을 지켜 주지 못했다.

– 성석제, 〈황만근은 이렇게 말했다〉

1_ 제시문 **가**를 참고하여 제시문 **나**에 나타난 민 씨와 이장의 갈등 구조를 분석해 봅시다.

2_ 제시문 **가**~**다**를 참고하여 두 학생이 주장하는 내용을 정리해 봅시다.

> **지혜** : 황만근은 좀 모자란 사람이긴 하지만 성실하고 정직한 사람이었어. 우리는
> 그런 자세를 본받아야 해.
>
> **수지** : 황만근이 성실하고 정직하게 행동한 것이 의도적이었을까? 그저 바보니까
> 단순하게 생각하고 행동했던 거라고 생각해. 바보가 아니면 비오는 날 경운
> 기를 타고 국도에 나가는, 위험하고 겁 없는 행동을 할 수 있겠어.
>
> **지혜** : 그건 황만근 혼자만 경운기를 타고 나갔기 때문에 위험했던 거야. 약속을
> 지키지 않은 다른 사람들에게 책임이 있어. 게다가 황만근이 돌아오지 않는
> 상황에서 아무도 걱정하거나 찾으러 가지 않잖아. 황만근은 평소에 마을 사
> 람들 모두가 하기 싫어하는 일을 도맡아서 해왔는데 그걸 고마워할 줄도 모
> 르고 그를 소중하게 생각하지도 않았어.
>
> **수지** : 약속을 지키지 못했던 건 나름의 사정이 있었기 때문인데 그들에게 책임을
> 물을 수 있을까? 그리고 황만근이 마을 일에 솔선수범한 것은 사실이지만
> 그가 없었어도 누군가는 그 일을 했을 거야.

3_ 문제 1과 2의 답을 바탕으로 황만근에 대한 자신의 생각을 말해 봅시다.

Step_2 보통 사람을 위한 악인의 욕설

다음 제시문을 읽고 물음에 답해 봅시다.

가 똥깐의 본명은 동관이며 성은 조이다. 그럴싸한 자호(字號)가 있을 리 없고 이름난 조상도, 남긴 후손도 없다. 동관이라는 이름이 똥깐으로 변한 데는 수다한 사연이 있어 한마디로 말할 수는 없다. 다만 똥깐이와 한 시대를 산 사람들이 똥깐이를 낳고 똥깐이를 만들고 똥깐이를 죽이는 과정에서 자신들의 일부로 평범한 사람 조동관을, 자신들과는 다른 비범한 인간 똥깐으로 받아들이게 되었다는 것은 분명하다. 똥깐이 살다 간 은척읍에서 세 살 먹은 아이부터 여든 먹은 노인에 이르기까지 남녀노소 불문하고 동관을 칭할 때 똥깐이라고 하지 않은 사람은 없었다. 그러나 똥깐이 보고 듣는 데서는 아무도 그를 동관으로도, 똥깐으로도 부를 수 없었다.

똥깐은 이란성 쌍둥이의 동생으로 태어났는데 죽을 때까지 형 은관과 대략 일천 회 이상의 드잡이질을 벌였다. 그 드잡이질은 똥깐의 타고난 체격에 담력과 기술, 자잘한 흉터를 안겨 주었고 그가 은척 역사상 불세출의 깡패로 우뚝 서는 바탕이 되었다. 은관은 다른 사람의 인정을 받는 걸 좋아해서 스무 살이 되기 전에 이미 합기도 삼 단, 유도 사 단, 태권도 삼 단의 면장을 가지게 되었는데 그 결과 그에게 붙여진 별명은 '조십단'이었다. 나쁘게 발음하면 그대로 욕이 될 수 있으므로 사람들은 은관이 있는 곳에서는 절대 그 별명으로 부르지 않았고 없는 데서도 혹시 신출귀몰하는 그들 형제가 주변에 없나 살피고 나서 '똥깐이가 조씹다니고 술 먹다가 전당포 주인을 깔고 앉은 사연' 등을 즐겼다.

그런 이야기가 은척읍 사람들에게 재밋거리가 된 것은 그때 은척에 살던 사람들 대부분이 텔레비전이나 신문, 라디오를 보거나 들을 수 없었기 때문이다. 볼 돈도 없었고 볼 생각도 없었으며 볼 수도 없었다. 따라서 은관 형제의 이야기는 그들의 뉴스였고 연재소설이자 연속극이며 스포츠였고, 무엇보다도 신화였다.

똥깐은 성장함에 따라 아무도 건드릴 수 없는 개망나니짓으로 명성을 쌓아 가기 시작했는데 열다섯 살 때부터 외상 안 주는 집 깨부수는 일은 다반사요, 외상으로 밥 먹고 외상으로 반찬 먹고 외상으로 오입하고 외상으로 차 마시고 게트림하고 외상으로 만화 보고 외상으로 다른 아이들을 두들겨 팬 뒤 외상으로 약을 사 주었다. (중략)

소문뿐, 누가 사실을 확인해 보랴.

– 성석제, 〈조동관 약전〉

나 피카레스크(picaresque, 악한) 소설은 그 자신의 의도들을 말 그대로 교향(交響)시키지는 않는다. 그러나 그것은 이전에 자신을 억압했던 무거운 **파토스**와 모든 죽어 버린 강조와 거짓된 강조로부터 담론을 해방시켜서 담론의 무게를 덜어 주고 어느 정도는 담론을 비워 줌으로써 그 같은 교향화를 위한 필수적 준비를 해 나간다.(중략) 악한과 광대와 바보는 그들의 주위에 자신의 특별한 소(小) 세계를 창조한다. (중략)

첫째로 이 인물들은 문학 속에 자신들과 더불어 광장의 간이 무대나 가면극의 무대장치에 대한 생생한 연관을 끌어들인다. 그들은 평민들이 모이는 광장이라는 대단히 특수하고 극히 중요한 영역과 관련을 맺고 있는 것이다. 둘째로 이들의 존재 자체는 직접적인 의미가 아닌 은유적인 의미를 갖는다. 그들의 외양과 그들의 언행은 직접적이고 무매개적(無媒介的)인 방식으로 이해될 수 없으며 반드시 은유적으로 파악되어야만 한다. 그들의 의미는 때로 뒤집어질 수조차 있다. 그들은 문자 그대로 받아들여져서는 안 된다. 그들과 그들의 겉모습과는 차이가 있기 때문이다. 셋째로 그들의 현존은 다른 어떤 것의 존재 양식을 반영한 것이며, 그나마도 간접적인 반영이다. 그들은 삶의 가면극 배우들이다. 따라서 그들의 존재는 그들이 맡은 역할과 일치하며 이 역할을 벗어나면 그들의 존재는 곧 없어진다.

이 세 인물은 대단히 중요한, 동시에 하나의 특권이기도 한 한 가지 특징—이 세계 속에서 '타자'가 될 권리, 즉 현존하는 인생의 범주들 중 어느 하나와도 협력하지 않을 권리—을 지닌다. 그 범주들 중 어느 하나도 그들에게는 적합하지 않은데 그 까닭은 그들이 모든 상황의 이면과 허위를 보기 때문이다. 따라서 그들은 그들이 선택하는 어떠한 위치도 활용할 수 있지만, 이는 단지 하나의 가면일 뿐이다. (중략)

소설가는 그가 바라본 삶을 공표(公表)할 수 있는 위치뿐만 아니라 그가 삶을 바라보는 위치를 결정하는 데 기여할 수 있는 어떤 본질적이고 형식적이고 장르적인 가면을 필요로 하고 있다. 여러 가지로 변형된 광대와 바보의 가면들이 소설가를 돕게 되는 곳이 바로 여기이다. (중략)

그것들은 삶에 참여하지 않아도 될 유서 깊은 바보의 특권을 통해서, 그리고 그의 유서 깊은 거친 언어를 통해서 민중과 유대를 맺는다. (중략) 마침내 사적인 삶을 반영하면서 그것을 공적인 것으로 만드는 특수한 형식이 발견되었던 것이다.

– 미하일 바흐찐, 《장편 소설과 민중 언어》

다-1 똥깐은 오 분에 한 번씩 온 읍내가 떠나가라 욕을 했다.

"야, 이 ○물에 밥 말아 먹을 놈들아……. 니 에미하고 ○해서 ○새끼 낳아서 다시 ○할 놈들아……. 오오, 이 ○만 하는 놈들아……. ○물에 튀겨서 ○물에 식혔다가 ○물을 채워서 ○순대 만들어 먹을 놈들아……."

차마 입에 담을 수도 없는 처절한 욕이었고 욕이 끝나는 순간마다 돌을 집어 던졌다.

"똥깐이가 대단하기는 대단해. 나는 이때까지 살아오면서 저렇게 웅장하고 다양한 욕을 들어 보기는 처음일세."

다-2 무능하고 게으른 경찰을 비난하는 읍민들의 원성이 하늘까지 닿았을 때 문득 새로운 경찰서장이 부임해 왔다. 경찰서장은 부임 일성으로 '읍 전체에 만연한 공권력 불신 풍조를 불식하고 사회 기강을 문란케 하는 악질 폭력 범죄를 적발, 단호히 조치하는 동시, 공권력의 권위를 회복하여 새 시대의 새로운 경찰상을 구현하자'고 역설했는데 유감스럽게도 은척 출신의 경찰들 가운데 그의 말을 알아들을 수 있는 경찰은 몇 명 되지 않았다. 알아들은 사람 중에서 그렇게 해야겠다고 다짐한 사람은 한 명도 없었다. 그러다가 말겠지, 하고 남몰래 고개를 살랑살랑 젓고 말았다. 어쨌든 유식한 신임 경찰서장은 부임을 기념하는 거창한 행사가 끝난 뒤, 관할 지역 내의 경찰 간부를 대동하고 민정 시찰 겸 근무 기강 점검에 나섰다. 경찰서장은 정복에 번쩍거리는 견장과 훈장인지 뭔지 찰랑거리는 뭔가를 달고 있었는데 하여간 그는 번쩍거리고 찰랑거리는 걸 어지간히 좋아하는 사람이었던가 보다. (중략)

왜, 짐승들 가운데 수컷들은 자신의 영역에 오줌똥을 갈긴다거나 나무 둥치에 자국을 내서 자신이 지배자임을 표시하지 않는가. 그 안에 다른 수컷이 들어오면 누구보다도 예민하게 반응하고 본능적으로 공격한다. 서장도 똥깐도 한 지역의 지배자로서의 자각이 강했다. 이미 다른 수컷이 자신의 영역으로 들어왔다는 것을 본능적으로 느끼고 경계심을 돋우고 있었다.

"야, 저 아저씨들 뭐 하는 것 같냐? 재미있겠는데." (중략)

"네 이노옴, 이 무엄한 놈! 감히 본관의 관용차에 손을 대다니."

'여봐라, 이놈을 당장 무릎을 꿇리고 주리를 틀어라' 하고 말하고 싶었겠지만 서장에게는 그럴 기회가 없었다. (중략)

"너 지금 뭐라고 그랬어?"

똥깐의 말이 끝나기도 전에 그의 솥뚜껑 같은 손이 파출소장의 허리를 돌아 들어가 신임 서장의 멱살을 움켜쥐었다.

"어, 이거 왜 이래. 놔! 놔."

똥깐에게 멱살을 잡힌 다음에야, 경찰서장 아니라 그의 할아비라도 읍내 사람들이 똥깐이에게 멱살을 잡힌 뒤에 보이는 의례적인 반항밖에 더하겠는가. (중략)

똥깐은 서장을 수챗물이 흐르는 도랑에 처박았다가 수챗물이 얼어붙어 자신이 원하는 소기의 목적을 달성하지 못하는 것을 알고는, 도랑 위에서 힘차게 날아오른 다음 서장의 가슴을 엉덩이로 깔고 앉음으로써 서장에게 평생 처음 겪는 수치를 안겨 주었다. 이어서, 형 은관에게 함께 도약과 착지의 즐거움을 누리자고 권유, 두 사람은 도랑 밖에서 손에 손을 잡고 공중으로 도약, 나란히 서장의 몸에 엉덩이를 내려놓았다. 그게 서장에게 결정적인 타격을 안겨 주었다.

― 성석제, 〈조동관 약전〉

라 교도소에 많은 것 중 하나가 '욕설'입니다. 아침부터 밤까지 우리는 실로 흐드러진 욕설의 잔치 속에 살고 있는 셈입니다. (중략) 욕설은 어떤 비상한 감정이 인내력의 한계를 넘어 밖으로 돌출하는, 이를테면 불만이나 스트레스의 가장 싸고 '후진' 해소 방법이라 느껴집니다. 그러나 사과가 먼저 있고 사과라는 말이 나중에 생기듯이 욕설로 표현될 만한 감정이나 대상이 먼저 있음이 사실입니다. 징역의 현장인 이곳이 곧 욕설의 산지(産地)이며 욕설의 시장인 까닭도 그런 데에 연유하는가 봅니다. (중략)

저는 바로 이 점에 있어서, 대상에 대한 사실적 인식을 기초로 하면서 예리한 풍자와 골계(滑稽)의 구조를 갖는 욕설에서, 인텔리들의 추상적 언어유희와는 확연히 구별되는, 적나라한 리얼리즘을 발견합니다. 뿐만 아니라 욕설에 동원되는 화재(話材)와 비유로부터 시세(時世)와 인정, 풍물에 대한 이해를 얻을 수 있다는 사실이 매우 귀중하게 여겨집니다. 그러나 버섯이 아무리 곱다 한들 화분에 떠서 기르지 않듯이 욕설이 그 속에 아무리 뛰어난 예능을 담고 있다 한들 그것은 기실 응달의 산물이며 불행의 언어가 아닐 수 없습니다.

― 신영복, 《감옥으로부터의 사색》

• **파토스**(pathos) 일시적인 격정이나 열정. 또는 예술에 있어서의 주관적·감정적 요소.

1_ 제시문 **가** 에서 조동관의 삶이 마을 사람들에게 '비범한 인간 똥깐이의 신화'로 그려지게 된 이유를 찾아 봅시다.

_____

_____

_____

2_ 제시문 **나**를 참고하여 〈조동관 약전〉이 갖는 의의를 말해 봅시다.

_____

_____

_____

3_ 제시문 **라**를 참고하여, 제시문 **다**의 '욕설'이 갖는 의미를 평가해 봅시다.

_____

_____

_____

Step_3 장애인의 자기 인식과 타자와의 관계

다음 제시문을 읽고 물음에 답해 봅시다.

가 내가 처음 요동(遼東)에 들어섰을 때 바야흐로 한여름이라 뙤약볕 속을 가는데, 갑자기 큰 강이 앞을 가로막으면서 시뻘건 물결이 산더미같이 일어나 끝이 보이지 않았다. 이는 아마 천 리 너머 먼 지역에 폭우가 내린 때문일 터이다.

강물을 건널 적에 사람들이 모두 고개를 쳐들고 하늘을 보기에, 나는 그 사람들이 고개를 쳐들고 하늘을 향해 속으로 기도를 드리나 보다 하였다. 그런데 한참 있다가 안 사실이지만, 강을 건너는 사람이 물을 살펴보면 물이 소용돌이치고 용솟음치니, 몸은 물살을 거슬러 올라가는 듯하고 눈길은 물살을 따라 흘러가는 듯하여, 곧 어지럼증이 나서 물에 빠지게 된다. 그러니 저 사람들이 고개를 쳐든 것은 하늘에 기도를 드리는 것이 아니요, 물을 외면하고 보지 않으려는 짓일 뿐이었다. 또한 잠깐 새에 목숨이 왔다 갔다 하는 판인데 어느 겨를에 속으로 목숨을 빌었겠는가.

이와 같이 위태로운 데도, 강물 소리를 듣지 못하였다. "요동 벌판이 평평하고 드넓기 때문에 강물이 거세게 소리를 내지 않는 것이다."라고 모두들 말하였다. 그러나 이는 강에 대해 잘 모르고 한 말이다. **요하**가 소리를 내지 않은 적이 없건만, 단지 밤중에 건너지 않아서 그랬을 뿐이다. 낮에는 물을 살펴볼 수 있는 까닭에 눈이 오로지 위태로운 데로 쏠리어, 한창 벌벌 떨면서 두 눈이 있음을 도리어 **우환**으로 여기는 터에, 또 어디서 소리가 들렸겠는가? 그런데 지금 나는 밤중에 강을 건너기에 눈으로 위태로움을 살펴보지 못하니, 위태로움이 오로지 듣는 데로 쏠리어 귀로 인해 한창 벌벌 떨면서 걱정을 금할 수 없었다.

나는 마침내 이제 도(道)를 깨달았도다! **명심**이 있는 사람에게는 귀와 눈이 누를 끼치지 못하지만, 제 귀와 눈만 믿는 사람에게는 보고 듣는 것이 자세하면 할수록 병폐가 되는 법이다.

방금 내 마부가 말에게 발을 밟혔으므로, 뒤따라오는 수레에 그를 태웠다. 그러고 나서 말의 굴레를 풀어 주고 말을 강물에 둥둥 뜨게 한 채로, 두 무릎을 바짝 오그리고 발을 모아 말 안장 위에 앉았다. 한번 추락했다 하면 바로 강이다. 나는 강을 대지처럼 여기고, 강을 내 옷처럼 여기고, 강을 내 몸처럼 여기고, 강을 내 **성정**처럼 여기었다. 그리하여 마음속으로 한번 추락할 것을 각오하자, 나의 귓속에서 마침내 강물 소리가 없어지고 말았다. 그리고 무려 아홉 번이나 강을 건너는 데도 아무런 걱정이 없어, 마치 **안석** 위에 앉거나 누워서 지내는 듯하였다. — 박지원, 〈일야구도하기(一夜九渡河記)〉

나 우리는 몇몇 특정한 사건을 통해서 16세기의 항해자들이 얼마만큼 비타협적이었는가를 헤아릴 수 있다. 저 히스파니올라—오늘날의 아이티와 산토도밍고—지역을 예로 들어 보자.

1492년(콜럼버스가 처음으로 아메리카에 도착한 해)에 그 섬들에는 약 10만 명의 사람들이 살고 있었다. 그들은 그로부터 몇백 년이 지나는 동안 약 200명으로 감소되어 버렸다. 유럽 문명에 대한 공포와 혐오가 마치 천연두나 백인의 공격만큼이나 효과적으로 그들을 절멸해 버렸다.

식민자들은 이 원주민들을 이해할 수가 없었으며, 그들의 본성을 밝혀내기 위하여 계속해서 **사절**들을 파견하였다. 만약 이 원주민들이 진짜로 인간이라면, 이들은 아마도 이스라엘의 실종된 부족의 후예들이 아니었을까? 아니면 코끼리를 타고 건너온 몽고인들이거나 머독 공이 몇 세기 전에 이곳으로 보낸 스코틀랜드인들일까? 그들은 항상 이교적이었을까, 아니면 한때는 성 도마에 의해서 세례를 받았거나 타락해 버린 가톨릭 교도들인가?

식민자들은 그들이 동물이나 악마의 후예가 아니라 진짜 인간일 것이라고 생각하지 않았다. (중략)

만약에 다른 사회에서 살아온 관찰자가 우리를 연구한다면, 우리가 식인 풍습을 **미개하다고** 여기듯이, 그들도 우리의 어떤 풍습을 미개하다고 여길 수 있음을 알아야 한다.

(중략) 먼저, 무서운 힘을 지니고 있는 사람들의 힘을 없애거나, 그 힘을 자기편에게 유리하도록 바꾸는 유일한 방법이 식인이라고 여기고 그러한 풍습을 실행하는 사회가 있다. 반면에 두 번째 사회 유형에서는 이 끔찍한 존재들을 일정 기간 또는 영원히 고립시킴으로써 사회에서 추방하는 것을 최선이라고 생각한다. 우리가 미개하다고 여기는 사회의 관점에서 볼 때, 우리와 같은 사회가 행하는 이러한 풍습은 그들에게 큰 두려움을 준다. 단지 우리와 다른 풍습을 지니고 있다는 이유만으로, 우리가 그들을 야만적이라고 간주하듯이, 우리들도 그들에게는 야만적으로 보일 것이다.

— 레비 스트로스, 《슬픈 열대》

다 성현의 시중을 들기 위해 시간제 파출부가 오기 시작했다. 양품점 과수댁의 먼 친척이라는 상주댁은 무척 무뚝뚝한 여자이기는 했지만 그런대로 근 삼 년 동안 성현의 뒷바라지를 맡아 주었다.

"헤헤이, 이런 자석 뭔 호강을 보겠다고 밥을 믹이노."

성현을 처음 대하는 그녀의 눈이 매몰차기 짝이 없었다.

"무우우."

"무우가 뭣꼬, 빙신. 물! 말도 몬하나?"

상주댁은 투박지게 성현의 앞에 물그릇을 놓고 나가 버렸다. 숙자 누나 같으면 성현의 눈빛만으로도 물그릇을 입에 대어 주었을 것이었다. 상주댁은 성현의 말을 전혀 알아듣지 못했다. 오오우주우. 뭐라카노? 버젓이 알면서도 모르는 체하는지도 알 수 없었다. 소변 통을 대어 주기가 싫은 모양이었다. 그렇다고 상주댁을 내보낼 처지도 아니었다. 파출부를 구하기가 무척 힘이 들었다. 열세 살이나 되어 대소변을 가리지 못하는 성현의 뒷바라지를 맡아 줄 여자가 흔치 않았다. 의사소통이 되지 않아 답답한 성현은 하루에도 수십 번 가슴으로 방바닥을 찧었다.

"형이 하는 말은…… 너무 짧거든. 길게, 계속 얘기해 봐. 숨을 참아 봐."

듣고 보니 우현의 말이 맞았다. 고르게 내뱉는 숨이 말이 된다는 이치를 그는 그제야 깨달았다. 푸후후후우우. 푸후후우우우우. 그는 큰 숨을 들이쉬어 천천히 내뱉는 연습을 하기 시작했다. 숨을 얕게 들이쉬어 낱말 하나만을 외치는 것이 아니라, 가슴 가득 숨을 들이쉰 채로 조금씩, 천천히, 고르게 토해 내는 것이 요령이었다.

우와아아어어어. 우오오오아우어어. 따지고 보면 성질 다라운 상주댁이 은인인 셈이었다. 그녀가 다른 식구들처럼 자신의 외마디 고함을 참고 견뎠더라면 그는 말을 제대로 하려는 시도조차 하지 않았을 것이었다. 우와아아어오오우우우으. 그는 가슴이 설레었다. 그도 다른 사람처럼 말할 수 있으리라. 때로는 거세게 따지기도, 때로는 부드럽게 남을 감동시키는 시구절을 읊을 수도 있으리라. 우어어오우우으으우이이우. 그는 행복했다. 길게 목소리를 빼노라면 듬직한 어른이 되는 기분이었다. 성악가가 된 기분이었다. 따지고 보면 성악가가 되지 못할 이유는 무엇인가. 그가 검은 양복에 나비넥타이를 한 유명한 성악가가 된다면—변성기가 지난 그의 목소리는 매력적인 저음이었다.—그는 무대 위에서 상주댁의 이름을 밝히고 그녀에게 공을 돌릴 예정이었다. 식구들 외의 사람들이 성현의 말을 제대로 알아듣기 시작한 때는 그가 호흡을 조절하기 시작한 지 일 년이 훨씬 지나서였다.

성현은 누운 채로 몸이 커 갔다. 사춘기를 맞아 여름에는 여드름이 났으며 때로는 몽정을 하기도 했다. 그는 거울에 비친 자신의 얼굴을 보며 말을 걸었다.

"문성현, 그만하면 자네도 미남이야."

그는 자신의 방을 정리하기 시작했다. 그는 온 힘을 다하여 자신의 옷과 수건을 개켜 놓았고, 또 온 힘을 다하여 자신의 소변 통을 구석으로 밀어 놓았다. 버르적대며 방을 기어다니는 자신을 그는 달팽이라고 생각했다. 아니면 이제 알에서 갓 깨어난 누에라고도 생각했다. 그는 자신의 이부자리와 베개를, 한쪽 구석에 놓인 방석들을 똑바로 쌓아 올렸다. 그리고 어느 날인가부터 그는 자신의 버르적거리는 행동을 다른 이들에게 감추기 시작했다. 다른 사람과 대면하는 때는, 설사 그가 가장 사랑하는 엄마나 귀여운 막내 승현이라 할지라도, 똑바로 이불을 덮고 누워 있거나 아니면 등받이가 있는 푹신한 의자에 앉아 있는 상태에서였다. 용변을 볼 때, 주위를 치울 때, 라디오를 켜고 끌 때조차 그는 혼자이기를 원했다. 아니, 성현 자신도 없어야 했다. 무슨 일을 할라치면 그는 먼저 머리맡에 놓인 좌경(座鏡)부터 돌려놓았다. 버르적대는 자신의 모습이 거울에 비치는 것이 싫었기 때문이었다.

"자식이 웬수라 카더이. 어디 시궁창에라도 쿡 박히가 죽으뿌리마 핀켔데이."

상주댁은 아들 때문에 무척 속이 썩었다. 중학교 때부터 다른 친구들의 물건에 손을 대더니 고등학교에 입학해서는 이웃집 담장을 넘어 들어가 돈을 훔치다가 소년원에 가기도 했다는 것이었다. 학교도 그만둔 지 벌써 오래, 며칠 전에는 월세를 내려고 모아 둔 돈을 장롱에서 훔쳐 내어 어디론가 가 버렸다고 했다. 성현이 상주댁에게 열심히 말했다.

"아줌마, 그래도 아줌마는 우리 어머니보다 나아요. 우리 어머니는, 내가 멀쩡한 몸만 된다면 평생 감옥에 들어가 계시라 해도 그렇게 하실 거예요."

아줌마가 방에 걸레질을 하다가 그를 말끄러미 바라보았다.

"겉으로는 빙신이라도 속은 말짱하데이. 오마이 걱정을 해 주는 걸 보이. 빙신 아들이 낭종에는 효자 노릇 한다이께네."

상주댁이 처음으로 성현이 신문지에 싸 놓은 대변을 낯 찡그리지 않고 치워 주었다.

효자. 효자가 된다……. 그렇고말고. 앉고 서고 걷기만 하면 그는 세상에 다시없는 효자가 될 예정이었다. 그의 가슴이 하루 종일 뿌듯했다.

그러나 성현은 얼마 되지 않아 배신을 당했다. 그에게는 집안 식구들이 건네주어서 한 푼 두 푼 모은 돈이 있었다. 그 돈이 송두리째 없어졌던 것이다. 상주댁이 왜 갑자기 오지 않는지 궁금해하는 식구들에게 성현은 그 말을 하지 않았다. 꼭 필요한 돈이었다면……. 그는 중얼거렸다. 사실 그에게는 딱히 돈을 쓸 데도 없었다.

새로 온 파출부는 성현과 별말을 하지 않았다. 상주댁보다 훨씬 젊은, 말이 없는 여자였다. 성현 역시 말을 걸려고 애쓰지 않았다. 다른 이들을 믿고 의지할수록 그들에게서 느끼는 배반감도 더욱 크다는 사실을 그도 조금씩 깨달아 가고 있었다.

상주댁은 넉 달 만에 나타났다.

"이야, 많이 컸구나, 우리 강아지. 미안테이. 내가 죽을 년이고마. 문디이 코에서 마늘 빼어 묵는다꼬, 내 우예 그 돈을 건드렸는지."

아무것도 모르고 있던 어머니가 자초지종을 듣고 고개를 끄덕였다. 상주댁이 눈물을 글썽이며 고마워했다.

"기특데이. 우예 그리 속이 깊노."

성현은 그날 밤 오랜만에 후련한 기분으로 잠이 들었다. 세상을 살아가는 일이 어쩌면 우울하고 힘들기만 한 건 아닐지 모른다. 밤이 지나면 아침이 오듯이 고통이 있으면 보람도 있는 법이다. 지금은 괴롭지만……. 그는 혼자 중얼거렸다. 그렇다. 그의 가슴 속에는 희망이 있었다. 다른 이에 비하자면 자신의 출발은 너무나 더디고 몇 백 배 힘이 들었지만, 그에게도 장래에 대한 부푼 희망이 있었다.

- 윤영수, 〈착한 사람 문성현〉

- **요하**(遼河) 랴오허 강. 중국 만주 지방의 남부 평야를 흐르는 강.
- **우환**(憂患) 집안에 복잡한 일이나 환자가 생겨서 나는 걱정이나 근심.
- **명심**(冥心) 깊고 지극한 마음.
- **성정**(性情) 성질과 심정. 또는 타고난 본성.
- **안석**(案席) 벽에 세워 놓고 앉을 때 몸을 기대는 방석.
- **사절**(使節) 나라를 대표하여 일정한 사명을 띠고 외국에 파견되는 사람.
- **미개하다**(未開--) ① 사회가 발전되지 않고 문화 수준이 낮은 상태이다. ② 토지 또는 어떤 분야가 개척되지 아니한 상태이다.

1_ 제시문 **가**와 **나**의 요지를 각각 요약하고, 공통적인 주제어를 설정하여 정리해 봅시다.

_____

_____

_____

_____

2_ 제시문 **가**와 **나**에 대한 이해를 바탕으로 제시문 **다**에 나타난 성현과 상주댁의 관계를 논해 봅시다.

_____

_____

_____

_____

생각펼치기

제시문 **가**의 평판에 관한 관점에서 제시문 **나**와 **다**를 비교·분석하고, 이에 대한 자신의 생각을 논술해 봅시다.

> **가** 평판은 개인, 집단 또는 조직에 대한 공중의 의견이나 사회적 평가를 의미한다. 평판은 학문, 예술, 대중문화뿐만 아니라 비즈니스나 온라인 공동체의 영역에서 중요하게 작용하며, 개인의 사회적 지위에도 영향을 미친다. 따라서 좋은 평판을 얻으려는 노력이 전개된다. 그러한 노력은 개인과 사회에 걸쳐 광범위하게 관찰된다. 상품이나 서비스가 거래되는 시장뿐 아니라 학문과 예술 분야에서도 좋은 평판을 얻기 위한 노력이 나타난다. 좋은 평판을 획득하기 위한 경쟁이 치열하게 벌어지는 경우도 있다. 평판을 획득하기 위한 노력이 전개되는 과정을 통해 평판은 사회적으로 구성된 실재가 된다. 그로써 서로 구별되는 다양한 세력들이 경쟁하는 평판의 장(場)이 형성된다. 그 장에서 평판이 거래된다. 예컨대 소비자는 시장에서 **재화**와 **용역**을 구매하지만 평판의 장에서 그것들에 대한 평판도 함께 구매한다. 그래서 소비자는 선택의 근거를 평판의 장에서 찾으려 하고, 생산자는 자신의 평판이 소비자에 의해 선택되도록 갖은 방법을 동원한다. 생산자가 좋은 평판을 위해 취하는 방법으로 광고나 화제 만들기, 사용자 설문 조사 등을 들 수 있다. 그러나 평판이 그 대상의 실질을 그대로 반영한다고 보기 어렵다. 그와 관련한 사례로 베스트셀러 소설을 살펴볼 수 있다. 많이 팔린 소설이 반드시 좋은 소설이라는 보장이 없음에도 불구하고 책의 판매 부수에 의해 그 소설의 가치가 매겨지기도 한다. 전문적 지식을 **구비한** 문학 평론가들이 질적인 면에서 우수하다고 평가한 소설의 판매고가 형편없는 경우도 있다. 평판은 그 신뢰도의 면에서 편차가 있을 수 있다. 어떤 평판은 사실에 근거한 반면, 어떤 평판은 의도적으로 부풀려지거나 악의적인 비방을 목적으로 만들어지기도 한다. 온라인 쇼핑몰의 구매자 후기가 발휘하는 효력에서 나타나는 바와 같이 평판이 개인의 의사 결정에 폭넓고 깊숙하게 개입할 가능성이 갈수록 커지는 추세이다. 그러한 추세 속에서 평판의 신뢰도가 보다 중요하게 대두된다.
>
> —존 휘트필드, 《무엇이 우리의 관계를 조종하는가》·이호영 외 〈온라인 평판 시스템의 순기능 제고 방안〉 재구성

나 우리는 평판을 얻기 위해 비용을 지불하기도 한다. 예컨대 당신은 상사와의 급한 약속에 늦는 사태를 감수하면서 낯선 사람에게 도움의 손길을 내밀어 당신의 소중한 시간을 사용한다. 자동차가 고장 난 누군가를 도와주다가 당신의 새 실크 넥타이에 기름 얼룩이 묻을 수도 있다. 그러나 그러한 작은 선행과 관대한 태도가 당신의 평판을 보장해 주고, 결과적으로는 최초의 비용보다 큰 이익을 당신에게 가져다 줄 수 있다.

우리는 평판의 효과를 알기 때문에 즉각적인 답례를 기대하지 않고 남을 돕기도 한다. 만약 거듭되는 입소문을 통해 당신이 선하고 자비로운 사람이라는 것을 세상이 알게 된다면, 당신이 미래의 어느 날 다른 누군가로부터 도움을 받을 기회는 그만큼 증대할 것이다. 물론 그 반대의 경우도 성립한다. 만약 내가 다른 사람을 도운 일이 전혀 없다는 사실이 알려지면, 나는 누군가로부터 호의를 받지 못할 수 있다. 한 사람의 선행이 복잡한 관계의 망 속에서 연쇄적인 효과를 일으켜 선행의 당사자에게 그 효과가 되돌아오는 우연을 기대할 수 있다.

'간접 상호주의'는 그러한 관련을 표현하는 개념어이다. "만일 내가 당신의 등을 긁어주면 나의 이 좋은 행동은 다른 사람으로 하여금 같은 일을 또 다른 사람에게 하도록 장려할 것이고, 언젠가는 누군가가 내 등도 긁어줄 것이다."라는 의미가 그 말에 내포된다. 간접 상호주의는 협력의 방식을 변화시킬 뿐 아니라 협력에 대한 인간의 사고방식에도 영향을 미친다. 협력은 **응분**의 대가나 이득을 목적으로 한 비용의 지불이다. 평판에 대한 기대도 협력과 관련하여 파악될 수 있다. 우리는 간접 상호주의의 맥락에서 협력이 가져올 효과를 고려하여 평판을 구매한다.

우리는 종종 우리의 행동을 다른 사람들이 어떻게 여길까 신경을 쓴다. 다른 누군가가 우리를 지켜보거나 우리가 한 일을 알아낼 수 있다는 가능성이 우리의 행위를 좌우한다. 개인적 수준의 자선 행위가 그것을 훨씬 뛰어넘는 결과를 초래하기도 한다. 우리가 미래의 그림자 속에 산다는 것을 알 때 우리의 행위는 영향을 받지 않을 수 없다.

－마틴 노왁 외, 《초협력자》

다 똥깐의 본명은 동관이며 성은 조이다. 그럴싸한 자호(字號)가 있을 리 없고 이름난 조상도, 남긴 후손도 없다. 동관이라는 이름이 똥깐으로 변한 데는 수다한 사연이 있어 한마디로 말할 수는 없다. 다만 똥깐이와 한 시대를 산 사람들이 똥깐이를 낳고 똥깐이를 만들고 똥깐이를 죽이는 과정에서 자신들의 일부로 평범한 사람 조동관을, 자신들과는 다른 비범한 인간 똥깐이로 받아들이게 되었다는 것은 분명하다. 똥깐이 살다 간 은척읍에서 세 살 먹은 아이부터 여든 먹은 노인에 이르기까지 남녀노소 불문하고 동관을 칭할 때 똥깐이라고 하지 않은 사람은 없었다. 그러나 똥깐이 보고 듣는 데서는 아무도 그를 동관으로도, 똥깐으로도 부를 수 없었다.

똥깐은 이란성 쌍둥이의 동생으로 태어났는데 죽을 때까지 형 은관과 대략 일천 회 이상의 드잡이질을 벌였다. 그 드잡이질은 똥깐의 타고난 체격에 담력과 기술, 자잘한 흉터를 안겨 주었고 그가 은척 역사상 불세출의 깡패로 우뚝 서는 바탕이 되었다. 은관은 다른 사람의 인정을 받는 걸 좋아해서 스무 살이 되기 전에 이미 합기도 삼 단, 유도 사 단, 태권도 삼 단의 면장을 가지게 되었는데 그 결과 그에게 붙여진 별명은 '조십단'이었다. 나쁘게 발음하면 그대로 욕이 될 수 있으므로 사람들은 은관이 있는 곳에서는 절대 그 별명으로 부르지 않았고 없는 데서도 혹시 신출귀몰하는 그들 형제가 주변에 없나 살피고 나서 '똥깐이가 조십다니하고 술 먹다가 전당포 주인을 깔고 앉은 사연' 등을 즐겼다.

그런 이야기가 은척읍 사람들에게 재밋거리가 된 것은 그때 은척에 살던 사람들 대부분이 텔레비전이나 신문, 라디오를 보거나 들을 수 없었기 때문이다. 볼 돈도 없었고 볼 생각도 없었으며 볼 수도 없었다. 따라서 은관 형제의 이야기는 그들의 뉴스였고 연재소설이자 연속극이며 스포츠였고, 무엇보다도 신화였다.

똥깐은 성장함에 따라 아무도 건드릴 수 없는 개망나니짓으로 명성을 쌓아 가기 시작했는데 열다섯 살 때부터 외상 안 주는 집 깨부수는 일은 다반사요, 외상으로 밥 먹고 외상으로 반찬 먹고 외상으로 오입하고 외상으로 차 마시고 게트림하고 외상으로 만화 보고 외상으로 다른 아이들을 두들겨 팬 뒤 외상으로 약을 사 주었다. (중략)

소문뿐, 누가 사실을 확인해 보랴.

― 성석제, 〈조동관 약전〉

- **재화**(財貨) 사람이 바라는 바를 충족시켜 주는 모든 물건. 이것을 획득하는 데에 대가가 필요한 것을 경제 재화라고 하며, 필요하지 않은 것을 자유재라고 한다.
- **용역**(用役) 물질적 재화의 형태를 취하지 아니하고 생산과 소비에 필요한 노무를 제공하는 일.
- **구비하다**(具備--) 있어야 할 것을 빠짐없이 다 갖추다.
- **응분**(應分) 어떠한 분수나 정도에 알맞음.

04 동시대 다양한 이웃 이야기

작품 읽기

1. 소설에 드러난 현대 청년들의 문제를 파악하고, 정의의 관점에서 비판적으로 고찰할 수 있다.

2. 빈곤의 체험이 어떻게 문학 작품으로 형상화되는지 비교·감상할 수 있다.

3. 동시대를 살아가는 다양한 약자들의 모습을 살펴보고, 대안을 모색할 수 있다.

4. 다문화 사회의 다양한 측면을 살펴보고, 바람직한 사회 변화에 대해 의견을 제시할 수 있다.

〈그렇습니까 기린입니다〉는 경제적 하위 계층에 속하는 한 고교생을 주인공으로 하여 2000년대 한국 사회의 상황을 보여 주고 있는 소설입니다. 이 작품에는 현대 자본주의 사회의 양극화가 여실히 드러납니다. 아버지의 일터에 가 본 후에 '아버지의 연산'이 곧 '나의 산수'가 될 수밖에 없음을 실감한 '나'는 더욱 아르바이트에 열을 올리며 삶을 지탱하려 힘쓰지만, 자본주의 사회는 비애감만 안겨 줄 뿐입니다.

'나'는 자신에게 아르바이트를 소개해 주는 코치 형의 소개로 지하철의 푸시맨 일을 시작합니다. 시급 3천 원이라는 거부할 수 없는 조건으로 푸시맨이 되면서부터 '나'는 생존을 위해 아침부터 어디론가 달려가는 이 시대 평균치 사람들의 모습을 보게 됩니다. 경제적 생존을 위해 어쩔 수 없이 전쟁을 치러야만 하는 이들을 전철 안으로 밀어 넣은 경험은 '나'로 하여금 세상이 자신만의 산수를 하며 살아가는 무수히 많은 사람들로 이루어져 있고, 이는 곧 자본주의 사회를 절망적인 느낌으로 살아가는 평범한 현대인들의 자화상을 인식하게 합니다.

어머니가 쓰러지고 아버지는 집을 나갑니다. 절박한 삶의 현장을 지키며 아버지를 기다리던 '나'는 푸시맨 아르바이트를 하는 곳에서 '기린'을 만납니다. '기린'으로 변한, 그래서 자본주의의 산수 바깥으로 나가 버린 아버지와의 만남은 현실에서는 결코 일어날 수 없는 환상적인 장면입니다. 현실은 여전히 폐쇄적이고 냉정하며 산수를 강요하겠지만, '기린'인 아버지는 현실에서는 살기가 어렵고, 살아가고 싶지 않습니다. 이를 대면한 '나'는 이제 어떤 삶을 살아갈까요?

▌박민규(朴玟奎, 1968~)

장편 소설 《지구 영웅 전설》로 2003년 문학동네 신인 작가상을 받으며 등단하였다. 주로 자본주의 사회 속에서 소외된 젊은 남성을 주인공으로 하여 우리 사회의 젊은이들이 겪을 수 있는 고민에 대해 짚어 보는 작품을 많이 썼다. 주요 작품으로 《삼미 슈퍼스타즈의 마지막 팬클럽》, 《카스테라》, 《죽은 왕녀를 위한 파반느》 등이 있다.

그렇습니까? 기린입니다 _박민규

나의 산수

화성인들은 좋겠다. 그해 여름은 너무 무더워, 나는 늘 그런 상념에 젖고는 했다. 상고(商高)의 여름 방학은 생각보다 길어서, 그런 상념에라도 빠지지 않으면 견딜 수가 없었다. 긴긴 여름, 게다가 나는 여러 일터를 전전했다. 오후엔 주유소에서, 또 밤에는 편의점에서. 있으나 마나 한 여자애들이 일터마다 있긴 했지만, 있으나 마나 했으므로 지루하긴 마찬가지였다. 비하자면 수성과 금성과, 있으나 마나인 별들을 지나, 지구까지 오던 태양 광선이 나 같은 기분이었을까? 덥지도 않고, 멀고 먼, 화성.

일터를 돌다 보면 별의별 일들을 겪게 마련인데, 모쪼록 그해의 여름이 그러했단 생각이다. 주유소에선 시간당 천오백 원을, 편의점에선 천 원을 받았으므로 나는 늘 불만이 가득했다. 그게 그러니까, 시작 때완 달리 불만이 생기는 것이다. 편의점의 사장은 이러면서 세상을 배운다—라고 말했지만, 이천 원씩 받고 배우면 어디가 덧나나? 뭐야, 그럼 당신 자식에겐 왜 팍팍 주는데? 를 떠나서—못해도 이천 원 정도의 일은 하고 있다고 나는 늘 생각했다. 글쎄 천 원이라니. 덥기만 덥고, 짜디짠, 지구.

코치 형이 가게를 찾아온 것은 그 무렵의 새벽이었다. 어떠냐? 좋아요.

편의점의 알바 역시 코치 형의 소개로 얻은 것이므로, 좋다고밖에는 말할 도리가 없었다. 지역의 알바 정보를 한 손에 쥐었다고 할까, 아무튼 그래서 후배들에게 일자릴 소개하고 요모조모 코치하길 좋아하는 인물이었다. 이 얼마나 요긴한가, 나는 카프리썬 하나를 꺼내 그에게 건넸다. 제 돈으로 사는 거예요. 웃으며 말은 했지만 알고나 드세요, 제 인생의 이십오 분이랍니다. 시계를 쳐다보며 나는 생각했다. 지금 일하는 덴 사장이 꼴통이라서 말야…… 오늘도 여자애 허벅질 만졌지 뭐냐…… 나 참…… 그래도 되는 거냐? 되고 말고를 떠나, 허벅질 만진다면 시간당 만 원은 줘야 되는 게 아닌가, 나는 생각했다. 만지는 게 나쁜 게 아니다. 그리고 고작, 천 원을 주는 게 나쁜 짓이다. 적어도 나는, 그렇게 생각했다.

그건 그렇고, 너 푸시업 잘하냐? 푸시업이라뇨? 팔 굽혀 펴기 말이다. 무조건 잘한다고 나는 대답했다. 그래야 일자리가 생긴다는 건, 그때도 이미 기본 중의 기본이었다. 페이가 세. 시간당 삼천 원인데…… 대신 몸이 좀 힘들어. 삼천 원이요? 앞뒤 잴 것도 없이, 시간당 삼천 원이란 말에 귀가 확 뚫리는 기분이었다. 내 주변에 그런 **고부가 가치** 산업이 존재하고 있었다니. 제의를 받은 사실만으로도, 갑자기 확, 고도 산업 사회의 일원으로 성장한 느낌이었다. 좋구 말구요. 비하자면 수성과 금성과 지구를 지나, 비로소 화성에 다다른 태양 광선이 바로 나 같은 기분일까? 있으나 마나에 받으나 마나, 지구여 안녕.

그런 이유로, 나는 푸시맨이 되었다. 좋은 점은 전철을 공짜로 탄다는 것, 팔 힘이 세진다는 것, 게다가 다른 알바에 전혀 지장을 안 준다는 거야. 이

고부가 가치(高附加價値) 생산 과정에서 새롭게 부가된 높은 가치.

를테면 여기 일을 마친 다음 슬슬 역에 나가 '한 딱가리' 하면 그만이란 거지. 깔끔해. 공사 소속이니 지불 확실하지, 운동이 되니 밥맛도 좋아, 그러니 잠 잘 자고 주유소 일도 계속하고……. 코치 형의 코치가 쉬지 않고 이어진 것도 까닭은 까닭이었지만—다른 무엇보다 이유는 삼천 원이었다. 요는 짧고 굵게 번다, 이거군요. 그런가? 뭐……. 그런 식으로 생각할 수도 있을까 모르겠군. 코치 형이 어리둥절한 표정을 지었지만, 확실히 그런 식이라고, 나는 생각했다. 그것이 나의 산수(算數)다. 웃건 말건, 세상엔 그런 산수를 하며 살아야 하는 사람이 있다, 있게 마련이다.

미안하구나.

아버진 그렇게 얘기했다. 또 그 소리. 내가 일만 한다 하면 늘 같은 소리였다. 처음엔 들을 만했는데, 결국 들으나 마나가 돼 버린 지 오래다. 나이 마흔다섯에 시간당 삼천오백 원, 즉 그것이 아버지의 산수였다. 여하튼 무슨 상사(商社)에 다녔는데, 여하튼 〈무슨 상사〉라고밖에 말할 수 없는 직장이었다. 딱 한 번 나는 그곳을 찾아간 적이 있다. 중학생 때의 일인데 도시락을 갖다주는 심부름이었다. 약도가 틀렸나? 엄마가 그려 준 약도를 몇 번이고 확인하며, 근처의 골목을 서성이고 서성였다. 간신히 찾아낸 아버지의 사무실은—여하튼 그곳에 있기는 한, 그런 사무실이었다. 쥐들이 다닐 것 같은 어둑한 복도와, 형광등과, 칠이 벗겨진 목조의 문. 혹시 외국(外國)인가? 라는 생각이 들 만큼이나 〈을씨년〉스러운 곳이었다. 깜짝이야, 그런 단어가 머릿속에 있었다니. 넉넉한 환경은 아니어도, 제법 메탈리카 같은 걸 듣던 시절이었다. 그래도 세상은 뭔가 ESP 플라잉브이(메탈리카가 사용한 기타의 모델명)와 같은 게 아닐까, 막연한 생각을 나는 했었다. 했는데, 해서 문을 열고 들어서자 꼬박꼬박 도시락만 먹어 온 얼굴의 아버지가 가냘픈 표정으로 사무를 보고 있었다. 아버지, 저 왔어요.

원래 좀 노는 편이었는데, 이상하게 그날 이후 나는 조용한 소년이 되어 버렸다. 뭐랄까, 그때는 몰랐지만 그 순간 마음속에 〈나의 산수〉와 같은 게 생겨났기 때문이었다. 아마도 그랬다고, 지금의 나는 생각한다. 그것은 슬픈 일도 기쁜 일도 아니었으며, 누구를 원망할 성질의 것은 더더욱 아니었다. 그저, 말 그대로 수(數)였던 것이다. 말수가 줄어든 대신, 나는 열심히 알바를 하고 돈을 모으기 시작했다. 야, 세상은 한 방이야. 어울리던 친구들이 안쓰럽단 투로 말했지만, 나는 알고 있었다. 결국 이들도, 같은 산수를 할 수밖에 없단 사실을. 넌 뭘 할 건데? 나? 글쎄 요샌 연예계가 어떨까 싶어.

인간에겐 누구나 자신만의 산수가 있다. 그리고 언젠가는 그것을 발견하게 마련이다. 물론 세상엔 수학(數學) 정도가 필요한 인생도 있겠지만, 대부분의 삶은 산수에서 끝장이다. 즉 높은 가지의 잎을 따 먹듯──균등하고 소소한 돈을 가까스로 더하고 **빼**다 보면, 어느새 삶은 저물기 마련이다, 디 엔드다. 어쩌면 그날 나는 〈아버지의 산수〉를 목격했거나, 그 **연산**의 답을 보았거나, 혹 그것을 고스란히 물려받았는지도 모를 일이다. 즉 그런 셈이었다. 도시락을 건네주고, 산수를 받는다. 도시락을 건네주고, 산수를 받았다. 그리고 느낌만으로 〈아버지 돈 좀 줘〉와 같은 말을 두 번 다시 하지 않는 인간이 되었다.

참으로, 나의 산수란.

연산(演算) 식이 나타낸 일정한 규칙에 따라 계산함.

미안하구나. 아버지는 그렇게 얘기했지만, 아버지, 이건 나의 산수예요 라고 나는 생각했다. 정기 적금 정기 적금, 또 한 통의 자유 적금. 시급 천오백 원과 천 원이 따로따로 쌓여 가는 통장들을 생각하면, 세상에 힘든 일은 없었다. 말할 것 같으면, 내 주변은 주로 그랬다. 코치 형만 해도 통장이 다섯 개다. 코치 형네엔 아버지가 없지만, 우리 집처럼 병든 할머니가 있는 것도 아니었다, 쌤쌤이다. 어머닌 식당 일을, 그 외엔 말을 안 해 더 이상은 모르겠다. 들은바, 중학생 때의 코치 형은 본드로 유명한 소년이었다, 한다. 무렵엔 그 말을 도저히 믿을 수 없었다. 그래, 누구나 자신의 산수를 가지고 살아가는 거겠지. 그러니까

나의, 산수.

지금 열차가 들어오고 있습니다

승객 여러분들은 안전선 밖으로 물러나 주셔야겠지만, 그게 될 리가 없는 것이다. 승객들은 모두 전철을 타야 하고, 전철엔 이미 탈 자리가 없다. 타지 않으면, 늦는다. 신체의 안전선은 이곳이지만, 삶의 안전선은 전철 속이다. 당신이라면, 어떤 곳을 택하겠는가.

처음 열차가 들어오던 그 순간을 나는 잊을 수 없다. 그러니까 열차라기보다는, 공포스러울 정도의 거대한 동물이 파아, 하아, 플랫폼에 기어 와 마치 구토물을 쏟아 내듯 옆구리를 찢고 사람들을 토해 냈다. 아아, 절로 신음이 새어 나왔다. 뭔가 댐 같은 것이 무너지는 광경이었고, 눈과 귀와 코를 통해 머릿속 가득 구토물이 차오르는 느낌이었다. 야! 코치 형이 고함을 질러 주지 않으면, 나는 아마도 놈의 먹이가 되었을 테지. 정신이 들고 보니, 놈의 옆구리가 흥건히 고여 있던 구토물을 다시금 빨아들이고 있었다.

발전이라도 일어날 기세였다. 힘! 그때 코치 형이 고함을 질렀다. 해서, 엉겁결에—영차, 영차 무언가 물컹하거나 무언가 딱딱한 것들을 마구마구 밀어 넣긴 했지만 그것이 무엇이었는지는 지금도 기억나지 않는다. 아니, 어찌 내 입으로 그것이 인류(人類)였다고 말할 수 있겠는가.

정신 차려. 열차가 출발하자 코치 형이 다가와 단단히 주의를 주었다. 네. 심호흡을 크게 했지만 다리가 떨리긴 마찬가지였다. 저 사람들을 사람이라고 생각하지 마. 화물이나, 뭐 그런 걸로 생각하란 말이야. 알겠니? 알겠지? 알겠지, 에서 다시 열차가 들어왔으므로, 나는 새로이 **전열**을 가다듬었다. 파아, 하아. 의정부행이었던 두 번째 열차는, 아마도 두 배의 사람들이 쏟아져 나오는 느낌이었다. 이건 마치, 전 인류가 아닌가.

그렇게 한 시간이 지나갔다. 정신을 차리고 보니 나는 안전선 밖의, 그러니까 〈물러서 주시기 바랍니다〉 정도의 지점에 주저앉아 있었다. 그리고 눈앞에는—세 개의 넥타이핀과 두 개의 단추, 더불어 부러진 안경다리가 부상병의 목발처럼 뒹굴고 있었다. 뽈테였다. 인류의 분실물들을 수거하며, 나는 비로소 온몸이 땀으로 젖어 있다는 사실을 알 수 있었다. 그러니까, 화성인들은 좋겠다. 참, 좋겠다.

일주일이 그런 식으로 지나갔다. 아침이면 전 인류의 **참상**을 목격하고, 오전의 짧은 잠, 이어지는 주유소 알바와 밤의 편의점. 온종일 머리 어깨 무릎 발 무릎 발이 아프더니, 다음 날엔 머리 어깨 무릎 발 무릎 발 무릎이 아

발전(發電) 전기를 일으킴.
전열(戰列) 전쟁에 참가하는 부대의 대열.
참상(慘狀) 비참하고 끔찍한 상태나 상황.

팠고, 그다음 날엔 머리 어깨 발 무릎 발 머리 어깨 무릎 귀 코 귀까지가 아프다고 할 정도로, 온몸이 아파 왔다. 이건……. 시간당 삼만 원은 받아야 하는 게 아닌가. 나는 다시 불만에 사로잡혔지만, 지금 관두면 억울하지 않니? 코치 형의 코치도 과연 옳은 말이다 싶어 이를 악물고 출근을 계속했다. 어쩌면 피라미드의 건설 비결도 〈억울함〉이었는지 모른다. 지금 관두면 너무 억울해. 노예들의 산수란, 보다 그런 것이었겠지.

이상하게 이를 악물고 일을 하다 보니, 그럭저럭 일에도 재미가 붙기 시작했다. 머리 어깨 무릎 발 무릎 발도 더 이상 아프거나 쑤시지 않았고, 이거야 원, 나는 즐거웠다. 여름의 새벽은 신선했고, 개봉역의 입구에선 대개 코치 형이 담배를 물고 서 있었다. 그리고 큰형(매표소의 직원을 코치 형은 큰형이라 불렀다.)에게서 무임권을 얻는다. 얻고, 플랫폼에 올라선 우리는 어떤 특권처럼—라인의 맨 앞쪽에서 열차를 기다린다. 예전의 나였다면, 아마도 어김없이 여덟 번째 출구(집에서 최단 거리여서 항상 서게 되는 위치)의 대기선에서 열차를 기다렸겠지만, 그해 여름 나는 분명히 〈푸시맨〉이었다. 코치 형을 따라 공손히 인사를 하면, 기관사들은 대개 기관사석이나 차장석의 문을 열어 주었다. 이 얼마나, 근사한 일인가.

사람들은 우리를 전설이라 부른다. 훈시랄까, 아니면 설교랄까—숙직실에서 〈감독〉의 얘기를 듣는 것도 보통 재미가 아니었다. 나이와 경력, 팔뚝의 힘, 투철한 직업관, 그리고 개똥철학……. 모든 면에서 최고참인 그를 우리는 감독이라 불렀다. 실제 푸시맨들의 조장 역을 맡고 있었으므로 감독의 말은 곧 빛이자 생명, 까지는 아니고 아, 예예 였다. 그럼요 그럼요, 요지는 늘—우리가 국가 경제의 중추라는 둥, 교통대란을 막는 네덜란드의 소년(거 왜, 댐을 막았다는)이라는 둥, 하물며 우리 업계의 신화라는 둥,

아, 예예.

　시급 삼천 원을 받으며 네덜란드의 소년이 되고 싶진 않았지만, 모두가 수긍하는 감독의 말이 있었다. 그것은 우리가 '**일당백**'이라는 사실이었다. 정예, 정예, 감독은 늘 일당백의 정예가 아니고선 신도림역 푸시맨의 자격이 없다고 설교를 늘어놓았다. 해서 사람을 미는 요령, 틈 사이에 발이 빠진 사람의 구출 요령, 또 열차 한 량의 정원이랄까 그런 것―또 그런가 하면, 갑자기 요새 '오 예스'란 과자가 나왔는데 맛있더라, 너는 '초코파이'와 '오 예스' 중 어떤 게 맛있냐고 물어서 사람을 당황케 하는 재주를 가지고 있었다. 하하, 예예.

　그리고 많은 일들이 있었다. 어른들 사이에 파묻혀 기절한 어린이가 있었고 도대체 이 시간에 애를 태워 보내는 부모가 어딨어! 흥분한 감독이 부모를 찾았지만, 그런 부모 따위가 열차에 탔을 리 없었다. 숙직실에서 눈을 뜬 어린이는 수학 경시대회에 가야 하는데, 엄마에게 혼나는데, 라며 눈물을 흘렸다. 감독은 부천에서 왔다는 그 어린이에게 자신의 돈으로 콜라와 오예스를 사 주었다. 막내가 좀 갔다 와라. 감독의, 인생의 삼십 분을 건네받으며 나는 평소와 달리 아, 네, 라고 짧게 끊어 대답했다.

　제발……. 지각이에요. 그런 여자도 있었다. 가능한 등이나 어깨를……. 즉 여성의 몸을 함부로 밀기가 아직은 곤란했던 무렵이었다. 그래서 머뭇머뭇 그만 두 대의 열차를 놓쳐 버렸다. 눈앞에서 울음을 터뜨리는데, 난감해서 견딜 수 없었다. 해서 코치 형을 불렀다. 그리고 의정부행이 들어왔는데,

---

일당백(一當百)　한 사람이 백 사람을 당해낸다는 뜻으로, 매우 용감함을 이르는 말.

어찌나 사람이 많은지 코치 형조차 여자를 넣는 데 실패했다. 결국 여자를 넣은 것은 감독이었다. 열차 쪽을 보지 마시고, 저를 보세요 저를. 그리고 척 보기에도 가슴 같은 곳을 막 눌러, 쑤욱 밀어 넣었다. 잘 들어. 남자는 앞을 보게 해야 잘 들어가고, 여자는 돌아서게 해야 잘 들어가. 알았지? 왜 그런 겁니까? 하여튼 그래.

푸시맨 하나가 열차 속에 딸려 들어간 적도 있었다. 뒤에 있던 사람들에게 떠밀려, 순식간에 일어난 일이었다. 일어날 수 있는 일이 일어난 것뿐이었는데, 문제는 그다음이었다. 승객 한 사람이 시비를 걸며 머리를 쥐어박은 것이다. 이유는 간단했다. 평소 이놈들이 싸가지 없이 사람을 민다는 것이었다. 맞은 애도 보통 성질은 아니어서, 그만 사건이 커지고 말았다. 결과는 집단 구타였다. 전치 삼 주. 도망친 승객들은 아무도 잡히지 않았고, 결국 그 친구는 자신의 돈으로 앞니를 해 넣어야 했다. 그리고 아무도, 그 친구를 볼 수 없었다.

대신 나는, 여러 명의 변태를 볼 수 있었다. 또 보진 못해도, 여성의 비명이나 그런 걸 통해 차량의 어느 언저리에 변태가 있음을 알 수 있었다. 한번은 여자의 치마에 정액을 묻히던 사십 대가 현장에서 붙잡혔다. 손을 움직일 틈이 있었을까? 그 속에서 그런 짓을 한 것도, 그 와중에 그런 인간을 붙잡은 것도 모두가 대단한 일이라고 나는 생각했다. 많아, 굉장히 많아. 코치 형이 고개를 가로저었다. 그런데 형…… 아무리 그게 좋다 쳐도…… 과연 저 속에 타고 싶을까요? 그건 모르지. 변태의 속사정을 어떻게 알겠니? 갓 경찰로 부임한 친구가 있거든. 그 친구가 그러는데 하루는 알몸의 삼십 대 남자가 화단에서 꽃을 먹고 있다는 신고를 받았다지 뭐냐? 꽃, 이라구요? 응, 꽃.

사정(射精)을 하다 붙잡힌 남자는 **상습범**으로 밝혀졌다. 과묵한 인상에 피부가 매우 흰, 점이 많은 얼굴이었다. 살이 찐 목과 근처의 주름을 따라 연신 땀이 흘러내렸다. 변태 주제에 하와이라도 다녀온 모양이지? 감독이 빈정댔지만 그는 결코 얼굴을 들지 않았다. 다른 이유는 없고, 그저 곁에 선 경찰의 제복에 비해 그의 꽃무늬 알로하셔츠가 지나치게 아름답기도 해서―불현듯 나는 이런 생각을 하게 되었다. 하와이에도 전철이 있을까? 하와이에도 화단에서 꽃을 먹는 알몸의 남자가 있을까? 그리고 하와이에도, 푸시맨들이 있을까? 지구는 둥그니까 자꾸 걸어 나가면, 그러니까 알로하, 오에.

결국 모든 인간은 상습범이 아닐까, 나는 생각했다. 상습적으로 전철을 타고, 상습적으로 일을 하고, 상습적으로 밥을 먹고, 상습적으로 돈을 벌고, 상습적으로 놀고, 상습적으로 남을 괴롭히고, 상습적으로 거짓말을 하고, 상습적으로 착각을 하고, 상습적으로 사람을 만나고, 상습적으로 대화를 나누고, 상습적으로 회의를 열고, 상습적인 교육을 받고, 상습적으로 머리 어깨 무릎 발 무릎 발이 아프고, 상습적으로 외롭고, 상습적으로 섹스를 하고, 상습적으로 잠을 잔다. 그리고 상습적으로, 죽는다. 승일아. 온몸으로 밀어, 온몸으로! 나는 다시 사람들을 밀기 시작했다. 온몸으로, 상습적으로.

8월이 되면서 점점 **이력**이랄까, 그런 게 붙기 시작했다. 게다가 신참들이 늘어났다. 집단 폭행의 여파도 여파였고, 몸이 힘든 만큼 일을 관두는 숫자도 상당했기 때문이었다. 결국 나는 전철의 중심 쪽으로 점점 위치를 옮겨

상습범(常習犯) 어떤 범죄를 상습적으로 저지름으로써 성립하는 범죄. 또는 그런 죄를 지은 사람. 상해, 강도, 공갈, 도박, 방화, 사기, 절도, 폭행, 협박 따위가 있다.
이력(履歷) 많이 겪어 보아서 얻게 된 슬기.

야 했다. 갈수록 사람들은 많아지고, 밀수록 사람들은 밀려 나왔다. 물론 대우가 좋아지고, 다들 나의 근성을 인정하는 분위기라 어려움은 덜했지만, 정작 어려운 문제는 그런 것이 아니었다. 물론

돈도 좋지만

아침마다 수많은 사람들의 고통을 목격하는 일이 점점 하나의 스트레스로 변해 갔다. 가까스로 문이 닫히면, 으레 유리창에 밀착된 누군가의 얼굴과 대면하기 일쑤였다. 이런 풍선을 봤나, 터질 듯 짓눌린 볼과 입술을, 또 납작해진 돼지코를 보고 처음엔 배를 잡고 웃었지만, 날이 갈수록 웃음은 사라져 갔다. 좋아요, 다 좋은데 그러니까 당신이 기억하는 인류의 얼굴을 말해 보란 얘기야. 화성의 누군가로부터 그런 추궁을 받는다면 나는 적잖이 고통스러울 것만 같았다. 다른 행성의 존재에게 알려 주기엔, 인류의 **몽타주**는 얼마나 슬픈 것인가. 지금 열차가 들어오고 있습니다. 파아, 하아. 그래 전철만 다녀라, 은하 철도 같은 건 아예 생각지도 말아야 한다. 지금 이대로의, 인류라면 말이다.

결국 또 한 칸 신참에게 자리가 밀려, 나는 여덟 번째 승강구를 맡게 되었다. 〈8〉. 노란색으로 박혀 있는 **양각**의 숫자를 내려다보다, 나는 문득 〈나의 산수〉를 떠올렸다. 왜, 이렇게 살아야 하나, 얼핏 바보 같은 생각이 들었지만 산수란 말 그대로 수(數)에 불과한 것이라고, 스스로를 다독여 주었다.

몽타주(montage) 영화나 사진 편집 구성의 한 방법. 따로따로 촬영한 화면을 적절하게 떼어 붙여서 하나의 긴밀하고도 새로운 장면이나 내용으로 만드는 일. 또는 그렇게 만든 화면. 단편적인 장면을 예술적으로 구성하는 이 방법은 시간의 제약을 받는 영화 예술을 급속도로 발전시켰다.
양각(陽刻) 조각에서, 평평한 면에 글자나 그림 따위를 도드라지게 새기는 일. 또는 그 조각.

유난히 머리 어깨 무릎 발, 무릎 발이 무겁게 느껴지는 아침이었다. 파아, 하아. 그리고 여전히 열차가 들어오고, 문이 열리고, 누군가가 압력에 의해 튕겨 나왔는데, 그런가 했는데

아버지였다.

뭐랄까, 일이 끝나면—옷을 전부 벗어던지고 근처의 화단으로 가 꽃이라도 뜯어먹고 싶은 심정이었다. 아, 아버지……. 그런 말을 했는지 안 했는지에 대해선 잘 기억이 나지 않는다. 다만 신설 역까지 가야 하는 아버지를, 마치 처음 여자의 몸을 밀 때처럼, 그래서 잘, 못 밀고, 그래도 좀 밀었는데, 잘, 안 들어가고, 그랬다. 열차의 문이 닫혔다. 파아, 하아. 상체를 구부려 무릎에 손을 얹고, 나는 제법 숨을 몰아쉬었다. 파아, 하아. 어색한 표정으로 아버지는 어색해진 넥타이를 고쳐 매고 서 계셨다. 그리고 잠깐, 넥타이를 맬 만큼의 짧은 시간이 그러나 절대 풀리지 않을 매듭으로, 우리 둘 사이를 엮으며 지나갔다. 그것은 무척 이상한 체험이었다. 매듭의 바깥은 더없이 소란스러운데, 아버지와 나 사이엔 우주의 고요, 같은 것이 고여 드는 기분이었다. 고요 속에서, 그러나 눈을 못 마주치는 우리의 **결계**를 넘어, 또다시 안내 방송이 흘러나왔다.

지금 열차가 들어오고 있습니다.

이 부근의 어느 지붕

정말로, 지구가 돈다는 것을 알게 될 때가 있다. 일을 끝내고, 코치 형과

결계(結界) 불도를 닦는 데에 장애가 될 만한 것을 들이지 않는 지역.

나란히 역사(驛舍)의 벤치에 앉아 있을 때가 더욱 그랬다. 다리를 길게 뻗고 머릴 좀 더 젖히면, 구름이 흘러가는 모습을 보게 되는 것이다. 약간의 현기증이 일기도 하지만, 즉 그래서 아, 지구가 돌고 있구나 라는 사실을 알게 된다. 그 느낌이 나는 좋았다. 그래서 자주, 나는 벤치에 몸을 뉘었다. 아버지를 만난 그날도 그랬다.

승일아……. 이번엔 꼭 타야 한다. 그리고 세 번째 열차가 들어왔는데, 흐름이 좋지 않음을 간파한 감독이 미는 것을 도와주었다. 힘! 힘! 물론 그 화물이 나의 아버지임을 알 리도 없었지만 너무 거침없이 머릴 누르고, 막, 등을 팔꿈치로 찧고, 밀고, 그랬다. 들어, 간다. 들어, 갔다. 들릴락 말락, 그리고 그 순간 아버지의 **흉곽**에서 어떤 미약한 소리 같은 것이 새어 나오는 듯했다. 파아, 하아. 하지만 흉곽을 닫아 열차는 자신의 **폐부** 속에 아버지의 소릴 가두었고, 나는 더 이상 그 소리의 정체를 확인할 길이 없었다. 아무튼 고작, 러시아워 전철 따위의 폐부에 갇힌 소리나 호흡, 그런 기포와도 같이―답답하고

길고, 이상한 여름이었다. 형, 지구가 돌고 있어요. 그러냐? 뭔가 아버지에 대한 얘길 하고 싶었는데, 전혀 뜻밖의 말들만 튀어나왔다. 뭐 좀 마실래? 그리고 코치 형이 뽑아 준 미린다 한 잔을 마시고 그걸로 끝이었다. 그 후로 제법, 자주, 나는 아버지를 보게 되었다. 서서히 서로에게 어떤 면역이 생겨나기도 했지만, 어떤 면역이 생겨도 자체가 즐거울 리 없는 만남이었다. 나는 때로, 제대로 아버지를 밀어 넣기도 했고, 그건 방학이 끝나 갈 무

흉곽(胸廓) 등뼈, 갈비뼈, 가슴뼈와 가로막으로 이루어지는 원통 모양의 부분. 심장, 허파, 식도 따위를 보호하고 흉근으로 운동하여 호흡 운동을 돕는다.
폐부(肺腑) 가슴안의 양쪽에 있는, 원뿔을 반 자른 것과 비슷한 모양의 호흡을 하는 기관.

렵이었고, 그런 날이면 언제나 음료수를 뽑아 마셨다. 저 멀리 구름은 흘러가고, 나는 목이 말랐다.

여름은 그렇게 지나갔다. 방학이 끝나면서 푸시맨 생활도 끝이 났고, 나는 다시 학교로 돌아왔다. 2학기가 시작된 학교는 몹시도 어수선한 분위기였다. 자리가 없어, 이구동성으로 선배들이 얘기했다. 이구동성이 아니어도, 세상의 불황을 누구나 알고 있었다. 자격증도 소용없고, 또, 정보 산업고로 개명하면 취업률이 오를 거란 예상도 그러나 모두 루머에 불과한 것이었다. 선배들은 **낙심했고**, 여전히 구름은 흘러가고, 나는 목이 말랐다. 세상은 하나의 열차다. 한 량의 정원은 180명, 그러나 실은 400명이 타야만 한다—답답하고

길고, 이상한 여름은 끝이 났지만 대신 길고, 이상한 가을이 시작되었다. 그래서 9월이 끝나 갈 무렵이었다. 엄마가 쓰러졌다. 상가 건물의 청소일을 오랫동안 해 왔는데, 과로인지 뭔지 아무튼 쓰러졌다. 다행히 곧장 병원으로 옮겨졌고, 그러나 확실한 원인이 발견된 것은 아니었고, 일단은 신경인지 어딘지가 나빠질 만큼 나빠졌다는 얘기였다. 검사를 계속 해 봅시다. 의사란 사람이, 그렇게 얘기했다. 검사는 계속 해야만 하겠지. 의사란 사람이, 그렇게 말했으니.

병실에 들어서자, 엄마의 손을 잡고 있는 아버지의 모습이 들어왔다. 엄만 어때? 대답 대신 아버지는 말없이 나를 바라보았다. 초원의 **복판**에서 갑

낙심하다(落心---)   바라던 일이 이루어지지 아니하여 마음이 상하다.
복판   일정한 공간이나 사물의 한가운데.

자기 한쪽 다리를 못 쓰게 된 타조처럼—멍하고, 어두운 표정이었다. 실은 그동안 그나마 아주 잘 걸어왔다는, 아니 달려온 거라는 생각이 나도 들었다. 사라질 엄마의 봉급, 여전한 할머니의 약값, 발생될 엄마의 치료비……. 아버지의 눈동자가 그토록 잿빛이었단 사실을 그때 처음 알았다. 뭐랄까, 전지가 떨어진 계산기의 꺼진 액정과 같은, 그런 잿빛이었다. 이제, 계산이 안 나온다. 나도, 계산이 서질 않았다. 불 꺼진 병원의 비상계단에서, 나는 코치 형에게 전화를 걸었다.

고학을 했던 담임은 비교적 이해심이 많은 인물이었다. 힘내거라. 내가 잘, 처리해 주마. 해서 나는 1교시를 빼먹는 학생이 되었고, 덕분에 다시금 푸시맨 일을 하게 되었다. 나는 다시 전 인류의 물결을 감당해야 했고, 그 속에서 마치 부유하는 미역 줄기와도 같은 아버지를 대면하기 일쑤였다. 맞다, 내 정신 좀 봐. 아버진 그때 점심을 어떻게 했을까? 굶은 걸까? 즉, 도시락의 무게만큼 가벼워진 아버지를 나는 밀고, 또 밀었다. 그 가을의 찬바람 속에서 내 손에 밀리던 아버지는 때로 웅크렸고, 때로 늘어졌으며, 때로 파닥이는, 그런 느낌이었다. 문득, 아침 바람 찬바람에 울고 가는 저, 기러기.

코치 형은 이런저런 알바 자리들을 서슴없이 나에게 인계해 주었다. 고마워 형. 나는 **목각**의 기러기 인형처럼 딱딱하게 고마움을 표했지만, 실은 울고 싶은 심정이었다. 새로 전지를 갈아 끼운 계산기의 액정에서, 새롭고 소소한 액수의 숫자들이 깜박깜박 빠르게 점멸하는 나날이었다. 그런 느낌이었다. 어느 날 거울을 보다가, 그런 잿빛의 눈동자를 나는 보았다. 아

고학(苦學) 학비를 스스로 벌어서 고생하며 배움.
목각(木刻) 나무에 그림이나 글자 따위를 새기는 일. 또는 거기에 새긴 그림이나 글자.

버지와 색이 같은 두 개의 **동심원**, 나는 결국 아버지의 연산(演算)이었다. 3.1415926535897……. 그리고

　편의점의 사장과 트러블이 있었다. 돈을 안 줘서, 그래서 달라고 했는데, 점점 **수작**이 떼먹자는 수작이었다. 옥신각신하던 차에 그만 밀었는데, 나도 놀랄 만큼이나 한참을 날아갔다. 되려 허릴 다쳤다는 둥, 고소를 한다는 둥 난리를 쳤는데 이 역시 코치 형이 해결해 주었다. 작은 소리로 잠시 얘길 했을 뿐인데, 사장이 나오더니 돈을 주었다. 아니, 뿌렸다. 줍자. 너무나 담담한 코치 형이 없었더라면, 또 한바탕 푸시를 할 뻔했었다. 액수는 맞니? 천 원이 모자라요. 저기, 천 원 모자랍니다. 코치 형이 크게 소리 질렀다.

　이상하게 그날 아침—나는 아버지를 아주 거칠게, 그렇게, 밀었다. 부끄럽지만, 그런 기분이었다. 아마도 땅바닥에 떨어진 돈을 한 장 한 장 주워서겠지, 그래서겠지. 애써 자위를 해 봤자 기분이 좋을 리 없었다. 승일아, 잠깐만……. 잠깐만. 아주 잠깐, 아버지의 신음이 내 귓속을 비집고 들었지만 이상하게도 아무런 느낌이 없었다. 아버지, 잘 다녀오세요.

　잘 다녀온 아버지는, 그러나 그날 밤 이런저런 사정들을 나에게 털어놓았다. 요는, 산수에 관한 것이었다. 점점 회사가 힘들어진다. 지금 다른 곳을 알아보고 있다. 미안한데, 당분간은 함께 좀 고생을 하자. 나는 하나도 힘들지 않다고, 얘기했다. 미안해하던 아버지를 다음 날 또 마주쳤는데—미안한 마음에 제대로 밀지 못했다. 아버지, 잘 다녀오세요.

동심원(同心圓)　같은 중심을 가지며 반지름이 다른 두 개 이상의 원.
수작(酬酌)　남의 말이나 행동, 계획을 낮잡아 이르는 말.

다릴 뻗고 고갤 젖히고, 그래서 구름이 흘러가는 걸 처다보며 나는 말했다. 형, 지구는 진짜 돌고 있어요. 그러냐? 이렇게 지구가 도는 게 느껴질 땐 말이죠, 문득 그런 생각이 들어요. 뭐가? 그러니까……. 정말 우주에서……. 행성 위에서 살고 있는 거잖아요. 그래서? 이런 곳에서……. 왜 고작 이따위로 사는 걸까, 라고요. 잠시 침묵을 지키던 코치 형이 뭐 좀 마시자, 라며 자릴 일어섰다. 다릴 당기고 고갤 세워. 그래서 지구가 정지하고 나자 '얼음 없음'을 눌러 양이 더 많은 미린다 한 잔이 눈앞에 떠 있었다. 정지한 지구 위에서, 또, 지금 열차가 들어오고 있었다. 재밌는 얘기 하나 해 줄까?

지금 들어온 열차가 출발하고 나자, 코치 형이 불쑥 그런 말을 뱉는 것이었다. 2교시도 빠지지 뭐. 해서 그날 따라, 나 역시 벤치에 눌러앉게 되었다. 그것은 재밌다기보다는, 어딘가 모르게 이상한 이야기였다. 본드를 한창 하던 때의 일이야. 여느 때처럼 끝까지 갔다라고 생각했는데, 갑자기 내가 지붕 위에 떠 있는 거야. 신기한 게 아래엔 머릴 처박은 내 모습이 보이고, 그걸 바라보는 나 자신은 이상한 빛이 나는 거야. 나 지금 죽은 건가, 그런 생각이 절로 들었지. 얼마나 무서웠나 몰라. 그래서 주위를 둘러보는데, 멀리 오류동 쪽에 아는 녀석 하나가 나처럼 떠 있는 거야. 진호라고, 그놈도 맨 본드하고 거기서 놀던 앤데……. 그래서 저놈도 죽은 건가? 생각을 한 거지. 그리고 얼마쯤 지났을까? 다시 정신이 들고 깨어났어. 아니, 살아났다고 그때는 생각했지. 휴 하고 가슴을 쓸었는데, 정말 놀랄 일은 오후에 일어났어. 글쎄 진호 그놈이 날 찾아온 거야. 그리고 혹시 어젯밤에 본드했냐고? 그래서 했다 했지. 그러자 공중에 떠 있는 자길 보지 않았냐고, 자긴 날 봤다고 그러는 거야. 나 참 얼마나 놀랐던지.

어쨌거나 그 일이 있고 나서, 나 완전히 딴사람이 돼 버렸어. 본드도 끊고, 이유는 잘 몰라. 혹 언제라도 빠져나가, 이 부근의 어느 지붕에 떠 있으면 어쩌지? 그래서 열심히 사는 거 외엔 달리 방법이 없는 게 아닌가, 그런 생각도 들고. 이 부근의 어느 지붕요? 응,

이 부근의 어느 지붕

그렇습니까? 기린입니다

금성인들은 좋겠다. 그해 겨울엔 **혹한**이 닥쳐, 나는 늘 그런 상념에 젖고는 했다. 정보 산업고(情報産業高)의 겨울 방학은 생각보다 가혹해서, 그런 상념에라도 빠지지 않으면 견딜 수가 없었다. 긴긴 겨울, 여전히 나는 여러 일터를 전전했다. 이른 아침의 전철역에서 늦은 밤까지의 갈빗집 주방, 또 새벽엔 세 구역의 아파트를 돌며—신문을 돌렸다. 파아, 하아. 펴오르는 입김과 옷 속의 땀. 돌이켜 보면, 부근의 어느 지붕에서 그런 자신의 모습을 내려다보는 기분이다. 금성인의, 시각 같다.

새벽의 전철은 늘 은하 철도와 같은 느낌이었다. 그렇게 말해도 괜찮습니까? 금성의 누군가로부터 추궁을 받는다 해도, 과연 나는 그렇게 말할 수 있다. 새벽은 광활하고 캄캄했으며, 혹한의 공기는 언제나 거칠었다. 말 그대로의 천자문 집 宇 집 宙, 넓을 洪 거칠 荒. 그리고 나는, 혼자였다. 사람들은 모두 자고 있겠지, 사람들은 모두 무사하겠지. 구일과 구로를 지나 신도림으로 이어지는 선로의 어둠 속에서, 나는 늘 흔들리며 생각했다. 조금씩, 열차는 흔들렸고, 조금씩, 마음도 흔들렸다. 삶은, 세상은, 언제나 흔들리는 것이었다.

혹한(酷寒) 몹시 심한 추위.

무사한 사람은 아무도 없었다. 알바를 정리한 코치 형은 떴다방의 직원이 되었는데, 불과 한 달 만에 사람이 달라졌다. 비록 중고지만 승용차를 구입했고, 돈의 씀씀이가 예전과 사뭇 달랐다. 우연히 길에서 만났는데, 내가 알던 코치 형과 유사한 인물이란 느낌만 간간이 들 뿐이었다. 유사한 것을 무사하다고 말할 순 없는 거니까, 즉 그런 거니까. 감독은 여전했지만, 그 역시도 무사한 것은 아니었다. 들리는 말로는 결혼 사기를 당했다는데, 그 후 열흘이나 무단결근을 했고, 그 후 다시금 출근을 했다. 본인은 어떤 말도 하지 않았고, 우리 역시 어떤 말도 하지 않았다. 사람은 배워야 해. 언젠가 불쑥 그런 말을 하길래 나는 아, 네, 라고 짧게 끊어 대답해 주었다. 또 그런가 했더니, 갑자기 요즘 '칙촉'이란 게 나왔는데 먹어 봤냐? 넌 '오 예스'와 '칙촉' 중 어떤 게 맛있냐고 묻길래─아, 예예. 그리고

그 겨울의 어느 날이었다.

아버지가 사라졌다.

정말로 사라진 것이었다. 어떤 조짐도 보이지 않았고, 어떤 짐작도 할 수 없었다. 처음엔 사고가 아닌가 백방으로 뛰어다녔지만, 사고의 흔적은 어디에도 없었다. 행적에 대해 말해 줄 수 있습니까? 아버지를 마지막으로 본 것은 나였으므로, 당연히 나는 그에 대해 할 말이 있었다. 그날 아침 전철역에서 만났습니다. 전철역에서요? 네, 아버지는 출근을 하는 길이었고, 저는 그곳에서 아르바이트를 하고 있었습니다. 종종 만나는 편인데, 늘 그랬듯 그날도 역시 아버지를 밀어 드렸습니다. 뭐 특이한 점은 없었나요? 글쎄요……. 그러고 보니 〈잠깐만, 다음 걸 타자〉 하고 몸을 한 번 뺐습니다. 그런 적은 처음이었나요? 네, 아마도. 그래서 어떻게 했나요? 힘드신가 보다,

라고 쉽게 생각했습니다. 그래서 다음 열차에 태워 보냈습니다. 순순히 타던가요? 그런, 편이었습니다.

그리고 그것이, 아버지의 마지막 모습이었다. 아버지는 회사에도 가지 않았고, 집으로도 오지 않았다. 말 그대로의, 실종. 경찰은 요즘 그런 사람들이 꽤 있다는 말로 나를 위로했지만, 그런 사람들이 꽤 있다고 해서 위로가 될 리 없었다. 그 후의 기억은……. 잘 정리가 되지 않는다. 나는 아버지의 회사를 상대로 밀렸던 두 달 치 임금을 받아 냈고, 이는 보통 힘든 일이 아니었고, 이런저런 서류를 마련해 할머니를 관인 〈사랑의 집〉에 보내고, 이 또한 정말 까다롭고 힘든 일이었으며, 경찰서와 병원을 꾸준히 오고, 가고, 또 여전히 일을 했다, 해야만 했다. 때로 새벽의 전철에 지친 몸을 실으면, 그래서 나는 어둠 속의 누군가에게 몸을 떠밀리는 기분이었다. 밀지 마, 그만 밀라니까. 왜 세상은 온통 푸시인가. 왜 세상엔 〈푸시맨〉만 있고 〈풀맨〉이 없는 것인가. 그리고 왜, 이 열차는

삶은, 세상은, 언제나 흔들리는가. 그렇게

흔들리던 겨울이 가고, 봄이 왔다. 봄은 금성인과 화성인이 모두 부러워할 만큼이나 근사한 계절이었다. 끝내 아버지는 돌아오지 않았지만, 대신 어머니의 의식이 기적처럼 돌아왔다. 의식이 돌아왔다는 사실보다도, 퇴원을 할 수 있다는 사실이 기뻐 나는 울었다. 글쎄 그 정도의 서러운 이유라면, 누구나 눈물이 나오지 않았을까? 이제 재활 치료만 받으면 됩니다. 의사란 사람이, 그렇게 얘기했다. 재활 치료만 받으면 되는 거겠지. 의사란 사람이, 그렇게 말했으니.

그렇게 우리 집은, 다시금 숨을 트고 있었다. 아버지가 사라졌지만 할머니란 짐을 덜게 된 까닭으로, 또 엄마가 스스로 자신의 병원비를 번 까닭으로 그대로, 그렇게. 근처의 지붕에서 지켜본다면, 아마도 그것은 잔디의 작은 싹이 움을 튼 모습과 비슷한 광경이었을 것이다. 살아, 있다. 무사하진 않았지만, 그래도 유사한 산수를 할 수 있단 것은 얼마나 큰 삶의 축복인가. 사라지기 전에, 사라지기 전에 말이다.

봄이 얼마나 완연한 날이었을까. 일을 마친 나는 잠깐 역사의 벤치에서 졸다가 깊고, 완연한 잠을 자 버리고 말았다. 그리고 눈을 떴다. 목이 말랐다. 여느 때처럼 미린다 한 잔을 마시고 나자, 탄산수처럼 쏘는 느낌의 봄볕이 피부를 찔러 왔다. 당연히 〈얼음 없음〉인 봄볕 속에는 그래서 그만큼의 온기가, 더 스며 있었다. 아아, 마치 기지개처럼 나는 다릴 뻗고 고갤 젖혔다. 여전히 구름은 흘러가고 지구는 돌고, 그리고 다시 고개를 들었는데 건너편 플랫폼의 지붕 부근에 떠 있는 이상한 얼굴 하나가 눈에 들어왔다. 저것은 설마

기린이 아닌가. 그것은 정말 한 마리의 기린이었다. 기린은 단정한 차림새의 양복을 입고, 플랫폼의 이곳저곳을 천천히 거닐고 있었다. 오전의 역사는 한가했고, 아무리 한가해도 그렇지─사람들은 그럴 수도 있지 뭐, 의 표정으로 그닥 신경을 쓰지 않는 눈치였다. 이거야 원, 누군가 한 사람은 긴장을 해야 하는 게 아닌가, 란 생각으로 나는 기린을 예의, 주시했다. 끄덕 끄덕, 머리를 흔들며 걷던 기린이 코너 근처의 벤치 앞에서 멈춰 섰다. 그리고, 앉았다. 그것은 그리고, 앉았다라고 해야 할 만큼이나 분리되고, 모션이 큰 동작이었다. 이상하게도 그 순간, 나는 기린이 아버지란 생각을 했다. 이유는 알 수 없지만, 그런 확신이 들었다. 나는 이미 통로를 뛰어가고 있었다.

사라지기 전에, 사라지기 전에.

　다행히 기린은 꼼짝 않고 앉아 있었다. 주저주저 그 곁으로 다가간 나는, 주저주저 기린의 곁에 조심스레 앉았다. 막상 앉으니—기린은 앉은키가 엄청나고, 전체적으로 다소곳하고 무신경한 느낌이었다. 기린은 이쪽을 쳐다보지도 않는데, 나는 혼자 울고 있었다. 이상하게도 자꾸만 눈물이 나오는 것이었다. 아버지……. 곧장 나는 가슴속의 말을 꺼냈고, 기린의 무릎 위에 내 손을 올려놓았다. 떨리는 손바닥을 통해, 손으로 밀어 본 사람만이 기억하는 양복의 **질감**이 그대로 느껴져 왔다. 구름의 그림자가 빠르게 지나갔다. 기린은 여전히 아무 반응이 없었다. 아버지, 아버지 맞죠?

　어떻게 된 거예요? 기린의 무릎을 흔들던 나는, 결국 반응을 포기하고 이런저런 집안의 근황을 들려주었다. 할머니의 소식과 어머니의 회복, 그리고 나는 부동산 일을 배울 수도 있다, 선배가 자꾸 함께 일을 하자고 한다, 자리가, 자리가 있다고 한다. 경제도 차차 좋아질 거라고 한다. 무디슨가 어디서 우리의 신용 등급이 또 한 계단 올라섰대요, 좋아졌어요. 그러니 돌아오세요. 이제 걱정 안 하셔도 된다니까요. 구름의 그림자가 또 빠르게 지나갔다. 아버지, 그럼 한마디만 해 주세요, 네? 아버지 맞죠? 그것만 얘기해 줘요.

　무관심한, 그러나 잿빛의 눈동자가 이윽고 물끄러미 나를 바라보았다. 기린은 자신의 앞발을 내 손 위에 포개더니, 천천히, 이렇게 얘기했다.

　그렇습니까? 기린입니다.

질감(質感)　재질(材質)의 차이에서 받는 느낌.

Memo

만둣집을 하는 엄마는 '보통'의 기준에 따라 '나'를 동네 음악 학원에 보내 피아노를 배우게 했습니다. 그리고 형편에 어울리지 않게 피아노를 사서 만두 가게 안 작은 방에 들여놓고, 장사가 끝난 뒤 '나'에 게 연주를 청해 듣곤 했습니다. '나'가 자라 대학에 입학할 즈음 아빠가 보증을 선 것이 잘못되는 바람에 집은 빚더미에 올라앉게 되었고, '나'는 엄마의 요구에 따라 서울에 있는 언니의 자취방으로 피아노와 함께 상경하게 됩니다. 언니가 세든 반지하에서 피아노는 그 위엄을 잃고, 주인집 눈치 때문에 칠 수도 없는 애물단지가 되고 맙니다. 하루 빨리 학교에 다니는 날이 오기를 기다리며 워드 아르바이트로 등록금을 모으던 어느 날, 장마철의 쏟아지는 비에 반지하로 물이 들어차기 시작합니다. 언니에게 전화를 걸어 보지만, 언니는 일이 바빠 얼른 전화를 끊어 버립니다. 방 안의 물을 퍼내며 당황하고 있는 '나'에게 돈이 필요하다는 아빠의 전화가 걸려 오고, 이어서 언니의 옛 애인까지 술에 취해 나타납니다. 좀 모자라 보이는 언니의 애인을 부축하다가 무릎까지 물이 차오른 방 안에서 잠겨 가는 피아노를 본 '나'는 검은 비가 출렁이는 반지하에서 피아노를 치기 시작합니다.

김애란의 소설에는 편의점과 원룸, 반지하방과 같이 세련된 일상과는 거리가 멀고 조금은 남루하지만, 현대인의 삶이 사실적으로 드러난 공간들이 제시됩니다. 아이러니한 제목이 작품에서 보여 주는 비루한 일상을 더욱 가슴 아프게 드러냅니다. 작품을 감상하며 동시대 젊은 세대의 사회 문화적으로 궁핍한 현실과 삶의 단면을 살펴봅시다.

▌김애란(金愛爛, 1980~)

인천 출생. 단편 〈노크하지 않는 집〉으로 제1회 대산대학 문학상을 수상하고 같은 작품을 2003년 《창작과비평》 봄호에 발표하며 작품 활동을 시작했다. 현재까지 낸 작품으로는 소설집 《달려라, 아비》, 《침이 고인다》, 《비행운》, 《바깥은 여름》, 장편 소설 《두근두근 내 인생》, 산문집 《잊기 좋은 이름》이 있다. 이상 문학상, 동인 문학상, 한국일보 문학상, 이효석 문학상, 김유정 문학상 등을 수상하였다.

도도한 생활 _김애란

학원에서 처음 배운 것은 도를 짚는 법이었다. 첫 번째 음이니까, 첫 번째 손가락으로 도. 내가 건반을 누르자, 도는 겨우 도— 하고 울었다. 나는 조금 전의 도를 기억하려 한 번 더 건반을 눌러 보았다. 도는 당황한 듯 다시 도— 하고 소리 낸 뒤 제 이름이 지나가는 동선을 바라봤다. 나는 음 하나가 깨끗하게 사라진 자리에 앉아, 새끼손가락을 세운 채 굳어 있었다. 녹색 코팅지가 발린 유리 벽 사이론 오후의 볕이 탁하게 들어왔고. 피아노와, 그것을 처음 만진 나 사이로 정적이 흘렀다. 나는 신중하게 고른 단어를 내뱉듯 작게, 중얼거렸다. 도…….

건반에 손을 얹는 법은 단순한 듯 어려웠다. 손에 힘을 풀고 뭔가 부드럽게 감아쥐는 모양을 만들어 보라는 것이었는데, 그때 나는 힘을 주지 않고도 뭔가를 움켜쥘 수 있다는 게, 또 세상에 그런 것이 존재한다는 게 믿겨지지 않았다. 나는 두 개의 손가락을 이용해 온종일 '도레 도레'를 연습했다. 낮은음과 높은음을 함께 눌렀을 때 낮은음이 더 오래간다는 사실은 나중에 알았다.

피아노 건반의 모양은 똑같았다. 그것은 희거나 검었고, 동일한 크기와 질감을 갖고 있었다. 나는 도의 위치를 자주 잊었다. 그것이 레가 아니라 도라는 것을, 미가 아니라 파라는 것을 만져 보기 전에 확신할 수 없었다. 내가 찾는 도는 왼쪽 가장자리 건반으로부터 스물네 손가락 떨어진 곳에 있었다. 건반 위에서 길을 잃을 때마다 1부터 24까지의 숫자를 일일이 세어 봐야 했다. 그렇게 도를 찾아낸 뒤 할 수 있는 일이란, 고작 도를 다시 치는 일일 수밖에 없었지만. 나는 덩치 크고 내성적인 악기가 처음으로 낸 소리, 완고하고 편안한 그 도—의 울림을 좋아했다. 다행히 도를 찾고 나면 레를 짚기가 수월했다. 레는 도 바로 옆에 있었다. 미는 레 옆이고, 파는 미 다음이니까, 일단 도를 찾는 것이 중요했다.

연습실 문에는 죽은 음악가의 이름이 씌어 있었다. 나는 베토벤실에 앉아 '도레 도레'를 연습했다. 리스트 방에서는 '도레미'를, 헨델 방에서는 '도레미파솔'을 연주했다. 두 손가락만 사용했을 땐 '이만하면 할 만하네.' 싶었고, 세 손가락을 움직였을 땐 '시시하다' 자만했고, 다섯 손가락을 써야 했을 땐 '이거 어려워서 못 해 먹겠다' 소리쳤다. 내가 살던 시골 마을엔 음악 학원이 하나밖에 없었다. 그곳에선 어설프게 바이올린도 가르치고, 플루트도 가르치고, 웅변까지 지도했다. 다행히 바이올린이나 플루트를 신청하는 학생은 거의 없었다. 만일 배우고자 했다면 학원에서 먼저 말렸으리라. 동네에서 바이올린을 켤 줄 아는 아이는 음악 학원 원장의 딸 한 명뿐이었다. 그 애는 학예회에 날개 달린 원피스를 입고 나와, 초등학생이 듣기에도 참을 수 없는 연주를 했다. 그 애의 형편없는 연주를 들으며 나는 처음으로 누군가를 때리고 싶다는 충동에 시달렸다. 음악 학원에서 왜 웅변을 가르쳤는지는 모르겠다. 웅변은 음악이 아닌데. 그래도 수강생은 있는 듯했다. 교내 웅변대회를 앞둔 학생이나, 소극적인 성격 탓에 부모 손에 끌려온 아이들이었다. 연습실에서 내가 친 음이 **정갈하게** 사라지는 느낌을 즐기고 있을 때면, 어

정갈하다 깨끗하고 깔끔하다.

디선가 찢어질 듯 "나는 공산당이 싫어요!"라는 외침이 들려오곤 했다. 베토벤은 귀가 먹어 그 소리를 못 들었겠지만. 나는 두 번째로 누군가를 때리고 싶다는 욕구에 시달렸다. 어쨌든 헨델이 없는 헨델 방이었고, 리스트가 없는 리스트 방이었다. 나는 그들이 누군지도 몰랐다.

연습이 지루할 때면 각 소리의 표정을 그려 봤다. 레는 곁눈질하는 느낌이고, 솔은 까치발 선 인상을 줬다. 미는 시치미를 잘 떼고, 파는 솔보다 낮지만 쾌활할 것 같았다. 나는 다섯 음에 적응해 갔다. 피아노는 건반 자체가 아닌 자기 내부의 어떤 것을 '때려서' 음을 만든다는 것도 이해했다. 높은음일수록 빨리 사라진다는 것도, 음마다 자기 시간을 따로 갖고 있다는 것도 말이다. 그러니 각 음이 모여 음악이 된다는 건, 여러 개의 시간이 만나 벌어지는 어떤 일일지도 몰랐다.

문제는 '라'에서부터 시작됐다. 라를 만나기 전 나는 근심에 싸여 있었다. 다섯 손가락으로 다섯 음을 연주하는 건 무난하고 상식적인 일이었다. 하지만 다섯 손가락으로 여섯 음 이상을 칠 땐 어떻게 해야 하는지 알 수 없었다. 그것은 **오진법**밖에 쓸 줄 모르는 문명인이 만난 십이진법 같은 거였다. 나는 라를 알고 싶었다. 하지만 라를 알게 되는 즉시 귀찮은 일이 생길 것 같아 두려웠다. 어려운 건 싫은데. **오음계**로 된 노래도 많으니까, 평생 오음계만 연주해도 되지 않을까. 라를 배우던 날, 나는 선생님의 손동작을 숨죽여 바라보고 있었다. 선생님은 내 옆에서 도를 쳤다. 내가 치는 방식대로였다. 선생님은 레를 쳤다. 그것도 같은 방법이었다. 선생님은 예상대로 미를 짚었다. 나는 초조함을 느꼈다. 이윽고 선생님이 파를 치는 순간, 눈앞으로

오진법(五進法) 5를 단위로 하여 수를 나타내는 방법. 숫자를 0~4까지 사용한다.
오음계(五音階) 한 옥타브가 다섯 개의 음으로 이루어진 음계.

뭔가 휙 지나가는 것이 보였다. 그녀는 약지로 파를 치지 않고, 파 자리에 재빨리 엄지를 옮겨 놓은 뒤, 두 번째 손가락으로 솔을 짚은 것이었다. 나머지 손가락들이 자연스럽게 라와 시를 건드렸다. 도레미파솔라시도. 완전한 칠음계였다. 나는 선생님의 손놀림을 보며 감탄한 듯 중얼거렸다. 이제, 음악이 뭔지 알 것 같다고.

만둣집을 했던 엄마가 어떻게 피아노를 가르칠 생각을 했는지 알 수 없다. 욕심이거나 뭔가 강요하려 한 것은 아니었다. 엄마는 배움이 짧았고, 자신의 교육적 선택에 늘 자신감을 갖지 못했다. 다만 그때 엄마는 어떤 '보통'의 기준들을 따라가고 있었으리라. 놀이공원에 가고, 엑스포에 가는 것처럼, 어느 시기에는 어떠어떠한 것을 해야 한다는 **풍문**들을 말이다. 돌이켜 보면 어릴 때 엑스포에 가고 박물관에 간 것이 그렇게 재밌었던 것 같지는 않다. 하지만 나를 엑스포에 보내 주고, 놀이공원에 함께 가 준 엄마에게 고마운 마음이 든다. 누구나 겪는, 평범한 유년의 프로그램 중 하나였을 뿐이지만, 무지한 눈으로 시대의 풍문들에 고개 끄덕였을, 김밥을 싸고 관광버스에 올랐을 엄마의 피로한 얼굴이 떠오르는 까닭이다. 이따금 내가 회전목마 위에서 비명을 지르는 동안, 한 손으로 얼굴을 가린 채 벤치에 누워 있던 엄마의 모습이 떠오르곤 한다. 신을 벗고 짧은 잠을 청하던 엄마의 얼굴은 도—처럼 낮고 고요했던가 그렇지 않았던가. 엄마를 따라 하느라, 피아노 의자 위에 누워 있던 나를 보고, 선생님은 라—처럼 놀랐던가 그렇지 않았던가. 일과 중 가장 중요한 일이 '엄마 백 원만'인 줄 알았던 때이긴 했지만. 나는 헨델이 없는 헨델의 방에서 음악을 했고, 엄마는 베토벤같이 풀린 파마머리를 한 채 귀머거리처럼 만두를 빚었다. 마침 동네에 음악 학

풍문(風聞) 바람처럼 떠도는 소문.

원이 생겼고, 엄마의 만두가 불티나게 팔리던 시절이라 가능했던 일인지도 모른다.

　엄마는 내게 피아노를 사 줬다. 읍내서부터 먼짓길을 달려온 파란 트럭이 집 앞에 섰을 때, 엄마가 무척 기뻐했던 기억이 난다. 세탁기도 냉장고도 아닌 피아노라니. 어쩐지 우리 삶의 질이 한 뼘쯤 세련돼진 것 같았다. 피아노는 노릇한 원목으로 돼, 학원에 있는 것보다 좋아 보였다. 원목 위에 양각된 우아한 넝쿨무늬, 은은한 광택의 금속 페달, 건반 위에 깔린 레드 카펫은 또 얼마나 선정적인 빛깔이던지. 그것은 우리 집에 있는 **가재**들과 때깔부터 달랐다. 다만 좀 멋쩍은 것은 피아노가 가정집 '거실'이 아닌, 만두 가게 안에 놓인다는 사실이었다. 우리 가족은 생계와 주거를 한 건물 안에서 해결하고 있었다. 낮에는 방에 손님을 들이고, 밤에는 식구들이 이불을 펴고 자는 식으로 말이다. 피아노는 나와 언니가 쓰는 작은방에 놓였다. 안방은 주방을, 작은방은 홀을 마주 보고 있었다.

　나는 오후 내 가게에 붙어 피아노를 연주했다. 울림 폭을 크게 해 주는 오른쪽 페달을 밟고, 멋을 부려 〈소녀의 기도〉나 〈아드린느를 위한 발라드〉와 같은 곡을 말이다. 찜통에선 수증기가 푹푹 나고, 홀에서는 장사꾼과 농부들이 흙 묻은 장화를 신은 채 우적우적 만두를 씹고 있는 공간에서, 누구라도 만두를 삼키다 말고 울고 가게 만들었을 그런 연주를. 쉽고 아름답지만 촌스러워서 누구라도 가게 앞을 지나다 얼굴을 붉히게 만들었을, 그러나 좀 더 정직한 사람이라면 만두 접시를 집어 던지며 "다 때려치우라 그래!" 소리쳤을 그런 연주를 말이다. 한번은 연주가 끝난 뒤 박수 소리가 들려 고개를 돌린 적이 있다. 홀에서 웬 백인 남자가 손뼉을 치며 "원

가재(家財)　한집안의 재물이나 재산. 살림 도구나 돈 따위를 이른다.

더풀."이라 외치고 있었다. 외국인과 나 사이에 어정쩡한 침묵이 흘렀다. 나는 부끄러웠지만 수줍게 한마디 했다. 땡큐……. 집 안에선 밀가루 입자가 햇빛을 받으며 분분히 날렸고, 건반을 짚은 손가락 아래론 지문이 하얗게 묻어났다.

학원은 2년 정도 다녔다. 그사이 나는 바이엘 두 권을 떼고, 체르니와 하농에 입문했다. 체르니란 말은 이국에서 불어오는 바람 같아서, 돼지비계나 단무지란 말과는 다른 울림을 주었다. 나는 체르니를 배우고 싶기보단 체르니란 말이 갖고 싶었다.

엄마는 장사를 끝낸 뒤 작은방에 누워 피아노를 청했다. 나는 엄마의 발 박자에 맞춰 〈따오기〉나 〈오빠 생각〉을 연주했다. 허공에서 발 박자를 맞추던 엄마의 양말 앞코는 설거지물에 진하게 젖어 있었다. 그 발은 허공을 날아다니는, 엄마의 젖은 마음 한 조각 같았다. 노래는 아빠가 잘했는데 연주를 청한 건 늘 엄마였다. 아빠는 배달 일을 하고 있었다. 아빠는 동네 곳곳에 군만두와 찐만두와 물만두를 배달하며 이런저런 참견과 재미없는 농담을 하고 다녔다. 가게가 한창 바쁠 때 사라지는 일도 적지 않았는데, 그때마다 아빠는 배달 간 곳의 노름판에 끼어 있거나, 구멍가게 앞에서 인형 뽑기를 하고 있었다. 한번은 아빠가 온종일 가게에 나타나지 않아 엄마가 화를 냈던 적이 있다. 배달은 모두 취소됐고, 엄마는 정신없이 찜통과 전화 사이를 오갔다. 아빠는 해 질 무렵, 슬그머니 가게 문을 열었다. 아빠는 홀 안까지 와 놓고, 안방 문을 열지 못해 왔다 갔다 했다. 그러고는 무슨 생각에서였는지, 작은방에서 놀고 있던 우리를 불러내 노래를 가르쳐 주겠다고 했다. 우리는 모처럼 다정하게 구는 아빠가 좋아 작은방서 꼬물꼬물 기어 나왔다. 아빠는 미닫이로 된 가게 문을 반쯤 열고 노래를 부르기 시작했다. 아빠가 한 소절을 부르면 우리가 따라 하는 식이었다. 아빠의 낮은 목소리가 저녁의 한적한 **소읍** 위로 울려 퍼졌다. "고향 땅이 여기서 얼마나 되나, 푸른 하늘 저 하늘 여기가 거긴가……." 이상했다. 아빠의 고향은 여긴데, 마치 다른 고향이라도 있는 듯 아빠의 얼굴이 쓸쓸해 보였다. "아카시아 흰 꽃이 바람에 날리면……." 문밖으로 빼꼼 나온 세 개의 머리통이 같은 노래를 부르는 동안, 안방에선 아무 기적도 나지 않았다. 엄마는 자신의 불운이 오래전, 노래 잘하는 남자를 좋아하게 된, 바로 그때서부터 시작됐다 생각하고 있는지 몰랐다.

어쨌든 나는 아홉 살이었고, 내겐 연주를 할 시간보다 말썽을 피울 시간이 많았다. 와장창 유리 깨지는 소리가 나거나 언니의 비명이 들릴 때마다, 엄마는 만두피를 빚다 말고 잽싸게 달려와 우리를 두들겨 팬 뒤, 다시 쏜살같이 달려가 만두를 쪘다. 엄마는 늘 바빴다. 애들은 빨리 때려서 빨리 키워야 했고, 만두는 그보다 더 빨리 쪄 내야 했다. 엄마의 만두 방망이가 내 몸을 때릴 때마다 사방에선 풀썩풀썩 밀가루 먼지가 피어났다. 나는 음악을 좀 알았지만, 매 앞에서 여전히 입을 벌린 채 으앙— 하고 울었다. 한번은 피아노 악보 받침대가 부러져, 방망이 대신 그걸로 맞은 적도 있다. 나는 좀 컸다고 '으앙' 하고 울지 않고 '훌쩍훌쩍' 울어 댔다. 악기가 무섭게 보인 것은 그때가 처음이었다.

학원에는 피아노를 잘 치는 애들이 많았고 못 치는 애들은 그보다 더 많았다. 조율 안 된 중고 피아노는 모두 축농증에 걸려 있었다. 액자 속 베토벤과 모차르트는 초등학생들이 만들어 내는 소음 속에서 지루하기 짝이 없는 표정으로 앉아 있었다. 아이들은 산만했고 선생들의 태도는 형식적이었지만, 나는 피아노를 배우는 게 재미있었다. 손가락 관절 아래서 돋아나는

소읍(小邑) 주민과 산물이 적고 땅이 작은 고을.

음의 운동도 즐거웠고, 내 속의 어떤 것이 출렁여 그리운 마음이 드는 것도 좋았다. 이상한 것은, 그런데도 '잘' 치고 싶다는 생각이 안 들었다는 거다. 나는 피아노를 적당히 치고 싶었다. 그리고 꼭 그 때문은 아니지만 엄마가 피아노 할부금을 다 부었을 즈음, 음악 학원을 그만두었다. 싫증이 난 것이 아니라 그만하면 족했던 것이다. 만족의 수위가 낮았던 걸 보니 분명 재능도 없었던 것 같다.

만두소를 먹고 자란 내 젖멍울은 어여쁘게 부풀어 올라 온몸에 이상한 메시지를 송신했다. 나는 75A 브래지어를 차고 중학교에 올라갔다. 피아노는 예전만큼 자주 치지 않았다. 나는 더 좋을 것도 나쁠 것도 없는 수준 안에서 고만고만한 악보를 사다 유행가를 연주했다. 드라마 주제곡이나 가요 프로그램에서 1위를 하던 노래들이었다. 피아노를 칠 때면, 페달을 밟고 음을 과장하는 법을 잊지 않았다. 그 왕왕거림 안에는 뭔가 환상적인 느낌이 주는 슬픔, 더 이상 가 볼 수 없는 체르니 세계 너머에 대한 미련과 향수가 어려 있었다. 나는 더 이상 사교육을 받지 않은 채 고등학교에 들어갔다. 내가 진로에 대해 물으면, 엄마와 아빠는 서로 빤히 쳐다보다, 뭔가 잘못한 것 같은 표정을 지어 보이곤 했다. 우리는 그저 당시의 '소문'들을 믿어 보는 수밖에 없었다. 이과가 취직이 잘된다더라, 여자 직업으로는 선생님이 좋다더라, 서울 삼류에 가느니 지방 국립이 낫다더라와 같은. 그런 말을 들을 때마다 나는 정말 중요한 정보인 듯 심각한 표정을 짓다가 금세 잊어버리곤 했다. 불규칙한 내신 등급과 달리, 내 브래지어 후크는 꾸준히 한 칸씩 늘어갔다. 피아노는 가게 구석에서 먼지를 뒤집어쓴 채 잊혀 갔고, 나는 더 이상 피아노를 치지 않았다. 그리고 한참의 시간이 지난 어느 날, 이불을 이고 집을 떠나온 이후. 주머니에 손을 찔러 넣고 복작이는 사람들 사이를 걷다 그런 생각이 들었다. 이 방에서, 이 거리에서, 이 시장과 저 공장에서, 이 골목과 저 복도에서, 그늘에서, 창 안에서, 세상 사람들은 가끔 아무도 모르게 도— 도— 하고 우는 것은 아닐까 하고. 사람들 저마다 자기도 모르게 까닭 없이 낼 수 있는 음 하나 정도는 갖고 태어나는 게 아닐까 하고. 어쩌다 어릴 때 음악 따윌 배워 그 울음의 이름을 알게 됐으니, 조금은 나도 시대의 풍문에 빚지고 있는지 모르겠다.

*

만두소에는 무말랭이가 들어갔다. 엄마는 그걸 물에 불린 뒤 **광목**으로 싸 '짤순이'에 넣고 돌렸다. 짤순이는 탈수 기능만 되는 날씬한 금성 세탁기였다. 탈수기 호스는 광에서 주방 하수구까지 길게 이어져 있었다. 엄마는 2, 3일에 한 번씩 광으로 들어가 탈수기를 돌렸다. 엄마가 광에만 들어갔다 하면 탈수기 호스에선 엄청난 양의 물이 쏟아져 나왔다. 그래서 나는 그곳이 울음 방인 줄만 알았다. 철이 든 뒤 그것이 오해였다는 걸 깨달았지만. 몇 년 후 엄마는 정말 그 안에서 무릎에 고개를 묻고 있었다. 내가 서울로 올라가기 전인 고3 겨울 방학 때였다. 여느 때와 같이 무말랭이를 짜고 있던 엄마는 전화벨이 울리자 주방으로 나왔다. 엄마는 수화기에 대고 뭐라 해명하고 애원하는 것 같았다. 나는 화장실에 가다 그 모습을 보았다. 한바탕 점심 장사가 끝난 뒤라, 가게에서는 탈수기 진동음만 미세하게 들려오고 있었다. 엄마는 다시 광으로 들어갔다. 엄마는 탈수기 옆에 쪼그리고 앉아 '탈탈탈탈' 울었다. 단풍놀이에 간 아빠는 설악산에 있었고, 언니는 휴학계를 썼고, 나는 저쪽 어둑함과 연결된 호스에서 물이 졸졸 새어 나오는 모습을 보며, 문득 우리 집이 망했다는 걸 깨달을 수 있었다.

광목(廣木)　무명실로 서양목처럼 너비가 넓게 짠 베.

그즈음, 나는 서울권 대학에 합격했다. 4년제 대학의 컴퓨터학과였다. 컴퓨터에 관해서라면 고작 자판 치는 것밖에 몰랐지만, 졸업하면 취직이 잘될지도 모른다는 막연한 기대에서였다. 그즈음 내 친구들은 대부분 그렇게 대학에 갔다. 막연하게 국문과에 가고, 막연하게 사대에 가고, 막연한 **열패감**이나 우월감을 갖고 졸업을 하고 진학을 했다. '적성'이 아닌 '성적'에 맞춰 원서를 쓰는 일도 잦았지만, 대부분 잘 기획된 삶에 대해 무지했고, 자신이 뭘하고 싶어 하는지 몰랐다. 나보다 두 살 많은 언니는 서울에 있는 전문 대학에서 '치기공'을 배우고 있었다. 주로 치아 **보철물**의 제작 기술을 배우는 학과였다. 언니는 원서를 쓰기 바로 전날까지도, 자신이 평생 누군가의 이(齒)모형을 만들며 살게 되리라 상상하지 못했다고 했다. 나는 한동안 대학에 붙었다는 말도 못한 채, 신입생 환영회 때 부를 노래만 연습하고 있었다.

엄마는 **차압** 딱지가 붙기 전, 값나가는 물건을 팔아 버리자고 했다. 아빠와 나는 고개를 끄덕이며 열심히 고가품을 찾아 움직였다. 그러나 10분도 지나지 않아, 우리는 우리 집서 값나가는 물건이 피아노밖에 없다는 걸 깨달았다. 그것도 팔면 80만 원이 안 되는 물건이었다. 엄마는 고민하더니, 다시 피아노를 팔지 말자고 했다. 나는 손사래를 치며 "나 때문이면 괜찮다."라고 했다. 피아노를 치지 않은 지 한참 됐고, 진심으로 미련도 없었다. 피아노 위에 올려진 인형들은 말똥말똥한 표정을 짓고 있었다. 모두 아빠가 뽑아 온 것이었다. 엄마는 고민하다 피아노는 일단 갖고 있자고 했다.

"어떻게?"

열패감(劣敗感) 남보다 못하여 경쟁에서 졌다는 느낌.

보철물(補綴物) 이가 상한 곳을 고치어 바로잡고 깁는 데 쓰는 여러 가지 재료. 또는 여러 가지 재료로 만들어 박은 이.

차압(差押) 민사 소송법에서, 집행 기관에 의하여 채무자의 특정 재산에 대한 처분이 제한되는 강제 집행. 이에 의하여 채무자는 압류 재산에 대한 처분권을 상실하며 처분권은 국가에 이전된다.

엄마가 천천히 입을 열었다. 네가 서울로 갖고 가 주었으면 좋겠다고.

"……."

나는 눈을 둥그렇게 뜨고 말했다.

"거기 반지하야, 엄마."

엄마가 그 사실을 모를 리 없었다. 나는 계속 피아노를 팔자고 설득했다. 사실 그것은 우리에게 아무 쓸모도 없었다. 엄마는 그게 무슨 기념비라도 되는 양, "사정이 좋아질지도 모르니까……." 하고 말끝을 흐렸다. 결국 나는 피아노를 이고 상경해야 했다. 내가 집을 떠나던 날, 아빠는 오토바이 '쇼바'를 잔뜩 올린 채 도로 위를 달리며 울고 있었다. 아빠는 오토바이 속도가 최절정에 다다랐을 때, 앞바퀴를 들며 "얘들아 너흰 절대 보증 서지 마!" 라고 오열했고, 비닐하우스 옆에서 머리를 조아리며 속도위반 딱지를 뗐다고 했다. 벌금은 고스란히 만두 가게서 일하는 엄마 앞으로 **전가**됐다.

언니의 표정은 **뜨악했다**. 외삼촌이 담배를 피우는 사이, 나는 사정을 설명하느라 애를 먹었다. 엄마가 다 얘기한 줄 알았는데, 언니는 아무것도 모르고 있었다. 언니가 답답한 듯 말했다.

"여기, 반지하야."

나는 조그맣게 대꾸했다.

"나도 알아."

우리는 트럭 앞에 모여 피아노를 올려다봤다. 그것은 몰락한 러시아 귀족처럼 끝까지 체면을 차리며 우아하고 담담하게 서 있었다. 외삼촌의 트럭은 길 한가운데를 막고 있었다. 우리는 서둘러 목장갑을 꼈다. 외삼촌이 피

전가(轉嫁) 잘못이나 책임을 다른 사람에게 넘겨씌움.
뜨악하다 마음이 선뜻 내키지 않아 꺼림칙하고 싫다.

아노의 한쪽 끝을, 언니와 내가 반대쪽을 잡았다. 외삼촌이 신호를 보냈다. 나는 깊은 숨을 쉰 뒤 피아노를 번쩍 들어 올렸다. 1980년대산(産) 피아노가 잠시 세기말 도시의 하늘 위로 비상했다. 그 모습이 꽤 아름다워 하마터면 탄성을 지를 뻔했다. 우리는 한 걸음씩 이동했다. 다리가 후들거리고 진땀이 났다. 사람들이 우리를 흘깃거렸다. 뒤에서 승용차 한 대가 비켜 달라는 듯 경적을 울려 댔다. 곧 건물 2층에 사는 집주인이 체육복 차림으로 내려왔다. 동글동글한 체구에, 아침 체조를 빼먹지 않을 것같이 생긴 오십 대 중반의 사내였다. 그는 집 앞에서 벌어진 풍경이 믿기지 않는다는 듯 아연한 표정으로 서 있었다. 나는 피아노를 든 채 어색하게 웃으며 목례했다. 언니 역시 눈치껏 사내에게 인사했다. 좁고 가파른 계단 아래로 피아노가 천천히 머리를 디밀고 있었다. 세탁기도, 냉장고도 아닌 피아노라니. 우리 삶이 세 뼘쯤 민망해지는 기분이었다. 갑자기 쿵— 하는 소리가 났다. 외삼촌이 피아노를 놓친 모양이었다. 우당탕탕— 피아노가 계단을 미끄러져 나갔다. 언니와 나는 다급하게 피아노 다리를 붙잡았다. 윙— 하는 **공명감** 사이로, 악기 속 여러 개의 시간이 뭉개지는 소리가 났다. 피아노 넝쿨무늬가 고장 난 스프링처럼 흔들리고 있는 모습이 보였다. 충격 때문에 몸에서 떨어져 나간 모양이었다. 그제야 나는 내가 오랫동안 양각된 거라 믿어 온 문양이 사실은 본드로 붙여져 있던 것이라는 걸 깨달았다. 우리는 외삼촌의 안색을 살폈다. 외삼촌이 괜찮다는 신호를 보낸 뒤 다시 계단을 내려갔다. 나는 외삼촌의 부상이나 피아노의 상태가 걱정되지 않았다. 그보다는 쿵— 소리, 내가 처음 도착한 도시에 울려 퍼지는 그 사실적이고, 커다랗고, 노골적인 소리에 얼굴이 붉어졌다. 집주인은 어이없고 못마땅하다는 표정으로 언니와, 나와, 피아노와, 외삼촌과, 다시 피아노를 번갈아 쳐다봤다.

공명감(共鳴感) 진동하는 계의 진폭이 급격하게 늘어나는 느낌.

"학생."

주인 남자가 언니를 불렀다. 언니는 재빨리 계단을 올라갔다. 출구 쪽, 네 모난 햇살 아래 뭔가 열심히 설명하고 있는 언니의 모습이 보였다. 언니는 승용차 운전자에게도 양해를 구했다. 우리는 결국 관리비를 더 내고, 피아노를 절대 치지 않겠다는 조건으로 집주인을 돌려보냈다. 집주인은 돌아서며 한마디 했는데, 치지도 않을 피아노를 왜 갖고 있느냐는 거였다.

그날, 저녁으로 만두를 먹었다. 엄마가 아이스박스에 넣어 보내 준 거였다. 김이 무럭 나는 만두를 식도로 밀어 넘기며 언니는 새삼 '몸이 진정되는 기분'이라고 말했다. 언니는 만두를 삼킬 때마다 엄마를 삼키는 기분이 든다고 했다. 나는 두 손으로 왕만두를 갈랐다. 당면과 부추, 두부, 돼지고기로 채워진 속살이 폭죽처럼 튀어나오며 뿌연 김을 내뿜었다. 문득, 스무 해를 넘긴 언니와 나의 육체는 엄마가 팔아 온 수천 개의 만두로 빚어진 게 아닐까 하는 생각이 들었다.

"그런데 아빠, 왜 그랬대?"

언니가 사이다를 들이켜며 물었다. 나는 대충 아는 대로 설명했다. 아빠의 친구가 고기 뷔페를 차린다고 대출을 받으면서 보증을 부탁했다. 몇 해 전부터 동네 외곽에 크고 작은 공장이 들어섰는데, 아빠 친구는 "그 사람들이 여기서 한두 번만 회식해도 흑자는 문제없다."라고 자신했다. 그즈음, 아빠의 선배도 노래방을 개업했다. 사람들이 회식을 하면 고기만 먹고 헤어지겠냐는 거였다. 아빠는 이중으로 보증을 섰다. 그런데 어느 순간 공장들이 하나둘 문을 닫았고, 고기 뷔페가 망하자 노래방도 간판을 내렸다. 말하자면 보증의, 보증의, 보증이 도미노처럼 꼬리를 물고 무너져 만두 가게 앞에서 멈춰 선 것이었다. 소읍 전체가 서로에게 빚을 지고 있는데, 그 빚은 누구도 만져 본 적 없는 유령 같은 거였다. 언니가 젓가락을 빨며 물었다.

"그럼 누구 잘못이야?"

나는 모른다고 했다. 다만 그것이 아주 투명한 불행처럼 느껴진다고, 실감이 안 난다고 덧붙였다. 그것은 당장 내가 내일부터 아르바이트를 하고 어마어마한 피로감을 느낀다 해도, 저 너머 도미노의 끝을 상상할 수 없고, 원망할 수 없는 것과 비슷한 느낌이었다.

"언니, 학교는 왜 쉰 거야?"

언니는 거품이 사그라져 가는 사이다를 보며 말했다.

"집 사정도 그렇고. 이걸 계속해야 할지 알 수 없어서."

나는 이 상황에 '적성'을 생각하고 있는 언니에게 서운함을 느꼈다. 누군가 빨리 자리를 잡아 짐을 덜어 줬으면 하는 바람이었다. 언니는 취업이 잘된다는 말에 서둘러 원서를 쓴 게 후회된다고 말했다. 자질이나 작업 환경에 대해서는 고민하지 못했다고. 학습실서 가스 폭발 사고가 난 후로 두려움이 들고, 허리 디스크와 기침 때문에 고생을 한다고도 했다. 나는 좀 미안한 마음이 들었다.

"학교 선배가 그러는데, 요즘 계급을 나누는 건 집이나 자동차 이런 게 아니라 피부하고 치아라더라."

나는 "정말?" 하고 반문한 뒤, 그러고 보니 그런 것도 같다고 생각했다.

"그런데 좀 징그럽지 않니? 이빨이 계급을 표시한다는 게."

나는 멍하니, 상품(上品)의 소가 입을 벌리고 있는 우시장을 떠올렸다.

"근데 그 말을 들은 뒤부터 나도 모르게 자꾸 사람들 이를 보게 되는 거야. 전공 탓도 있지만, 연예인들 치아는 모두 하얗고 가지런해서 그게 보통의 기준인 것처럼 착각하게 돼."

나는 '온전히 고른' 치아란 게 사실은 없지 않나 갸웃거렸다. 언니는 남자친구 얘길 꺼냈다. 나이 차가 많이 나, 연애가 끝날 때까지도 엄마는 몰랐던 사람이다. 며칠 전 그가 만취해 집에 찾아왔었다고 한다. 서로 마음이 정리되지 않아 힘들었을 땐데, 언니가 현관문을 열자마자 바닥으로 고꾸라졌다고.

"그래서?"

"신을 벗기고 방으로 옮기려는데 꼼짝도 안 해. 그래서 한참 그 앞을 웅크리고 있었어. 그런데 갑자기 나도 모르게 그 사람 얼굴 위로 손을 뻗더라. 그런 뒤 입술을 벌려, 내가 그 사람 이를 살펴보고 있는 거야."

"이를?"

"응. 내가 그런 짓을 하는 게 싫고 미안하면서도, 그 사람 이가 꼭 보고 싶은 거야. 나, 그 사람 2년 넘게 만났는데, 그렇게 자세하게 들여다본 건 처음이었어. 벌어진 입술 사이로 열 개 넘는 조그마한 치아가 보였어. 누르스름하고 고르지 않은, 작고 오래된 이들이."

나는 언니의 얼굴을 쳐다보았다.

"그런데 그렇게 쪼그려 앉아, 30년간 밥 씹어 온 그 사람 이를 보는 순간, 이상하게 서글픈 생각이 들더라."

"실망했어?"

"그런 게 아니야."

언니는 말을 고르듯 머뭇거렸다.

"학교에서 치아 틀을 뜨다 보면 사람이 참 짐승 같구나 하는 생각이 들 때가 있는데. 그날은 뭘까, 애인이 아니라 나와 가장 가까운 짐승을 안고 있는 기분이 들었어."

"……."

이불을 펴고 자리에 누웠다. 방바닥엔 두 사람이 겨우 몸을 뉠 만한 자리밖에 없었다. 피아노 위로는 헤어드라이어와 라디오, 다리미 등 잡동사니가 올려졌다. 방 안은 무슨 중고 가게 같았다. 창밖으로 지상의 길들이 전신주처럼 길게 드리워져 있는 모습이 보였다. 그 길은 행인들의 발굽이 닿을 때마다, 새가 앉았다 날아간 자리처럼 가볍게 출렁였다. 문득 나의 하늘은 당신의 천장보다 낮다는 생각이 들었다. 나는 돌아 누우며 언니에게 속삭였다.

"어쩐지 여기, 서울 같지 않아."

언니가 잠 묻은 말투로 대꾸했다.

"서울 다 이래. 네가 아는 서울이 몇 곳 안 되는 것뿐이야."

언니는 금세 곯아떨어졌다. 나는 도시의 지하에 반듯이 누워 있었다. 창 사이론 자동차 불빛이 아른거리고, 피아노 그림자가 내 얼굴 위로 드리워졌다 사라졌다. 어둠 속에서 나는 이따금 내 이를 만져 보다 잠이 들었다.

＊

언니의 컴퓨터는 엄마가 대학 입학 선물로 사 준 거였다. 언니는 같은 과 친구를 따라 용산에서 조립식 컴퓨터를 샀다. 친구는 전자 상가 직원과 암호 같은 말을 주고받은 뒤, 마지막으로 언니에게 본체 케이스를 골라 보라고 했다. 상가 한쪽에는 여러 종류의 케이스가 궤짝처럼 쌓여 있었다. 언니는 그중 하나를 수줍게 가리켰다. 전투 로봇의 갑옷처럼 번쩍하니 투박하게 생긴 거였다. 친구가 놀란 표정으로 "왜 그런 걸 고르냐?"라고 묻자, 언니는 얼굴을 붉히며, "저게 가장 21세기적인 느낌 같아서……."라고 답했다 한다. 언니는 가장 21세기적인 컴퓨터와 함께 반지하에 살게 되었다. 21세기가 얼마나 '슬림'한 것인지를 알게 되는 데는 많은 시간이 필요하지 않았겠지만. 그것은 방 한쪽에 불룩하게 자리를 잡았다.

나는 아르바이트를 시작했다. 인쇄소와 연결돼 학원 교재나 시험지를 만드는 일이었다. 처음엔 커피숍이나 호프집에서 서빙을 할 생각이었다. 이제

막 스무 살이 된 내 상식으로는 아르바이트란 무릇 그런 것이었다. 그러나 나는 구인 광고란에 적힌 '준수한 외모'라는 말의 진정한 뜻을 모르고 있었다. 나는 준수할까 말까 한 '귀여운' 외모로, 다른 일을 찾아 벼룩시장을 훑어 나갔다. 터무니없이 많은 돈을 준다는 곳과, 믿을 수 없이 적은 돈을 준다는 곳 사이에, A4지 한 장당 1천5백 원을 주는 곳이 있었다. 그 돈이 많은 건지 적은 건지는 알 수 없었지만, 워드 작업 정도면 나도 할 수 있을 거라는 생각이 들었다.

일은 생각만큼 쉽지 않았다. 어깨도 결리고, 눈이 아픈 데다, 타자 치랴, 오탈자 확인하랴, 도표 갖다 붙이랴, 영어에, 한자 표기까지 정신이 없었다. 인쇄소에서는 오탈자가 날 경우 돈을 줄 수 없다고 했다. 그곳에선 정해진 시간에 결코 소화할 수 없는 양의 일을 주고, 아무렇지 않게 3일 안에 해 달라고 했다. 나는 '당장 저만큼이면 얼마 벌 수 있겠다.'란 생각에 덥석 일을 안고 와 시뻘게진 눈으로 밤을 새웠다. 언니의 컴퓨터는 디귿 키가 잘 먹지 않아 작업 속도를 떨어뜨리곤 했다. 나는 신나게 손가락을 놀리다 번번이 디귿 키 앞에서 멈춰 섰다. 나는 도로 위로 뛰어든 사슴이라도 본 양 디귿만 보면 긴장했고, 그제야 세상에 디귿이 들어가는 글자가 얼마나 많은지 깨달으며 한탄해야 했다. 나는 목을 길게 뺀 채 모니터 앞에 붙박여 있었다. 언니는 "흑백은 눈에 가장 피로를 많이 주는 색이라던데."라며 나를 걱정스럽게 바라봤다. 백 년 전 사람들은 상상하지 못할 정도로 진보적인 기계 앞에서, 내 등은 네안데르탈인처럼 점점 굽어 갔다.

언니는 편입 시험을 준비하고 있었다. 언니는 4년제 영문과에 들어가 어학연수도 가고, 취직도 하고 싶다 했다. 나는 '재수'나 '전학'이라는 말과 달리 '편입'이란 말은 묘한 빈곤감을 준다고 생각했다. 언니는 "세상에 영어 하나만 돼도 주어지는 기회가 얼마나 많은 줄 아느냐."라며 훈수를 뒀다. 나는 언니가 '영어 하나만 돼도 주어지는 기회가 많다'는 걸, 어째서 이십 대 초반이 다 지나서야 깨달은 것일까 의아했다. 언니는 문제집을 잔뜩 안고 와, 단어를 외우고 테이프를 청취했다. 내가 미친 듯이 타이핑을 하는 동안, 언니는 피아노 위에 문법책을 펼쳐 놓고 외국어를 웅얼거렸다. 밤마다, 조그마한 불빛이 새어 나오는 이곳 반지하에는 타자 소리와, 영어 단어 외우는 소리가 끊이지 않았다. 어느 날 언니는 도저히 이해가 안 된다는 듯 볼펜을 집어 던지며 소리쳤다.

"야, '미래'가 어떻게 '완료'되냐?"

나는 지층 단면도를 따다 붙이다 말고, 키보드에 머리를 박으며 외쳤다.

"아! 과학이 제일 싫어!"

초여름이었다. 이따금 비가 오다 그쳤고, 다시 내렸다. 창밖, 보도 위의 빗방울들이 수많은 원을 그리며 내 머리 위에 아름답게 떠 있었다. 비는, 하늘이 아닌 지상에서 내리는 것 같았다. 나는 입 안에 건포도를 털어 넣으며 창밖을 바라봤다. 건포도는 내가 가장 좋아하는 간식이었다. 그걸 먹으면 왠지 까맣게 졸아붙은 캘리포니아 햇빛을 씹어 먹는 기분이었다. 언니는 번화가에 있는 프랜차이즈 식당에서 계산대 보는 일을 하고 있었다. 언니는 새벽마다 어깨에 쌀 포대만 한 졸음을 이고 학원에 갔고, 주말이면 다리 사이에 그 포대를 끼고 한없이 깊은 잠을 잤다. 언니는 종종 옛 애인과 통화했다. 그는 훌쩍이며 집 앞에 찾아오기도 하는 모양이었다. 이따금 비가 오다 그쳤고, 다시 내렸다. 나는 티브이 앞에 앉아 '오늘의 날씨'를 경청했다. 언니가 집을 비우면, 청소를 하고 손쉬운 반찬을 만들고 햇빛 알갱이가 들어 있다는 합성 세제로 빨래를 했다. 티브이에선 곧 장마가 시작될 거라는 소식을 전해 왔다. 나는 플라스틱 통에 든 습기 제거제를 사다 싱크대 안쪽과

옷장, 신발장에 넣어 두었다. 저축한 돈이 있으니 사소한 재해쯤이야 아무래도 좋다는 마음이었다.

나는 어서 학교에 가고 싶었다. 얼추 한 학기 등록금을 모았고, 무엇보다도 사람들과 관계 맺으며 '피로'나 '긴장'을 느끼고 싶었다. 긴장되는 옷을 입고, 긴장된 표정을 짓고, 평판을 의식하며, 사랑하고, 아첨하고, 농담하고, 험담하고, 계산적이거나 정치적인 인간도 한번 돼 보고 싶었다. 나는 누군가에게 좋은 사람일 수도 있고 나쁜 사람일 수도 있지만, 사실 아무것도 될 수 없었다. 지금 나를 둘러싸고 있는 것들은 가전제품뿐이었다. 나는 냉장고에게 잘 보이거나, 전기밥통을 헐뜯고 싶지 않았다. 첫 월급을 탔을 때 누구를 만나, 어떻게 돈을 써야 할지 몰라 당황했었다. 이대로 아무도 모르게, 아무도 모르는 일만 하다 죽을 수는 없다고, 매일 어깨에 의자를 이고 등교하는 아이처럼 평생 아르바이트만 하고 살 순 없다고 생각했다. 가끔은 손가락이 나뭇가지처럼 기다랗게 자라나는 꿈을 꾸기도 했다. 나는 손가락만 진화한 인간 타자수가 되어 '다음 중 맞는 답을 고르시오'라는 문장을 끊임없이 치고 있었다. 그리고 산더미만 한 문제지를 들고 인쇄소에 찾아가면, 그걸 전부 나더러 풀라는 것이었다. 나는 건포도를 오물거리며 '가을이 얼마 남지 않았으니까.' 하고 안도했다. '8월에는 동대문에 옷을 사러 가야지. 화장은 언니에게 배우고, 아르바이트는 반드시 집 밖에서 하는 걸로 해야겠다.' 도 다음엔 레가 오는 것처럼 여름이 끝난 후 반드시 가을이 올 것 같았지만, 계절은 느릿느릿 지나가고, 우리의 청춘은 너무 환해서 창백해져 있었다.

방 안은 눅눅했다. 자판을 치다 주위를 둘러보면, 습기 때문에 자글자글운 공기가 미역처럼 나풀대며 날아다니는 것 같았다. 벽지 위론 하나둘 곰팡이 꽃이 피었다. 피아노 뒤에 벽은 상태가 더 심했다. 건반 하나라도 누르면 꼭 그 음의 파동만큼 날아올라, 곳곳에 **포자**를 흩날릴 것 같은 모양이었다. 나는 피아노가 썩을까 봐 걱정이었다. 몇 번 마른걸레로 닦아 봤지만 소용없었다. 우선 달력 몇 장을 찢어 피아노 뒷면에 덧대 놓는 수밖에 없었다. 그러다 곧 피아노 건반을 확인해 보고 싶은 마음이 들었다. 시골에서부터 이고 온 것인데, 이대로 망가지면 억울할 것 같았다. 한날 마음을 먹고 피아노 의자 위에 앉았다. 그런 뒤 두 손으로 건반 뚜껑을 들어 올렸다. 손안에 익숙한 무게감이 전해져 왔다. 내가 알고 있는 무게감이었다. 곧 여든여덟 개의 깨끗한 건반이 눈에 들어왔다. 악기는 악기답게 고요했다. 나는 건반 위에 손가락을 얹어 보았다. 손목에 힘을 푼 채 뭔가 부드럽게 감아쥐는 모양을 하고. 서늘하고 매끄러운 감촉이 전해졌다. 조금만 힘을 주면 원하는 소리가 날 터였다. 밖에선 공사음이 들려왔다. 며칠 전부터 주인집을 보수하는 소리였다. 문득 피아노를 치고 싶은 마음이 들었다. 이사 후 처음 있는 일이었다. 그리고 일단 그런 마음이 들자, 주체할 수 없는 감정이 솟구쳤다. 한 음 정도는 괜찮지 않을까. 소리는 금방 사라져 아무도 모를 것이다. 나는 용기 내어 손가락에 힘을 주었다.

"도—"

도는 방 안에 갇힌 나방처럼 긴 선을 그리며 오래오래 날아다녔다. 나는 그 소리가 아름답다고 생각했다. 가슴속 어떤 것이 엷게 출렁여 사그라지는 기분이었다. 도는 생각보다 오래 도— 하고 울었다. 나는 한 음이 완전하게 사라지는 느낌을 즐기려 눈을 감았다. 밖에서 문 두드리는 소리가 났다. 쿵쿵쿵쿵. 주먹으로 네 번이었다. 나는 얼른 피아노 뚜껑을 덮었다. 다시 쿵쿵 소리가 들렸다. 현관문을 열어 보니 주인집 식구들이었다. 체육복을 입은

포자(胞子)　식물이 무성 생식을 하기 위하여 형성하는 생식 세포. 보통 단세포로 단독 발아를 하여 새 세대 또는 새 개체가 된다.

남자와 그의 아내, 두 아이가 나란히 서 있었다. 사내아이는 아빠와, 계집아이는 엄마와 똑 닮아 있었다. 외식이라도 갔다 오는지 그들 모두 입에 이쑤시개를 물고 있었다. 남자가 입을 열었다.

"학생, 혹시 좀 전에 피아노 쳤어?"

나는 천진하게 말했다.

"아닌데요."

주인 남자는 고개를 갸웃거리며 물었다.

"친 거 같은데……?"

나는 다시 아니라고 했다. 주인 남자는 의심스러운 표정을 짓다가, 내가 곰팡이 얘길 꺼내자 "지하는 원래 그렇다."라고 말한 뒤, 서둘러 2층으로 올라갔다. 나는 방으로 돌아와 피아노 옆에 기대어 앉았다. 그런 뒤 무심코 휴대전화 폴더를 열었다. 휴대전화는 번호마다 고유한 음이 있어 단순한 연주가 가능했다. 1번은 도, 2번은 레, 높은음은 별표나 영을 함께 누르면 되는 식이었다. 더듬더듬 버튼을 눌렀다. 미 솔미 레도시도 파, 미 솔미 레도시도 레레레 미……. '원래 그렇다'는 말 같은 거, 왠지 나쁘다는 생각이 들었다.

저녁부터 폭우가 내렸다. 언니는 아르바이트 때문에 늦는다고 했다. 벌써 퇴근했어야 하는 시간인데 정산을 잘못한 모양이었다. 언니는 계산서를 처음부터 끝까지 살펴본 뒤, 안 맞을 경우 다시 계산기를 두드리고, 같은 일을 반복하며 밤을 새울 터였다. 나는 만두 라면을 먹으며 연속극을 보고 있었다. 볼륨을 한껏 높였는데도 배우들의 목소리가 잘 들리지 않았다. 리모컨을 잡으니 뭔가 축축한 게 만져졌다. 한참 손바닥을 들여다본 후에야 그것이 빗물이란 걸 깨달았다. 나는 화들짝 자리에서 일어났다. 현관에서부터 물이 새고 있었다. 이물질이 잔뜩 섞인 새까만 빗물이었다. 그것은 벽지를 더럽히며 창틀 아래로 흘러내렸다. 벽면은 검은 눈물을 뚝뚝 흘리는 누군가의 얼굴 같았다. 허둥지둥 언니에게 전화를 걸었다. 언니는 한참 만에 전화를 받았다. 언니는 의외로 담담했다. 언니는 그런 적이 몇 번 있다고, 걸레로 닦아 내면 괜찮을 거라고 말한 뒤 바쁜 듯 전화를 끊었다. 언니가 그렇게 말해 주니, 섭섭하면서도 안심이 되는 기분이었다. 나는 멍하니 서 있다, 양말을 벗고 바지를 걷어 올렸다. 현관 앞 신발들을 모두 신발장 안에 넣고, 컴퓨터와 티브이 등 가전제품의 콘센트를 뽑았다. 피아노 주위엔 마른 수건 몇 장을 단단히 둘러놓았다. 방바닥에 고인 물은 걸레로 훔쳐 내면 될 일이었다. 나는 걸레로 바닥을 닦은 뒤 세숫대야에 물을 짜내고 훔쳐 내는 일을 반복했다. 구정물은 화장실에 버리고, 마른 수건으로 한 번 더 물기를 없앴다. 순서대로 일을 처리하다 보니 언니 말대로 별일 아닌 것처럼 느껴졌다. 조금쯤 내가 어른이 된 것 같은 기분도 들었다. 한바탕 집 안을 정리하고 숨을 돌리며 허리를 폈다. 그리고 상쾌한 표정으로 주위를 둘러봤다. 조금 전 물기를 닦아 낸 곳에 다시 빗물이 고여 있었다. 아까보다 더 많은 양이었다. 나는 하얗게 질려 언니에게 전화했다.

"언니."

언니가 주위 눈치를 보는 듯 조그맣게 대꾸했다.

"왜?"

나는 울먹이며 말했다.

"비 와."

언니가 한숨을 쉬며 답했다.

"그래, 아까도 말했잖아."

나는 아이처럼 훌쩍였다.

"응, 근데 자꾸 와."

언니는 조용히 나를 타이르며 집으로 갈 테니, 그때까지만 참으라고 했다.

"언제 올 건데?"

언니는 모르겠다고, 하지만 곧 가겠다는 말만 반복했다. 나는 전화를 끊고 손등으로 눈물을 훔쳤다. 물은 발등까지 차올랐다. 빗물에서 매캐하고 비릿한 도시 냄새가 났다. 주인집에 도움을 청할까 싶었지만, 너무 늦은 시간이었다. 어쨌든 다시 일을 시작해야 했다. 우선 컴퓨터 전선을 한데 묶어 서랍장 위에 올려놓았다. 그리고 쓰레받기를 이용해 빗물을 퍼내기 시작했다. 물은 계단과 창문을 타고 자꾸자꾸 들어왔다. 안 되겠다 싶어 쓰레받기 대신 바가지를 이용했다. 내 손은 기계적으로 움직이고 있었다. 온몸에 땀인지 빗물인지 모를 것이 흘러내렸다. 밖에선 천둥소리가 났다. 무모한 일을 하는 것 같아 힘이 빠졌지만, 가만히 있을 수만도 없었다. 방에서 휴대전화 벨소리가 났다. 재빨리 달려가 폴더를 열었다.

"언니야?"

전화기 너머, 나직한 목소리가 들려왔다.

"아빠야."

나는 당황했다. 아빠가 우리에게 먼저 전화하는 경우는 드물었다. 나는 이마에 땀을 훔치며 대답했다.

"어? 어……."

아빠는 내게 "잘 지내냐."라고 물었다. 잠시 고민하다 "그렇다."라고 답했다. 말주변이 없는 아빠는 통화할 때마다 늘 같은 말만 물어 왔다. 다음 말은 아마 '저녁 먹었냐?'쯤 될 것이다.

"저녁 먹었니?"

나는 그렇다고 했다. 아빠는 뜸을 들이다 "뭘 먹었냐?"라고 물었다. 나는 시시한 대꾸를 한 뒤 침묵했다. 아빠는 내게 아르바이트는 잘하고 있는지, 언니는 어떻게 지내는지, 집에는 언제 내려올 건지 물었다. 나는 어색한 듯 예의 바르게 말을 이었다. 침묵이 흘렀다. 누군가 서둘러 작별 인사를 하거나, 다른 화제를 꺼내야 했다. 아빠가 먼저 입을 열었다. 돈 얘기였다. 도와 달란 말은 없었지만, 도와 달란 말이었다. 나는 한참 동안 아빠 말을 경청했다. 얼추 내 등록금과 맞먹는 돈이었다. 나는 물에 불은 맨발을 방바닥에 비벼 댔다. 그러곤 "어떻게 해 보겠다."라고 한 뒤 전화를 끊었다. 세상은 비 닿는 소리로 가득했다. 바가지를 든 채 우두커니 서 있는데 밖에서 인기척이 났다. 나는 현관으로 달려가 반갑게 소리쳤다.

"언니야?"

웬 그림자 하나가 스윽— 나타났다. 무서운 얼굴을 한 사내였다. 나는 뒤로 자빠지며 엉덩방아를 찧었다. 손등 위로 출렁 빗물이 느껴졌다. 사내는 초점 없는 눈으로 나를 바라봤다. 나는 후들후들 떨며 "누구세요?"라고 말했다. 폭우에, 부채에, 겁탈까지 당할 생각을 하니 뭐 이따위 인생이 다 있나 서러워지려는 참이었다. 사내는 나를 노려보다 신발장 옆으로 고꾸라졌다. 그러더니 신발장에 볼을 비비며 중얼거렸다.

"미영아……."

언니의 이름이었다. 나는 그가 언니의 예전 애인이라는 걸 알아챘다. 그는 조그마한 체구에 순한 얼굴을 가지고 있었다. 자세히 보면 조금 귀염성 있는 얼굴이기도 했다. 나는 조심스럽게 사내에게 다가갔다. 그리고 손끝으로 사내의 어깨를 건드렸다. 사내는 도— 하고 울지 않고, 음냐— 하고 뒤척였다.

"저기요."

사내는 꼼짝하지 않았다. 나는 다시 사내를 깨웠다.

"저기요."

사내는 눈을 크게 뜨더니, 멍청하게 나를 바라봤다. 여기가 어딘지, 내가 누군지 모르는 눈치였다.

"여기 이렇게 계시면 안 돼요. 일어나세요."

사내는 빗물에 흠뻑 젖어 있었다. 사내는 고개를 끄덕이며 다시 눈을 감앉다. 사내를 옮기고 싶었지만, 곳곳에 물이 흘러 어떻게 해야 할지 몰랐다.

'그냥 둘까?'

사내가 현관 앞에 있으면 물을 퍼낼 수 없었다. 언니에게 전화를 걸까 싶었지만, 눈치를 보며 쉬쉬 말하던 목소리가 떠올랐다. 곧 온다고 했으니까, 오면 다 알아서 할 테니까 사내를 우선 옮겨 놓는 게 좋을 것 같았다. 주위를 살폈다. 피아노 의자가 눈에 들어왔다. 저 위라면 웬만큼 물이 차지 않는 이상 안전할 것 같았다. 사내를 부축해 일으켜 세웠다. 사내는 문어처럼 흐느적거렸다. 어깨에 사내의 팔을 걸치고 한 발 한 발 자리를 옮겼다. 사내는 무너지고, 쓰러지고, 주저앉았다.

"아저씨!"

사내는 고꾸라진 뒤, 차가움에 놀라 부르르 떨다 다시 코를 골았다.

"저기요!"

그는 "음냐." 하고 몸을 뒤척였다. 성질이 났지만 그대로 둘 순 없었다. 물은 정강이까지 올라와 있었다. 책장 아래 칸의 책들은 빗물에 퉁퉁 불어 가고 있었다. 그중에는 언니가 아직 풀지 못한 영어 문제집도 있었다. 나는 가까스로 사내를 옮겨 피아노 의자 위에 누일 수 있었다. 사내는 평온한 표정을 지었다. 몸통이 기역자로 꺾여, 발목은 물에 잠긴 채였다. 나는 한숨을 쉰 뒤 사내를 바라봤다. 양 볼이 불그스레한 게 좀 모자라 보였다. 한참 사내의 얼굴을 보고 있자니, 언니가 말한 이 얘기가 떠올랐다. 그러자 나도 사내의 이를 보고 싶다는 마음이 들었다. 신속하게, 잠깐만 보면 괜찮지 않을까 하고. 나는 사내의 입술을 향해 조심스럽게 손을 뻗었다. 그는 자세가 불편한지 돌아누웠다. 나는 다급히 손을 거두며 스스로를 책망했다. 셋방이 물에 잠겨 가는데 무슨 짓인가 싶었다. 빗물은 어느새 무릎까지 차올랐다. 나는 피아노가 물에 잠겨 가고 있다는 걸 깨달았다. 저대로 두다간 못 쓰게 될 것이 분명했다. 순간 '쇼바'를 잔뜩 올린 오토바이 한 대가 부르릉— 가슴을 긁고 가는 기분이 들었다. 오토바이가 일으키는 흙먼지 사이로 수천 개의 만두가 공기 방울처럼 떠올랐다 사라졌다. 언니의 영어 교재도, 컴퓨터와 활자 디근도, 아버지의 전화도, 우리의 여름도 모두 하늘 위로 떠올랐다 톡톡 터져 버렸다. 나는 피아노 뚜껑을 열었다. 깨끗한 건반이 한눈에 들어왔다. 건반 위에 가만 손가락을 얹어 보았다. 엄지는 도, 검지는 레, 중지와 약지는 미 파. 아무 힘도 주지 않았는데 어떤 음 하나가 긴소리로 우는 느낌이 들었다. 나는 나도 모르게 손가락에 힘을 주었다.

"도—"

도는 긴 소리를 내며 방 안을 날아다녔다. 나는 레를 짚었다.

"레—"

사내가 자세를 틀어 기역자로 눕는 모습이 보였다. 나는 편안하게 피아노를 연주하기 시작했다. 하나둘 손끝에서 돋아나는 음표들이 눅눅했다.

"솔 미 도레 미파솔라솔……."

물에 잠긴 페달에 뭉텅뭉텅 공기 방울이 새어 나왔다. 음은 천천히 날아올라 어우러졌다 사라졌다.

"미미 솔 도라 솔……."

사내의 몸에서 만두처럼 김이 모락모락 피어났다. 빗줄기는 거세졌다 잦아지길 반복하고, 검은 비가 출렁이는 반지하에서 나는 피아노를 치고, 발목이 물에 잠긴 채 그는 어떤 꿈을 꾸는지 웃고 있었다.

김애란의 작품 세계

김애란의 작품이 갖는 가장 큰 특징은 등장인물이 모두 비극적인 상황 속에 놓여 있다는 것이다. 그녀의 소설에 나타나는 지나치게 현실적인 상황을 통해 독자는 자신 또는 이웃의 모습을 발견한다. 그러나 그녀는 아픈 현실을 그려 내면서도 희망적인 메시지를 심어 두기도 한다.

김애란의 첫 장편 소설인 《달려라 아비》(2005)의 제목은 말 그대로 주인공의 상상 속에서 계속해서 달리는 아버지의 상황을 암시한다. 주인공은 아버지를 실제로 본 적이 없지만, 어머니의 이야기를 듣고 아버지를 늘 달리고 있는 존재로 인식한다. 평소 절대 달리지 않던 아버지가 어머니와 관계를 가지기 위해 피임약을 사러 온 동네를 뛰어다닌 것이 어머니 기억 속 마지막 아버지의 모습이기 때문이다.

어느 날, 아버지의 부고를 전해 받고 그녀는 아버지가 자신의 상상 속에서 자꾸만 달렸던 이유에 대해 생각해 본다. 그와 동시에 "세상에서 가장 나쁜 사람은 나쁘면서 불쌍하기까지 한 사람이다."라고 말한다. 아버지를 원망하면서도 가엾게 여기고 그를 용서하기 위해 계속해서 그녀의 머릿속에서 달리게 한 것이다. 책 속에 나타난 '달린다'는 표현은 순수한 의미의 달리기를 뜻하기도 하지만 가족을 버리고 떠나 버린 아버지의 모습과 아버지를 용서하기 위해 계속해서 그를 달리게 한 의미까지 함축하고 있다.

또한 《비행운》(2012)은 8개의 단편을 모아 놓은 작가의 대표 단편집인데, 여기서 비행운은 두 가지 뜻을 내포하고 있다. 하나는 날 비(飛)의 갈 행(行), 구름 운(雲)으로 차고 습한 대기 속을 나는 비행기의 자취를 따라 생기는 '구름'을 뜻한다. 다른 하나는 아닐 비(非)의 다행 행(幸), 돌 운(運)으로써 '행운이 아니다'는 뜻을 갖는다. 따라서 이 책에 수록된 단편들은 비행운(飛行雲)에 대한 꿈이 커질수록 비행운(非幸運)의 악순환에 빠지게 되는 구조를 보여 준다.

이렇듯 김애란의 소설은 비극적인 삶에 놓인 평범한 등장인물들을 소개하며 우리에게 많은 시사점들을 무심하게 던진다. 어쩌면 우리 주변에서 흔히 발견할 수 있는 사연들과 우리 자신의 이야기일지도 모르는 사연들을 말이다. 독자들은 작품과 동행하며 '그들'의 이야기를 '자신'의 이야기로, 나아가 '우리'의 이야기로 받아들인다.

〈코끼리〉는 이주 노동자들에 대한 한국 사회의 편견과 차별을 13살의 어린아이의 시선으로 그리고 있는 소설입니다. '나'가 아버지와 단둘이 살고 있는 곳은 돼지 축사를 개조한 쪽방으로, 그곳에는 미얀마, 방글라데시, 러시아에서 온 노동자들이 살고 있습니다. '나'의 눈에 비친 그들은 꿈을 꾸며 이곳에 왔지만, 일을 하다가 손가락이 잘렸다거나 송금할 돈을 도둑맞았다거나 화재로 목숨을 잃는 등 절망감만 느끼고 고향에도 한국에도 속할 수 없는 서글픈 삶을 살고 있습니다. '나'는 구름보다 높은 히말라야에서 태어나 후미진 공장 지대에서 살아가는 아버지가 힌두교 신화에 나오는 코끼리와 닮았다고 생각합니다. 코끼리가 말없이 세상을 떠받치는 것처럼 이주 노동자들도 우리 사회의 하부를 떠받치는 일원이며, 우리와 함께 일하고 꿈꾸며 살아가는 사람들이라는 것을 인정해야 함을 보여 주고 있습니다. 또한 13살의 어린아이의 시각을 통해 이주 노동자들에 대한 한국 사회의 심한 편견과 차별이 그들의 자식에게도 대물림된다는 사실을 보여 주어 다문화 시대 속 우리 사회의 문제점을 그대로 드러냅니다.

작가는 이 작품을 통해 이 땅에 살고 있는 이주 노동자들의 힘겨운 삶을 담아내어 다문화 시대에 이들과 함께 살아갈 방법에 대해 고민하고 있습니다. 또한 한국인들의 배타적·차별적 태도에 대한 비판 의식, 국가와 종족의 구별을 넘어 모두가 함께하는 사회를 건설하고자 하는 지향 의식을 바탕으로 다문화 시대에 우리가 지녀야 할 자세에 대한 성찰을 요구하고 있습니다.

▮▮김재영(金在瑩, 1966~)

경기 여주군에서 출생. 중앙대학교 예술 대학원 문예 창작 전문가 과정을 수료하였다. 2000년 《내일을 여는 작가》 신인상으로 등단하였다. 외국인 노동자들의 현실이나 자본주의 사회에서 소외된 사람들에 대한 작품을 주로 쓰고 있다. 주요 작품으로 자본 논리가 지배하는 이 시대가 어떻게 인간을 소외시키는지를 다룬 소설집 《폭식》과 소설 〈아홉 개의 푸른 쏘냐〉 등이 있다.

코끼리 _김재영

　시월이 되자 아버지는 **한길**로 향한 창문에 퍼체우라(네팔 남자들이 몸에 걸치는 직사각형의 천)를 쳤다. 틀이 일그러진 **바라지창** 틈새로 스며드는 밤안개에 아버지가 심하게 기침을 한 다음 날이었다. 지난여름, 장판 밑에서 시작된 곰팡이는 방바닥에 놓인 세간과 벽에 걸린 옷가지로 번져 나가더니 기어코 아버지의 폐와 내 종아리까지 점령했다. 아버지는 기침을 해 댔고 나는 종일 종아리를 긁어 댔다. 우리는 슬레이트 지붕 위로 무섭게 쏟아지는 빗소리를 들으며 창문 반대편에 걸린 달력 사진을 바라보는 걸로 지루한 여름을 견뎠다. 투명하고 생생한 햇빛, 푸른 티크나무 숲, 눈 덮인 안나푸르나, 잔잔하게 물결치는 페와호, 그리고 사탕수수를 빨아 먹으며 웃고 있는 아이들…….

　아버지와 나는 십여 년 전까지 돼지 축사로 쓰였다는, 낡은 베니어판 문 다섯 개가 나란히 붙어 있는 건물에서 살고 있다. 쪽마루도 없는 데다 처마마저 참새 꼬리처럼 짧아 아침이면 이슬에 젖은 신발을 신고 학교에 가야 한다. 며칠 전 주인아주머니는 누런 갱지에 '빈방 있음'이라고 써 3호실 문짝에 붙여 놓았다. 그 방 앞을 지나던 나는 열린 문틈으로 안을 들여다보았다. 벽에는 얼룩과 곰팡이와 낙서가 가득했고, 들뜬 황갈색 비닐 장판 위로

한길　사람이나 차가 많이 다니는 넓은 길.
바라지창(———窓)　방에 햇빛을 들게 하려고 벽의 위쪽에 낸 작은 창. 쌍바라지, 약계바라지 따위가 있다.

는 뽀얀 먼지가 살얼음처럼 깔려 있었다. 비스듬하게 세워진 낡은 캐비닛 뒤쪽 벽에는 쥐가 들락거릴 정도의 작고 새까만 구멍이 뚫려 있는데, 구멍 주위로 자잘한 시멘트 가루와 흙덩이가 흩어져 있어 마치 상처 부위에 엉겨 붙은 피딱지처럼 보였다. 총알에 맞아 쿨럭쿨럭 피를 쏟아 내는 심장을 본 것 같은 섬뜩함이 가슴을 오그라뜨렸다.

그 방에 살던 파키스탄 청년 알리는 도둑질을 하고 마을을 떠났다. 강풍이 불던 날 밤의 어둠과 소란을 틈타 한방을 쓰던 비재 아저씨의 돈을 훔쳐 달아난 것이다. 비재 아저씨는 송금 비용을 아끼려고 벽에 구멍을 파서 돈을 숨겨 놓았다고 한다. 그날 밤 알리가 돈을 꺼낼 때 나던 조심스러운 부스럭거림을 아저씨는 왜 듣지 못했을까. 하긴, 이틀 연속 **철야** 근무에 **특근**까지 했으니 그럴 만도 하다. 게다가 그날따라 2호실 방글라데시 아주머니의 갓난아기는 밤새 잠을 자지 않고 보챘고, 저녁 내내 텔레비전 앞에서 시끄럽게 떠들던 1호실 미얀마 아저씨들은 나중엔 취한 목소리로 노래를 불러 대기까지 했다. 밤에 일하는 5호실의 러시아 아가씨 마리나는 아예 집에 들어오지도 않았다. 4호실에서 사는 아버지와 나만이 일찌감치 불을 끄고 어둠 속에 누워 있었다. 하지만 우리들 역시 머릿속으로는 매우 혼란스러운 생각, 집 나간 어머니 생각에 빠져 있어서 누군가 돈을 훔치느라 바스락대는 소리를 들을 수 없었다.

사실 알리는 비재 아저씨 아들의 생명을 훔쳐 도망간 거나 다름없다. 아저씨는 막내아들의 심장 수술 비용을 마련하려고 여기 왔으니까. 이 마을에선 불행이 너무나 흔해 발에 차일 지경이다. 그래서 웬만한 일에는 누구도 신경 쓰지 않는다. 하지만 비재 아저씨가 그날 새벽에 내지른, 절망과 분노에

철야(徹夜) 잠을 자지 않고 밤을 보냄.
특근(特勤) 일정한 근무 시간 외에 특별히 더 근무함. 또는 그렇게 하는 근무.

찬 비명 소리는 한동안 잊히지 않을 것 같다. 요즈음 아저씨는 마당에 있는 늙은 감나무 밑에 앉아 먼 산을 바라보곤 한다. 어쩌다 산 정상에 구름이 걸리면 저기 물소가 지나간다, 라는 엉뚱한 혼잣말을 하면서. 아무래도 아저씨는 꽤 오래 눈물과 한숨으로 시간을 보내야 할 것 같다. 감나무 꼭대기에 매달린 까치밥이 붉은 속을 뚝뚝 떨어뜨려야 겨울을 날 수 있는 것처럼.

너무 다양한 삶을 보아 버린 열세 살 내 머릿속은 히말라야처럼 굴곡이 패어 있다. 세계 지도 속의 히말라야는 사실 손가락 한 마디 크기다. 하지만 히말라야는 지도로 그릴 수 없는 땅이라고 아버지는 말했다. 깊게 주름진 계곡과 높은 **설산**은 세상 전체를 한 바퀴 도는 것보다 더 길 거라면서. 학교 과학실에서 본 뇌 모형을 떠올리니 쉽게 이해가 갔다. 사람도 어려서 다양한 경험을 하면 뇌가 심하게 주름진다니까 내 나이도 빠르게 늘어나고 있을 거다.

3호실이 빠지는 대로 비재 아저씨는 우리 방으로 오기로 했다. 방세를 아낄 수 있어서다. 아버지는 더는 집 나간 어머니를 기다리지 않기로 결심한 걸까. 하긴 어머니는 조선족이니까 어디서든 살아갈 수 있다. 적어도 자신에게 수치를 주거나 학대하려 드는 사람들에게 한국말로 대꾸할 수는 있을 테지. 그만 때리세요, 왜 욕해요, 돈 주세요 따위 말고도 여러 가지 어려운 말들을. 선처, 멸시, 응급실, 피해 보상, 심지어 밑구멍으로 호박씨 깐다느니, 개 발에 땀 난다는 말까지.

잠에서 깨어나니, 로티(밀가루 **빵**) 굽는 냄새가 방 안 가득하다. 방문 쪽으로 돌아앉아 밀가루 반죽을 방망이로 밀어 대는 아버지의 등과 어깨는 물결처럼 출렁인다. 내 발치께 버너 위에 올려진 주전자에선 버터차 치아가 쉐쉐 가쁜 숨소리를 낸다.

설산(雪山) 눈이 쌓인 산.

그러고 보니 오늘이 아버지의 마흔 번째 생일이다. 좀 전까지 몰랐는데 달력에 동그라미가 쳐진 걸 보니 분명히 그렇다. 해마다 가을이면 아버지는 티알 축제(한국의 추석 같은 다사잉 명절 15일 뒤에 오는 네팔의 축제)를 마치고 생일날 아침에 고향을 떠나온 이야기를 입버릇처럼 되풀이했다. "네팔의 여름 햇빛은 정수리로 내려오고 가을 햇빛은 가슴에 와 닿지. 내가 그곳을 떠난 건 성긴 햇살이 비스듬히 내려와 심장에 꽂히는 가을이었단다. 심장이 사납게 뛰는 스물여섯……." 어쩌자고 동그라미를 그토록 크게 그려 넣었는지 모르겠다. 어차피 선물도 못할 텐데. 아버지는 어린아이인 나한테까지 용돈을 줄 여유가 없다.

　검은 색연필로 여러 번 덧그린 커다란 원은 마치 '외'처럼 보인다. '외'는 미얀마 말로 '소용돌이'란 뜻이다. 1호실 미얀마 아저씨들은, 한국에 온 외국인 노동자들은 모두 '외'에 빠진 거라고 말한다. 나는 아버지의 소용돌이 삶 속에서 태어났으니 새끼 외다. 하지만 한국에서, 조선족 어머니 자궁에서 태어났으니 반쪽 외다. 물론 그렇다고 해서 내가 학교나 마을에서 외 취급을 받지 않을 거란 착각을 할 정도의 머저리는 아니다. 자리에 누운 채 왼뺨의 광대뼈 부위를 만져 본다. 조금 부었는지 손바닥에 그득하게 잡힌다. "너 소영이 짝이지? 이 더러운 자식!" 어제 오후 집으로 돌아오는데 6학년 소영이 오빠가 다짜고짜 내 멱살을 잡았다. 그러고는 똥 닦는 냄새 나는 손으로 왜 소영이를 만졌느냐고 다그쳤다. 난 그런 적 없다고 했다. 연필이 굴러가서 잡으려다가 실수로 손등을 건드린 거라고 구차한 기분이 들 정도로 차근차근 설명했다. 소영이 오빠는 거짓말 마 새꺄, 라며 주먹을 날렸다. 나도 녀석의 옆구리를 한 대 갈겨 주었다. 쓰러진 녀석의 코에서 피가 나와 옷이 피투성이가 되었다.

　"손으로 먹어라. 그래야 서둘러 먹지 않고 과식하지 않는단다."

　아버지 말을 못 들은 체하고 나는 젓가락으로 로티를 찢는다. 과식할 음식이나 있냐고 반박하려다 참는다. 늬들은 손으로 밥 먹고 손으로 밑 닦는다면서? 우엑, 더러워. 놀려 대는 반 아이들 목소리가 들리는 듯하다. 그건 사실이 아니다. 밥은 밑 닦는 왼손이 아닌 오른손으로 먹는다. 그 때문에 아버지는 언제나 오른손을 깨끗하게, 귀하게 다룬다. 다만 아버지 손가락에는 **등고선**처럼 생긴 지문이 없다. 닳아 버린 지 오래여서 지장을 찍으면 짓이겨진 꽃물 자국 같은 게 묻어난다. 사람들은 지문이 없으니 영혼도 없다고 생각하나 보다. 그렇지 않다면 노끈에 꿰인 가자미처럼 취급당할 리가 없다. 야 인마, 혹은 씨발놈아, 라는 이름의 외국인 노동자 한 **꿰미**. 말링고꽃을 좋아하고 민요 〈러섬피리리〉를 **구성지게** 부르는, 안나푸르나의 추억을 가진 '어루준'이란 이름의 사람은 처음부터 있지도 않다.

"멍이 들었구나. 어쩌다 그런 거냐?"

오른손으로 로티를 찢어 입에 넣으면서 묻는 아버지한테 나는 사실대로 말했다.

"사실이란 중요하지 않아. 아무도 우리 말을 믿어 주지 않으니까."

부정확한 발음으로 한국말을 떠듬거리는 아버지는 어릿광대를 연상시킨다. 말이 어눌하면 누구나 멍청하게 보이는 법이다.

"차라리 맞았다면 나았을 텐데……. 조심해라. 그 애가 가만있진 않을 거야."

"저도 자신 있어요."

"바보 같은 소리 마. 다음에라도 녀석이 때리거든 피하지 말고 맞아 줘."

아버지는 갑자기 네팔 말로 말한다. 내 눈을 똑바로 바라보더니 이번엔 턱에 힘을 주며 말도 안 되는 네팔 속담을 들이댄다.

등고선(等高線) 지도에서 해발 고도가 같은 지점을 연결한 곡선. 평면도에 땅의 높고 낮음을 표시하는 가장 좋은 방법이다.
꿰미 물건을 꿰는 데 쓰는 끈이나 꼬챙이 따위. 또는 거기에 무엇을 꿴 것.
구성지다 천연스럽고 구수하며 멋지다.

"누군가 돌을 던지거든 꽃을 던져 주라고 했다."

"싫어요, 난. 차라리 사람들을 갈겨 버리고 말지. 이담에 팔뚝에 힘이 붙으면 절대 아버지처럼 공장 일이나 하진 않을 거야. 우리를 업신여기고 괴롭히는 나쁜 놈들을 때려눕히고 발로 차고……."

"야크처럼 앞뒤 재지 않고 돌진하겠다는 거냐?"

"야크가 어떻게 뛰는지 알 게 뭐예요. 히말라야 얘기라면 이제 지긋지긋해요."

반사적으로 튀어나온 말에 나도 놀라고 만다. 하지만 참았던 말들은 멈추지 않고 계속 쏟아져 나온다.

"난 여기, 식사동 가구 공단밖에 몰라요. 흐리멍덩한 하늘이랑 깨진 벽돌 더미, 그리고 냄새나는 바람. 나한텐 이게 전부죠. 게다가 집 나간 바람둥이 엄마까지……."

"입 닥치지 못해!"

뺨이 얼얼하다. 아버지는 거친 숨을 내쉬며 주먹을 쥔 채 부르르 떤다. 볼을 싸쥐고 방에서 뛰쳐나오니 마당에 있던 누군가 나마스테('안녕하세요'라는 뜻의 네팔 인사말), 하고 인사를 건넨다. 나는 대꾸하지 않고 이슬에 젖은 신발을 꿰어 마당을 가로지른다. 수돗가에 떨어져 있던 감 하나가 발밑에서 터져 으깨진다.

배 속에서 울리는 끄르륵 소리를 들으며 나는 공장이 늘어선 골목으로 들어선다. 메마르고 갈라진 시멘트 길, 칙칙한 작업복 차림의 사람들, 공장 지붕 위로 떨어지는 희뿌연 햇빛, 그리고 이따금 사나운 짐승처럼 달려가는 짐 실은 트럭들 사이에서 현기증을 느낀다. 오늘처럼 학교에서 급식을 하지 않는 토요일엔 늘 이렇다. 아침에 먹은 치아 한 잔으로는 오후까지 견디기가 쉽지 않다. 공장에서 나오는 시끄러운 소음, 페인트 냄새, 가구 공장의 옻 냄새가 빈속을 메스껍게 한다. 코를 움켜쥔 채 인력 구함, 사채 쓸 분, 빅토리아 관광 나이트 따위의 광고지가 덕지덕지 붙은 더러운 공장 벽과 전봇대를 지난다. 염색 공장에서 나오는 새빨간 물이 도랑을 붉게 물들이며 흘러간다. 김이 모락모락 나는 게 갓 잡은 돼지 피처럼 보인다. 헛구역질이 난다. 입 안에서 씁쓰름한 위액이 느껴진다. 내가 죽게 된다면 아마 코부터 썩을 거다. 태어나서 지금껏 냄새 속에 살았으니까. 독한 화학 약품 냄새들은 실핏줄을 타고 머릿속까지 들어가 언젠가 나를 멍청하게 만들 테지. 어차피 상관없다. 머리를 굴리면 굴릴수록 세상 살기 힘들다니까. 언젠가 아버지는 말했다. "머리를 굴려 이 지옥에 떨어졌어. 다른 청년들처럼 산에서 염소를 기르거나 들에서 농사일을 했더라면, 강물에 몸을 씻고 집으로 돌아와 구수한 달(콩 수프), 바트(밥) 냄새를 맡으며 신께 감사할 줄 알았다면……." 미래 슈퍼 앞에 다다르자 출입문에 붙어 있는 오렌지빛 음료수 '쿠우' 광고가 눈에 들어온다. 입 안에 침이 돌면서 울렁거림이 가라앉는다. 바지 주머니를 흔들자 짤랑거리는 소리가 난다. 손을 넣어 꺼내 보니 종잇조각 몇 개와 구슬, 병뚜껑, 녹슨 못, 그리고 먼지가 나온다.

멀리 알루미늄 공장 쪽에서 누군가 걸어오고 있다. 자세히 보니 쿤 형이다. 사 년 전에 한국에 들어온 그는 나보다 열두 살이 위인 스물다섯이다. 그가 처음 마을에 왔을 때가 생각난다. 까만 배낭을 메고 방을 얻으러 다니던 쿤은 아버지를 만나자, 아니 아버지 입에서 계곡물에 자갈 굴러가는 듯한 네팔 말이 흘러나오자 갑자기 눈물을 줄줄 흘렸다. 아버지는 그가 몹시 힘들게 지냈다는 걸 금방 알아차렸다. 그의 얼굴 표정에서 산업 연수생 시절에 겪었던 어려움이 그대로 드러났다. 지하 방에서 휴일도 없이 하루 열여섯 시간씩 일하다가 한밤중에 창문으로 도망쳤다는 그의 몸은 시퍼런 멍과 상처로 얼룩져 있었고 화덕처럼 뜨거웠다. 아버지는 네팔의 **민간요법**인

민간요법(民間療法) 민간에서 예로부터 전하여 내려오는 치료법.

쌀소주를 만들어 주었다. 달구어진 팬에 기름을 치고 생쌀을 넣어 튀긴 다음 소주를 붓고 한동안 뚜껑을 닫아 놓았다가 따끈해진 액체를 소주잔에 따랐다. 연거푸 석 잔을 마시게 했더니 열에 들떠 있던 쿤은 금방 잠들었다. 다음 날 아침에 쿤의 몸은 많이 회복되었다. 크게 쌍꺼풀 진 눈에는 전날의 공포와 우울 대신, 숨어 있던 촌스러움이 드러났다. 돈을 벌어 귀국하겠다는, 한 달에 오십만 원을 벌어 반쯤 저축하겠다는, 딱 삼 년만 참으면 된다는 순진한 믿음 같은.

쿤은 지금 리바이스 청바지에 나이키 점퍼를 입고 있다. 동대문 시장에서 산 짝퉁이지만 제법 그럴듯해 보인다. 그는 이목구비가 뚜렷하고 피부가 흰 아르레족(네팔의 여러 부족 중 하나로 아리안계에 속함.)이라 머리를 노랗게 염색하니 얼핏 미국 사람처럼 보인다. 하긴 일부러 그렇게 보이려고 염색을 했을 테지만. 언젠가 명동에 다녀온 그가 입술을 비틀며 말했다. "한국 사람들은 단일 민족이라 외국인한테 거부감을 갖는다고? 그래서 이주 노동자들한테 불친절한 거라고? 웃기는 소리 마. 미국 사람 앞에서는 안 그래. 친절하다 못해 비굴할 정도지. 너도 얼굴만 좀 하얗다면 미국 사람처럼 보일 텐데……."

그 뒤로 나는 저녁마다 물에 탈색제 한 알을 풀어 세수했고 저녁이면 내가 얼마나 하얘졌나 보려고 거울 앞으로 달려갔다. 푸른 새벽 공기 속에서 하얗게 각질이 일어난 내 얼굴을 볼 때면 가슴이 설레었다. 내가 바라는 건 미국 사람처럼 되는 게 아니었다. 그냥 한국 사람만큼만 하얗게, 아니 노랗게 되기를 바랐다. 여름 숲의 뱀처럼, 가을 낙엽 밑의 나방처럼 나에게도 보호색이 필요했다. 남의 눈에 띄지 않고 조용히 살아갈 수 있도록. 비비총을 새로 산 남자애들의 첫 번째 표적이 되지 않고, 적이 필요한 아이들의 왕따가 되지 않고, 달리기를 할 때 뒤에서 밀치고 싶은 까만 방해물로 비치지 않도록. 나는 하루도 거르지 않고 탈색제를 썼다. 그러던 어느 날, 세수를 하고 있는데 누군가 내 세숫대야의 물을 거칠게 쏟아 버렸다. 고개를 들어 보니 아버지였다. 아버지는 탈색제가 든 비닐봉지를 수돗가에 내동댕이쳤다. 나는 뒷덜미를 잡힌 채 방으로 질질 끌려 들어가 멍이 시퍼렇게 들도록 종아리를 맞았다. 그날 밤, 오랜만에 술 냄새를 풍기며 자정이 다 되어 들어온 아버지는 주머니에서 '누크' 베이비 로션을 꺼냈다. 그러고는 붉은 실핏줄이 보일 만큼 껍질이 벗겨진 내 얼굴에 로션을 잔뜩 발라 주었다. 투박하고 거친 손바닥으로 뺨을 아프도록 쓰다듬으면서. 그러고 나서 아버지는 이불을 머리끝까지 뒤집어쓰더니 잠들기 직전까지 흐느꼈다. 가끔 뜻을 알 수 없는 네팔 말을, 몹시 지친 목소리로 중얼거리며.

쿤이 작업복 점퍼 안쪽 주머니에 손을 넣고 걸어온다. 가슴께가 불룩하게 튀어나온 걸 보니 뭔가 맛있는 거라도 숨기고 있는 게 분명하다. 그에게 달려가 숨긴 걸 달라고 졸라 댄다. 쿤은 얼굴을 찡그린다. 쿤의 옆구리에 손가락을 넣고 꼬물거린다. 간지럼을 잘 타는 쿤은 흐으, 흐으, 김빠진 웃음을 내뱉더니 할 수 없이 그 비밀을 펼쳐 보인다. 흰 붕대에 감긴 손이 허공으로 불쑥 솟아오른다.

"왜 이래?"

"어제 일하다가 그만…… . 다행히 손가락 세 개는 남았어."

쿤은 아무렇지도 않다는 듯이 말하려고 애쓴다. 하지만 결국 알아들을 수 없는 말을 내뱉는다. 박치니가(씨발)! 그는 발끝으로 돌멩이를 세게 걸어찬다. 찰랑, 흩날리는 노란 머리카락 사이로 새로 돋는 까만 머리카락이 보인다. 그는 이제 더는 염색을 하지 않을 거다. 여기까지 와서 프레스에 손가락을 잘리는 미국 사람은 없을 테니.

"형, 그 손가락 나 주라."

쿤은 멍한 얼굴로 나를 쳐다본다.

"왜?"

"그냥……. 응? 나 주라."

휴지로 돌돌 만 뭉치를 내 손바닥 위에 올려놓는다. 길 양편에 늘어선 전
깃줄이 바람에 징징 울어 댄다. 바랜 햇빛과 회색 먼지 속을 걷는 쿤의 뒷모
습이 늙고 지쳐 보인다.

2호실 아기가 칭얼대는 소리만 들릴 뿐 축사 건물 전체가 조용하다. 나는
마당 한쪽에 있는 감나무 밑으로 다가간다. 커다란 돌멩이를 들추니 까맣고
축축한 흙이 드러난다. 삭정이를 주워 와 땅을 파헤친다. 굵다란 지렁이 한
마리가 햇빛에 놀라 꿈틀대더니 이내 흙 속으로 파고든다. 좀 더 깊이 파헤쳐
보지만 개미 새끼 몇 마리뿐 아무것도 눈에 띄지 않는다. 벌써 다 썩어 버렸
나? 돈을 훔쳐 달아난 알리의 손가락을 초여름에 다섯 개나 묻었는데 하나도
없다. 작년에 묻은 베트남 아저씨 손가락은 말할 것도 없고. 좀 더 깊이 땅을
파려고 팔에 힘을 준다. 흙덩이가 부서지면서 얼굴에 튄다. 그러고 보면 알리
도 대단하다. 돈을 훔칠 때 어떻게 한쪽 손만으로 캐비닛을 밀치고, 벽을 파
헤칠 수 있었을까. 삭정이가 툭, 부러진다. 순간 하얀 뼈다귀들이 무더기로
쏟아져 나온다. 그러면 그렇지. 나는 주머니에서 손가락을 꺼낸다. 휴지에 말
렸던 검붉은 손가락을 뼈다귀들 틈에 놓는다. 물든 감잎 하나가 손가락 위로
살며시 내려앉는다. 나는 구덩이에 흙을 푹, 밀어 넣는다. 수돗가 쪽으로 침
을 퉤 뱉고 나서 두 손을 모은다. '파괴의 신 시바님, 이 정도면 충분해요. 더
는 제물을 바라지 마세요. 특히 아버지하고 제 손가락만큼은 절대.'

맹꽁이 자물통에 열쇠를 끼워 비틀고 문을 여니 방 안이 엉망이다. 냄비
에는 어제 먹다 남긴 라면 부스러기가 퉁퉁 불어 애벌레처럼 떠 있고 발길
에 차여 넘어진 찻잔에선 치아가 흘러나와 콧물처럼 말라 간다. 둘둘 말아
창문 아래 밀어 놓은 이불 위에는 벗어 놓은 옷가지가 흩어져 있다. 가방을
구석에 내동댕이치고 옷 더미 위로 풀썩 드러눕는다.

"안녕?" 창문에 매달린 코끼리는 여전히 말이 없다. 무심한 눈길로 먼 곳을 쳐다볼 뿐. 일곱 개의 코를 가진, 퍼체우라에 **은사**로 화려하게 수놓인 그 코끼리는 원래 신들의 왕 인드라를 태우는 구름이었다고 한다. "그래서요?" 창문에 퍼체우라를 달다가 그 이야기를 들은 나는 흥분해서 아버지를 재촉했다. "어느 날 창조주 브라마가 '세계의 알'을 깨뜨리면서 코끼리의 격이 낮아져 그만 우주를 떠받치는 기둥이 되었단다." 나는 눈을 질끈 감았다. 아버지는 슬쩍 내 안색을 살폈다. "어차피 그건 힌두교 신화일 뿐이야. 신이 깨뜨린 알이란 없어." 순간 못대가리에서 미끄러져 엇나간 망치가 아버지 손톱을 찧었다. 손톱 끝에 침을 바르고 통증을 참던 아버지는 떨어진 못을 찾으려고 두 손을 뻗어 바닥을 더듬었다. 문득 아버지가 코끼리처럼 여겨졌다. 구름보다 높은 히말라야에서 태어나 이곳, 후미진 공장 지대에서 살아가고 있으니…….

어디선가 노랫소리가 들려온다. 가늘게 떨리는 그 목소리 주인은 2호실 토야 엄마다. 모레니에 절로 세이데세, 모레니에 절로 세이데세, 날 그곳으로 데려다주세요, 날 그곳으로 데려다주세요……. 지난봄에 단속반을 피해 뒷산으로 도망치다가 발목을 삐어 결국 잡히고 만 토야 아빠는 스리랑카로 추방된 뒤 돌아오지 못하고 있다. 혼자 남은 토야 엄마는 집에서 기계 부품에 나사를 꿰어 버는 푼돈으로 연명하는 눈치다. 훌둘리아 푸자 토레 게노 펠레라코 헬라거리, 탈 모르넷 아게 슈두 바레크 피레아쇼크, 기도 꽃을 꺾어 왜 그냥 버렸을까, 사랑하는 사람 죽기 전에 다시 돌아오세요……. 갑자기 어머니 생각이 난다. 신김치와 미역국 냄새, 연한 레몬 로션 냄새, 그리고 뭐라고 이름 붙일 수 없지만 스르르 잠이 오게 하는 신비한 살내까지. 지난봄에 어머니가 남기고 간 냄새는 한동안 방 안 어딘가에 남아 미풍이 불

은사(銀絲) 은을 얇게 입힌 실. 또는 은으로 가늘게 만든 실.

때마다 언뜻언뜻 맡아졌다. 하지만 이제 방 안에선 그 냄새가 나지 않는다. 퀴퀴한 홀아비 냄새와 지독한 곰팡내가 진동할 뿐이다.

환기를 시키려고 퍼체우라를 젖힌다. 노란 햇빛이 반대편 벽에 있는 히말라야 달력 사진에 내려앉아 너울댄다. 투명하고 생생한 햇빛, 푸른 티크나무 숲, 눈 덮인 안나푸르나, 잔잔하게 물결치는 페와호, 그리고 사탕수수를 빨아 먹으며 환하게 웃는 아이들……. 아버지는 해마다 똑같은 달력을 사온다. 아버지가 그 사진을 보면서 기쁨을 얻듯이 나도 그렇게 되기를 바라는 걸까? 하지만 내 눈엔 오후 빛을 받은 히말라야가 금으로 씌운 어금니처럼 보일 뿐이다. 햇빛에 녹아내리기 직전의 노란 바닐라 아이스크림이거나. 달력에서는 여전히 검고 굵은 동그라미가 소용돌이치고 있다. 마음이 편치 않다. 요즘엔 이상하게도 입에서 아무 말이나 튀어나온다. 학교에서 내내 긴장하다가 집에 돌아오면 모든 게 귀찮고, 무엇보다 화가 난다. 오늘은 소영이 오빠가 친구들을 데리고 쉬는 시간마다 우리 교실로 내려왔다. 나는 화장실에 숨어 있다가 수업이 시작된 뒤에야 교실로 들어갈 수 있었다. 겁이 나서가 아니었다. 일대일이라면 자신 있었다. 하지만 한꺼번에 덤벼들어 쥐 잡듯 나를 짓밟는다면, 앞으로 나를 볼 때마다 누구든 그 장면을 떠올릴 것이다. 그것만은 정말 견디기 힘들 것 같았다.

아기 손바닥만큼 작아진 빛은 퍼체우라가 흔들릴 때마다 놀란 듯 부르르 떤다. 갑자기 잠이 몰려온다. 아버지처럼 고향 가는 꿈이라도 꿀 수 있다면 좋겠다. 밤마다 아버지는 낡은 춤바를 입고 고향 마을로 찾아가는 꿈을 꾼다. 노란 유채꽃 언덕 너머 보이는 눈부신 설산과 낯익은 황토 집, 정다운 마을 사람들이 있는 곳으로. 꿈에서 아버지는 가녀린 퉁게꽃과 붉은 비저꽃이 흐드러진 고향집 마당으로 들어서서는 가족과 친지에 둘러싸여 달과 바트, 더르가리(야채 반찬), 물소 고기에 토마토 양념을 발라 구운 첼라를 실컷 먹는다고 했다. 하지만 다음 날 공항에서 비행기에 오르려고 하면 누군가 아버지 앞을 가로막으며 거칠게 끌어낸다고 했다. "난 한국으로 돌아가야 돼. 거기 내 가족이 있어. 제발, 보내 줘. 일자리도, 이웃도, 내 청춘도 다 거기 두고 왔단 말이야. 제발……!" 잠꼬대 끝에 몸을 벌떡 일으키는 아버지는 매번 황급히 사방을 둘러본다. 그러고는 땀으로 흥건해진 속옷을 벗으며 어둠 속에서 긴 안도의 숨을 내쉰다.

그렇지만 나보다는 낫겠지. 난…… 태어난 곳은 있지만 고향이 없다. 한국에 네팔 대사관이 없어 아버지는 혼인 신고를 못했다. 그래서 내겐 호적도 없고 국적도 없다. 학교에서조차 **청강생**일 뿐이다. 살아 있지만 태어난 적이 없다고 되어 있는 아이…….

깜빡 잠들었던 걸까. 눈을 뜨니 방 안이 어둑어둑하다. 눈을 비비고 밖으로 나간다. 오늘도 비재 아저씨는 감나무 밑에 앉아 먼 산을 바라보고 있다. 술이라면 한 잔도 못 마시는 아저씨 얼굴이 이상스레 붉다. 마당 한가운데 있는 수돗가는 사람들로 번잡하다. 쪼그리고 앉아 감자를 깎는 미얀마 아저씨 투라의 발등 위로 누군가 쌀뜨물을 하얗게 흘려보내고, 요란하게 뚝딱거리는 도마 위에선 양파와 피망과 호박이 다져진다. 꼬챙이에 꿰인 양고기가 팬 위에서 지지직 소리를 내며 노린내를 풍긴다. 발목에서 찰랑대던 어둠이 머리끝까지 차오르자, 감나무 가지에 걸린 백열등도 노랗게 빛을 발한다. 러시아 아가씨 마리나는 양동이에 덥힌 물을 세숫대야에 부어 금발의 긴 머리를 헹구고, 어린 토야는 저녁 짓는 엄마 등에 업혀 오랜만에 방긋방긋 웃는다. 온갖 나라 말과 온갖 음식 냄새가 뒤섞인 마당은 벌, 나비가 윙윙대는 야생화 꽃밭처럼 향기롭고 소란하다.

아버지는 보이지 않는다. 생일날까지도 야근을 하나 보다. 음식을 준비해야겠다. 고향을 느낄 만한 걸로. 그러면 아버지 맘도 누그러지겠지. 선반을

청강생(聽講生) 예전에 대학에서, 정규 학생으로 등록되어 있지 아니하면서 청강을 허락받은 학생.

뒤져 양파와 감자, 저나콩 한 줌을 찾아낸다. 우선 저나콩을 물에 담가 불리고 감자와 양파 껍질을 벗겨 잘게 자른다. 네팔 버터 기우에 잘게 자른 재료를 넣고 살짝 볶은 다음 잠시 생각하다가 거럼메살라(여러 가지 양념을 말려 가루로 낸 것) 가루가 든 봉지를 꺼낸다. 봉지가 홀쭉하게 구겨져 있다. 거꾸로 들어 흔들어 보니 바닥에만 남았던 가루가 조금 날린다. 지라와 랑, 쑥멜, 고추, 더니아 따위가 들어간 그 양념이 없으면 더르가리 맛을 제대로 낼 수 없다. 숟가락을 냄비에 푹 꽂고 가스 불을 꺼 버린다.

미래 슈퍼에는 평소처럼 텔레비전이 크게 틀어져 있다. 며칠 째 텔레비전 방송은 외국인 노동자에 관한 뉴스를 되풀이해 들려줬다. 내 고향 특산물 따위를 소개한 뒤 불법 체류 외국인을 강제 추방하겠다는 정부의 방침을 내보냈고, 시트콤을 통해 폭소를 퍼붓고 나서 방글라데시 출신 노동자가 열차에 몸을 던진 소식을 전했으며, 드라마와 토크 쇼까지 끝난 자정 무렵에는 출국하는 외국인 노동자들로 붐비는 공항을 보여 주었다. 너무 많이 듣다 보니 남의 일처럼 따분하게 느껴진다.

슈퍼마켓 한편에 놓인 간이 탁자 주위에는 남자들이 둘러앉아 술을 마시고 있다. 바람이 이마를 건드리고 지나갈 때마다 소란스러운 말소리가 들려온다. 한국어에다 러시아어와 영어, 네팔어까지 뒤섞인 그 기묘한 말은 내 고막을 건드리는 순간 한국어로 바뀌어 머릿속으로 미끄러져 들어온다. 그 중에는 쿤도 앉아 있다. 쿤이 나를 알아보고 손짓한다. 가까이 다가가자 오징어 다리를 잘라 내 손에 쥐어 준다.

"러시안룰렛이야. 이번엔 팟의 손이, 다음엔 수언의 팔이 날아가는 거지." 몸집이 크고 얼굴이 시체처럼 하얀 우즈베키스탄 사람 세르게니는 손가락으로 권총 모양을 하고 맞은편에 앉은 이란 청년 샨에게 겨누면서 짓궂게 말한다. "맞아. 하지만 누구든 당일 점심까진 웃고 떠들지. 심지어 졸기까지 하고. 쿤 너도 일하다가 졸았지?" 윗단추 두세 개를 풀어 가슴털을 드러낸 샨은 소주를 입 속에 털어 넣으며 맞장구친다. "나 졸지 않았어. 그냥 좀……. 딴생각은 했지만." 쿤은 눈을 크게 뜨고 고개를 흔든다. "마찬가지야. 기껏해야 마리나 생각이겠지. 아무튼 그러다 갑자기 자기 차례 맞는 거야. 덜컹." 세르게니는 손으로 권총 쏘는 시늉을 한다. 샨이 가슴을 감싸며 옆으로 푹 쓰러진다. 쿤은 남의 얘기 듣듯 낄낄거리며 웃는다. 그는 자기 앞에 놓인 소주병을 들어 필용이 아저씨 잔에 따른다. 머리카락이 빠져 정수리가 훤한 필용이 아저씨는 손사래 치며 취한 목소리로 말한다. "염병, 그만들 해라. 니들 쏼라대는 소리 땜에 내가 꼭 넘의 나라에 와 있는 거 같잖여. 니들, 이 나라가 워떻게 오늘날 여기꺼정 왔는 줄 아냐? 옛날에 내가 공장에서 일할 땐 손가락은 유도 아녔어. 팔뚝이 날아가고 모가지가 뎅겅뎅겅 했으니까." 아저씨는 곧게 편 손을 목에 갖다 대고는 세게 내려치는 시늉을 한다. "첨엔 시골에서 올라온 촌뜨기들이라 멋모르고 일했지. 하긴, 먹고살기 힘들 때였으니까. 인제 한국 놈들은 이런 데서 일 안 혀. 막말로 씨발, 험한 일이니까 니들 시키지 존 일 시키려고 데려왔간?" 옛날이 떠올라서인지 아니면 술기운이 돌아서인지 아저씨 얼굴이 벌겋게 달아올랐다. "아무리 그래도 안전장치는 해 줘야죠." 세르게니가 오징어를 물어뜯으며 말한다. "늬들도 자르면 피 나오고 누르면 똥 나오는 사람이다, 이거냐? 웃기는 소리들마. 한국 놈들한테도 안 해 준 걸 늬들한테라고 해 주겠냐? 아니꼬우면 돌아가. 젠장, 어차피 늬들도 고국으로 돌아가서 공장 차리고 사장 되려고 여기 왔잖냐. 노동자들을 어떻게 다뤄야 되는지 눈 똑바로 뜨고 배워 가. 다산 교육이여." 비아냥대는 필용이 아저씨 말에 쿤이 시무룩한 표정을 짓자 이번에는 세르게니가 볼멘소리로 대구한다. "아무튼 돈도 좋지만 우린, 사람대우, 그거 받고 싶어요. 돈 벌어 고향 간다고 해도 삼 년 겪은 일, 삼십 년 동안 악몽으로 남아 우릴 괴롭힐 거예요." "맞아. 난 지금도 가끔 어릴 때 앞니 갈던 때 꿈을 꿔." 손가락으로 앞니를 가리키며 샨은 멋쩍게 웃는다.

오징어를 입에 물고 나는 유리창에 붙어 있는 글자들을 유심히 본다. Alladin 10달러, FirstClass 10달러. 그 옆에는 전화 카드 사용 시간도 적혀 있다. 타일랜드 80, 스리랑카 47, 파키스탄 46, 사우디아라비아 50, 이란 70, 필리핀 80, 러시아 125. 물건을 고르는 것처럼 진열대를 죽 돌아본다. 온갖 종류의 과자와 빵, 강렬한 색채의 음료수가 눈 속으로 빨려 들어온다. 배 속이 쓰리고 아프다.

"바윗고개 언덕을 홀로 너엄자니, 옛님이 그리워 눈물 납니다. 십여 년간 머슴살이 하도 서러워, 진달래꽃 안고서 눈물 납니다……." 필용이 아저씨가 무릎장단에 맞춰 노래 부른다. 고개를 숙이고 있던 쿤이 갑자기 입을 연다. "여기 올 때 진 빚도 다 못 갚았는데 이 꼴이 됐어. 고국에 돌아가 봤자 손가락질밖에 기다리는 거 없으니……." 쿤의 눈길이 닿는 창밖으로 마을버스 한 대가 지나간다. 버스가 일으키는 바람에 전신주 옆에서 웃자란 고들빼기가 조용히 흔들린다. "마을을 빠져나오기 전에 만난 친척 아저씨 말이 생각나. 벼가 누렇게 익어 가는 논길을 절름대며 걸어온 아저씨는 땀을 닦으며 말했지. 가지 마라. 내 절름대는 다리를 보고도 고향을 떠나겠다는 거야? 아녜요, 아저씨. 전 구르카 용병으로 전쟁터에 가는 게 아녜요. 전 한국으로 일하러 가요. 거긴 안전한 곳이냐? 아무렴요. 몇 년 일하고 돌아오면 시내에다 큰 가게 차릴 수 있어요. 그러고 나서 대나무 다리를 건너 마을을 빠져나왔지. 가시나무 뜯는 산양 무리 옆을 지나, 마르샹디 강변을 따라 빠른 걸음으로 걸었어. 매 한 마리가 골짜기로부터 불어오는 바람을 타고 천천히 머리 위를 날더니 고향 마을 쪽으로 날아가더군. 갑자기 다시 집으로 돌아갈까, 하는 생각이 들었지. 하지만 이미 돌이킬 수 없었어. 마침내가 타야 할 타타 버스가 먼지를 일으키며 달려오더군. 거역할 수 없는 운명, 카르마처럼……." 쿤의 물기 어린 눈을 보더니 샨도 덩달아 어린애처럼 울먹인다. "난 여기서 못된 짓을 너무 많이 했어. 그래서 집으로 못 돌아가. 나, 공장에서 주는 돼지고기 아주 많이 먹었어. 게다가 돼지 피로 만든 순대까지. 여기서는 문제없지만 고향에선 달라. 신 앞에 절을 하면서 죗값을 치러야 하는데……. 솔직히 무서워. 아무도 보지 않는 이곳에서라면 상관없지만……."

나는 칫솔, 치약, 고무줄, 면장갑 따위 **잡화** 진열대 앞을 지나 카운터 쪽으로 다가간다. 진열된 담배들 중에 하나 남은 네팔산 '수리예'를 면장갑 더미 뒤로 슬쩍 밀어 넣는다. 그러고 나서 큰 소리로 묻는다.

"수리예는 없나요?"

언제나 뚱뚱한 배에 앞치마를 두르고 있는 주인아주머니가 쪽방에서 하품을 하며 나온다. 가짜 결혼을 해 주고 외국인한테 매달 삼십만 원씩 받는 아주머니는 배가 전보다 더 나왔다.

"네팔 담배 말이냐?"

아주머니는 손등으로 입가를 닦으며 졸음기 섞인 목소리로 되묻는다. 나는 자신 있게 네, 라고 대답하고 나서 아주머니가 담배를 찾는 동안 거럼메살라 양념 봉지를 허리띠 안쪽에 쑤셔 넣는다. 그러고도 시간이 남아 쿠우한 병을 잠바 안쪽 겨드랑이 사이에 끼운다. 숨이 멎는 것 같았지만 조금 지나니까 견딜 만하다.

"다른 담배는 안 돼?"

"요즘 아버지의 **향수병**이 심해서요. 꼭 네팔 담배를 피우고 싶대요. 그 냄새를 맡으면 고향의 가족들 곁에 있는 것 같다면서."

시키지도 않은 말을 늘어놓으며 거짓말을 보탠다. 그때 마침 가게 문이

잡화(雜貨) 일상생활에서 쓰는 잡다한 물품.
향수병(鄕愁病) 고향을 그리워하는 마음이나 시름을 병에 비유하여 이르는 말.

열리더니 진성 도장에 다니는 나딤 몰라가 안으로 들어온다. 키가 작고 눈썹 뼈가 심하게 튀어나온 그 인도 아저씨는 노랭이라고 불린다. 작년에 같은 공장에서 일하던 꾸빌이 심한 화상을 입고 죽었을 때 조의금은커녕 얼굴 한 번 내밀지 않았다고 해서 붙여진 별명이다. 심지어 주변 사람들이 장례비를 모아 벽제 화장터로 간 일요일까지 그는 특근을 했다고 한다. 그날, 아버지와 몇몇 주위 사람들은 뼛가루가 담긴 상자를 안고 어두워지는 공장 골목을 이리저리 걸어 다녔다. 고개를 숙이고 걷던 사람들은 사고가 난 공장 앞에 멈춰 섰다. 입구를 막아 놓았던 서너 개의 합판을 누군가 발로 차 안쪽으로 넘어졌다. 갑자기 하늘에서 폭우가 쏟아졌다. 사람들이 노래를 부르기 시작했다. 불분명한 발음으로, 웅얼거리듯이, 그러다가 짐승들이 울부짖듯이. 하지만 쏟아지는 비 때문에 노랫소리는 멀리 퍼져 나가지 못했고, 빗물처럼 시궁창으로 빨려 들어갔다.

노랭이는 양손 가득 선물 보따리를 들고 있다. 그는 내일이면 고국으로 돌아간다며 입가에 흰 거품을 물고 신나게 떠들어 댄다. 이 마을에 살면서 돈을 모아 귀국하는 사람을 보는 건 처음이다. 노랭이는 콜라 한 병과 소주 두 병을 들고 사람들이 둘러앉은 탁자로 다가가 선심 쓰듯 소리 나게 내려놓는다. "사람 안 같은 놈 꺼, 안 먹어." 누군가 소리치자 다들 자리에서 벌떡 일어나 밖으로 나가기 시작한다. 심지어 술이라면 환장하는 필용이 아저씨조차 휘청대며 뒤따라간다. 그들 뒤에 대고 노랭이가 소리친다. "사람 안 같은 건 니들이야, 새끼야. 언제까지고 돼지우리에서 살 거잖아. 난 고향 돌아가면 새 집 짓고 새 이불에서 잠잘 수 있어. 큰 가게도 차릴 거고. 알겠냐, 이 돼지 새끼들아. 쿠달바차(개새끼)! 슈와레나차(돼지 새끼)!"

세르게니가 몸을 획 돌리더니 주먹을 날린다. 노랭이는 탁자 위로 쓰러지고 병들이 바닥으로 내동댕이쳐진다. 깨진 병 조각과 술, 콜라 거품이 뒤섞여 가게 바닥이 어수선하다. 주인아주머니가 빗자루를 들고 나와 술꾼들 장

딴지를 때리며 내쫓는다. "에구 지겨워. 이 노린내 나는 동네를 어서 떠야지." 아주머니는 바닥을 쓸면서 투덜거린다. 노랭이는 천천히 몸을 일으켜 입가의 피를 닦고 머리 모양을 매만진다. 그러고는 아무 일 없었다는 듯이 가슴을 앞으로 내밀어 보이더니 쇼핑 가방을 챙겨 쥔다. 가게를 나서려다 말고 그는 초콜릿을 집어 나에게 건넨다. 나는 고개를 젓는다. 그러자 내 턱 밑으로 가까이 들이밀며 한 번 더 권한다. 침이 꼴깍 넘어간다. 나는 입술을 꼭 다물고 더 세게 머리를 흔든다. 순간 노랭이 눈가가 붉어지더니 눈물이 맺힌다. 고름처럼 진한 눈물이다. 어쩔 수 없이 한쪽 손을 내미는 순간, 겨드랑이에 있던 쿠우 병이 바닥으로 떨어진다. 등짝이 서늘하고 식은땀이 난다. 재빨리 가게 밖으로 튀어 나가 도망치는데 등 뒤에서 암고양이처럼 앙칼진 목소리가 쏟아진다. "야, 이 쥐새꺄, 어딜 도망가. 당장 네 애비를 이미그레이션에 고발할 테니 그런 줄 알아!"

진성 도장, 화진 스펀지, 원일 공업, 신광 유리, 동북 컨베이어 공업을 단숨에 지나친다. 가구 단지 입구에서야 겨우 걸음을 멈춘다. 숨이 턱 밑까지 차올라 허리를 구부린 채 헉헉댄다. 목이 마르고 가슴이 활활 불타오른다. 흰 거품을 일으키며 쏟아지던 쿠우가 눈에 선하다. 핥아서라도 먹고 싶다.

공장 지붕 위로 뜬 희미한 달을 뒤로하고 나는 정처 없이 걷는다. 가랑잎 하나가 사선을 그으며 팔랑팔랑 떨어져 내린다. 날씨가 흐려지려나 보다. 아버지는 나한테 나뭇잎 떨어지는 것을 보고 미리 날씨를 아는 법을 가르쳐 주었다. 네팔에서 천문학을 공부하다 온 아버지는 별이나 달을 보고 현재의 위치를 가늠할 줄 안다. 구름의 모양이나 색깔, 두께를 보고 날씨를 예측할 수도 있다. 그러나 아버지는 이곳에서 별을 연구하는 대신 전구를, 하루에 수백 개씩의 전구를 만들었다. 아침부터 저녁까지 긴 대롱을 입에 대고 후, 후, 숨을 불어 넣었다. 매일매일 새로운 전구들이 세상의 어둠을 밝히기 위해 아버지 입술에서 태어났다. 그럴 때 아버지는 마치 마술사처럼 보였다. 신기할 정도로 똑같은 크기, 찌그러지지 않고 완전한 동그라미……. 그중에는 크리스마스 나무를 장식하는 꼬마전구도, 간판 테두리에 촘촘하게 박는 풋살구만 한 전구도 있었다. 지금보다 더 어렸을 때 나는 아버지가 하는 일을 몹시 자랑스러워했다. 어쩌다 동전이라도 손에 들어오면 풍선껌을 사서 아버지처럼 후후 방울을 불어 댔다. 그러나 지금은 아니다. 아버지의 폐에서 나와 입술 끝에서 내뱉는 바람으로 만들어 낸 전구들은 금세 아버지 곁을 떠나 휘황한 백화점 건물에서, 거리의 간판에서, 혹은 야시장에서 환호성을 질러 대듯 반짝였다. 그런 밤에도 아버지는 나달나달해진 폐를 쓰다듬으며 흐린 형광등 아래로 기어 들어왔다. 아버지한테서는 짐승 냄새가 났다. 땀과 화학 약품과 욕설에 전, 종일 쉬지 않고 일한 몸뚱이가 풍기는 고약한 단내.

어머니는 언제나 한국말로 아버지에게 따졌다. 마치 송곳에라도 찔린 사람처럼 가늘고 날이 선 목소리로. 아버지는 가슴을 움켜쥐었다. 아버지는 말을 더듬거렸고 숨이 차 헐떡였다. 그러면 다시 어머니가 가래가 튀어나올 정도로 목청을 높였다. 어머니는 돈도 제대로 못 버는 아버지와 의료 보험조차 없는 처지를 견디기 힘들어했다. 언제나 한국 남자와 혼인해서 잘살고 있다는 친구 얘기를 끄집어내면서 신세 한탄을 했다. 내가 감기에라도 걸리면 어머니는 내 등짝을 후려쳤다. "그러니까 밤에 잘 때 이불을 걷어차지 말랬잖아. 병원 한 번 갔다 오려면 몇만 원이 깨진다구. 벌써 석 달째 월급이 밀렸어. 이젠 정말 지긋지긋해!" 하면서 차가운 물수건을 내 이마에 철퍼덕 얹었다. 그런 어머니가 십 년 전엔 열이 펄펄 나는 아버지 이마를 부드러운 손길로 짚어 줬다니. 한때 연보랏빛 말링고꽃처럼 예뻤었다니. 아버지 말이 도저히 믿어지지 않는다.

기침이 멈추지 않아 아버지는 할 수 없이 직장을 옮겼다. 아버지의 새 직장은 상자를 만드는 곳이다. 아버지는 아침부터 저녁까지 무거운 종이를 어깨에 지고 나른다. 기계에서 칼 선대로 찍혀 나온 종이는 컨베이어 벨트 위에서 주스 상자가 되고 종합 선물 세트 상자가 되고 고급 와이셔츠 상자가 되었다. 그것들을 백화점에 보내면 속에 내용물이 담겨 진열된다고 한다. 나는 한 번도 백화점에 가 보지 못했다. 작년 겨울에 아버지와 어머니 생일 전날 백화점에 찾아간 적이 있는데 입구에 서 있는 양복쟁이 아저씨가 앞을 가로막았다. 아버지는 지갑에서 돈을 꺼내 보여 주며 나 돈 있어요, 여기 봐요, 나도 물건 살 거예요, 라고 말했지만 양복쟁이는 막무가내였다. 그날 우리는 결국 어머니가 바라던 고급 블라우스를 사지 못했다. 어머니가 기어코 아버지 곁을 떠난 건 그 때문일까.

긴 생머리를 고무줄로 대충 묶은 채 옆방 토야 엄마랑 종일 나사를 끼우던 어머니는 그즈음부터 원당 시내에 있는 식당으로 일하러 나갔다. 얼마쯤 지나자 어머니는 구슬 박힌 핀이며 실크 스카프 따위가 담긴 예쁜 상자를 집으로 가져왔다. 손가락을 세워 입술에 갖다 대며 어머니는 내게 눈을 찡긋, 했다. 누구한테서든 그런 선물을 받을 수 있다면, 그래서 어머니가 더 행복해진다면 좋겠거니 생각한 나는 그 일을 아버지한테 말하지 않았다. 하지만 선물 상자가 쌓일수록 어머니는 점점 더 신경질을 부려 댔고 분첩으로 사정없이 얼굴을 두드려 댔다.

집을 나가던 날 아침에 어머니는 모시조개를 넣은 미역국을 끓였다. 국 한 그릇을 다 비우고 좀 더 달라고 하자 어머니는 저녁에 실컷 먹으라며 어서 학교에 가라고 등을 떠밀었다. "오늘 어디 가?" 왜 그렇게 물었는지 모르겠다. 그냥 그런 생각이 들었다. 오후에 집에 와 보니 어머니가 없었다. 대신 미역국이 한 솥 끓여져 있었다. 나는 일찌감치 저녁을 먹고 잠자리에 들었다. 어머니를 기다리지 않았는데, 왜 그랬는지 모르겠다. 그냥……. 기다려도 소용없을 것 같았다. 그렇지만 깊이 잠들지는 못했다. 야근하는 아버지 공장에서 나오는 덜컥대는 기계 소리가 바람벽을 뚫고 밤새 들려와 내내 벼랑에서 떨어지는 꿈을 꾸어야 했다.

가구 단지로 접어드니 사방이 휘황하다. 온갖 종류의 전구와 네온사인이 켜져 있다. 보루네오, 리바트, 대진 침대, 이태리 가구 앞을 지난다. 전시장마다 내걸린, '수입 명품 특별전', '고급 엔틱 가구 할인'이라고 쓰인 플래카드가 습기 품은 바람에 들썩댄다. 통유리 안쪽에는 크고 화려한 침대며, 콘솔, 소파 따위가 멋지게 진열되어 있다. 고급스러운 옷을 입은 아주머니들이 그 사이로 걸어 다니고, 양복 차림의 젊은 남자들은 가구를 보여 주거나 종이에 뭔가 쓴다. 문득 가구 공장에서 일하는 비재 아저씨와 3호실의 낡아 빠진 캐비닛, 총탄에 맞은 것처럼 구멍 뚫린 벽, 그리고 땅에 매여 우주를 떠받치고 있는 코끼리의 짓눌린 등이 떠오른다. 가당치도 않다. 저 사람들하고 신세를 비교하다니. 나는 고개를 설레설레 흔들면서 유리문 안쪽 세계에서 눈을 돌린다. 허리춤에 손을 대 보니 거럼메살라 봉지가 만져진다. 마음이 뿌듯하다. 양말이라도 하나 예쁘게 포장해 아버지께 드린다면 더 좋겠지만 그러려면 문방구에 들어가 또 훔쳐야 한다. 그렇게까지 하고 싶지는 않다.

큰길에서 벗어나 골목으로 들어선다. 미래 슈퍼 앞을 지나지 않고도 집으로 돌아갈 수 있는 이 길은 전에 친구와 와 본 적이 있어 낯익다. 어둠이 짙다. 더듬듯이 한 발 한 발 내딛는데도 웅덩이에 발이 빠져 넘어질 뻔했다. 그래도 어지러운 네온 불빛보다는 고른 어둠이 낫다. 가망 없는 인정을 기대하는 것보다 도둑질을 할 수 있는 강한 심장을 갖는 게 더 나은 것처럼. 아버지는 미친 듯이 빛을 뿜는 네온사인은 단 하나의 그림자도 만들지 못한다고 늘 못마땅해했다. 아버지는 언제나 푸른 달빛을 그리워했다. 밤이면 만병초 그림자를 땅 위에 가지런히 뉘어 놓고 세상을 휴식하게 한다는 히말라야의 달빛……. 오늘 밤엔 왠지 나도 그런 달빛이 보고 싶다.

골목 모퉁이 은밀한 곳에 다다르자 빅토리아 관광 나이트클럽 포스터가 붙어 있다. 어슴푸레한 가로등 불빛 아래 벗은 마리나 모습이 도드라진다. 젖가슴을 반 이상 드러낸 까만 브래지어와 반짝이 팬티를 입은 마리나는 엉덩이 뒤쪽으로 공작 꼬리처럼 생긴 화려한 인조 깃털을 매달고 있다. 대리석처럼 하얗고 긴 팔다리는 압사라 춤을 추듯 기묘하게 꼬여 있다. 금발 머리를 틀어 올리고 입술을 빨갛게 칠해 쉽게 알아볼 수 없게 분장했지만 그녀의 보랏빛 눈동자만은 숨길 수가 없다. "꼬마야, 이름이 뭐니?" 그녀는 축사 건물로 이사 온 며칠 뒤에 수돗가에서 내게 말을 걸어왔다. "아카스예요. 네팔 말로 하늘이란 뜻이래요." "그래? 내 이름은 마리나. 러시아어로 바다란 뜻이야. 파란 하늘, 파란 바다……." 입술을 달싹이며 그 말을 되풀이하던 마리나는 하바롭스크에 살고 있는 어머니와 여동생 카타리나, 그리고 죽은 아버지 이야기를 들려줬다. 어릴 적에 온 가족이 집 둘레에 사과나무와 체리나무, 슬리바나무를 심던 이야기, 주말이면 근교까지 자전거를 타고 가 숲에서 송이버섯을 따던 이야기, 유치원에서 아이들에게 춤과 노래를 가르치던 때 이야기도 들려주었다. 꿈꾸듯 빛나던 그녀의 보랏빛 눈동자는 그러나 아버지가 체첸 전쟁에서 죽고 혼자 생계를 책임지던 어머니마저 병들어 한국행 배를 탔다는 말을 하면서부터 깊은 바닷물처럼 일렁였다.

　나는 마리나 배꼽 주변에 누군가 묻혀 놓은 검은 얼룩을 손으로 닦아 준다. 얼룩은 잘 지워지지 않고 대신 종이가 찢어진다. 마리나는 상처가 난 채 억지로 웃는 것 같은 이상한 모습이 되어 버렸다. 갑자기 바람이 거세게 분다. 담장을 넘은 **정원수**들이 딸꾹질을 하며 나뭇잎을 떨어뜨린다.

　조금 더 걸어가니 빨간 벽돌로 지은 이층집이 보인다. 치아처럼 부드러운 빛이 커튼을 뚫고 흘러나온다. 난생처음 반 친구한테 초대받아 갔던 바로

정원수(庭園樹)　정원에 심어 가꾸는 나무.

그 집이다. 어느 날 그 애는 자기 집에 같이 가겠느냐는 뜻밖의 말을 했다. 그 말을 하고 나서 그 애는 누가 볼까 봐 겁내는 듯한 표정으로 사방을 둘러보았다. 그러고는 못 알아들은 것 같은 멍한 얼굴을 하고 있는 내게 바짝 다가와 귀에 대고 낮게 속삭였다. 아니, 작지만 몹시 퉁명스러운 말을 내동댕이쳤다. 우리 엄마가 너더러 한번 들르래. 그 애는 열 발자국쯤 앞서서 걸으며 가끔 내가 잘 따라오고 있는지 확인했다. "헬로, 나이스 투 미튜." 친구 어머니는 빨갛게 칠해진 얇은 입술을 실지렁이처럼 꿈틀댔다. 잇몸을 드러내며 크게 웃는 입과 차고 날카로운 눈이 묘하게 합해진 얼굴이었다. 우물쭈물하다가 안녕하세요, 라고 인사를 했다. 그러자 아줌마 표정이 일그러졌다. "너 영어를 잘 못하니? 외국 애라고 해서 영어를 잘하는 줄 알았는데." 아주머니는 이제부터 영어로만 말하라고 했다. 그러지 않으면 떡볶이와 스파게티를 주지 않겠다면서. 떡볶이와 스파게티……. 고통스러울 정도로 속이 쓰리고 아프다. 그 애나 아줌마나 다 맘에 들진 않지만, 그래도 초인종을 누르고 싶다. 지난번처럼 영어 몇 마디를 가르쳐 주면 뭐든 얻어먹을 수 있지 않을까.

키 큰 풀들이 흔들리고 있는 공터를 지난다. 말라 가는 풀 냄새와 분뇨 냄새가 풍겨 온다. 공터 여기저기에 함부로 버려져 있는 냉장고와 부서진 의자, 자질구레한 플라스틱 잡동사니들 위로 호박 덩굴이 무성하다. 허름한 집 몇 채가 늘어선 골목을 지나니 누군가 노래를 부르며 걸어오는 게 보인다. 어두워서 잘 보이지는 않지만 작은 키에다 양손에 쇼핑백을 든 걸 보니 노랭이가 분명하다. 갑자기 가슴이 뛰기 시작한다. 공터 옆으로 난 산길로 더 많이 돌아서 가야겠다. 산길로 접어드는데 발밑에 뭔가 걸린다. 무성하게 자란 호박 덩굴이다. 늦가을까지 남아 노끈처럼 질겨진 덩굴은 내 발목을 휘감고는 놓아 주지 않는다. 엉덩이를 바닥에 대고 주저앉아 덩굴을 푼다. 노랫소리는 점차 가까이 다가오더니 공터 쪽으로 다시 멀어진다. 그때,

버려진 냉장고 뒤에서 검은 물체가 솟아오른다. 검은 물체는 빵처럼 점점 부풀어 오른다. 노랭이는 더 빠른 박자로 노래한다. 검은 물체가 소리 없이 노랭이 뒤를 따른다. 퍽 소리와 함께 노랫소리가 뚝 끊긴다. 검은 물체는 쓰러진 노랭이 앞가슴에서 심장을 뜯어내듯 지갑을 뺏는다. 희미한 달빛 아래 입을 벌리고 웃는 얼굴이 얼핏 보인다. 비재 아저씨다. 나는 눈을 질끈 감는다. 눈꺼풀 안쪽으로 은색 코끼리 한 마리가 나타난다. 구덩이에 발이 빠진 코끼리는 큰 귀를 펄럭이며 빠져나오려고 안간힘을 쓰고 있다. 하지만 발버둥 칠수록 뒷다리는 점점 더 깊이 빨려 들어간다. 구덩이는 삽시간에 시커먼 늪으로 변하더니 뭐든 집어삼킬 태세로 거세게 휘돌아 간다. 아, '외'다. 현기증이 일도록 빠르게 소용돌이치는 '외…….' 코끼리는 맥없이 빨려 들어간다. 미처 비명을 지르지 못하고 눈을 부릅뜬 채. 눈앞이 온통 까맣다.

[1~8] 다음 제시문을 읽고 물음에 답해 봅시다.

> **가** ⓐ**나의 산수**
>
> ⓑ화성인들은 좋겠다. 그해 여름은 너무 무더워, 나는 늘 그런 상념에 젖고는 했다. 상고(商高)의 여름 방학은 생각보다 길어서, 그런 상념에라도 빠지지 않으면 견딜 수가 없었다. 긴긴 여름, 게다가 나는 여러 일터를 전전했다. 오후엔 주유소에서, 또 밤에는 편의점에서. 있으나 마나 한 여자애들이 일터마다 있긴 했지만, 있으나 마나 했으므로 지루하긴 마찬가지였다. 비하자면 수성과 금성과, 있으나 마나인 별들을 지나, 지구까지 오던 태양 광선이 나 같은 기분이었을까? 덥지도 않고, 멀고 먼, 화성.
>
> **나** 일터를 돌다 보면 별의별 일들을 겪게 마련인데, 모쪼록 그해의 여름이 그러했단 생각이다. 주유소에선 시간당 천오백 원을, 편의점에선 천 원을 받았으므로 나는 늘 불만이 가득했다. 그게 그러니까, 시작 때완 달리 불만이 생기는 것이다. 편의점의 사장은 이러면서 세상을 배운다—라고 말했지만, 이천 원씩 받고 배우면 어디가 덧나? 뭐야, 그럼 당신 자식에겐 왜 팍팍 주는데? 를 떠나서—못해도 이천 원 정도의 일은 하고 있다고 나는 늘 생각했다. 글쎄 천 원이라니. 덥기만 덥고, 짜디짠, 지구.
>
> **다** 코치 형이 가게를 찾아온 것은 그 무렵의 새벽이었다. 어떠냐? 좋아요. 편의점의 알바 역시 코치 형의 소개로 얻은 것이므로, 좋다고밖에는 말할 도리가 없었다. 지역의 알바 정보를 한 손에 쥐었다고 할까, 아무튼 그래서 후배들에게 일자릴 소개하고 요모조모 코치하길 좋아하는 인물이었다. 이 얼마나 요긴한가, 나는 카프리썬 하나를 꺼내 그에게 건넸다. 제 돈으로 사는 거예요. 웃으며 말은 했지만 알고나 드세요, 제 인생의 이십오 분이랍니다. 시계를 쳐다보며 나는 생각했다. 지금 일하는 덴 사장이 꼴통이라서 말야…… 오늘도 여자애 허벅질 만졌지 뭐냐…….

나 참……. 그래도 되는 거냐? 되고 말고를 떠나, 허벅질 만진다면 시간당 만 원은 줘야 되는 게 아닌가, 나는 생각했다. 만지는 게 나쁜 게 아니다. 그러고 고작, 천 원을 주는 게 나쁜 짓이다.

라 그건 그렇고, 너 푸시업 잘하냐? 푸시업이라뇨? 팔 굽혀 펴기 말이다. 무조건 잘한다고 나는 대답했다. 그래야 일자리가 생긴다는 건, 그때도 이미 기본 중의 기본이었다. 페이가 세. 시간당 삼천 원인데……. 대신 몸이 좀 힘들어. 삼천 원이요? 앞뒤 젤 것도 없이, 시간당 삼천 원이란 말에 귀가 확 뚫리는 기분이었다. 내 주변에 그런 고부가 가치 산업이 존재하고 있었다니. 제의를 받은 사실만으로도, 갑자기 확, 고도 산업 사회의 일원으로 성장한 느낌이었다. 좋구 말구요. 비하자면 수성과 금성과 지구를 지나, 비로소 화성에 다다른 태양 광선이 바로 나 같은 기분일까? 있으나 마나에 받으나 마나, 지구여 안녕.

마 그런 이유로, 나는 푸시맨이 되었다. 좋은 점은 전철을 공짜로 탄다는 것, 팔 힘이 세진다는 것, 게다가 다른 알바에 전혀 지장을 안 준다는 거야. 이를테면 여기 일을 마친 다음 슬슬 역에 나가 '한 딱가리' 하면 그만이란 거지. 깔끔해. 공사 소속이니 지불 확실하지, 운동이 되니 밥맛도 좋아, 그러니 잠 잘 자고 주유소 일도 계속 하고……. 코치 형의 코치가 쉬지 않고 이어진 것도 까닭은 까닭이었지만 ─다른 무엇보다 이유는 삼천 원이었다. 요는 짧고 굵게 번다, 이거군요. 그런가? 뭐……. 그런 식으로 생각할 수도 있을까 모르겠군. 코치 형이 어리둥절한 표정을 지었지만, 확실히 그런 식이라고, 나는 생각했다. 그것이 나의 산수(算數)다. 웃건 말건, 세상엔 그런 산수를 하며 살아야 하는 사람이 있다, 있게 마련이다.

바 미안하구나.

　아버진 그렇게 얘기했다. 또 그 소리. 내가 일만 한다 하면 늘 같은 소리였다. 처음엔 들을 만했는데, 결국 들으나 마나가 돼 버린 지 오래다. 나이 마흔다섯에 시간당 삼천오백 원, 즉 그것이 아버지의 산수였다. 여하튼 무슨 상사(商社)에 다녔는데, 여하튼 〈무슨 상사〉라고밖에 말할 수 없는 직장이었다. 딱 한 번 나는 그곳을 찾아간 적이 있다. 중학생 때의 일인데 도시락을 갖다주는 심부름이었다. 약도가 틀렸나? 엄마가 그려 준 약도를 몇 번이고 확인하며, 근처의 골목을 서성이고 서성였다. 간신히 찾아낸 아버지의 사무실은—여하튼 그곳에 있기는 한, 그런 사무실이었다. 쥐들이 다닐 것 같은 어둑한 복도와, 형광등과, 칠이 벗겨진 목조의 문. 혹시 외국(外國)인가? 라는 생각이 들 만큼이나 〈을씨년〉스러운 곳이었다. 깜짝이야, 그런 단어가 머릿속에 있었다니. 넉넉한 환경은 아니어도, 제법 메탈리카 같은 걸 듣던 시절이었다. 그래도 세상은 뭔가 ESP 플라잉브이(메탈리카가 사용한 기타의 모델명)와 같은 게 아닐까, 막연한 생각을 나는 했었다. 했는데, 해서 문을 열고 들어서자 꼬박꼬박 도시락만 먹어 온 얼굴의 아버지가 가냘픈 표정으로 사무를 보고 있었다. 아버지, 저 왔어요.

사 미안하구나. 아버지는 그렇게 얘기했지만, 아버지, 이건 나의 산수예요라고 나는 생각했다. 정기 적금 정기 적금, 또 한 통의 자유 적금. 시급 천오백 원과 천 원이 따로따로 쌓여 가는 통장들을 생각하면, 세상에 힘든 일은 없었다. 말할 것 같으면, 내 주변은 주로 그랬다. 코치 형만 해도 통장이 다섯 개다. 코치 형네엔 아버지가 없지만, 우리 집처럼 병든 할머니가 있는 것도 아니었다. 쌤쌤이다. 어머닌 식당 일을, 그 외엔 말을 안 해 더 이상은 모르겠다. 들은바, 중학생 때의 코치 형은 본드로 유명한 소년이었다, 한다. 무렵엔 그 말을 도저히 믿을 수 없었다. 그래, 누구나 자신의 산수를 가지고 살아가는 거겠지. 그러니까

  나의, 산수.

> **[뒷부분의 줄거리]** '나'는 계속해서 힘든 푸시맨 아르바이트를 하며 지하철을 타는 사람들의 여러 모습을 보게 된다. 그러던 중 '나'의 어머니가 과로로 쓰러지고, 아버지가 [A] 다니는 회사마저 어려워진다. 어느 날 아버지가 사라지고, 그 대신 어머니가 기적적으로 퇴원한다. '나'는 힘들지만 그럭저럭 살아가다가 지하철 플랫폼에서 문득 아버지라고 생각되는 기린에게 집안의 근황을 들려준다.

1_ 제시문의 서술상 특징으로 적절하지 <u>않은</u> 것을 골라 봅시다.

① 따옴표를 사용하지 않은 채 대사를 제시하고 있다.

② 잦은 쉼표의 사용으로, 말을 하는 듯한 느낌을 준다.

③ 객관적인 관찰을 통해 세태의 속성을 비판하고 있다.

④ 힘들거나 부정적인 상황을 희극적으로 표현하고 있다.

⑤ 지난 일들에 대한 회상의 형식으로 내용을 전달하고 있다.

2_ 〈보기〉를 바탕으로 제시문을 감상할 때, 그 반응으로 적절하지 <u>않은</u> 것을 골라 봅시다.

┃보기┃

　　〈그렇습니까? 기린입니다〉는 주인공을 통해 현대 자본주의 사회를 살아가는 평범하고 가난한 사람들의 이야기를 전한다. 이 사회는 소유한 부의 크기가 세습되는 사회이다. 가난한 사람들은 아무리 노력해도 비정규직이거나 그조차 얻지 못할 뿐이다. 상위 계층이 부의 80% 이상을 소유하고, 하위 계층은 삶이 아닌 생존이 문제가 되는 시대이다. 특히 IMF 외환 위기 사태 이후 하위 계층은 벼랑으로 몰리고 있는 상황인 것이다.

① '나'와 같은 삶을 사는 사람이 이 사회에 많겠군.

② '나'의 가난은 부모 세대부터 지속되어 온 것이겠군.

③ '나'의 아르바이트는 '생존'의 문제와 결부되어 있겠군.

④ '나'는 성년이 돼도 비정규직 일자리에 매달릴 확률이 높겠군.

⑤ '나'는 'IMF 외환 위기 사태' 이전과 이후의 변화를 보여 주는 역할을 하고 있군.

3_ 제시문의 내용으로 볼 때 ㉠에 해당하지 <u>않는</u> 것을 골라 봅시다.

① 싫든 좋든 돈을 벌어야 살아갈 수 있다.

② 돈을 많이 준다면 험한 일도 할 수 있다.

③ 돈만 벌 수 있다면 굴욕도 참을 수 있다.

④ 일한 만큼에 어울리는 대가를 받아야 한다.

⑤ 돈의 많고 적음으로 사람을 평가하면 안 된다.

4_ ㉡에 대한 설명으로 가장 적절한 것을 골라 봅시다.

① 확인할 수 없는 것을 말함으로써 책임을 피하려 함.

② 자유로운 상상을 통해 현실의 문제를 해결하려고 함.

③ 답답한 현실을 벗어나고 싶은 마음을 막연히 드러냄.

④ 열악한 환경과 비교함으로써 상대적 위안을 얻으려 함.

⑤ 타인의 삶이 결코 행복하지 않음을 반어적으로 드러냄.

5_ '나'가 푸시맨 아르바이트를 한 가장 큰 이유를 써 봅시다.

_____

_____

6_ 제시문에 드러난 '나'에 대한 설명으로 적절하지 <u>않은</u> 것을 골라 봅시다.

① 자신이 속한 현실의 정확한 모습을 알게 된다.

② 세계와 합치될 수 없는 자신의 모습을 자각하고 있다.

③ 아버지의 계급적 위치가 자신의 위치임을 깨닫고 있다.

④ 경제적 차이로 인한 계급적 차이가 있음을 느끼고 있다.

⑤ 이전과는 다르게 성숙해지는 내면 변화가 일어나고 있다.

7_ 〈보기〉를 바탕으로 제시문을 감상할 때, 그 반응으로 적절하지 <u>않은</u> 것을 골라 봅시다.

┨보기┠

　작가 박민규는 ⓐ세상과 인간을 자신의 힘으로 어떻게 해 볼 도리가 없다는 것을 진작 깨달았고, ⓑ삶의 무게와 ⓒ현실의 모순, 부조리의 세계에서 방황하고 있는 사람들을 위해 ⓓ판타지를 들고 나왔다. 이것은 ⓔ현실을 박차고 나간 사람과 현실에 남아 있는 사람의 만남으로 그려지며, 곧 ⓕ새로운 성장의 가능성을 암시해 준다.

① 아버지는 가출을 할 때, ⓐ를 느꼈을 것이다.

② '나'에게 ⓑ는 어머니의 쓰러짐, 아버지의 가출 등이다.

③ 성실한 아버지가 '기린'이 된 것은 ⓒ가 해결된 세상을 보여 준다.

④ '기린'의 출현은 ⓓ이지만 이는 ⓔ를 보여 주기 위한 장치이다.

⑤ ⓕ는 '기린'을 만난 '나'가 지금과는 다른 삶을 모색하게 되리라는 것을 의미한다.

8_ '기린'의 의미를 〈보기〉와 같이 나타낼 때, 아버지는 돌아올 것인지 돌아오지 않을 것인지 판단해 보고, 그렇게 생각한 이유를 써 봅시다. 그리고 '나'는 앞으로 어떤 행동을 보이게 될지도 써 봅시다.

> **▌보기▐**
>
> '기린'은 자본의 논리가 지배하는 현실을 벗어난 곳, 새로운 삶의 가능성이 있는 곳을 꿈꾸는 아버지와 아들의 열망을 은유한다.

아버지가 기린으로 변신한 이유

아버지가 기린으로 변신을 한 이유는 아버지의 '생존'의 욕망이 형상화되었기 때문이다. 기린은 목이 길어 높은 나무의 열매를 따 먹을 수 있고, 거대한 몸집을 가지고 있어서 자연에서의 생존이 유리한 동물이다. 반대로 긴 목과 거대한 몸이 있기 때문에 인간 사회에는 들어가지 못한다. 즉, 기린은 드넓은 초원에서는 생존이 유리하지만, 자본주의 사회에서는 생존이 불가능하다. 아버지는 앞으로 자본주의 사회에서 생존을 할 수 없음을 깨닫고, 자연에서 살아남기를 택한 것이다. 낮은 곳에서 산수(算數)를 안고 사는 것보다 높은 곳에서 무해한 초식 동물의 삶을 사는 것이 더 낫다는 판단을 한 것이다. 주인공 승일이 짜디짠 지구에서 화성을 부러워하고, 혹한의 지구에서 금성을 부러워한 것처럼 아버지는 자본이 무력한 자연을 동경했고, 기린이 되었다.

– 〈아트인사이트〉, 2020. 12. 03.

[1~9] 다음 제시문을 읽고 물음에 답해 봅시다.

[앞부분의 줄거리] '나'는 학원에서 피아노를 배운다. ⓐ만둣집을 하는 엄마는 '나'에게 피아노를 사 주고, 그 피아노는 살림집이자 가게로 쓰이는 공간에 놓인다. '나'는 그 공간에서 이따금 피아노를 치고, 엄마는 그 모습을 좋아한다. '나'는 중학교에 올라가서는 가끔 악보를 사다가 유행가를 연주하지만 고등학교에 가서는 더 이상 피아노를 치지 않는다. 고3 겨울 방학에 '나'의 집은 아빠가 선 빚보증 때문에 망하고, '나'는 그즈음 서울권 대학의 컴퓨터 학과에 지원하여 합격한다. '나'는 피아노와 함께 서울에 있는 언니의 반지하방에 도착하고, ⓑ그 모습을 못마땅해 하는 집주인에게 피아노는 절대 치지 않겠다고 약속을 한다. 전문 대학 치기 공과를 다니다가 휴학 중인 언니는 취업이 잘된다는 말에 서둘러 원서를 쓴 것이 후회된다며 영문과에 편입하여 어학연수도 가고 취직도 하고 싶다고 한다. 언니는 계급을 나누는 게 피부나 치아라는 말을 들은 뒤 자꾸 사람들 이를 보게 되었다며, 헤어진 남자 친구가 만취해 집으로 찾아와 쓰러졌을 때 자기도 모르게 그 사람의 입술을 벌려 이를 보았다는 경험을 이야기한다. 언니는 프랜차이즈 식당에서 일하며 새벽에는 학원에 가서 공부를 하고, '나'는 반지하에서 디근자가 잘 먹지 않는 컴퓨터로 학원 교재나 시험지를 타이핑하는 일을 밤늦게까지 하며 등록금을 모은다.

저녁부터 폭우가 내렸다. 언니는 아르바이트 때문에 늦는다고 했다. 벌써 퇴근했어야 하는 시간인데 정산을 잘못한 모양이었다. ⓐ언니는 계산서를 처음부터 끝까지 살펴본 뒤, 안 맞을 경우 다시 계산기를 두드리고, 같은 일을 반복하며 밤새울 터였다. 나는 만두 라면을 먹으며 연속극을 보고 있었다. 볼륨을 한껏 높였는데도 배우들의 목소리가 잘 들리지 않았다. 리모컨을 잡으니 뭔가 축축한 게 만져졌다. 한참 손바닥을 들여다본 후에야 그것이 빗물이란 걸 깨달았다. 나는 화들짝 자리에서 일어났다. 현관에서부터 물이 새고 있었다. 이물질이 잔뜩 섞인 새까만 빗물이었다. 그것은 벽지를 더럽히며 창틀 아래로 흘러내렸다. ⓑ벽면은 검은 눈물을 뚝뚝 흘리는 누군가의 얼굴 같았다. 허둥지둥 언니에게 전화를 걸었다. 언니는 한참 만에 전화를 받았다. 언니는 의외로 담담했다. 언니는 그런 적이 몇 번 있다고, 걸레로 닦아 내면 괜찮을 거라고 말한 뒤 바쁜 듯 전화를 끊었다. 언니가 그렇게 말해 주니, 섭섭하면서도 안심이 되는 기분이었다. 나는 멍하니 서 있다, 양

말을 벗고 바지를 걷어 올렸다. 현관 앞 신발들을 모두 신발장 안에 넣고, 컴퓨터와 티브이 등 가전제품의 콘센트를 뽑았다. 피아노 주위엔 마른 수건 몇 장을 단단히 둘러놓았다. 방바닥에 고인 물은 걸레로 훔쳐 내면 될 일이었다. 나는 걸레로 바닥을 닦은 뒤 세숫대야에 물을 짜내고 훔쳐 내는 일을 반복했다. 구정물은 화장실에 버리고, 마른 수건으로 한 번 더 물기를 없앴다. 순서대로 일을 처리하다 보니 언니 말대로 별일 아닌 것처럼 느껴졌다. 조금쯤 내가 어른이 된 것 같은 기분도 들었다. 한바탕 집 안을 정리하고 숨을 돌리며 허리를 폈다. 그리고 상쾌한 표정으로 주위를 둘러봤다. ⓒ조금 전 물기를 닦아 낸 곳에 다시 빗물이 고여 있었다. 아까보다 더 많은 양이었다. 나는 하얗게 질려 언니에게 전화했다.

"언니."

언니가 주위 눈치를 보는 듯 조그맣게 대꾸했다. (중략)

언니는 조용히 나를 타이르며 집으로 갈 테니, 그때까지만 참으라고 했다.

"언제 올 건데?"

언니는 모르겠다고, 하지만 곧 가겠다는 말만 반복했다. 나는 전화를 끊고 손등으로 눈물을 훔쳤다. 물은 발등까지 차 있었다. 빗물에서 매캐하고 비릿한 도시 냄새가 났다. 주인집에 도움을 청할까 싶었지만, 너무 늦은 시간이었다. 어쨌든 다시 일을 시작해야 했다. 우선 컴퓨터 전선을 한데 묶어 서랍장 위에 올려놓았다. 그리고 쓰레받기를 이용해 빗물을 퍼내기 시작했다. ⓔ물은 계단과 창문을 타고 자꾸 자꾸 들어왔다. (중략)

[중략 부분의 줄거리] 방으로 들어온 빗물을 떠내던 중 아빠에게 전화가 온다. 아빠는 돈이 필요하다는 얘기를 했고, '나'는 "어떻게든 해 보겠다."라고 한 뒤 전화를 끊는다. 그 뒤 찾아온 낯선 사내는 신발장 옆으로 고꾸라지며 언니의 이름을 부르고, '나'는 그가 언니의 예전 애인이라는 것을 알아챈다. 그가 현관 앞에 누워 있으면 물을 퍼낼 수 없었으므로, '나'는 그를 피아노 의자로 옮기기로 한다.

물은 정강이까지 올라와 있었다. 책장 아래 칸의 책들은 빗물에 퉁퉁 불어 가고 있었다. 그중에는 언니가 아직 풀지 못한 영어 문제집도 있었다. 나는 가까스로 사내를 옮겨 피아노 의자 위에 누일 수 있었다. 사내는 평온한 표정을 지었다. 몸통이 기역자로 꺾여, 발목은 물에 잠긴 채였다. 나는 한숨을 쉰 뒤 사내를 바라봤다. 양 볼이 불그스레한 게 좀 모자라 보였다. 한참 사내의 얼굴을 보고 있자니, 언니가 말한 이 얘기가 떠올랐다. 그러자 나도 사내의 이를 보고 싶다는 마음이 들었다. 신속하게, 잠깐만 보면 괜찮지 않을까 하고. 나는 사내의 입술을 향해 조심스럽게 손을 뻗었다. 그는 자세가 불편한지 돌아누웠다. 나는 다급히 손을 거두며 스스로를 책망했다. 셋방이 물에 잠겨 가는데 무슨 짓인가 싶었다. 빗물은 어느새 무릎까지 차올랐다. 나는 피아노가 물에 잠겨 가고 있다는 걸 깨달았다. 저대로 두다간 못 쓰게 될 것이 분명했다. ⓒ순간 '쇼바'를 잔뜩 올린 오토바이 한 대가 부르릉 —가슴을 긁고 가는 기분이 들었다. 오토바이가 일으키는 흙먼지 사이로 수천 개의 만두가 공기 방울처럼 떠올랐다 사라졌다. ⓓ언니의 영어 교재도, 컴퓨터와 활자 디귿도, 아버지의 전화도, 우리의 여름도 모두 하늘 위로 떠올랐다 톡톡 터져버렸다. 나는 피아노 뚜껑을 열었다. 깨끗한 건반이 한눈에 들어왔다. 건반 위에 가만 손가락을 얹어 보았다. 엄지는 도, 검지는 레, 중지와 약지는 미 파. 아무 힘도 주지 않았는데 어떤 음 하나가 긴소리로 우는 느낌이 들었다. 나는 나도 모르게 손가락에 힘을 주었다.

"도—"

도는 긴소리를 내며 방 안을 날아다녔다. 나는 레를 짚었다.

"레—"

사내가 자세를 틀어 기역자로 눕는 모습이 보였다. 나는 편안하게 피아노를 연주하기 시작했다. ⓓ하나둘 손끝에서 돋아나는 음표들이 눅눅했다.

"솔 미 도레 미파솔라솔……."

물에 잠긴 페달에 뭉텅뭉텅 공기 방울이 새어 나왔다. 음은 천천히 날아올라 어우러졌다 사라졌다.

"미미 솔 도라 솔……."

사내의 몸에서 만두처럼 김이 모락모락 피어났다. 빗줄기는 거세졌다 잦아지길 반복하고, ⓔ검은 비가 출렁이는 반지하에서 나는 피아노를 치고, 발목이 물에 잠긴 채 그는 어떤 꿈을 꾸는지 웃고 있었다.

1_ 제시문의 서술상 특징으로 가장 적절한 것을 골라 봅시다.

① 풍자적 서술을 통해 인물의 행위를 비판하고 있다.

② 사건의 변화에 따라 서술의 시점이 달라지고 있다.

③ 현재와 과거를 교차 서술하여 갈등을 심화하고 있다.

④ 주인공인 '나'가 자신이 겪은 이야기를 서술하고 있다.

⑤ 의식의 흐름 기법을 활용하여 인물의 내적 욕망을 드러내고 있다.

2_ 제시문의 내용과 일치하지 <u>않는</u> 것을 골라 봅시다.

① '나'는 방에 물이 새자 방 안의 물을 먼저 치운 후 언니에게 전화를 걸었다.

② 언니가 살고 있던 반지하방은 이전에도 방 안으로 물이 샌 적이 몇 번 있었다.

③ 언니와의 두 번의 통화 이후에 방 안으로 들어오는 물의 양이 더 늘어났다.

④ '나'는 방에 물이 새는 것을 알고 주인집에 도움을 청하려 하지만 실행에 옮기지 않았다.

⑤ '나'는 방에 불쑥 찾아온 사내가 언니의 예전 애인이었다는 사실을 알게 됐다.

3_ ㉠~㉤에 대한 이해로 적절하지 <u>않은</u> 것을 골라 봅시다.

① ㉠ : 집이 협소하여 피아노를 놓기에 마땅치 않음을 알 수 있다.

② ㉡ : '나'가 피아노를 쳐서 시끄럽게 할까 봐서이다.

③ ㉢ : '나'의 힘으로 문제를 해결할 수 없음을 보여 준다.

④ ㉣ : 상황이 점점 악화되고 있음을 보여 준다.

⑤ ㉤ : '나'를 괴롭히던 현실의 문제가 모두 해결되었음을 나타낸다.

4_ 〈보기〉는 제시문의 앞부분 내용에 해당합니다. 이를 참고하여 제시문에 대한 의견으로 적절하지 <u>않은</u> 것을 골라 봅시다.

┨보기┠

　'나'는 학원에서 피아노를 배운다. 만둣집을 하는 엄마는 '나'에게 피아노를 사 준다. '나'는 가끔 연주를 하지만 고등학교에 가서는 더 이상 피아노를 치지 않는다. 고3때 '나'의 집은 아빠가 선 빚보증 때문에 망하고, '나'는 그즈음 서울권 대학에 합격하여 피아노와 함께 서울에 있는 언니의 반지하방에 도착한다. 그 모습을 못 마땅해하는 집주인에게 피아노는 절대 치지 않겠다고 약속을 한다. 전문 대학 치기공과를 다니다가 휴학 중인 언니는 다시 영문과에 편입하여 어학연수도 가고 취직도 하고 싶다고 한다. 언니는 계급을 나누는 게 피부나 치아라는 말을 들은 뒤 자꾸 사람들 이를 보게 되었다며, 헤어진 남자 친구가 만취해 집으로 찾아와 쓰러졌을 때 자기도 모르게 그 사람의 입술을 벌려 이를 보았다는 경험을 이야기한다. 언니는 프랜차이즈 식당에서 일하며 새벽에는 학원에 가서 공부를 하고, '나'는 반지하에서 디근자가 잘 먹지 않는 컴퓨터로 학원 교재나 시험지를 타이핑하는 일을 밤늦게까지 하며 등록금을 모은다.

① '언니가 아직 풀지 못한 영어 문제집'은 영문과에 가고 싶어 하는 언니의 꿈과 관련된 소재로 볼 수 있겠군.

② '사내의 이를 보고 싶다는 마음'은 이를 통해 사람의 계급을 나눌 수 있다는 언니의 말이 계기가 되어 생겨난 것으로 볼 수 있겠군.

③ '컴퓨터 활자 디근'은 디근자가 잘 먹지 않는 컴퓨터처럼 무언가 삐그덕대는 '나'의 삶과 동일시될 수 있는 소재로 볼 수 있겠군.

④ '아버지의 전화'는 반지하방에서 살아가는 암울한 현실 속 '나'에게 위안을 주는 존재로 볼 수 있겠군.

⑤ '나'가 '피아노를 연주'하는 것은 집주인이 제시한 금기를 깨는 행위로 볼 수 있겠군.

5_ ⓐ~ⓔ에 대한 설명 내용으로 적절하지 <u>않은</u> 것을 골라 봅시다.

① ⓐ : 서술자가 다른 인물의 상황을 직접 관찰하여 서술하고 있다.

② ⓑ : 대상을 의인화한 표현으로 인물이 처한 상황을 연상시키고 있다.

③ ⓒ : 음성 상징어를 활용하여 인물이 느끼는 심리를 제시하고 있다.

④ ⓓ : 청각적인 대상을 촉각적인 이미지를 활용하여 감각적으로 표현하고 있다.

⑤ ⓔ : 색채어를 활용하여 인물이 놓인 절망적인 현실을 형상화하고 있다.

6_ 〈보기〉를 참고하여 제시문의 '피아노'가 지닌 의미에 대해 서술해 봅시다.

┤보기├

　시골에서 만두 가게를 하는 〈도도한 생활〉의 엄마는 배움이 짧았고 자신의 교육적 선택에 늘 자신감을 갖지 못했기에 그 결핍을 채우고자 딸에게 피아노를 사 준다. 거실이 없어서 만두 가게 안, 작은 방에 놓인 피아노는 우리 삶의 질이 한 뼘쯤 세련되진 것 같은 느낌을 선사한다. 체르니란 말은 이국에서 불어오는 바람 같아서, 돼지비계나 단무지란 말과는 다른 울림을 주기 때문이다. 그래서 집이 망해도 엄마는 피아노를 팔지 않고 딸들이 사는 서울 반지하방에 옮겨 놓는 것이다.

_____

_____

_____

7_ 제시문에 대한 이해로 적절하지 <u>않은</u> 것을 골라 봅시다.

① 언니는 '나'에게 무관심하다.

② 아버지의 문제 때문에 집안 형편이 어려워졌다.

③ 언니는 대학에 진학할 때 적성을 고려하지 못했다.

④ 나는 등록금을 모으기 위해 일을 해야 하는 형편이다.

⑤ '피아노'는 엄마에게 있어 자존심 혹은 위안거리이다.

8_ 이 작품의 작가가 제목을 '도도한 생활'이라고 지은 이유가 무엇일지 한 문장으로 서술해
봅시다.

9_ 〈보기〉를 참고하여 제시문을 이해한 것으로 적절하지 <u>않은</u> 것을 골라 봅시다.

┨보기┠

　　김애란의 〈도도한 생활〉은 IMF 외환 위기 시대에 10대 시절을 보내고 20대가
된 세대의 모습을 그리고 있다. 이 세대들은 평균 임금이 88만원이라는 데에서 '88
만원 세대'라는 이름이 붙여졌을 만큼 힘겨운 시대를 살아간다. 이들은 자신의 적
성보다 취업하기 용이한 학과를 선택하고, 취업을 위해 자기 계발이라는 이름으로
제2 외국어 학원과 다양한 자격증 시험을 준비한다. 등록금을 벌기 위해 쉬지 않고
아르바이트를 하며, 취업을 한 후에도 그동안 빚진 학자금 대출을 갚기 위해 가난
에 허덕인다. 작가는 아무리 열심히 살아도, '88만원'을 받고 살아가야 하는 안타까
운 세대의 개개의 인물의 모습을 통해 사회 문제를 드러내고 있다.

① 언니가 치기공과에 지원한 것은 자신의 적성보다는 '취업하기 용이한 학과'인지를 고
　려한 결과이다.

② '나'가 학교에 바로 진학하지 못하고 돈을 모으는 모습은 '88만원 세대'의 힘겨운 삶을
　보여 준다.

③ 새벽에 어학 공부를 하는 언니의 모습은 어려운 현실에서도 열심히 살아가는 '88만원
　세대'의 모습을 보여 준다.

④ 휴학을 한 언니의 모습은 자신의 꿈을 뒤로한 채 이 세대를 벗어나지 못하는 안타까운
　상황의 20대들을 대표하고 있다.

⑤ 언니가 식당에서 아르바이트를 하는 모습은 등록금을 벌기 위해 쉬지 않고 아르바이
　트를 하는 '88만원 세대'의 모습을 단적으로 나타낸다.

코끼리

[1~10] 다음 제시문을 읽고 물음에 답해 봅시다.

가 ㉠나는 저녁마다 물에 탈색제 한 알을 풀어 세수했고 저녁이면 내가 얼마나 하얘졌나 보려고 거울 앞으로 달려갔다. 푸른 새벽 공기 속에서 하얗게 각질이 일어난 내 얼굴을 볼 때면 가슴이 설레었다. 내가 바라는 건 미국 사람처럼 되는 게 아니었다. 그냥 한국 사람만큼만 하얗게, 아니 노랗게 되기를 바랐다. 여름 숲의 뱀처럼, 가을 낙엽 밑의 나방처럼 나에게도 보호색이 필요했다. 남의 눈에 띄지 않고 조용히 살아갈 수 있도록. 비비총을 새로 산 남자애들의 첫 번째 표적이 되지 않고, 적이 필요한 아이들의 왕따가 되지 않고, ⓐ달리기를 할 때 뒤에서 밀치고 싶은 까만 방해물로 비치지 않도록. 나는 하루도 거르지 않고 탈색제를 썼다. 그러던 어느 날, 세수를 하고 있는데 누군가 내 세숫대야의 물을 거칠게 쏟아 버렸다. 고개를 들어 보니 아버지였다. 아버지는 탈색제가 든 비닐봉지를 수돗가에 내동댕이쳤다. ㉡나는 뒷덜미를 잡힌 채 방으로 질질 끌려 들어가 멍이 시퍼렇게 들도록 종아리를 맞았다. 그날 밤, 오랜만에 술 냄새를 풍기며 자정이 다 되어 들어온 아버지는 주머니에서 '누크' 베이비 로션을 꺼냈다. 그러고는 붉은 실핏줄이 보일 만큼 껍질이 벗겨진 내 얼굴에 로션을 잔뜩 발라 주었다. 투박하고 거친 손바닥으로 뺨을 아프도록 쓰다듬으면서. ⓑ그러고 나서 아버지는 이불을 머리끝까지 뒤집어쓰더니 잠들기 직전까지 흐느꼈다. 가끔 뜻을 알 수 없는 네팔 말을, 몹시 지친 목소리로 중얼거리며.

나 찰랑, 흩날리는 노란 머리카락 사이로 새로 돋는 까만 머리카락이 보인다. ⓒ그는 이제 더는 염색을 하지 않을 거다. 여기까지 와서 프레스에 손가락을 잘리는 미국 사람은 없을 테니.

"형, 그 손가락 나 주라."

쿤은 멍한 얼굴로 나를 쳐다본다.

"왜?"

"그냥……. 응? 나 주라."

휴지로 돌돌 만 뭉치를 내 손바닥 위에 올려놓는다. 길 양편에 늘어선 전깃줄이 바람에 징징 울어 댄다. 바랜 햇빛과 회색 먼지 속을 걷는 쿤의 뒷모습이 늙고 지

쳐 보인다. (중략)

삭정이가 툭, 부러진다. 순간 하얀 뼈다귀들이 무더기로 쏟아져 나온다. 그러면 그렇지. 나는 주머니에서 손가락을 꺼낸다. ⓓ휴지에 말렸던 검붉은 손가락을 뼈다귀들 틈에 놓는다. 물든 감잎 하나가 손가락 위로 살며시 내려앉는다. 나는 구덩이에 흙을 푹, 밀어 넣는다. 수돗가 쪽으로 침을 퉤 뱉고 나서 두 손을 모은다. ⓔ'파괴의 신 시바님, 이 정도면 충분해요. 더는 제물을 바라지 마세요. 특히 아버지하고 제 손가락만큼은 절대.'

다 "안녕?" 창문에 매달린 코끼리는 여전히 말이 없다. 무심한 눈길로 먼 곳을 쳐다볼 뿐. 일곱 개의 코를 가진, 퍼체우라에 은사로 화려하게 수놓인 그 코끼리는 원래 신들의 왕 인드라를 태우는 구름이었다고 한다. "그래서요?" 창문에 퍼체우라를 달다가 그 이야기를 들은 나는 흥분해서 아버지를 재촉했다. "어느 날 창조주 브라마가 '세계의 알'을 깨뜨리면서 코끼리의 격이 낮아져 그만 우주를 떠받치는 기둥이 되었단다." 나는 눈을 질끈 감았다. 아버지는 슬쩍 내 안색을 살폈다. "어차피 그건 힌두교 신화일 뿐이야. 신이 깨뜨린 알이란 없어." 순간 못대가리에서 미끄러져 엇나간 망치가 아버지 손톱을 찧었다. 손톱 끝에 침을 바르고 통증을 참던 아버지는 떨어진 못을 찾으려고 두 손을 뻗어 바닥을 더듬었다. ⓒ문득 아버지가 코끼리처럼 여겨졌다. Ⓐ구름보다 높은 히말라야에서 태어나 이곳, Ⓑ후미진 공장 지대에서 살아가고 있으니…….

라 노란 햇빛이 반대편 벽에 있는 ⓔ히말라야 달력 사진에 내려앉아 너울댄다. 투명하고 생생한 햇빛, 푸른 티크나무 숲, 눈 덮인 안나푸르나, 잔잔하게 물결치는 페와호, 그리고 사탕수수를 빨아 먹으며 환하게 웃는 아이들……. 아버지는 해마다 똑같은 달력을 사 온다. 아버지가 그 사진을 보면서 기쁨을 얻듯이 나도 그렇게 되기를 바라는 걸까? 하지만 내 눈엔 오후 빛을 받은 히말라야가 금으로 씌운 어금니처럼 보일 뿐이다. 햇빛에 녹아내리기 직전의 노란 바닐라 아이스크림이거나. 달력에서는 여전히 검고 굵은 동그라미가 소용돌이치고 있다. 마음이 편치 않다. 요즘엔 이상하게도 입에서 아무 말이나 튀어나온다. ⓜ학교에서 내내 긴장하다가 집에 돌아오면 모든 게 귀찮고, 무엇보다 화가 난다. 오늘은 소영이 오빠가 친구들을 데리고 쉬는 시간마다 우리 교실로 내려왔다. 나는 화장실에 숨어 있다가 수업이 시작된 뒤에야 교실로 들어갈 수 있었다. 겁이 나서가 아니었다. 일대일이라면 자신 있었다. 하지만 한꺼번에 덤벼들어 쥐 잡듯 나를 짓밟는다면, 앞으로 나를 볼 때마다 누구든 그 장면을 떠올릴 것이다. 그것만은 정말 견디기 힘들 것 같았다.

아기 손바닥만큼 작아진 빛은 퍼체우라가 흔들릴 때마다 놀란 듯 부르르 떤다. 갑자기 잠이 몰려온다. 아버지처럼 고향 가는 꿈이라도 꿀 수 있다면 좋겠다. 밤마다 아버지는 낡은 춤바를 입고 고향 마을로 찾아가는 꿈을 꾼다. 노란 유채꽃 언덕 너머 보이는 눈부신 설산과 낯익은 황토 집, 정다운 마을 사람들이 있는 곳으로. 꿈에서 아버지는 가녀린 퉁게꽃과 붉은 비저꽃이 흐드러진 고향 집 마당으로 들어서서는 가족과 친지에 둘러싸여 달과 바트, 더르가리(야채 반찬), 물소 고기에 토마토 양념을 발라 구운 첼라를 실컷 먹는다고 했다. 하지만 다음 날 공항에서 비행기에 오르려고 하면 누군가 아버지 앞을 가로막으며 거칠게 끌어낸다고 했다. "난 한국으로 돌아가야 돼. 거기 내 가족이 있어. 제발, 보내 줘. 일자리도, 이웃도, 내 청춘도 다 거기 두고 왔단 말이야. 제발……!" 잠꼬대 끝에 몸을 벌떡 일으키는 아버지는 매번 황급히 사방을 둘러본다. 그러고는 땀으로 흥건해진 속옷을 벗으며 어둠 속에서 긴 안도의 숨을 내쉰다.

그렇지만 나보다는 낫겠지. 난…… 태어난 곳은 있지만 고향이 없다. 한국에 네팔 대사관이 없어 아버지는 혼인 신고를 못했다. 그래서 내겐 호적도 없고 국적도 없다. 학교에서조차 청강생일 뿐이다. 살아 있지만 태어난 적이 없다고 되어 있는 아이…….

마 마당 한가운데 있는 수돗가는 사람들로 번잡하다. 쪼그리고 앉아 감자를 깎는 미얀마 아저씨 투라의 발등 위로 누군가 쌀뜨물을 하얗게 흘려보내고, 요란하게 뚝딱거리는 도마 위에선 양파와 피망과 호박이 다져진다. 꼬챙이에 꿰인 양고기가 팬 위에서 지지직 소리를 내며 노린내를 풍긴다. 발목에서 찰랑대던 어둠이 머리 끝까지 차오르자, 감나무 가지에 걸린 백열등도 노랗게 빛을 발한다. 러시아 아가씨 마리나는 양동이에 덥힌 물을 세숫대야에 부어 금발의 긴 머리를 헹구고, 어린 토야는 저녁 짓는 엄마 등에 업혀 오랜만에 방긋방긋 웃는다. 온갖 나라 말과 온갖 음식 냄새가 뒤섞인 마당은 벌, 나비가 윙윙대는 야생화 꽃밭처럼 향기롭고 소란하다.

1. 〈보기〉를 바탕으로 ㉠을 이해한 내용으로 적절하지 <u>않은</u> 것을 골라 봅시다.

┤보기├

한국 사람들은 단일 민족이라 외국인한테 거부감을 갖는다고? 그래서 이주 노동자들한테 불친절한 거라고? 웃기는 소리 마. 미국 사람 앞에서는 안 그래. 친절하다 못해 비굴할 정도지.

① 같은 또래들로부터 괴롭힘을 당하는 '나'의 아픔을 알 수 있군.

② '나'는 한국 내의 또래 집단에서 자신만 도드라지지 않기를 바라고 있군.

③ '나'는 한국인이 자신에게 비굴할 정도의 태도를 보이기를 소망하고 있군.

④ 이주 노동자들을 차별하는 한국인의 모습에 대한 작가의 비판적 태도가 암시되어 있군.

⑤ 보호색을 얻기 위한 '나'의 행동을 통해 다른 문화에 대한 이해심이 없는 한국인의 모습을 비판하고 있군.

2. Ⓐ와 Ⓑ에 대한 설명으로 적절하지 <u>않은</u> 것을 골라 봅시다.

① Ⓑ에서의 삶은 '나'에게 Ⓐ에 대한 동경을 가지게 한다.

② Ⓐ와 Ⓑ는 아버지의 삶의 양상을 대비적으로 보여 준다.

③ Ⓐ에서 Ⓑ로의 이동은 힌두교 신화에서의 코끼리의 격의 변화와 대응되고 있다.

④ 은사로 화려하게 수놓은 코끼리가 있는 퍼체우라가 Ⓐ의 분위기를 암시하고 있다.

⑤ Ⓑ는 '나'와 아버지에게 부정적인 현실에 대한 극복 의지를 불러일으키는 공간이다.

3_ 〈보기〉를 참고하여 ⓐ∼ⓔ를 이해한 내용으로 적절하지 <u>않은</u> 것을 골라 봅시다.

┤보기├

　2000년대 들어 한국 문학에는 이주민들의 현실을 다룬 작품이 많아졌다. 이들 작품은 대체로 동남아시아를 비롯한 여러 나라에서 한국으로 이주한 사람들의 고통스러운 현실을 다루고 있다. 그리고 한국인들로 하여금 지금까지 한국인이 가졌던 단일 민족 의식과 그것과 관련된 민족 차별 의식에 대한 반성을 촉구하고 있으며, 여러 민족들과 함께하는 공동체를 건설하기 위해서는 어떤 태도가 필요한지에 대한 성찰을 요구하고 있다.

① ⓐ : 한국인이 가진 민족 차별 의식을 보여 줌.

② ⓑ : 한국에서 겪는 이주 노동자들의 고통스러운 삶을 보여 줌.

③ ⓒ : 민족 차별 의식에 대한 이주민의 대처와 좌절을 드러냄.

④ ⓓ : 열악한 노동 상황과 이주민의 고통을 단적으로 제시함.

⑤ ⓔ : 공동체적 삶을 위해 이주민의 문화를 인정해야 함을 암시함.

4_ ㉡에 나타난 아버지의 대조적인 행동을 지적하고 그 의미를 써 봅시다.

5_ '나'가 ㉢처럼 생각한 이유를 써 봅시다.

6_ 제시문의 서술상 특징으로 가장 적절한 것을 골라 봅시다.

① 다양한 문화적 경험을 지닌 서술자를 통해 주제를 강조하고 있다.

② 성숙하지 않은 서술자의 시선으로 현실을 낯설게 바라보고 있다.

③ 어린아이 서술자의 솔직하고 순수한 시각을 통해 문제의식을 부각하고 있다.

④ 다른 문화적 가치를 가진 서술자를 통해 현실의 긍정적인 면모를 드러내고 있다.

⑤ 전지적 능력을 지닌 서술자를 통해 인물들의 갈등을 더욱 예리하게 포착하고 있다.

7_ 〈보기〉는 이 작품에 대한 수업 장면의 일부입니다. 선생님의 질문에 대한 학생의 대답으로 적절한 것끼리 묶은 것을 골라 봅시다.

> ▮보기▮
>
> **선생님** : 소설에서 '꿈'은 여러 기능을 합니다. 앞으로 있을 사건을 암시하기도 하며, 인물의 무의식을 보여 주기도 하지요. 뿐만 아니라 현실에서 이룰 수 없는 욕망을 실현하는 공간이 되기도 하며, 자신의 모습을 반성하는 계기가 되기도 합니다. 이 글에서 꿈은 어떤 기능을 하는 것일까요?
>
> **철수** : 고향 가는 꿈을 통해 아버지와 '나'에게 벌어질 일을 미리 보여 주고 있습니다.
>
> **영희** : 고향에서의 행복한 순간을 통해 일시적이지만 현실의 아픔을 치유해 줍니다.
>
> **정인** : 한국으로 돌아올 수 없다는 내용의 악몽이라는 점에서 한국에서의 삶 또한 뿌리내릴 수 없음을 인식하고 있는 아버지의 무의식을 드러냅니다.
>
> **민경** : 고향과 한국의 두 공간을 통해 현재 자신이 처한 상황을 반성적으로 성찰하게 합니다.

① 철수, 영희　② 철수, 민경　③ 영희, 정인　④ 영희, 민경　⑤ 정인, 민경

8_ ㉣에 대한 설명으로 적절하지 <u>않은</u> 것을 골라 봅시다.

① 현실과 대비된 다른 공간을 떠올리게 한다.

② 아버지의 무의식적인 욕망을 환기하고 있다.

③ 아버지에게는 현실을 견디는 힘으로 작용하고 있다.

④ 아버지와 '나'의 궁극적인 지향점을 보여 주고 있다.

⑤ 현실의 결핍을 대리 충족시켜 주는 심리적 위안물이다.

9_ ㉤의 직접적인 이유와 이런 상황이 발생하게 된 궁극적인 이유를 각각 써 봅시다.

_____

_____

_____

10_ 제시문 **마**에서 '지향해야 할 다문화 사회의 모습'을 비유적으로 드러낸 부분을 찾아 첫 어절과 끝 어절을 써 봅시다.

• 첫 어절 : _____   • 끝 어절 : _____

Step_1 자본주의 도시에 던져진 청년들

다음 제시문을 읽고 물음에 답해 봅시다.

가 청년 실업의 늪이 깊어지는 가운데 '금수저' 부모 덕택에 좋은 직장을 쉽게 잡는 취업 불평등이 만연하고 있다. (중략) 이것은 부모의 사회적 지위나 재력이 자식의 취업에 영향을 미치는 모습을 보여 준다. 우리는 누구나 이러한 관행이 정의롭지 않다고 느낀다. 취업이 자신의 능력이나 노력으로 결정되지 않고 부모의 사회적 조건에 따라 결정된다면, 이는 각자가 마땅히 받아야 할 몫을 공정하게 받지 못하는 일이라고 생각하기 때문이다.

－《고등학교 통합 사회》

나-1 코치 형이 가게를 찾아온 것은 그 무렵의 새벽이었다. 어떠냐? 좋아요. 편의점의 알바 역시 코치 형의 소개로 얻은 것이므로, 좋다고밖에는 말할 도리가 없었다. 지역의 알바 정보를 한 손에 쥐었다고 할까, 아무튼 그래서 후배들에게 일자릴 소개하고 요모조모 코치하길 좋아하는 인물이었다. 이 얼마나 요긴한가, 나는 카프리썬 하나를 꺼내 그에게 건넸다. 제 돈으로 사는 거예요. (중략)

그건 그렇고, 너 푸시업 잘하냐? 푸시업이라뇨? 팔 굽혀 펴기 말이다. 무조건 잘한다고 나는 대답했다. 그래야 일자리가 생긴다는 건, 그때도 이미 기본 중의 기본이었다. 페이가 세. 시간당 삼천 원인데……. 대신 몸이 좀 힘들어. 삼천 원이요? 앞뒤 잴 것도 없이, 시간당 삼천 원이란 말에 귀가 확 뚫리는 기분이었다. 내 주변에 그런 고부가 가치 산업이 존재하고 있었다니. 좋구 말구요. (중략)

그런 이유로, 나는 푸시맨이 되었다. 좋은 점은 전철을 공짜로 탄다는 것, 팔 힘이 세진다는 것, 게다가 다른 알바에 전혀 지장을 안 준다는 거야. 이를테면 여기 일을 마친 다음 슬슬 역에 나가 '한 딱가리' 하면 그만이란 거지. 깔끔해. 공사 소속이니 지불 확실하지, 운동이 되니 밥맛도 좋아, 그러니 잠 잘 자고 주유소 일도 계속하고……. 코치 형의 코치가 쉬지 않고 이어진 것도 까닭은 까닭이었지만—다른 무엇보다 이유는 삼천 원이었다. 요는 짧고 굵게 번다, 이거군요. (중략) 그것이 나의 산수(算數)다. 웃건 말건, 세상엔 그런 산수를 하며 살아야 하는 사람이 있다, 있게 마련이다.

미안하구나.

아버진 그렇게 얘기했다. 또 그 소리. 내가 일만 한다 하면 늘 같은 소리였다. 처음엔 들을 만했는데, 결국 들으나 마나가 돼 버린 지 오래다. 나이 마흔다섯에 시간당 삼천오백 원, 즉 그것이 아버지의 산수였다. 여하튼 무슨 상사(商社)에 다녔는데, 여하튼 〈무슨 상사〉라고밖에 말할 수 없는 직장이었다. 딱 한 번 나는 그곳을 찾아간 적이 있다. 중학생 때의 일인데 도시락을 갖다 주는 심부름이었다. 간신히 찾아낸 아버지의 사무실은―여하튼 그곳에 있기는 한, 그런 사무실이었다. 쥐들이 다닐 것 같은 어둑한 복도와, 형광등과, 칠이 벗겨진 목조의 문. 혹시 외국(外國)인가? 라는 생각이 들 만큼이나 〈을씨년〉스러운 곳이었다. (중략) 문을 열고 들어서자 꼬박꼬박 도시락만 먹어 온 얼굴의 아버지가 가냘픈 표정으로 사무를 보고 있었다. 아버지, 저 왔어요.

원래 좀 노는 편이었는데, 이상하게 그날 이후 나는 조용한 소년이 되어 버렸다. 뭐랄까, 그때는 몰랐지만 그 순간 마음속에 〈나의 산수〉와 같은 게 생겨났기 때문이었다. (중략) 말수가 줄어든 대신, 나는 열심히 알바를 하고 돈을 모으기 시작했다. (중략)

인간에겐 누구나 자신만의 산수가 있다. (중략) 어쩌면 그날 나는 〈아버지의 산수〉를 목격했거나, 그 연산의 답을 보았거나, 혹 그것을 고스란히 물려받았는지도 모를 일이다. (중략) 도시락을 건네주고, 산수를 받는다. ― 박민규, 〈그렇습니까? 기린입니다〉

나-2 나는 아르바이트를 시작했다. 인쇄소와 연결돼 학원 교재나 시험지를 만드는 일이었다. 처음엔 커피숍이나 호프집에서 서빙을 할 생각이었다. 이제 막 스무 살이 된 내 상식으로는 아르바이트란 무릇 그런 것이었다. 그러나 나는 구인 광고란에 적힌 '준수한 외모'라는 말의 진정한 뜻을 모르고 있었다. 나는 준수할까 말까 한 '귀여운' 외모로, 다른 일을 찾아 벼룩시장을 훑어 나갔다. 터무니없이 많은 돈을 준다는 곳과, 믿을 수 없이 적은 돈을 준다는 곳 사이에, A4지 한 장당 1천5백 원을 주는 곳이 있었다. 그돈이 많은 건지 적은 건지는 알 수 없었지만, 워드 작업 정도면 나도 할 수 있을 거라는 생각이 들었다.

일은 생각만큼 쉽지 않았다. 어깨도 결리고, 눈이 아픈 데다, 타자 치랴, 오탈자 확인하랴, 도표 갖다 붙이랴, 한자 표기까지 정신이 없었다. 인쇄소에서는 오탈자가 날 경우 돈을 줄 수 없다고 했다. 그곳에선 정해진 시간에 결코 소화할 수 없는 양의 일을 주고, 아무렇지 않게 3일 안에 해 달라고 했다. 나는 '당장 저만큼이면 얼마 벌 수 있겠다.'란 생각에 덥석 일을 안고 와 시뻘게진 눈으로 밤을 새웠다. 언니의 컴퓨터는 디귿 키가 잘 먹지 않아 작업 속도를 떨어뜨리곤 했다. 나는 신나게 손가락을 놀리다 번번이 디귿 키 앞에서 멈춰 섰다. 나는 도로 위에 뛰어든 사슴이라도 본 양 디귿만 보면 긴장했고, 그제야 세상에 디귿이 들어가는 글자가 얼마나 많은지 깨달으며 한탄해야 했다. 나는 목을 길게 뺀 채 모니터 앞에 붙박여 있었다. 언니는 "흑백은 눈에 가장 피로를 많이 주는 색이라던데."라며 나를 걱정스럽게 바라봤다. 백 년 전 사람들은 상상하지 못할 정도로 진보적인 기계 앞에서, 내 등은 네안데르탈인처럼 점점 굽어 갔다. (중략)

나는 어서 학교에 가고 싶었다. 얼추 한 학기 등록금을 모았고, 무엇보다도 사람들과 관계 맺으며 '피로'나 '긴장'을 느끼고 싶었다. 긴장되는 옷을 입고, 긴장된 표정을 짓고, 평판을 의식하며, 사랑하고, 아첨하고, 농담하고, 험담하고, 계산적이거나 정치적인 인간도 한번 돼 보고 싶었다. 나는 누군가에게 좋은 사람일 수도 있고 나쁜 사람일 수도 있지만, 사실 아무것도 될 수 없었다. 지금 나를 둘러싸고 있는 것들은 가전제품뿐이었다. 나는 냉장고에게 잘 보이거나, 전기밥통을 헐뜯고 싶지 않았다. 첫 월급을 탔을 때 누구를 만나, 어떻게 돈을 써야 할지 몰라 당황했었다. 이대로 아무도 모르게, 아무도 모르는 일만 하다 죽을 수는 없다고, 매일 어깨에 의자를 이고 등교하는 아이처럼 평생 아르바이트만 하고 살 순 없다고 생각했다.

– 김애란, 〈도도한 생활〉

다 애초에 출발점이 다르다면 그 경기를 공정하다고 할 수 있을까? 롤스는 말한다. "애초에 뛰어난 능력을 타고날 자격이 있거나 사회에서 다른 사람보다 유리한 출발선에 설 자격이 있는 사람은 없다." 따라서 개인의 타고난 재능과 사회적 여건 등 우연적인 것, 즉 행운의 요소를 통해 이익이 분배되면 안 되는 것이다.

롤스는 사람들은 자신의 타고난 재능을 공동 자산으로 여겨야 하며, 태어나면서 혜택을 받은 사람은 혜택을 받지 못한 사람들의 상황을 개선한다는 전제에서만 자신의 행운을 이용해 이익을 얻을 수 있다고 보았다. 즉 롤스는 최소 수혜자를 포함해 모든 이에게 이득을 주는 경우에만 사회적·경제적 불평등이 인정된다고 하였다.

– 《고등학교 생활과 윤리》

라 노직은 개인의 권리를 보호하고 존중하는 것을 정의라고 본다. 그는 개인이 정당한 취득과 양도의 과정을 거쳐 얻게 된 소유물에 대해서는 배타적인 권리를 지니며 소유물의 처분도 전적으로 그에게 달려 있다고 주장한다. 하지만 취득과 양도의 과정에 부정의가 있었다면 바로잡아야 한다고 본다.

노직에 따르면, 근로 소득에 대한 과세는 강제 노동과 동등한 것이다. 일정 시간분의 소득을 세금으로 취하는 것은 노동자로부터 그 시간을 빼앗는 것과 같다. 이는 노동자에게 다른 사람을 위해 그 시간만큼 일하게 하는 것과 같다. – 《고등학교 윤리와 사상》

마 자유주의적 정의관에서는 선택의 자유와 공정한 기회를 보장해 주고, 개인의 선택과 무관하게 발생하는 불평등을 바로잡을 수 있는 원칙을 만들기 위해 노력한다. 자유주의적 정의관에서는 각자가 자신의 선택과 행동을 이끌어 나갈 합리적인 사고와 판단 능력을 가지고 있다고 본다. 따라서 개인의 자유롭고 합리적인 판단을 토대로 사회 구성원들의 기회와 권리를 함께 지켜 나갈 수 있는 것이다. (중략)

자유주의와 자유 지상주의는 개인의 자유와 권리를 중시한다는 점에서는 공통점을 가지고 있다. 하지만 자유주의자들과 달리 자유 지상주의자들은 개인의 자유를 최대한 보장할 수 있는 방법으로 최소 국가론을 제시한다. 국가는 개인의 권리를 보장하기 위해 최소한의 역할만 수행해야 하며, 이를 넘어서는 국가 체제는 개인의 권리를 침해할 수 있다고 주장한다.

– 《고등학교 통합 사회》

1. 제시문 **가** 와 **나** 에서 제기하고 있는 문제점을 분석해 봅시다.

2_ 제시문 **다**~**마**는 서로 다른 두 개의 정의론을 설명하고 있습니다. 제시문 **다**와 **라** 중 한 입장을 선택하여 이를 바탕으로 제시문 **가**와 **나**의 내용을 평가하고, 자신이 선택한 입장에 근거하여 다른 입장을 비판해 봅시다.

톺아보기

롤스의 '무지의 베일'

　롤스는 그만의 독창적인 발상을 통해 '각자의 몫'을 어떻게 분배해야 할 것인지에 대한 정의론을 제시한 철학자이다. '단일 주제의 철학자'라는 별명을 가질 만큼 평생 '정의'라는 한 주제만 연구한 롤스가 택한 방식은 정의에 대한 어떤 실질적인 기준을 제시하기보다는 정의로운 결과를 도출할 수 있는 절차를 모색한 것이었다. 말하자면 롤스의 절차적 정의는 어떤 정의로운 절차를 정해 두고, 이에 따라 나오는 결과들은 모두 정의롭다고 보자는 것이다. 이 과정에서 나온 개념이 바로 그 유명한 '무지의 베일'이다.

　무지의 베일이란 롤스가 고안한 가상의 개념으로서 자신의 위치나 입장에 대해 전혀 모르는 상태를 말한다. 일반적인 상황은 모두 알고 있지만 자신의 출신 배경, 가족 관계, 사회적 위치, 재산 상태 등은 알지 못한다는 가정이다. 이는 사람들이 자신의 위치나 입장을 알고 있을 경우 자신에게 유리하도록 선택하는 것을 막기 위한 장치다. 따라서 무지의 베일 속에서 사회의 기본 구조를 결정한다면, 사람들은 공정한 분배 원칙에 합의할 것이라는 것이 롤스의 독창적 발상이다. 왜냐하면 무지의 베일 속에서 개인들은 자신이 최악의 상황에 처할 것을 가정하고 그쪽을 개선하는 방향으로 합의할 것이기 때문이다. 이러한 전략은 게임 이론으로 말하면 '최소 극대화의 원칙'이다. 롤스는 이로부터 자신의 정의 원칙을 도출한 것이다.　　　　－〈한국경제〉, 2018. 11. 19.

Step_2 현대인의 체험은 어떻게 소설이 되는가

다음 제시문을 읽고 물음에 답해 봅시다.

가 그런 이유로, 나는 푸시맨이 되었다. 좋은 점은 전철을 공짜로 탄다는 것, 팔 힘이 세진다는 것, 게다가 다른 알바에 전혀 지장을 안 준다는 거야. 이를테면 여기 일을 마친 다음 슬슬 역에 나가 '한 딱가리' 하면 그만이란 거지. 깔끔해. 공사 소속이니 지불 확실하지, 운동이 되니 밥맛도 좋아, 그러니 잠 잘 자고 주유소 일도 계속하고……. 코치 형의 코치가 쉬지 않고 이어진 것도 까닭은 까닭이었지만—다른 무엇보다 이유는 삼천 원이었다. 요는 짧고 굵게 번다, 이거군요. 그런가? 뭐……. 그런 식으로 생각할 수도 있을까 모르겠군. 코치 형이 어리둥절한 표정을 지었지만, 확실히 그런 식이라고, 나는 생각했다. 그것이 나의 산수(算數)다. 웃건 말건, 세상엔 그런 산수를 하며 살아야 하는 사람이 있다, 있게 마련이다. (중략)

아침마다 수많은 사람들의 고통을 목격하는 일이 점점 하나의 스트레스로 변해 갔다. 가까스로 문이 닫히면, 으레 유리창에 밀착된 누군가의 얼굴과 대면하기 일쑤였다. 이런 풍선을 봤나, 터질 듯 짓눌린 볼과 입술을, 또 납작해진 돼지코를 보고 처음엔 배를 잡고 웃었지만, 날이 갈수록 웃음은 사라져 갔다. 좋아요, 다 좋은데 그러니까 당신이 기억하는 인류의 얼굴을 말해 보란 얘기야. 화성의 누군가로부터 그런 추궁을 받는다면 나는 적잖이 고통스러울 것만 같았다. 다른 행성의 존재에게 알려 주기엔, 인류의 몽타주는 얼마나 슬픈 것인가. 지금 열차가 들어오고 있습니다. 파아, 하아. 그래 전철만 다녀라, 은하 철도 같은 건 아예 생각지도 말아야 한다. 지금 이대로의, 인류라면 말이다.

결국 또 한 칸 신참에게 자리가 밀려, 나는 여덟 번째 승강구를 맡게 되었다. '8', 노란색으로 박혀 있는 양각의 숫자를 내려다보다, 나는 문득 〈나의 산수〉를 떠올렸다. 왜, 이렇게 살아야 하나, 얼핏 바보 같은 생각이 들었지만 산수란 말 그대로 수(數)에 불과한 것이라고, 스스로를 다독여 주었다. 유난히 머리 어깨 무릎 발, 무릎 발이 무겁게 느껴지는 아침이었다. 파아, 하아. 그리고 여전히 열차가 들어오고, 문이 열리고, 누군가가 압력에 의해 튕겨 나왔는데, 그런가 했는데 아버지였다.

　뭐랄까, 일이 끝나면—옷을 전부 벗어던지고 근처의 화단으로 가 꽃이라도 뜯어먹고 싶은 심정이었다. 아, 아버지……. 그런 말을 했는지 안 했는지에 대해선 잘 기억이 나지 않는다. 다만 신설 역까지 가야 하는 아버지를, 마치 처음 여자의 몸을 밀 때처럼, 그래서 잘, 못 밀고, 그래도 좀 밀었는데, 잘, 안 들어가고, 그랬다. 열차의 문이 닫혔다. 파아, 하아. 상체를 구부려 무릎에 손을 얹고, 나는 제법 숨을 몰아쉬었다. 파아, 하아. 어색한 표정으로 아버지는 어색해진 넥타이를 고쳐 매고 서 계셨다. ㉠그리고 잠깐, 넥타이를 맬 만큼의 짧은 시산이 그러나 절대 풀리지 않을 매듭으로, 우리 둘 사이를 엮으며 지나갔다. 그것은 무척 이상한 체험이었다. 매듭의 바깥은 더없이 소란스러운데, 아버지와 나 사이엔 우주의 고요, 같은 것이 고여 드는 기분이었다. 고요 속에서, 그러나 눈을 못 마주치는 우리의 결계를 넘어, 또다시 안내 방송이 흘러나왔다.

　지금 열차가 들어오고 있습니다.　　　　　　　　　　－ 박민규, 〈그렇습니까? 기린입니다〉

나 오늘 저녁 이 좁다란 방의 흰 바람벽에
　어쩐지 쓸쓸한 것만이 오고 간다
　이 흰 바람벽에
　희미한 십오촉(十五燭) 전등이 지치운 불빛을 내어던지고
　때글은 다 낡은 무명샤쓰가 어두운 그림자를 쉬이고
　그리고 또 달디단 따끈한 감주나 한잔 먹고 싶다고 생각하는 내 가지가지 외로운 생각이 헤매인다
　그런데 이것은 또 어인 일인가
　이 흰 바람벽에
　내 가난한 늙은 어머니가 있다
　내 가난한 늙은 어머니가
　이렇게 시퍼러둥둥하니 추운 날인데 차디찬 물에 손은 담그고 무이며 배추를 씻고 있다.
　또 내 사랑하는 사람이 있다
　내 사랑하는 어여쁜 사람이

어느 먼 **앞대** 조용한 개포가의 나즈막한 집에서

그의 지아비와 마조 앉아 대구국을 끓여놓고 저녁을 먹는다

벌써 어린것도 생겨서 옆에 끼고 저녁을 먹는다

그런데 또 이즈막하야 어늬 사이엔가

이 흰 바람벽엔

내 쓸쓸한 얼굴을 쳐다보며

이러한 글자들이 지나간다

— 나는 이 세상에서 가난하고 외롭고 높고 쓸쓸하니 살어가도록 태어났다

그리고 이 세상을 살어가는데

내 가슴은 너무도 많이 뜨거운 것으로 호젓한 것으로 사랑으로 슬픔으로 가득 찬다

그리고 이번에는 나를 위로하는 듯이 나를 울력하는 듯이

눈질을 하며 주먹질을 하며 이런 글자들이 지나간다

— 하늘이 이 세상을 내일 적에 그가 가장 귀해하고 사랑하는 것들은 모두

가난하고 외롭고 높고 쓸쓸하니 그리고 언제나 넘치는 사랑과 슬픔 속에 살도록 만드신 것이다

초생달과 바구지꽃과 짝새와 당나귀가 그러하듯이

그리고 또 '프랑시쓰 쨈'과 '도연명(陶淵明)'과 '라이넬 마리아 릴케'가 그러하듯이

– 백석, 〈흰 바람벽이 있어〉

다 ⓒ문학은 인간과 세계에 대한 작가의 가치 있는 체험을 언어로 형상화한 예술이다. 이 정의에는 문학이 언어 예술이라는 특징, 가치 있는 체험을 다룬다는 특징, 문학적 표현으로 그것을 형상화한다는 특징이 포함되어 있다.

문학은 상상력과 감수성을 바탕으로 인간의 삶을 다룸으로써 올바른 삶이란 무엇인가를 생각하게 한다. 그래서 우리는 문학을 통해 우리의 삶을 수준 높게 끌어올릴 수 있을 뿐 아니라, 인간과 세계의 참된 모습을 이해할 수 있다. 우리가 문학 작품을 가까이에 두고 문학 작품 감상을 생활화해야하는 이유가 바로 여기에 있다. – 《고등학교 국어》

• **앞대** 어떤 지방에서 그 남쪽의 지방을 이르는 말.

1_ 제시문 **다**의 ⓛ을 바탕으로 제시문 **가**의 ⓘ에서 말하는 '체험'이 어떤 것인지 적어 봅시다.

_____

_____

_____

_____

2_ 제시문 **가**의 주인공의 내적 심경이 변화하는 과정을 제시문 **나**의 시적 화자와 비교하여
설명해 봅시다.

_____

_____

_____

_____

톺아보기   **문학을 읽어야 하는 이유**

　문학 속에는 여러 가지 문제를 안고 상처받은 인물들이 등장한다. 그 인물들은 모두 우리와 닮
아 있다. 절망 속에서 좌절하는 인물, 그런데도 다시 일어나는 인물 등 많은 인물들 속에서 자신
과 닮은 인물과 자신을 동일시하고, 결국에는 그 인물을 위로한다. 그 인물을 위로하는 동시에
자신도 위로한다. 우리는 문학을 통해서 타인의 고통이 머물렀던 자리에 나를 겹쳐 보게 한다.
타인의 슬픔에 단지 동정하거나 연민하는 것을 넘어서 그 아픔의 심연에 자신의 몸을 던져 넣는
힘을 준다. 그와 동시에 다른 사람의 상처를 기억하도록 한다.　　　－〈아트인사이트〉, 2017. 12. 23.

Step_3 사회적 약자, 한국 사회 속 투명 인간

다음 제시문을 읽고 물음에 답해 봅시다.

> **가** 나는 저녁마다 물에 탈색제 한 알을 풀어 세수했고 저녁이면 내가 얼마나 하얘졌나 보려고 거울 앞으로 달려갔다. 푸른 새벽 공기 속에서 하얗게 각질이 일어난 얼굴을 볼 때면 가슴이 설레었다. 내가 바라는 건 미국 사람처럼 되는 게 아니었다. 그냥 한국 사람만큼만 하얗게, 아니 노랗게 되기를 바랐다. 여름 숲의 뱀처럼, 가을 낙엽 밑의 나방처럼 나에게도 보호색이 필요했다. 남의 눈에 띄지 않고 조용히 살아갈 수 있도록, 비비총을 새로 산 남자애들의 첫 번째 표적이 되지 않고, 적이 필요한 아이들의 왕따가 되지 않고, 달리기를 할 때 뒤에서 밀치고 싶은 까만 방해물로 비치지 않도록. 나는 하루도 거르지 않고 탈색제를 썼다. 그러던 어느 날, 세수를 하고 있는데 누군가 내 세숫대야의 물을 거칠게 쏟아 버렸다. 고개를 들어 보니 아버지였다. 아버지는 탈색제가 든 비닐봉지를 수돗가에 내동댕이쳤다. 나는 뒷덜미를 잡힌 채 방으로 질질 끌려 들어가 멍이 시퍼렇게 들도록 종아리를 맞았다. 그날 밤, 오랜만에 술 냄새를 풍기며 자정이 다 되어 들어온 아버지는 주머니에서 베이비 로션을 꺼냈다. 그러고는 붉은 실핏줄이 보일 만큼 껍질이 벗겨진 내 얼굴에 로션을 잔뜩 발라 주었다. 투박하고 거친 손바닥으로 뺨을 아프도록 쓰다듬으면서. 그리고 나서 아버지는 이불을 머리끝까지 뒤집어쓰더니 잠들기 직전까지 흐느꼈다. 가끔 뜻을 알 수 없는 네팔 말을, 몹시 지친 목소리로 중얼거리며.
>
> – 김재영, 〈코끼리〉

> **나** 서울은 나에게 쌀을 발음해 보세요, 하고 까르르 웃는다
>   또 살을 발음해 보세요, 하고 까르르 까르르 웃는다
>   나에게는 쌀이 살이고 살이 쌀인데 서울은 웃는다
>   쌀이 열리는 쌀나무가 있는 줄만 알고 자란 그 서울이
>   농사짓는 일을 하늘의 일로 알고 살아온 우리의 농사가
>   쌀 한 톨 제 살점같이 귀중히 여겨 온 줄 알지 못하고
>   제 몸의 살이 그 쌀로 만들어지는 줄도 모르고
>   그래서 쌀과 살이 동음동의어이라는 비밀 까마득히 모른 채
>   서울은 웃는다
>
> – 정일근, 〈쌀〉

다 이불 홑청을 꿰매면서
속옷 빨래를 하면서
나는 부끄러움의 가슴을 친다

똑같이 공장에서 돌아와 자정이 넘도록
설거지에 방청소에 고추장 단지 뚜껑까지
마무리하는 아내에게
나는 그저 밥 달라 물 달라 옷 달라 시켰었다

동료들과 노조 일을 하고부터
거만하고 전제적인 기업주의 짓거리가
대접받는 남편의 이름으로
아내에게 자행되고 있음을 아프게 직시한다

명령하는 남자, 순종하는 여자라고
세상이 가르쳐 준 대로
아내를 야금야금 갉아먹으면서
나는 성실한 모범 근로자였었다

– 박노해, 〈이불을 꿰매면서〉

라 '너'와의 관계에 있는 '나'는 전혀 다른 모습으로 등장한다. 그때의 '나'는 인격 전체이며, 다른 무엇과도 대체될 수 없는 유일한 존재이다. 물론 '나'와 관계를 맺는 '너'도 그 인격 전체로 '나'의 앞에 서게 되는 것이다. '나'와 '그것'의 관계는 주체와 객체의 관계이자 차등의 관계이지만, '나'와 '너'의 관계는 주체와 주체의 동격 관계이며, 유일무이한 존재들의 대등 관계이다. 그때의 '나'를 진정한 나라고 할 수 있는 것이다.

– 손봉호, 《나는 누구인가》

마 소크라테스는 '비판적 질문하기'라는 자신의 이상에 충실했던 결과로 목숨을 잃었다. 소크라테스의 모범은 서구 전통에서 중요한 흐름을 형성해 온 교양 교육의 이론과 실제에 핵심적인 중요성을 갖고 있다. 모든 학생들이 철학과 여타 인문학 교육을 받아야 한다고 주장하는 이유는, 그러한 교육이 학생들에게 스스로 사고하고 주장을 펴는 습관을 길러 줄 것이며, 그렇게 길러진 능력이 민주주의를 위해 매우 소중하다고 믿기 때문이다. 소크라테스식 사고는 어떠한 민주주의에서도 중요하다. 그 중에서도 인종, 계급, 종교적으로 다른 사람들로 구성된 사회에서 그것은 특히 중요하다. 자신의 논리에 책임을 지고 이성(理性)을 존중하는 분위기 속에서 타자들과 생각을 교환하는 것은, 한 나라 안에서뿐만 아니라 갈수록 인종과 종교적 갈등으로 양극화되고 있는 세계에서 '차이'들을 평화적으로 해결하는 데 결정적으로 중요하다.

– 마사 누스바움, 〈인문학 교육과 민주주의〉

1_ 제시문 **가**~**다**에 나타난 문제 상황을 분석하고, 공통점을 써 봅시다.

2_ 문제 1에 나타난 공통된 문제 상황을 해결하기 위한 한국 교육의 방향을 제시문 **라**와 **마**의 내용을 바탕으로 논술해 봅시다.

생각펼치기

한국의 다문화 사회는 긍정적인 측면과 부정적인 측면이 공존하는 양면성을 지니고 있습니다. 제시문 **다**가 다문화 사회의 부정적인 측면을 보여준다고 할 때, 이와 상반되는 긍정적인 측면을 제시문 **가**와 **라**를 참고하여 최소 3가지를 쓰고, 사회 구성원들이 갖추어야 할 다문화 수용 태도에 대해 제시문 전체를 참고하여 서술해 봅시다.

ㅣ조건ㅣ

다문화 수용 태도와 관련한 서술에서는 제시문의 핵심어를 포함시켜 서술하기 바랍니다.

가 한국에 온 지 **이태**가 되어서야
　　자기 이름을 겨우 쓸 수 있는 프엉 씨
　　어디에서 왔냐고 물었더니
　　호찌민, 버스, 여덟 시간, 까마우, 더워
　　공부한 지 두 달이 넘었는데도
　　읽을 수 있는 단어는 열 개 남짓
　　하지만 모르는 게 없는 생선 이름들
　　오늘은 수술한 남편 대신 혼자서
　　생선 장사를 거뜬히 해냈다고
　　손을 씻어도 비린내는 희미하게 퍼지고
　　프엉 씨는 발개진 얼굴로 또 미안해한다
　　가만있자, 프엉은
　　하노이의 오월을 붉게 물들이는 꽃 이름이 아닌가
　　종일 고단했는지 붉은 꽃이 깜박
　　때마침 함박눈이 내려서
　　딸 이름 설화가 바로 저 눈꽃이라고 일러 준다
　　방 안에 붉은 꽃, 흰 꽃
　　두 송이 시들지 않는 꽃이 활짝

　　　　　　　　　　　　　　　　　　　　　　－ 김선향, 〈붉은 꽃, 흰 꽃〉

나 레비나스는 '차이와 **타자성**'의 개념을 통해 타인을 있는 그대로 받아들이는 자세가 중요함을 강조한다. 그는 이성에 근거한 동일성의 관점에서 상대방을 인식하고 규정하는 것을 일종의 폭력이라고 비판한다. 따라서 타자를 인식하려고 하지 않고, 느끼는 것을 통해 타자와 '얼굴을 마주하는 관계'를 강조한다.

– 《고등학교 생활과 윤리》

다-1 한국 사회는 2000년대부터 외국인 100만 시대에 접어들면서 전체 인구의 2.3%에 달하는 외국인이 거주하는 다문화 사회에 진입하였다. 이주 노동자와 결혼 이민자, 외국인 유학생 등 다양한 형태의 이민자들이 유입되어, 2016년 7월 기준으로 한국에 체류 중인 외국인은 대략 203만 명 이상으로 증가하였다.

문제는 국내에 거주하는 외국인의 비중이 증가함에 따라 외국인 범죄 또한 증가하고 있다는 점이다. 특히 사회 구성원들에게 큰 충격을 안겨 주는 강력 범죄의 가해자가 외국인으로 밝혀지는 경우가 늘면서 한국 내에 외국인 혐오증이 확산되고 있다.

한국은 다른 나라에 비해 외국인에 대해 포용적인 태도가 부족한 수준이며, 다문화 수용에 있어서도 소극적인 편이다. 또한 외국인 혐오의 양상에는 인종에 따른 차별적인 태도도 포함되어 있다. 백인에게는 상대적으로 우호적이지만, 반대로 동남아인이나 흑인에 대해서는 거부감을 드러내는 경우가 많다.

– 《고등학교 사회·문화》

다-2 그 방에 살던 파키스탄 청년 알리는 도둑질을 하고 마을을 떠났다. 강풍이 불던 날 밤의 어둠과 소란을 틈타 한방을 쓰던 비재 아저씨의 돈을 훔쳐 달아난 것이다. 비재 아저씨는 송금 비용을 아끼려고 벽에 구멍을 파서 돈을 숨겨 놓았다고 한다.

그날 밤 알리가 돈을 꺼낼 때 나던 조심스러운 부스럭거림을 아저씨는 왜 듣지 못했을까. 하긴, 이틀 연속 철야 근무에 특근까지 했으니 그럴 만도 하다. 게다가 그날따라 2호실 방글라데시 아주머니의 갓난아기는 밤새 잠을 자지 않고 보챘고, 저녁 내내 텔레비전 앞에서 시끄럽게 떠들던 1호실 미얀마 아저씨들은 나중엔 취한 목소리로 노래를 불러 대기까지 했다. 밤에 일하는 5호실의 러시아 아가씨 마리나는 아예 집에 들어오지도 않았다. 4호실에서 사는 아버지와 나만이 일찌감치 불을 끄고 어둠 속에 누워 있었다. 하지만 우리들 역시 머릿속으로는 매우 혼란스러운 생각, 집 나간 어머니 생각에 빠져 있어서 누군가 돈을 훔치느라 바스락대는 소리를 들을 수 없었다.

사실 알리는 비재 아저씨 아들의 생명을 훔쳐 도망간 거나 다름없다. 아저씨는 막내아들의 심장 수술 비용을 마련하려고 여기 왔으니까. 이 마을에선 불행이 너무나 흔해 발에 차일 지경이다. 그래서 웬만한 일에는 누구도 신경 쓰지 않는다. 하지만 비재 아저씨가 그날 새벽에 내지른, 절망과 분노에 찬 비명 소리는 한동안 잊히지 않을 것 같다.

– 김재영, 〈코끼리〉

라 경기도 안산 원곡동 국경 없는 마을은 전국에서 외국인 근로자가 가장 많이 거주하는 지역으로 약 50여 개 국가 출신의 외국인을 만날 수 있는, 우리나라의 대표적인 다문화 공간이다. 또 1976년 서울 이태원에 자리한 이슬람 성원을 중심으로 인도네시아, 파키스탄 등 이슬람교를 믿는 국가의 사람들이 주로 모인다. 경남 김해의 **구도심**인 동상동은 경남의 이태원이라 불릴 정도로 외국인이 많이 찾는 곳으로, 쇠락하던 전통 시장이 이들 덕분에 활기를 되찾았다고 한다.

'다문화'는 대중문화에서도 하나의 주제로 자리를 잡고 있다. 2000년대 초반에는 외국인 근로자들의 인권 침해를 고발하는 다큐멘터리의 소재로 주로 다루어졌으나, 점차 **독립 영화**, 상업 영화의 소재로도 다루어지게 되었다. 또한, 영화 속에서 다문화 사회를 풀어내는 시선도 처음에는 사회적 약자로만 그린데 반해 최근에는 우리와 같은 사회의 구성원이자 동반자라는 인식이 반영되어 있다.

– 《고등학교 한국지리》

- **이태** 두 해.
- **타자성**(他者性) 주체적으로 행동하지 못하고 도외시되는 인간의 성질.
- **구도심**(舊都心) 도시의 옛 중심부.
- **독립 영화**(獨立映畫) 이윤 추구를 최우선 목표로 하는 일반 상업 영화와는 달리 창작자의 의도가 중시되는 영화. '독립'이란 자본과 배급망에 크게 의존하지 않음을 의미하며, 대체로 단편 영화로 만들어지는 경향을 보인다.

구분	작가 및 작품명	수록 교과서 (연계 기출 포함)	참고 도서
1	박태순, 〈무너진 극장〉	2023학년도 EBS 수능 특강	《박태순 작품집》 (지만지고전천줄, 2010)
	최윤, 〈회색 눈사람〉	2020학년도 EBS 수능 특강	《회색 눈사람》 (문학동네, 2017)
	임철우, 〈동행〉	2021학년도 EBS 수능 특강	《황석영의 한국 명단편 101 − 6》 (문학동네, 2015)
2	김소진, 〈자전거 도둑〉	2020학년도 수능	《자전거 도둑》 (문학동네, 2002)
	최은영, 〈씬짜오, 씬짜오〉	고등 금성 문학	《쇼코의 미소》 (문학동네, 2016)
	김애란, 〈입동〉	고등 창비 문학	《바깥은 여름》 (문학동네, 2017)
3	성석제, 〈황만근은 이렇게 말했다〉	고등 금성 문학 / 고등 비상 문학 / 고등 천재 국어	《황만근은 이렇게 말했다》 (창작과비평사, 2002)
	성석제, 〈조동관 약전〉	2020학년도 EBS 수능 특강 / 2018학년도 EBS 수능 완성	《내 인생의 마지막 4.5초 외》 (창작과비평사, 2006)
	윤영수, 〈착한 사람 문성현〉	2019학년도 6월 고1 모의평가	《착한 사람 문성현》 (창작과비평사, 1997)
4	박민규, 〈그렇습니까? 기린입니다〉	2018학년도 EBS 수능 완성	《카스테라》 (문학동네, 2005)
	김애란, 〈도도한 생활〉	고등 동아 문학	《침이 고인다》 (문학과지성사, 2007)
	김재영, 〈코끼리〉	(구)창비 / (구)비상 / (구)천재	《코끼리》 (실천문학사, 2005)

Memo

Memo